TRUDI CANAVAN

Sonea – Die Königin

Trudi Canavan

DIE KÖNIGIN

DIE SAGA VON SONEA 3

Roman

Deutsch von Michaela Link

blanvalet

Die Originalausgabe erschien unter dem Titel
»The Traitor Spy 3: The Traitor Queen«
bei Orbit, an imprint of Little, Brown Book Group,
an Hachette Livre UK company, London.

FSC
www.fsc.org
MIX
Papier aus verantwortungsvollen Quellen
FSC® C014496

Verlagsgruppe Random House FSC® N001967
Das FSC®-zertifizierte Papier *Holmen Book Cream*
für dieses Buch liefert Holmen Paper, Hallstavik, Schweden.

1. Auflage
Taschenbuchausgabe Oktober 2015
bei Blanvalet, einem Unternehmen der
Verlagsgruppe Random House GmbH, München.

Redaktion: Alexander Groß
HK · Herstellung: sam
Satz: Uhl + Massopust, Aalen
Druck und Einband: GGP Media GmbH, Pößneck
Printed in Germany
ISBN 978-3-7341-6017-2

www.blanvalet.de

Erster Teil

1 Attentäter und Allianzen

In Imardin herrschte weithin der Irrglaube, Druckpressen seien von Magiern erfunden worden. Wer sich mit der Funktionsweise von Pressen und Magie nicht auskannte, konnte angesichts des spektakulären Lärms und der ruckartigen Bewegungen der Maschine leicht den Eindruck gewinnen, dass dabei irgendeine Art von Alchemie am Werk war. Aber solange jemand bereit war, die Räder zu drehen und die Schalthebel zu bedienen, funktionierten die Pressen ohne jede Magie.

Cery hatte die Wahrheit vor Jahren von Sonea erfahren. Der Erfinder der Maschine hatte der Gilde einen Prototyp präsentiert, und die Gilde hatte ihn als schnelle und billige Möglichkeit begrüßt, Kopien von Büchern anzufertigen. Eine Weile später bot die Gilde den Häusern einen kostenlosen Druckdienst an und auch allen Mitgliedern anderer Klassen, die dafür bezahlten. Der Eindruck, die Druckkunst sei magischer Natur, wurde bestärkt, um andere davon abzuhalten, ihr eigenes Gewerbe aufzubauen. Erst als Menschen von niederer Herkunft in die Gilde kamen, wurde der Mythos zerstreut, und bald danach wurden überall in der

Stadt Druckpressen in steigender Zahl in Betrieb genommen.

Die Kehrseite der Medaille, so überlegte Cery, war eine nie geahnte Verbreitung und Beliebtheit romantischer Abenteuerromane. Ein vor kurzem veröffentlichter Roman erzählte von einer reichen Erbin, die von einem jungen, gutaussehenden Dieb von ihrem luxuriösen, aber langweiligen Leben erlöst wurde. Die Kämpfe waren lächerlich unglaubwürdig, fast immer wurden dazu Schwerter benutzt statt Messer, und die Unterwelt wurde von viel zu vielen gutaussehenden Männern mit unpraktischen Ideen in Bezug auf Ehre und Loyalität bevölkert. Der Roman hatte einem Gutteil der weiblichen Bevölkerung Imardins einen Eindruck von der Unterwelt vermittelt, der von der Wahrheit weit entfernt war.

Natürlich hatte er nichts von alledem zu der Frau gesagt, die neben ihm im Bett lag und die ihm jede Nacht, seit sie sich bereitgefunden hatte, ihn in ihrem Keller wohnen zu lassen, ihre Lieblingsstellen aus diesen Büchern vorgelesen hatte. Cadia war keine reiche Erbin. *Und ich bin kein umwerfend gutaussehender Dieb.* Sie war seit dem Tod ihres Ehemannes einsam und traurig gewesen, und die Vorstellung, einen Dieb in ihrem Keller zu verstecken, war eine angenehme Ablenkung.

Und er … ihm waren die Verstecke fast ausgegangen.

Er drehte sich um, um sie anzusehen. Sie schlief und atmete leise. Er fragte sich, ob sie ihn tatsächlich für einen Dieb hielt oder ob er einfach so gut in ihre Fantasie hineinpasste, dass es sie nicht kümmerte, ob es die Wahrheit war oder nicht. Er war nicht der schneidige junge Dieb in dem Roman – er hatte gewiss nicht die Ausdauer für die beschriebenen Abenteuer, sei es im Bett oder außerhalb davon.

Ich werde weich. Ich kann nicht einmal eine Treppe hinaufge-

hen, ohne dass mein Herz hämmert und mir die Luft ausgeht. Wir haben zu viel Zeit eingesperrt in engen Verstecken verbracht und nicht genug Zeit im Kampftraining.

Aus dem Nebenzimmer hörte man einen gedämpften Aufprall. Cery hob den Kopf, um die Tür zu betrachten. Waren Anyi und Gol wach? Jetzt, da er es war, bezweifelte er, dass er in absehbarer Zeit wieder einschlafen würde. Wenn er eingepfercht war, führte das immer dazu, dass er schlecht schlief.

Er schlüpfte aus dem Bett, zog seine Hose an und griff nach seinem Mantel. Nachdem er einen Arm in einen Ärmel geschoben hatte, legte er die Hand auf den Türknauf und drehte ihn leise. Als er die Tür aufdrückte, kam Anyi in Sicht. Sie beugte sich über Gol, und eine Klinge fing das Licht der Nachtlampen auf; sie schwebte über Gol, bereit zuzustoßen. Cerys Herz krampfte sich vor Schreck und Ungläubigkeit zusammen.

»Was …?«, begann er. Bei dem Geräusch drehte Anyi sich mit der beneidenswerten Schnelligkeit der Jugend zu ihm um.

Es war nicht Anyi.

Genauso schnell wandte die junge Frau ihre Aufmerksamkeit wieder Gol zu, und das Messer schoss nach unten, aber Hände wurden gehoben, um die Meuchelmörderin am Unterarm zu packen und den Stich unmöglich zu machen. Gol sprang vom Bett. Cery war in diesem Moment bereits durch die Tür, aber er blieb wie angewurzelt stehen, als ein neuer Gedanke seine Absicht, die Frau aufzuhalten, beiseitedrängte.

Wo ist Anyi?

Als er sich umdrehte, sah er, dass auf dem zweiten improvisierten Bett ein weiterer Kampf im Gang war, nur dass es diesmal der Eindringling war, der auf die Matratze gepresst wurde und Hände zurückhielt, die ein Messer direkt über seiner Brust schweben ließen. Eine Welle des Stolzes auf seine Tochter erfasste Cery. Sie musste rechtzeitig aufgewacht sein, um den Meuchelmörder zu erwischen, und sie hatte seinen Angriff gegen ihn gewandt.

Aber ihr Gesicht war zu einer Grimasse der Anstrengung verzogen, während sie versuchte, das Messer herunterzudrücken. Trotz der geringen Größe des Meuchelmörders waren die Muskeln seiner Handgelenke und seines Halses gut entwickelt. Anyi würde diesen Kampf nicht mit brutaler Gewalt gewinnen. Ihr Vorteil war ihre Geschwindigkeit. Er machte einen Schritt auf sie zu.

»Verschwinde von hier, Cery«, blaffte Gol.

Anyis Arme wurden zurückgedrückt, als ihre Konzentration durchbrochen wurde. Sie sprang aus der Reichweite des Meuchelmörders heraus. Dieser hechtete vom Bett, nahm Kampfhaltung ein und riss ein langes, dünnes Messer aus dem Ärmel. Aber er ging nicht auf sie zu. Sein Blick wanderte zu Cery hinüber.

Cery hatte nicht die Absicht, den Kampf Anyi und Gol zu überlassen. Er würde Gol vielleicht eines Tages im Stich lassen müssen, aber heute war nicht dieser Tag. Und seine Tochter würde er niemals im Stich lassen.

Er hatte seinen anderen Arm reflexartig in den Ärmel des Mantels gleiten lassen. Jetzt trat er zurück und heuchelte Furcht, während er in die Taschen griff und die Hände durch die Halteschlingen seiner Lieblingswaffen steckte: zwei Messer, deren Scheiden in den Taschen befestigt waren, so dass die Klingen bereit sein würden, wenn Cery sie herauszog.

Der Attentäter machte einen Satz auf Cery zu, und Anyi sprang ihn an. Cery tat das Gleiche. Es war nicht das, was der Mann erwartet hatte. Noch erwartete er die Zwillingsmesser, die sein eigenes blockierten. Oder die Klinge, die durch das weiche Fleisch seines Halses glitt. Er erstarrte vor Überraschung und Entsetzen.

Cery wich dem spritzenden Blut aus, als Anyi ihr Messer herauszog, dem Attentäter sein Messer aus der Hand schlug und ihm dann mit einem Stich ins Herz den Garaus machte.

Sehr effizient. Ich habe sie gut ausgebildet.

Natürlich mit Gols Hilfe. Cery drehte sich um, um festzustellen, wie es seinem Freund ging, und er war erleichtert zu sehen, dass die Meuchelmörderin in einer Blutlache auf dem Boden lag.

Gol blickte Cery an und grinste. Er war außer Atem. *Genau wie ich,* begriff Cery. Anyi bückte sich und strich mit den Händen über die Kleidung und das Haar des männlichen Angreifers, dann rieb sie die Finger gegeneinander.

»Ruß. Er ist durch den Schornstein im Haus über uns gekommen.« Sie betrachtete nachdenklich die alte steinerne Treppe, die zur Kellertür hinaufführte.

Cerys Laune verschlechterte sich. Wie immer die beiden hereingekommen waren oder wie sie ihn überhaupt gefunden hatten, dies war nicht länger ein sicheres Versteck. Stirnrunzelnd schaute er auf die toten Meuchelmörder hinunter und dachte über die letzten wenigen Menschen nach, die er vielleicht um Hilfe bitten könnte, und wie sie sie erreichen würden.

Ein leises Aufkeuchen kam von der Tür. Als er sich umdrehte, sah er Cadia, die, nur in ein Laken gehüllt, mit großen Augen die toten Meuchelmörder anstarrte. Sie schauderte, aber als sie ihn bemerkte, verwandelte sich ihr Entsetzen in Enttäuschung.

»Ich schätze, dann wirst du nicht noch eine Nacht bleiben?«

Cery schüttelte den Kopf. »Entschuldige die Schweinerei.«

Sie betrachtete mit einer Grimasse das Blut und die Leichen, dann runzelte sie die Stirn und blickte zur Decke hinauf. Cery hatte nichts gehört, aber Anyi hatte zur gleichen Zeit den Kopf gehoben. Sie alle tauschten besorgte Blicke und schwiegen lieber, für den Fall, dass sich ihr Argwohn bestätigte.

Er hörte ein schwaches Knarren, gedämpft durch die Dielenbretter über ihnen.

So lautlos wie möglich griffen Anyi und Gol nach ihren Schuhen, ihren Rucksäcken und Lampen und folgten Cery in das Nebenzimmer, schlossen die Tür hinter sich und schoben eine alte Truhe vor die Tür. Cadia blieb mitten im Raum stehen, seufzte und ließ das Laken fallen, damit sie sich anziehen konnte. Sowohl Anyi als auch Gol wandten ihr schnell den Rücken zu.

»Was soll ich tun?«, flüsterte Cadia Cery zu.

Er las den Rest seiner Kleider auf, griff nach Cadias Schlafzimmerlampe und überlegte. »Folge uns.«

Sie wirkte eher krank als aufgeregt, als sie durch die Falltür schlüpften, die zu der alten Straße der Diebe führte. Die Gänge hier waren mit Schutt gefüllt und nicht wirklich sicher. Dieser Teil des unterirdischen Netzwerks war vom Rest abgeschnitten worden, als der König eine nahe Straße wiederhergestellt und neue Häuser errichtet hatte, wo die alten Gebäude des Elendsviertels gestanden hatten. Obwohl es nicht ganz innerhalb der Grenzen seines Territoriums lag, hatte Cery einen alten Tunnelbauer dafür bezahlt, eine neue Zugangspassage auszuheben, hatte aber die verfallenen Teile so belassen, damit niemand in Versuchung geriet, sie zu benutzen. Es war ein praktischer Ort gewesen, um Dinge zu verstecken, wie gestohlene Waren und hier und da einen Leichnam.

Er hatte jedoch nie geplant, sich selbst hier zu verstecken.

Cadia betrachtete den mit Schutt übersäten Gang mit einer Mischung aus Entsetzen und Neugier. Cery reichte ihr die Lampe und zeigte in eine Richtung.

»Nach ungefähr hundert Schritten wirst du ein Gitter hoch oben in der linken Wand sehen. Dahinter ist eine Gasse zwischen zwei Häusern. Es werden Rillen in der Wand sein, damit du hinaufklettern kannst, und das Gitter sollte sich nach innen einklappen lassen. Geh zu einem deiner Nachbarn und sag, dass Räuber in deinem Haus sind. Wenn sie die Leichen finden, sagst du, sie seien die Räuber, und du deutest an, dass sich wohl einer gegen den anderen gewandt hat.«

»Was ist, wenn sie sie nicht finden?«

»Zieh sie hier in diese Gänge, und lass niemanden in deinen Keller, bis der Geruch weggeht.«

Sie wirkte noch kränker, nickte jedoch und straffte sich. Ein Stich der Zuneigung durchzuckte ihn angesichts ihrer Tapferkeit, und er hoffte, dass sie nicht weiteren Meuchelmördern über den Weg laufen oder auf irgendeine andere Weise dafür bestraft werden würde, dass sie ihm geholfen hatte. Er trat dicht vor sie hin und küsste sie entschlossen.

»Ich danke dir«, sagte er leise. »Es war mir ein Vergnügen.«

Sie lächelte, und ihre Augen funkelten für einen Moment. »Sei vorsichtig«, erwiderte sie.

»Bin ich immer. Und jetzt geh.«

Sie eilte davon. Er konnte es nicht riskieren zu bleiben, um ihr nachzuschauen. Gol trat vor, um voranzugehen, und Anyi blieb hinter ihnen, während sie durch die zerfallenden Gänge wanderten. Nach mehreren Schritten krachte etwas hinter ihnen. Cery blieb stehen und drehte sich um.

»Cadia?«, murmelte Gol. »Das Gitter hat sich geschlossen, als sie auf die Straße geklettert ist?«

»Das ist sehr weit entfernt, um es so gut zu hören«, meinte Cery.

»Das war kein Gitter auf Ziegelsteinen«, flüsterte Anyi. »Es war … etwas Hölzernes.«

Einige hellere Laute folgten. Ziegel und Steine, die bewegt wurden. Cery überlief ein Schauer. »Geht. Schnell. Aber leise.«

Gol hielt seine Lampe hoch, doch wegen des vielen Schutts auf dem Boden des Gangs konnten sie nur ab und zu schnell laufen. Cery unterdrückte mehr als einmal einen Fluch und bedauerte, dass er nicht ein wenig mehr aufgeräumt hatte. Dann, nachdem sie einen geraden Abschnitt des Tunnels hinter sich gebracht hatten, schimpfte Gol und kam schlitternd zum Stehen. Als Cery über die Schulter des massigen Mannes schaute, sah er, dass das Dach über ihnen vor kurzem eingestürzt war, so dass sie in eine Sackgasse geraten waren. Er fuhr herum, und sie eilten zurück zu der letzten Kreuzung, an der sie vorbeigekommen waren.

Als sie die Biegung erreichten, seufzte Anyi. »Wir hinterlassen Spuren.«

Cery senkte den Blick und sah Fußabdrücke im Staub. Die Hoffnung, dass ihr Verfolger den Spuren bis zu der Sackgasse hinterherlaufen würde, wurde zunichtegemacht, als er begriff, dass Gols Spur jetzt durch den Nebentunnel führte und jede Menge Beweise dafür hinterließ, dass sie den Weg zurückgegangen waren.

Aber wenn sich eine weitere Gelegenheit bietet, falsche Spuren zu legen …

Doch es kam keine Gelegenheit mehr. Erleichterung durchflutete ihn, als sie endlich den Verbindungsgang zu dem Hauptteil der Straße der Diebe erreichten. Einmal mehr bedauerte er, dass er diese Situation nicht vorhergeahnt hatte: Obwohl er den Eingang zu den isolierten Tunneln verborgen hatte, hatte er sich keine Mühe gemacht, den Ausgang vor jemandem zu verstecken, der den Tunnel von innen erkundete.

Sobald die Tür hinter ihnen geschlossen war, schauten sie sich in dem saubereren, besser gewarteten Gang um, in dem sie standen. Da war nichts, was sie benutzen konnten, um die Tür zu blockieren und ihre Verfolger daran zu hindern, die alten Tunnel zu verlassen.

»Wohin?«, fragte Gol.

»Nach Südosten.«

Sie bewegten sich jetzt schneller und blendeten die Lampen ab, so dass nur ein denkbar dünner Lichtstrahl den Weg erhellte. Früher wäre Cery im Dunkeln weitergegangen, aber er hatte Geschichten über Fallen gehört, die aufgestellt worden waren, um die Territorien anderer Diebe zu verteidigen. Urheber waren unternehmungslustige Räuber oder die mysteriösen Schleichen. Trotzdem war das Tempo, das Gol vorgab, gefährlich schnell, und Cery machte sich Sorgen, dass sein Freund nicht in der Lage sein würde, Gefahren auszuweichen, denen er vielleicht entgegeneilte.

Schon bald war Cery außer Atem, seine Brust schmerzte, und seine Beine wurden unsicher. Er fiel etwas hinter Gol zurück, der jedoch nach einer Weile seine Schritte verlangsamte und sich umschaute. Er wartete auf Cery, aber die Falte zwischen seinen Brauen glättete sich nicht, und er bewegte sich auch nicht, als Cery ihn einholte.

»Wo ist Anyi?«

Cery verspürte einen heftigen Stich. Er fuhr herum und sah nur Dunkelheit hinter ihnen.

»Ich bin hier«, erklang eine leise Stimme. »Ich bin stehen geblieben, um festzustellen, ob ich unsere Verfolger hören kann.« Ihre Miene war grimmig. »Sie folgen uns tatsächlich. Und es ist eindeutig mehr als nur einer.« Sie winkte die beiden Männer weiter. »Vorwärts. Sie sind nicht weit hinter uns.«

Gol stürmte wieder los, und Cery folgte ihm. Der massige Mann gab ein noch schnelleres Tempo vor. Er wählte eine gewundene Route, aber sie schüttelten ihre Verfolger nicht ab – was die Vermutung nahelegte, dass sie die Tunnel genauso gut kannten wie er und Cery. Gol kam den Tunneln der Gilde näher, doch wer immer ihnen folgte, war offensichtlich nicht hinreichend eingeschüchtert von Magiern, um von seiner Beute abzulassen.

Sie näherten sich dem geheimen Eingang in die Tunnel unter der Gilde. *Sie werden es nicht wagen, mir dorthin zu folgen.* Es sei denn, sie wussten nicht, wohin die Gänge führten. *Wenn sie uns folgen, werden sie feststellen, dass die Gilde ihre unterirdischen Wege unbewacht lässt.* Was bedeutete, dass Skellin es ebenfalls erfahren würde. *Ich werde nicht nur nie wieder über diesen Weg fliehen können, ich werde auch die Gilde alarmieren müssen. Sie wird die Tunnel zuschütten lassen, und dann wird unser sicherster Weg zu Sonea und Lilia versperrt sein.*

Er betrachtete die Gildetunnel als die letztmögliche Fluchtroute. Wenn es eine Alternative gegeben hätte …

Als sie noch etwa zwanzig Schritt vom Eingang zu den Gildetunneln entfernt waren, hörten sie hinter sich ihre Verfolger. Sie waren ihnen zu dicht auf den Fersen – es blieb keine Zeit mehr, die Geheimtür zu öffnen, bevor sie sie einholten. Als Gol langsamer wurde, um sich zu Cery umzudrehen – die Augenbrauen zu einer stummen Frage hochgezogen –, schlüpfte Cery an ihm vorbei und schlug eine neue Richtung ein.

Er hatte eine andere Alternative. Es war eine riskantere. Sie könnte sie sogar in eine noch größere Gefahr führen als die, vor der sie flohen. Aber zumindest würden ihre Verfolger in ebenso großer Gefahr sein, wenn sie es wagten, hinter ihnen herzugehen.

Gol begriff, was Cery vorhatte, und fluchte leise. Aber er widersprach nicht, sondern packte Cery am Arm, um an ihm vorbeizukommen, und übernahm wieder die Führung.

»Wahnsinn«, murmelte er und jagte auf die Stadt der Schleichen zu.

Es war jetzt mehr als zehn Jahre her – fast zwanzig –, seit Dutzende von Straßenkindern in den Tunneln eine neue Heimat gefunden hatten, nachdem ihr Viertel zerstört worden war. Schon bald wurden sie zum Gegenstand schreckenerregender Geschichten, die in Bolhäusern erzählt wurden und um Kinder zum Gehorsam zu bringen. Es hieß, dass die Schleichen sich niemals ans Tageslicht wagten und nur des Nachts aus Gullys und Kellern emporkämen, um Lebensmittel zu stehlen und den Menschen böse Streiche zu spielen. Manche glaubten, sie hätten sich zu dürren, bleichen Wesen mit großen Augen entwickelt, die es ihnen ermöglichten, auch im Dunkeln zu sehen. Andere dagegen sagten, sie sähen aus wie jedes andere Straßenkind, bis sie ihren Mund öffneten und ihre langen Reißzähne zeigten. Worin aber alle übereinstimmten, war, dass derjenige, der sich auf das Gebiet der Schleichen vorwagte, so gut wie tot war. Von Zeit zu Zeit stellte jemand diesen Glauben auf die Probe. Die meisten kehrten nie zurück, aber einige waren wieder aus den Tunneln herausgekrochen, blutüberströmt von Stichwunden, die ihnen lautlose unsichtbare Angreifer in der Dunkelheit zugefügt hatten.

Wo die Schleichen den Untergrund beherrschten, wurden ihnen von den Anwohnern Opfer angeboten in der Hoffnung, sie so vom Eindringen in ihre Häuser abhalten zu können. Cery, dessen Gebiet sich an einer Ecke mit dem der Schleichen überschnitt, hatte dafür gesorgt, dass jemand alle paar Tage Lebensmittel in den Tunneln deponierte, in einem Sack, der mit dem Bild seines Namensvetters, des kleinen Nagetieres Ceryni markiert war.

Es war eine Weile her, seit er das letzte Mal überprüft hatte, ob das auch wirklich getan wurde. *Wenn nicht, dann werde ich wahrscheinlich keine Chance bekommen, sie dafür zu bestrafen.*

Schon bald entdeckte er die Markierungen, die sie warnten, dass sie sich auf das Gebiet der Schleichen wagten. Dann sah er diese Markierungen nicht mehr. Er konnte Anyis schnellen Atem hinter sich hören. Hatten ihre Verfolger es gewagt, ihnen auf den Fersen zu bleiben?

»Nicht«, stieß Anyi hervor, als er das Tempo verlangsamte, um über seine Schulter zu schauen. »Sie … sind … direkt … hinter … uns.«

Er hatte nicht genug Atem, um einen Fluch auszustoßen. Luft schnarrte in seine Lunge und wieder heraus. Sein ganzer Körper schmerzte und seine Beine zitterten, während er sich zwang weiterzulaufen. Er rief sich die Gefahr ins Gedächtnis, in der Anyi schwebte. Sie würde die Erste sein, die ihre Verfolger töteten, wenn sie sie einholten. Das konnte er nicht zulassen.

Etwas packte ihn an den Knöcheln, und er fiel vornüber.

Der Boden war nicht so flach oder hart, wie er erwartet hatte, aber er bäumte sich auf und rollte unter gedämpften Flüchen weiter. Gol war in der jetzt absoluten Dunkelheit nicht mehr zu sehen. Die Lampen waren erloschen. Cery drehte sich auf die Seite.

»Sei still«, flüsterte eine Stimme.

»Tu es, Gol«, befahl Cery. Gol verstummte.

Hinter ihnen im Tunnel wurden die Schritte lauter. Sich bewegende Lichter erschienen und drangen durch einen Vorhang aus grob gewebtem Stoff, an den Cery sich nicht erinnern konnte. *Er muss heruntergelassen worden sein, nachdem wir ihn passiert haben.* Die Schritte wurden langsamer und hielten inne. Aus einer anderen Richtung kam ein Geräusch – weitere eilige Schritte. Die Lichter entfernten sich, während ihre Träger die Verfolgung fortsetzten.

Nach einer langen Pause durchbrachen mehrere Seufzer die Stille. Ein Schauder überlief Cery, als er begriff, dass er von mehreren Personen umringt war. Ein dünner Lichtstrahl erschien. Eine der Lampen. Ein Fremder hielt sie in der Hand.

Cery schaute zu dem jungen Mann auf, der seinen Blick erwiderte.

»Wer?«, fragte der Mann.

»Ceryni von der Nordseite.«

»Die da?«

»Meine Leibwächter.«

Der Mann zog die Augenbrauen hoch, dann nickte er und wandte sich den anderen zu. Cery schaute sich um und sah sechs weitere junge Männer; zwei von ihnen saßen auf Gol. Anyi hatte sich in Kampfhaltung geduckt, ein Messer in jeder Hand. Die zwei jungen Männer, die links und rechts von ihr standen, hielten sicheren Abstand, obwohl sie den Eindruck machten, als seien sie bereit, einen Schnitt zu riskieren, falls ihr Anführer ihnen befahl, Anyi zu überwältigen.

»Steck die Messer weg, Anyi«, sagte Cery.

Ohne den Blick von den Männern abzuwenden, gehorchte sie. Auf ein Nicken ihres Anführers hin kletterten die beiden Männer von Gol herunter, der vor Erleichterung stöhnte. Cery erhob sich auf die Füße, drehte sich wieder zu dem Anführer um und drückte die Schultern durch.

»Wir bitten um sichere Passage.«

Der Mund des jungen Mannes zuckte zu einem Halblächeln. »So etwas gibt es heutzutage nicht.« Er deutete mit dem Daumen auf seine Brust. »Wen.« Dann drehte er sich um, um mit den anderen zu sprechen. »Ich kenne den Namen. Einer, der Essen gibt. Was tun wir?«

Sie tauschten Blicke, dann murmelten sie Worte, auf die hin er den Kopf schüttelte: »Töten?« – »Freilassen?« »Wurm?«, fragte einer, und Wen schaute nachdenklich drein. Dann nickte er. »Wurm«, sagte er entschieden. Irgendwie führte das dazu, dass die anderen nickten, obwohl Cery nicht erkennen konnte, ob sie es einfach akzeptierten oder zustimmten.

Wen wandte sich an Cery. »Ihr kommt alle mit uns. Wir bringen euch zu Wurm.« Er gab Gol seine Lampe zurück, dann blickte er zu einem der beiden Männer, die auf Gol gesessen hatten. »Geh und sag Wurm Bescheid.«

Der junge Mann huschte in die Dunkelheit hinter Wen davon. Als Wen sich umdrehte, um ihm zu folgen, nahm Anyi die Lampe, die der Junge gehalten hatte, an sich. Zwei der jungen Männer eilten vorwärts, um sich zu ihrem Anführer Wen zu stellen, und die übrigen nahmen Positionen weiter hinten ein.

Niemand sprach, während sie gingen. Zuerst verspürte Cery nur eine überwältigende Erleichterung darüber, einfach nicht mehr rennen zu müssen, obwohl seine Beine noch immer zittrig waren und sein Herz zu schnell schlug. Gol wirkte genauso atemlos wie er selbst, bemerkte er. Während er sich erholte, begann er sich erneut Sorgen zu machen. Er hatte noch nie gehört, dass irgendjemand sich mit einer Schleiche namens Wurm getroffen hätte. Es sei denn … *es sei denn, Wurm ist nicht wirklich ein Mann, sondern etwas, das sie mit Eindringlingen füttern.*

Hör auf damit, sagte er sich. *Wenn sie unseren Tod wollten, hätten sie uns nicht vor unseren Verfolgern versteckt. Sie hätten uns in der Dunkelheit erstochen und uns in einer Sackgasse liegen lassen.*

Nachdem sie eine Weile gegangen waren, erklang in der Dunkelheit vor ihnen eine Stimme, und Wen brummte eine Antwort. Schon bald trat ein Mann ins Licht, und die Gruppe blieb stehen. Der Mann sah Cery eindringlich an, dann nickte er.

»Du bist Ceryni«, sagte er und streckte eine Hand aus. »Ich bin Wurm.«

Cery streckte ebenfalls die Hand aus, unsicher, was die Geste bedeutete. Wurm ergriff sie für einen Moment, dann ließ er sie los und machte ein Zeichen. »Kommt mit mir.«

Ein weiterer Marsch folgte. Cery bemerkte, dass die Luft feucht wurde, und von Zeit zu Zeit drang aus einem Seitengang das Geräusch von fließendem Wasser. Dann traten sie in einen höhlenartigen Raum, der vom Rauschen des Wassers widerhallte, und alles machte plötzlich Sinn.

Ein Wald von Säulen umgab sie; jede einzelne war durch gemauerte Bögen aus Ziegelsteinen mit ihrem Nachbarn verbunden. Das ganze Netzwerk bildete eine niedrige Gewölbedecke, und die Säulen standen allesamt im Wasser. Ihr Führer folgte einem Weg, der über die Krone einer dicken Mauer zu verlaufen schien, die ebenfalls im Wasser stand. Es floss zu beiden Seiten an ihnen vorbei, aber in der Dunkelheit ließ sich nicht ausmachen, wie tief es war.

Glücklicherweise war der Pfad trocken und kein bisschen glitschig. Als Cery sich umschaute, bemerkte er, dass das Wasser in Tunnel floss, die anscheinend noch tiefer unter die Stadt führten. An einer Seite sah er andere Mauerkronen, aber zu weit entfernt, um sie mit einem Sprung erreichen zu können. Die einzige Beleuchtung kam von den Lampen, die sie trugen.

Das Wasser selbst war überraschend frei von Treibgut

aller Art. Lediglich ein Ölfilm zog bisweilen vorüber, der meist nach Seife und Duftölen roch. Allerdings waren die Wände zum Teil mit Moder bedeckt, und in der Luft lag eine ungesunde Feuchtigkeit.

Ein Gruppe von Lichtern erschien vor ihnen, und Cery konnte schon bald eine Art großes Podest ausmachen, das zwei der Wege verband. Mehrere Menschen saßen darauf, und in dem gewaltigen Raum hallte ein leises Murmeln von Stimmen wider. Hinter dem Podest konnte Cery dunkle Ringe in einem helleren Bereich ausmachen, und schließlich sah er genug, um festzustellen, dass es weitere Tunnel waren, die höher lagen und aus denen Wasser in das riesige unterirdische Reservoir floss.

Das Podest knarrte unter ihren Schritten, als sie es nach Wurm betraten. Von den dort Sitzenden war keiner älter als Mitte zwanzig. Zwei der jungen Frauen hielten Säuglinge im Arm, und ein Kleinkind war mit einem Seil an die nächste Säule gebunden, wahrscheinlich, damit es nicht ins Wasser steigen konnte. Alle starrten Cery, Gol und Anyi mit großen, neugierigen Augen an, aber niemand sprach.

Wurm betrachtete Cery, dann deutete er auf die Einmündungen hinter der Plattform. »Die kommen aus den Bädern der Gilde«, erklärte er. »Weiter südlich münden Kloaken, und im Norden haben wir Kloaken, in die auch die Abwässer aus den Küchen gelangen. Hier dagegen ist das Wasser ziemlich sauber.«

Cery nickte. Es war kein schlechter Ort, um sich niederzulassen, wenn es einem nichts ausmachte, unter der Erde zu leben und ständig von Feuchtigkeit umgeben zu sein. Als er nach links und rechts schaute, bemerkte er andere Podeste, auf denen weitere Schleichen lagerten, und schmale Brücken, die sie miteinander verbanden.

»Ich hatte keine Ahnung, dass hier so etwas existiert«, gestand er.

»Direkt unter deiner Nase.« Wurm lächelte, und Cery begriff, wie recht der Mann hatte. Dieser Teil des Schleichengebiets lag unter Cerys eigenem Gebiet.

Cery drehte sich zu ihm um. »Deine Leute haben uns vor Leuten versteckt, die uns töten wollten«, sagte er. »Danke. Ich wäre niemals in euer Gebiet eingedrungen, wenn ich eine andere Wahl gehabt hätte.«

Wurm neigte den Kopf zur Seite. »Die Gildentunnel?«

Also weiß er, dass ich Zugang zu ihnen habe. Cery schüttelte den Kopf. »Damit hätte ich sie meinem Feind gezeigt. Ich hätte die Gilde deswegen warnen müssen, und ich glaube nicht, dass mir gefallen hätte, was sie deswegen unternommen hätten. Ich schätze, dir würde es auch nicht gefallen, wenn sie hier herumschnüffelten.«

Der Mann zog die Augenbrauen hoch. »Nein.« Er zuckte die Achseln, dann seufzte er. »Wenn wir zugelassen hätten, dass derjenige, der dir Jäger hinterhergeschickt hat, dich findet, würde er uns ebenfalls finden. Sobald er genommen hat, was dir gehört, kann ihn nichts daran hindern, sich auch zu nehmen, was uns gehört.«

Cery musterte Wurm nachdenklich. Die Schleichen wussten viel mehr über die Ereignisse in der Welt über ihnen, als er erwartet hätte. Sie hatten recht, was Skellin betraf. Sobald er Cerys Territorium hielt, würde er auch die Kontrolle über das Territorium der Schleichen wollen.

»Skellin oder ich. Keine große Auswahl«, sagte Cery.

Wurm schüttelte den Kopf und runzelte die Stirn. »Er wird uns nicht in Ruhe lassen, wie du es tust.« Er deutete mit dem Kopf zu den Tunneln hinüber. »Er wird die da haben wollen, weil er will, wozu sie führen.«

Die Gilde. Cery schauderte. War dies eine kluge Vermutung des Anführers der Schleichen, oder hatte er Kenntnis von Skellins genauen Plänen? Er öffnete den Mund, um danach zu fragen, aber Wurm drehte sich um, um Cery anzustarren.

»Ich zeige dir dies, damit du Bescheid weißt. Aber du kannst nicht bleiben«, erklärte er. »Wir werden euch an einen sicheren Ort bringen, aber das ist alles.«

Cery nickte. »Das ist mehr, als ich gehofft hatte«, erwiderte er und legte all seine Dankbarkeit in seinen Tonfall.

»Wenn ihr zurückkommen müsst, sprecht meinen Namen, und ihr werdet leben, aber wir werden euch wieder hinausbringen.«

»Ich verstehe.«

Wurm musterte Cery noch einen Moment lang, dann nickte er. »Wohin wollt ihr gehen?«

Cery sah Anyi und Gol an. Seine Tochter wirkte ängstlich, und Gol war blass und erschöpft. Wohin konnten sie gehen? Kaum jemand schuldete ihnen noch einen Gefallen, und sie hatten keinen sicheren Ort in leichter Reichweite. Keine Verbündeten, denen sie vertrauen konnten oder die sie in Gefahr bringen wollten. *Bis auf einen.* Cery wandte sich wieder an Wurm.

»Bring uns zurück in die Richtung, aus der wir gekommen sind.«

Der Mann wechselte ein Wort mit den jungen Burschen, die Cery und seine Begleiter gerettet hatten. Wurm bedeutete Cery, dass sie ihnen folgen sollten, dann ging er ohne ein Wort des Abschieds davon. Da er dies als eine Sitte der Schleichen wertete, drehte Cery sich ebenfalls um.

Ihr Gang hinaus aus dem Territorium der Schleichen verlief langsamer, wofür Cery dankbar war. Jetzt, da sich Furcht und Erleichterung gelegt hatten, war er müde, und ein Gefühl der Düsternis breitete sich in ihm aus. Gol schlurfte beim Gehen ebenfalls. Zumindest hatte Anyi jugendliche Ausdauer auf ihrer Seite. Cery begann die Wände um sie herum zu erkennen, dann verschmolzen die Führer der Schleichen mit der Dunkelheit. Die Lampe, die Cery in der Hand hielt, flackerte und erstarb, als ihr das Öl ausging. Gol protestierte nicht, als Cery seine Lampe nahm und sie zum Eingang der Gildetunnel führte.

Als sie hindurchgeschlüpft waren und die Tür sich wieder geschlossen hatte, fiel ein Großteil der Anspannung und Furcht von Cery ab. Sie waren endlich in Sicherheit. Er wandte sich an Anyi.

»Also, wo ist dieser Raum, in dem du dich mit Lilia triffst?«

Sie ergriff die Lampe und führte ihn und Gol durch einen langen, geraden Gang. Nachdem sie einmal abgebogen waren, erreichten sie einen Komplex aus Räumen, die durch gewundene Flure miteinander verbunden waren. Die unwillkommene Erinnerung, von Lord Fergun im Dunkeln gefangen gehalten zu werden, stieg in Cery auf. Er schauderte. Aber diese Räume waren anders als seine ehemalige Zelle: älter und so angelegt, als solle sich darin niemand zurechtfinden. Anyi führte sie in einen Raum, in dem kein Staub lag und der mit einigen kleinen Holzkisten als Möbeln ausstaffiert war und einem Stapel abgenutzter Kissen als Sitzplätze. An einer Wand befand sich ein zugemauerter Kamin. Anyi stellte die Lampe weg, dann entzündete sie einige Kerzen in Nischen, die in die Wände gehauen waren.

»Das ist es«, erklärte sie. »Ich hätte mehr Möbel hergebracht, aber ich konnte nichts Großes tragen, und ich wollte keine Aufmerksamkeit erregen.«

»Keine Betten.« Gol setzte sich mit einem Stöhnen auf eine der Kisten.

Cery lächelte seinen alten Freund an. »Keine Sorge. Wir werden uns etwas einfallen lassen.«

Aber Gols Grimasse verschwand nicht. Cery runzelte die Stirn, als er bemerkte, dass Gol die Hände unter seinem Hemd auf seine Seite presste. Dann sah er den dunklen Fleck, der im Kerzenlicht glänzte.

»Gol…?«

Der massige Mann schloss die Augen und taumelte.

»Gol!«, rief Anyi und erreichte ihn zur gleichen Zeit wie Cery. Sie fingen Gol auf, bevor er von der Kiste fallen konnte. Anyi zog Kissen herbei.

»Leg dich hin«, befahl sie. »Lass mich das sehen.«

Cery konnte nicht sprechen. Furcht hatte seinen Geist und seine Kehle erstarren lassen. Der Meuchelmörder musste Gol während des Kampfes verletzt haben. Oder schon, bevor Gol aufgewacht war.

Anyi drangsalierte Gol, bis er von der Kiste stieg und sich auf die Kissen legte, dann zog sie seine Hand weg und schälte das Hemd zurück, um eine kleine Wunde in seinem Bauch zu entblößen, aus der langsam Blut sickerte.

»Die ganze Zeit über.« Cery schüttelte den Kopf. »Warum hast du nichts gesagt?«

»Es war gar nicht so schlimm.« Gol zuckte die Achseln, dann fuhr er zusammen. »Hat erst angefangen wehzutun, als wir mit Wurm geredet haben.«

»Ich wette, es tut jetzt weh«, bemerkte Anyi. »Was denkst du, wie tief der Dolch ins Fleisch gedrungen ist?«

»Nicht tief. Keine Ahnung.« Gol hustete vor Schmerz.

»Es könnte schlimmer sein, als es aussieht.« Anyi hockte sich auf die Fersen und blickte zu Cery auf. »Ich werde Lilia holen.«

»Nein…«, protestierte Gol.

»Es waren nur noch wenige Stunden bis Tagesanbruch, als wir Cadias Haus verlassen haben«, erklärte ihr Cery. »Lilia könnte bereits in der Universität sein.«

Anyi nickte. »Vielleicht. Es gibt nur eine Möglichkeit, es herauszufinden.« Sie zog eine Augenbraue hoch und sah ihn fragend an.

»Geh«, sagte er.

Sie ergriff seine Hand und drückte sie auf die Wunde. Gol stöhnte.

»Halt den Druck aufrecht und …«

»Ich weiß, was zu tun ist«, unterbrach Cery sie. »Wenn sie nicht dort ist, hol zumindest etwas Sauberes, das wir als Verband benutzen können.«

»Das werde ich«, entgegnete sie und griff nach der Lampe.

Dann war sie fort, und ihre Schritte verklangen in der Dunkelheit.

2 Vorgeladen

Sollte ich den Blutring meiner Mutter mitnehmen?«, fragte Lorkin in seinen Räumen im Gildehaus, als Dannyl durch die offene Tür zu ihm trat.

Dannyl besah sich den goldenen Ring mit der Kugel aus rotem Glas. *Falls etwas während dieser Begegnung mit dem sachakanischen König schiefgehen sollte, wäre es gut, wenn wir beide eine Möglichkeit hätten, uns mit der Gilde in Verbindung zu setzen,* dachte er. *Aber wenn die Dinge so schlecht laufen, könnten unsere beiden Blutringe gefunden werden, und dann könnte man sie uns wegnehmen und als Folterwerkzeug und Ablenkung gegen Osen und Sonea verwenden.*

Der Blutstein übermittelte die Gedanken seines Trägers dem Magier, dessen Blut zu der Erschaffung des Steines verwendet worden war. Der Nachteil war, dass der Schöpfer nicht aufhören konnte, die Gedanken des Ringträgers zu spüren, was besonders unangenehm war, wenn der Träger des Rings gefoltert wurde.

Das hatte einer der sachakanischen Ausgestoßenen – der Ichani –, der vor zwanzig Jahren in Kyralia eingefallen war, Dannyls altem Freund und Mentor Rothen angetan. Der

Mann hatte Rothen gefangen, aber statt ihn zu töten, hatte er ein Juwel aus Rothens Blut gemacht. Er hatte es jedem einzelnen seiner Opfer übergestreift, so dass Rothen eine Flut von Eindrücken von verängstigten, sterbenden Kyraliern empfangen hatte.

Wer von den beiden – Schwarzmagierin Sonea oder Administrator Osen – würde stärker betroffen sein, wenn man seinen Ring nahm? Dannyl schauderte angesichts der offensichtlichen Antwort.

»Lasst ihn hier«, riet er dem jungen Mann. »Ich werde Osens Ring haben. Gebt mir Soneas Ring, und ich werde ihn verstecken, für den Fall, dass sie Eure Gedanken lesen und davon erfahren.«

Lorkin sah Dannyl an, einen seltsamen, halb erheiterten Ausdruck auf dem Gesicht. »Keine Sorge, sie werden bei mir nichts lesen«, bemerkte er.

Dannyl starrte den jungen Magier überrascht an. »Ihr könnt …?«

»Mit Einschränkungen. Ich hatte keine Zeit, mir die Fähigkeiten der Verräterinnen, einen Gedankenleser zu überlisten, in vollem Umfang anzueignen. Falls jemand es bei mir versuchen sollte, wird er keinen Erfolg haben, aber er wird wissen, dass er keinen Erfolg hat.«

»Lasst uns hoffen, dass es so weit nicht kommen wird«, sagte Dannyl. Er macht einen Schritt zurück in Richtung der Tür. »Ich werde den Ring verstecken, und wir treffen uns dann im Herrenzimmer.«

Lorkin nickte.

Dannyl eilte zurück in seine eigenen Räume, befahl seiner Sklavin zu gehen und jeden daran zu hindern hereinzukommen, dann suchte er nach einem Versteck für den Edelstein. *Lorkin kann eine Gedankenlesung blockieren!* Ashaki Achati, der Ratgeber des sachakanischen Königs, der

Dannyls Freund gewesen war, seit er in Arvice eingetroffen war, hatte gesagt, dass die Verräterinnen eine Möglichkeit hätten, das zu tun. Wie sonst könnten ihre Spione, die sich als Sklavinnen ausgaben, eine Entdeckung vermeiden? *Ich frage mich, was Lorkin mir sonst noch nicht erzählt hat.* Ein Stich der Frustration durchzuckte ihn. Seit seiner Rückkehr nach Arvice hatte es Lorkin widerstrebt, irgendetwas über die Rebellengesellschaft zu erzählen, in der er während der letzten Monate gelebt hatte. Dannyl verstand, dass seinem früheren Assistenten Geheimnisse anvertraut worden waren, die er nicht offenbaren konnte, ohne viele Leben in Gefahr zu bringen. *Aber es macht den Eindruck, als läge seine Loyalität mehr bei ihnen als bei der Gilde und Kyralia.*

Der junge Magier hatte begonnen, wieder Roben zu tragen, daher betrachtete er sich offensichtlich immer noch als einen Gildemagier – obwohl er Dannyl bei ihrer Begegnung in den Bergen erklärt hatte, dass die Gilde so tun solle, als habe er sie verlassen.

Die Füße von Dannyls Reisetruhe waren gearbeitet wie kleine Baumstümpfe mit rauer, knotiger Borke. Dannyl hatte einen der Knoten mit Magie herausgeschnitten und einen kleinen Hohlraum dahinter geschaffen, für den Fall, dass er Osens Ring jemals würde verstecken müssen. Jetzt löste er den Knoten, legte Soneas Ring hinein und stöpselte den Hohlraum dann wieder zu. Anschließend machte er sich auf den Weg zum Herrenzimmer, dem Mittelpunkt eines traditionellen sachakanischen Hauses, in dem der Familienvorsteher Gäste begrüßte und unterhielt.

Die Gilde hatte niemals offiziell erklärt, dass Lorkin nicht mehr ihr Mitglied sei, obwohl sie damit die Spannungen zwischen Sachaka und Kyralia im Gefolge seines Aufenthalts bei den Verräterinnen hätten mildern können. Zum einen hatte man Sonea den Schmerz ersparen wollen, den der Ausschluss ihres Sohnes ihr bereitet hätte, und zum anderen wollten die höheren Magier auch nicht den Anschein erwecken, als gäben sie die Suche nach einem abtrünnigen Magier allzu schnell auf. Es hatte jedoch die Gefahr bestanden, dass die Untätigkeit der Gilde es so scheinen ließ, als hieße sie Lorkins Verbindung mit den Rebellen gut.

Die Rückkehr nach Arvice mochte die Spannung zwischen der Gilde und Sachaka gemildert haben, aber nun wollte der sachakanische König unbedingt wissen, was Lorkin über seinen Feind in Erfahrung gebracht hatte. Ihm stand eine Enttäuschung bevor.

Sobald er gehört hatte, dass der junge Magier zurückgekehrt war, hatte König Amakira ihm untersagt, die Stadt zu verlassen. Dannyl hatte den Ruf in den Palast bald darauf erwartet, aber es waren mehrere Tage ohne weitere Nachrichten verstrichen. Zweifellos hatte der König sich mit seinen Ratgebern besprochen.

Darunter Ashaki Achati, falls seine Abwesenheit ein Hinweis ist.

Achati war nicht mehr im Gildehaus zu Besuch gewesen und hatte auch keine Nachricht mehr dorthin geschickt, seit er, Dannyl und Tayend von ihrer Forschungsreise nach Duna zurückgekehrt waren. Bei dem Gedanken an die Reise regte sich Wut in Dannyl. Tayend hatte Achati manipuliert, damit er sie begleiten konnte, dann hatte er Dannyl und Achati bewusst und erfolgreich daran gehindert, ein Liebespaar zu werden.

Seltsam, dass das dazu geführt hat, dass ich es umso mehr will, obwohl ich vor unserem Aufbruch zögerlich war und Zweifel hatte wegen der politischen Konsequenzen einer solchen Beziehung.

Die Tatsache, dass Tayends Gründe für seine Einmischung die gleichen waren wie jene, die Dannyl überhaupt veranlasst hatten zu zögern, und dass die gegenwärtige

Situation sein Zögern im Nachhinein mehr als rechtfertigte, machte es Dannyl nicht leichter, ihm die Einmischung zu verzeihen.

Dannyl konnte nicht umhin zu hoffen, dass es nur die Situation mit Lorkin war, die Achati fernhielt, und dass der Mann ihn nicht aufgegeben hatte.

Er konnte außerdem nicht umhin, Gewissensbisse zu verspüren. Ob er und Achati Liebende waren oder nicht, sie würden immer Geheimnisse voreinander haben müssen. Geheimnisse wie den Vorschlag der Duna, mit der Gilde ein Bündnis oder ein Handelsabkommen zu schließen. Diese Angelegenheit war seit Lorkins Rückkehr fast in Vergessenheit geraten. Früher einmal wäre die Gilde sehr aufgeregt über eine Möglichkeit gewesen, eine neue Art von Magie zu erwerben, aber die Aussicht auf den gleichen Tauschhandel mit den Verräterinnen, die ein sehr viel ehrfurchtgebietenderer Verbündeter sein konnten, hatte das überschattet.

Dannyl wusste nicht genau, was die Verräterinnen Lorkin gebeten hatten, der Gilde zu übermitteln. Osen hatte beschlossen, dass es das Beste sei, wenn Dannyl nichts darüber wusste, für den unwahrscheinlichen Fall, dass jemand seine Gedanken las. Dannyl runzelte die Stirn. *Osen muss wissen, dass Lorkin eine Gedankenlesung blockieren kann. Lorkin wird mir nichts erzählen, was er nicht schon Osen erzählt hat.*

Als er das Herrenzimmer erreichte, sah er, dass Lorkin bereits dort wartete. Er, Tayend und Lady Merria, Dannyls Assistentin, saßen auf Hockern und unterhielten sich leise. Bei Dannyls Eintritt erhoben sie sich.

»Bereit?«, fragte Dannyl Lorkin.

Lorkin nickte.

Tayend warf dem jungen Magier einen ernsten Blick zu. »Viel Glück.«

»Danke, Botschafter«, erwiderte Lorkin.

»Wir haben beide unsere sachakanischen Freunde gefragt, was der König ihrer Meinung nach tun wird«, fügte Tayend hinzu und sah Merria an. »Niemand will irgendetwas voraussagen, aber sie hoffen alle, dass der König nichts tun wird, was die Verbündeten Länder gegen ihn aufbringt.«

»Und denken sie, ich sollte mein Versprechen brechen und alles über die Verräterinnen erzählen?«, fragte Lorkin.

Tayend verzog das Gesicht. »Ja.« Merria nickte zustimmend.

Lorkins Lippen zuckten zu einem flüchtigen Lächeln. »Kaum überraschend.« Aber trotz seines scheinbaren Humors waren seine Augen hart. Dannyl fühlte sich plötzlich an Schwarzmagierin Sonea erinnert. Der Gedanke, wie halsstarrig Lorkins Mutter in seinem Alter gewesen war, machte Dannyl ein wenig Mut, wenn er daran dachte, dass Lorkin sich den Fragen und Schikanen des sachakanischen Königs würde stellen müssen. *Hoffen wir, dass Schikanen alles sind, was er versuchen wird.*

»Seid Ihr auch vorsichtig«, sagte Merria.

Dannyl begriff, dass sie ihn anschaute, und er blinzelte überrascht. Sie hatte ihm seit seiner Rückkehr finstere Blicke zugeworfen und ihn wissen lassen, dass sie ihm nicht verziehen hatte, dass er sie nicht nach Duna mitgenommen hatte. Er war sich nicht sicher, wie er auf ihre Sorge reagieren sollte, vor allem, da er nicht darüber nachdenken wollte, was mit ihm selbst geschehen würde, sollten die Dinge eine Wendung zum Schlimmeren nehmen.

»Ich werde zurechtkommen«, erklärte er ihr. »Wir werden zurechtkommen«, fügte er hinzu. Tayend sah Dannyl auf eine besorgte Weise an, über die Dannyl ebenfalls nicht nachdenken wollte, daher wandte er sich dem Flur zu, der aus dem Gildehaus führte. »Nun, wir sollten den König nicht warten lassen.«

»Nein«, sagte Lorkin leise.

Dannyl blickte zu Kai hinüber, dem Mann, der jetzt sein persönlicher Sklave war. Merria hatte von ihren Freundinnen erfahren, dass es ein typischer Trick von Sklaven war, häufig Aufgaben untereinander zu wechseln, da es für einen Herrn dann schwerer war, den richtigen Sklaven für einen bestimmten Fehler zu bestrafen. Und je mehr Sklaven man sah, umso schwerer war es, sich ihre Namen zu merken, und wenn man sich den Namen eines Sklaven nicht merken konnte, war es schwerer, seine Bestrafung anzuordnen.

Merria hatte verlangt, dass jedem Bewohner des Gildehauses ein oder zwei Sklaven zugeteilt wurden, die sich um ihre Bedürfnisse kümmerten. Aber obwohl das Arrangement mehr Ähnlichkeit damit hatte, einen Diener zu haben, hatte es trotzdem Nachteile. Ein Diener stellte Fragen. Ein Diener würde es sagen, wenn man ihm etwas Unmögliches oder Schwieriges abverlangte. Ein Diener warf sich nicht zu Boden, wann immer man ihn sah. Obwohl Dannyl im Laufe der Jahre einige aufreizend streitlustige Dienstboten gehabt hatte, würde er lieber diese Unannehmlichkeit auf sich nehmen statt fraglosen Gehorsam.

»Lass die Kutschensklaven wissen, dass wir so weit sind, Kai«, befahl Dannyl.

Kai eilte voraus, und Dannyl führte Lorkin den Flur entlang zur Vordertür. Als sie hindurchtraten, blendete helles Sonnenlicht Dannyls Augen, und er hob die Hand, um sie zu beschatten. Der Himmel war blau und wolkenlos, und in der Luft lagen eine Wärme und Trockenheit, die er in Kyralia mit dem Beginn des Sommers gleichgesetzt hätte. Hier begann gerade erst das Frühjahr. Wie immer warfen die Sklaven sich zu Boden. Dannyl befahl ihnen, sich zu erheben, dann stiegen er und Lorkin in die wartende Kutsche.

Sie fuhren schweigend zum Palast. Dannyl bedachte all das, was Osen ihm zu sagen aufgetragen hatte und was er nicht sagen sollte. Er wünschte, er wüsste mehr darüber, was Lorkin und die Gilde planten. Es verursachte ihm Unbehagen, nicht die ganze Wahrheit zu kennen. Allzu bald bog die Kutsche in die breite, von Bäumen gesäumte Allee ein, die zum Palast führte, dann hielt sie vor dem Gebäude an. Die Sklaven kletterten zu Boden und öffneten die Tür.

Dannyl stieg aus und wartete auf Lorkin.

»Hübsch«, bemerkte Lorkin und betrachtete voller Bewunderung das Gebäude.

Natürlich, er hat den Palast noch nicht gesehen, ging es Dannyl durch den Kopf. Als er zu den gerundeten weißen Mauern emporblickte und in den oberen Abschluss der goldglänzenden Kuppel darüber, erinnerte er sich daran, wie beeindruckt er bei seinem ersten Besuch hier gewesen war. Jetzt machte er sich zu große Sorgen wegen des bevorstehenden Gesprächs, um Bewunderung zu empfinden.

Er richtete seine Aufmerksamkeit auf den Eingang und führte Lorkin hinein. Sie schritten den breiten Flur entlang, vorbei an den Wachen und hinein in die riesige, von Säulen beherrschte Halle, die dem König als Audienzsaal diente. Dannyls Herz begann schneller zu schlagen, als er sah, dass viel mehr Leute anwesend waren als bei jeder seiner vorangegangenen Begegnungen mit dem König. Statt einer Gruppe von zwei oder drei Personen hier und da hatte sich eine kleine Menschenmenge eingefunden. Nach ihren stark dekorierten kurzen Jacken und selbstbewussten Posen zu urteilen, waren die meisten von ihnen Ashaki. Er zählte schnell. *Ungefähr fünfzig.*

Das Wissen, dass ihn so viele Schwarzmagier umgaben, sandte ihm einen unangenehmen Schauer über den Rücken. Er konzentrierte sich darauf, das Gesicht leidenschaftslos und seinen Gang würdevoll zu halten, in der Hoffnung, dass er seine Furcht erfolgreich verbarg.

König Amakira saß auf seinem Thron. Trotz seines Alters wirkte er genauso angespannt und wachsam wie der jüngste der Sachakaner im Raum. Er ließ Lorkin keine Sekunde aus den Augen, bis Dannyl stehen blieb und sich auf ein Knie sinken ließ. Lorkin folgte seinem Beispiel, wie er es ihm aufgetragen hatte.

»Erhebt Euch, Botschafter Dannyl«, forderte der König ihn auf.

Dannyl tat wie geheißen und widerstand der Versuchung, Lorkin anzusehen, der gezwungen war, weiter auf dem Boden zu knien, bis man ihm etwas anderes sagte. Der Blick des Königs war wieder zu dem jungen Magier gewandert. Der Ausdruck in seinen Augen war eindringlich.

»Erhebt Euch, Lord Lorkin.«

Lorkin stand auf, sah den König an und senkte dann höflich den Blick.

»Willkommen zurück«, fuhr der König fort.

»Vielen Dank, Euer Majestät.«

»Habt Ihr Euch von Eurer Rückreise nach Arvice erholt?«

»Ja, Euer Majestät.«

»Das ist gut zu hören.« Der König sah Dannyl an, und eine Art kalter Erheiterung stahl sich in seine Augen. »Botschafter, ich wünsche von Lorkin zu hören, wie es dazu gekommen ist, dass er Arvice verlassen und bei den Verräterinnen gelebt hat und dann zurückgekehrt ist.«

Dannyl nickte. »Das habe ich erwartet, Euer Majestät«, erwiderte er und brachte ein Lächeln zustande. Er drehte sich zu Lorkin um. »Erzählt ihm, was Ihr mir erzählt habt, Lord Lorkin.«

Der junge Magier bedachte Dannyl mit einem erheiterten, beinahe tadelnden Blick, bevor er sich wieder dem König zuwandte. Dannyl verkniff sich ein Lächeln. *Wenn er Ihnen erzählt, was er mir erzählt hat, wird er Ihnen praktisch gar nichts erzählen.*

»In der Nacht, in der ich das Gildehaus verließ«, begann Lorkin, »hat sich eine Sklavin in mein Bett gestohlen und versucht, mich zu töten. Ich wurde von einer anderen Sklavin gerettet, die mich davon überzeugte, dass weitere Meuchelmörder kommen würden, um mich zu töten, wenn ich nicht mit ihr fortging. Meine Retterin war, wie Ihr gewiss erraten habt, in Wirklichkeit gar keine Sklavin, sondern eine der Verräterinnen. Sie hat mir erklärt, dass die Gesellschaft, zu der sie gehörte, sich vor dem sachakanischen Krieg gebildet habe, als eine Gruppe von Frauen sich aufgrund ihrer schlechten Behandlung in der sachakanischen Gesellschaft zusammengetan hatte. Der Krieg zwang sie in die Berge zu gehen, wo sie zu einem neuen Volk wurden, das Sklaverei und die Ungleichheit zwischen Mann und Frau ablehnte.«

»Sie werden von Frauen regiert«, unterbrach der König. »Ist das keine Ungleichheit?«

Lorkin zuckte die Achseln. »Es ist keine perfekte Ordnung, aber sie ist immer noch fairer als jede andere, die mir begegnet ist oder von der ich gehört habe.«

»Ihr seid also zu ihrem Stützpunkt gegangen?«

»Ja. Es war der sicherste Ort, da die Meuchelmörder noch immer Jagd auf mich machten.«

»Könntet Ihr ihn wiederfinden?«

Lorkin schüttelte den Kopf. »Nein. Man hat mir die Augen verbunden.«

Der König kniff die Augen zusammen. »Wie groß ist ihr Stützpunkt? Wie viele Verräterinnen leben dort?«

»Ich … ich kann es wirklich nicht sagen.«

»Ihr könnt nicht, oder Ihr wollt nicht?«

»Es war nicht die Art von Ort, wo man leicht schätzen kann, wie viele Menschen in der Nähe sind.«

»Versucht es trotzdem.«

Lorkin breitete die Hände aus. »Mehr als hundert.«

»Habt Ihr irgendwelche Eindrücke gewonnen, was ihre Kampfkraft betrifft?«

Wieder schüttelte Lorkin den Kopf. »Ich habe sie nie kämpfen sehen. Einige sind Magierinnen. Das wisst Ihr bereits. Ich kann Euch keine Zahlen nennen oder Euch sagen, wie stark oder wie gut ausgebildet sie sind.«

Eine Bewegung unter den Ashaki in der Nähe des Throns erregte Dannyls Aufmerksamkeit, und sein Herz setzte einen Schlag aus, als er Achati erkannte. Der Mann sah Dannyl kurz in die Augen, aber die einzige Regung, die er zeigte, war Nachdenklichkeit. Er beugte sich dichter zum König vor und murmelte etwas. Der König ließ Lorkin nicht aus den Augen, aber er senkte leicht die Brauen.

»Was habt Ihr getan, während Ihr bei den Verrätern wart?«, fragte er.

»Ich habe geholfen, die Kranken zu behandeln.«

»Sie haben Euch, einem Fremden, genug vertraut, um Euch Kranke zu überlassen?«

»Ja.«

»Habt Ihr sie irgendetwas gelehrt?«

»Einiges. Und ich habe selbst auch einiges gelernt.«

»Was habt Ihr sie gelehrt?«

»Einige neue Heilmethoden – und ich habe mehrere von ihnen gelernt, obwohl manche Pflanzen erfordern, die wir in Kyralia nicht haben.«

»Warum habt Ihr sie verlassen?«

Lorkin hielt inne; offensichtlich hatte er die Frage nicht so bald erwartet. »Weil ich nach Hause zurückkehren wollte.«

»Warum seid Ihr nicht früher gegangen?«

»Sie lassen Fremde normalerweise nicht gehen. Aber in meinem Fall haben sie ihre Meinung geändert.«

»Warum?«

»Es sprach nichts dagegen. Ich hatte nichts Wichtiges erfahren, also konnte ich nichts Wichtiges preisgeben. Als ich ging, sorgten sie dafür, dass ich niemals in der Lage sein würde, den Weg zurück zu ihnen zu finden.«

Der König betrachtete ihn nachdenklich. »Trotzdem habt ihr mehr vom Stützpunkt der Verräterinnen gesehen als jeder Nichtverräter zuvor. Es könnte Einzelheiten geben, deren Bedeutung Ihr nicht versteht. Diese Rebellen sind eine Gefahr für unser Land, und eines Tages werden sie vielleicht auch eine Gefahr für andere Länder in dieser Region sein, das Eure eingeschlossen. Werdet Ihr einer Gedankenlesung zustimmen?«

Lorkin wurde sehr still. In der Halle war es leise, als er den Mund öffnete, um zu antworten.

»Nein, Euer Majestät.«

»Ich werde meinen begabtesten Gedankenleser einsetzen. Er wird Eure Gedanken nicht durchsuchen, sondern es Euch ermöglichen, ihm Eure Erinnerungen zu präsentieren.«

»Ich weiß das zu schätzen, aber ich bin verpflichtet, das Wissen zu schützen, das die Gilde mich gelehrt hat. Ich muss ablehnen.«

Der Blick des Königs wanderte zu Dannyl. Seine Miene war undeutbar. »Botschafter, werdet Ihr Lord Lorkin befehlen, sich einer Gedankenlesung zu unterziehen?«

Dannyl holte tief Luft. »Bei allem Respekt, Euer Majestät, das kann ich nicht tun. Dazu fehlt mir die Autorität.«

Der König zog die Augenbrauen nach unten. »Aber Ihr habt einen Blutring, der es Euch erlaubt, Euch mit der Gilde in Verbindung zu setzen. Tut das. Holt Euch den Befehl von der Person, die die Autorität hat, ihn zu erteilen.«

Dannyl öffnete den Mund, um zu protestieren, besann sich dann jedoch eines Besseren. Er musste den Anschein erwecken, als versuche er, mit dem König zusammenzuarbeiten. Also griff er in seine Roben, holte Osens Ring aus seiner Tasche und streifte ihn über.

– *Osen?*

– *Dannyl,* kam die prompte Antwort. Der Administrator hatte gesagt, dass er dafür sorgen würde, dass er nichts zu tun hatte, während sie sich mit dem sachakanischen König trafen, und Dannyl nahm keine Überraschung bei dem anderen Mann wahr.

– *Sie wollen, dass die Gilde Lorkin befiehlt, sich einer Gedankenlesung zu unterziehen.*

– *Ah. Natürlich. Sie werden kein Wort glauben, das er sagt.*

– *Was soll ich ihnen ausrichten?*

– *Dass nur Merin die Autorität hat, diesen Befehl zu erteilen, und er wird es erst in Erwägung ziehen, wenn er eine Chance hatte, Lorkin persönlich und unter vier Augen zu befragen.*

Ein Frösteln überlief Dannyl. Die einzige Möglichkeit, wie der kyralische König seine Wünsche klarer machen konnte, wäre die, auf alle Förmlichkeiten zu verzichten und von Amakira zu verlangen, dass er Lorkin zurück nach Kyralia ziehen ließ. – *Sonst nichts?*

– *Für den Moment nicht, nein. Schaut, was Amakira dazu sagt.*

Dannyl streifte den Ring ab, hielt ihn in der Hand, blickte zu dem König von Sachaka auf und übermittelte ihm Osens Nachricht.

Amakira starrte Dannyl an, eine sehr, sehr lange Zeit, wie es ihm vorkam. Als er sich schließlich rührte, bewegte er zuerst seine Kinnmuskeln, was einen Hinweis auf den Ärger gab, mit dem die Nachricht ihn erfüllt hatte.

»Das ist umständlich«, sagte er leise. »Und zwingt mich zu der Frage, ob ich die Bemühungen um eine Zusammenarbeit zwischen unseren Nationen beiseiteschieben muss, um meine eigene zu beschützen.« Er schürzte die Lippen und drehte sich zu zwei der Ashaki um. »Bitte begleitet Lord Lorkin ins Gefängnis.«

Lorkin machte einen halben Schritt rückwärts, dann hielt er inne. Als die beiden Ashaki näher kamen, trat Dannyl einen Schritt vor.

»Ich muss protestieren, Euer Majestät!«, rief Dannyl aus. »Ich bitte im Namen der Verbündeten Länder, dass Ihr die Vereinbarung einhaltet …«

»Entweder Lord Lorkin geht ins Gefängnis, oder Lord Lorkin geht ins Gefängnis und Botschafter Dannyl verlässt Sachaka«, sagte der König, laut genug, um Dannyls Worte zu übertönen.

– Lasst sie ihn mitnehmen.

Dannyl hätte vor Überraschung beinahe laut aufgekeucht, als er die Stimme in seinem Kopf hörte. Ihm wurde bewusst, dass er den Ring fest umklammerte, so dass der Edelstein seine Haut berührte und seine Gedanken daher an Osen übermittelte.

– Seid Ihr Euch sicher?

– Ja, antwortete der Administrator. *Wir haben natürlich gehofft, dass es nicht so weit kommen würde, aber wir möchten keinesfalls Lorkin verlieren* und *zusehen müssen, wie Ihr aus Sachaka verbannt werdet. Kehrt in das Gildehaus zurück und fangt an, Amakira zuzusetzen, dass er Lorkin gehen lassen soll. Wir werden von hier aus alles tun, was wir können.*

Dannyl wurde flau, als die beiden Ashaki an ihm vorbeigingen und links und rechts von Lorkin stehen blieben. Der junge Magier wirkte resigniert und besorgt, aber als er Dannyls Blick auffing, brachte er ein mattes Lächeln zustande.

»Ich werde schon zurechtkommen«, sagte er. Dann ließ er sich von den beiden Männern davonführen.

Dannyl drehte sich wieder zum König um. »Bringt ihn ins Gefängnis, wenn Ihr müsst, Euer Majestät, aber fügt ihm keinen Schaden zu«, warnte er, »sonst wird in Zukunft kaum noch ein friedliches Bündnis zwischen den Verbündeten Ländern und Sachaka möglich sein. Das wäre eine große Schande.«

Amakiras Blick geriet nicht ins Wanken, aber seine Stimme war leiser, als er wieder sprach. »Kehrt ins Gildehaus zurück, Botschafter. Dieses Treffen ist beendet.«

Noch bevor Sonea die Augen öffnete, wusste sie, dass es zu früh war, um aufzuwachen. Sie drehte sich zu ihrem abgedeckten Schlafzimmerfenster um und sah das helle Morgenlicht durch die Ritzen fallen. Sie konnte nur ein oder zwei Stunden geschlafen haben.

Ein Klopfen vom Hauptraum verriet ihr auch, warum sie wach war.

Stöhnend warf sie die Arme über die Augen und wartete. Jeden Morgen außer an den unterrichtsfreien Tagen kam Schwarzmagier Kallen vorbei, um Lilia zum Unterricht abzuholen. Die meiste Zeit bereitete die Novizin sich ganz leise auf ihren Tag in der Universität vor, um Sonea nicht zu wecken. Und Kallen hatte zwar einige Zeit gebraucht, nachdem Sonea mehrfach vielsagend darauf hingewiesen hatte, dass sie im Hospital gewöhnlich die Nachtschicht übernahm, aber schließlich begriffen, dass von ihm erwartet wurde, *leise* anzuklopfen.

Heute Morgen schien er es vergessen zu haben.

Das Klopfen erklang erneut, noch lauter diesmal. Sonea stöhnte abermals. Warum öffnete Lilia nicht? Seufzend warf sie die Bettdecken zurück und zwang sich aufzustehen. Sie fuhr sich mit den Händen durchs Haar, um es zu glätten, griff sich einen Morgenmantel und zog ihn über ihre Nachtwäsche. Nachdem sie den Hauptraum betreten hatte, ging sie auf die Tür zu und sandte ein klein wenig Magie aus, um den Knauf zu drehen.

Als die Tür nach innen aufschwang, blickte ein stirnrunzelnder Kallen auf, dessen Stirn sich bei ihrem Anblick in noch tiefere Falten legte. Sein Blick flackerte zu ihrem Morgenmantel und wieder hinauf zu ihren Augen, und sein Gesichtsausdruck veränderte sich dabei nicht.

»Guten Morgen, Schwarzmagierin Sonea«, sagte er. »Entschuldigt die Störung. Ist Lilia hier?«

Sonea schaute zu Lilias geschlossener Schlafzimmertür auf der anderen Seite des Raums hinüber, dann ging sie darauf zu. Sie klopfte zuerst leise an, dann lauter, dann öffnete sie die Tür. Der Raum war leer. Das Bett war jedoch gemacht, daher war Soneas Tante und Dienerin, Jonna, offensichtlich bereits da gewesen und wieder gegangen.

»Nein«, antwortete sie und kehrte zur Haupttür zurück. »Und nein, ich weiß nicht, wo sie ist. Wenn ich es erfahre, werde ich Euch Bescheid geben.«

»Danke.« Kallen wirkte entschieden unglücklich, aber er nickte und trat von der Tür weg.

Sonea schloss die Tür, ging auf das Schlafzimmer zu und hielt dann inne. Es war ungewöhnlich, dass Lilia am Morgen fort war. Es lag nicht in ihrer Natur, sich schlecht zu benehmen oder Ärger zu machen, aber sie musste trotzdem überwacht werden, weil sie bewiesen hatte, wie leicht sie sich von anderen in die Irre führen ließ.

Aber vielleicht nicht mehr so leicht wie früher. Schließlich brachte es einen dazu, genau zu überlegen, wem man vertraute, wenn man von seiner engsten Freundin überlistet wurde, um schwarze Magie zu erlernen, damit diese Freundin einem einen Mord in die Schuhe schieben konnte. Ganz zu schweigen von der Entdeckung, dass Lorandra, die wilde Magierin, der

Lilia bei der Flucht aus dem Gefängnis geholfen hatte, versucht hatte, Lilia diesen Gefallen zu vergelten, indem sie sie ihrem Sohn, dem berüchtigten Dieb Skellin, auslieferte, damit Lilia ihn schwarze Magie lehren konnte.

Sonea vertraute darauf, dass Lilia sich nicht *willentlich* erneut in ernste Schwierigkeiten bringen würde – aber vielleicht unwillentlich. Sonea musste außerdem den Anschein erwecken, als habe sie ein Auge auf alle anderen schwarzen Magier. Obwohl sie nicht offiziell Lilias Mentor war – das war Kallen –, hatten doch alle den Eindruck, dass sie die Verantwortung für sie übernommen hatte, als sie dem Mädchen erlaubte, in ihren Räumen zu wohnen.

Als Sonea sich im Zimmer umschaute, sah sie einen Zettel unter dem Wasserkrug auf dem Waschtisch hervorlugen. Sie nahm ihn an sich und las.

Bin früh aufgebrochen, um eine Freundin zu treffen. Sagt Schwarzmagier Kallen, dass ich von dort aus direkt zum Unterricht kommen werde.
Lilia

Sonea seufzte und verdrehte die Augen, aber ihr Ärger verflog bald. Die Nachricht war wahrscheinlich nicht für sie bestimmt, sondern für Jonna. Die Dienerin hatte den Zettel nicht gesehen – oder sie hatte nicht warten können, bis Kallen gekommen war –, oder aber sie hatte versucht, ihn zu erreichen, und ihn nicht gefunden.

Die Freundin war wahrscheinlich Anyi, die verhindert hatte, dass Lilia Skellin ausgeliefert wurde. Da Anyi Cerys Tochter war, war Sonea nicht restlos überzeugt, dass das Mädchen Lilia nicht auf irgendeine Weise auf Abwege führen würde.

Cery würde nicht zulassen, dass die Mädchen in Schwierig-

keiten geraten. Trotzdem … ich frage mich, warum Lilia sich zu dieser frühen Stunde mit Anyi trifft – und wo. Sonea legte den Zettel beiseite. Sie wusste, dass Anyi ihre Räume auf demselben Weg betrat, auf dem Cery gelegentlich erschien: durch eine verborgene Tür im Gästezimmer. Aber wenn Lilia fortgegangen war, um sich mit Anyi zu treffen, bedeutete das, dass sie zusammen anderswo hingingen, und das *war* ein Grund zur Sorge. Als neue Schwarzmagierin durfte Lilia das Gelände der Gilde nicht verlassen.

Vielleicht ist sie mit Anyi zurück durch die Luke gegangen. Die Tunnel unter der Gilde waren für alle bis auf die Höheren Magier verbotenes Terrain, offiziell, weil sie instabil und gefährlich waren, in der Hauptsache jedoch, weil es niemals irgendeinen *guten* Grund gab, warum jemand dort unten sein sollte. Das war es jedoch nicht, was Sonea an Lilias Treffen mit Anyi am meisten Sorgen machte.

Skellin wollte Cery tot sehen. Das bedeutete, dass jeder, der ihm half, eine Zielscheibe war. Bisher hatte Cery die Tatsache, dass Anyi seine Tochter war, geheim halten können. Offiziell war sie immer noch eine Leibwächterin, aber das bedeutete trotzdem, dass sie eine Zielscheibe war. Lilia mochte in der Lage sein, sie mit Magie zu beschützen, aber wenn der Angreifer Skellin war oder seine Mutter, Lorandra, würde sie in Schwierigkeiten sein, da beide Magier waren.

Ist sie gegangen, weil Cery ihre Hilfe braucht? Aber gewiss würde er sich zuerst mit mir in Verbindung setzen. Sie runzelte die Stirn. In letzter Zeit war Cery schwer zu finden gewesen, und wenn sie es dann doch schafften, sich zu treffen, wirkte er ausgezehrt und ängstlich. Sie hatte den Verdacht, dass es in Wahrheit mit seinen Bemühungen, Skellin zu finden, nicht mehr weit her war und er es im Gegenteil nur mit knapper Not schaffte, sich außer Reichweite des Diebes und wilden Magiers zu halten.

Sonea seufzte erneut und kehrte ins Schlafzimmer zurück, aber nicht um zu schlafen. Es war unwahrscheinlich, dass sie mehr tun würde, als wach dazuliegen, jetzt da sie sich sowohl um Cery als auch um Lilia Sorgen machte. Sie wusch sich, kleidete sich an, zog ein wenig Magie in sich hinein, um die Erschöpfung zu vertreiben, und machte sich gerade eine Tasse Raka, als erneut jemand an ihre Wohnungstür klopfte.

Nachdem sie sich dabei ertappt hatte, dass sie wieder seufzte – sie hatte heute schon viel zu oft geseufzt –, schaute sie über ihre Schulter und öffnete die Tür mit Magie.

Administrator Osen trat ein. Sonea blinzelte überrascht.

»Administrator.«

»Schwarzmagierin Sonea«, begrüßte er sie und neigte höflich den Kopf. »Darf ich hereinkommen?«

»Natürlich«, erwiderte sie und drehte sich zu ihm um. Er schloss die Tür. »Möchtet Ihr etwas Raka oder Sumi?«

Er schüttelte den Kopf. »Ich habe schlechte, aber nicht gänzlich unerwartete Neuigkeiten.«

Sie hatte ein unangenehmes Gefühl, als würden sich all ihre inneren Organe in Wasser verwandeln. *Lorkin.*

»Wie schlecht?«

Osens Lippen wurden schmal vor Mitleid. »Nicht die schlimmsten Neuigkeiten. Ich wäre direkter gewesen, wenn das der Fall wäre. Lorkin hat eine Gedankenlesung abgelehnt. König Amakira hat verlangt, dass man ihm befiehlt, sich einer solchen zu unterziehen. König Merin hat sich geweigert. Amakira hat Lorkin ins Gefängnis geschickt.«

Ein Frösteln überlief sie, und ihr Magen krampfte sich zusammen. Ein Bild von Lorkin, angekettet in einer feuchten, dunklen Zelle, schoss ihr durch den Sinn, und ihr wurde übel. Vor ihrem inneren Auge war er ein verängstigter Junge. *Aber das ist er nicht. Er ist ein erwachsener Mann. Er wusste, dass dies geschehen konnte, und trotzdem hat er sich geweigert, die Verräterinnen ans Messer zu liefern. Ich muss seinem Urteil vertrauen, dass sie es wert sind, gerettet zu werden.* Sie zwang sich, sich wieder auf Osen zu konzentrieren.

»Was jetzt?«, fragte sie, obwohl die Höheren Magier diesen Fall schon viele Male erörtert hatten.

»Wir arbeiten darauf hin, ihn zu befreien. Wobei ›wir‹ die Gilde, der König und der elynische König sind. Wenn Lorkin recht hat und er sie daran hindern kann, seine Gedanken zu lesen, dann müssen wir Amakira zu der Erkenntnis bringen, dass er am ehesten mehr über die Verräterinnen erfahren wird, wenn er Lorkin gehen lässt. An diesem Punkt kommt Ihr ins Spiel.«

Sonea nickte und verspürte verspätete Erleichterung. Ihre Aufgabe, sich im Namen der Gilde mit den Verräterinnen zu treffen, war komplizierter geworden, als sich herausgestellt hatte, dass König Amakira Lorkin nicht erlauben würde, Sachaka zu verlassen, bis er alles von ihm erfahren hatte, was er erfahren konnte. Die Gilde hatte beschlossen, sie ebenfalls nach Arvice zu schicken, um Verhandlungen über die Freilassung ihres Sohnes zu führen.

Weil die Höheren Magier zu dem Schluss gekommen waren, dass nur ein Schwarzmagier den Respekt erhalten würde, der notwendig war, um mit dem sachakanischen König zu verhandeln, bedeutete das, dass die Gilde zwischen ihr und Kallen wählen musste – Lilia war zu jung und immer noch Novizin. Sie hatten gute Gründe, sich für keinen von ihnen zu entscheiden. Während die Sachakaner Frauen geringer achteten als Männer und die Tatsache, dass sie Lorkins Mutter war, sie erpressbar werden ließ, machte Kallens Abhängigkeit von Feuel ihn potenziell unverlässlich und ebenso verletzbar gegen Überredungsversuche.

Vielleicht kann das Wissen, dass ich schon früher Sachakaner getötet habe und bereit wäre, es wieder zu tun, um meinen Sohn zu retten, Amakira überzeugen, ihn freizulassen.

Natürlich konnte der sachakanische König damit drohen, Lorkin etwas anzutun, um etwas von ihr zu erhalten, aber das würde ihm nicht viel einbringen. Sie wusste nicht, was die Sachakaner herausfinden wollten, und konnte Lorkin nicht befehlen zu sprechen. Sie konnte nur versprechen, dass sie versuchen würde, ihn dazu zu überreden, wenn sie ihn gehen ließen.

Sie drehte sich zu Osen um. »Also, wann breche ich auf?«

Schwaches Licht, das durch eine Tür vor ihr fiel, sagte Lilia, dass sie und Anyi ihr Ziel fast erreicht hatten. Sie machte einen Bogen um den Schutt im Flur und folgte ihrer Freundin zu der Öffnung und in den Raum dahinter.

Cery saß auf einer der alten Holzkisten, die Anyi zusammengetragen hatte, um sie als Sitzplätze zu benutzen. Unter ihm lag auf einigen der fadenscheinigen Kissen von dem Stapel, auf dem Lilia und Anyi es sich so oft bequem gemacht hatten, Gol. Selbst im schwachen Kerzenlicht konnte sie sehen, dass er bleich war. Sie ging mit ihrer Lichtkugel näher heran und machte sie heller. Gols Stirn war feucht von Schweiß, und seine Augen wirkten fiebrig.

Lilia blickte auf ihn hinab, gelähmt von Zweifeln. *Weiß ich schon genug über Heilung, um ihn zu retten?*

»Versuch es einfach«, drängte Anyi.

Lilia sah ihre Freundin an und nickte. Sie zwang sich, sich neben Gol hinzuknien. Cery drückte die Hände auf Gols Unterleib, und sie waren voller Blutflecken.

»Sollte ich den Druck lösen?«, fragte Cery.

»Ich … ich bin mir noch nicht sicher«, gestand Lilia. »Ich werde es mir einfach … ansehen.«

Sie zupfte mehr von Gols Hemd weg, legte eine Hand auf

seine nackte Haut, schloss dann die Augen und sandte ihre Sinne in seinen Körper.

Zuerst war alles Chaos, aber sie machte sich zunutze, was man sie gelehrt, was sie gelesen und was sie eingeübt hatte, um all den unterschiedlichen Signalen und Bewegungen einen Sinn abzugewinnen. Das Erste, was offensichtlich war, war der Schmerz. Sie keuchte beinahe laut auf, als sie diesen Schmerz auffing, und war stolz, dass sie nicht die Konzentration verlor. Schmerzen waren leicht zu lindern. Es war eine der ersten Lektionen, die man Heilern beibrachte. Sobald sie das in Angriff genommen hatte, suchte sie nach weiteren Informationen. Ihr Geist wurde zu dem zerstörten Teil gezogen, wo lebenswichtige Flüssigkeiten verlorengingen, während andere, die gefährlich giftig waren, in gesunde Bereiche sickerten.

Seine Eingeweide sind von der Klinge verletzt worden, die ihn getroffen hat. Er wäre bereits tot, wenn das Loch deutlich größer gewesen wäre. Offensichtlich ist es das, was ich zuerst reparieren muss …

Sie zog Magie in sich hinein und ließ sie in die Wunde fließen, deren Ränder sich zusammenfügten und schneller heilten, als sie es ohne Eingreifen jemals hätten tun können.

Jetzt muss ich verhindern, dass mehr Blut hinausfließt. Aber bevor ich das tue, muss ich mich um dieses Gift aus den Eingeweiden kümmern und um das Blut, das er innerlich verliert. Ich muss das eine benutzen, um das andere auszuspülen. Sie hoffte, dass Cery und Anyi nicht in Panik gerieten, während sie Magie benutzte, um die Flüssigkeiten aus der Wunde zu vertreiben. Da war ein wenig mehr Widerstand, als sie erwartet hatte. Dann erinnerte sie sich daran, dass Cery noch immer auf die Wunde drückte. Sie konzentrierte sich wieder hinreichend auf ihren eigenen Körper, um die Kontrolle über ihre Stimmbänder zu gewinnen.

»Du kannst jetzt aufhören«, zwang sie sich zu sagen.

Sie bemerkte, dass das Blut wieder zu fließen begann, und musste sich mit aller Macht konzentrieren, um das durchtrennte Fleisch und die Haut zu heilen. Eingedenk der Warnungen ihrer Lehrer vergewisserte sie sich, dass es keine weiteren inneren Verletzungen gab, die bluteten. Einige Blutgefäße mussten repariert werden. Das war einfach.

Nach einer letzten Überprüfung zog sie ihre Sinne wieder in sich hinein, holte tief Luft und öffnete die Augen. Gols Gesicht war nicht länger starr vor Schmerz. Er schaute zu ihr auf und lächelte.

»Besser?«, fragte sie.

Er nickte. »Ja. Aber … müde. Sehr müde.« Er runzelte die Stirn. »Durstig.«

»Das ist normal. Du hast Blut verloren, und das Gift könnte eine Entzündung verursacht haben.«

»Die Klinge war vergiftet?«, fragte Cery erschrocken.

»Nein, aber sein Darm ist aufgeschlitzt worden. Was darin ist, wirkt wie Gift, wenn es in den Rest des Körpers gelangt.«

Cery betrachtete den massigen Mann nachdenklich. »Du wirst für eine ganze Weile nicht für Kampfübungen zu gebrauchen sein.« Er sah Lilia an. »Wie lange wird es dauern, bis er sich vollkommen erholt hat?«

Sie zuckte die Achseln. »Ich bin mir nicht sicher, aber es wird schneller gehen, wenn er gutes Essen und sauberes Wasser bekommt.« Sie blickte Anyi an. »Wenn du mit mir kommst, werde ich nachsehen, ob Jonna etwas in meinem Zimmer zurückgelassen hat. Zumindest wird dort Wasser sein.«

»Du bist bereits spät dran für den Unterricht«, bemerkte Anyi. »Du solltest direkt in die Universität gehen.«

»In diesen Kleidern?« Lilia blickte auf ihre Novizenroben

hinab. Sie waren abgewetzt und schmutzig von der Kletterpartie durch die schmale Lücke in den Mauern der Magierquartiere, die es ihr ermöglichte, aus Soneas Räumen und in die unterirdischen Tunnel zu schlüpfen. Normalerweise brachte Anyi ihr einige alte Kleider mit, die sie anziehen konnte, aber diesmal war sie mit leeren Händen erschienen. Lilia hatte nicht riskieren wollen, dass Gol vielleicht starb, während sie versuchte, etwas anderes zum Anziehen zu finden.

Anyi betrachtete Lilias Roben. »Kannst du nicht Magie benutzen, um sie in Ordnung zu bringen?«

Lilia seufzte. »Ich kann es versuchen. Hängt davon ab, wie schlimm es ist. Es dauert vielleicht länger, als zurückzugehen.«

Anyi musterte sie. »Sieht gar nicht so schlimm aus. Nichts, was du nicht damit erklären könntest, dass du gestolpert und in eine Hecke gefallen bist.«

»Wie sieht es mit etwas Essbarem und Wasser aus?«

Anyi zuckte die Achseln. »Ich werde mich darum kümmern.«

»Sonea wird den ganzen Tag in ihren Räumen sein.«

»Sie macht im Hospital die Nachtschicht, richtig? Also wird sie schlafen.«

»Und wenn sie nicht schläft? Oder wenn sie aufwacht?«

»Dann erzähle ich ihr, ich sei auf einen Sprung vorbeigekommen, um dich zu besuchen, und hätte Hunger.«

»Wenn es nur Wasser ist, das wir brauchen, kenne ich einige lecke Rohre«, sagte Cery. Er sah Lilia streng an. »Aber wir werden schlimmer dran sein, wenn du deinen Unterricht versäumst oder jemand bemerkt, dass du in den Tunneln unter der Gilde umhergestreift bist. Wir werden hier für eine Weile festsitzen, und du musst frei bleiben, damit du uns besuchen kannst, Lilia.«

Sie blickte von ihm zu Anyi. Er hatte natürlich recht. Zwar schien der Unterricht unwichtig im Vergleich dazu, ihre Freunde zu beschützen, aber es würde nur Verdacht erregen, wenn sie schwänzte. Einmal mehr verfluchte sie sich dafür, dass sie der Neugier nachgegeben und die Instruktionen über die Benutzung von schwarzer Magie in Nakis Buch ausprobiert hatte. Als sie noch eine gewöhnliche Novizin gewesen war, hatte niemand sie je beachtet. Sie seufzte und nickte. »In Ordnung. Aber ich komme heute Abend mit Essen für euch alle zurück.«

»Wie willst du das schaffen?«, fragte Cery und zog eine Augenbraue hoch.

»Oh, Jonna sagt mir immer, ich solle mehr essen, und sie lässt kleine Erfrischungen für mich da, während ich lerne. Heute Abend werde ich ungewöhnlich hungrig sein.«

3 Fragen

Lorkin verspürte zwar eine gewisse Erleichterung, als der Ashaki ihn aus dem Verhörraum führte, hatte aber gleichzeitig das Gefühl, dass diese Empfindung womöglich verfrüht war. Sie gingen den gleichen Weg zurück, den sie an diesem Morgen gekommen waren: von der Zelle, in die man ihn aus dem Audienzsaal des Palastes gebracht hatte, in den Verhörraum. Vielleicht waren sie für heute fertig. Vielleicht war es draußen Nacht. Lorkins Magen war das einzige Maß für das Verstreichen der Zeit, aber es war kein besonders zuverlässiges. Wenn er einmal nicht vor Angst verkrampft war, knurrte er leise vor Hunger.

Sein Vernehmer, der sich nicht vorgestellt hatte, ging voran, und dessen Assistent folgte hinter Lorkin. Lorkin wusste nur, dass der Mann ein Ashaki war, weil ein Wachposten ihn so angeredet hatte.

Sie erreichten einen Flur, der Lorkin genau in Erinnerung geblieben war, weil er schräg hinunter in den Gefängnisbereich führte. Einmal mehr fragte er sich, warum es hier keine Treppen gab, aber jetzt wurde die Antwort klar: Ein Gefängniswärter schob einen Rollwagen auf sie zu. Auf dem Wagen lag ein sehr dünner, sehr alter Mann, der nichts am Leib hatte als ein weißes Tuch, das ihn von der Taille bis zu den Knien bedeckte. Als sie ihn passierten, warf Lorkin einen verstohlenen Blick auf das Gesicht des alten Mannes. Dann schaute er genauer hin.

Ist er tot? Die Brust hob und senkte sich nicht. Die Lippen des Alten waren bläulich. *Sieht so aus.* Er hielt hastig Ausschau nach Wunden, entdeckte jedoch keine. Nicht einmal Male, wo Fesseln um die Handgelenke gelegen haben mochten. *Vielleicht ist er an Altersschwäche gestorben. Oder an einer Krankheit. Oder er ist verhungert. Oder es war schwarze Magie…* Er widerstand dem Drang, die Hand auszustrecken und den Leichnam zu berühren und seine heilenden Sinne zu benutzen, um nach der Todesursache zu suchen.

Am Ende des schräg abfallenden Flures gelangten sie in einen großen Raum. Fesseln hingen von den Wänden, rot von Rost. Ein Stapel ähnlich angelaufener Metallgegenstände lag in einer Ecke – Gegenstände, die einer verängstigten Phantasie wie Folterwerkzeuge erscheinen mochten. Im Gegensatz dazu waren die gekreuzten Gitterstäbe vor den nischenförmigen Zellen zu beiden Seiten des Raums ohne jede Spur von Alter oder Schwäche.

Drei größere Zellen erstreckten sich über die längere Wand des Raumes und fünf kleine über die kürzere. Nur zwei der Zellen waren bewohnt: In einer saßen zwei Männer in mittleren Jahren, in der anderen ein junges Pärchen. Zwei Wachen hockten in der Nähe des Eingangs zum Hauptraum, zusammen mit einem weiteren Mann, der eine nüchternere Version der üblichen Gewandung männlicher Ashaki trug. Letzterer nickte dem Vernehmer zu, der die Geste erwiderte.

Gefangene blieben selten länger als einige Wochen, das hatte man Lorkin erzählt. Selbst wenn sie für schuldig befunden wurden. Magier auf Dauer einzusperren war zu schwierig, und Nichtmagier wurden einfach in die Sklaverei verkauft. Der Vernehmer hatte nicht gesagt, ob die Magier befreit oder hingerichtet wurden.

Das ist Teil des Spiels, dachte Lorkin. *Ständige Andeutungen auf ernste Konsequenzen, wenn ich nicht mit ihnen zusammenarbeite, aber keine direkten Drohungen. Noch nicht.*

Der Mann hatte sich ausgiebig laut gefragt, ob Lorkin als Magier in sachakanischem Sinne galt, da sein magisches Wissen unvollständig war. Machte der Umstand, dass er keine höhere Magie kannte, Lorkin zu einem Halbmagier? Einen Halbmagier gefangen zu halten mochte trotzdem mehr Ärger bedeuten, als die Sache wert war. Wie dem auch sei, es war schon früher getan worden, wenn auch nicht hier. Mit Lorkins eigenem Vater.

Wenn er versucht hat, mich zu beleidigen, war es ein schwacher Versuch. Gewiss weiß er, dass Gildemagier unseren Mangel an höherer Magie nicht als einen Nachteil ansehen – tatsächlich ist es eher ein ehrenwerter Zustand. Ich nehme an, der Hinweis darauf, dass mein Vater einmal ein Sklave war, war sein eigentliches Ziel.

Trotzdem, diese Tatsache war nicht die Quelle der Demütigung für Lorkin, die sie für einen sachakanischen Edelmann gewesen wäre. Akkarin war von einem Ichani versklavt worden; Ichani waren Ausgestoßene, die für den Rest von Sachaka eine Peinlichkeit und ein Ärgernis waren – und ein Hinweis auf Schwäche in ihrer Gesellschaft. Lorkin sprach den Gedanken jedoch nicht laut aus.

Abgesehen von einigen anderen versuchten Seitenhieben hatte der Vernehmer den Tag damit verbracht, Fragen zu stellen und darauf hinzuweisen, wie schlimm es für Lorkin, die Gilde und den Frieden zwischen Sachaka und den Verbündeten Ländern wäre, wenn Lorkin ihm nicht alles über die Verräterinnen erzählte. Es gab nur eine begrenzte Anzahl an Fragen, die gestellt werden konnten, und an Versionen der gleichen Warnung, daher hatte der Mann sich oft wiederholt.

Und Lorkin hatte entschuldigend, aber entschieden seine Weigerung zu antworten wiederholt. Er wollte nicht ins Plaudern geraten und riskieren, dass er unbeabsichtigt irgendwelche Informationen lieferte, die gegen die Verräterinnen benutzt werden konnten. Irgendwann kam er zu dem Schluss, dass seine Weigerung schlicht ignoriert wurde, daher verlegte er sich darauf, gar nichts zu sagen. Es war nicht so einfach, wie er es sich vorgestellt hatte, aber er musste nur daran denken, wie viel schwerer es sein würde, der Folter zu widerstehen, und seine Entschlossenheit verstärkte sich. Sie hatten noch nicht versucht, seine Gedanken zu lesen, daher wussten sie nicht, dass es nicht funktionieren würde – das hieß, solange der Stein der Verräterinnen unter der Haut seiner Handfläche, der das Gedankenlesen blockierte, anstandslos funktionierte. Vielleicht würde es König Amakira weiterhin widerstreben, die Beziehungen zu den Verbündeten Ländern zu beeinträchtigen, indem er Lorkin einer Gedankenlesung unterzog. Vielleicht hoffte er, dass Lorkin mit Fragen und Drohungen dazu zu bewegen war, klein beizugeben.

Als sie das Gitter der Zelle erreichten, in der Lorkin zuvor eingesperrt gewesen war, bedeutete der Vernehmer ihm einzutreten. Das Gitter schloss sich. Lorkin drehte sich um und sah, dass der Ashaki in der strengen Gewandung sich ihnen genähert hatte.

»Fertig?«, fragte er.

»Für den Augenblick«, erwiderte der Vernehmer.

»Er will Euren Bericht.«

Der Vernehmer nickte und ging mit seinem Gehilfen davon.

Der schlicht gekleidete Ashaki schaute Lorkin durch das Gitter mit schmalen Augen an. Dann wandte er sich ab und sah sich im Raum um, bis sein Blick auf einen schlichten Holzstuhl fiel. Der Stuhl erhob sich in die Luft und schwebte vor Lorkins Zelle wieder zu Boden.

Der Ashaki setzte sich und machte sich daran, Lorkin zu beobachten.

Angestarrt zu werden war nichts, was Lorkin besonders gefiel, aber er nahm an, dass er sich daran würde gewöhnen müssen. Er blickte sich in der Zelle um. Sie war leer bis auf einen Eimer für Exkremente in einer Ecke. Er hatte den ganzen Tag lang nichts gegessen oder getrunken, daher war sein Drang, sich zu erleichtern, nicht stark genug, um den Eimer zu benutzen, während er beobachtet wurde.

Irgendwann werde ich es tun müssen. Besser, ich gewöhne mich auch an diesen Gedanken.

Da ihm nichts anderes übrigblieb, setzte Lorkin sich auf den staubigen Boden und lehnte sich an die raue Wand. Er würde wahrscheinlich auch auf dem Boden schlafen müssen. Der Stein war hart und kalt. Zumindest war es hier kühl genug, dass ihm in seinen Roben nicht länger unangenehm heiß war. Es war leicht, die Luft mit Magie zu wärmen, aber um sie abzukühlen, musste man die Luft bewegen, vorzugsweise vorbei an Wasser.

Er dachte an den Moment zurück, da er die Roben wieder angezogen hatte, nachdem er monatelang als Verräter gelebt hatte. Zuerst war es eine Erleichterung gewesen. Er hatte den aufwendigen Stil des Gewandes und den weichen, kräftig gefärbten Stoff sehr zu würdigen gewusst. Während der sachakanische Frühling immer heißer geworden war, hatte er jedoch begonnen, die Roben schwer und unpraktisch zu finden. Wenn er allein in seinem Zimmer im Gildehaus war, hatte er die äußere Robe abgelegt und nur die Hose getragen. Er hatte angefangen, sich nach der schlichten, praktischen Kleidung der Verräter zurückzusehnen.

Diese Sehnsucht hatte wahrscheinlich ebenso viel mit dem Wunsch zu tun, wieder im Sanktuarium zu sein. Sofort stiegen Erinnerungen an Tyvara in ihm auf, und ihm wurde leichter ums Herz. Die jüngste Erinnerung, an die letzte Nacht, die sie zusammen verbracht hatten, während sie nackt und lächelnd dagelegen und ihn darin unterrichtet hatte, wie Liebende schwarze Magie benutzten, ließ seinen Puls rasen. Dann stiegen ältere Erinnerungen auf: die Art, wie sie sich bewegte, wenn sie im Sanktuarium war, sicher und selbstbewusst – sie nahm die Macht, die ihre Gesellschaft ihr gewährte, für selbstverständlich. Ihr direkter Blick, der verschmitzt und intelligent zugleich war.

Er erinnerte sich auch an sie vor dieser Zeit, als sie ihn über die sachakanischen Ebenen zu den Bergen gebracht und ihn vor Attentätern der Verräterinnen beschützt und sie dann beide vor einer Gefangennahme durch die Ashaki bewahrt hatte. Sie war müde gewesen, und es war schwer gewesen, mit ihr zu reden, und doch hatte sie ihn mit ihrer Entschlossenheit und Findigkeit beeindruckt.

Er sandte seinen Geist weiter zurück zu einer Erinnerung an sie in ihrer Verkleidung als Sklavin des Gildehauses. Die Schultern hochgezogen, den Blick gesenkt, verwirrt von seinen Versuchen, sich mit ihr anzufreunden. Er hatte sich schon damals zu ihr hingezogen gefühlt, obwohl er sich gesagt hatte, dass ihn nur ihr exotisches Aussehen faszinierte. Aber keine andere Sachakanerin hatte seine Blicke auf diese Weise auf sich gezogen, und er hatte sowohl in Arvice als auch im Sanktuarium viele schöne Frauen gesehen.

Das Sanktuarium. Ich vermisse es tatsächlich, bemerkte er. *Jetzt, da ich fortgegangen bin, begreife ich, dass es mir dort ge-*

fallen hat, trotz Kalia. Erinnerungen daran, wie er entführt, eingesperrt, gefesselt und geknebelt worden war, während Kalia in seinem Geist nach dem Geheimnis magischer Heilkunst gesucht hatte, verdüsterten seine Gedanken, aber er schob sie beiseite. *Kalia ist nicht länger eine der Sprecherinnen. Nicht länger zuständig für die Krankenstation,* rief er sich ins Gedächtnis. *Die Verräterinnen haben ihre Fehler, einige mehr als andere, aber alles in allem sind sie gute Menschen.* Mit Kalia auf der Krankenstation festzusitzen und sich ständig um ihre Manipulationen sorgen zu müssen, dazu noch die Frage, wie er die Verräterinnen dazu überreden konnte, mit der Gilde Handel zu treiben, hatte ihn zu sehr abgelenkt, um ihre Lebensweise wirklich zu schätzen zu wissen.

Seine Entführung war die Tat einer kleinen Anzahl von recht skrupellosen Verräterinnen gewesen. Er hatte den Verdacht, dass nicht alle Mitglieder von Kalias Gruppe ihre Taten gutgeheißen hatten. Die meisten von ihnen wären nicht bereit gewesen, die Gesetze der Verräterinnen zu brechen, wie Kalia es getan hatte, selbst wenn sie ihr im Nachhinein recht gaben. Ihre Denkweise entsprang dem tief verwurzelten Verlangen, ihre Leute zu beschützen. Ihre Angst vor der Außenwelt war ihnen nach Jahrhunderten, die sie versteckt in den Bergen gelebt hatten, in Fleisch und Blut übergegangen.

Obwohl er nicht recht bereit war, Kalia zu verzeihen, dass sie ihm das Wissen über die Heilkunst gestohlen hatte, konnte er ihr ihren Wunsch kaum verübeln, in der Lage zu sein, es zu benutzen und das Leben ihrer Leute zu retten. *Trotzdem, sie hatte vor, mich zu töten und zu behaupten, ich hätte versucht, aus dem Sanktuarium zu fliehen, und wäre im Schnee des Winters erfroren. Das ist nichts, was ich zu verzeihen beabsichtige.*

Als Entschädigung für das, was ihm genommen worden war, hatte Königin Zarala verfügt, dass man ihn lehren solle, wie man magische Edelsteine anfertigt. Er hatte eine Art von Magie gelernt, von der die Gilde noch nie gehört hatte. Es war der Traum, neue mächtige Magie zu finden, der ihn dazu getrieben hatte, sich freiwillig als Botschafter Dannyls Assistent zu melden. Rückblickend belächelte er seine eigene Naivität. Die Chancen, etwas zu finden, waren lächerlich gering gewesen. Und doch hatte er es geschafft.

Seine Hoffnungen, Magie zu finden, die schwarze Magie vielleicht überflüssig machen oder zumindest einen Schutz davor bieten würde, hatten sich jedoch nicht erfüllt. Denn die magischen Edelsteine hatten zwar das Potenzial, schwarze Magie zu ersetzen, aber leider wurden sie selbst mithilfe schwarzer Magie geschaffen.

Er spürte, wie sein Lächeln verblasste, und ein Knoten der Sorge bildete sich in seinem Magen. *Was wird die Gilde tun, wenn sie erfährt, dass ich schwarze Magie beherrsche? Wird man es verzeihen, sobald man versteht, dass ich anderenfalls nicht hätte lernen können, wie man die Steine macht?*

Er hatte alle möglichen Konsequenzen erwogen und sich auf die schlimmste von ihnen gefasst gemacht: die Möglichkeit, dass sie ihn aus den Verbündeten Ländern verbannen würden, so wie sie seinen Vater verbannt hatten. Es würde ihn verletzen, aber es würde ihn auch frei machen, ins Sanktuarium und zu Tyvara zurückzukehren, was kein gar so schlechtes Ergebnis wäre. Abgesehen von einer Sache.

Mutter wird enttäuscht von mir sein. Nein – mehr als das. Sie wird am Boden zerstört sein.

Was der Grund war, warum er Botschafter Dannyl und Administrator Osen noch nichts davon gesagt hatte. Es war eine Neuigkeit, die er so lange wie möglich für sich behalten wollte. Osen *hatte* beschlossen, dass niemand mehr erfahren sollte als unbedingt notwendig, für den Fall, dass die Sachakaner tatsächlich begannen, Gedanken zu lesen. Trotzdem wusste Lorkin, dass er nicht ewig verhindern konnte, dass Sonea es erfuhr.

Aber wenn sie es erfährt, möchte ich lieber nicht, dass sie es von jemand anderem hört. Es wird nicht leicht sein, es ihr zu sagen, aber wenn ich es selbst tue, wird es für sie vielleicht erträglicher sein.

Cery konnte nicht mehr zählen, wie oft er aufgewacht war, aber diesmal wusste er, dass etwas anders war, noch bevor er hinreichend bei Bewusstsein war, um es zu benennen.

Licht. Nachdem Anyi mit ein wenig Essen und Wasser aus Soneas Räumen zurückgekehrt war und beides Gol gegeben hatte, hatten sie beschlossen zu schlafen. Um nicht alle Kerzen zu verbrauchen, hatten sie sie ausgeblasen – aber nicht bevor Cery Anyi dazu überlistet hatte, ihm ihre Streichhölzer zu geben. Er hoffte, dass es sie daran hindern würde, die Gänge zu erkunden, während er schlief, wenn er ihr eine Quelle tragbaren Lichts raubte. Obwohl sie ihm versichert hatte, dass sie die meisten der Gänge inzwischen kannte, musste sie zugeben, dass der Mangel an Wartung viele unsicher gemacht hatte.

Den Stapel alter Kissen hatten die drei unter sich aufgeteilt. Obwohl er genug hatte, um sich gegen den kalten, harten Boden zu schützen, war das Zusammenhalten der Kissen eine echte Herausforderung. Wenn er seine Position veränderte, rutschte unausweichlich ein Kissen in die Dunkelheit davon, und er musste umhertasten, um es wiederzufinden und es erneut unter sich zu schieben.

Ich frage mich, ob irgendjemand in meinen alten Verstecken lebt und die prächtigen Möbel genießt und meinen Wein trinkt, dachte er, als er sich aufrichtete. Obwohl ihm wegen des unterbrochenen Schlafs vor Erschöpfung alles wehtat, war er erleichtert, dass er es nicht länger versuchen musste. Das Licht zeichnete die Umrisse der Tür nach und wurde heller. Er hörte eine vertraute Stimme rufen: »Ich bin's nur!«

Sie konnten den Wein und den Luxus haben. Alles, was er jetzt wollte, waren ein warmes Feuer und ein behagliches Bett. Und dass die Menschen, die er liebte, in Sicherheit waren.

Die Menschen, die ein Dieb liebt, sind niemals in Sicherheit.

Ein Stich des Schmerzes durchzuckte ihn, wild trotz seiner Vertrautheit. Für einen Moment konnte er nichts anderes vor sich sehen als die Leichen seiner Ehefrau und seiner Söhne, aber er schloss die Augen und drängte die Vision beiseite. *Werde ich jemals aufhören, mich zu erinnern? Oder wird es aufhören wehzutun, wenn ich mich erinnere?* Bei diesem Gedanken stiegen Schuldgefühle in ihm hoch. *Ich sollte mir das nicht wünschen, aber ich kann nichts tun, um etwas an ihrem Tod zu ändern, und ich werde nicht in der Lage sein, Anyi zu beschützen, wenn ich zulasse, dass Trauer und Wut mich ablenken und beherrschen.* Er seufzte. *Und ich würde mich lieber an sie erinnern, als sie noch gesund und glücklich waren, als … als* daran.

Die Lichtquelle kam in den Raum. Geblendet wandte Cery den Blick von der Kugel aus magischem Licht ab und betrachtete die junge Frau, die darunter stand. Lilia lächelte ihn an und streckte ihm einen Korb hin.

»Ich habe Jonna erzählt, dass Anyi vielleicht zu Besuch kommen würde, und sie hat zusätzliches Essen gebracht. Ich habe auch eine Flasche von Soneas Wein genommen – nicht von dem teuren. Nun, nicht von dem *wirklich* teuren.«

Anyi sprang auf die Füße, küsste Lilia auf die Wange und schnappte sich den Korb.

»Du bist ein Schatz, Lilia«, sagte sie, setzte sich auf eine der Holzkisten und stöberte in dem Korb. »Brötchen! Süße und welche mit Fleischfüllung.« Dann rümpfte sie die Nase. »Uh. Obst.«

»Es ist gut für dich und leicht zu tragen«, erwiderte Lilia, aber sie blickte zu Gol. »Du siehst besser aus.«

Cery drehte sich um und sah, dass sein Freund sich aufrecht hinsetzte, nickte und sich reckte. Ein nachdenklicher Ausdruck glitt über Gols Züge. »Aber ich bin immer noch müde.«

Sie nickte. »Meine Bücher sagen, dass dein Körper einige Tage brauchen wird, um das Blut zu ersetzen, das du verloren hast. Hängt davon ab, wie viel du geblutet hast. Wenn dir wieder übel wird, lass es mich wissen. Es könnte sein, dass etwas Gift zurückgeblieben ist. Falls dem so ist, sollte ich in der Lage sein, dich zu heilen.«

»Einige Tage.« Anyi sah Cery an. »Wird das ein Problem sein?«

Cery streckte die Hand nach einem mit Fleisch gefüllten Brötchen aus, nahm einen Bissen und kaute, während er nachdachte. Er hatte draußen immer noch loyale Leute. Sie würden anfangen sich Sorgen zu machen, wenn er sich nicht mit ihnen in Verbindung setzte. Sie könnten sogar annehmen, dass er, Gol und Anyi tot waren. Was würde geschehen, wenn sie das taten? Cery gab sich keinen Illusionen hin, dass sie Skellin trotzen konnten. Höchstwahrscheinlich würde der wilde Magier und Dieb die Kontrolle über Cerys Territorium an sich reißen. Nicht persönlich. Er würde dafür sorgen, dass ein Verbündeter es tat.

»Lass sie denken, wir seien tot«, sagte Gol.

Cery sah seinen Freund überrascht an. Das hatte er nicht erwartet. *Was* habe *ich erwartet? Dass Gol versuchen würde aufzustehen und so zu tun, als sei er gesünder, als er ist, statt der Grund zu sein, warum ich mein Territorium verloren habe? Oder dass er mir sagen würde, dass ich ihn hier zurücklassen solle?*

Alles sehr nobel. Bin ich so eitel, dass ich von meinen Freunden erwarte, dass sie sich für mich opfern? Cery runzelte die Stirn. *Nein, das ist es nicht. Ich habe nur nicht erwartet, dass Gol aufgeben würde, bevor ich es tue.*

»Das nächste Mal wirst du nicht davonkommen«, fuhr Gol fort. »Wir hatten dieses Mal Glück. Ich habe hier gelegen und versucht zu entscheiden, wer Skellins Leuten gesagt haben mag, dass du in Cadias Haus warst. Wer hat uns verraten? Hatte derjenige irgendeine Wahl? Du kannst Skellin nicht daran hindern, deine eigenen Leute zu erpressen oder zu bestechen. Er hat zu viele Verbündete, zu viel Geld. Du hast bereits …«

»… das eigene Territorium verloren«, beendete Cery Gols Satz. Bitterkeit stieg in ihm auf. Aber es war ein Gefühl, das zu vertraut und zu abgenutzt war, als dass es mehr getan hätte, als ihn müde zu machen. Es hatte sich in seine Seele geschlichen, nachdem Selia und die Jungen ermordet worden waren, und er hatte sich daran gewöhnt.

»Lass sie denken, du seist tot. Vielleicht wird Skellin selbstgefällig werden und in seiner Aufmerksamkeit nachlassen. Vielleicht werden andere Leute versuchen, ihn zu bekämpfen. Ihn hochgehen lassen. Ihn an die Gilde verraten.«

Es war verlockend. Sehr verlockend.

»Du willst *hier*bleiben?«, fragte Cery mit geheuchelter Ungläubigkeit.

»Ja.« Gol sah Anyi und Lilia an. »Was denkt ihr?«

Anyi zuckte die Achseln. »Wir können den Eingang zu den Tunneln der Gilde blockieren – ihn einstürzen lassen, wenn du denkst, das sei sicherer. Es gibt Gänge, die in den Wald hinausführen, daher haben wir Fluchtwege. Nun, solche, die nicht in die Gebäude der Gilde führen.« Anyi warf Lilia einen Blick zu. »Wir werden Mittel und Wege finden, Essen und Wasser hier herunterzubringen.«

Lilia nickte. »Ich bin mir sicher, dass Sonea helfen würde.«

»Nein, wir dürfen es ihr nicht sagen.« Cery hielt inne, überrascht über die Überzeugung in seiner eigenen Stimme. *Warum will ich Soneas Hilfe nicht?* »Es wird ihr nicht gefallen. Sie wird uns aus der Stadt schmuggeln wollen. Sie wird es Kallen erzählen.« Er traute Kallen nicht zur Gänze, und das lag nicht nur daran, dass der Mann von Feuel abhängig war.

»Das würde sie nicht tun«, wandte Lilia ein, obwohl ihrer Stimme die Überzeugung fehlte.

»Cery hat recht«, sagte Gol. »Sonea bricht nach Sachaka auf. Sie wird entweder wollen, dass jemand in einer hohen Stellung in der Gilde weiß, dass wir hier sind, oder sie wird uns von hier wegbringen.«

»Also … wenn du auch nicht willst, dass Kallen es weiß«, wandte Anyi sich an Cery, »dann wirst du nicht länger mit ihm arbeiten können.«

»Nein.« Cery wandte sich an Lilia. »Aber er braucht uns nicht, um ihm das zu sagen. Wir können behaupten, es sei sicherer, wenn wir durch Nachrichten in Verbindung bleiben, die Lilia schicken wird.«

»Wir werden ihm nichts Nützliches zu berichten haben, wenn wir hierbleiben und keinen Kontakt mit deinen Leuten haben«, stellte Anyi fest.

»Nein, aber er wird uns darüber informieren, was dort draußen vorgeht«, entgegnete Cery, »bevor er uns als Informationsquelle aufgibt. Und hoffentlich werden wir einen Weg finden, wieder nützlich zu sein – was wir nicht sein werden, wenn Sonea uns wegschickt.«

Die vier tauschten Blicke, dann nickten sie.

»Nun, zuerst müssen Lilia und ich Lösungen für die grundlegendsten Bedürfnisse finden, wie Essen und Wasser«, erklärte Anyi entschieden und straffte sich. »Und dann müssen wir die Dinge hier unten sicherer und bequemer machen.«

Cery lächelte über den entschlossenen Ausdruck auf ihrem Gesicht. Wenn er es ihr erlaubte, würde sie das Kommando über sie alle übernehmen. »Nein«, widersprach er. »Das ist nicht das, was wir als Erstes tun werden.«

Sie sah ihn an und runzelte verwirrt die Stirn. »Nein?«

Er deutete mit dem Kopf auf den Korb. »Zuerst essen wir.«

Falls es in Sachaka eine höfliche Form gab, einem nicht willkommenen Besucher die Tür zu weisen, wünschte Dannyl, er hätte sie gekannt. Zwar wollte er den Ashaki, der durch den Eingang zum Gildehaus kam, durchaus sehen – er sehnte sich sogar danach, den Mann zu sehen. Aber er vermutete, dass der Besucher in seiner offiziellen Eigenschaft hier war, und das war etwas, was Dannyl mit Unbehagen erfüllte.

Mit dem Feind befreundet zu sein macht die Dinge gewiss kompliziert.

Als Achati den Raum betrat, suchte Dannyl in den Zügen des Mannes nach einem Hinweis auf gute Neuigkeiten, obwohl er wusste, dass die Chancen gering waren. Er war überrascht, als er in Achatis Gesicht Bedauern und einen Ausdruck der Entschuldigung bemerkte. Er hatte eine sorgfältig aufrechterhaltene neutrale Miene erwartet.

»Willkommen im Gildehaus, Ashaki Achati«, sagte Dannyl und entsprach damit ganz kyralischen Gepflogenheiten.

»Ich wünschte, die Umstände wären erfreulicher«, erwiderte Achati. »Dies ist ein offizieller Besuch, aber ich möchte auch, dass es ein zwangloser Besuch zwischen Freunden ist, falls das noch möglich sein sollte.«

Dannyl lud Achati ein, Platz zu nehmen, und setzte sich selbst in den Hauptsessel. »Das hängt davon ab, wie der offizielle Teil sich entwickelt«, entgegnete er trocken.

»Dann lasst uns den offiziellen Teil als Erstes hinter uns bringen.« Achati hielt inne, um Dannyl zu betrachten. »König Amakira will, dass Ihr Lorkin dazu überredet, alle Fragen bezüglich der Verräter zu beantworten.«

»Ich bezweifle, dass ich Erfolg haben würde.«

»Würde er sich weigern, wenn Ihr es ihm befehlen würdet?«

»Ja.«

»Und das ist akzeptabel?«

»Es ist nicht seine Entscheidung oder meine.«

»Aber er ist Euer Untergebener. Er sollte Eure Befehle befolgen.«

»Das hängt von den Befehlen ab.« Dannyl zuckte die Achseln. »Wir haben in der Gilde keine … keine Sitte fraglosen Gehorsams, weder in der Gilde noch außerhalb. Nun, außer dem König gegenüber, aber selbst dessen Ratgeber haben das Recht, ihre Meinung und Empfehlung zu äußern, ohne Vergeltung befürchten zu müssen – obwohl sie trotzdem Befehlen gehorchen müssen, auch wenn sie in der Sache anderer Meinung sind.«

»Du bist außerdem ein Botschafter – und nicht nur ein Botschafter der Gilde. Bis zu Botschafter Tayends Eintreffen hast du auch für alle Verbündeten Länder gesprochen. Obwohl du nicht länger für Elyne sprichst, repräsentierst du immer noch den Rest.«

»Ja, ich spreche für sie.« Dannyl breitete die Hände aus. »Aber ich kann keine Entscheidungen für sie treffen.«

»Du sagst also, dass nur einer der Monarchen der Verbündeten Länder Lorkin befehlen könnte, Fragen zu beantworten?«

»Nur der kyralische König. Monarchen anderer Länder und nicht herrschende Mitglieder königlicher Familien können einem kyralischen Magier keine Befehle erteilen.«

Achati zog die Augenbrauen hoch. »Wie haltet Ihr die Ordnung aufrecht?«

Dannyl lächelte. »Die meisten von uns sind klug genug, um zu wissen, dass ein Mangel an Ordnung zu einem Verlust von Freiheit und Wohlstand führen würde. Jene, die das nicht wissen… nun, wir halten sie in Schach. Nehmt die allgemeine Regel, dass Magier sich nicht mit Politik zu beschäftigen haben. Zwar wird diese Regel nicht streng durchgesetzt, doch es reicht, den Anschein ihrer Befolgung zu wahren, um auch den Ehrgeizigsten von uns zurückzuhalten.«

Während Achati innehielt, um darüber nachzusinnen, nutzte Dannyl die Gelegenheit, eine Frage zu stellen.

»Hat König Amakira in Erwägung gezogen, dass Lorkin vielleicht gar keine nützlichen Informationen hat? Warum sollten die Verräterinnen ihm schließlich erlaubt haben, nach Arvice zurückzukehren, wenn er etwas wüsste, das ihnen schaden könnte?«

Achati blickte auf. »Warum beantwortet er dann nicht unsere Fragen?«

»Vielleicht ist es eine Prüfung.«

»Eine Prüfung von was? Lorkins Loyalität gegenüber den Verräterinnen?«

Dannyl runzelte die Stirn bei der Andeutung, dass Lorkin seine Loyalitäten gewechselt haben könnte. »Oder gegenüber Kyralia. Oder vielleicht ist es überhaupt keine Prüfung von Lorkin.«

Achatis Augen wurden schmal. »Ist es eine Prüfung für König Amakira?«

Dannyl breitete die Hände aus. »Und die Gilde, König Merin und die Verbündeten Länder.«

»Bring uns in eine Position des Konflikts und sieh, was passiert?« Achati nickte. »Das haben wir in Erwägung gezogen.«

»Obwohl Lorkin vielleicht glaubte, dass er über Arvice nach Kyralia zurückkehren könnte, weil er nicht dachte, dass König Amakira die Vereinbarung brechen würde, dass alle Magier der Gilde in Sachaka frei und unversehrt bleiben würden.«

Achatis Züge verhärteten sich. »Solange sie nicht versuchen, Sachaka zu schaden.« Er sah Dannyl direkt an. »Glaubst du wirklich, dass Lorkins Weigerung, sein Wissen über die Verräter mit uns zu teilen, meinem Land nicht schaden wird?«

Dannyl hielt dem Blick seines Freundes stand, aber da er auf eine solch direkte Frage nicht vorbereitet war, verspürte er eine Mischung aus Schuldgefühlen und Argwohn, ob die Frage bei ihm eine sichtbare Reaktion hervorgerufen haben könnte. Achati hätte es gesehen. Er würde wissen, ob Dannyl log. Also war es am besten, mit einer anderen Wahrheit zu antworten.

»Ich weiß es nicht«, erwiderte er aufrichtig. »Lorkin hat das, was er weiß, lediglich mit Administrator Osen erörtert.«

Achati runzelte die Stirn. »Hat er dir erzählt, warum er zurückgekehrt ist?«

Dannyl nickte und entspannte sich ein wenig. »Um nach Hause zurückzukehren. Er will vor allem seine Mutter sehen. Natürlich wussten wir nicht, ob er jemals zurückkehren würde, daher ist seine Mutter nach Monaten der Sorge ebenfalls erpicht darauf, ihn wiederzusehen.«

»Das kann ich mir vorstellen«, entgegnete Achati und stand auf. Er klang mitfühlend, aber sein Gesichtsausdruck war eine Mischung aus Erheiterung und Trotz. »Je eher Lorkin unsere Fragen beantwortet, desto eher werden die beiden sich wiedersehen.«

Dannyl erhob sich. »Was wird König Amakira tun, wenn er nicht redet?«

Achati hielt inne, um seine Antwort zu überdenken. »Ich weiß es nicht«, erwiderte er, und seine augenscheinliche Aufrichtigkeit und Hilflosigkeit waren ein Spiegel von Dannyls eigenen Gefühlen.

»Die Verbündeten Länder werden eine Lesung von Lorkins Gedanken als einen Akt der Aggression betrachten«, warnte Dannyl.

»Aber kaum als etwas, wofür man einen Krieg anzettelt«, entgegnete Achati. »Sachaka ist jahrhundertelang ohne Handel mit den Ländern im Westen gediehen, dank unserer Verbindungen mit Ländern jenseits des östlichen Meeres. Ohne eine Ausbildung all eurer Magier in höherer Magie ist Kyralia kaum eine Bedrohung für uns. Wir brauchen euch nicht. Wir fürchten euch nicht. Ihr wart niemals mehr als eine Gelegenheit, die wir erkunden wollten.«

Dannyl nickte. »Ich danke Euch für Eure Aufrichtigkeit, Ashaki Achati.«

Achati machte eine wegwerfende Handbewegung. »Ich habe nichts gesagt, was nicht bereits offensichtlich gewesen wäre.« Er seufzte. »Ich persönlich hoffe, dass wir dies auf eine Weise lösen können, die unsere Freundschaft nicht ruinieren wird. Jetzt muss ich gehen.«

»Das hoffe ich auch«, sagte Dannyl. *Die Freundschaft zwischen uns oder unseren Ländern? Oder beides?* »Auf Wiedersehen fürs Erste.«

Der Ashaki nickte, dann verschwand er in dem Flur, der zum Eingang des Gildehauses führte. Dannyl setzte sich wieder und dachte über das Gespräch nach. »Wir brauchen euch nicht. Wir fürchten euch nicht.« Warum hatte irgendjemand jemals gedacht, Sachaka würde sich den Verbündeten Ländern anschließen wollen?

»Wie ist es gelaufen?«

Dannyl blickte auf und sah, dass Tayend in der Tür stand. Er seufzte und winkte ihn heran. Sein ehemaliger Geliebter eilte durch den Raum, setzte sich und beugte sich mit beinahe kindlichem Eifer vor. Aber Tayends Blick war scharf, und seine Neugier entsprang ebenso seinem Bedürfnis, als Botschafter in politischen Angelegenheiten auf dem Laufenden zu sein, wie seiner Liebe zu Tratsch.

Er macht sich ebenfalls aufrichtig Sorgen um Lorkin, rief Dannyl sich ins Gedächtnis. Eine Erinnerung erhob sich unerwartet an Tayend, der mit Soneas Sohn als kleinem Kind spielte, damals, als er und Dannyl der Gilde noch häufiger freundschaftliche Besuche abgestattet hatten. Tayend hatte ein Geschick gehabt, Kinder zu beschäftigen und zu unterhalten. Er fragte sich, ob Tayend sich jemals eigene Kinder gewünscht hatte. Dannyl hatte nie welche gewollt, obwohl er …

»Und?«, drängte ihn Tayend.

Dannyl konzentrierte sich wieder auf die Gegenwart und begann seinem Botschafterkollegen zu berichten, was Achati gefragt und was er offenbart hatte, wobei er jedoch achtgab, nichts zu verraten, was die Gilde verborgen wissen wollte.

4 Vorbereitungen

Ein voller Tag war seit der Neuigkeit von Lorkins Gefangennahme verstrichen. Das allein machte das Schlafen schwierig, aber der plötzliche Wechsel zur Tagesschicht ließ die Sache auch nicht besser werden. Nach einer unruhigen Nacht fühlte Sonea sich benommen und musste ein wenig Magie in sich hineinziehen, um die nagende Erschöpfung zu vertreiben. Aber ein Vorteil ihres neuen Tagesablaufs, so entdeckte Sonea, war der, dass Lilia, wenn sie aus ihrem Schlafzimmer kam, noch im Hauptraum war und eine Morgenmahlzeit aß.

»Schwarzmagierin Sonea«, sagte das Mädchen, sichtlich überrascht, Sonea zu sehen.

»Guten Morgen, Lilia«, erwiderte Sonea. »Wie geht es dir? Hat Schwarzmagier Kallen dich gestern gefunden?«

Das Mädchen nickte. »Gut. Und ja.«

Sonea trat an den Beistelltisch und begann sich eine Tasse Raka zu machen. »Wie läuft der Unterricht?«

Lilia zuckte zusammen, aber dann setzte sie eine muntere Miene auf. »Gut. Ich denke jedoch, Schwarzmagier Kallen wünscht sich, ich würde meine Sache besser machen. Ich habe ihm gesagt, dass ich nicht gut in Kriegskünsten sei, aber ich denke nicht, dass er sich hat vorstellen können, wie ›nicht gut‹ eine Novizin sein kann.«

Sonea lachte mitfühlend. »Ich war auch nicht sehr gut darin.«

Die Augen des Mädchens weiteten sich. »Ihr… aber Ihr…«

»Ich habe einen formalen Zweikampf gewonnen und eindringende Sachakaner besiegt. Es ist erstaunlich, was man lernen kann, wenn man muss. Aber ich hatte auch einen wunderbaren Lehrer.«

»Ihr habt einen…?« Lilia blinzelte und richtete sich auf. »Welcher Lehrer war das?«

Sonea brachte ihren Raka zum Haupttisch, setzte sich und nahm sich ein süßes Brötchen. »Lord Yikmo. Er ist bei der Invasion gestorben.«

»Oh.« Lilias Schultern sackten herab. Dann blickte sie wieder auf. »Einen formalen Zweikampf?«

Sonea lächelte. »Ein anderer Novize, der mir das Leben schwer machte.«

»Er hat die Herausforderung einer Schwarzmagierin angenommen?«

»Das ist schon länger her. Ich war noch keine Schwarzmagierin, sondern eine gewöhnliche Novizin. Ich empfehle es nicht als eine Methode, mit aufreizenden Mitschülern umzugehen. Nur als letztes Mittel und wenn man zuversichtlich ist, dass man gewinnen wird.« Sie hielt inne, als ihr ein Gedanke kam. »Gibt es irgendwelche Novizen, die dir das Leben schwer machen?«

Lilia schüttelte den Kopf. »Nein, die meiste Zeit ignorieren sie mich. Das ist in Ordnung. Ich verstehe, warum sie mir aus dem Weg gehen. Und ich habe Anyi.«

Ein Stich des Mitgefühls durchzuckte Sonea, und sie empfand Dankbarkeit gegenüber Cery, dass er Anyi erlaubte, Lilia zu besuchen. »Nun, wenn irgendwelche von den Novizen freundlich zu dir sind – aufrichtig freundlich –, dann weise sie nicht so schnell ab. Du wirst bald genug mit ihnen zusammenarbeiten.«

»Ich weiß.«

Lilia wirkte resigniert, aber nicht unglücklich. Sonea aß das Brötchen auf, trank den Raka, dann erhob sie sich und seufzte. »Wirst du für eine Weile allein hier zurechtkommen, während ich fort bin, Lilia?«

Das Mädchen schaute auf. »Natürlich. Wie könnte ich nicht zurechtkommen, wenn Jonna und Schwarzmagier Kallen sich um mich kümmern?« Sie runzelte die Stirn. »Ihr seid diejenige, die sich in Gefahr begibt, Schwarzmagierin Sonea. Ihr … Ihr werdet vorsichtig sein?«

Sonea lächelte. »Natürlich. Ich habe die Absicht zurückzukommen. Schließlich will ich deinen Abschluss erleben.« Sie ging zur Tür, hielt dann jedoch inne und schaute zurück. »Ich arbeite jetzt nicht mehr im Hospital, daher werde ich wahrscheinlich häufig kommen und gehen. Ich werde auf jeden Fall anklopfen, bevor ich eintrete, für den Fall, dass Anyi sich hereingeschlichen hat, um dich zu besuchen.«

Lilia nickte. »Danke.«

Sonea verließ ihre Räume und stellte fest, dass in den Fluren der Magierquartiere reger Betrieb herrschte. Sie erwiderte respektvolles Nicken und Grüße auf dem Weg hinaus. Der Innenhof draußen war bevölkert von Novizen und Magiern, von denen einige auf dem Weg zu den Bädern waren oder von dort zurückkehrten, während andere zur Universität gingen. Etliche genossen auch nur den Sonnenschein des beginnenden Frühlings.

Wie immer drehten sich Köpfe zu ihr um, als sie vorbeiging. Schwarze Roben hatten etwas, das Aufmerksamkeit erregte. Nicht einmal die weißen Roben des Hohen Lords oder das Blau des Administrators erregten so viel Beachtung. Novizen bemerkten diese beiden zwar und verneigten sich respektvoll, wie sie es vor allen Magiern mit abgeschlossener Ausbildung tun mussten, aber sie starrten sie nicht an und wichen nicht vor ihnen zurück, wie sie es bei Sonea und Kallen machten.

Und wann immer sie es tun, erinnere ich mich an Akkarin und daran, dass ihn alle genauso behandelt haben, obwohl sie gar nicht wussten, dass er schwarze Magie praktizierte. Er hat nur deshalb Schwarz getragen, weil es damals die Farbe des Hohen Lords war, aber da es ihn auch als den mächtigsten Magier in der Gilde kennzeichnete, schätze ich, dass ihn das ebenso einschüchternd wirken ließ, wie es jetzt ein Schwarzmagier ist.

Sie unterdrückte einen Seufzer, ignorierte die Blicke und schlug den Weg zur Universität ein.

Sobald sie das Hauptgebäude erreicht hatte, wählte sie den Flur durchs Zentrum und die Große Halle, statt die Hauptkorridore zu beiden Seiten zu nehmen. *Es wird hier keine Versammlung mehr geben, bevor ich abreise,* durchzuckte es sie, als sie in die Große Halle trat, und sie verweilte kurz und ließ ihren Blick durch den gewaltigen Raum gleiten. *Dies könnte das letzte Mal sein, dass ich hier bin.*

Aber sofort schüttelte sie energisch den Kopf und ging entschlossen weiter. *Nur wenn alles schrecklich schiefgeht,* dachte sie.

Am Ende der Großen Halle kam sie in die Fortsetzung des zentralen Flures, von dem sie in den nächsten Korridor rechts einbog. Dort blieb sie vor der ersten Tür stehen. Auf ihr Klopfen hin schwang die Tür nach innen auf, und sie betrat Osens Büro.

Der Administrator stand an seinem Schreibtisch zwei Magiern gegenüber, die sich umgedreht hatten, um sie zu betrachten. Der Hohe Lord Balkan neigte respektvoll den Kopf und murmelte ihren Namen, genau wie es Osen tat. Auch den dritten Magier kannte sie inzwischen.

»Der Ratgeber des Königs, Glarrin«, sagte sie und nickte ihm zuerst zu, bevor sie sich an die anderen wandte. »Hoher Lord. Administrator.«

»Schwarzmagierin Sonea«, erwiderte Glarrin.

Er war in den Sechzigern, das wusste sie, aber er wirkte jünger. Obwohl er offiziell der militärische Ratgeber des Königs in Angelegenheiten war, die mit Magie und der Gilde zusammenhingen, gehörten auch in Friedenszeiten die internationalen Beziehungen zu seinem Arbeitsbereich. Ein zweiter königlicher Ratgeber kümmerte sich um interne Angelegenheiten – größtenteils politisches Gezänk zwischen den Häusern. *Eine Aufgabe, um die ich ihn nicht beneide.*

»Bitte, nehmt Platz«, lud Osen sie ein. Er deutete auf drei Stühle, die näher heranrückten und sich vor seinem Schreibtisch in einem Halbkreis aufstellten. Sie alle setzten sich. Osen beugte sich auf den Ellbogen vor. »Wir sind hier, um darüber zu sprechen, wie Schwarzmagierin Sonea die Freilassung ihres Sohnes aushandeln soll. Zuerst habe ich Neuigkeiten von Botschafter Dannyl.«

Soneas Herz verkrampfte sich.

»Ashaki Achati, der Ratgeber des Königs, mit dem Botschafter Dannyl eine freundschaftliche Beziehung aufgebaut hat, hat gestern Abend das Gildehaus besucht«, fuhr Osen fort. »Er hat den Wunsch des Königs übermittelt, dass Dannyl Lorkin dazu bringen möge, Fragen bezüglich der Verräterinnen zu beantworten. Dannyl hat natürlich wiederholt, dass er nicht in der Position sei, Lorkin Befehle zu erteilen. Ashaki Achati wollte nicht sagen, was geschehen würde, wenn Lorkin nicht redete, aber er hat durchaus klargemacht, dass Sachaka kaum etwas davon abhält, die freundschaftlichen Bande zu den Verbündeten Ländern zu durchtrennen. Es war keine Drohung, versicherte mir Dannyl, sondern eine Feststellung. Sie brauchen den Handel mit uns nicht, und sie haben nicht das Gefühl, dass wir als Feind eine Bedrohung darstellen würden.«

»Ist es ein Bluff?«, fragte Balkan.

»Vielleicht«, antwortete Glarrin. »Es kommt der Wahrheit jedoch zu nahe. Ich würde es nicht darauf ankommen lassen wollen. Sachaka braucht uns nicht, genau wie wir Sachaka nicht brauchen, aber wir würden einige lukrative Gelegenheiten verlieren, wenn es zu strengeren Beschränkungen des Handels käme.«

»Also kann ich nicht mehr tun, als sie daran zu erinnern, welcher Wohlstand ihnen in diesem Fall entgehen würde?«, fragte Sonea.

Glarrin schürzte nachdenklich die Lippen. »Es würde nicht schaden, darauf hinzuweisen, dass die Verbündeten Länder mit Sachaka Handel treiben wollen und nicht mit den Rebellen. Das könnte sie zumindest in dem Punkt beruhigen, dass wir nicht die Absicht haben, mit ihrem Feind zu paktieren.«

»Natürlich sollte die Tatsache, dass wir *durchaus* mit den Verrätern Handel treiben wollen, unerwähnt bleiben«, fügte Balkan mit einem Grinsen hinzu.

»Natürlich.« Sonea lächelte. »Obwohl ich darauf hinweisen sollte, dass wir eine solche Möglichkeit in Betracht ziehen würden, sollte Sachaka sich als unkooperativ erweisen … und vielleicht als unzuverlässig, wenn es darum geht, Vereinbarungen bezüglich der Sicherheit von Gildemagiern einzuhalten?«

»Nein«, sagte Glarrin. »Sie werden nicht freundlich auf diese Art von Bedrohung reagieren. Ich …« Er hielt inne und fokussierte den Blick auf einen Punkt in der Ferne.

»Der König fragt, ob man sich mit den Verrätern in Verbindung setzen kann – ob sie irgendetwas tun können, um uns zu helfen. Schließlich kann es nicht ihr Plan gewesen sein, dass Lorkin eingekerkert wird.«

Der kyralische König und Glarrin mussten über einen Blutring miteinander in Verbindung stehen, begriff Sonea. *Dieser kleine magische Trick von Akkarin ist sehr beliebt geworden, seit die Gilde beschlossen hat, dass man dazu im Prinzip keine schwarze Magie braucht.*

»Wir können es versuchen«, antwortete Balkan. »Dannyls Assistentin, Lady Merria, hat eine Möglichkeit gefunden, Nachrichten zu den Verrätern zu schicken.«

»Wir werden keine Antwort bekommen, bevor Sonea aufbricht«, bemerkte Osen. Er sah Balkan an. »Sonea sollte einen Blutring hierlassen. Sollte sie auch einen Blutring von einem von uns mitnehmen?«

»Wer immer ihr einen Ring gibt, riskiert es, das Geheimnis schwarzer Magie in ihrem Geist zu sehen.«

»Nicht wenn sie Nakis Ring trägt«, stellte Osen fest.

Sonea nickte. Der Ring, den Lilias ehemalige Freundin benutzt hatte, um zu verhindern, dass ihre Gedanken gelesen wurden, beschützte seinen Träger auch vor ungewollter Vermittlung seiner Gedanken und Gefühle durch einen Blutring.

Balkan nickte. »Es wird nützlich sein, wenn Sonea sich mit uns in Verbindung setzen kann, wann immer sie möchte – aber Dannyl hat bereits einen Ring von Euch. Wäre es besser, ihr einen von mir zu geben?«

»Wenn die Sachakaner sie an sich bringen, dann können sie damit uns beide belästigen.« Osen schüttelte den Kopf. »Sie sollte einen von mir mitnehmen.«

Sonea verbarg ihre Erheiterung über seine Wortwahl. Wenn jemand Osens Blutring an sich brachte, würden die niederträchtigen Dinge, die sie damit tun konnten, nicht dazu dienen, Osen zu *belästigen.* Dann wurde sie wieder ernst. *So wie sie es mit mir machen könnten, sollten sie an den Blutring herankommen, den ich Lorkin gegeben habe.* Glücklicherweise hatte Osen Lorkin aufgetragen, den Ring nicht zu dem Treffen mit dem sachakanischen König mitzunehmen. *Wenn sie ihn hätten, bräuchten sie Lorkin lediglich zu foltern, während …*

»Wann werde ich aufbrechen?«, fragte sie, um ihre Gedanken auf ein weniger furchteinflößendes Thema zu lenken.

»Morgen Nacht«, sagte Osen. »Wir werden morgen eine Versammlung einberufen und um Freiwillige bitten, die Euch ihre magische Kraft geben. Wir haben beschlossen, bekannt werden zu lassen, dass Lorkin von dem sachakanischen König eingekerkert wurde und dass wir Euch schicken, um seine Freilassung auszuhandeln.«

»Amakira hat uns den perfekten Vorwand geliefert, Euch nach Sachaka zu schicken«, sagte Glarrin. »Ihr solltet ebenfalls versuchen, Euch mit den Verräterinnen zu treffen, obwohl es das Beste wäre, wenn Ihr das tun würdet, nachdem Lorkin befreit wurde – noch besser, wenn er zu diesem Zeitpunkt bereits zu Hause wäre –, für den Fall, dass das Treffen entdeckt wird.« Er runzelte die Stirn, wandte den Blick ab und lächelte dann. »Der König fragt, wie Lilias Ausbildung in den Kriegskünsten vorangeht.«

Balkan verzog das Gesicht. »Lilia ist keine geborene Kriegerin. Ihre Reflexe und ihre Auffassungsgabe sind gut, und ihre Verteidigung ist stark, aber sie zeigt im Kampf keine Initiative.«

»Ah«, sagte Sonea lächelnd. »Ein vertrautes Problem.«

Glarrin sah sie an und zog eine Augenbraue hoch.

»Bei mir war es das Gleiche«, erklärte sie. »Wenn nur

Lord Yikmo nicht bei der Invasion getötet worden wäre. Er war gut darin, widerstrebende Novizen zu unterrichten.«

»Lady Rol Ley hat Yikmos Methoden studiert«, sagte Balkan mit nachdenklicher Miene. »Sie unterrichtet viele der Standardkurse, die alle Novizen besuchen, daher wird sie Lilias Stärken und Schwächen kennen.«

»Dann könnte sie vielleicht helfen«, erwiderte Sonea. »Ich würde mich ebenfalls anbieten, wenn ich nicht aufbrechen müsste.«

»Vielleicht könnt Ihr es tun, wenn Ihr zurückkommt«, sagte Osen. »Gibt es sonst noch etwas, das wir besprechen müssen?«

»Nichts, was nicht durch Blutringe übermittelt werden könnte«, erwiderte Glarrin. »Wir sollten Soneas Aufbruch nicht länger als notwendig hinauszögern.«

Osen sah sie an. »Müsst Ihr noch irgendetwas tun, bevor Ihr aufbrecht?«

Sie schüttelte den Kopf. »Nein.«

»Dann solltet Ihr nun Euren Assistenten wissen lassen, dass Ihr morgen Nacht abreisen werdet.«

Sie stand auf. »Das werde ich gleich als Nächstes erledigen.«

Kriegskunst des Abschlussjahres war in Lilias Zukunftsplänen nie vorgesehen gewesen. Nach den Regeln der Universität erfüllte sie die Mindestanforderungen dieses Faches in Theorie und Praxis, die für alle Novizen für den Studienabschluss vorgeschrieben waren. Sie sollte also eigentlich bei den Heilern sein und dort fortgeschrittene Techniken erlernen, statt sich von Novizen, die bald die nächste Generation rotgewandeter Kriegsmagier sein würden, nach Strich und Faden vorführen und regelrecht verprügeln zu lassen.

Die anderen Novizen fanden Lilias Anwesenheit in der

Klasse faszinierend. Es kam nicht jeden Tag vor, dass ein Novize oder Magier die Gelegenheit erhielt, den Kampf gegen einen Schwarzmagier zu üben. Es schien ihnen nicht einmal etwas auszumachen, dass sie nicht gut darin war, denn die Lektionen waren größtenteils Demonstrationen, bei denen wenig echte Magie benutzt wurde. Sie durfte keine Macht nehmen und speichern – nicht einmal, wenn diese Macht freiwillig gegeben wurde. Aber sie musste zugeben, dass sie die Lektionen genauso interessant fand wie die anderen Novizen, solange sie nicht von ihr verlangten, Entscheidungen zu treffen oder die Initiative zu ergreifen.

Schwarze Magie veränderte gewiss die Dynamik eines Kampfes. Sie hätte gedacht, dass die Fähigkeit, einer anderen Person Magie zu stehlen, im Kampf die nützlichste Fähigkeit eines Schwarzmagiers wäre, aber das traf nicht zu. Denn dazu musste sie dem Gegner nahe genug kommen, um ihm die Haut aufzuschneiden und seine natürliche Barriere gegen magische Eingriffe zu durchbrechen. Bis sie aber einen Feind so weit zermürbt hatte, dass er das zuließ, gab es bei ihm kaum noch magische Energie zu holen.

Die Fähigkeit, Magie zu speichern, war ein viel größerer Vorteil. Es war beunruhigend, wie überflüssig nichtschwarze Magier wurden, sobald sie ihre Macht einem Schwarzmagier überlassen hatten. Es war außerdem beängstigend zu begreifen, wie wichtig es die Schwarzmagier machte, wichtiger als die anderen. Und es machte sie zu einer größeren Zielscheibe.

Wenn es darum ging, tatsächlich einen Kampf auszutragen, traf sie fast immer die falschen Entscheidungen, handelte zu früh oder zögerte zu lange. Als ihr letzter Angriff wirkungslos am Schild ihres Gegners abprallte, unterbrach Schwarzmagier Kallen den Kampf.

»Schon besser«, sagte er zu ihr. Er blickte sich in der Arena um. Die hohen Türme, die die unsichtbare magische Barriere trugen, die alles außerhalb der Arena vor den Übungskämpfen im Inneren schützte, warfen jetzt kürzere Schatten auf den Boden. »Das ist genug«, sagte er und betrachtete die angehenden Krieger. »Ihr dürft gehen.«

Sie alle wirkten überrascht, erhoben jedoch keine Einwände. Kallen wartete, während sie durch den kurzen Tunneleingang davongingen, dann trat er neben Lilia, als sie ihnen folgte.

»Warte, Lilia«, forderte er sie auf, als sie auf der anderen Seite aus dem Tunnel herauskamen.

Er sagte nichts, während die anderen Novizen davoneilten, aber dann seufzte er. Als Lilia zu ihm aufschaute, sah sie, dass er die Stirn runzelte, aber seine Miene glättete sich, als er bemerkte, dass sie ihn beobachtete. Sie senkte den Blick und wartete auf sein Urteil.

»Du wirst besser«, erklärte er. »Es mag sich nicht so anfühlen, aber du lernst, wie du auf verschiedene Herausforderungen reagieren musst.«

»Wirklich?« Sie blinzelte überrascht. »Ihr habt so … enttäuscht gewirkt.«

Sein Mund verzog sich zu einer grimmigen Linie, und er blickte zur Universität hinüber. »Ich ärgere mich nur über meine eigenen Mängel.«

Als sie genauer hinschaute, sah sie Anspannung in seinen Zügen. Etwas an seinen Augen versetzte ihr einen jähen Stich, als eine Erinnerung an Naki in ihr aufstieg. Naki mit dem gleichen bekümmerten Ausdruck. Für gewöhnlich hatte sie in dieser Stimmung sehr bald ihren Feuel-Ofen angezündet.

Ein Schauer der Erkenntnis überlief Lilia. Sie hatte schon ein oder zwei Mal Feuel-Rauch an Kallens Roben wahrgenommen, glücklicherweise jedoch noch nie in einer Kriegskunststunde. Ihr gefiel die Vorstellung nicht, gegen jemanden zu kämpfen oder sich auf den Schild von jemandem zu verlassen, der eine Droge nahm, die seine Fähigkeit verringerte, Anteil an seinen eigenen Taten zu nehmen.

Wenn er vor dieser Lektion kein Feuel geraucht hatte, verlangte es ihn jetzt danach? War das der Grund, warum er den Unterricht vorzeitig beendet hatte?

Er trat einen Schritt zurück und öffnete den Mund, um zu sprechen. »Nun, das ist alles …«

»Ich habe eine Nachricht von Cery«, unterbrach sie ihn.

Er hielt inne, und sein Blick schärfte sich. »Ja?«

»Er ist überfallen worden. Irgendjemand hat ihn verraten. Er musste sich verstecken und alle Welt glauben machen, er sei tot. Ihr werdet ihn für eine Weile nicht treffen können. Es ist zu riskant.«

Kallen zog die Brauen herunter. »Ist er verletzt worden?«

Sie schüttelte den Kopf und verspürte Dankbarkeit ob seiner Sorge. *Nicht das, was ich erwartet hätte. Vielleicht ist er nicht ganz so kalt und starr, wie ich dachte.* »Einer seiner Leibwächter wurde verletzt, aber ihm geht es jetzt gut. Er lässt Euch bitten, niemandem zu verraten, dass er noch lebt, und dass Ihr Nachrichten über mich und Anyi schicken sollt.«

»Du siehst Anyi oft?«

Sie nickte.

Seine Augen wurden schmal. »Du verlässt doch nicht das Grundstück der Gilde, um sie zu sehen, oder?«

»Nein.«

Er musterte sie nachdenklich, als grüble er darüber nach, ob sie log oder nicht.

»Cery wüsste gern, ob Ihr irgendwelche Fortschritte bei der Suche nach Skellin gemacht habt«, erklärte sie.

»Keine. Wir folgen einigen Spuren, aber bisher hat sich nichts Vielversprechendes ergeben.«

»Gibt es irgendetwas, wonach ich Cery fragen soll?«

Der Blick, mit dem er sie bedachte, verbarg seine Skepsis nicht. »Nein. Wenn ich etwas herausfinde, das er wissen muss, werde ich es weitergeben.« Er blickte wieder zur Universität hinüber. »Du darfst jetzt gehen.«

Lilia unterdrückte angesichts ihrer Entlassung einen Seufzer, verneigte sich und ging davon. Nach mehreren Schritten schaute sie zurück und erhaschte einen Blick auf Kallen, bevor er hinter dem Gebäude der Universität verschwand. Der eingeschlagenen Richtung nach zu schließen, vermutete sie, dass er zu den Magierquartieren wollte.

Um sich eine Dosis Feuel zu genehmigen?, fragte sie sich. *Hat er mir deshalb nichts von seiner Suche nach Skellin erzählt, weil er denkt, dass Cery und ich es nicht wissen müssen, oder hätte es zu lange gedauert und ihn von der Droge ferngehalten?*

Und warum habe ich nicht dieses Verlangen danach? Sie hatte seit Monaten kein Feuel geraucht. Der Geruch von Feuel weckte in ihr bisweilen ein gewisses Verlangen, aber nichts, was ihre Entschlossenheit, es nie wieder zu benutzen, erschüttern konnte. Dunia, die Bolhausbesitzerin, die Lilia geholfen hatte, sich vor Lorandra und der Gilde zu verstecken, hatte gesagt, dass die Droge sich unterschiedlich auf die Menschen auswirke.

Ich schätze, ich habe einfach Glück. Sie verspürte ein unerwartetes Mitgefühl mit Kallen. *Und er hat offensichtlich kein Glück.*

»Sagt uns, was Ihr wisst, und Ihr seid frei.«

Lorkin konnte sich ein Kichern nicht verkneifen. Der Mann, der ihn verhörte, richtete sich bei seiner Reaktion ein wenig höher auf, und seine Augen leuchteten heller.

»Warum lacht Ihr?«

»Ich könnte Euch alles Mögliche erzählen. Woher würdet Ihr wissen, dass es die Wahrheit ist?«

Der Mann lächelte, aber da war kein Humor in seinen Augen. *Er weiß, dass ich recht habe.* Als Lorkin dem Mann in die Augen sah, überlief ihn ein Schauder. Da war eine Schärfe in diesen Augen. Eine Geduld, die andeutete, dass er die bevorstehenden Stunden des Verhörs genießen würde. Dass er gerade erst anfing. Dass dies erst der zweite von vielen Tagen war.

Sie hatten noch nicht versucht, seine Gedanken zu lesen. Irgendetwas hielt sie zurück. *Ein Widerstreben, die Beziehungen mit den Verbündeten Ländern zu gefährden?* Aber warum hatten sie ihn dann überhaupt eingesperrt?

Sie können die Idee nicht zur Gänze abgetan haben. Irgendwann würden sie es versuchen. Sobald sie sich erfolglos bemühten, seine Gedanken zu lesen, würden sie begreifen, dass sie die guten Beziehungen zu den Verbündeten Ländern für nichts und wieder nichts geopfert hatten. Wenn sie dann jede Zurückhaltung fallen ließen, die sie sich bis dahin aus diplomatischen Gründen auferlegt hatten, würden sie ihn vielleicht foltern – aber sie würden vor demselben Problem stehen: nicht zu wissen, ob das, was er sagte, der Wahrheit entsprach.

Vielleicht würden sie den Wahrheitsgehalt seiner Worte auf andere Weise ermitteln. Vielleicht hofften sie, dass Einkerkerung, Unannehmlichkeiten und Furcht ihn dazu treiben würden, ihnen die Erlaubnis zu geben, seine Gedanken zu lesen.

Er wünschte beinahe, sie würden es endlich hinter sich bringen. Er fühlte sich versucht, eine freiwillige Gedankenlesung anzubieten, um die Dinge zu beschleunigen. Stattdessen dachte er sich eine Reihe lächerlicher Lügen aus, die er dem Vernehmer auftischen konnte. Es würde Spaß machen, zumindest vorübergehend, den Mann für eine Weile an der Nase herumzuführen. *Aber noch nicht jetzt,* sagte er sich. *Es ist erst der zweite Tag. Du kannst noch viel länger durchhalten.*

Der Begleiter seines Vernehmers erschien mit einer Schale in der Tür. Als er ihn sah, lächelte der Ashaki, dann schaute er wieder zu Lorkin hinüber.

»Erzählt uns etwas über die Verräterinnen – nur eine winzige Kleinigkeit –, und wir werden Euch etwas zu essen geben.«

Ein köstlicher Geruch drang an Lorkins Nase. Sein Magen krampfte sich zusammen, dann knurrte er vor Hunger. Er hatte an diesem Morgen Wasser bekommen, an dem er vorsichtig genippt hatte, aber er hatte noch immer nichts zu essen erhalten, seit man ihn hier heruntergebracht hatte. Er hatte der Versuchung widerstanden, heilende Magie zu benutzen, um den wachsenden Hunger zu dämpfen; er wollte die Magie, die Tyvara ihm gegeben hatte, nicht verwenden. Sie konnte nicht ersetzt werden, und er würde sie vielleicht noch brauchen.

Der Geruch von Essen war stark und machte ihn schwindlig. Er dachte an die Lügen, die er erwogen hatte ihnen aufzutischen, und er verspürte einen starken Drang zu sprechen. Osen hatte gesagt, er solle so lange wie möglich vermeiden zu offenbaren, dass man seine Gedanken nicht lesen konnte. Den Vernehmer auf eine falsche Fährte zu führen würde das Unvermeidliche vielleicht hinauszögern.

Mach dich nicht lächerlich, dachte er. *Es könnte ihn für eine kurze Zeit ablenken, aber je mehr ich die Geduld dieses Mannes auf die Probe stelle, desto eher wird er den Versuch aufgeben, mich zum Sprechen zu bringen. Tyvara würde von mir erwarten, dass ich mehr Willenskraft habe.*

Sie erwartete außerdem, dass er die Magie, die sie ihm gegeben hatte, zu seinem Schutz benutzte. Diese Magie würde ihn niemals aus dem Gefängnis bringen oder einen Ashaki daran hindern, ihn zu foltern oder zu töten, aber sie konnte ihm helfen, weniger direkte Angriffe auf seine Entschlossenheit zu vereiteln.

Er schloss die Augen, zog ein wenig Magie in sich hinein und sandte sie in seinen Körper, um das nagende Gefühl in seinem Magen zu lindern und dafür zu sorgen, dass sein Kopf aufhörte, sich zu drehen.

Als er die Augen öffnete, beobachtete ihn der Ashaki eindringlich. Der Mann starrte Lorkin nachdenklich an, dann winkte er seinen Assistenten herbei. Die beiden begannen mit demonstrativer Genüsslichkeit zu essen.

5 Gerüchte und Geheimnisse

Der Diener, der auf Soneas Klopfen öffnete, hatte ihr mitgeteilt, dass Lord Regin sich in einer Besprechung mit Schwarzmagier Kallen befinde. Sie hatte ihn gebeten, sie zu informieren, wenn Regin zurückkehrte, und war wieder in ihre Räume gegangen, um sich eine dringend benötigte Tasse Raka zu gönnen.

Die Wartezeit war quälend.

Das ist doch lächerlich. Ich habe ihn als meinen Assistenten ausgesucht. Ich habe schon früher mit ihm zusammengearbeitet. Aber seit er sich bereitgefunden hatte, mit ihr nach Sachaka zu reisen, hatte sie begonnen sich Sorgen zu machen, ob sie nicht vielleicht zu schnell gewählt hatte. Er hatte all die richtigen Qualifikationen für die Rolle: Er war intelligent, ein starker Magier, ein gut ausgebildeter Krieger, geschickt, was politisches Manövrieren betraf, und voll grimmiger Loyalität gegenüber der Gilde und Kyralia.

Aber werden wir uns auch verstehen?

Alles war bestens zwischen ihnen gewesen, als er ihr bei der Suche nach Lorandra geholfen hatte. Es war bemerkenswert einfach, mit ihm zu arbeiten. Aber diesmal würden sie

Tag und Nacht zusammen sein, Woche für Woche, ohne eine Ruhepause voneinander.

Nun, das ist nicht ganz wahr. Sobald wir das Gildehaus in Arvice erreichen, werden wir zwei andere Magier haben, mit denen wir reden können, und außerdem den elynischen Botschafter.

In der Zwischenzeit würden sie einander wohl oder übel Gesellschaft leisten müssen. Obwohl sie Regin nicht mehr misstraute, wie sie es zu Beginn der Suche nach Lorandra getan hatte, war es unmöglich für sie, den Schmerz und die Demütigung zu vergessen, die er ihr als Novizin zugefügt hatte.

Das liegt in der Vergangenheit. In den letzten zwanzig Jahren hat er mir gegenüber nichts anderes an den Tag gelegt als Respekt und Unterstützung. Er hat sich sogar während der Ichani-Invasion entschuldigt. Bin ich außerstande, Entschuldigungen anzunehmen? Es ist dumm von mir, diesen Groll mit mir herumzutragen.

Ein Klopfen an der Haupttür ließ sie zusammenzucken, obwohl sie es erwartet hatte. Sie setzte ihre Tasse ab, erhob sich und ging zur Tür, während sie sie mit Magie öffnete. Regins Diener verneigte sich.

»Lord Regin ist in seinem Quartier und erwartet Euren Besuch.«

»Danke«, sagte sie.

Sie trat an dem Mann vorbei, schloss die Tür und ging den Flur hinunter zu Regins Räumen. Als sie seine Tür erreichte, hielt sie inne, um tief durchzuatmen, bevor sie anklopfte. Die Tür öffnete sich. Regin neigte den Kopf.

»Schwarzmagierin Sonea«, sagte er. »Bitte, tretet ein.«

»Vielen Dank, Lord Regin«, erwiderte sie.

Sie trat ein. Der Raum war spärlich möbliert, und die meisten Stücke sahen neu aus. Sie bemerkte nichts, was nach einem lange gehegten Schatz oder einem persönlichen Besitztum aussah.

Regin deutete auf einen Stuhl. »Würdet Ihr Euch gern setzen?«

Sonea betrachtete den Stuhl und schüttelte den Kopf. »Ich sollte besser nicht zu viel von Eurer Zeit beanspruchen, wenn man bedenkt, was ich Euch zu sagen habe.« Sie begegnete seinem Blick. Er beobachtete sie mit intensiver Reglosigkeit. Mit einer Erwartung. Plötzlich ergab der Mangel an persönlichen Habseligkeiten einen Sinn: Er hatte gewusst, dass er vielleicht bald aufbrechen würde, warum also sollte er persönliche Dinge hierherbringen? »Wir werden morgen Nacht aufbrechen«, erklärte sie.

Er atmete hörbar aus, wandte den Blick ab und nickte. Sie fing einen flüchtigen Ausdruck auf, und Schuldgefühl durchzuckte sie. *Ich habe ihn seit der Invasion nie wirklich besorgt gesehen.*

»Wenn das zu bald für Euch ist oder Ihr das Gefühl habt, dass Eure Pflichten hier liegen, ist es noch nicht zu spät, Eure Meinung zu ändern«, sagte sie, wobei sie ihren Tonfall förmlich hielt, um zu vermeiden, dass sie so klang, als zöge sie seine Entschlossenheit in Zweifel oder deute an, dass sie seinen Gesinnungswechsel für feige halten könnte.

Er schüttelte den Kopf. »Es ist nicht zu bald. Tatsächlich ist der Zeitpunkt perfekt. Ich habe keine anderen Verpflichtungen als meine Arbeit, die darin besteht, für die Gilde und Kyralia von Nutzen zu sein. Es ist recht nett, tatsächlich einmal von Nutzen zu *sein.* Dies ist die Art von Aufgabe, für die wir Krieger ausgebildet werden, und doch bemühen wir uns die meiste Zeit darum, nicht benötigt zu werden.«

Sonea schaute weg und verspürte Mitgefühl bei dem leisen Anflug von Verbitterung in seiner Stimme. *Keine anderen Verpflichtungen. Er hat wirklich alle Familienbande durchtrennt.* Die Skrupellosigkeit seiner Rache an seiner Frau für ihre zahlreichen ehebrecherischen Affären hatte die Tratschtanten der Gilde wochenlang unterhalten. Er hatte seinen Töchtern, die beide mit respektablen und wohlhabenden Männern verheiratet waren, seine beiden Anwesen gegeben und um Räume in der Gilde gebeten. Auf diese Weise blieb seine Ehefrau ohne ein Dach über dem Kopf und ohne Geld zurück, so dass sie gezwungen war, bei ihrer Familie zu leben.

Den Gerüchten zufolge hatte sie versucht, sich das Leben zu nehmen, nachdem Regin ihren letzten Geliebten weggeschickt hatte. Ihr Geliebter dagegen hatte sich einfach eine andere wohlhabende Frau gesucht, die er verführen konnte. Trotz der Schande, wie beschädigte Ware ihrer Familie zurückgegeben worden zu sein, unternahm Vinina keine weiteren Selbstmordversuche. Sonea wusste nicht, ob sie Mitleid mit ihr haben sollte oder nicht. Manchmal fragte sie sich, ob die Ehe mit Regin die Frau zu solch extremem Verhalten getrieben hatte.

Vielleicht benimmt er sich in der Öffentlichkeit anständig, ist aber im Privatleben wieder das abscheuliche Balg, das er als Novize war.

Vielleicht würde sie es auf dieser Reise herausfinden. Nicht dass ihre gemeinsame Zeit als privat gelten konnte. Der Zweck der Reise war zu wichtig und wäre es auch dann gewesen, wenn Lorkin nicht gefangen gehalten würde.

»Ich kann Euch jetzt den Grund für die Reise nennen«, begann sie. Regin hob jäh den Kopf und sah sie an. »Morgen wird es allen mitgeteilt werden. Lorkin ist nach Arvice zurückgekehrt. Bevor er nach Kyralia aufbrechen konnte, ließ König Amakira ihn vorladen, und als Lorkin sich weigerte, Fragen über die Verräterinnen zu beantworten, hat er ihn eingekerkert.«

Regins Augen weiteten sich. »Oh, es tut mir leid, das zu hören, Sonea.« Er verzog mitfühlend das Gesicht. »Dann schicken sie Euch, um Verhandlungen über seine Freilassung zu führen? Ihr müsst darauf brennen aufzubrechen.« Er machte einen kleinen Schritt auf sie zu. »Ich werde alles tun, was ich kann, um zu helfen.«

Seine Miene war so ernst, dass die vertraute Angst, die jedes Mal kam, wenn sie an Lorkin dachte, zurückkehrte. Sie senkte den Blick und drängte das Gefühl beiseite.

»Ich danke Euch. Ich weiß, dass Ihr das tun werdet.«

»Wenn wir morgen aufbrechen … wir haben kaum mit dem Prozess begonnen, Eure Stärke zu vergrößern. Wollt Ihr, dass ich Euch jetzt Macht gebe?«

Etwas in ihr zog sich zusammen, und sie spürte, wie ihr Gesicht warm wurde. Sie sah ihn an und wandte dann den Blick ab.

»Nein«, antwortete sie schnell. »Morgen wird eine Versammlung stattfinden, und Osen wird um Freiwillige bitten. Wartet bis dahin.«

»Was wird Osen ihnen erzählen?«

»Nur das, was ich Euch gesagt habe.«

»Nur?« Regin stieß einen leisen Seufzer aus. »Seid vorsichtig, Sonea.«

Sie schaute zu ihm auf, dann begriff sie ihren Fehler. Sie hatte ihm verraten, dass mehr hinter der Reise steckte als Lorkins Gefangennahme. Dieses winzige Bröckchen Information könnte ihrer beider Leben gefährden, sollte ein sachakanischer Magier es in seinen Gedanken lesen.

Jetzt ist es zu spät. Ich muss in Zukunft vorsichtiger sein.

Aber die beängstigende Wahrheit war: Wenn Regin durch einen sachakanischen Magier zwangsweise einer Gedankenlesung unterzogen wurde, bestand durchaus die Möglichkeit, dass Sonea sein Schicksal teilen würde und dass man auch ihr gegenüber alle diplomatischen Bedenken fallen ließ. Obwohl Nakis Ring verhindern würde, dass ihre eigenen Gedanken gelesen wurden, wusste sie nicht, wie lange sie sich gegen jemanden behaupten konnte, der entschlossen war, ihr Informationen mit Hilfe von Folter zu entlocken.

Vor allem wenn sie Lorkin benutzten, um sie zu überreden.

Obwohl nichts geschehen war, was er nicht erwartet hatte, verspürte Dannyl trotzdem Zorn und Demütigung. Er hoffte, dass man es ihm nicht angemerkt hatte. Er hatte sich bemüht, während seines kurzen Besuchs im Palast gelassen und höflich zu bleiben, aber er konnte nicht erkennen, ob er erfolgreich war oder ob seine wahren Gefühle irgendwie offensichtlich waren – oder ob seine geheuchelte Gelassenheit sogar als Anzeichen dafür gewertet würde, dass man ihm erfolgreich zugesetzt hatte.

Ironischerweise machte seine frühere Entscheidung, die Suche nach Lorkin aufzugeben, die ihn den Respekt der Elite der Sachakaner gekostet hatte, es jetzt schwerer, den jungen Magier zu beschützen. Das selbstgefällige Grinsen der Ashaki, die damals Zeuge seiner Entscheidung gewesen waren, sprach eine deutliche Sprache.

Wenn ich die Suche hätte weitergehen lassen, wären ich und die Ashaki, die mir geholfen haben, wahrscheinlich von den Verräterinnen getötet worden. Lorkin hätte sich bei seiner Rückkehr ins Gildehaus auf niemandes Hilfe mehr stützen können.

Aber das war nicht ganz die Wahrheit. Die Gilde hätte einen Ersatzbotschafter geschickt. Einen, dessen Ruf nicht durch Feigheit besudelt war. Was für Lorkins Zwangslage vielleicht besser gewesen wäre.

Nein. Wenn die Verräterinnen gezwungen worden wären, einen Gildemagier zu töten, wäre Lorkin vermutlich überhaupt nicht ins Gildehaus zurückgekehrt. Man hätte ihm vielleicht nicht einmal Zutritt zum Sanktuarium gewährt, aus Furcht, dass er Rache für meinen Tod suchen würde.

Obwohl … die Vorstellung, dass jemand Rache für seinen Tod suchen könnte, fühlte sich für Dannyl unwahrscheinlich und lächerlich an.

Ein schwacher Rhythmus nackter Fersen auf dem Boden drang vom Eingang des Gildehauses an Dannyls Ohr. Er hielt in seinem Auf und Ab im Herrenzimmer inne und drehte sich in Richtung des Geräusches. Taff, der Türsklave, kam aus dem Flur und warf sich mit seinem wie immer übertrieben dramatischen Gehabe auf den Boden – eine Angewohnheit, die Tayend einige Wochen zuvor bei dem Mann aufgefallen war.

»Der elynische Botschafter ist zurückgekehrt«, stieß Taff hervor.

Dannyl nickte und bedeutete dem Sklaven mit einer Handbewegung, dass er aufstehen und tun solle, was immer Türsklaven taten, wenn sie nicht gerade Besucher ankündigten.

Das Geräusch einer Tür, die sich schloss, war zu hören, dann Schritte. Tayend lächelte flüchtig, als er aus dem Flur trat, und schüttelte dann den Kopf.

»Kein Glück«, sagte er.

Dannyl stieß den Atem aus, den er angehalten hatte. »Nun, danke, dass du es versucht hast.«

Tayend seufzte. »Es ist noch früh«, erwiderte er. »Wenn wir beharrlich sind, wird er vielleicht nachgeben. Ich habe darauf hingewiesen, dass du Lorkin kaum zum Sprechen bewegen kannst, wenn du niemals Gelegenheit hast, mit ihm zu reden.«

Dannyl runzelte die Stirn. »Ist das klug? Es könnte gefährlich sein, auch nur anzudeuten, dass ich vielleicht dazu bereit wäre.«

»Nicht, wenn ich es sage. Und ich habe nur auf den Fehler in seiner Logik hingewiesen.«

»Ich bin mir sicher, er wird *sehr* erfreut sein, dass du ihn vor allen auf seine schwache Logik hingewiesen hast.«

»Oh, es war niemand sonst da, der es gehört hat – und ihm schien es zu gefallen.«

Dannyl wurde noch flauer. »Du hast eine *Privat*audienz bei ihm bekommen?«

»Nun, nun. Sei nicht eifersüchtig.« Der Elyner feixte, dann wedelte er mit der Hand. »Lass uns Wein trinken und etwas essen, hm?« Er drehte sich um, winkte einen Sklaven herbei und begann dem Mann genaue Anweisungen zu erteilen.

Dannyl ging zu den Hockern hinüber und setzte sich. Tayend hatte Lorkin zwar nicht sehen können, aber der König hatte sich die Mühe gemacht, ihn persönlich zu empfangen. *Vielleicht liegt es daran, dass Tayend ein Botschafter ist, der für seinen König und sein Land spricht, während ich lediglich der Sprecher der Gilde bin.*

Er bezweifelte aber, dass das einen großen Unterschied machte. König Amakira war verärgert über Kyralia und die Gilde, nicht über Elyne. Es ergab Sinn, dass er Tayend mit dem gleichen Respekt behandelte wie immer.

»Ah. Wein«, sagte Tayend, als ein Sklave mit einer Flasche und Kelchen hereineilte. Der Elyner setzte sich neben Dannyl und wartete, bis der Sklave sie bedient hatte und gegangen war, bevor er sich dichter zu ihm beugte.

»Merria hat mir heute Morgen nach deinem Aufbruch erzählt, dass sie die Situation mit ihren Freundinnen besprochen hat. Sie werden Einwände gegen diese gefährliche Behandlung eines fremdländischen Magiers erheben«, murmelte er.

Dannyls Stimmung hob sich ein wenig. »Und … die anderen Verbindungsleute?«

»Werden unsere Botschaft weitergeben. Sie sind sich Lorkins Zwangslage anscheinend durchaus bewusst, aber sie haben nicht gesagt, ob sie deswegen etwas unternehmen können.«

»Mir gefällt nicht, was sie tun würden, wenn sie könnten.« Dannyl schauderte und nippte an seinem Wein. »Sie könnten Lorkin töten, um sicherzustellen, dass er nicht redet.«

»Das werden sie nicht tun«, versicherte ihm Tayend. »Sie müssen gewusst haben, dass eine Gefahr bestand, dass dies geschehen würde. Sie hätten ihn nicht hierhergeschickt, wenn es für sie katastrophal sein könnte.«

»Vielleicht, weil sie ihre Leute bereits instruiert haben, ihn zu töten. Er könnte bereits tot sein.«

Tayend schüttelte den Kopf. »Der König hat mir versichert, dass Lorkin gut behandelt wird.«

»Er könnte lügen.«

»Ja, könnte er.« Tayend seufzte. »Wir können nur hoffen, dass er es nicht tut.« Der Elyner runzelte die Stirn. »Eine Sache macht mich dennoch nachdenklich. Ich sehe allerdings nicht, welchen Vorteil sie für die Verräterinnen haben könnte – daher vermute ich, dass ich Gespenster sehe.«

»Und welches Gespenst wäre das?«

»Dass die Verräterinnen wussten, dass der König Lorkin einkerkern würde. Dass sie wollten, dass es geschah.«

»Warum sollten sie das wollen?«

Tayend sah Dannyl an und schüttelte den Kopf. »Das ist es, was ich nicht entwirren kann. Außer … vielleicht wollen sie, dass der Friede zwischen Kyralia und Sachaka leidet. Vielleicht wollen sie sicherstellen, dass unsere Länder keine Versprechungen abgeben, Sachaka zu helfen, sich gegen sie zu verteidigen.«

Dannyl überlief ein Schauer. »Du denkst, sie könnten etwas Größeres und Direkteres planen als Spionage und politischen Mord?«

»Man muss es immer in Betracht ziehen.« Tayend lächelte grimmig und nippte dann mit ernster Miene an seinem Wein. »Wenn es zu einem Bürgerkrieg käme, was denkst du, wer gewinnen würde?«

»Ich habe keine Ahnung.« Dannyl schüttelte den Kopf. »Wir wissen nicht genug über die Verräterinnen.«

»Dann hoffe ich, dass Lorkin mehr weiß, als er zu wissen behauptet, denn wenn die Verbündeten Länder in einen Krieg hineingezogen werden, könnten wir uns schnell auf der Seite der Verlierer wiederfinden – oder herausfinden, dass wir nur gewinnen können, indem wir den größeren Teil der Kämpfe übernehmen und die größeren Opfer bringen.«

Ein kalter Knoten hatte sich in Dannyls Magen gebildet. *Lorkin wird Osen alles gesagt haben, was er über die Verräterinnen weiß. Wenn Lorkin also weiß, dass sie einen Bürgerkrieg planen, dann ist Osen ebenfalls darüber im Bilde.* Während Dannyl alle bisherigen Anweisungen Osens erwog, zog sich der Knoten in seinem Magen fester zusammen. Als Sklaven mit Essenstabletts in den Raum traten, war ihm zu übel, um zu essen, aber er zwang sich, seine Auswahl von den Tellern zu treffen, sich etwas in den Mund zu stecken und zu kauen. *Warum? Weil Sklaven es gemacht haben. Menschen, die in ihrem Leben keine Wahl haben, haben sich damit Mühe gegeben, und es kommt mir gedankenlos und verschwenderisch vor, diese Dinge zu verschmähen.* Dann löste sich der Knoten ein wenig. *Die Verräterinnen missbilligen die Sklaverei. Ein Bürgerkrieg könnte Freiheit bringen.*

Aber es würde einen Preis haben. Das hatte es immer.

Als Gol in den Keller zurückkehrte, stieß Cery einen stummen Seufzer der Erleichterung aus. Die Bewegungen seines Freundes waren vorsichtig, und er verzog vor Schmerz das

Gesicht, als er sich hinsetzte, aber davon abgesehen sah er viel besser aus als noch vor zwei Tagen.

»Es wird da drin bald ziemlich eklig werden«, murrte Gol.

»Ich weiß«, pflichtete Cery ihm bei. »Aber wir werden fürs Erste damit zurechtkommen müssen.«

Sie hatten einen anderen Keller ausgewählt, um sich darin zu erleichtern. Die Wände und die Decke wirkten durchaus stabil, und Cery hatte etwas Erde dort deponiert, um damit ihre Exkremente zu bedecken. Aber auch das war nur eine vorübergehende Lösung.

Cery hatte Anyi gebeten, für eine Weile zu bleiben und über Gol zu wachen, während er das kleine Netzwerk von Räumen und Fluren in der Nähe auskundschaftete. Es war lange her, seit jemand in diesen Kellern gewesen war. Er wusste, dass der verstorbene Hohe Lord Akkarin sie benutzt hatte, um Dinge zu lagern, aber die einzigen Gegenstände, die jetzt dort waren und alt genug wirkten, um aus dieser Zeit zu stammen, waren nicht wertvoll: Größtenteils handelte es sich um leere Kisten wie die, die sie als Möbel benutzten. Er hatte kunstvolle Lampen gefunden, die sich in den ältesten Häusern Imardins gut gemacht hätten, wenn sie nicht von Rost zerfressen gewesen wären, außerdem Tonscherben von Gefäßen, die, wären sie unversehrt gewesen, wegen ihres Alters und ihrer Rarität ein Vermögen wert gewesen wären.

Die Wände dieser Keller bestanden aus Ziegeln und Naturstein. Es gab Bereiche, in denen Ziegel die Lücken zwischen dem Stein füllten, und Ziegelwände teilten die größeren Räume mit den Steinmauern und legten die Vermutung nahe, dass Naturstein der ursprüngliche Baustoff war und man das Ziegelwerk nachträglich benutzt hatte, um Reparaturen durchzuführen und die Größe der Kellerräume dem Bedarf anzupassen.

In einem Raum hatte jemand Worte an die Wand gekritzelt. »*Tagin muss sterben*«, hatte er mühelos entziffert, da die Buchstaben groß und tief waren. »*Indria muss gewonnen werden*«, war kleiner. Auf einem zu Bruch gegangenen Stein stand: »*Höhere Magie ist …*« In einem anderen, größeren Keller, dessen Decke halb eingestürzt war, hatte er auf einer an der Wand lehnenden Steintafel eine eingemeißelte Namensliste entdeckt. Er kannte keinen der Namen, aber ihnen gingen die Titel »Lord« und »Magier« voran. Seltsam, dass sie beides benutzten. Er glaubte, ein Datum am unteren Rand ausmachen zu können, aber er bekam das Kerzenlicht nicht nah genug heran, und auf keinen Fall würde er sich unter eine große und schwere Steintafel ducken, die aussah, als könnte sie jeden Moment umkippen.

Bei seiner Rückkehr in ihre Zuflucht hatte Cery einer rastlos auf- und abgehenden Anyi erlaubt, ihre eigenen Erkundungsgänge fortzusetzen. Er blieb bei Gol, und sie sprachen darüber, was Cery gefunden hatte, und über die Vergangenheit, bis Gol schläfrig wurde. Es machte Cery nicht so viel aus wie erwartet, in der Stille dazusitzen, solange er seinem Verstand nicht erlaubte, sich auf unangenehme Erinnerungen zu konzentrieren. Es war ruhig und geruhsam, und ausnahmsweise einmal machte er sich keine Sorgen wegen Meuchelmördern, die sich an sie anschlichen.

Nun, ich bin nicht gänzlich unbesorgt, korrigierte er sich.

Als wollten sie seine zittrige Überzeugung von ihrer Sicherheit herausfordern, erklangen draußen auf dem Flur leise Schritte. Er erhob sich und spürte eine Woge der Erleichterung, als Anyi in der Tür erschien.

Sie grinste breit und bückte sich, um ihren fast leeren Wassereimer hochzuheben.

»Ich habe ein leckes Süßwasserrohr unter der Universität entdeckt«, berichtete sie ihm. »Es ist näher als das, von dem du wusstest, aber genauso langsam. Es wird eine Weile dauern, den hier zu füllen. Es wäre besser, wenn wir zwei Eimer hätten – einen, den wir dort lassen könnten, damit er sich füllt. Oder ich könnte versuchen, das Leck zu verschlimmern.«

Cery schüttelte den Kopf. »Sie könnten etwas bemerken und der Sache auf den Grund gehen. Lass uns sehen, ob Lilia uns einen zweiten Eimer beschaffen kann.«

Sie nickte, dann klemmte sie sich den Eimer unter den Arm und ging davon.

Er setzte sich wieder und spürte, dass seine Stimmung sich ein wenig aufhellte. Bisweilen bezweifelte er, dass sie überhaupt hier leben konnten, geschweige denn es bequem haben. Es gab so vieles, wozu sie keinen Zugang hatten. Sie verließen sich gänzlich auf Lilia, was ihre Ernährung betraf – aber glücklicherweise hatten sie wenigstens »eigenes« Wasser. Darüber hinaus besaßen sie nichts als einen Haufen alter Kissen, einige Kisten und den kalten Boden, auf dem sie schlafen und sitzen konnten. Es war aber nicht allzu kalt, und die Luft schien nicht schal zu werden.

Das Geräusch von Schritten drang erneut an sein Ohr, aber wer immer nahte, machte sich keine Mühe, leise zu sein. Der Besucher trug Stiefel oder irgendeine andere Art von kräftigem Schuh, bewegte sich jedoch leichtfüßig.

Lilia. Er lächelte in sich hinein. Ihr zu helfen hatte sich als sehr einträglich erwiesen. Er hätte ohnehin niemals zugelassen, dass sie sich allein in die Unterwelt der Stadt aufgemacht hätte, und dadurch, dass er sie nicht direkt der Gilde ausgeliefert hatte, hatte er eine sehr nützliche Verbündete gewonnen. *Und Anyi mag sie sehr.*

Eine helle, in der Luft schwebende Lichtkugel erreichte den Raum noch vor Lilia. Sie trug ein Bündel und eine große Glasflasche, und sie lächelte, als sie Cery sah. Aber als sie sich in dem Raum umblickte, geriet ihre fröhliche Miene ins Stocken.

»Anyi?«

»Sammelt ein wenig Wasser«, berichtete er ihr. »Sie hat ein leckes Rohr gefunden.«

»Kein Abflussrohr, hoffe ich.« Sie legte das Bündel vorsichtig auf eine umgekippte Kiste und begann es auszupacken.

»Sie sagt, es sei sauber«, erwiderte er. Er blinzelte überrascht, als er sah, wie viel zu essen sie mitgebracht hatte. Brot, eine lackierte Schachtel mit zwei Schichten, unten mit langsam gegartem Fleisch und oben mit gewürztem Gemüse gefüllt. Wenn die Diener den Magiern Mahlzeiten in ihre Quartiere brachten, benutzten sie immer praktische, fest verschlossene Behältnisse, die die Wärme hielten. Obwohl diese Schachtel nicht für drei Personen genügte, war es deutlich mehr, als eine einzige Person gebraucht hätte. »Das … ist dein Abendessen?«

»Und Soneas«, erklärte sie. »Lord Rothen hat sie zu einer letzten gemeinsamen Mahlzeit eingeladen, und es war zu spät, um Jonna Bescheid zu sagen.«

»Was riecht hier so köstlich?«, erklang eine andere Stimme.

Lilia grinste, als Anyi den Raum betrat. »Abendessen. Ich habe auch etwas Lampenöl und Kerzen mitgebracht.«

»Ooh!« Anyi zog sich eine Kiste näher heran und nahm sich ein Stück Brot. Irgendwie war Gol aufgewacht und hatte sich erhoben, ohne zu stöhnen, und er beugte sich über das Essen.

»Wird es den Dienern nicht auffallen, wenn du für zwei Personen isst?«, fragte Cery, während er sich bediente.

Lilia zuckte die Achseln. »Jonna versucht immer, mich dazu zu bewegen, mehr zu essen, und sie ist es gewohnt, dass Anyi vorbeikommt und alles isst, was sich in ihrer Reichweite befindet.«

»Hey!«, protestierte Anyi.

Lilia kicherte. »Es macht ihr nichts aus.«

»Was ist mit dir?«, fragte Gol, blickte zu Lilia auf und deutete auf das Essen.

»Ich habe heute Mittag eine Extraportion gegessen«, erwiderte das Mädchen. »Und etwas Brot und Obst eingesteckt, um es später zu essen.«

»Diese letzte Mahlzeit, die Sonea und Rothen sich gönnen …«

Lilias Miene wurde ernst. »Sie bricht morgen Nacht auf. Und es ist auch offiziell. Sie geht, weil Lord Lorkin nach Arvice zurückgekehrt und vom sachakanischen König eingekerkert worden ist, weil er sich weigerte, die Verräterinnen zu verraten.«

Cery wurde flau im Magen. Zu erfahren, dass das eigene Kind im Gefängnis war. *Trotzdem, zumindest lebt er und ist nicht länger in einer geheimen Rebellenstadt gefangen. Das ist einen Schritt näher an zu Hause. Nach all den Jahren, in denen er den Frieden gewahrt hat, wird der sachakanische König das alles nicht gefährden, indem er einen Gildemagier tötet.*

Er musste zugeben, dass er nicht genug über Sachaka wusste, um sich sicher zu sein.

»Ich bin froh, dass wir ihr nicht verraten haben, dass wir hier sind«, sagte er. »Sie braucht sich nicht auch noch um uns zu sorgen.«

Anyi nickte. »Es wird jetzt leichter für Lilia sein, uns zu helfen, da sie nicht mehr fürchten muss, dass Sonea es herausfindet.«

»Aber Sonea ist die Einzige, die uns verteidigen würde, sollte die Gilde uns hier unten entdecken«, wandte Gol kopfschüttelnd ein.

»Was ist mit Kallen?«, fragte Anyi mit Blick auf Lilia.

Lilia zuckte die Achseln. »Auf ihn würde ich mich nicht verlassen wollen.«

»Dann sollten wir besser sicherstellen, dass man uns nicht findet«, meinte Cery. »Hast du mit Kallen gesprochen? Hatte er irgendwelche Neuigkeiten?«

»Ja, ich habe mit ihm gesprochen, und nein, nichts Neues«, erwiderte Lilia. Sie seufzte. »Er scheint nicht geneigt zu sein, sich mir anzuvertrauen.«

»Du wirst ihn einfach auf deine Seite ziehen müssen«, sagte Anyi. Während Gol den letzten Rest Sauce aus dem Fleischteil des Essens schlürfte, wischte sich Cery die Hände am Rand des Tuches ab, in das das Essen eingewickelt gewesen war.

»In der Zwischenzeit«, sagte er zu Lilia, »musst du nach Gol sehen. Wenn seine Verletzungen gut verheilen, dann musst du mit mir zum Eingang zu den Tunneln der Gilde kommen. Keiner von uns wird wirklich sicher sein, bis wir einen Weg finden, diesen Eingang zu blockieren, damit kein Handlanger irgendeines Diebes durchkommen kann. Wenn das bedeutet, das Dach zum Einsturz zu bringen, dann ist es das, was wir tun müssen.« Er wandte sich an Anyi. »Dann will ich, dass du mir diese Fluchtwege zeigst. Vielleicht werden sie uns in die Nähe des Ortes bringen, wo Diener Dinge wegwerfen, die die Magier nicht länger benutzen.«

Beide Mädchen grinsten. »Ein kleiner Erkundungsausflug würde Spaß machen«, meinte Lilia.

»Musst du nicht irgendetwas lernen?«, fragte Cery.

Ihr Gesicht wurde lang. »Muss ich jemals *nicht* lernen?« Sie seufzte, dann sah sie Anyi tadelnd an. »Du willst den ganzen Spaß für dich allein haben.«

Anyi schüttelte den Kopf. »Das kannst du nicht sagen, bis

ich hier unten ein schönes weiches Bett habe und regelmäßige, dampfend heiße Bäder.«

Lilias Augen weiteten sich in gespielter Entschuldigung. »Tatsächlich, jetzt, da du Bäder und Körpergeruch erwähnst …«

Obwohl sie es offensichtlich erwartete, schaffte sie es trotzdem nur mit knapper Not, Anyis Boxhieb auszuweichen. Kichernd schlüpfte sie außer Reichweite.

6 Erlaubnis erteilt

Die beiden Männer mittleren Alters waren noch in ihrer Zelle, als Lorkin vom zweiten Tag seiner Befragung zurückkehrte, aber das Paar war nicht mehr da. Erneut hatte man ihm Wasser hingestellt, aber kein Essen. Hunger hatte es ihm schwer gemacht zu schlafen, bis er wieder nachgab und ihn mit Magie vertrieb.

Es war unmöglich zu sagen, wie spät es war. Keine Fenster ließen Licht ein, um anzuzeigen, ob Tag oder Nacht war. Lorkin musste sich auf die Routine des Vernehmers und des Beobachters verlassen, um das Verstreichen der Tage zu messen. Als er erwachte, bemerkte er, dass der Beobachter noch da war und ihn mit wachsamen Augen, aber ausdruckslosem Gesicht betrachtete. Lorkin, der mit dem Rücken zur Wand saß, unterhielt sich mit Gedankenspielen und Erinnerungen.

Ein Geräusch erregte schließlich seine Aufmerksamkeit. Schritte warnten ihn, dass jemand näher kam. Der Beobachter wandte sich ab und stand dann auf. Lorkin seufzte leise, erhob sich und machte sich für einen weiteren Tag voller Fragen und Hunger bereit. Statt des Vernehmers erschien ein Sklave, der ein Tablett mit einer Schüssel, einem Stück Brot und einem Kelch brachte. Lorkin konnte nicht umhin zu spüren, wie sein Herz vor Hoffnung heftiger schlug, während der Beobachter die Dinge untersuchte und dann vortrat, um die Tür zu seiner Zelle zu öffnen.

Der Sklave hielt den Blick gesenkt, als er eintrat, dann stellte er das Tablett auf den Boden und verließ den Raum rückwärts wieder.

Der Beobachter hielt inne, um Lorkin nachdenklich zu betrachten, nachdem er die Zelle wieder verschlossen hatte. Lorkin wartete, bis der Mann zu seinem Platz zurückgekehrt war, bevor er sich dem Tablett näherte. Er hob es auf und trug es zum anderen Ende der Zelle.

Die Schale enthielt eine kalte, undurchsichtige Suppe, der Kelch Wein. Besteck fand sich keins auf dem Tablett.

Wenn irgendetwas davon vergiftet ist, werde ich es nicht wissen, bis ich es esse. Ich musste noch nie Gift heilen. Es wird mehr von Tyvaras Macht verschlingen als ein einfaches Unterdrücken von Hunger. Sollte ich es riskieren? Ist mein Hunger schlimm genug?

Die Partikel in der Suppe setzten sich auf dem Boden ab und machten den größten Teil der Flüssigkeit durchsichtig. Aber die wachsenden Rückstände bildeten keine flache Schicht. Sie lagerten sich an etwas an, das auf dem Boden der Schale lag. Etwas Quadratisches und Dünnes. Ein Kribbeln überlief ihn.

In dem Bewusstsein, dass der Beobachter jede seiner Bewegungen registrierte, zog er eine winzige Menge Magie in sich hinein und benutzte sie, um die Partikel sanft von dem Gegenstand zu schieben. Zuerst trübte sich die Suppe beim geringsten Rühren, aber schon bald setzte sie sich ab und ermöglichte es ihm zu bestätigen, was er bereits vermutet hatte.

Bei dem Gegenstand handelte es sich um ein Stück Papier.

»Suppe kochen, um sie genießbar zu machen. Brot gut. Wein schlecht.«

Darunter war ein Kringel. Es hätte eine schwungvolle Unterschrift sein können oder hastig geschriebene Initialen, aber Lorkin erkannte ihn als eins der Codezeichen, nach denen Ausschau zu halten die Verräterinnen ihm aufgetragen hatten.

Sie wissen, dass ich hier bin, dachte er, und ihm wurde leichter ums Herz. *Sie werden mich hier rausholen.* Aber noch während ihm der Gedanke durch den Sinn ging, wusste er, dass er so viel nicht erwarten konnte. Das Gefängnis befand sich unter dem Palast und wurde bewacht von Ashaki und der unabhängigen, bedingungslos loyalen Palastgarde.

Es war jedoch schön zu wissen, dass die Verräterinnen versuchten, ihm zu helfen. Er zog mehr Magie in sich hinein und brachte die Suppe zum Sieden. Das erklärte dem Aufpasser zumindest, warum er die Suppe so aufmerksam angestarrt hatte. Er trank sie trotzdem langsam und achtete auf seinen Körper, für den Fall, dass die Notiz eine geschickte Lüge war. Das Brot war altbacken, also tauchte er es in die Suppe, um es aufzuweichen.

Den Wein rührte er nicht an. Würde der Vernehmer oder wer immer den Wein vergiftet hatte, sich fragen, wieso Lorkin gewusst hatte, dass er den Wein stehen lassen musste, oder würde er annehmen, dass Lorkin einfach nicht wollte, dass seine Sinne während des nächsten Treffens benebelt waren?

Nicht lange nachdem er seine Mahlzeit beendet hatte, kehrte der Sklave zurück, um das Tablett zu holen. Lorkin hielt es dem Mann hin. Der Sklave hob den Blick, um ihm in die Augen zu schauen.

»Lord Dannyl sagt, König Merin will, dass Ihr ihnen alles erzählt«, erklärte der Mann wispernd.

Lorkin nickte zum Zeichen, dass er verstanden hatte, und wandte sich ab, damit der Beobachter sein Lächeln nicht sah.

Als würde ich das glauben! Sie müssen mich für dumm halten, wenn sie denken, ich würde einen Befehl von irgendjemand anderem als Dannyl selbst annehmen. Und sogar dann … ich müsste in Betracht ziehen, dass man Dannyl erpresst oder bedroht hat.

Administrator Osen hatte Lorkin ebenfalls ein Codewort gegeben für den Fall, dass die Sachakaner etwas Derartiges versuchten. Nachdem er das Lächeln aus seinen Zügen verscheucht hatte, lehnte Lorkin sich wieder an die Wand und wartete auf das Eintreffen des Vernehmers und den Beginn des Verhörs für diesen Tag.

Die Speisehalle vibrierte beinahe vor Lärm, obwohl das Mittagsmahl vor einiger Zeit beendet worden war. Lilia widerstand der Versuchung, die Augen zu verdrehen, als sie die anderen Novizen betrachtete. Die plötzliche Ankündigung, dass der Unterricht am Nachmittag ausfallen würde und die ganze Gilde zu einer Versammlung zusammengerufen wurde, hatte aufgeregte Spekulationen über die Ursache des Treffens hervorgerufen.

Lilia kannte den Grund dafür bereits, aber niemand fragte sie, und sie hatte wichtigere Dinge, um die sie sich Gedanken machen musste. Wie zum Beispiel die Notwendigkeit, Cery, Gol und Anyi mit Essbarem, Lampenöl und Kerzen zu versorgen. Lilia war zu dem Schluss gekommen, dass Jonna, Soneas Dienerin, der Schlüssel dazu war. Sie musste einen Weg finden, die Frau dazu zu bewegen, mehr

Vorräte in Soneas Räume zu bringen, ohne dass es verdächtig klang.

Es war leicht genug, kleine Gegenstände in die Tunnel zu schmuggeln. Die lackierten Behältnisse, die Diener benutzten, um Mahlzeiten auszutragen, konnten mit Hilfe von Magie durch die Lücke in der Wand von Soneas Zimmer hinabgelassen werden. Größere Gegenstände wie ganze Möbelstücke passten jedoch nicht in den kleinen Zwischenraum. Vielleicht konnten sie andere Eingänge zu den Tunneln benutzen. Sie hatte gehört, dass es in der Universität einige davon gab.

Selbst wenn sie einen anderen Weg hinein fand, waren die meisten Möbel in der Gilde alt und wertvoll, so dass man sie wahrscheinlich vermissen würde. Die Möbel der Diener waren vielleicht weniger kostbar, aber sie lebten und arbeiteten abseits der Bereiche, die von Magiern und Novizen aufgesucht wurden. Wenn Lilia zu den Dienstbotenquartieren hinüberwanderte oder sich auch nur in die Küche neben der Speisehalle stahl, würde sie auffallen wie – wie ihre Mutter sagen würde – »ein Prinz auf einem Bettlerball«.

Ich muss abgelegte Stücke finden, die niemand benutzt. Sie werden wahrscheinlich defekt sein, aber ich nehme an, wir können versuchen, sie zu reparieren. Wir müssen sie vielleicht ohnehin auseinandernehmen und wieder zusammensetzen, um sie in die Tunnel zu bringen. Ich müsste an Holz und Nägel herankommen – und an Werkzeug. Hm, wenn ich das tue, könnten wir vielleicht Holz hineinschmuggeln und selber Möbel bauen.

»Sieh mal, die schwarze Novizin.«

Die Worte waren unüberhörbar. Lilia schaute auf und blickte in die Augen des Sprechers. Es war Bokkin, ein hochgewachsener Novize – ein Prolli, der gern Schwächere schikanierte. Keiner der Prollis unternahm etwas dagegen, weil er den Mumm hatte, sich Schnösis ebenso vorzuknöpfen wie seinesgleichen.

Er war stehen geblieben und hatte sich an einen Tisch in der Nähe gelehnt, die gewohnte Gruppe von Anhängern im Gefolge. Lilia bezweifelte, dass sie ihn tatsächlich mochten. Wahrscheinlicher war, dass sie sich mit ihm verbündeten, um nicht zu seiner Zielscheibe zu werden.

»Hast du in letzter Zeit irgendjemanden getötet?«, fragte er, die Lippen zu einem höhnischen Grinsen verzogen.

Sie neigte den Kopf leicht zur Seite und tat so, als denke sie nach. »Nein, eigentlich nicht.«

»Was wirst du mit dir anfangen, jetzt, da Schwarzmagierin Sonea fortgeht?« Er stieß sich vom Tisch ab. »Du wirst in ihren Räumen ganz allein sein. Hast du schon eine neue feste Freundin? Oder willst du ausnahmsweise mal sehen, wie es mit einem Mann ist?« Er stolzierte zu ihrem Tisch und stieß seine Lende vor ihr Gesicht. »Wie wär's, wenn ich dir zeige, was du versäumt hast?«

Sie wissen also, dass Sonea fortgeht. Lilia lehnte sich zurück und blickte zu ihm auf. Sie hatte darüber nachgedacht, dass irgendjemand versuchen könnte, die Situation auszunutzen, aber sie hatte nicht erwartet, dass jemand sie schon so bald auf die Probe stellen würde.

»Du hast dich doch sonst noch nie für mich interessiert.« Sie erhob sich langsam, ohne auf Abstand zu gehen, so dass sie sich schließlich eine Handbreit voneinander entfernt Auge in Auge gegenüberstanden. »Muss die schwarze Magie sein, die deine Meinung geändert hat. Du fühlst dich zu ihr hingezogen, nicht wahr? Der Kitzel der Gefahr. Man hat mir gesagt, dass ich auf Leute wie dich ein Auge haben soll.«

Er öffnete den Mund, um etwas zu erwidern, aber sie griff ihm ins Gesicht und grub die Finger in das Fleisch seines Kinns. Gleichzeitig traf sie ihn mit einem scharfen Stich

Magie und zwang ihn, rückwärts zu taumeln, bevor er die Magie heraufbeschwören konnte, sich ihrem Angriff zu widersetzen. Sie folgte ihm und presste ihn gegen die Kante des nächsten Tisches.

»Weißt du, was bei dieser Versammlung geschehen wird? Schwarzmagierin Sonea nimmt Macht von jedem Magier der Gilde. Sie benutzt dafür schwarze Magie. Eines Tages – vermutlich eines baldigen Tages – werde ich das vielleicht mit dir machen. Du wirst keine Wahl haben. Befehl des Königs. Willst du mir wirklich einen Grund liefern, es so unangenehm wie möglich zu machen?«

Er starrte sie mit bleichem Gesicht an. Sie ließ ihn los und wischte sich die Hand an der Vorderseite seiner Robe ab. Die Novizen um sie herum waren still, und die Stille breitete sich aus. Sie ließ Bokkin nicht aus den Augen, aber sie konnte am Rand ihres Gesichtsfeldes sehen, das sich etliche Gesichter in ihre Richtung drehten.

»Du solltest besser hoffen, dass sie zurückkommt«, fuhr sie fort. Sie drehte sich um, griff nach ihrer Tasche und den Früchten und den gewürzten Brötchen, die sie für ihre Abendmahlzeit zusammengesucht hatte, und verließ die Halle.

Als sie in den Flur trat, verspürte sie eine Woge des Triumphs.

Das wird ihnen Stoff zum Reden geben. Und Anlass zu der Sorge, welchen Grund Soneas Reise nach Sachaka hat, aber sie werden sich diese Fragen ohnehin stellen. Ich werde niemandem Grund zu der Annahme geben, dass ihr Weggang mich verletzbar machen könnte.

Wenn ihre ganze Zukunft auf dem Gelände der Gilde lag, dazu auserkoren, dem Schutz der Vereinten Länder zu dienen und das Hauptziel jedes möglichen Angreifers zu bilden, dann wollte sie dafür mit Respekt behandelt werden.

Wenn ich keinen Respekt bekomme, werde ich mich bei Leuten wie Bokkin, die zu dumm sind, um sich bewusst zu machen, wer sein Leben für sie riskieren wird, damit begnügen, gefürchtet zu werden.

Von ihrem Platz in dem vorderen Teil der Gildehalle aus beobachtete Sonea die Versammlung von Magiern und bemühte sich, ihre Atmung langsam und gleichmäßig zu halten.

Was werden sie tun? Waren zwanzig Jahre genug, um sich an die Vorstellung von schwarzer Magie zu gewöhnen? Werden sie sich darauf einlassen? Werden sie meine Mission zur Befreiung meines Sohnes für eine hinreichende Rechtfertigung halten?

Es wäre einfacher gewesen, diese Fragen beiseitezuschieben, wenn die anderen Höheren Magier nicht zuvor die gleiche Sorge zum Ausdruck gebracht hätten. Niemand konnte den Ausgang der Versammlung voraussagen. Alle hatten gedacht, dass einige Magier sich weigern würden, ihre Magie zu geben, während andere dazu bereit sein würden, aber ihre Meinungen unterschieden sich gewaltig, was die wahrscheinliche Anzahl beider Gruppen betraf.

Auf beiden Seiten der langen Halle nahmen Magier ihre Plätze ein. Wie immer bildeten sich Flecken aus Grün, Rot und Purpur, wo Freunde der gleichen Disziplin zusammenkamen. Die vorherrschende Farbe war das Purpur der Alchemisten, aber die Zahl der Heiler war in den letzten Jahrzehnten gestiegen, und deshalb war jede Menge Grün in der Halle zu sehen. Obwohl es mehr Krieger gab denn je, waren rote Roben immer noch in der Minderheit. Dies machte ihr jedoch keine Sorgen. Während die meisten Magier ihre Energien in den Dienst von etwas Nützlicherem stellten, wusste sie, dass viele von ihnen in ihrer Freizeit weiterhin an ihren kämpferischen Fähigkeiten arbeiteten.

Im vorderen Teil der Halle warteten die Höheren Magier. Einzig Administrator Osen fehlte auf den erhöhten Plätzen. Wie immer würde er vor der Versammlung stehend sprechen, im Bereich vor den Höheren Magiern. Sonea betrachtete die Reihe von Sitzen über ihrem. Der Stuhl des Königs war leer, aber seine beiden Ratgeber waren zu der Versammlung erschienen – das war ungewöhnlich. Ratgeber Glarrin sah ihr in die Augen und nickte; Ratgeber Rolden, der vor zwanzig Jahren zugegen gewesen war, als sie und Akkarin verurteilt und in die Verbannung geschickt worden waren, schaute sie an und runzelte die Stirn.

Als Sonea nach unten blickte, bemerkte sie, dass die Höheren Magier in den Sitzreihen direkt unter ihr immer wieder nach oben schauten. Von seinem Platz unter den Studienleitern in der untersten der erhöhten Reihen sah Rothen Sonea in die Augen. Er wirkte grimmig, brachte aber ein beruhigendes Lächeln zustande.

Ihr Essen am Abend zuvor war überschattet gewesen von furchterregenden Möglichkeiten. Sie wusste, dass er sich fragte, ob dies das letzte Mal war, dass er sie sah. Es war eine weitere Furcht, zusätzlich zu der Sorge, dass er Lorkin niemals wiedersehen würde. Er hatte sich erboten, sie zu begleiten. Sie hatte ihn daran erinnert, dass er zu viel über ihren anderen Grund für die Reise nach Sachaka wisse. Er hatte genickt und dann gesagt, dass er sich mit der Tatsache trösten werde, dass sie sich einen verlässlichen Assistenten ausgesucht hatte.

Sie sah sich in der Halle um und suchte nach Lord Regin; er saß, wie sie erwartet hatte, im vorderen Teil der Halle. Er wirkte ernst und hochmütig. Dies mochte eine bewusste Maskierung seiner wahren Gefühle sein, aber es war schwer zu erkennen. Er wirkte immer ernst und hochmütig.

Ich hoffe, Rothen hat recht, was ihn betrifft. Nun, natürlich hat er recht. Regin nimmt seine Verantwortung gegenüber der Gilde, Kyralia und den Verbündeten Ländern viel zu ernst, um unsere Aufgabe zu gefährden.

Was bedeutete, dass er, wie unangenehm die Dinge zwischen ihnen auch werden mochten, ihren Befehlen gehorchen würde.

Die meisten Magier hatten jetzt ihre Plätze eingenommen. Administrator Osen trat vor, und ein Gong erscholl zum Zeichen, dass die Versammlung anfing.

Es wurde sofort still im Raum.

»Bei der Versammlung heute haben wir eine außergewöhnliche Situation zu erörtern und zu bewältigen«, begann Osen. »Was vor uns liegt, ist in der Geschichte der Gilde einzigartig.« Er hielt inne und sah sich im Raum um. »Wie ihr vielleicht wisst, ist Botschafter Dannyl vor einigen Monaten nach Sachaka gereist, um im Gildehaus von Arvice Dienst zu tun. Er hat den jungen Magier Lord Lorkin mitgenommen, der sich freiwillig als sein Assistent gemeldet hat.

Nicht lange nachdem sie sich in Arvice eingelebt hatten, kam es zu einem Anschlag auf Lord Lorkins Leben, vor dem ihn eine Sklavin gerettet hat. Die Sklavin war eine Spionin für die Leute, die als die Verräterinnen bekannt sind, Sachakaner, die seit Jahrhunderten abseits des Rests des Landes leben. Um weiteren Anschlägen auf sein Leben zu entgehen, half diese Sklavin Lorkin, zu dem geheimen Stützpunkt der Verräterinnen zu fliehen.

Dort lernte Lorkin mehr über diese Menschen. Sie lehnen Sklaverei ab, und obwohl sie schwarze Magie benutzen, scheinen sie friedlich zu leben. Sie haben ein Netzwerk von Spionen in ganz Sachaka – obgleich der Hauptgrund für ihre Spionage nach allem, was ich gehört habe, ihr eigener Schutz ist.

Vor kurzem versuchte Lorkin, nach Hause zurückzukehren. Bei seiner Ankunft in Arvice wurde er zu König Amakira gerufen, und man befahl ihm, alles zu offenbaren, was er über die Verräterinnen in Erfahrung gebracht hatte. Da er wusste, dass er solche Informationen zuerst König Merin geben musste, weigerte sich Lorkin. Obwohl diese Verpflichtung König Amakira bekannt war und er, als wir die ersten Botschafter nach Sachaka entsandten, zugestimmt hat, dass sie ihrem eigenen König verantwortlich sind, nahm er Lorkin gefangen und ließ ihn ins Palastgefängnis bringen.«

Sonea wurde flau im Magen. Ganz gleich, wie oft sie diese Worte ausgesprochen hörte, die Vorstellung von Lorkin in einer düsteren Zelle ließ ihr Herz zusammenschrumpfen.

In der Halle war es still geworden. *Seltsam, ich hatte erwartet, dass es Proteste und Wut geben würde. Ich denke, sie sind größtenteils zu schockiert, um zu sprechen, obwohl ich mir nicht sicher bin, ob sie entsetzter sind über die Unverschämtheit Amakiras, es zu wagen, einen Gildemagier einzukerkern, oder über die Möglichkeit, dass dies zu einem weiteren Konflikt mit Sachaka führen könnte.*

»Der König hat unsere Bitte gebilligt, einen Unterhändler zu schicken, um Lorkins Freilassung zu erwirken«, fuhr Osen fort. »Wir haben unseren Unterhändler sorgfältig ausgewählt und bedacht, wer den größten Einfluss auf den sachakanischen König haben könnte. Das sachakanische Vorurteil gegen Magier, die keine schwarze Magie beherrschen, hat unsere Entscheidungsmöglichkeiten eingeengt.« Osen drehte sich um, um zu den Höheren Magiern aufzublicken, und streckte den Arm in Soneas Richtung aus, als biete er ihr eine Hand an, um aus einer Kutsche zu steigen. »Wir haben Schwarzmagierin Sonea ausgewählt.«

Soneas Haut kribbelte, und ihr Gesicht wurde heiß, als Hunderte von Blicken sich in ihre Richtung wandten. Ein Raunen erfüllte die Halle. Sie widerstand dem Drang wegzuschauen und stellte sich den Blicken der versammelten Magier. Ihr Herz schlug ein wenig zu schnell. *Was werden sie tun?*

Osen winkte sie zu sich. Sonea unterdrückte einen Seufzer, stand auf und begann die Stufen hinabzusteigen.

»Aber der Vorteil, eine Schwarzmagierin zu schicken, wird nichts zählen, es sei denn, diese Schwarzmagierin wäre so mächtig, wie wir sie machen können«, fuhr Osen fort. Als Sonea ihn erreichte, sah er sie kurz an, dann wandte er sich wieder an die Versammlung. »Der König hat Schwarzmagierin Sonea die Erlaubnis erteilt, magische Macht für diese Mission zu sammeln. Wir bitten um Freiwillige, die dieser Sache ihre Macht leihen.«

Das Summen von Stimmen wurde jetzt lauter, schwoll an und verebbte dann wieder. Osen, der die Stimmung der Magier einzuschätzen versuchte, hob die Arme, und rastlose Stille senkte sich über den Raum.

»Dies ist das erste Mal, dass eine solche Erlaubnis gewährt wurde, und glücklicherweise nicht aus dem Grund, den wir lange gefürchtet haben. Wir haben in diesen letzten zwanzig Jahren gelernt, dass schwarze Magie keine barbarischen Rituale und kein unerfreuliches Blutvergießen notwendig macht. Obwohl diese Tatsache unseren Novizen vermittelt wird und auch allen anderen bekannt sein sollte, gibt es vielleicht einige, denen das nicht ganz klar ist. Ich bitte Schwarzmagierin Sonea, es zu erklären.«

Sonea atmete tief durch und gab etwas Magie in die Luft, um ihre Stimme zu verstärken. »Sachakanische Magier schneiden die Haut ihrer Sklaven auf, weil ihre Sklaven keine Magier sind und ihnen ihre Macht nicht anbieten können. Sie tun das Gleiche im Krieg bei ihren Opfern, denn ihre Opfer werden ihnen ihre Macht kaum freiwillig geben. Und das Ritual höherer Magie in unserer Vergangenheit war eine symbolische Geste der Unterwerfung eines Novizen unter seinen Meister und ist nicht länger relevant.«

Sie brachte ein Lächeln zustande, obwohl sie vermutete, dass es eher grimmig als beruhigend wirken würde. »Um von einem anderen Magier Macht zu nehmen, ist es lediglich nötig, dass der Betreffende seine Macht sammelt und aussendet. Dann kann ich diese Macht nehmen und lagern. Das ist alles. Von Seiten des Gebenden ist nicht mehr zu tun als das, was jeder Novize in seinem ersten Jahr an der Universität erlernt.« Sie sah sich in der Halle um. *Das ist tatsächlich alles, was an Erklärung notwendig ist,* dachte sie, aber als Osen sich von ihr abwandte, fiel ihr noch etwas anderes ein.

»Es scheint nur eine Kleinigkeit zu sein, die ich von jedem von Euch erbitte«, sprach sie weiter. »Die Macht eines Tages. Aber wenn es dazu führt, dass ich meinen Sohn befreie, werdet Ihr meine von Herzen kommende Dankbarkeit und die meines Sohnes haben.«

Osen nickte. »Und Ihr werdet die Sicherheit eines Mitglieds der Gilde gewährleistet haben, eines Bürgers Kyralias und der Verbündeten Länder, und gleichzeitig den Fortbestand des Friedens mit Sachaka sichern. Und das ist keineswegs eine Kleinigkeit.« Er wandte sich den Sitzreihen zu. »Wir werden mit den Höheren Magiern anfangen.«

Soneas Herz setzte einen Schlag aus, als der Hohe Lord Balkan sich erhob und die Stufen herabstieg, gefolgt von mehreren anderen Höheren Magiern. Als Balkan näher kam, rief jemand von der Seite der Halle seinen Namen. Alle drehten sich um und sahen, dass die Ratgeber des Königs von der höchsten Reihe ebenfalls heruntergekommen waren.

»Würdet Ihr mir erlauben, den Anfang zu machen?«, fragte der Ratgeber Balkan. Der Hohe Lord lächelte, trat beiseite und deutete auf Sonea.

»Der König sendet seine besten Wünsche«, erklärte Glarrin. Er hielt ihr die Hände hin.

Sonea nahm sie und nickte. »Bitte, übermittelt meinen Dank, Ratgeber.« Ihre Haut kribbelte, als er ihr Macht sandte. Sie zog die Macht in sich hinein und spürte ein schwaches Gefühl, das ihr sagte, dass sie jetzt mehr Magie besaß, als sie selbst aufbringen konnte, aber als der Ratgeber fertig war, konnte sie nicht einschätzen, wie viel Macht er ihr gegeben hatte.

Glarrin trat beiseite und verneigte sich leicht vor Balkan. Sonea schaute zu dem hochgewachsenen Anführer der Gilde empor. Er musterte sie mit einem vertrauten, leicht überraschten Ausdruck. *Als falle es ihm genauso schwer, mich als Höhere Magierin anzusehen, wie es mir schwerfällt, in ihm den Hohen Lord zu sehen. Obwohl Balkan ein tüchtiger Anführer ist, wird in meinem Kopf immer Akkarin derjenige sein, auf den der Titel passt.*

Sie nahm seine Hände und seine Macht, und langsam traten die Höheren Magier einer nach dem anderen vor. Alle bis auf Kallen. Osen hatte beschlossen, dass einige Magier am Ende der Versammlung noch über ihre volle Stärke verfügen sollten. Als der Letzte der Hohen Magier beiseitetrat, drehte Sonea sich zu der Halle um.

Und ihr blieb das Herz stehen.

Alle Sitze waren leer. Sämtliche Magier standen in der Mitte der Halle und warteten. *Nun, es ist möglich, dass diejenigen, die nicht beabsichtigen, sich freiwillig zu melden, bereits davongeschlüpft sind,* sagte sie sich. Aber die Menge, die wartete, war zu groß, als dass viele hätten gegangen sein können.

Ihr wurde bewusst, dass sie aufgehört hatte zu atmen, und sie hörte, wie sich ihr ein Keuchen entrang, als der erste Magier vortrat.

Regin. In seinen Augen leuchtete unerwarteter Humor auf, als er sich vorbeugte, um ihr Hände zu ergreifen.

»Ihr wisst wirklich nicht, wie viele Menschen Euch respektieren, wie?«, murmelte er, während er ihr Magie sandte.

»Mich respektieren?« Sie schüttelte den Kopf. »Sie tun das nicht für mich. Sie tun es für einen Magierkollegen und für Kyralia.«

»Das auch«, gab er zu. »Aber es ist nicht der einzige Grund.«

Er gab ihr eine Menge Macht. Zumindest kam es ihr so vor. Sie schaute ihm nach, als er davonging, und suchte nach Hinweisen für körperliche Schwäche; sie machte sich Sorgen, dass er zu Beginn ihrer Reise in dieser Nacht müde sein würde, aber der nächste Magier trat bereits vor, und sie musste sich umdrehen.

Und dann kam der Nächste und der Übernächste. Heiler, Krieger, Alchemisten. Männer und Frauen. Alt und jung. Magier aus den Häusern und allen anderen Klassen. Sie alle sprachen einige Worte, wünschten ihr Glück und brachten ihre Hoffnung zum Ausdruck, dass Lorkin gut behandelt wurde und befreit werden könnte, einige mahnten sie sogar, vor Ichani auf der Hut zu sein, wenn sie das Ödland durchquerte, und sie baten sie, sicher nach Hause zurückzukehren. Überwältigt und überrascht hatte sie bisweilen Mühe, ruhig und würdevoll zu wirken. An einem Punkt verspürte sie eine Welle der Traurigkeit, als sie sich plötzlich an einen anderen Tag erinnerte, an dem sie in dieser Halle gestanden hatte, während Magier an ihr vorbeigezogen waren. Damals hatten sie ihre Roben und die Akkarins zerrissen, während sie die rituellen Worte der Verbannung sprachen.

Weil wir schwarze Magie gelernt hatten, um Kyralia zu verteidigen. Wie sehr sich die Dinge verändert haben.

Als endlich der letzte Magier beiseitetrat, verspürte sie

große Erleichterung und Erschöpfung. Bei diesem Gedanken hätte sie beinahe laut aufgelacht. Dieses Nehmen von Macht sollte sie stärker machen, nicht müde. Sie konzentrierte sich auf ihre Macht und bemerkte, dass ein wenig davon unkontrolliert nach außen drang. Eingedenk Akkarins Instruktionen stärkte sie die natürliche Barriere ihrer Haut, bis das Leck sich schloss. Dann dachte sie über die Macht in ihrem Innern nach.

Abgesehen von dem Wissen, dass ihre Macht gewaltig angeschwollen war, bestand ihre einzige Möglichkeit zu schätzen, wie stark sie geworden war, darin, die Anzahl der Magier zu addieren, die ihr Magie gegeben hatten. Sie war sich nicht einmal sicher, wie mächtig der durchschnittliche Gildemagier war. *Ich habe seit der Invasion der Ichani nicht mehr so viel Macht in mir gehabt, als die Armen mir ihre Stärke anboten, um mich auf die Schlacht vorzubereiten.*

Osen stand noch immer hinter ihr. Die Halle war leer, bis auf ihn, Regin und Rothen. Ein Gong erscholl und zeigte das Ende der Versammlung an, obwohl die meisten Magier nicht länger anwesend waren, um es zu hören.

»Wie spät ist es?«, fragte sie.

Osen überlegte einen Moment. »Ich glaube, der Universitätsgong hat vor kurzem geläutet.«

Sie sah ihn überrascht an. »So spät schon?« Sie wandte ihren Blick Regin zu. »Es ist fast Zeit, die Kutsche zu beladen.«

»Ihr habt noch ein paar Stunden.« Osen lächelte. »Ihr solltet beide eine gute Mahlzeit zu Euch nehmen, bevor Ihr abreist.«

Soneas Magen krampfte sich zusammen. »Ich bin mir nicht sicher, ob ich das kann.«

»Das wird alle enttäuschen.«

Sie sah ihn stirnrunzelnd an. »Warum?«

Sein Lächeln wurde breiter. »Die Höheren Magier haben im Bankettsaal ein Abschiedsessen für Euch vorbereitet. Ihr habt doch nicht gedacht, dass wir Euch gehen lassen würden, ohne Lebewohl zu sagen, oder?«

Sie sah ihn nur staunend an.

Osen lachte leise. »Kommt, sie sind alle im Abendsaal und trinken etwas, während sie auf Euch warten.«

7 Ein anderer Ansatz

Hier ist die Decke nicht stabil«, sagte Anyi.

Cery blickte auf und bemerkte die Risse in den Wänden und dass die Decke leicht eingesackt war. Feine Wurzeln durchzogen dort das Erdreich – vielleicht von einem Baum über ihnen.

»Wenn wir diese Fluchtroute benutzen müssen und Lilia bei uns ist«, fuhr Anyi fort, »könnten wir sie bitten, hinter uns die Decke einstürzen zu lassen, so dass uns niemand folgen kann. Oder wir könnten den Abschnitt auch selbst für einen gezielten Zusammenbruch präparieren. Lilia könnte uns helfen, indem sie die Decke mit Magie stützt, während wir Gewichte und Seile anbringen, die wir dann aus einiger Entfernung bedienen können.«

Cery nickte. *Mir gefällt die Art, wie sie denkt.* »Wir werden sie fragen.«

»Also, wohin führt dieser Gang?« Anyi grinste, eilte durch den instabilen Bereich und führte Cery in einen zunehmend verfallenen Tunnel hinein. Er endete nicht an einem Tunneleingang, sondern dort, wo ein Baum durch die Decke gebrochen war und den Weg versperrte. Schwaches, graues Licht sickerte durch ein Loch zwischen zwei gewaltigen Wurzeln. Ziegel und Schutt, geglättet von Erde und Moos, bildeten eine grobe Rampe, über die Anyi kletterte.

Sie spähte hinaus, drehte sich dann wieder zu Cery um und winkte ihn herbei. Cery bahnte sich einen Weg zu ihr hinauf, nahm ihren Platz ein und spähte durch das Loch.

Ringsum standen Bäume – ein Wald, erhellt von frühmorgendlichem Licht. Cery seufzte, als er sich daran erinnerte, wie er Sonea vor vielen Jahren durch den Wald der Gilde geführt hatte – bevor die Magier sie gefangen genommen hatten –, damit sie beobachten konnte, wie Magie gewirkt wurde, und vielleicht lernen würde, ihre Kräfte zu kontrollieren. Es hatte natürlich nicht funktioniert. Nur ein anderer Magier konnte einen Novizen lehren, wie man Magie sicher benutzte. Aber das hatten sie damals nicht gewusst.

So vieles hat sich verändert, dachte Cery, *aber glücklicherweise ist der Wald immer noch hier.* Er löschte seine Lampe, stellte sie ab und kletterte dann aus dem Loch. Anyi folgte ihm.

»Wo in der Gilde, denkst du, sind wir?«, flüsterte sie.

Er zuckte die Achseln. »Wahrscheinlich nördlich der Gebäude, da der südliche Teil des Geländes hügeliger ist.«

»Die Dienstbotenquartiere liegen im Norden.«

»Ja.«

»Wir finden dort vielleicht einige aussortierte Dinge. Möbel. Decken.«

»Vielleicht.«

Cery bewegte sich weg von dem Baum, dann drehte er sich um und umkreiste ihn langsam in dem Versuch, sich das Bild einzuprägen. Weder er noch Anyi waren es gewohnt, sich in einem Wald zurechtzufinden, und er konnte sehen, dass es leicht sein würde, sich zu verirren und die Tunnelöffnung nicht wiederzufinden. Glücklicherweise sah der Baum tatsächlich etwas anders aus als die übrigen, weil er zur Hälfte abgestorben, zum Teil in den Boden eingesunken war und sich zur Seite neigte.

Cery wandte sich ab und ging durch die Bäume voran, wobei er seine Schritte zählte und registrierte, dass sie sich hügelabwärts bewegten. Er wusste, dass das Gelände von der Mauer des Inneren Rings an anstieg, und vermutete daher, dass er nach Westen ging. Nach mehreren hundert Schritten entdeckte er, dass er sich irrte. Der Hang traf auf einen weiteren Hang, und in der Senke dazwischen floss ein kleiner Bach. *Oh, nun, zumindest ist der Bach etwas, dem wir folgen können: Er sollte uns hügelabwärts führen.* Er markierte die Stelle, indem er einige Steine zu einem Kreis und einer Linie ordnete, die in die Richtung zurück zeigte, aus der sie gekommen waren, dann gingen sie stromabwärts weiter.

Es dauerte nicht lange, bis sie vor sich Zeichen menschlicher Behausungen bemerkten. Sie krochen vorwärts und nahmen einfache Hütten und Zäune wahr. »Dienstbotenquartiere?«, murmelte Anyi.

Cery schüttelte den Kopf. »Zu schäbig.« Das heruntergekommene Aussehen der Bauten war verwirrend. Einige große Häuser schienen aus Glas gemacht zu sein, aber aufgrund der üppigen Vegetation, die unter diesem Glas spross, vermutete er, dass sie aufgegeben worden waren. Erst als sie nahe genug kamen, um überall gut über die Zäune schauen zu können, wurde ihm klar, wo sie waren.

»Der Bauernhof.«

»Ah. Natürlich.« Anyi streckte die Hand aus. »Ist das ein Obstgarten dort drüben?«

Er blickte in die Richtung, in die sie zeigte, und nickte, als er Reihen von sorgfältig gestutzten Bäumen und Beerenranken ausmachte. Daneben war auf kleineren, umzäunten

Flächen die Erde gefurcht, als sei ein sehr großer Rechen hindurchgezogen worden.

»Die Frage ist: Lebt hier jemand?«, murmelte er.

Anyi schaute ihn an. »Lass uns nachsehen.«

Sie gingen näher heran und versteckten sich zuerst hinter Bäumen, dann hinter den langen Beerenreihen. Die Hütten lagen am anderen Ende. Cery sank der Mut, als er den Rauch bemerkte, der aus dem Schornstein aufstieg. Außerdem war inzwischen eine Frau in Dienstbotenkleidung aus einer der Hütten getreten. Er beobachtete, wie sie in etwas verschwand, das ein Rassook-Pferch zu sein schien.

»Sieht für mich bewohnt aus«, meinte Anyi. »Willst du noch näher herangehen?«

Cery nickte. Sie zogen sich an den Waldrand zurück, um die Deckung durch das Unterholz auszunutzen, und schlichen an dem Gehöft entlang. Er hatte recht, was den Rassook-Pferch betraf. Wo das bebaute Land und die Gebäude endeten, lagen größere Weiden, auf denen Enker, Reber und sogar einige große, unbeholfene Gorin grasten.

Nicht genug, um die Gilde mit Nahrung zu versorgen, überlegte er, *aber sie nutzen alles, was sie an Platz haben.*

»Da drüben«, sagte Anyi und zeigte auf das letzte der Gebäude.

Cery begriff rasch, dass sie ihn nicht auf das Gebäude selbst aufmerksam machen wollte, sondern auf die alten Möbel, die davor standen. Nicht zueinanderpassende Stühle bildeten einen Kreis um eine Planke, die auf Baumstümpfen ruhte. Dicke, rohe Bretter auf alten Fässern dienten offenbar als Bänke.

»Wir könnten etwas von diesem Stroh gebrauchen, um Matratzen zu machen«, sagte Anyi und deutete auf einen Unterstand, in dem mehrere Bündel aufgestapelt lagen. »Ich habe auf dem Markt gesehen, wie es gemacht wird. Man braucht einige alte Säcke und eine Nadel und Garn.«

»Du kannst nähen?«

»Nicht sehr gut, aber wir brauchen Matratzen, keine Ballkleider.«

Cery lachte leise. »Was ein Glück ist, hm? Ich erinnere mich daran, dass deine Mutter dich nicht dazu bewegen konnte, ein Kleid zu tragen. Ich denke, nicht einmal der König würde dich dazu bringen, ein Ballgewand zu tragen.«

»Keine Chance«, erwiderte Anyi. »Nicht einmal wenn er der bestaussehende Mann auf der Welt wäre.«

»Ein Jammer«, sagte Cery. »Es wäre schön, dich einmal in vollem Sonntagsstaat zu sehen. Nur ein einziges Mal.«

»Mir würden schon ein paar einfache Sachen zum Wechseln genügen.« Anyi kniff die Augen zusammen, als sie zu den Hütten hinüberschaute. »Ich frage mich, wie viele Menschen hier leben und was sie tragen. Wahrscheinlich Dienstbotenuniformen. Ich nehme an, es wäre praktisch, wenn wir wie Dienstboten aussähen, wann immer wir uns aus den Tunneln schleichen.« Sie schürzte die Lippen. »Ich werde später hierher zurückkommen und sie für ein Weilchen ausspionieren, wenn du damit einverstanden bist.«

»Eine gute Idee. Aber bleib im Wald und versuche noch nicht, irgendetwas zu stehlen.« Cery nickte. »Dafür werden wir bei Nacht zurückkommen.«

Dannyl starrte aus dem Fenster der Kutsche, ohne etwas von der Umgebung wahrzunehmen, während er sich auf eine Zurückweisung vorbereitete.

Lorkin war erst seit drei Tagen im Palastgefängnis, aber es kam ihm viel länger vor. *Natürlich fühlte es sich für Lorkin selbst wahrscheinlich noch länger an.* Ashaki Achati hatte ihn nicht erneut aufgesucht. Dannyl konnte nicht entscheiden, ob er deswegen erleichtert war oder ob er es bedauerte. Jedes Treffen mit Achati musste zwangsläufig angespannt und voller Groll und Verlegenheit sein, wegen der Situation mit Lorkin, aber Dannyl vermisste dennoch Achatis Gesellschaft und sehnte sich nach seinem Rat.

Es ist ein Jammer, dass er dem König so nahesteht. Wenn ich mich nur mit einem Sachakaner in einer neutraleren Position angefreundet hätte! Er wäre in der Lage gewesen, mir zu sagen, wie ich mit der Situation am besten umgehen soll.

Gab es *irgendwelche* Ashaki, die sich in einer politisch neutralen Position befanden? Nach dem, was Dannyl erfahren hatte, waren die meisten entweder dem König treu ergeben oder mit Ashaki verbündet, die mit Freuden die Zügel der Macht ergreifen würden, wenn sie eine Chance dazu sähen – die sie wahrscheinlich nicht bekommen würden. König Amakiras Position war gesichert, unterstützt durch die mächtigsten Ashaki.

Als die Kutsche vor dem Palast vorfuhr, stieß Dannyl einen Seufzer aus. Er wartete, bis der Sklave des Gildehauses den Wagenschlag öffnete, dann stand er auf und stieg aus. Er glättete seine Roben, drückte den Rücken durch und schritt auf den Eingang zu.

Niemand hielt ihn auf. Er hatte sich gefragt, warum sie ihn am vergangenen Tag eingelassen hatten, wenn sie nichts anderes vorhatten, als ihm zu sagen, dass er nach Hause fahren solle. Einmal mehr trat er aus dem breiten Gang in die Halle und erfuhr von einem Sklaven, dass er auf einer Seite warten sollte.

Mehrere Personen standen in der Halle. Diesmal war der König zugegen. Zumindest würde Dannyl in der Lage sein, Amakira seine Bitte direkt vorzutragen. Nicht dass ihm das eine positive Reaktion eintragen würde. Der König beendete sein Gespräch mit zwei Männern und lud eine Gruppe von drei Männern ein, näher zu treten.

Zeit verstrich. Mehr Menschen trafen ein. Der König empfing einige von ihnen nicht lange nach ihrer Ankunft – früher als Dannyl und einige der anderen, die ebenfalls auf eine Audienz warteten. Sie mussten wichtiger sein, oder zumindest war die Angelegenheit wichtiger, die es zu diskutieren galt. *Oder er ignoriert mich absichtlich, um mich auf meinen Platz zu verweisen.*

Dannyl vermutete, dass einige Stunden vergangen waren, als der König in seine Richtung schaute und ihn heranwinkte.

»Gildebotschafter Dannyl«, begrüßte er ihn.

Dannyl trat vor ihn hin und kniete nieder. »Euer Majestät.«

»Erhebt Euch und tretet näher.«

Er gehorchte. Die Luft vibrierte schwach, und Dannyl begriff, dass der König oder jemand anders einen Schild um sie gewoben hatte, um zu verhindern, dass Geräusche nach außen drangen.

»Ihr seid zweifellos hier, um mich darum zu bitten, Euch Lorkin zurückzugeben«, sagte der alte Mann.

»Ja«, bestätigte Dannyl.

»Die Antwort lautet nein.«

»Darf ich ihn zumindest sehen, Euer Majestät?«

»Natürlich.« Der Blick des Königs war kalt. »Wenn Ihr versprecht, ihm zu befehlen, mir alles zu erzählen, was er über die Verräter weiß.«

»Ich kann diesen Befehl nicht geben«, erwiderte Dannyl.

Amakiras Blick blieb hart. »Das habt Ihr bereits gesagt. Ich bin mir sicher, Ihr könntet ihn überzeugen, dass der Befehl von jenen kam, die die Autorität besitzen, ihn zu erteilen.«

Dannyl öffnete den Mund, um abzulehnen, dann hielt er inne. *Ich könnte zustimmen, es zu versuchen, um Lorkin zu sehen und mich davon zu überzeugen, dass er lebt und wohlauf ist.* Aber was war, wenn der König zu dem Schluss kam, dass Dannyl sein Versprechen gebrochen hatte? War das Verbrechen genug, um dafür eingekerkert zu werden? *Osen hat klargemacht, dass ich das vermeiden sollte. Und wenn sie mich gefangen nehmen, werden sie mir Osens Ring abnehmen.*

»Das kann ich auch nicht tun, Euer Majestät«, erklärte Dannyl.

Der König lehnte sich auf seinem Stuhl zurück. »Dann kommt wieder, wenn Ihr es könnt.« Er machte eine abschätzige Geste. Dannyl verstand den Hinweis, verneigte sich, bewegte sich ein Stück rückwärts, drehte sich dann um und verließ die Halle.

Nun, zumindest habe ich den König diesmal gesprochen, dachte er, während er auf die Kutsche wartete. *Eine Zurückweisung durch den Herrscher ist ein geringfügig besseres Versagen als eine Zurückweisung durch einen seiner Lakeien.* Er fragte sich, was er morgen erhalten würde oder ob sie anfangen würden, ihm den Zutritt zum Palast zu verwehren.

Als die Kutsche das Gildehaus erreichte, öffnete er die Tür selbst, bevor irgendein Sklave es tun konnte. Die Luft draußen vor dem Haus war heiß und trocken, und es war eine Erleichterung, in das kühlere Innere zu entkommen. Er ging auf seine Räume zu, aber bevor er dort ankam, erschien Merria vor ihm im Flur.

»Wie ist es gelaufen?«, erkundigte sie sich.

Dannyl zuckte die Achseln. »Nicht besser, obwohl ich diesmal eine königliche Absage erhalten habe.«

Sie schüttelte den Kopf. »Armer Lorkin. Ich hoffe, es geht ihm gut.«

»Irgendwelche Neuigkeiten von Euren Freundinnen?«

»Nein. Sie sagten, sie täten, was sie können, um die Ashaki dazu zu bewegen, Einwände gegen die Gefangennahme eines kyralischen Magiers zu erheben, aber das erfordert eine sorgfältig abgestimmte zeitliche Planung und lässt sich nicht überstürzen.«

Er nickte. »Nun… ich weiß ihre Bemühungen zu schätzen. Das tun wir alle.«

Sie hatten den Eingang zu seinen Räumen erreicht. Merria blickte zu ihm auf, dann tätschelte sie ihm mit besorgter Miene den Arm. »Ihr tut alles, was Ihr könnt«, sagte sie. »Zumindest alles, was sie Euch tun lassen.«

Er runzelte die Stirn. »Ihr denkt also, es gibt sonst nichts, was ich tun könnte? Nichts, was die Gilde mir nicht untersagt? Nichts, woran wir noch nicht gedacht haben?«

Sie wandte den Blick ab. »Nein… nichts, was nicht das Risiko birgt, die Situation noch zu verschlimmern, falls es nicht funktioniert. Habt Ihr Hunger? Ich wollte Fey bitten, mir etwas zu essen zu machen.«

Was ist das für eine riskante Idee?, ging es ihm durch den Kopf. *Sollte ich danach fragen?* »Ja«, antwortete er. »Aber nicht sofort. Vorher muss ich mich mit dem Administrator in Verbindung setzen.«

»Ich werde etwas arrangieren.« Sie ging zurück in den Flur und verschwand.

Der Vernehmer kehrte erst einige Stunden nach der Morgenmahlzeit zurück. Es war Essen gekommen – ein Brei aus gemahlenem Getreide. Ein schwaches, mit Wasser auf das poröse Holztablett gezeichnetes Symbol versicherte ihm, dass das Mahl ungefährlich war.

Lorkins Magen meldete sich unangenehm zu Wort, als der Ashaki, der ihn befragte, und dessen Assistent ihn in eine neue Richtung führten. Der Mann wählte einen anderen Flur und blieb vor einer anderen Tür stehen, aber der Raum dahinter unterschied sich nur geringfügig von dem vorangegangenen. Schlichte weiße Wände, drei abgenutzte alte Hocker.

Der Vernehmer setzte sich und bedeutete Lorkin, auf einem der anderen Hocker Platz zu nehmen, dann sah er seinen Assistenten an und nickte. Der Mann schlüpfte aus dem Raum. Lorkin wappnete sich gegen weitere Fragen.

Es kamen keine. Der Vernehmer schaute sich um, dann zuckte er die Achseln und begann Lorkin mit distanzierter Miene anzustarren. Als der Assistent zurückkehrte, stieß er eine Sklavin vor sich her in den Raum. Sie warf sich vor dem Ashaki zu Boden. Lorkin bemühte sich um einen neutralen Gesichtsausdruck, um sich seinen Hass auf die Sklaverei nicht anmerken zu lassen.

»Steh auf«, befahl der Ashaki.

Sie erhob sich und drehte sich mit herabhängenden Schultern und gesenktem Blick zu dem Mann um.

»Sieh ihn dir an.« Der Ashaki zeigte auf Lorkin.

Die Frau wandte sich zu ihm um, den Blick starr auf den Boden gerichtet. Sie war schön, stellte er fest – oder wäre es gewesen, wenn sie nicht solch schreckliche Angst gehabt hätte. Langes, glänzendes Haar umrahmte ein fein gezeichnetes Kinn und Wangenknochen, die für einen Moment Erinnerungen an Tyvara in ihm wachriefen, Erinnerungen, bei denen sein Herz sich verkrampfte und eine Welle der Sehnsucht über ihm zusammenschlug. Die Glieder dieser Frau waren zwar anmutig, aber sie zitterten, und ihre dunklen Augen waren groß. Bei ihrer offenkundigen Angst wurde ihm übel. Sie erwartete, dass etwas Schlimmes geschehen würde.

»Schau ihn *an*. Schau nicht weg.«

Ihr Blick flackerte empor, und sie sah ihm in die Augen.

Lorkin zwang sich, nicht wegzusehen. Wenn er es tat, wusste er, dass der Ashaki irgendwie dafür sorgen würde, dass er es bedauerte. Er konnte nicht umhin, nach irgendeinem Hinweis auf Entschlossenheit in ihren Zügen zu suchen oder nach einer Anstrengung, ihm etwas zu übermitteln, das vielleicht darauf schließen ließ, dass sie eine Verräterin war. Alles, was er sah, waren Furcht und Resignation.

Sie erwartet Schmerz oder Schlimmeres. Die einzigen Sklaven, die ich hier unten gesehen habe, haben etwas gebracht oder weggetragen. Warum sonst sollte sie – eine schöne junge Frau – ohne irgendeinen Dienstbotenauftrag hier unten sein?

Eine so schöne Sklavin würde niemals rein körperliche Aufgaben zugewiesen bekommen.

Seine Übelkeit verstärkte sich. Er konnte nicht umhin, wieder an Tyvara zu denken und daran, was sie im Zuge ihrer Arbeit als Spionin gezwungen gewesen war zu tun. Auch sie war zu schön, um nicht diese Art von Aufmerksamkeit bei ihren Herren zu erregen.

Schließlich hat sie bei unserer ersten Begegnung erwartet, dass ich sie in mein Bett holen würde.

Der Ashaki stand auf. Er ergriff den Arm der Frau und zog sie enger an sich. Dann streckte er eine Hand nach der juwelenbesetzten Scheide aus, die alle Ashaki an der Hüfte trugen, und zog langsam sein Messer. Lorkin hielt den Atem an, als sich das Messer zur Kehle der Sklavin bewegte. Die Frau kniff die Augen fest zusammen, wehrte sich jedoch nicht.

Worte fluteten in Lorkins Kehle, saßen dort jedoch fest. Er wusste genau, was der Ashaki vorhatte und warum. *Wenn ich spreche, um sie zu retten, werden viele, viele weitere sterben. Wenn sie eine Verräterin ist, wird sie nicht wollen, dass ich ihr Volk verrate.* Er schluckte hörbar.

Das Messer schlitzte ihre Kehle nicht auf. Stattdessen schob der Ashaki es unter eine Schulter ihres Kleides und durchschnitt den Stoff. Er packte die andere Schulter und zog, und das Gewand der Sklavin glitt herunter, so dass sie bis auf ein Lendentuch nackt dastand. Ihr Gesichtsausdruck veränderte sich nicht.

Der Ashaki schob sein Messer in die Scheide, schaute über ihre Schulter zu Lorkin hinüber und lächelte.

»Wann immer Ihr reden wollt, tut Euch keinen Zwang an«, sagte er, bog die Finger durch und ballte sie zur Faust. Der Assistent kicherte.

Und dann machte der Ashaki sich ans Werk.

8 Verständnis und Verständigung

Lilia legte das Buch, auf das sie sich ohnehin nicht würde konzentrieren können, beiseite, blickte sich in Soneas Gästezimmer um und seufzte.

Obwohl Sonea die meiste Zeit abwesend gewesen war oder geschlafen hatte, fühlten ihre Räume sich jetzt seltsam leer an, da sie nach Sachaka aufgebrochen war. Lilia war sich plötzlich deutlicher des Umstands bewusst, allein zu sein, des Umstands, dass wohl niemand – zumindest kein Magier – zu Besuch kommen würde.

Nun, niemand außer Kallen, wenn ich nicht pünktlich zum Unterricht erscheine, aber es ist nicht wahrscheinlich, dass er einen Höflichkeitsbesuch machen wird.

Anyi würde des Nachts vielleicht immer noch durch die geheime Öffnung in der Wandvertäfelung des Raums schlüpfen, aber jetzt, da sie, Cery und Gol unter der Gilde lebten, war es sicherer, wenn Lilia sie besuchte. Es hatte immer ein Risiko bestanden, dass jemand Anyi in Soneas Räumen entdeckte und begriff, dass er nicht gesehen hatte, wie sie durch die Tür gekommen oder gegangen war.

Die einzige andere Person, die regelmäßig herkam, war

Jonna, Soneas Dienerin und Tante. Jonna erschien zweimal am Tag, um Mahlzeiten zu bringen. *Aber sie muss auch hierherkommen, wenn ich im Unterricht bin, um sauber zu machen,* dachte Lilia und erinnerte sich daran, dass im Allgemeinen alles gut aufgeräumt war, wenn sie zurückkehrte.

Wie immer in den letzten Tagen hatte Lilia auch heute ihre Tasche, in der sie sonst nur Lehrbücher und Notizen zu transportieren pflegte, mit Essen aus dem Speisesaal, Seife und sauberen Waschlappen aus den Bädern gefüllt. Später würde sie alles ihren Freunden bringen. Sie hatte außerdem Neuigkeiten von Kallen mitzuteilen, aber bis Jonna mit dem Abendessen kam, würde Lilia nicht davonschlüpfen können.

In der Zwischenzeit versuchte sie zu lernen. Sie schaute auf das Buch in ihren Händen hinab. Sie hatte die Lektionen, die sie versäumt hatte, während sie im Ausguck gefangen gewesen war, niemals wirklich nachgeholt. Die Lehrer würden es bemerken, wenn sie noch weiter zurückfiel.

Sobald Cery, Anyi und Gol sich eingelebt haben, werde ich mich wieder ganz meinen Studien zuwenden können, sagte sie sich. *Vielleicht werde ich den ganzen nächsten Freitag lernen. Wenn mein Plan heute Nacht funktioniert, werde ich zumindest eine Sorge weniger haben.*

Ein Klopfen an der Tür unterbrach ihre Gedanken. Sie stand auf, für den Fall, dass es ein Magier war, und öffnete die Tür mit Magie. Zu ihrer Erleichterung kam Jonna hereingestürmt. Beladen mit einer lackierten Schachtel und einem großen Krug schaffte es die Frau, sich zu verneigen, bevor sie alles auf den Tisch stellte.

»Guten Abend, Lady Lilia.«

»Guten … Abend.« Lilia zögerte, während sie die Schachtel öffnete und zu ihrer Enttäuschung sah, dass sie eine einzige Schale mit dicker Suppe und ein einziges Brötchen enthielt, außerdem ein Sahnedessert. *Natürlich. Sie wird jetzt nicht mehr bringen, als eine Person essen kann.* Was es noch wichtiger machte, dass Lilias Plan funktionierte.

»Was ist los?«, fragte Jonna.

»Ich … ich habe gehofft, dass Anyi heute Abend zu Besuch kommen würde.«

Lilia war überrascht gewesen zu entdecken, dass Jonna bereits wusste, dass Anyi Cerys Tochter war, und dass sie den geheimen Eingang zu Soneas Räumen kannte; zumindest war sie erstaunt gewesen, bis sie erfahren hatte, dass Jonna Soneas Tante war. Das erklärte gewiss die Art, wie Jonna Sonea herumkommandierte, wenn sie allein waren, ohne Furcht und mit wenig Respekt vor ihrem Status.

Jonna lächelte, während sie das Essen von dem Tablett auf den Tisch räumte. »Sie kommt in letzter Zeit oft vorbei.«

Lilia nickte. »Zumindest ist sie sicher, wenn sie hier ist.«

»Und sie bekommt eine anständige Mahlzeit«, fügte Jonna hinzu. Dann straffte sie sich. »Ich werde gehen und etwas für sie suchen. Etwas, das immer noch schmecken wird, wenn es kalt geworden ist, damit sie es mitnehmen kann, falls sie bereits gegessen hat.«

»Könntest du …?« Lilia verzog das Gesicht. »Könntest du jeden Abend etwas mitbringen? Selbst wenn sie es nicht isst, gibt es andere, denen sie gern helfen würde. Denen *ich* gern helfen würde. Und … kannst du etwas Lampenöl mitbringen, damit sie nicht im Dunkeln zurückfinden muss?«

Jonna wirkte mitfühlend, als sie nickte. »Natürlich.«

»Und … ich nehme nicht an … falls das nicht zu viel verlangt ist … was macht die Gilde mit altem Bettzeug und zerbrochenen Möbeln?«

Die Dienerin zog die Augenbrauen hoch. »Die meisten Möbel hier zerbrechen nicht leicht. Sie sind so stabil, dass sie Hunderte von Jahren halten. Wenn doch etwas zerbricht, reparieren wir es, und wenn es nicht länger gut genug für die Magier ist, bekommen es die Diener.« Sie zuckte die Achseln. »Das Gleiche gilt für altes Bettzeug. Wenn es für die Diener zu abgenutzt ist, macht man daraus Lumpen.« Sie sah Lilia an. »Aber es gibt mehr altes Bettzeug als Möbel. Lasst mich sehen, ob ich etwas in die Hände bekommen kann.«

Lilia nickte. »Vielen Dank. Ich würde ja Dinge für sie kaufen, aber es ist mir nicht erlaubt, das Gelände zu verlassen, um einkaufen zu gehen.«

»Ich könnte diese Dinge für Euch besorgen«, erbot sich Jonna, »wenn Ihr aufschreibt, was Ihr wollt.«

»Habt Ihr denn Zeit dafür? Ihr müsst doch viel zu tun haben.«

»Nicht so viel, wie Ihr vielleicht denkt, vor allem jetzt, da Sonea nicht hier ist. Dinge für Euch zu besorgen gehört zu meiner Arbeit.«

»Nun … danke. Ich würde mich sehr darüber freuen.«

Jonna deutete auf die Schale. »Jetzt fangt an zu essen, bevor es kalt wird, und ich gehe etwas für Anyi holen.«

Als sich die Tür hinter der Dienerin schloss, stieß Lilia einen Seufzer der Erleichterung und des Triumphs aus. Ihr Plan hatte funktioniert, obwohl sie leichte Gewissensbisse plagten, weil sie angedeutet hatte, dass die erbetenen Dinge für Bedürftige wären, obwohl sie in Wirklichkeit für Cery, Gol und Anyi bestimmt waren. *Aber sie sind auch bedürftig.*

Als sie auf die Mahlzeit hinabblickte, die Jonna ihr gebracht hatte, beschloss sie, sie zu essen und die Sachen, die sie aus der Speisehalle mitgenommen hatte, Cery und Gol zu geben. Suppe war viel zu schwer zu transportieren, und das Dessert würde wahrscheinlich überlaufen. Wenn Jonna Beweise dafür sah, dass Lilia etwas von ihren Mahlzeiten aß, würde sie sich keine Sorgen machen, dass Lilia nicht genug zu sich nahm – oder alles weggab.

Während sie aß, dachte sie darüber nach, wie solch kleine, alltägliche Dinge so wichtig werden konnten. Cery, sein Freund und seine Tochter waren in den Gängen unter der Gilde sicherer, vor allem jetzt, da der Tunnel, der sie mit der Straße der Diebe verband, zerstört war, doch etwas so Triviales wie ihre Versorgung mit Nahrung war eine tägliche Schwierigkeit und ein Risiko. Wenn Lilia nicht ständig versuchen musste, etwas zu essen für sie zu finden, wäre es viel einfacher, ihre Anwesenheit vor der Gilde verborgen zu halten.

Ich will auch mehr tun, als ihnen nur Essen zu bringen, überlegte sie. *Ich will, dass sie es bequem haben. Ich kann Jonna nicht bitten, etwas Luxuriöses zu kaufen, oder sie wird Verdacht schöpfen. Es sei denn … ich könnte sagen, es sei für mich …*

Sie aß den letzten Löffel Suppe, stand auf, suchte Papier, Stift und Tinte zusammen und begann eine Liste zu erstellen.

Als Sonea blinzelnd erwachte, staunte sie darüber, dass sie in der schaukelnden Kutsche überhaupt geschlafen hatte. Sie schaute zu Regin hinüber und sah, dass er wach war und sie beobachtete. Er lächelte schwach und wandte höflich den Blick ab.

Wie lange habe ich geschlafen? Sie zog den Vorhang beiseite, der das Fenster über dem Wagenschlag verdeckte. Sie fuhren durch grünes Hügelland, das sich im Gold einer spätnachmittäglichen Sonne vor ihnen ausbreitete. *Eine ganze Weile. Armer Regin. Er ist wahrscheinlich den größten Teil des Tages wach gewesen und hat sich gelangweilt.*

Während der ersten Stunden ihrer Reise in der vergangenen Nacht hatte ihr Gespräch sich um die Arrangements gedreht, die sie getroffen hatten, um ihre Angelegenheiten für die Dauer ihrer Abwesenheit zu regeln, um Lilias Fortschritte und Zukunft, um die Orte, an denen sie im Laufe der Reise wahrscheinlich haltmachen würden, und um einige Informationen, die man ihnen über die sachakanische Gesellschaft gegeben hatte. Als Regin zum ersten Mal gegähnt hatte, hatte sie darauf bestanden, dass er versuchte zu schlafen. Er hatte es schließlich getan, ein Reisekissen zwischen seinen Kopf und die Seitenwand der Kutsche geklemmt. Die Straßen in Stadtnähe waren gepflegter als die weiter draußen auf dem Land, daher wurde er nicht oft wach gerüttelt.

Sie hatte die Nacht damit verbracht, aus dem Fenster zu starren, über die Aufgaben nachzudenken, die man ihr zugeteilt hatte, und sich Sorgen um Lorkin zu machen. Bei der Erinnerung an ihre letzte Reise über diese Straße – sie war Akkarin ins Exil gefolgt – spürte sie Echos der Gefühle von vor zwanzig Jahren. Furcht, Zurückweisung, Hoffnung und Liebe, alles vom Abstand der Zeit gemildert. Sie hieß die Gefühle willkommen, hielt sie für eine kurze Zeit fest und ließ sie dann los, damit sie mit der Vergangenheit verschmolzen.

Diese Reise brachte einige interessante neue Gefühle mit sich. Abgesehen von Angst und Sorge um Lorkin und der Furcht vor der Möglichkeit, dass sie selbst und Regin versagen könnten, verspürte sie eine seltsame Euphorie. Nachdem sie zwanzig Jahre lang auf das Gelände der Gilde beschränkt gewesen war, war sie plötzlich frei gelassen worden.

Nun, nicht direkt frei. Ich kann nicht umherstreifen, wo immer ich will. Ich habe eine Mission zu erfüllen.

»Woran denkt Ihr?«

Regins Frage holte sie in ihre Umgebung zurück. Sie zuckte die Achseln.

»Daran, dass ich jetzt außerhalb der Stadt bin. Ich hatte angenommen, dass ich sie nie wieder verlassen würde.«

Er machte ein leises, angewidertes Geräusch. »Sie sollten Euch mehr trauen.«

Sie schüttelte den Kopf. »Ich denke nicht, dass Vertrauen das Problem war. Sie hatten keine andere Wahl, als mir zu vertrauen. Ich denke, sie hatten Angst vor dem, was geschehen würde, wenn man uns erneut überfallen würde und ich nicht da wäre. Oder wenn Kallen sich gegen sie wenden würde.«

»Denkt Ihr, dass Kallen Eure Abwesenheit ausnutzen wird?«

Sonea schüttelte den Kopf, dann erinnerte sie sich an die eine Eigenschaft, die sie an Kallen nicht mochte, und runzelte die Stirn.

»Was ist los?«

Sie seufzte. *Wenn Regin mich so leicht durchschaut, wie werde ich mich halten, wenn ich auf König Amakira und die Verräterinnen treffe? Ich nehme an, ich bin noch nicht ganz wach und auf der Hut. Obwohl ich es mir nicht verzeihen würde, wenn es mir nicht gelänge, Lorkin zu befreien oder ein Bündnis zu knüpfen, nur weil ich schläfrig war.*

Was sollte sie sagen? Regin hatte offensichtlich wahrgenommen, dass sie sich Sorgen wegen Kallen machte, und er würde sich alle möglichen Gründe ausmalen, wenn sie ihm nicht einen einzigen nannte. Irgendetwas musste sie ihm sagen.

Die Wahrheit. Es ist ohnehin kein großes Geheimnis.

»Fäule«, erklärte sie. »Feuel. Das ist seine Schwäche. Wenn ich Kallen korrumpieren wollte, würde ich es tun, indem ich seinen Zugang zu der Droge kontrolliere.«

Regin runzelte die Stirn. »Wissen viele von seiner Schwäche?«

»Vinara weiß Bescheid. Rothen ebenfalls. Ich vermute, dass viele der Höheren Magier es ebenfalls wissen, obwohl wir nicht darüber gesprochen haben. Oder zumindest haben sie nicht darüber gesprochen, während ich zugegen war.«

»Wer immer es ihm verkauft, weiß es ebenfalls«, fügte Regin hinzu.

»Ja.«

»Lilia hat auch Feuel benutzt, nicht wahr?«

»Als sie mit Naki zusammen war. Lilia scheint nicht süchtig danach geworden zu sein. Tatsächlich hat sie jetzt eine Abneigung gegen Feuel und Feuel-Benutzer. Ich denke, sie gibt dem Feuel die Schuld für einige der törichten Dinge, die sie und Naki getan haben.«

Regin wirkte nachdenklich. »Also hat die Gilde einen Schwarzmagier, der nach Feuel süchtig ist, und einen, der dagegen resistent ist.«

»Und eine Schwarzmagierin, die nicht einmal in die Nähe des Zeugs gehen würde, wenn man sie dafür bezahlte«, fügte Sonea schaudernd hinzu.

Er sah sie an und lächelte. »Dafür seid Ihr viel zu klug. Ihr lasst nicht zu, dass irgendetwas Euch in eine Ecke treibt.«

Soneas Wangen wurden warm. »Bis auf die Gilde.«

»Eine würdige Ausnahme.« Er wandte den Blick ab. »Ich wünschte, ich hätte Eure Entschlossenheit und Bereitschaft gehabt, Konventionen zu trotzen, als ich noch jünger war.«

Sie schüttelte den Kopf. »Ihr? Nicht entschlossen? Ich habe immer den Eindruck gehabt, dass Ihr Euch Eurer selbst und der Dinge, die Ihr vom Leben wolltet, absolut sicher wart.«

»Ja ... aber ich musste niemals irgendwelche harten Entscheidungen treffen. Man hat mir gesagt, alles müsse auf eine bestimmte Weise sein, weil es gewährleistete, dass alle sicher, mächtig und wohlhabend waren, und ich habe das nicht hinterfragt. Aber als ich älter wurde, begann ich dann doch, Fragen zu stellen. Ich habe erkannt, dass mein Mangel an Widerstand in der Furcht wurzelte, von meinesgleichen nicht akzeptiert zu werden. Ich sah, dass die einzigen Menschen, die wir für wichtig erachteten, meine Familie und mein Haus waren. Dass die Häuser Veränderungen widerstanden, weil sie befürchteten, es könnte ihre Macht und ihren Wohlstand verringern. Und so ist es noch heute.«

»Kyralia hat sich in den letzten zwanzig Jahren sehr verändert. Die Häuser haben in der Folge weder ihre Macht noch ihren Reichtum verloren.«

Regin schüttelte den Kopf. »Sie werden diese Dinge verlieren. Es mag lange dauern, aber es wird geschehen. Die Warnzeichen sind da, wenn man weiß, wonach man suchen muss. Wisst Ihr, was ich herausgefunden habe?« Er sah sie an und zuckte die Achseln. »Es kümmert mich nicht. Lasst sie fallen. Sie sind auf Lügen und Habgier aufgebaut.«

Sonea verspürte einen Stich des Mitgefühls. Seit seiner ziemlich öffentlichen Trennung von seiner Ehefrau neigte Regin zu gelegentlichen mürrischen und trotzigen Bemerkungen über die Gewohnheiten und Erwartungen der höchsten Klasse. Ein Teil von ihr billigte seine Einstellung, ein anderer Teil fühlte mit ihm, doch sie fragte sich trotzdem, wie viel von seiner Desillusionierung bleiben würde, sobald der persönliche Schmerz verebbt war.

»Ich bin mir sicher, Ihr würdet nicht so denken, wenn Ihr als Bettler auf der Straße landen würdet«, rief sie ihm sanft ins Gedächtnis.

Er sah sie an, und seine Schultern sackten ein wenig herunter. »Wahrscheinlich nicht. Aber vielleicht wäre ich ein besserer Mann. Vielleicht wäre ich sogar ein glücklicherer Mann. Indem wir Novizen aus den unteren Klassen aufgenommen haben, hat die Gilde es möglich gemacht, dass Menschen die Barrieren zwischen den Klassen überwinden. Ich sehe die Neuankömmlinge damit prahlen, und ich möchte sie warnen, dass es einen Preis dafür gibt. Dann … dann sehe ich, dass sie diesen Preis gar nicht zahlen müssen, und ich bin, nun, *eifersüchtig*. Irgendwie werden sie den Wohlstand, die Macht und die Magie bekommen, aber sie haben keine alten Übereinkünfte oder Traditionen zu berücksichtigen oder sich nur mit den Menschen zu verbinden, die ihre Häuser billigen, oder die Frau zu heiraten, die ihre Familie auswählt.«

»Irgendwann werden sie das vielleicht tun müssen.«

Regin schüttelte den Kopf. »Nein. Nehmt doch Euch selbst.« Er hob den Blick und sah ihr in die Augen. »Ihr seid nie gezwungen worden zu heiraten.«

»Ich bin mir sicher, wenn ich beschlossen hätte, es zu tun, hätte man eine Menge zu meiner Entscheidung zu sagen gehabt.«

»Doch niemand hätte es gewagt, Euch die Heirat zu verbieten.«

»Das liegt nur daran, dass ich die erste Schwarzmagierin bin. Ich bin eine Ausnahme. Ihr könnt von meinem Fall keine Regel ableiten.«

Regin warf ihr einen seltsamen Blick zu, öffnete den Mund, um zu sprechen, runzelte dann die Stirn und schloss ihn wieder.

Sonea wurde neugierig. »Was wolltet Ihr sagen?«, fragte sie.

Er sah sie mit unsicherer Miene an. »Ich … ich wollte Euch fragen, warum Ihr nicht geheiratet habt. Aber ich schätze, es ist offensichtlich – und es wäre ziemlich unhöflich von mir, danach zu fragen.«

Sonea zuckte die Achseln. »Nicht unhöflich. Noch ist es der Grund, den Ihr vermutet. Es ist wahr, ich hatte die Idee nach Akkarins Tod lange Zeit nicht erwogen, aber das gilt nicht für die ganzen zwanzig Jahre. Ich hätte vielleicht Dorrien geheiratet, wenn der Zeitpunkt ein besserer gewesen wäre, aber er hat eine andere kennengelernt, lange bevor ich bereit war.« *Und das ist auch gut so.* »Ich denke nicht, dass wir gut zusammengepasst hätten. Zunächst einmal liebt er das Landleben und hätte auf dem Gelände der Gilde leben müssen, um mit mir zusammen zu sein, da ich nicht fortgehen konnte.«

Regin beobachtete sie jetzt mit einem beinahe schuldbewussten Interesse. *Wahrscheinlich interessiert diese Frage eine ganze Reihe von Magiern,* überlegte sie.

»Als ich bereit war, schien niemand Interesse zu haben«, fuhr sie fort. »Männer meines Alters hatten ihre Vorurteile gegenüber Magiern aus den unteren Klassen noch nicht ganz überwunden, und die einzigen Magier aus den unteren Klassen waren viel zu jung. Alle waren eingeschüchtert von schwarzer Magie. Einige der Höheren Magier haben mir gegenüber angedeutet, dass sie einen Ehemann für eine Schwäche halten würden, die jemand durch Erpressung ausnutzen könnte. Dann war da noch Lorkin. Er war immer sehr eifersüchtig auf andere Männer in meinem Leben.«

Regin runzelte die Stirn. »Was…?« Er hielt inne und schüttelte den Kopf.

»Ja?«

Er verzog das Gesicht. »Was werdet Ihr tun, wenn König Amakira Lorkin bedroht?«

Sonea, die den Themenwechsel nicht erwartet hatte, spürte, wie ihr Herz erstarrte. Sie hielt inne, um tief durchzuatmen, bevor sie antwortete. »Ich werde darauf hinweisen, dass es Lorkin ist, der etwas über die Verräterinnen weiß, nicht ich. Es wäre weitaus vernünftiger, mich zu foltern, um Lorkin zum Sprechen zu bringen.«

Regins Unterkiefer klappte herunter, dann schluckte er. »Ist es weise, den König auf die Idee zu bringen, Euch zu foltern?«

Sie zuckte die Achseln. »Ich bin mir sicher, er wird selbst auf die Idee kommen, in dem Moment, in dem er erfährt, dass ich auf dem Weg bin, um mich mit ihm zu treffen. Wenn er bereit ist, *mich* zu foltern, dann müssen wir daraus den Schluss ziehen, dass er jedes Widerstreben, den Zorn der Gilde und der Verbündeten Länder zu erregen, beiseitegeschoben hat. Dann wird es ohnehin keine Chance geben, Lorkin zurückzubekommen.«

Sie war geradezu verzweifelt stolz auf sich, dass sie nicht zuließ, dass ihre Stimme bei diesem letzten Satz brach, obwohl es eine knappe Sache war. *Wenn ich das so durchhalten kann,* werde *ich vielleicht in der Lage sein, meine Gefühle vor den Sachakanern und Verräterinnen zu verbergen.*

»Ich hoffe um unser aller willen, dass es nicht dazu kommen wird«, sagte Regin mit Nachdruck.

Sie nickte zustimmend. Wenn König Amakira bereit war, sie zu foltern, dann wäre auch Regin nicht sicher.

Er veränderte seine Sitzposition, so dass er ihr gegenübersaß, dann streckte er die Hände aus. »Es ist ein voller Tag vergangen seit der Versammlung, und meine Macht hat sich erholt. Ihr solltet sie jetzt nehmen, bevor wir das Bleibehaus erreichen.«

Sie sah ihn an, während Widerstreben sie erneut erstarren ließ. *Das ist lächerlich. Ich sollte nicht zögern, Macht zu nehmen, die mir freiwillig angeboten wird, wenn es mir erlaubt ist und ich sie vielleicht brauchen werde.* Sie hatte diese Verlegenheit während der Versammlung nicht verspürt, wurde ihr bewusst. Warum war es ihr peinlich, privat von einem anderen Menschen mittels schwarzer Magie Macht zu nehmen? Warum kam ihr das zu … intim vor? Peinlich, zu intim *und verboten.*

Vielleicht weil ich es nur ein einziges Mal unter vier Augen getan habe, und das mit Akkarin.

Regin beobachtete sie, und sein Gesicht zeigte wachsende Verwirrung. Sonea holte tief Luft und ergriff seine Hände. Sie spürte, wie Magie von ihm in sie hineinfloss, und begann sie zu speichern.

»Es tut mir leid. Ich kann mich nicht daran gewöhnen«, sagte sie zu ihm und schüttelte den Kopf.

Er nickte. »Das ist verständlich. Es war Euch so lange Zeit verboten. Tatsächlich hatte ich mich gefragt, ob Ihr nach all dieser Zeit vielleicht vergessen habt, wie man es macht.« Sein Mund verzog sich kurz zu einem neckenden Grinsen.

Sonea brachte ein Lächeln zustande. »Wenn das nur möglich wäre.«

»Alles klar«, sagte Gol.

Cery nickte. Er hatte Gol vorausgeschickt, um sich davon zu überzeugen, dass ihre Notunterkunft unentdeckt geblieben war. Es war schwer, alte Gewohnheiten aufzugeben. Sie griffen nach ihren Lasten und trugen sie durch die Tunnel zu dem Raum, in dem sie Zuflucht gefunden hatten. Cery stellte zwei schon aus dem Leim gegangene alte Stühle ab, Anyi ließ zwei Ballen Heu von ihren Schultern auf den Boden fallen, und Gol warf ein Bündel Säcke neben die Kiste, die er als Sitzgelegenheit benutzt hatte.

Als Nächstes nahmen sie die Früchte aus ihren Taschen, das Gemüse und die anderen kleineren Dinge, die sie in den Schuppen des alten Bauernhofs eingesteckt hatten. Cery schaute zu Gol auf, als der Mann eine Spule groben Garns ablegte.

»Wo hast du das gefunden?«

Gol zuckte die Achseln. »In einem der Schuppen. Da war ein ganzer Korb voll, also dachte ich, niemand würde es bemerken, wenn ich eine mitnehme. Und das hier …« Er stülpte eine Seite seines Mantels um, um eine lange, gebogene Nadel zu offenbaren, die im Futter steckte. »Das werde ich brauchen, wenn ich Matratzen machen soll.«

Cery musterte seinen Freund zweifelnd. »*Du* wirst Matratzen machen?«

»Anyi hat gesagt, sie könne nicht nähen.«

»Oh, hat sie das?« Cery lächelte über die Lüge seiner Tochter. »Und du kannst es?«

»Gut genug für Matratzen. Ich habe früher meinem Vater geholfen, seine Segel zu flicken.« Gol fädelte das Ende des Garns mit offenkundiger Geschicklichkeit durch die Öse der Nadel.

»Du bist ein Mann mit verborgenen Tiefen, Gol«, bemerkte Cery. Er setzte sich auf einen der Stühle und lächelte, während er an ihre Plünderung des Bauernhofs zurückdachte. Seine Vermutung, dass Dienstboten in den Schuppen lebten, hatte sich als falsch erwiesen. Alle Schuppen hatten leer gestanden. Obwohl sie sich frei bewegen konnten, hatten er, Gol und Anyi darauf geachtet, keine Spuren ihres Aufenthalts dort zu hinterlassen, und sie hatten nichts mitgenommen, von dem nicht reichlich vorhanden war. Anyi hatte vorgeschlagen, einige der anderen Stühle zu verrücken, als hätte jemand sie einfach aus irgendeinem Grund bewegt und vergessen, sie an ihren ursprünglichen Platz zurückzustellen, um die Tatsache zu verbergen, dass ein paar fehlten.

Anyi betastete die Früchte. »Sie sind noch nicht reif«, sagte sie. »Ein wenig zu früh in der Saison. Es war schwer, das in der Dunkelheit zu erkennen. Wie werden wir dieses Gemüse kochen?«

»Ich habe nur solche mitgenommen, die nicht gekocht zu werden brauchen«, erwiderte Gol.

Sie rümpfte angewidert die Nase. »Wir sollen sie roh essen? *Solchen* Hunger habe ich nicht.«

Er zog die Augenbrauen hoch. »Einige sind besser roh zu genießen, vor allem wenn sie frisch sind. Versuch es wenigstens.«

Anyi wirkte nicht überzeugt. »Ich werde auf Lilia warten. Sie kann sie mit Magie kochen.«

»Sie ist vielleicht nicht immer in der Lage, uns Essen zu bringen«, rief Cery seiner Tochter ins Gedächtnis. »Je seltener sie uns besuchen kommt, umso geringer ist das Risiko, dass die Gilde uns hier entdeckt.«

»Dann muss ich einen geheimen Eingang zur Gildeküche finden.« Anyi stand auf. »Ich werde feststellen, ob sie Hilfe dabei braucht, irgendetwas zu tragen.«

Gol schüttelte den Kopf, während sie sich eine Lampe griff und davonging. »Sie weiß gar nicht, was sie versäumt«, murmelte er.

Cery sah seinen Freund an. »Ich hatte gehofft, ihr zwei würdet erheblich länger brauchen als drei Tage, bevor ihr anfangt, euch auf die Nerven zu gehen.«

»Wir werden vielleicht keine Wahl haben, was …« Gol brach ab, als er aufblickte und Cerys Miene sah. Seine Lippen verzogen sich zu einem Lächeln. »Ja. Ich werde es versuchen. Ihr gefällt es auch nicht, unter der Erde festzusitzen.«

»Nein«, stimmte Cery ihm zu. Als er ein Geräusch hörte, stand er auf und ging zur Tür. Hohe Stimmen erreichten ihn, obwohl er nicht hören konnte, was sie sagten. »Sieht so aus, als sei Lilia bereits auf dem Weg.«

Er setzte sich wieder und wartete auf die Mädchen. Lilia hielt die gewohnte lackierte Schachtel in der Hand, in der sich diesmal mit gewürztem Fleisch gefüllte Brötchen und klebriger Sesamkuchen befanden.

»Also, das ist richtiges Essen«, erklärte Anyi, während sie sich ein Brötchen nahm.

Lilia grinste. »Ich habe ein Arrangement mit Jonna getroffen. Sie wird mir jeden Abend etwas bringen, das Anyi selbst essen und an die Armen weitergeben kann, und sie wird mir auch Lampenöl und Decken beschaffen. Sie denkt, ich sei wohltätig.«

Cery war ein wenig beunruhigt. »Du hast ihr nichts von uns erzählt?«

»Nein.« Lilia betrachtete die Stühle, das Stroh und Gol, der Säcke nähte. »All das kommt vom Bauernhof?«

Anyi musste ihr von ihrem Plünderzug erzählt haben. »Ja.«

»Sie werden es nicht vermissen?«

»Wir waren vorsichtig«, versicherte ihr Anyi.

Lilia setzte sich auf eine der Kisten. »Nun, geht während der nächsten Tage nicht wieder dorthin. Ich werde feststellen, ob ich etwas über Eindringlinge oder Diebe höre. Und jetzt… habe ich Neuigkeiten von Kallen.«

Cerys Herz setzte einen Schlag aus. »Ja?«

»Er sagt, dass die Menschen in der Stadt anfangen, über eure Abwesenheit zu tratschen. Einige Leute halten euch für tot. Andere denken, Skellin habe euch eingesperrt oder irgendwo in die Enge getrieben.«

»Das ist nicht weit von der Wahrheit entfernt«, murmelte Gol.

Lilia sah ihn an, dann schaute sie abermals hin, als sie bemerkte, was er tat. Sie zog die Augenbrauen hoch, enthielt sich aber eines Kommentars zu Gols Fähigkeiten mit Nadel und Faden. »Skellins Männer haben dein Geschäft übernommen…« Sie wedelte mit der Hand. »Was immer es ist, das du tust.«

»Ich verleihe Geld, beschütze Leute, betreibe Geschäfte, stelle Leute vor, verkaufe…«, begann Cery.

»Erzähl es mir nicht«, unterbrach ihn Lilia. »Wie Sonea sagt, es ist besser, wenn ich nichts weiß, damit man mich nicht anklagen kann, mit irgendetwas von alledem zu tun zu haben.«

»Ich dachte, ich hätte es gut hingekriegt, all das legal klingen zu lassen.« Cery sah Anyi an, die die Augen verdrehte.

»Halten irgendwelche von Skellins Leuten Cery für tot?«, hakte Gol nach.

Lilia zuckte die Achseln. »So genau hat Kallen sich nicht ausgedrückt. Er wollte allerdings wissen, ob Cery plant, diese ... Geschäfte ... wieder aufzugreifen.«

»Sag ihm, ich werde nicht in der Position dazu sein, bis er Skellin losgeworden ist. Hat er irgendwelche Fortschritte gemacht?«

Die junge Frau schüttelte den Kopf. »Er hat es nicht gesagt. Ich denke, er hat gehofft, dass du ihm so nützlich sein würdest, wie du Sonea nützlich warst.«

Cery seufzte und wandte den Blick ab. »Du solltest ihm besser klarmachen, dass ich jetzt niemandem mehr von Nutzen bin.«

Anyi gab einen wortlosen Laut des Protests von sich. »Du bist für uns nützlich.«

Cery warf ihr einen ungläubigen Blick zu. »Wäre ich nicht, würdet ihr nicht hier festsitzen. Hier unten bin ich nichts als ein Problem für Lilia.«

Lilia runzelte die Stirn. »Du bist kein Problem. Jedenfalls kein großes.« Anyi legte ihr eine Hand auf die Schulter.

Er runzelte die Stirn. »Das Einzige, was ich jetzt noch bin, ist eine nagende Sorge in Skellins Hinterkopf. Die Leute mögen behaupten, ich sei tot, aber er wird es nicht ganz glauben, weil er keine Leiche gesehen hat. Er muss in Betracht ziehen, dass ich noch am Leben bin und irgendetwas im Schilde führe.«

Er wird sich vorsichtig in mein Territorium vorwagen und jeden befragen, der vielleicht weiß, wo ich bin. Cerys Herz krampfte sich vor Schuldgefühlen schmerzhaft zusammen. *Meine Leute werden mich für tot halten wollen, denn wenn ich lebe und nicht gegen Skellin kämpfe, wird es so scheinen, als hätte ich sie im Stich gelassen. Wenn sie herausfinden, dass ich mich unter der Gilde versteckt habe, werden sie denken, ich hätte mit meinen Magierfreunden im Luxus gelebt.*

Wenn es nur irgendeinen Nutzen hätte, abgesehen von bloßem Überleben, hier in den Gewölben unter der Gilde festzustecken.

Wir sind vom Rest der Stadt abgeschieden. Magier sind nicht weit entfernt, und eine Magierin im Besonderen – Lilia – kann uns helfen. Nur wenige Leute würden hier herunterkommen, wenn sie das wüssten. Cery runzelte die Stirn. *Würde Skellin es wagen?*

Vielleicht, wenn er einen guten Grund dazu hätte.

Wenn er hierherkäme, würde er sehr vorsichtig zu Werke gehen. Er würde Späher ausschicken, um sich zuerst davon zu überzeugen, dass es auch sicher ist. Dann müsste er einen guten Grund haben, um die Tunnel persönlich zu betreten, statt andere herzuschicken. Ganz gleich, wo oder wie er von der Existenz dieser Tunnel erfahren würde und woher er wüsste, wie er in sie hineingelangt, er würde immer den Verdacht hegen, dass diese Information dazu bestimmt war, ihm in die Hände zu fallen, und Teil einer Falle wäre.

Jedenfalls würde ich so denken.

Aber wenn es hier etwas gäbe, das Skellin dringend wollte, würde er dieses Risiko vielleicht auf sich nehmen. Cery musste sich nur einen Köder ausdenken, der machtvoll genug war, um Skellin in eine Falle zu locken. Diesmal würde es etwas sein müssen, das eine viel größere Versuchung darstellte als die Bücher über Magie.

9 Freunde und Feinde

Lorkin schreckte aus dem Schlaf hoch. Er schaute blinzelnd zur Decke und grübelte über den unvertrauten, nackten Stein nach, dann erinnerte er sich einen Herzschlag später daran, wo er war und warum.

Und dass er nicht allein in der Zelle war.

Als er sich umdrehte, sah er die junge Frau nahe dem Gitter auf dem Boden liegen. Ihre Haut und die von ihrem Sklavenkleid übrig gebliebenen Lumpen waren voller Blutflecken. Sie starrte zu dem Vernehmer auf, der das Gitter zur Zelle geöffnet hatte.

Während Lorkin langsam aufstand, bückte sich der Ashaki, um sie am Arm zu packen und auf die Füße zu zerren. Sie stieß einen heiseren Schrei aus und sackte in sich zusammen, als wollten ihre Glieder sie nicht tragen, aber der Mann lachte.

»Das würde nicht einmal einen Schwachsinnigen täuschen«, erklärte er. Er strich mit der freien Hand über ihren Arm bis zu den Schultern, dann berührte er ihr Haar, sah Lorkin an und grinste. »Schön geheilt. Wenn man bedenkt, wie viel gebrochen war, muss es Euch erschöpft haben.«

Lorkin sah dem Mann in die Augen und zuckte die Achseln. »Kaum.«

Der Ashaki lachte leise. »Wir werden sehen.« Er blickte das Sklavenmädchen an. »Geh, wenn du nicht gezerrt werden willst.«

Sie gab es auf, so zu tun, als sei sie verletzt. Stattdessen richtete sie sich auf, schaute voller Staunen an sich herab, bevor ihre Verwunderung darüber, unversehrt zu sein, sich in Luft auflöste, als der Ashaki sie aus der Zelle zog.

»Kommt mit mir, Kyralier«, sagte der Mann. »Wir haben noch mehr zu besprechen.«

Lorkin erwog, sich zu weigern, die Zelle zu verlassen, aber er konnte nicht sehen, wie ihm das helfen sollte. Es würde den Ashaki zwingen, Magie zu benutzen, um ihn hinauszuzerren, aber es würde nur sehr wenig Magie sein und nichts, was nicht ersetzt werden konnte, indem er Stärke von einem Sklaven nahm. Er bezweifelte, dass der Ashaki zögern würde, stattdessen das Mädchen hier zu foltern. Also folgte er dem Mann wortlos aus der Zelle. Der Assistent schloss sich ihnen wie immer an.

Das Sklavenmädchen ging mit nach vorn gezogenen Schultern. Lorkin konnte nicht verhindern, dass ihm Bilder und Geräusche vom Tag zuvor durch den Kopf gingen. Die Folterung durch den Ashaki hatte langsam und brutal begonnen, darauf angelegt, so viel Schmerz hervorzurufen wie möglich, ohne das Mädchen jedoch zu töten.

Es hatte Lorkins ganze Entschlossenheit gekostet, Stillschweigen zu bewahren. Er hatte über Möglichkeiten nachgedacht, um der Folterung – und sei es auch nur vorübergehend – ein Ende zu machen, aber nichts würde lange genug funktionieren. Die Ideen hatten ihn jedoch nicht losgelassen. Er hätte den Ashaki belügen können. Er hätte ihm Dinge über die Verräterinnen sagen können, die der Wahrheit entsprachen, aber unwichtig waren. Er hätte sogar sein eigenes Leben im Tausch für das der Frau anbieten können.

Schließlich hatte er eine unangenehme Losgelöstheit von dem Geschehen zustande gebracht und jeden Gedanken aufgegeben, dass er etwas tun konnte, um der Frau oder sich selbst zu helfen. Später schauderte er bei der Erinnerung daran und fragte sich, ob diese Gleichgültigkeit der Sklavin gegenüber vielleicht der erste Schritt dazu war, auch den Schutz der Verräterinnen hintanzustellen.

Er versuchte, an Tyvara zu denken, um seine Entschlossenheit zu stärken, aber das führte nur dazu, dass er darüber nachgrübelte, was sie unter den Händen von Ashaki erlitten haben musste, während sie sich als Sklavin ausgegeben hatte. *Prügel. Als Lustsklavin missbraucht zu werden.* Lorkins Abscheu vor der Sklaverei hatte sich zu Hass vertieft.

Am vergangenen Tag war er sich sicher gewesen, dass der Ashaki die Sklavin irgendwann töten würde. Gewiss hatte er nicht erwartet, dass der Mann sie mit ihm in die Zelle warf. Während Zeit verstrich, war seine Losgelöstheit verebbt. Er hatte es immer schwerer gefunden, das gequälte Wimmern und Stöhnen der Frau zu hören.

Hofften sie lediglich, mich mit Schuldgefühlen zu zermürben? Oder darauf, dass ich mich selbst schwächen würde, indem ich sie heile? Oder wollten sie sehen, ob ich sie selbst töten würde, um ihren Schmerz zu beenden?

Wenn er die zusätzliche Macht, die Tyvara ihm gegeben hatte, benutzen würde, um die Sklavin zu heilen, würde ihn das nicht viel kosten, hatte er entschieden. Es würde niemals genug sein, um ihn lange zu beschützen, wenn der Vernehmer beschloss, ihn zu foltern oder zu töten. Erst im Nachhinein kam ihm der Gedanke, dass die Heilung der Sklavin bedeutete, dass der Ashaki sie ganz von neuem würde foltern können.

Sie hatte ihm gedankt, was nur dazu geführt hatte, dass er sich noch schlechter fühlte. Er hatte lange Zeit wach gelegen und versucht, sich einzureden, dass der Vernehmer sein Ziel erreicht hatte. Der Zweck dessen, die Sklavin zu benutzen, war es gewesen, ihn zu zwingen, seine Macht zu verbrauchen. Lorkin hatte bewiesen, dass ihre Folterung ihn nicht dazu bringen konnte zu sprechen. Sie wurde nicht länger benötigt.

Jetzt kam ihm das wie eine törichte Illusion vor.

Der Ashaki führte sie in denselben Raum. Er war gesäubert worden. Das Sklavenmädchen wurde in eine Ecke gestoßen, wo sie sich unterwürfig zusammenkauerte.

Wie zuvor führte man Lorkin zu einem Hocker. Der Ashaki lehnte sich an die Wand und verschränkte die Arme vor der Brust. Der Assistent setzte sich auf einen anderen Hocker.

»Also, habt Ihr mir irgendetwas zu sagen?«, fragte der Ashaki. »Das heißt, irgendetwas in Bezug auf die Verräterinnen.«

»Nichts, was Ihr nicht bereits wisst.«

»Seid Ihr Euch da sicher? Warum erzählt Ihr mir nicht, was ich Eurer Meinung nach über die Verräterinnen weiß?«

»Um Euch auf den neuesten Stand zu bringen?« Lorkin seufzte. »Als würde ich auf diesen Trick hereinfallen. Wann werdet Ihr endlich akzeptieren, dass ich Euch nichts verraten werde?«

Der Mann zuckte die Achseln. »Es liegt nicht bei mir. Es liegt beim König. Ich bin lediglich sein …« Er schürzte nachdenklich die Lippen. »Sein Forscher. Nur dass ich Informationen aus Menschen beziehe, nicht aus staubigen alten Büchern und Schriftrollen oder indem ich ferne Orte erkunde oder fremde Länder ausspioniere.«

»Folter muss die am wenigsten verlässliche Forschungsmethode sein.«

»Sie erfordert ein gewisses Geschick.« Der Ashaki ließ die Arme sinken und stieß sich von der Wand ab. »Eins, das zu üben ich nicht oft Gelegenheit habe, daher bin ich glücklich darüber, dass sich mir jetzt eine bietet. Es sei denn natürlich, Ihr lenkt mich mit etwas Interessanterem ab.«

Lorkin zwang sich, dem Mann in die Augen zu sehen und seine Stimme ruhig zu halten, obwohl sein Magen sich zusammenkrampfte. »Ist es Euch in den Sinn gekommen, dass die Methoden, die Ihr benutzt, um mich zum Sprechen zu bringen, meine Entschlossenheit zu schweigen vielleicht noch verstärken?«

Das Lächeln des Ashaki war sorglos. »Ach ja? Nun denn. Unterziehen wir diese Theorie einer Prüfung.«

Als er sich zu der Sklavin umdrehte, wimmerte sie. Lorkins Entschlossenheit wurde schwächer. *Aber wenn ich ihnen von den Verrätern erzähle, könnten Tausende wie diese Frau enden. Und wenn sie eine Verräterin ist, weiß sie das und würde nicht wollen, dass ich sie verrate.*

Er klammerte sich an diesen Gedanken und versuchte die Vorstellung auszublenden, dass sie vielleicht nicht einmal eine Verräterin war, während der Vernehmer sich daranmachte, alles wieder zu zerstören, was Lorkin in der Nacht zuvor geheilt hatte.

Wie die meisten Novizen hatte Lilia früh gelernt, dass innerhalb des Universitätsgebäudes ein Komplex innerer Gänge und Räume lag, die man durch kurze, als Lagerräume getarnte Flure erreichte. Sie waren für Novizen jedoch nicht verboten. Vor Hunderten von Jahren war die Gilde so groß geworden, dass die Notwendigkeit von Unterrichtsräumen jeden Zweck überwog, den die inneren Räume vielleicht zuvor gehabt hatten. Jetzt fanden dort spezialisierte oder private Kurse statt.

Die Gänge unter der Gilde waren auch kein großes Geheimnis. Jeder wusste, dass sie während der Invasion der Ichani benutzt worden waren. Obwohl sie sowohl für Novizen als auch für Magier verboten waren, weil man sie für unsicher hielt, würde die Gefahr eines Einsturzes die Abenteuerlustigeren unter ihnen niemals aufhalten, daher waren nicht lange nach dem Krieg alle Tunneleingänge in der Universität versiegelt worden.

Lilia war nicht die einzige Novizin, die den Verdacht hatte, dass die Gilde einige Eingänge offen gelassen hatte, nur für den Fall der Fälle. Anyis Erkundungszüge hatten jedoch ergeben, dass die Gilde ganze Arbeit geleistet hatte. Alle Tunneleingänge waren zugemauert worden. Lilia hatte gehofft, dass ihre Freundin zumindest einen Zugangspunkt in die Universität finden würde. Das wäre erheblich bequemer, als immer in den schmalen Hohlraum in der Mauer der Magierquartiere zu klettern.

Anyi hatte jedoch unbeirrt an einem neuen Zugang gearbeitet. In der Nacht zuvor hatte sie verkündet, dass sie durch das Mauerwerk eines alten Eingangs gebrochen war, der in die inneren Gänge der Universität führte. Lilia hatte sich den Durchgang angesehen und die verborgene Tür in der Vertäfelung, hinter der er lag, ein wenig geölt, damit sie sich mühelos öffnen ließ. Jetzt konnte Lilia durch diese Tür zu Soneas Räumen zurückgelangen.

Jetzt war sie wieder auf dem Weg zu der versteckten Tür und hoffte, dass es noch zu früh war, als dass andere Novizen in den inneren Gängen waren. Jonna hatte ihr mit dem Frühstück eine große Flasche Lampenöl gebracht. Lilia war sich nur allzu bewusst, dass ihren Freunden bald die Lichtquellen ausgehen würden. Der neue Weg in die unterirdischen Gänge war viel schneller, da die mühselige Kletterei zwischen den Mauern wegfiel, und wenn sie zurückkehrte, würde sie ihrem ersten Kurs an diesem Tag näher sein.

Nachdem sie die Universität betreten hatte, bog sie in einen der schmalen Flure zwischen den Klassenzimmern und ging auf den kleinen Raum am Ende des Flurs zu, der in die inneren Gänge führte. Irgendwo hinter sich hörte Lilia das Echo schwacher Schritte, die ihr folgten. Wahrscheinlich ein Novize auf dem Weg zu einem privaten Unterrichtskurs. Die inneren Gänge waren für gewöhnlich stiller als der Hauptteil der Universität, aber sie würde gut aufpassen müssen, dass niemand sah, wie sie durch die geheime Tür schlüpfte.

Der seltsame kleine Raum, der den Hauptteil mit dem inneren Teil der Universität verband, enthielt eine Wand mit abgeschlossenen Schränken. Anscheinend waren diese Räume kahl gewesen, bis der ehemalige Direktor der Universität gestorben war, und sein Nachfolger hatte beschlossen, dass kein Lagerraum verschwendet werden sollte. Lilia ging durch die Tür gegenüber und betrat die inneren Gänge.

Sie hatte zehn oder zwölf Schritte gemacht, als sie hörte, wie die Tür zu der anderen Seite des kleinen Raums geöffnet und wieder geschlossen wurde, gedämpft von der Tür hinter ihr. Wer immer ihr folgte, kam näher. Sie beschleunigte ihre Schritte in der Hoffnung, dass sie um eine Ecke biegen konnte, bevor diese andere Person auftauchen und sie sehen würde, aber die Entfernung war zu groß. Sie hörte, wie die Tür hinter ihr geöffnet wurde, dann ein Lachen.

»Hey, Lilia«, rief jemand. »Wohin gehst du?«

Ihr wurde flau im Magen. *Bokkin.* Sie blieb stehen und drehte sich um, um ihn zu mustern. *Wie dumm kann dieser Junge noch werden? Er weiß nicht, wie stark oder wie schwach ich bin. Er hat nicht einmal Freunde bei sich, mit denen er sich gegen mich verbünden könnte. Wenn er hofft, dass ich etwas im Schilde führe, für das er mich melden könnte, hätte er nicht nach mir rufen sollen, sondern mich stattdessen heimlich beobachten.*

Trotzdem hatte er ihre Pläne durchkreuzt. Vielleicht war das alles, was er wollte.

»Bist du gekommen, um mir deine Kräfte anzubieten, Bokkin?«, fragte sie.

Er schlenderte auf sie zu. »Du hältst dich wohl für etwas ganz Besonderes? Du denkst, du seist besser als alle anderen, weil du schwarze Magie beherrschst? Es ist genau andersherum. Du bist der niedrigste Abschaum der Gilde, und alle hassen dich. Das ist der Grund, warum du keine Freunde hast. Alle wissen, dass Nakis Tod deine Schuld war.«

Sie spürte, wie etwas in ihr zusammenschrumpfte, aber das führte nicht dazu, dass sie vor ihm zurückwich, sondern schuf eine Leere, die sich schnell mit Zorn füllte.

Sei vorsichtig, ermahnte sie sich. *Zeige Zorn, und er wird wissen, dass er dich getroffen hat, und eine versehentliche Verletzung eines anderen Novizen wird die Gründe nur mehren, warum die Leute dich nicht mögen.*

Sie lächelte. »Bist du froh, dass du dir das von der Seele geredet hast, Bokkin?«

Er kam näher und versuchte, sie mit seiner Körperfülle und seiner Größe einzuschüchtern. »Ja. Aber ich bin noch nicht fertig mit dir. Ich will, dass du dich entschuldigst – nein, ich will, dass du mich anflehst …«

Die Tür hinter ihnen wurde geöffnet, und er trat schnell zurück.

»Lady Lilia.«

Verwirrung und Erleichterung stiegen in Lilia auf, als sie Jonnas Stimme erkannte. Sie spähte an Bokkin vorbei und schaute der näher kommenden Dienerin entgegen. Die Frau machte eine schnelle Verbeugung vor ihnen beiden.

»Es ist eine Nachricht für Euch gekommen«, sagte Jonna. Sie schob sich an Bokkin vorbei. »Entschuldigung, Mylord.«

Jonna legte Lilia eine Hand auf den Arm und führte sie durch den Gang, weg von Bokkin. Der Novize blieb still, und Lilia würdigte ihn keines Blickes. Sie und Jonna bogen um eine Ecke. Als sie weit genug gegangen waren, schaute Jonna zurück.

»Er folgt uns nicht. Hat er Euch belästigt?«

Lilia zuckte die Achseln. »Er ist ein Unruhestifter, aber ein ziemlich begriffsstutziger.«

»Nehmt das nicht auf die leichte Schulter. Er könnte mit anderen zurückkommen. Sonea hatte Feinde unter den Novizen, als sie hier gelernt hat, und sie haben ihr das Leben zur Hölle gemacht.«

»Wirklich? Wer war der Anführer?« *Wie demütigend, sein Leben in dem Wissen zu leben, der Novize zu sein, der dumm genug war, die berühmte Schwarzmagierin Sonea gepiesackt zu haben.*

Jonna wirkte erheitert. »Lord Regin.«

Lilia starrte sie erstaunt an. »*Wirklich?* Er ist nicht dumm.«

»Nein.«

»Ich schätze, die Tyrannen unter den Novizen waren damals klüger.«

Jonna tätschelte energisch ihren Arm. »Ich will wissen, wohin Ihr mit einer Flasche Lampenöl in Eurer Tasche unterwegs seid.«

Lilia schaute auf ihre Tasche hinab und sah dann wieder Jonna an. »Welche Flasche? Ich habe sie im Zimmer gelassen.«

»Das habt Ihr ganz gewiss nicht getan, und die Art, wie die Tasche sich ausbeult und hin und her schwingt, beweist, dass Ihr sie dort drin habt.« Jonna runzelte auf eine mütterliche, missbilligende Art die Stirn. »Ich habe Sonea versprochen, ein Auge auf Euch zu haben. Ich habe geholfen, Soneas Sohn großzuziehen, Lorkin, daher weiß ich, wie man es bemerkt, wenn ein Novize etwas im Schilde führt.«

Lilia sah die Dienerin entsetzt an. Es war nicht so, dass sie Jonna nicht erzählen wollte, dass Cery, Gol und Anyi unter der Gilde lebten, aber sie hatte versprochen, es nicht zu tun. *Aber wenn ich es nicht tue, wird Jonna mir nicht die Dinge beschaffen, die sie brauchen.*

Jonna hatte in den Hüttenvierteln gelebt, bevor sie Soneas Dienerin geworden war. Sie würde gewiss Verständnis für Cerys Situation haben. Und selbst wenn sie keines hatte, würde sie vielleicht aus Sympathie für Anyi helfen.

Oder bin ich zu vertrauensvoll?

»Sagt es mir, Lilia«, drängte Jonna. »Es wird mir vielleicht nicht gefallen, aber ich verspreche, ich werde es nicht der Gilde melden.« Sie runzelte die Stirn. »Nun, es sei denn, Ihr unterrichtet jemanden in schwarzer Magie. Obwohl ich annehme, dass ich Sonea und Akkarin nicht gemeldet hätte, wenn ich gewusst hätte, was wirklich vorging.«

»Ich unterrichte niemanden in schwarzer Magie«, erwiderte Lilia. Sie holte tief Luft und senkte die Stimme zu einem Flüstern. »Anyi lebt unter der Gilde.«

Jonna sah sie nachdenklich an. »Ich verstehe. Ich habe schon vermutet, dass sie Euch auf diesem Weg besucht. Ist es auch sicher?«

»Wir haben es sicherer gemacht«, entgegnete Lilia.

»Also ... warum ist sie dort?«

Lilia schüttelte den Kopf. »Es war nicht mehr sicher in der Stadt. Skellins Leute hätten Cery beinahe getötet ...«

»Ihr meint, Cery ist ebenfalls dort unten?« Jonnas Augen wurden schmal.

Lilia seufzte und nickte.

»Wie viele Leute sind da unten?«

»Nur sie.«

Die Dienerin wirkte erleichtert. *Ich nehme an, sie hat sich vorgestellt, was die Gilde davon halten würde, wenn ein Dieb dort unten seine Geschäfte führen würde,* dachte Lilia, *während ständig alle möglichen Verbrecher kommen und gehen.*

Jonna deutete auf den Flur. »Also, warum kommt Ihr hierher?«

»Wir haben einen der alten Eingänge geöffnet.«

Jonna runzelte die Stirn und schüttelte den Kopf. »Das ist zu gefährlich«, befand sie. »Und ich meine nicht, dass es unten zu gefährlich ist, ich meine, dass es hier oben zu gefährlich ist. Irgendjemand wird Euch sehen. Ihr dürft nur den Gang in Soneas Räumen benutzen.«

Lilia lächelte, erleichtert darüber, dass sie recht damit gehabt hatte, Jonna zu vertrauen. »Ist dir nicht aufgefallen, wie abgewetzt und schmutzig meine Roben in letzter Zeit waren?«

»Ihr Zustand ist mir nicht entgangen.« Jonna reckte das Kinn vor und warf Lilia einen hochmütigen Blick zu. »Was das betrifft, werden wir etwas unternehmen müssen. Zum Beispiel könnten wir Euch andere Kleider besorgen. In der Zwischenzeit«, sie bückte sich und öffnete Lilias Tasche, »nehme ich die Flasche mit, und Ihr geht direkt zum Unterricht. Heute Abend werden wir über effektivere Strategien reden, wie wir unseren Gästen helfen können.«

Sie hievte die Flasche Lampenöl hoch, bedachte Lilia mit einem strengen Blick, drehte sich um und schritt den Flur entlang zurück. Ein schwacher Hauch von ihrem Parfüm blieb in der Luft hängen, etwas, das Lilia zuvor nicht aufgefallen war.

Lilia schloss ihre Tasche und schüttelte den Kopf. *Mir blieb nichts anderes übrig, als es ihr zu erzählen,* überlegte sie. *Und sie wird es niemandem verraten. Tatsächlich könnte es nütz-*

lich sein, dass sie jetzt alles weiß. Dann seufzte sie. *In der Zwischenzeit hoffe ich, dass Cery, Gol und Anyi nicht im Dunkeln sitzen werden.*

Dannyl tauchte seine Feder in das Tintenfass, dann schrieb er weiter, aber die Spitze begann schon bald, wirkungslos über das Papier zu kratzen. Er tauchte die Feder erneut ein, dann seufzte er, als er sah, dass sein Tintenvorrat fast erschöpft war. *Sie ist mir wieder ausgegangen,* dachte er. Er straffte sich und stöhnte, als sein Rücken protestierte. *Wie lange arbeite ich schon daran?*

Einen Tag nach Lorkins Einkerkerung hatte Dannyl all seine Forschungsnotizen zusammengefasst und begonnen, alles in ein großes Notizbuch zu übertragen. Seine Diskussion mit Tayend über die möglichen Absichten der Verräter hatte dazu geführt, dass er befürchtete, beim Eintritt der dramatischeren Szenarien, die sie für möglich hielten, vielleicht nicht mehr dazu zu kommen, alles in einer Form niederzuschreiben, die für andere verständlich war. Er hatte jede Menge Zeit totzuschlagen, und er kam mit seinen Forschungen ohnehin nicht weiter, also schrieb er seine Ergebnisse ins Reine und notierte dazu, an welcher Stelle sie jeweils in seine Geschichte der Magie eingefügt werden sollten.

Die Arbeit hatte sich als eine beruhigende, willkommene Ablenkung erwiesen. Sie versicherte ihm, dass er einige wichtige Entdeckungen über die Geschichte der Magie gemacht und seine Zeit in Sachaka nicht verschwendet hatte. Sobald er nach Kyralia zurückkehrte, würde er erhebliche Ergänzungen an seiner Geschichte der Magie vornehmen. *Falls ich lange genug lebe, um das Buch zu beenden.* Er schüttelte den Kopf. *Nein, sei nicht dumm. Tayend hat dir zugestimmt, dass die schlimmsten Entwicklungen, die wir uns ausgemalt haben, zugleich die am wenigsten wahrscheinlichen sind.*

Trotzdem hatte er beschlossen, eine zusätzliche Kopie anzufertigen, die an einem sicheren Ort irgendwo außerhalb des Gildehauses aufbewahrt werden sollte, so dass seine Arbeit, sollte dieses Gebäude angegriffen werden, nicht verloren sein würde. Idealerweise sollte sie an die Gilde gehen, aber er konnte sich nicht sicher sein, dass sie dort ankommen würde. Zweifellos hatte König Amakira Leute beauftragt, alles abzufangen und zu untersuchen, was das Gildehaus verließ oder dort ankam.

Für den Fall, dass seine Arbeit von Sachakanern gelesen wurde, hatte Dannyl bewusst jede Erwähnung von Edelsteinen mit magischen Eigenschaften unterlassen, abgesehen von dem berühmten Lagerstein, der die Ödländer geschaffen hatte. Er hatte sich eine Methode ausdenken müssen, Hinweise auf sie zu verbergen, wenn er seine Notizen über die Legenden der Duna-Stämme niederschrieb, so dass er das Vertrauen der Duna nicht missbrauchte, sollte jemand auf die Kopie stoßen. Die Steine waren jetzt Menschen – mächtige Magier, die er bei ihrem Titel nannte. Dannyl würde alle Erwähnungen dieser imaginären Figuren in Edelsteine zurückverwandeln müssen, wenn er dazu kam, sein Buch zu schreiben.

Nachdem er die erste kodierte Reinschrift seiner Notizen fertiggestellt hatte, hatte er sein ursprüngliches Notizbuch zerstört. *Falls ich sterbe und jemand die neue Version findet, werde ich für einige sehr große Lügen in unserer Geschichtsschreibung verantwortlich sein.* Nach all der Anstrengung, die er für die Ermittlung der Wahrheit über Teile von Kyralias verborgener Vergangenheit unternommen hatte, würde das eine traurige Ironie sein.

Jetzt stand er kurz davor, die Kopie fertigzustellen – nun, er *hatte* kurz davorgestanden, bis ihm die Tinte ausgegangen war. Eine Bewegung an der Tür erregte seine Aufmerksamkeit, und als er aufblickte, sah er, wie Kai sich auf den Boden warf.

»Ashaki Achati ist eingetroffen, Herr.«

Dannyl fluchte im Stillen über die widersprüchlichen Gefühle, die diese Neuigkeit in ihm auslöste – Vorfreude und Grauen. Er erhob sich. *Ist Achati wütend auf mich, weil ich mein Versprechen gebrochen habe, ihm von allem zu erzählen, was Sachaka bedrohen könnte? Werde* ich *in der Lage sein,* ihm *zu verzeihen, dass er Lorkins Einkerkerung durch Amakira gebilligt hat? Ist jede Chance darauf, dass wir ein Liebespaar werden, dahin?*

Der Sklave huschte aus dem Raum, als Dannyl den ersten Schritt auf die Tür zu machte. Mit einem tiefen Atemzug ging er durch den Flur und stellte fest, dass Achati bereits im Herrenzimmer wartete; er wirkte sehr würdevoll in einer schwarzen Version der typischen Ashaki-Hosen und der dazugehörigen kurzen Jacke.

»Botschafter Dannyl«, sagte er.

»Ashaki Achati«, erwiderte Dannyl. Er beschloss, nicht Platz zu nehmen oder Achati dazu aufzufordern. Er vermutete, dass er sich unpassend freundlich zeigen würde, wenn er nicht stehen blieb.

Achati zögerte, schaute weg und hob dann den Blick, um wieder in Dannyls Augen zu sehen.

»Ihr habt meine Einladung zum Abendessen ausgeschlagen«, bemerkte er.

Dannyl nickte. »Es wäre nicht passend gewesen, sie anzunehmen.«

»In Euren Augen oder in den Augen der Gilde und der Verbündeten Länder?«

»Beides.«

Achati wandte erneut den Blick ab, runzelte die Stirn und verlagerte sein Gewicht langsam von einem Bein auf das andere. Er sah aus, als denke er gründlich über seine Worte nach.

»Ich habe den König davon überzeugt, dass ich unsere Freundschaft weiterhin pflegen sollte…«, begann er.

»Damit Ihr weiter versuchen könnt, mich dazu zu überreden, Lorkin zu befehlen zu sprechen?«, beendete Dannyl seinen Satz.

»Nein.« Achati zuckte zusammen. »Nun, ja, soweit es ihn betrifft, ist das der Grund, aber ich habe nicht die Absicht, das zu tun.«

»Was beabsichtigt Ihr denn dann?«

Der Mund des Mannes zuckte, und um seine Augen bildeten sich Fältchen der Erheiterung. Was dazu führte, dass Dannyl ihr früheres Geplänkel vermisste.

»Zu versuchen zu retten, was von unserer Freundschaft übrig ist«, antwortete er. »Selbst wenn es bedeutet, so zu tun, als sei nichts von all diesen bedauerlichen Dingen geschehen.«

»Aber sie *sind* geschehen«, wandte Dannyl ein. »Ihr wärt genauso außerstande, Euch zu verstellen, wenn… wenn Euer Cousin oder…« Die Erinnerung an den Sklaven, an dem Achati so viel gelegen hatte, kam ihm in den Sinn. »Varn… vielleicht nicht Varn, da er ein Sklave ist.«

»Es würde mich beunruhigen, wenn Varn ungerecht behandelt würde«, gestand Achati.

»Ihr gebt also zu, dass Lorkins Einkerkerung ungerecht ist?«

Achati lächelte. »Nein. Wie würdet Ihr Euch fühlen, wenn… wenn der elynische Botschafter in Kyralia einen wilden Magier beschützte?«

»Damit es ein fairer Vergleich wäre, dürften wir in diesem Fall nicht wissen, ob der Mann ein wilder Magier ist oder nicht. Ihr wisst nicht, ob Lorkin nützliche Informationen besitzt, und wir weigern uns auch nicht, solche Informationen an Euch weiterzugeben, sondern bestehen lediglich darauf, Gelegenheit zu bekommen, unseren eigenen Mann zuerst selbst zu befragen. Und wenn es einen wilden Magier gäbe, nun, die Verbündeten Länder verfügen, dass alle wilden Magier Sache der Gilde sind.«

Achati seufzte. »Ja, Letzteres ist der entscheidende Unterschied. Kyralia und Elyne sind Verbündete. Ihr vertraut ihnen. Kyralia und Sachaka sind keine Verbündeten. Ihr erbittet mehr Vertrauen, als wir geben können.«

Dannyl nickte. »Ihr werdet lernen müssen, uns zu vertrauen, wenn wir in Zukunft Verbündete werden sollen.«

»Müsst Ihr dann nicht Eurerseits auch uns vertrauen?«

»Ihr habt die größere Überzeugungsarbeit zu leisten«, stellte Dannyl fest. »Wir haben jüngere aggressive Akte zu verzeihen, bevor wir Sachakanern vertrauen können.«

Achati seufzte erneut. Er sah Dannyl an und sagte nichts, bevor er schließlich die Pause in ihrem Gespräch mit einem Kopfschütteln beendete.

»Ich hatte gehofft, dass wir als Freunde reden könnten, aber stattdessen sprechen wir, als seien wir unsere Nationen. Ich sollte besser gehen.« Er machte jedoch keine Anstalten dazu. »Ich kann Euch zumindest versichern, dass es Lorkin gut geht. Der König wird es nicht wagen, ihm etwas anzutun. Aber hört nicht auf zu versuchen, ihn zu sehen. Und nun möchte ich mich verabschieden.«

»Gute Nacht.« Dannyl beobachtete, wie der Ashaki in den Eingangsflur trat und verschwand. Er wartete, bis er hörte, wie die Haustür geöffnet und geschlossen wurde, dann ging er zu den Stühlen, setzte sich und stieß einen langen Seufzer aus.

»Ich weiß, es wird dir nicht gefallen, wenn ich das sage, aber ich kaufe ihm nichts von alledem ab.«

Dannyl, der beim Klang dieser Stimme aufblickte, runzelte die Stirn, als Tayend den Raum betrat.

»Wie lange hast du spioniert?«

»Lange genug.« Tayend ging zu einem Stuhl und nahm Platz. »Du glaubst ihm doch nicht, oder?«

Dannyl dachte nach. »Welchen Teil?«

»Den, dass er dein Freund sein will nur um der Freundschaft willen.«

»Ich weiß nicht.«

»Gewiss vertraust du ihm nicht?«

Dannyl breitete die Hände aus. »Vertrauen war niemals inbegriffen.«

Der Elyner zog die Augenbrauen hoch. »Nun denn. Vielleicht sollte ich fragen, ob du ihn immer noch *magst*?«

Dannyl wandte den Blick ab und zuckte die Achseln. »Ich habe mir noch keine Meinung gebildet. Wie immer ich mich entscheide, es wird mich nicht daran hindern, Befehle zu befolgen oder Lorkin zu helfen.«

Tayend nickte. »Das weiß ich. Ich gebe zu, ich habe mir um dich Sorgen gemacht, aber du bist unter der Oberfläche immer noch der Alte.«

Dannyl richtete sich auf, um zu protestieren. »Und was soll sich oberflächlich geändert haben?«

Der Elyner stand auf und deutete mit einer Hand in Dannyls Richtung. »All … *das*.«

»Mir schwinden die Sinne angesichts der Klarheit deiner Ausdrucksweise«, entgegnete Dannyl.

Tayend öffnete den Mund, um etwas hinzuzufügen, dann schloss er ihn wieder und schüttelte den Kopf. »Vergiss es. Ich gehe zurück in mein Zimmer. Ich muss ein Handelsabkommen aushandeln. Kopierst du immer noch deine Notizen?«

»Ja. Nein. Mir ist wieder die Tinte ausgegangen. Die Sklaven haben die Flasche heute Morgen anscheinend nicht wieder aufgefüllt.«

»Tatsächlich haben sie gestern Abend den letzten Rest der Vorräte in mein Fass geschüttet. Ich habe heute Morgen einen Sklaven ausgeschickt, um neue Tinte zu kaufen, aber er ist mit leeren Händen zurückgekommen.« Tayends Miene wurde ernst. »Es ist schwer, ihn zu verstehen. Wie es scheint, hat ihm jemand die Tinte weggenommen, aber er behauptet, er wisse nicht, wer, und er redet auf die Weise, wie Leute es tun, wenn sie lügen und wollen, dass du es weißt.«

Dannyl runzelte die Stirn. »Jemand hat ihm die Tinte *weggenommen*? Ein Dieb?«

»Oder jemand, der für den König arbeitet. Vielleicht wollen sie nicht, dass wir Dokumente niederschreiben.«

Ein Frösteln überlief Dannyl. »Oder Kopien von Forschungsnotizen machen.«

»Gewiss nicht. Woher sollten sie wissen, dass du das tust?«

»Die Sklaven«, erwiderte Dannyl.

Tayend kniff die Augen zusammen. »Die nicht wissen werden, dass du nur Notizen über deine Forschungsarbeiten niederschreibst, nicht über Lorkins Entdeckungen.«

Dannyl seufzte. »Ich werde nicht in der Lage sein, diese zweite Kopie sicher an die Gilde zu schicken, nicht wahr?«

»Ich könnte mich mit der Vermutung irren, dass die Männer des Königs die Tinte genommen haben«, sagte Tayend. Er sah Dannyl nachdenklich an. »Oder auch nicht. Vielleicht solltest du diese Notizen besser mit Magie versiegeln, für den Fall, dass die Sklaven Befehl haben, sie dir zu stehlen.« Er machte einen Schritt auf den Flur zu, dann blieb er stehen und drehte sich noch einmal um. »Ich werde dir mein Tintenfass bringen. Vielleicht können Merria oder ich weitere Tinte von unseren sachakanischen Freunden bekommen.«

10 Wenn keine Wahl gut ist …

Lorkin lag auf dem harten, kalten Boden der Zelle und versuchte, nicht zu hören, wie die Sklavin um Luft rang.

Ich kenne nicht einmal ihren Namen, dachte er. Gewiss sollte er zumindest den Namen der Frau kennen, die um seinetwillen so viel Schmerzen litt. *Wegen der Verräter ebenso sehr wie um meinetwillen,* rief er sich ins Gedächtnis. Aber er konnte sich nicht dazu überwinden, sie zu fragen. Nicht wenn er es bewusst vermied, sie zu heilen.

Wenn er es tat, würde der Ashaki, der die Befragungen durchführte, sie wieder von neuem verletzen.

Wenn er es nicht tat, könnte sie sterben. Dann würde der Mann einen anderen Sklaven finden, den er verletzen konnte. Zuerst hatte Lorkin überlegt, dass es besser war, wenn weniger Menschen verletzt und getötet wurden, aber sie hatte ihn angezischt, dass er wegbleiben solle, als er sich ihr genähert hatte, und dann noch einmal, als er versucht hatte zu erklären, dass er zumindest die Schmerzen lindern könne. Obwohl sie ihn nicht daran hätte hindern können, sie zu heilen – wenn sie ihrer schlimmen Lage entfliehen wollte, indem sie starb, hatte er das Gefühl, dass er ihre Wünsche respektieren sollte. Oder vielleicht würde der Schmerz irgendwann auch so stark werden, dass sie ihn doch bat, ihr zu helfen.

Es war ein sehr langer Tag gewesen. Ein schrecklicher Augenblick folgte einem weiteren und dann noch einem. Die Zeit dehnte sich zu weit aus, um ihr Verstreichen einzuschätzen. Bisweilen hatte er das Gefühl, in einem Albtraum gefangen zu sein, der niemals enden würde. Der Befrager schien seiner Arbeit nicht müde zu werden, noch gingen ihm Methoden aus, einem Menschen so viel Schmerz wie möglich zuzufügen und dabei nur minimalen Schaden anzurichten. Lorkin hatte Dinge gesehen, die er niemals vergessen würde. Er hatte Geräusche gehört, die ihn für den Rest seines Lebens verfolgen würden. Er hatte Gerüche wahrgenommen, die kein zivilisierter Mensch jemals riechen sollte.

Er wusste, dass Schlaf unmöglich war, aber er versuchte es trotzdem. Als er den Versuch aufgab, tat er so, als schlafe er.

Ein verzerrtes Zischen kam von der Sklavin, und er war unverzüglich hellwach, und sein Herz hämmerte. Er sagte sich, dass sie nur den Schmerz zum Ausdruck brachte und nicht seine Aufmerksamkeit erregen wollte, aber das gleiche Muster von Geräuschen kam erneut. Langsam und widerstrebend drehte er sich um, um sie anzusehen.

Sie lag auf der Seite, zusammengerollt und ihren gebrochenen Arm an sich gedrückt. Ihre Augen waren weit offen, und sie starrte ihn an. Als ihre Blicke sich trafen, bewegte sie die Lippen, und obwohl kein Laut herauskam, waren die Worte klar, als hätte sie in seinem Geist gesprochen. Ihm wurde am ganzen Körper kalt.

Töte mich.

Er starrte sie ungläubig an. *Nein, nicht ungläubig. Tod ist die einzige Flucht, die sie bekommen wird. Ich kann den Schmerz auslöschen, wenn sie es mir erlaubt, aber das ist nur der körperliche Teil der Folter. Das Grauen kann ich nicht beenden, ebenso wenig die Demütigung und die Angst.*

Aber …

Seine Eingeweide krampften sich zusammen. *Ich kann sie nicht töten.* Seine Schuldgefühle vertieften sich, und er wandte sich ab. *Es ist alles meine Schuld.* Er schüttelte den Kopf. *Nein. Das ist es nicht. Aber ich kann nicht so tun, als sei ich nicht teilweise verantwortlich für das, was mit ihr geschieht. Wenn es irgendetwas gibt, was ich tun kann …*

Irgendetwas? *Aber ich habe noch nie jemanden getötet. Es ist nicht so, als würde ich es nicht tun, wenn ich mich selbst oder jemand anderen verteidigen müsste, aber eine Person zu töten, die nicht versucht, irgendjemandem zu schaden, ist* unrecht.

Ihre Lippen formten die flehentliche Bitte abermals.

Er erinnerte sich an Worte seiner Mutter, die sie vor langer Zeit gesprochen hatte: »*Als Heiler können wir den Tod auf vielerlei Weise verhindern, aber manchmal sind die Grenzen dessen, was wir tun können, erreicht. Wenn ein Mensch nicht mehr zu retten ist und sterben will, dann kommt es einer Grausamkeit gleich, ihn am Leben zu erhalten.*«

Während er dem bebenden Atem der Sklavin lauschte, wusste er, dass es grausam war, sie ohne Hoffnung auf Flucht leiden zu lassen.

Wie würde ich es überhaupt tun? Der Ashaki, der ihn bewachte, saß draußen vor der Zelle und beobachtete sie. Was immer Lorkin tat, es würde sanft und subtil genug sein müssen, um keine Aufmerksamkeit zu erregen.

Ich kann nicht glauben, dass ich tatsächlich darüber nachdenke.

Irgendwann würde man den Tod der Sklavin bemerken. Was würden sie tun, sobald sie wussten, dass Lorkin sie getötet hatte? Er verspürte eine verräterische Erleichterung, als ihm die Antwort kam. *Sie ist der Besitz des Königs – oder der Besitz von jemand anderem. Ich weiß nicht, wie schwerwiegend das Verbrechen ist, fremdes Eigentum zu zerstören, aber es wäre definitiv etwas, das sie mir vorhalten könnten.*

Vielleicht hofften sie, dass er sie töten würde. Vielleicht würde es ihnen den Vorwand liefern, den sie brauchten, um seine Gedanken zu lesen oder Schlimmeres zu tun. Sobald er offiziell ein Verbrecher war, konnten sie ihm alles antun.

Je mehr er darüber nachdachte, desto größer wurde seine Überzeugung, dass dies ihr Plan war. Warum sonst schlossen sie sie jede Nacht mit ihm in die Zelle ein? Wenn er fortfuhr, sie zu heilen, würde er schon bald all die Macht aufbrauchen, die Tyvara ihm gegeben hatte. Aber das konnte nicht ihr einziges Ziel sein. Es gab jede Menge andere Methoden, wie sie seine Stärke anzapfen konnten, falls es das war, was sie wollten. Wenn sie nur die Absicht hatten, seine Entschlossenheit zu brechen, indem sie andere folterten, warum ließen sie die Sklavin dann in seiner Zelle? Sie konnten sie jederzeit in der Nähe einschließen, gerade eben außer Reichweite, so dass er ihr Leiden beobachten, ihr aber nicht helfen konnte.

Plötzlich wollte er sie töten, nur um ihnen eins auszuwischen.

Nein, das will ich nicht, sagte er sich schnell und schauderte bei dem Gedanken, dass er so leicht zum Mörder werden könnte.

»*Töte mich*«, erklang das Wispern von neuem. Ein Schauder überlief ihn.

Gab es eine Möglichkeit, sie zu töten, ohne Beweise für die Tat zu hinterlassen? *Wenn die Verletzungen, die der Vernehmer ihr zugefügt hat, schlimm genug sind … nein, er würde sichergestellt haben, dass sie nicht so schlimm waren.* Doch nach dem Geräusch ihres Atems zu urteilen, war etwas in ihrer Brust beschädigt. Vielleicht war eine Rippe angerissen oder gebrochen. Wenn er sie manipulieren konnte …

Aber das würde bedeuten, dass er heilende Kraft benutzte, um zu töten. Heiler sollten heilen, nicht schaden.

Nun, das war schon immer eine komplizierte Philosophie. Wenn man einen Körper aufschnitt, um einen Tumor zu entfernen, musste man schaden, um zu heilen. Und dann war da noch die Diskussion, die sich darum drehte, Menschen beim Sterben zu helfen. Und meine Mutter hat Heilung zur Verteidigung benutzt, um einige der Ichani zu töten, die in Kyralia eingefallen sind.

»Www …«

Ein leises Geräusch kam von dem Mädchen, und er drehte widerstrebend den Kopf, um sie wieder anzusehen. Sie streckte die Hand nach ihm aus. *Nein,* korrigierte er sich, *sie streckt die Hand nach meinen Beinen aus.*

»Wwwasser«, keuchte sie.

Erleichterung stieg in ihm auf, als er begriff, dass sie jetzt nur um etwas zu trinken bat. Er zog sich in eine sitzende Position hoch. Der Sklave, der das Essen brachte, hatte eine Mahlzeit dagelassen. Lorkin hatte versucht, sie mit der Sklavin zu teilen, aber sie hatte sich geweigert, etwas zu essen. Er griff nach dem Wasserkrug und erstarrte, weil er sich an die warnenden Glyphen erinnerte, die darauf schließen ließen, dass es gefährlich war.

Ich frage mich, wie gefährlich …

Er zuckte vor dem Gedanken zurück, aber er ließ sich nicht verdrängen. Wenn das Wasser vergiftet war und sie es trank, würde sie vielleicht den Tod finden, den sie wollte, ohne dass irgendjemand außer ihm selbst wusste, dass es seine Schuld war. *Nun, bis auf die Verräterin, die die Warnung hinterlassen hat.* Ein Schauder überlief ihn.

Wenn die Sklavin eine Verräterin war, wusste sie vielleicht von den Warnungen. Sie könnte wissen, dass das Wasser sie töten würde. Er drehte sich zu ihr um. Sie erwiderte seinen Blick, und ihre Augen schienen zu sagen: *Ja. Befreie mich.*

Wenn sie eine Verräterin war, mussten sie wissen, dass sie hier war. Hatten sie ihr die Möglichkeit gegeben, sich zu töten?

Aber würde das Wasser sie töten? Er ließ den Arm sinken. Der Ashaki musste derjenige sein, der Lorkins Essen vergiftete. Gewiss versuchten sie nicht, ihn zu töten? Tot war er ihnen nicht von Nutzen. Höchstwahrscheinlich sollte das Gift im Wasser ihm Übelkeit bescheren oder ihn zwingen, mehr von seiner Stärke zu verbrauchen, indem er sich selbst heilte. Trotzdem, sie könnten überlegen, dass er, je stärker das Gift war, umso mehr Magie benutzen musste. Es könnte eine tödliche Dosis sein.

Die Frau gab einen leisen Laut von sich und streckte ihren unversehrten Arm nach dem Krug aus. Draußen vor der Zelle beobachtete der Beobachter sie beide.

Töte mich. Befreie mich.

Lorkin schaute von ihr zu dem Wasser. Er musste eine Entscheidung treffen. Und es gab keine richtige Entscheidung. Was er auch beschloss, die Konsequenzen würden schockierend sein. Was er auch beschloss, danach würde er nie wieder derselbe sein.

Nach der Art zu schließen, wie Lilia zugegeben hatte, dass sie Soneas Tante von ihrem Aufenthalt unter der Gilde erzählt hatte, war klar, dass sie dachte, dass sie wütend sein würden. *Was erheiternd und liebenswert ist, wenn man bedenkt, dass sie eine Magierin ist und wir bloß einfache Leute,* dachte Cery. Sie war ein wenig auf und ab gegangen, während sie erklärt hatte, dass die Dienerin ihr gefolgt war und was sie beide besprochen hatten. Jetzt wirkte sie überrascht, dass niemand die Neuigkeiten mit Sorge aufnahm.

»Es ist besser, dass Jonna es weiß, als dass irgendjemand sonst dort oben davon Kenntnis hat«, stellte Anyi fest. »Tatsächlich könnte sie nützlich sein.«

»Jonna hat mich nie gemocht«, bemerkte Cery. »Aber das war damals, als ich noch ein Junge war und sie dachte, ich würde Sonea verderben. Sie wusste, dass ich während der letzten zwanzig Jahre immer mal wieder in Soneas Zimmer geschlüpft bin, aber sie hat niemals jemandem davon erzählt. Die Chancen stehen gut, dass man ihr trauen kann.«

»Wenn Sonea ihr vertraut, schätze ich, ist sie in Ordnung«, stimmte Gol ihm zu.

Lilias Augen leuchteten auf. »Du hast Sonea während der letzten zwanzig Jahre besucht?«, fragte sie Cery.

Er zuckte die Achseln. »Natürlich. Du denkst doch nicht, dass irgendeine Regel, die verbietet, dass Magier Kontakt zu Verbrechern haben, sie daran hindern würde, mit ihren alten Freunden zu reden, oder?«

»Nein, ich kann mir nicht vorstellen, dass das einen von euch beiden an irgendetwas gehindert hätte. Ich frage mich, was die Leute sagen würden, wenn sie es wüssten. Es wäre ein Skandal, da bin ich mir sicher.« Lilia lächelte und setzte sich neben Anyi. »Sie würden außerdem endlich wissen, warum Sonea nie geheiratet hat.«

Cery runzelte die Stirn, als er begriff, dass sie angenommen hatte, seine Besuche seien romantischer Natur gewesen. »Moment mal. Ich habe nicht … das ist nicht der Grund, weshalb ich sie besucht habe.«

Gol begann zu lachen. »Du hast es gewiss so klingen lassen. Für einen Moment dachte ich, du hättest es während all dieser Zeit geschafft, etwas vor mir zu verbergen.«

Anyi drohte Lilia spielerisch mit dem Finger. »Mein Vater

war während der letzten zwanzig Jahre glücklich verheiratet«, sagte sie entrüstet. Dann verzog sie das Gesicht. »Nun, jedenfalls während seiner zweiten Ehe – aber er *war* vorher mit meiner Mutter verheiratet, selbst wenn es nicht direkt das war, was man ›glücklich verheiratet‹ nennen würde.«

»Es tut mir leid. Ich wollte nicht andeuten, dass er untreu war«, entschuldigte sich Lilia.

Gol kicherte wissend.

Es war Zeit, das Thema zu wechseln, fand Cery. »Ich habe darüber nachgedacht, was wir als Nächstes tun sollten«, sagte er. Sofort richteten sich aller Augen auf ihn. Anyi wirkte eifrig, Lilia erleichtert, und Gol kniff die Augen zusammen, zweifellos bereit, Löcher in allen Plänen zu finden, die Cery ausgeheckt hatte. »Was wir tun, liegt auf der Hand, sobald wir angefangen haben, weniger darüber nachzudenken, dass wir hier festsitzen, und mehr darüber, dass wir unseren Aufenthalt hier in einen Vorteil verwandeln können.«

Jetzt wirkte Lilia ein wenig besorgt.

»Wir sind hier sicher – nicht weil Skellin nicht erraten haben wird, dass wir den Schutz der Gilde gesucht haben, sondern weil er es nicht riskieren wird hierherzukommen«, fuhr er fort. »Er wird annehmen, dass wir uns, wenn wir hier sind, in einem der Gebäude der Gilde befinden, unter magischem Schutz. Wenn er erführe, dass wir unter der Gilde sind und dass die Magier nichts davon wissen, würde er kommen und uns alle töten – und sehr selbstzufrieden sein, dass er es getan hat, ohne dass die Gilde es bemerkt hat.«

»Aber die Gilde *würde* es bemerken«, stellte Anyi fest. »Lilia weiß, dass wir hier sind, und sie wird ihn aufhalten, oder wenn sie es nicht kann, dann würde sie Hilfe holen.«

»Ja, aber das weiß *Skellin* nicht«, entgegnete Cery.

Gol stieß ein leises Knurren aus. »Nein«, sagte er.

Cery drehte sich zu seinem Freund um, erheitert über die in einem einzigen Wort zusammengefasste Ablehnung. »Warum nicht?«

»Dies ist für uns der letzte und einzige sichere Ort«, erwiderte Gol. »Wir können das Risiko nicht eingehen, ihn zu verlieren.«

»Wir haben durchaus noch einen weiteren sicheren Ort.« Cery deutete nach oben. »Den Schutz, von dem Skellin denkt, dass wir ihn bereits genießen.« Er zeigte auf den Raum, in dem sie saßen. »Dies hier ist unsere letzte und einzige Chance, ihn in eine Falle zu locken.«

»Eine Falle, die, wenn es schiefgeht, deinen Tod bedeutet«, widersprach Gol.

»Lilia wird ihn beschützen«, sagte Anyi, deren Augen leuchteten bei der Aussicht darauf, endlich etwas zu tun.

Lilia nickte. »Und Kallen. Du hast die Absicht, Kallen einzuweihen, nicht wahr?«

»Ja«, antwortete Cery. »Es ist ein bisschen viel verlangt, Lilia zu bitten, die ganze Bürde des magischen Schutzes allein zu schultern oder es mit zwei Magiern aufzunehmen, falls Skellin seine Mutter mitbringt.«

Anyi rieb sich eifrig die Hände. »Also, was werden wir als Köder benutzen?«

Gol schnaubte. »Es ist offensichtlich. Dein Vater beabsichtigt, Skellin mit etwas hierherzulocken, das er mehr will als alles andere.«

Lilia erbleichte ein wenig. »Schwarze Magie?«

»Nein«, antwortete Gol. »Skellin will die volle Kontrolle über die gesamte Unterwelt. Wenn er herausfindet, dass Cery noch lebt, wird er wissen, dass immer die Gefahr besteht, dass Cery versuchen wird, sich seine Macht zurückzuholen – mithilfe der Gilde. Er wird eine Menge riskieren, um ihn zu töten.«

Anyis eifriges Grinsen verschwand. Sie starrte Cery an und suchte in seinen Zügen, als hoffe sie auf ein Zeichen dafür, dass er scherzte. Als er nickte, runzelte sie die Stirn und verschränkte die Arme vor der Brust. »Gol hat recht. Das Risiko ist zu groß.«

»Was schlägst du dann vor? Was sonst würde ihn in Versuchung führen, das Risiko einzugehen, der Gilde so nahe zu kommen?«

Anyi sah Lilia an. »Schwarze Magie …«

»Er wird das Risiko nicht eingehen zu versuchen, sie gefangen zu nehmen. Sie könnte viele Male stärker sein als er selbst. Tatsächlich muss, damit dies funktioniert, offensichtlich sein, dass Lilia nicht hier ist. Er könnte glauben, dass die Gilde nicht weiß, dass ich hier bin, aber er wird nicht so leicht glauben, dass *sie* es nicht weiß. Lilia wird sich irgendwo anders sehen lassen müssen, bevor er herkommen wird, um nach mir zu suchen.«

»Aber ihr werdet hier einen Magier brauchen«, wandte Lilia ein. »Oder ihr werdet nicht in der Lage sein, ihn daran zu hindern, euch alle zu töten.«

Er nickte. »Ja. Kallen. Sag ihm, dass wir einen Plan haben, Skellin in die Falle zu locken, und frage ihn, wie wir uns mit ihm in Verbindung setzen sollen, wenn wir bereit sind. Natürlich darfst du ihm nicht verraten, wo die Falle zuschnappen wird. Ich habe das Gefühl, dass er beschließen würde, dass es wichtiger ist, Leute aus diesen Gängen fernzuhalten, als Skellin zu fangen.«

Lilia nickte. Anyi schüttelte den Kopf. »Mir gefällt das nicht«, sagte sie.

Cery verschränkte die Arme vor der Brust. »Warum?«

»Ich …« Sie wandte den Blick ab und zog die Brauen zusammen. Dann stand sie abrupt auf, griff nach einer Lampe und stolzierte aus dem Raum.

Mehrere Herzschläge lang war alles still. Lilia sah Cery und Gol an, dann eilte sie hinter Anyi her.

Cery starrte die leere Tür an. Sein Herz krampfte sich auf eine Weise zusammen, die gleichzeitig schmerzhaft und angenehm war. Er wollte niemandes Leben aufs Spiel setzen. Gewiss nicht sein eigenes. Aber sie konnten nicht für immer hierbleiben.

Rückblickend erinnerte er sich an die zornige, trotzige junge Frau, mit der er in Verbindung zu bleiben versucht hatte, nachdem er sich von ihrer Mutter getrennt hatte. Anyi hatte ihn gehasst – oder zumindest hatte sie sich so benommen, als hasste sie ihn. Das Wissen, dass er sie irgendwie für sich gewonnen hatte, war eine bittersüße Freude. Der Preis, den sie dafür gezahlt hatten, war ihre Sicherheit.

Aber andererseits genügte ihre Verwandtschaft mit ihm vollauf, um ihr Leben gefährlich zu machen, vor allem solange ein wilder Magier und Dieb die Unterwelt regierte und dieser Magier Cery hasste.

»Ausnahmsweise einmal sind deine Tochter und ich einer Meinung«, erklärte Gol mit leiser Stimme. »Es ist zu gefährlich.«

»Lass uns abwarten, was Kallen dazu sagt«, erwiderte Cery.

Binnen weniger Schritte verlangsamte Anyi das Tempo, damit Lilia sie einholen konnte, aber sie blieb nicht stehen.

»Ist alles in Ordnung mit dir?«, fragte Lilia.

Anyi schüttelte den Kopf. »Nein. Ja. Ich … ich muss nachdenken.«

Ihr Tonfall deutete an, dass sie nicht in der Stimmung war zu reden, daher blieb Lilia still. Sie zog Magie in sich hinein, um eine Lichtkugel zu schaffen, und Anyi drehte wortlos die Flamme ihrer Lampe herunter, um Öl zu sparen. Sie gingen nicht weit. Nach einigen hundert Schritten wurde Anyis Gang entschlossener, und schon bald wurde klar, dass sie Lilia zu einigen Räumen näher bei der Universität führte, die sie vor kurzem entdeckt hatte.

Anyi wählte willkürlich einen Raum aus, dann setzte sie sich in Ermangelung von Stühlen auf den Boden, mit dem Rücken zur Wand. Lilia setzte sich neben sie und wischte dabei unbeabsichtigt über eine zerbrochene, verstaubte Platte. Sie säuberte sie ganz, und auf der Unterseite wurde ein Gildesymbol sichtbar. *Diese Platte ist nicht besonders alt. Ich frage mich, wie sie hierhergekommen ist.*

»Es sollte mich nicht kümmern«, bemerkte Anyi.

Lilia drehte sich zu ihr um. »Natürlich sollte es das. Er ist dein Vater.«

Anyis Mund verzog sich zu einem bitteren Lächeln. »Kein besonders guter. Den größten Teil meines Lebens hat er mich ignoriert. Erst als seine andere Familie ermordet wurde, hat er mir Aufmerksamkeit geschenkt.«

Nicht sicher, was sie erwidern sollte, sagte Lilia nichts.

»Aber das ist nicht wirklich fair«, fügte Anyi mit leiserer, weicherer Stimme hinzu. »Mutter hat ihn verlassen. Sie sagte, es sei nicht sicher, die Ehefrau eines Diebes zu sein, und dass sie es nicht ertragen könne, sich ständig verstecken zu müssen. Ich denke nicht, dass zwei Menschen gezwungen sein sollten, zusammen zu sein, wenn sie es nicht wollen.«

»Wie ist es gekommen, dass Cery wieder geheiratet hat?«, fragte Lilia. Eine Scheidung war etwas, das nur der König gewähren konnte. Sie konnte sich nicht vorstellen, dass ein Dieb den König bat, seine Ehe zu beenden.

Anyi zuckte die Achseln. »Er hat es einfach getan.«

»Aber das ist …«

»Bigamie?« Anyi sah Lilia an und zuckte die Achseln.

»Nicht wirklich. Niemand in der Unterwelt kann sich eine legale Heirat leisten. Ich nehme an, Cery könnte es, aber warum eins der Gesetze des Königs beachten, wenn man den restlichen nicht viel Beachtung schenkt? Wir haben unsere eigenen Methoden, uns für verheiratet zu erklären – oder für unverheiratet.«

Lilia schüttelte staunend den Kopf. »Es ist eine vollkommen andere Welt.« Sie zuckte die Achseln. »Obwohl ich das auch von der Familie sagen könnte, in deren Dienst meine Eltern standen. Wir mögen ein Teil ihrer Welt gewesen sein, aber wir waren nicht *in* ihrer Welt. Es wäre schön gewesen, so reich zu sein und andere herumkommandieren zu können, aber manchmal hatten sie noch weniger Entscheidungsfreiheit als wir, was ihr Leben betraf. Sie dürfen nicht entscheiden, wen sie heiraten, und sie *müssen* den König um eine Scheidung bitten – und hoffen, dass er sie gewährt.«

»Vielleicht ist das der Grund, warum Sonea nie geheiratet hat. Sie stammt nicht aus den Häusern, daher hat sie keine Familie, die darüber entscheidet, wen sie heiratet, aber sie hätte eine legale Heirat eingehen müssen, wenn sie sich hätte vermählen wollen, und wenn sie ihre Ehe dann beenden wollte, hätte sie hoffen müssen, dass der König es ihr erlaubte.«

Lilia kicherte. »Ich kann mir nicht vorstellen, dass irgendein Mann sie herumkommandiert.«

Anyi grinste. »Nein. Es wäre wahrscheinlich andersherum gewesen.« Aber als sie Lilias Blick begegnete, wurde sie wieder ernst. Sie schaute weg und seufzte. »Er wird nur erreichen, dass Skellin ihn tötet. Er lässt mich endlich in seine Welt, und jetzt werde ich ihn verlieren.«

»Nur wenn etwas schiefgeht – und wir werden sicherstellen, dass das nicht passiert.«

Anyi warf ihr einen anklagenden Blick zu. »Du denkst, dass er recht hat.«

»Nein.« Lilia schüttelte den Kopf. »Aber ich vermute, dass wir kein großes Mitspracherecht dabei haben werden.«

Anyi runzelte die Stirn, dann wurde ihre Miene nachdenklich. »Du könntest ihm sagen, dass Kallen es nicht tun will. Und Cery eine Weile hinhalten.«

Lilia nickte. »Das könnte ich. Aber dann würde er vielleicht versuchen, es ohne Kallen zu machen.« Sie dachte an Cerys Worte zurück. »Ich kann nicht umhin zu denken, dass er in einem Punkt recht hat: Skellin wird erraten, dass ihr alle hierhergekommen seid. Wohin sonst solltet ihr gehen? Er weiß wahrscheinlich von den Tunneln. Es ist kein Geheimnis in der Gilde, daher bezweifle ich, dass es außerhalb der Gilde eines ist. Er wird irgendwann herkommen, um nachzusehen. Wenn er es tut, wird er euch hier finden. Und wenn ich im Unterricht bin, werde ich ihn nicht daran hindern können, euch alle zu töten.«

Anyi drehte sich um, um Lilia anzusehen, eine steile Sorgenfalte zwischen den Brauen.

»Vielleicht ist die einzige Möglichkeit, wie ihr in Sicherheit sein könnt, der Schutz der Gilde«, fuhr Lilia fort. »Ich weiß, dass diese Idee keinem von euch gefällt, aber wenn Cerys Falle versagt, werdet ihr ohnehin bei der Gilde landen. Ich nehme an, der Gilde wird es ebenfalls nicht gefallen, aber sie wird eher bereit sein, euch zu beschützen, wenn Beweise dafür vorliegen, dass Skellin tatsächlich die unterirdischen Tunnel der Gilde betreten hat.«

Anyi stöhnte und rieb sich das Gesicht. »Was du sagst, ergibt Sinn, aber es gefällt mir nicht.«

»Mir gefällt es auch nicht«, erwiderte Lilia. »Aber ich weiß, dass ich euch nicht den Schutz geben kann, den ihr braucht. Im Wesentlichen weil ich nicht allzu oft hier bin, aber auch weil ich nicht weiß, wie mächtig Skellin ist. Wenn er mit Lorandra herkommt, bezweifle ich, dass ich in der Lage sein werde, mich selbst zu beschützen, geschweige denn euch andere. Selbst wenn er das nicht tut, wie wollt ihr mich wissen lassen, dass ihr meine Hilfe braucht? Was, wenn ich nicht rechtzeitig hier bin?«

»Wir werden einen Fluchtweg benutzen.«

»Was ist, wenn ihr es nicht schafft? Selbst wenn ihr es tut, werdet ihr auf dem Gelände der Gilde auftauchen, und wenn er euch dann immer noch folgt, werdet ihr ohnehin die Gilde um Hilfe bitten müssen.« Lilia seufzte, und die Frustration und Sorge der letzten Wochen schwangen in ihren Worten mit. »Es ist nicht sicher hier unten, und ihr könntet behaglicher leben, und es ist so schwer, euch Essen zu bringen, und … ich vermisse dich.«

Bei diesem letzten Eingeständnis versiegte die Flut der Worte, die aus ihr hinausgeströmt waren. Ihr Gesicht wurde heiß, und sie sah Anyi töricht an. Das andere Mädchen zeigte einen seltsamen, überraschten Ausdruck.

»Ich meine, ich vermisse es, mit dir allein zu sein. Vielleicht ist das ein wenig egoistisch«, begann sie. »Ich …«

Aber sie bekam keine Entschuldigung heraus, weil Anyi sich vorbeugte, ihr Kinn umfasste und sie küsste.

»Ich vermisse dich ebenfalls«, sagte sie leise und grimmig.

Dann zog sie Lilia an sich. Eine Weile hielten sie einander einfach umfangen und trösteten sich in körperlicher Wärme und Nähe. Allzu bald seufzte Anyi und löste sich von Lilia.

»Cery wird sich fragen, wohin wir gegangen sind«, murmelte sie.

Sie stand auf und streckte Lilia eine Hand hin. Als Lilia sie nahm, zog Anyi sie auf die Füße, aber in derselben Bewegung drückte sie Lilia wieder an sich und küsste sie erneut. Diesmal war es ein langer Kuss, als hätte sie ihre letzten Worte vergessen.

Ein Schritt, gefolgt von einem scharfen Einatmen, riss Lilia jäh in ihre Umgebung zurück. Sie und Anyi sprangen auseinander und wirbelten zu der Tür herum. Anyi nahm Kampfhaltung ein. Lilia hatte Magie in sich hineingezogen und einen Schild geformt, bevor sie sah, dass nur Cery in der Tür stand.

Sein Gesicht war vor Überraschung erstarrt. Als Anyi einen Fluch murmelte, veränderte sich Cerys Miene, und anstelle der Überraschung waren da jetzt Verlegenheit und Erheiterung.

»Ich wollte nicht stören«, sagte er und machte einen Schritt rückwärts. »Kommt zurück, wenn ihr so weit seid.«

Dann drehte er sich mit einem kaum unterdrückten Lächeln um und eilte davon.

Anyi schlug die Hände vors Gesicht und stöhnte. Lilia drückte mitfühlend die Schulter ihrer Freundin. *Ich würde auch nicht wollen, dass mein Vater auftaucht, wenn ich eine andere Frau küsse.* Während Anyis Schultern zu zittern begannen und sie anfing, erstickte Laute von sich zu geben, krampfte sich ihr Herz zusammen, bis sie sah, dass ihre Freundin die Hände an den Mund hob, und sie begriff, dass Anyi lachte.

»Nun«, sagte Lilia, während sie darauf wartete, dass Anyi aufhörte. »Das ist nicht die Reaktion, die ich erwartet habe.«

Anyi schüttelte den Kopf. »Nein. Das kann ich mir vorstellen.« Sie holte einige Male tief Luft und hatte große Mühe, nicht sofort wieder loszuprusten. »Ich mache mir seit Monaten Gedanken, wie ich es ihm beibringen soll. Jetzt brauche ich es nicht mehr zu tun.«

»Du wolltest ihm von uns erzählen?«

»Natürlich.«

»Aber … wird er nicht ärgerlich sein?«

»Nein. Ein wenig entsetzt vielleicht. Habe ich dir je erzählt, wo er zur Welt gekommen und aufgewachsen ist?«

Lilia schüttelte den Kopf.

»Nun, eigentlich muss er seine Geschichte selbst erzählen – und tatsächlich sind es viele Geschichten. Es war ein Ort, an dem man Menschen mit allen möglichen Geschmäckern und Ideen trifft.« Anyi ergriff Lilias Hand. »Komm. Wir sollten wirklich gehen. Er wird sich Sorgen machen, dass wir zu verärgert oder verlegen sind, um zurückzukommen. Und ich will sicherstellen, dass sein närrischer Plan so narrensicher ist wie möglich.«

11 Eine Planänderung

Die Worte auf der Seite vor Dannyl waren so grau wie ein bedeckter Himmel. Tayend hatte Dannyl seinen mageren Vorrat an verbliebener Tinte gegeben, und da es weder die Sklaven noch Merria geschafft hatten, neue Tinte ins Gildehaus zu bringen, musste Dannyl mit Wasser verdünnen, was noch übrig war. Er befolgte Tayends Rat und verschloss seine Forschungsnotizen jetzt mit Magie, wann immer er mit der Arbeit an ihnen fertig war.

Eine Bewegung lenkte seine Aufmerksamkeit gerade rechtzeitig auf die Tür, um zu sehen, wie Kai sich auf den Boden warf.

»Eine Kutsche vom Palast ist eingetroffen, Herr«, sagte der Sklave.

Wieder Achati. Er seufzte und schloss für einen Moment die Augen. *Es wird nicht einfacher.* Er öffnete die Augen, trocknete die Tinte auf der Seite, säuberte seine Feder, verstaute alles in einer Schublade und schützte es mit Magie. Dann entließ er Kai, straffte sich und machte sich auf den Weg zum Herrenzimmer.

Der Türsklave hüpfte buchstäblich von einem Fuß auf

den anderen, bis er Dannyl sah und sich mit dem Gesicht nach unten auf den Boden warf.

»Lord Lorkin ist zurückgekehrt, Herr!«, erklärte er.

Dannyls Herz setzte einen Schlag aus. »Lorkin?«

Er eilte los, aber Soneas Sohn kam bereits aus dem Eingangsflur. Als der junge Mann den Raum betrat, überlief Dannyl ein Frösteln. *Irgendetwas ist mit ihm passiert,* dachte er, obwohl er sich nicht sicher war, woher er es wusste. Dannyl musterte Lorkin. Da war keine Spur einer Verletzung, obwohl es schwer zu erkennen war, da die Gilderoben so viel verbargen. Abgesehen von dunklen Ringen unter den Augen, die auf Schlafmangel schließen ließen, sah Lorkin gut aus.

»Botschafter Dannyl«, sagte er.

»Ihr seid frei!« Dannyl musste sich den Drang verkneifen, den jungen Mann zu umarmen, und griff stattdessen in der üblichen Geste kyralischer Begrüßung nach Lorkins Arm. »Was ist passiert? König Amakira hat Euch gehen lassen?«

»Ja«, antwortete Lorkin.

»Wisst Ihr, warum?«

Lorkin wandte den Blick ab. »Das hat er nicht gesagt.«

Dannyl trat zurück. Lorkins Stimme war flach und ausdruckslos. *Er sollte erleichtert sein. Verwirrt über seine unerwartete Entlassung. Zornig, dass er überhaupt eingekerkert worden war.*

»Kommt und setzt Euch.« Dannyl führte Lorkin zu den Stühlen, aber der junge Mann setzte sich nicht hin. »Seid Ihr verletzt?«

»Nein.«

»Haben sie Eure Gedanken gelesen? Oder es versucht?«

»Nein.«

»Lord Lorkin, ich dachte, ich hätte Euren Namen gehört.«

Sie schauten beide auf und sahen Tayend in der Tür stehen. Der Elyner kam herbeigeeilt und streckte die Arme nach dem jungen Magier aus, als wolle er ihn umarmen, aber dann ließ er die Arme zu Dannyls Erheiterung im letzten Moment wieder sinken. Er bedachte Lorkin mit einem kritischen Blick.

»Ihr seht nicht allzu schlecht aus für jemanden, der in ein Gefängnis gesperrt war«, bemerkte er. »Aber sie hätten es nicht gewagt, Euch körperlichen Schaden zuzufügen. Wie fühlt Ihr Euch?«

Lorkin zuckte die Achseln, aber seine Augen verrieten die gleiche ausweichende Wachsamkeit, die Dannyl zuvor aufgefallen war. »Müde. Hungrig. Ich könnte ein Bad gebrauchen.«

Tayend schnupperte und lächelte. »In diesem Punkt habt Ihr recht. Ich nehme nicht an, dass es im Palastgefängnis Badezuber mit heißem Wasser gibt. Bringen wir Euch in die absolut zivilisierten Bäder des Gildehauses. Ich werde die Sklaven etwas Nahrhaftes zubereiten und frische Roben für Euch besorgen lassen.«

Lorkin nickte, aber bevor er den Versuchen des Elyners erlag, ihn aus dem Raum zu geleiten, griff er in seine Roben und drehte sich zu Dannyl um. Wortlos zog er eine Schriftrolle hervor. Dannyl bemerkte König Amakiras Siegel, bevor er wieder zu dem jungen Mann aufschaute. Lorkins Augen waren hart und wissend.

Dann drehte er sich um und ging.

Dannyl setzte sich und brach das Siegel auf. Es war ein offizieller Befehl des Königs, der lediglich erklärte, dass es Lorkin verboten sei, das Gildehaus zu verlassen. Es wurde kein Grund für seine Entlassung aus dem Palastgefängnis genannt. Seine Einkerkerung wurde überhaupt mit keinem Wort erwähnt. *Was habe ich erwartet? Eine Entschuldigung?*

Tayend kam zurück und setzte sich neben Dannyl.

»Es geht ihm nicht gut«, murmelte der Elyner.

»Nein«, stimmte Dannyl ihm zu.

»Was immer sie ihm angetan haben – oder ihn zu tun gezwungen haben –, er ist nicht bereit, darüber zu reden. Ich werde ihn im Auge behalten und es dich wissen lassen, falls er mir davon erzählt – natürlich nur, falls er mir nicht das Versprechen abnimmt, es geheim zu halten.«

»Natürlich.«

»Also, was steht drin?« Tayend deutete mit dem Kopf auf die Schriftrolle.

»Es ist Lorkin verboten, das Gildehaus zu verlassen.«

Tayend nickte. »Dann ist er also nicht vollkommen frei.« Er streckte die Hand aus und tätschelte Dannyls Arm. »Er ist raus aus dem Kerker. Das zumindest ist etwas Gutes.« Er stand auf. »Ich muss das melden. Und du solltest es besser Administrator Osen erzählen.«

Dannyl beobachtete, wie Tayend davoneilte, und brachte ein trauriges Lächeln zustande. Wenn sich herausstellte, dass es Lorkin tatsächlich widerstrebte, über das zu reden, was ihm im Gefängnis angetan worden war, war Tayend derjenige, der ihn wahrscheinlich am ehesten zum Sprechen bringen konnte. Er konnte unheimlich scharfsinnig und feinfühlig sein, wenn es um die Probleme anderer Menschen ging. *Nur nicht, als es um unsere Probleme ging,* rief Dannyl sich ins Gedächtnis.

Ich hoffe, dass Lorkin nicht hier ist, weil sie ihn gezwungen haben, die Verräterinnen zu betrügen. Es könnte sehr schlimm für sie sein – und auch für uns, wenn es bei dem, was Lorkin und Osen besprochen haben, um eine Zusammenarbeit mit ihnen ging.

Osen. Wie Tayend festgestellt hatte, würde der Administrator von Lorkins Rückkehr wissen wollen. Also griff er in seine Roben, zog Osens Blutring heraus, atmete tief durch und streifte den Ring dann auf seinen Finger.

»Das kann doch nicht wahr sein!«, rief Sonea leise aus, als sie zu dem Schild des Bleibehauses hinaufschaute.

»Was ist denn los?«, fragte Regin.

Sie sagte nichts, weil gerade ein untersetzter Mann in der Tür erschienen war.

Er verneigte sich. »Mylord und Mylady! Kommt herein! Kommt herein!«, begrüßte sie der Mann. »Ich bin Fondin. Willkommen in Ferguns Rast, dem besten Bleibehaus in ganz Kyralia.«

Sie hörte Regin leise lachen, aber er sagte nichts, als sie durch die Tür trat. Wie immer war das Erdgeschoss dem Gastraum und Ausschank vorbehalten. Trotz der späten Stunde herrschte einiger Betrieb, und der Raum hallte wider von vielen Stimmen. Die Kleidung der Gäste legte die Vermutung nahe, dass sie Einheimische waren und sich für den Anlass fein gemacht hatten. Einige blickten zu ihr und Regin auf, und ihre Augen weiteten sich vor Überraschung.

»Bitte, setzt Euch für einen Moment, und ruht Euch aus«, lud Fondin sie ein und deutete auf eine stillere Ecke. »Benötigt Ihr ein Zimmer oder zwei?«

»Bei Euch ist heute Abend viel los«, bemerkte Sonea.

»Ja. Wir sind Gastgeber einer Feier, und viele Leute sind von fern hergekommen«, erwiderte Fondin. »Aber macht Euch keine Sorgen wegen des Lärms. Wir werden zu einer angemessenen Stunde ein Ende finden, dann wird es hier schön ruhig sein.«

Wie aufs Stichwort wurde es leiser im Raum. Sonea hörte gezischtes Flüstern. Fondin drehte sich wieder zu ihnen um, dann fiel sein Blick auf Soneas Roben, und seine Augen weiteten sich. Er hatte in dem schwachen Licht draußen die Farbe offensichtlich nicht bemerkt. Selbst in dem gedämpften Lampenlicht konnte sie sehen, dass er erbleichte.

»Was ist der Grund für die Feier?«, erkundigte sie sich.

»H-H-H-Hochzeit«, stotterte Fondin.

»Dann richte der Braut und dem Bräutigam meine Glückwünsche aus.« Sonea lächelte. »Bleiben die beiden heute Nacht hier?«

»N-N-N-N…« Fondin holte tief Luft und straffte sich. »Nein, sie werden heute Nacht zu ihrem neuen Haus gehen.«

Aber viele der Hochzeitsgäste würden hierbleiben, vermutete sie.

»Auch noch ein neues Haus. Nun, wir werden nicht mehr von deiner Zeit beanspruchen. Ich bin mir sicher, wir können mit einem Zimmer zurechtkommen«, erklärte ihm Sonea. »Mit getrennten Betten und einem Wandschirm für etwas Privatsphäre natürlich. Wir werden dort essen, damit du deine volle Aufmerksamkeit deinen Gästen widmen kannst. Könntest du uns direkt zu unserem Zimmer führen?«

Fondin nickte, dann verbeugte er sich obendrein tief, bevor er herumfuhr und sie die Treppe hinaufführte. Er hielt vor mehreren Türen inne, rang die Hände und führte sie dann mit offensichtlichem Widerstreben zu einem Raum am Ende des Flurs. Als er die Tür öffnete, sah Sonea zu ihrer Freude, dass es ein ziemlich schlichtes Zimmer war, mit einem Einzelbett, aber ohne Spuren eines gegenwärtigen Bewohners. Sie hatte sich Sorgen gemacht, dass er Gäste aus ihren Zimmern werfen würde oder dass keines der Zimmer frei war. Bleibehäuser entlang der Hauptrouten wurden von der Gilde dafür bezahlt, zu jeder Zeit ein Zimmer freizuhalten, und jeder erwartete, dass es ihr bestes Zimmer sein würde, aber es musste verlockend sein, Gäste dort unterzubringen, wenn der Andrang groß war, vor allem bei seltener benutzten Routen wie dieser hier.

»Dies wird genügen«, sagte sie.

»Ich werde ein zweites Bett und einen Wandschirm bringen lassen, Mylady«, erwiderte er und eilte davon.

Sie betrat den Raum, und Regin folgte ihr.

»Sollte ich mich erbieten, auf dem Boden zu schlafen?«, fragte Regin.

Als Sonea sich umdrehte, sah sie ihn lächeln. »Ich werde nicht allen den Abend verderben, indem ich darauf bestehe, das beste Zimmer zu bekommen oder zwei Zimmer, aber auf dem Boden schlafen, das ginge doch ein wenig zu weit.«

Kurz darauf waren die notwendigen Arrangements getroffen. Eine großzügige Mahlzeit und eine Flasche Wein wurden auf einem kleinen Tisch bereitgestellt. Der Wein war sehr gut. Zu teuer, selbst für eine einheimische Hochzeit, vermutete Sonea. Wahrscheinlicher war, dass die Gilde dafür gesorgt hatte, dass es hier einen Vorrat von anständigem Wein für ihre Mitglieder gab.

»Habt ihr mehr von diesem Wein?«, fragte sie die junge Frau, als diese zurückkehrte, um das Geschirr abzuräumen.

»Ja, Mylady.«

»Ist das jungverheiratete Paar noch hier?«

»Sie werden gleich aufbrechen, Lady.«

»Gib ihnen eine Flasche als Hochzeitsgeschenk.«

Die Augen der jungen Frau weiteten sich. »Ja, Lady.«

Regin schürzte die Lippen, dann erhob er sich zu Soneas Überraschung von seinem Stuhl und folgte der Frau leise nach unten. Als er zurückkehrte, sah Sonea ihn mit hochgezogenen Augenbrauen an.

»Ich habe nur sichergestellt, dass das Geschenk die Empfänger auch erreicht«, erklärte er und setzte sich. »Also. Ferguns Rast.« Regin runzelte die Stirn. »Ist er nicht geflohen, als die Ichani das Fort angegriffen haben?«

»Er hat sich versteckt. Was das einzig Vernünftige war.«

»Und feige.« Regin zuckte die Achseln. »Aber niemand,

der dergleichen noch nicht erlebt hat, kann mit Sicherheit wissen, wie er reagieren wird, wenn er in einer wichtigen Schlacht seinen Mann stehen soll. Ein Bleibehaus nach ihm zu benennen?« Er schüttelte den Kopf. »Sagt mir, dass es überall in Kyralia Bleibehäuser gibt, die nach Magiern benannt wurden, die im Krieg starben, nicht nur nach Fergun.«

»Ich weiß es nicht. Ich hoffe es.« Sie verzog das Gesicht. »Es ärgert mich mehr, dass ein Mann, der meinen Freund eingesperrt hat, damit er mich erpressen konnte, etwas hat, das nach ihm benannt wurde, aber das ist ein zu persönlicher Groll, um es zu rechtfertigen, ihn nicht mit dem Rest der Toten zu ehren.«

Regin sah sie an. »Ah, das stimmt. Er wollte Euch entehren und aus der Gilde werfen lassen, um sicherzustellen, dass niemand aus den unteren Klassen sich wieder der Gilde anschließen würde.«

»Ja. Wenn er heute lebte, wäre er entsetzt über die Veränderungen in der Gilde.«

»Man kann nie wissen. Er könnte nach der Invasion seine Meinung geändert haben. Das haben viele Menschen getan.«

Sie schaute zu ihm auf. Er hielt ihrem Blick für einen Moment stand. In seinen Augen lag ein erwartungsvoller Ausdruck. *Worauf wartet er? Dass ich einräume, dass er jetzt ein viel besserer Mensch ist? Auf die Beteuerung, dass ich ihm nicht mehr grolle? Oder das Eingeständnis, dass ich gelernt habe, selbst ihm zu vertrauen? Ihn vielleicht sogar zu mögen? Nun, möglicherweise sollte ich nicht* so *weit gehen.* Sie holte Luft, um zu sprechen.

– Sonea?

Administrator Osens Stimme in ihrem Kopf ließ sie zusammenzucken. Sie stieß den Atem in einem erstickten

Keuchen aus. Es war immer überraschend, wenn sich jemand durch einen ihrer Blutringe mit ihr in Verbindung setzte, da sie nie wusste, wann die andere Person den Ring überstreifen würde.

– *Osen!*

– *Ich habe gute Neuigkeiten,* sandte Osen. *König Amakira hat Lorkin freigelassen.*

Erleichterung schlug über ihr zusammen, gefolgt von einer neuen Sorge.

– *Geht es ihm gut?*

– *Ja. Wir denken nicht, dass er gefoltert oder irgendwie verletzt wurde, obwohl Dannyl vermutet, dass die Erfahrung quälend war.*

– *Wird er bald nach Hause aufbrechen? Sollte ich mich mit ihm treffen und ihn nach Kyralia begleiten?*

– *Amakira hat ihm verboten, das Gildehaus in Arvice zu verlassen.*

– *Oh.*

Zorn loderte in ihr auf, dann eine stillere Verwunderung. Warum Lorkin freilassen und ihn dann zwingen, im Land zu bleiben?

– *Zumindest ist er einer Rückkehr nach Hause einen Schritt näher gekommen. Wir werden fortfahren, durch Dannyl darauf zu bestehen, dass Lorkin eine Rückkehr nach Kyralia gestattet wird.*

– *Und durch mich selbst?*

– *Ja. Es ist nicht nötig, unsere Pläne zu ändern, und Ihr müsst Euch immer noch um die andere Angelegenheit kümmern.*

– *Natürlich.*

– *Viel Glück. Ich werde mich mit Euch in Verbindung setzen, wenn ich mehr erfahre.*

– *Danke.*

Ein Gefühl von Stille, wo seine Stimme gewesen war, sagte ihr, dass er den Ring abgenommen hatte. Sie blinzelte, als ihre Augen die Umgebung wieder registrierten. Regin beobachtete sie eingehend.

»War es Lorkin oder Osen?«

Sie starrte ihn an. »Woher wusstet Ihr, dass Lorkin einen meiner Blutringe hat?«

Sein Lächeln war schief. »Als würdet Ihr ihn ohne einen solchen Ring aus den Augen lassen.«

Sie nickte. »Ja, das ist wahr. Es war Osen. Lorkin ist freigelassen worden, aber der sachakanische König hat ihm verboten, das Gildehaus zu verlassen.«

Regin richtete sich auf. »Das sind ja gute Neuigkeiten. Reisen wir dann trotzdem weiter nach Arvice?«

»Ja.«

Seine Augen wurden schmal. »Nicht nur deshalb, weil Ihr dafür sorgen wollt, dass er nach Hause kommt?«

Sonea verschränkte die Arme vor der Brust. »Ihr denkt, ich würde der Gilde den Gehorsam verweigern?«

»Ja.« Er hielt ihren Blick fest, aber er lächelte. »Doch nur um Lorkins willen.«

»Ich bin nicht davongelaufen, um ihn zu retten, als er das erste Mal verschwand«, rief sie ihm ins Gedächtnis. »Wie dem auch sei, Osens Anweisungen sehen vor, dass wir unsere Pläne weiterführen.«

Regin nickte. »Sie alle?«

»Ja. Welche Pläne, denkt Ihr, könnten wir an diesem Punkt fahren lassen?«

Er zuckte die Achseln und wandte den Blick ab. »Ich weiß es nicht. Ihr sagtet ›Pläne‹, nicht ›Plan‹. Wir haben nur einen einzigen offiziellen Grund für unsere Reise nach Sachaka.«

»Der es nötig machen kann, mit einer Vielzahl verschiedener Situationen fertigzuwerden, je nachdem, wie die Sache ausgeht.« Sonea verdrehte verärgert die Augen. »Werdet Ihr die ganze Reise damit verbringen, in allem, was ich sage, nach verborgenen Absichten und geheimen Motiven zu suchen?«

»Wahrscheinlich.« Regin grinste. »Ich kann nicht anders. Es ist eine Angewohnheit. Man könnte es als ein Talent betrachten. Ein lästiges vielleicht, aber ich versuche wirklich, es zum Guten einzusetzen.«

Sonea seufzte. »Nun, setzt mir nicht ohne guten Grund zu. Das wäre nicht gut.«

»Nein.« Er schüttelte in nachdrücklicher, übertriebener Zustimmung den Kopf, und in seinen Augen blitzte Humor auf. Ein Lächeln zupfte an ihren Mundwinkeln, bis sie sich daran erinnerte, dass er recht hatte: Es gab noch einen anderen Grund für ihre Reise. Sie verspürte einen kurzen, aber mächtigen Drang, ihm von dem Treffen mit den Verrätern zu erzählen.

Noch nicht.

Sie seufzte und leerte ihr Weinglas. »Dann hoffe ich, dass Ihr nicht schnarcht, denn ich bin es gewohnt, Nachtschichten zu machen, und wache leicht auf. Wenn ich keinen vollen Nachtschlaf bekomme, werde ich reizbar sein.«

Er stand auf und ging auf das Bett auf der anderen Seite des Wandschirms zu. »Ah, Sonea. Ihr bittet mich um das eine, was ich nicht versprechen kann.«

Später in der Nacht lag sie wach und lauschte dem Geräusch seines Atems. Es war nicht laut, aber es war seltsam, jemand anderen in der Nähe schlafen zu hören.

Und unerwartet beruhigend, wurde ihr bewusst.

Seit sie zum ersten Mal in den versteckten Kamin zwischen den Vertäfelungen von Soneas Hauptzimmer und der Außenmauer der Magierquartiere geklettert war, fragte sich Lilia, welches sein ursprünglicher Zweck gewesen war. In allen Räumen gab es solche Kamine, aber Lilia vermutete, dass keiner der Bewohner von ihrer Existenz wusste. Ziegelsteine ragten in regelmäßigen Abständen aus der Mauer hervor: Sie konnten nur als eine Art Leiter gedacht gewesen sein.

Cerys Vermutungen schlossen Müllrutschen und Abtritte ein. Glücklicherweise gab es keine Anzeichen dafür, dass der Schacht in letzter Zeit für den einen oder anderen Zweck benutzt worden war. Lilia kam er jedenfalls wie ein Schornstein vor, obwohl sich keine Spuren von Ruß auf den Ziegeln oder dem Mörtel befanden.

Oben angelangt, spähte sie durch das Guckloch, das Cery vor langer Zeit gebohrt hatte. Soneas Hauptraum war leer.

Wo ist Jonna?

Vielleicht war die Dienerin in einen der anderen Räume gegangen. Vielleicht war sie weggerufen worden. Lilia griff nach dem Riegel, dann zögerte sie. Es war durchaus möglich, dass Jonna mit einem Besucher in einem der Schlafzimmer war, obwohl Lilia kein guter Grund einfiel, warum ein Fremder bei ihr sein sollte … abgesehen von einigen skandalösen Gründen. Aber Lilia konnte sich nicht vorstellen, dass Jonna so etwas tun würde.

Sie klopfte leicht gegen die Vertäfelung, in einem willkürlichen Muster, das jeder, der nicht wusste, dass hinter dem Holz eine Lücke war, vielleicht für das Scharren eines Käfers halten würde. Einen Moment später kam Jonna in den Raum geeilt, und ihr Blick wanderte zu dem Guckloch. Obwohl sie Lilia nicht sehen konnte, nickte sie und winkte mit einer Hand.

Der Riegel glitt lautlos auf, dann schwang die Tür leise nach innen. Jonna trat vor, um Lilia herauszuhelfen. Der Durchlass befand sich etwas zu hoch in der Wand, als dass der Schritt hinab noch ganz angenehm gewesen wäre, vor allem, wenn man sich wie Lilia tief bücken musste, um hindurchzupassen.

»Wie geht es ihnen?«, fragte Jonna.

»Gut«, antwortete Lilia. »Sie sind dankbar für deine Hilfe. Ist Schwarzmagier Kallen schon zurück?«

»Ja, seit ungefähr zehn Minuten.«

Lilia ging zu ihrem Schlafzimmer, um wieder ihre Roben anzuziehen. »Dann sollte ich mich besser beeilen, oder ich werde ihn in seinem Nachtgewand erwischen.«

Jonna gab einen kleinen, erheiterten Laut von sich. »Das wäre ein seltsamer Anblick.«

Lilia grinste. »Das wäre es sicher.«

Die schlichte Hose und die Bluse, die Jonna für sie gefunden hatte und die sie trug, wenn sie Cery und Anyi besuchte, waren viel besser zum Klettern geeignet, und sie verspürte eine Woge der Dankbarkeit, als sie die aufgeschürften Stellen und die Flecken sah, die sie sich in dieser Nacht zugezogen hatte. Es war besser, diese Kleider zu verderben als ihre Roben.

Nachdem sie sich schnell umgezogen hatte, kehrte sie in den Hauptraum zurück.

»Danke, dass du auf mich gewartet hast«, sagte sie zu Jonna. »Du brauchst jetzt nicht länger zu bleiben. Ich werde nach meinem Gespräch mit Kallen direkt wieder zurückkommen.«

Jonna zuckte die Achseln. »Es macht mir nichts aus zu bleiben.« Sie straffte sich und stemmte die Hände in die Hüften. »Ich habe Sonea versprochen, ein Auge auf Euch zu halten, und ich werde nicht gut schlafen, bis ich weiß, dass Ihr zu einer anständigen Stunde wieder in Eurem Bett liegt.«

Lilia verdrehte die Augen und seufzte. »Niemand hat sich jemals darum Sorgen gemacht, als ich im Novizenquartier gewohnt habe.« Aber es störte sie nicht. Es war schön, dass sie jemandem wichtig genug war, dass er auf sie achtgab. *Ich will ohnehin nicht mehr Zeit mit Kallen verbringen als unbedingt nötig.*

Nachdem sie durch die Haupttür in den Flur geschlüpft war, ging sie zu Kallens Räumen und klopfte an. Kurze Zeit später schwang die Tür nach innen auf. Sofort nahm sie den schwachen Duft von Feuel-Rauch war, aber er war abgestanden und verblasst, als käme er aus den Möbeln. Kallen saß in einem großen Sessel, ein Buch in der Hand und einen Ausdruck milder Überraschung auf dem Gesicht.

»Lady Lilia«, begrüßte er sie. »Kommt herein.«

Sie trat ein, drückte die Tür zu und verneigte sich. »Schwarzmagier Kallen.«

»Was kann ich für Euch tun?«, fragte er.

Er zeigte den geduldigen Gesichtsausdruck eines Lehrers, der zu einem schlechten Zeitpunkt von einem Novizen gestört wurde. Sie verkniff sich ein Lächeln. Sie fungierte als Botin, nicht als Novizin, und ihre Botschaft war viel wichtiger als eine bloße Unterrichtsstunde.

»Ihr wisst, dass ich mich gelegentlich mit Anyi treffe, meiner Freundin und der Leibwächterin des Diebes Cery«, begann sie und setzte sich auf einen Stuhl. »Ohne das Gelände der Gilde zu verlassen«, fügte sie eilig hinzu.

Er nickte. »Ja.«

»Ich habe Euch bereits gesagt, dass Cery sich versteckt und seine …« Sie wedelte mit der Hand und suchte nach dem richtigen Ausdruck. »Seine geschäftlichen Arrangements und … Kontakte nicht aufrechterhalten kann.«

»In der Stadt halten ihn alle für tot.«

»Es ist wahrscheinlich, dass Skellin nicht glauben wird, dass Cery tot ist, bis er einen Leichnam sieht.«

Kallen nickte. »Oder bis hinreichend Zeit verstreicht.«

»Das macht Cery zu dem idealen Köder, um Skellin damit anzulocken. Was seine eigene Idee war«, versicherte sie ihm. »Er hat mich gebeten, Euch auszurichten, dass er bereit ist, es zu tun, und er schlägt vor, dass Ihr Euch mit ihm trefft, um Euch auf einen Ort und eine Zeit zu verständigen.«

»Hmm.« Kallen runzelte die Stirn und wandte den Blick ab. »Das ist ein sehr großzügiges und mutiges Angebot. Eines, das ich bewundere und zu schätzen weiß, und ich bin mir sicher, die restlichen Gildemitglieder würden genauso denken, wenn sie davon wüssten. Ein Angebot, das wir vielleicht aufgreifen werden.« Er schüttelte den Kopf. »Aber nicht jetzt. Wir erkunden eine andere Möglichkeit. Ich kann Euch noch keine Einzelheiten nennen, aber wenn das Unternehmen Erfolg hat, werden wir Cerys Leben überhaupt nicht aufs Spiel setzen müssen.«

Lilia verspürte eine flüchtige Enttäuschung, dann Erleichterung, gefolgt von Angst. »Wie lange wird es dauern, bis Ihr es wisst? Cerys Versteck ist … nun, es ist sein letzter sicherer Ort. Wenn Skellin dieses Versteck entdeckt, wird Cery nirgendwo sonst hingehen können.«

»Was wir tun, lässt sich nicht überstürzen. Es könnte Wochen oder Monate dauern. Wie lange glaubt Cery, dass er sich versteckt halten kann?«, fragte Kallen.

Wochen! Monate! Ärger loderte in ihr auf, aber als sie Kallen anblickte, sah sie aufrichtige Sorge in seinen Augen. Der Ärger verebbte.

»Ich weiß es nicht. Er weiß es nicht. Skellin könnte ihn heute Nacht finden, er könnte ihn in einigen Wochen finden. Es ist schwierig, an Essen heranzukommen, ohne gesehen zu werden. Wann immer sie rausgehen, ist es ein Risiko.«

Kallen legte ihr kurz eine Hand auf die Schulter. »Ich verstehe. Wir tun alles, was wir können, Lilia. Sagt Cery, dass wir sein Angebot zu schätzen wissen und es vielleicht annehmen werden, wenn unsere anderen Pläne scheitern. In der Zwischenzeit sollte er alles in seiner Macht Stehende tun, um sich weiter verborgen zu halten.«

Lilia nickte, dann seufzte sie. »Ich werde es ihm ausrichten. Aber es wird ihm nicht gefallen.«

»Das nehme ich auch nicht an.« Er warf ihr einen mitfühlenden Blick zu, aber plötzlich wurde ein Stirnrunzeln daraus. »Er wird doch nicht aus Ungeduld etwas Törichtes tun, oder?«

Sie verkniff sich ein bitteres Lachen. »Das denke ich nicht, aber er ist ein Dieb. Er ist es gewohnt, sein Leben selbst in die Hand zu nehmen.« Als sie sah, dass Kallens Augenbrauen sich noch weiter zusammenzogen, schüttelte sie den Kopf. »Anyi und ich werden alles tun, was wir können, um es ihm auszureden, falls er es versucht. Und Gol predigt Cery auch immer Vernunft, vermute ich.«

Kallen nickte. »Gut.«

Lilia stand auf und strich ihre Roben glatt. »Ich sollte besser gehen. Gute Nacht, Schwarzmagier Kallen. Ich hoffe, Eure Pläne werden erfolgreich sein.«

Er nickte. »Vielen Dank. Gute Nacht, Lady Lilia.«

Als sie sich zur Tür umdrehte, schwang diese auf. Lilia trat in den Flur hinaus und atmete voller Erleichterung die sauberere Luft draußen ein. Dann verdüsterte sich ihre Stimmung wieder.

Das wird Cery nicht gefallen. Aber ich denke, er vertraut … nein, es ist mehr so, dass er Kallen respektiert, als dass er ihm vertraut … jedenfalls respektiert er ihn genug, um abzuwarten, ob diese anderen Pläne funktionieren. Doch das war nicht das Hauptproblem. *Wie soll ich Wochen – vielleicht sogar Monate – dafür sorgen, dass sie zu essen bekommen und nicht entdeckt werden? Irgendjemand muss irgendwann etwas bemerken.*

Sie konnte nur hoffen, dass sie das mit Jonnas Hilfe verhindern konnte oder dass Kallens »andere Pläne« Erfolg hatten.

12 Spione

Denkst du, wir sollten warten, bis Lilia bei uns ist?«, fragte Anyi, während sie die Decke des Tunnels musterte.

Cery hob seine Lampe. »Das sieht nicht so aus, als würde es genau in diesem Moment einstürzen.« Der Tunnel war lang, und Anyi hatte ein flottes Tempo vorgegeben. Zu flott. Er hatte die leicht eingesackte Decke ausgenutzt, um innezuhalten und wieder zu Atem zu kommen, und er hoffte, dass die anderen denken würden, er sei nur vorsichtig. »Aber woher soll man das so genau wissen?«

»Keine Ahnung«, gab Anyi zu. »Ich nehme an, der Tunnel wird nicht einstürzen, solange wir nichts anfassen. Aber wir sollten nicht hierbleiben.«

Gol gab einen leisen Laut von sich, der nahelegte, dass sie beide verrückt waren. Er besah sich die Baumwurzeln, die von der Decke hingen und sich in den Wänden des Tunnels fortsetzten. Als er einen Schritt darauf zu machte, begriff Cery, dass es kein Stirnrunzeln der Missbilligung, sondern des Interesses war.

Dann sah er, was Gol aufgefallen war. Durch die Wurzeln

fiel kein Licht, wie es das hätte tun sollen. Dahinter musste es dunkel sein. Er ging näher heran, griff mit dem Finger in die Kaskade weißer Wurzeln und zog vorsichtig. Sie ließen sich ohne jeden Widerstand abziehen.

Sie hängen nirgends dran. Hinter ihnen ist ein Hohlraum.

»Wir wollten doch nichts anfassen…«, begann Anyi, als er die Wurzel beiseitezog. »Oh.«

Vor ihnen öffnete sich der Eingang zu einem anderen Tunnel. Das gleiche verfallene Mauerwerk hielt die Erde zurück und bildete das Dach des Gangs. Cery sah seine Tochter an und lächelte, als sie mit leuchtenden Augen hineinspähte.

»Also, das nenne ich Glück«, bemerkte sie. »Wenn wir fliehen müssen, können wir hier hindurchschlüpfen. Solange unser Verfolger, wer immer er auch sein mag, nicht sieht, wie wir hier verschwinden, würde er niemals wissen, wo wir geblieben sind.«

»Willst du es auskundschaften?«, fragte Cery.

»Natürlich.«

Cery blickte wieder zu Gol hinüber. »Bleib hier. Wenn du irgendetwas wie einen Einsturz hörst, geh und hol Lilia.«

Gol sah aus, als wollte er Einwände erheben, aber dann stieß er einen schweren Seufzer aus und nickte. Cery hielt die Wurzeln zurück, so dass Anyi hindurchschlüpfen konnte. Sie bewegte sich langsam und hob ihre Lampe, um die Wände, die Decke und den Boden des Gangs zu untersuchen. Der Tunnel war in keinem schlechteren Zustand als der, dem sie gefolgt waren. Teile waren verfallen, aber im Wesentlichen wirkte er solide.

Während sie den Gang entlangwanderten, fragte sich Cery, wie Lilias Gespräch mit Kallen verlaufen sein mochte. Sie würden bis zum Morgen nichts von ihr hören. Cery hatte beschlossen, dass sie die Nacht damit verbringen sollten, die Tunnel zu erkunden und zu überlegen, wo sie ihre Falle für Skellin aufstellen könnten. Anyi glaubte, dass sie Skellin zu den unterirdischen Räumen in der Nähe der Universität locken sollten, so dass sie nach oben entkommen konnten. Die Räume waren diejenigen, in denen Cery Anyi und Lilia angetroffen hatte. Er spürte, wie sein Gesicht warm wurde, als er sich daran erinnerte. In dem Hurenhaus, in dem er aufgewachsen war, hatte er Frauen kennengelernt, die die Zuneigung anderer Frauen gesucht hatten, und einige von ihnen hatten Bande geknüpft, die viele Jahre hielten. Es war nur einer von vielen Wegen gewesen, auf denen er Menschen hatte Freude, Kameradschaft und Liebe suchen sehen. Doch er lernte auch, dass er in einer besonders toleranten Welt lebte. Die meisten Menschen außerhalb dieser Welt billigten nichts, was sich von ihrer eigenen Erfahrung und ihren eigenen Vorlieben unterschied. Und nicht nur Menschen aus den höheren Klassen. In der Unterwelt war es genauso.

Ich frage mich, ob ihre Mutter es weiß. Vesta hat immer das Gefühl genossen, besser zu sein als andere. Sie hat bei anderen immer nach etwas Ausschau gehalten, das sie missbilligen konnte. Manchmal denke ich, sie wollte mich nur deshalb, weil ich ein Dieb war. Es gab ihr das Gefühl, wichtiger zu sein als die meisten anderen. Nun, für eine Weile hat es funktioniert.

Auf keinen Fall wollte er, dass Anyi das Gefühl hatte, nicht akzeptiert zu werden. Gewiss machte es ihm nichts aus, dass sie mit Lilia zusammen war, aber … ein kleiner Stich des Neids durchzuckte ihn. *Ich habe früher einmal eine Gildemagierin geliebt, aber diese Liebe ist nur als Freundschaft erwidert worden.* Er schüttelte den Kopf. *Das klingt zu verdrossen. Soneas Freundschaft ist keine Kleinigkeit, und ich habe tatsächlich anderswo Liebe gefunden.*

Er fragte sich, ob Anyi in der Vergangenheit viele Geliebte gehabt hatte, dann erinnerte er sich an ihre Geschichte von einem Partner, der sie verraten hatte. *Aha. Das muss der Grund gewesen sein, warum ich ihn nie gefunden habe. Es war kein »er«, es war eine »sie«.*

Anyi keuchte leise auf. »Sieh dir das an!«, flüsterte sie.

Der Tunnel endete vor einer Backsteinmauer, aber es war keine gewöhnliche Mauer. Man hatte sie mit einem schon vertrauten Mechanismus versehen – es war eine verborgene Tür. Cery entdeckte ein Guckloch, über dem ein Messingdeckel lag. Der Deckel war steif und grün vom Alter, aber es gelang Cery, ihn aufzuschieben. Als er hindurchschaute, sah er nur Dunkelheit.

»Ich kann nichts erkennen«, sagte er.

»Willst du versuchen, die Tür zu öffnen?«, fragte Anyi.

Cery dachte nach. Wenn er seiner Phantasie die Zügel schießen ließ, beschwor sie gefährliche Gefangene oder eingekerkerte Ungeheuer herauf, die nur auf die Chance warteten freizukommen – und alles zu töten, was ihnen im Weg stand.

Wahrscheinlicher ist, dass es sich um einen alten Lagerraum handelt. Außerdem ist hier kein Schloss, das irgendjemanden daran hindert, die Tür von der anderen Seite zu öffnen, soweit ich feststellen kann.

Er nickte.

Anyi nahm den Griff und zog daran, aber die Tür bewegte sich nicht. Als Cery sich den Mechanismus genauer besah, stellte er fest, dass er nicht verrostet war. An den Angeln hingen dicke schwarze Klumpen. Er stocherte darin. Sie waren weich. Wahrscheinlich altes Öl oder Fett, das mit der Zeit dick geworden war. Cery versuchte sich ebenfalls an dem Griff, und dann setzten sie beide gleichzeitig ihre ganze Kraft ein, aber ohne Erfolg.

»Geh und hol Gol«, sagte Cery.

Er spähte wieder durch das Guckloch – er versuchte sogar, die Lampe hochzuhalten und gleichzeitig hindurchzuschauen, sah aber jenseits der Tür nichts als Dunkelheit. Ihm kam der Gedanke, dass das Loch vielleicht blockiert war. Er zog einen Pick aus seinem Mantel und schob ihn hindurch, ohne auf den geringsten Widerstand zu treffen. Also war das Loch nicht blockiert, es herrschte lediglich Dunkelheit auf der anderen Seite der Tür.

Vielleicht ist es eine Falle, vor langer Zeit eingerichtet von Akkarin oder irgendjemand anderem. Vielleicht aus dem gleichen Grund, warum wir Fallen stellen wollen: um Verfolger zu narren und aufzuhalten. Wer weiß, welche Gründe die Gilde in der Vergangenheit hatte, diese Tunnel zu graben.

Das Geräusch von zwei Paar Schritten näherte sich ihm von hinten, und er drehte sich um. Gol verdrehte die Augen, als er die Tür sah.

»Du kannst kein Rätsel ungelöst lassen, wie?«, murrte er.

Cery zuckte die Achseln. Gol verdrehte abermals die Augen, dann trat er vor die Tür und legte die Hand auf den Griff. Er zog einmal, hielt inne, um den Mechanismus zu untersuchen, dann nahm er wieder den Griff.

»Sei vorsichtig: Du willst dir diese Wunde nicht aufreißen«, mahnte Anyi.

Gol trat von dem Griff zurück, dann blickte er sich um. Er ging ein kurzes Stück durch den Gang zurück und hob etwas auf. Als er wiederkam, sah Cery, dass es ein Ziegelstein war.

»Das wird eine Menge …«

Das Klirren, das den Gang erfüllte, als Gol auf den Mechanismus einschlug, war schmerzhaft laut.

»… Lärm machen«, beendete Anyi ihren Satz.

Aber der Schlag schien bewirkt zu haben, was Gol beabsichtigt hatte: Er hatte das Siegel des alten Öls durchbrochen. Der Griff drehte sich unter seiner Hand. Cerys

Herz schlug ein wenig schneller, als die Tür aufschwang. Sie war schwer: Die andere Seite war mit dünnen Ziegelsteinen und Mörtel bedeckt. Die Tür bildete die Rückwand einer Nische.

Als das Licht der Lampen die Dunkelheit durchdrang, erhellte es alte hölzerne Schränke und Tische. Cery wurde mutlos vor Enttäuschung. Er war sich nicht sicher, worauf er gehofft hatte. Verborgene Schätze vielleicht? Ein besseres Versteck?

Sie traten in den Raum. Als das Licht aller drei Lampen den Raum ausfüllte, verdrängte Furcht Cerys früheres Gefühl freudiger Erwartung. Der Raum war sauber. Da waren weder Staub noch Schutt. Cery trat vor einen der Tische. Er war bedeckt mit kleinen Töpfen. Jeder enthielt Erde und eine winzige Pflanze.

»Sind wir in der …«, hob Gol zu sprechen an.

»Still!«, stieß Anyi hervor.

Als Cery und Gol sich umdrehten, sahen sie, dass Anyi eine schmale Treppe hinaufspähte. Sie traten näher, und als sie ebenfalls an der Treppe waren, hörten sie von oben Stimmen. Das Knarren eines Griffs, der gedreht wurde, erklang.

Ohne ein weiteres Wort flohen sie zurück in den Tunnel, und Gol zog die Tür hinter sich zu. Cerys Herz hämmerte so schnell, dass seine Brust schmerzte. Anyi drückte ein Auge gegen das Guckloch, und Gol legte ein Ohr an die Tür. Erheitert zog Cery sanft eine stumm protestierende Anyi beiseite und nahm ihren Platz am Guckloch ein.

Im Raum dahinter war es nicht länger dunkel. Etwas Helles kam die Treppe herunter. Er verspürte beinahe Erleichterung, als er eine magische Lichtkugel erscheinen sah, und im nächsten Moment tauchten zwei Magier auf: eine alte Frau und ein junger Mann.

»Was passiert da?«, murmelte Anyi.

»Magier. Sie sehen sich im Raum um. Kannst du sie hören, Gol?«

»Schwach«, antwortete der massige Mann. »Einer hat gesagt, er glaube, er habe etwas gehört. Die andere Person hat ihm recht gegeben.«

Die beiden Magier schüttelten den Kopf und gingen zu den Tischen. Der Mann griff nach einer Pflanze und stellte sie dann verärgert wieder hin.

»Die alte Frau hat irgendetwas gefragt. Der junge Mann sagt, er sei sich sicher«, vermeldete Gol. Er hielt inne, und Cery konnte das schwache Geräusch von Stimmen hören. Er bedeutete ihnen Stillschweigen, dann presste er das Ohr gegen die Tür.

»Wir sind also überlistet worden«, sagte die Frau. Sie klang nicht überrascht.

»Ja, wie Ihr es vermutet habt«, erwiderte der jüngere Magier. »Wenn Ihr dieses … dieses gemeine Gartenkraut … geraucht hättet, hättet ihr davon nichts anderes bekommen als Kopfweh.«

»Nun, wir wussten, dass es nicht leicht sein würde, an Feuel heranzukommen.«

Feuel? Cery spürte, wie etwas Heißes durch seine Adern raste. *Die Gilde will Feuel anbauen?*

»Wir werden es einfach weiter versuchen müssen«, fuhr die Frau fort. »Skellin muss es irgendwo anbauen – und er muss eine Menge anbauen. Irgendwann wird ihn jemand verraten, wenn wir genug Geld bieten.«

»Alles, was wir brauchen, sind einige Saatkörner.«

»Ich wünschte, wir würden auch die nicht brauchen.«

Die Stimmen wurden leiser. Cery drückte das Auge erneut auf das Guckloch und beobachtete, wie die beiden Magier die Treppen hinaufgingen und das magische Licht sich vor ihnen erhob. Als abrupt alles Licht verschwand, vermutete er, dass die Tür über der Treppe geschlossen worden war. Er entfernte sich von dem Guckloch und beschrieb Anyi und Gol, was er gehört hatte.

»Wozu will die Gilde Fäule?«, fragte Anyi, die stirnrunzelnd die Tür betrachtete.

»Vielleicht hat sie Potenzial als Heilmittel«, schlug Gol vor.

»Vielleicht«, wiederholte Cery. »Vielleicht sind jetzt mehr als nur einige wenige Gildemagier süchtig danach, und sie wollen Skellin die Kontrolle über ihre Vorräte aus der Hand nehmen.«

»Vielleicht wollen sie Skellin aus dem Geschäft drängen«, sagte Gol. »Dann, wenn sie den gesamten Handel kontrollieren, werden sie aufhören, es anzubauen.«

Anyi starrte ihn entsetzt an. »Was ist mit all den Leuten aus dem gemeinen Volk, die süchtig danach sind? Es wäre … die Leute würden verrückt werden!«

»Die Gilde hat die Unterwelt nie daran gehindert zu erwerben, was sie wollte«, rief Cery ihr ins Gedächtnis.

Seine Tochter wirkte nicht beruhigt. »Es wird niemals weggehen, nicht wahr?«, fragte sie mit großen Augen, als sie begriff. »Feuel wird uns auf ewig erhalten bleiben.«

»Wahrscheinlich«, stimmte Cery zu.

Gol nickte. »Aber wenn die Gilde etwas davon in die Hand bekommt und es studiert, werden sie vielleicht eine Möglichkeit finden, dafür zu sorgen, dass es nicht mehr so schnell süchtig macht.«

Anyi wirkte immer noch düster. »Ich schätze, als Fluchtroute ist das hier nicht besser als die Idee, in die Universität zu fliehen?«

Cery betrachtete die Tür. »Wir wissen nicht, ob die Räume über diesem Keller ständig von Magiern besetzt sind. Irgendjemand wird den Raum vermutlich bewachen, falls sie mehr Saatkörner bekommen und es noch einmal versuchen, aber das könnten auch ein oder zwei Diener sein.«

»Skellin würde uns eher dorthin folgen als in die Universität«, fügte Gol hinzu. »Also wäre es vielleicht ein guter Plan, dort unsere Falle zu stellen.«

»Könnte sein. Aber lass uns der Gilde nicht verraten, dass wir wissen, dass sie versuchen, Feuel anzubauen, bis wir unser Wissen unbedingt preisgeben müssen.«

»Böse Erinnerungen?«

Sonea sah Regin überrascht an. *War es so offensichtlich?* Seit die Kutsche ihren langsamen Aufstieg in die Berge begonnen hatte, hatte Sonea dunkle und düstere Gefühle beiseitegedrängt. Zuerst hatte sie sie als Erschöpfung und Sorge abgetan, aber dann sah sie irgendetwas – einen Baum oder Fels – und war davon überzeugt, dass sie ihn bereits bemerkt hatte, als sie das letzte Mal über diese Straße gereist war. Aber gewiss spielte der Verstand ihr nur Streiche. *Meine Erinnerung kann nicht* so *gut sein.*

Da sie sich nicht sicher war, ob sie Regins Frage beantworten sollte, zuckte sie die Achseln. Er nickte und wandte den Blick ab. Sie hatte zuerst gedacht, dass ihre Gespräche deshalb immer wieder verstummten, weil die Aussicht draußen ihn ablenkte. Im Gegensatz zu ihr hatte er diese Straße noch nie zuvor bereist. Jetzt fragte sie sich, ob das Schweigen ihre Schuld war. Ihr war schon seit einer ganzen Weile nicht mehr nach Reden zumute.

Ist das die Stelle, wo wir haltgemacht haben? Eine Lücke hatte sich zwischen den Bäumen aufgetan und entblößte Felder und Wege, die sich bis in die Ferne erstreckten, geteilt von Flüssen, Straßen und anderen von Menschen gemachten Begrenzungen. Die Bäume wirkten jedoch klein. Gewiss wären sie in den letzten zwanzig Jahren größer geworden. *Aber Gegenstände neigen dazu, in unserer Erinnerung größer zu sein. Obwohl … ich dachte, das gelte nur für Gegenstände, die man aus seiner Kindheit in Erinnerung hat, weil man damals kleiner war.*

»Was ist los?«, fragte Regin.

Ihr wurde bewusst, dass sie sich nach vorn gebeugt und sich den Hals verrenkt hatte, um besser nach draußen sehen zu können. Jetzt lehnte sie sich auf ihrem Sitz zurück und zuckte die Achseln.

»Ich dachte, ich hätte etwas wiedererkannt.« Sie schüttelte den Kopf. »Eine Stelle, an der wir haltgemacht haben, beim letzten Mal.«

»Ist … dort etwas passiert?«

»Nicht wirklich. Niemand hat während dieser Reise viel gesprochen.« Sie konnte ein Lächeln nicht unterdrücken. »Akkarin wollte nicht mit mir reden.« *Aber ich habe ihn immer wieder dabei ertappt, dass er mich ansah.* »Er war wütend auf mich.«

Regin zog die Augenbrauen hoch. »Weshalb?«

»Weil ich dafür gesorgt hatte, dass sie mich mit ihm ins Exil schickten.«

»Warum sollte er deswegen wütend sein?«

»Sein Plan – oder zumindest dachte ich das damals – bestand darin, sich von Ichani fangen zu lassen und das Ergebnis an alle Magier zu übermitteln.«

Regins Augen weiteten sich ein wenig. »Eine mutige Entscheidung.«

»Oh, sehr ehrenhaft«, erwiderte sie trocken. »Schockiere die Gilde so sehr, dass sie die Gefahr begreift, der sie gegenübersteht, während sie die einzige Person opfert, die etwas dagegen unternehmen könnte.«

»Aber das war nicht er. Das wart ihr.«

Sie schüttelte den Kopf. »Ich wusste nicht genug. Ich

wusste nicht einmal, wie man Blutringe macht. Wir hätten die Ichani nicht besiegt, wenn er nicht überlebt hätte.« *Aber das war nicht der Grund, warum du ihm gefolgt bist,* rief sie sich ins Gedächtnis. *Du hast es getan, weil du Akkarin nicht sterben lassen konntest. Liebe ist selbstsüchtig.* »Indem ich ihn zwang, mich am Leben zu erhalten, habe ich ihn gezwungen, sich selbst am Leben zu erhalten.«

»Diese Wochen müssen furchtbar beängstigend gewesen sein.«

Sie nickte, aber ihre Gedanken wanderten plötzlich zu den Verrätern. Sie hatte immer den Verdacht gehabt, dass mehr hinter Akkarins Zeit in Sachaka steckte, als er ihr erzählt hatte. Einmal, als er Tatsachen für sein Buch überprüfte, hatte Lord Dannyl sie gefragt, ob irgendetwas dran sei an dem Gerücht, dass Akkarin in der Lage gewesen sei, die spontanen Gedanken einer Person zu lesen, ohne diese Person zu berühren. Sie konnte sich nicht daran erinnern, dass Akkarin davon gesprochen hatte. Die Menschen hatten Akkarin alle möglichen außergewöhnlichen Fähigkeiten zugeschrieben, noch bevor offenbart wurde, dass er schwarze Magie erlernt hatte.

Vielleicht war er dazu in der Lage, hat es jedoch geheim gehalten. Wie sein Abkommen mit den Verrätern. Getroffen mit keiner geringeren Person als der Königin der Verräter, obwohl sie damals noch nicht Königin gewesen war. Ich bin mir sicher, dass er mir erzählt hat, die Person, die ihn schwarze Magie lehrte, sei ein Mann gewesen. War es eine vorsätzliche Lüge, um zu helfen, die Existenz der Verräter verborgen zu halten? Ich kann nicht umhin, ein wenig gekränkt darüber zu sein, dass er mir die Wahrheit nicht anvertraut hat, aber andererseits hätte ich auch nicht gewollt, dass er ein Versprechen bricht, das er jemandem gegeben hat, der ihm das Leben gerettet hat.

Seufzend blickte sie aus dem Fenster zur Sonne hinüber,

die tief am Himmel hing. Ihre Erinnerung an das Ende der Fahrt zum Fort beinhaltete nackten Fels und wenig Vegetation. Jetzt trat zwar hier und da kahler Fels zutage, aber der Baumbestand war wesentlich üppiger, als sie es in Erinnerung hatte. *Wir werden später eintreffen, als ich geplant habe – vielleicht sogar nach Einbruch der Dunkelheit.*

Eine scharfe Kurve zwang sie, sich abzustützen. Überrascht lehnte sie sich dicht ans Fenster und blinzelte angesichts der unerwarteten Helligkeit einer hohen, gewölbten Mauer, die vor ihnen in der späten Sonne gelb loderte.

Doch nicht so spät, dachte sie. *Auf all den kahlen Flächen, die ich in Erinnerung habe, scheinen jetzt Bäume zu stehen.*

»Wir sind da«, sagte sie zu Regin, und er setzte sich neben sie, so dass er auf der anderen Seite aus dem Fenster schauen konnte.

Sie beobachtete sein Gesicht und erhaschte Echos der Ehrfurcht, die sie als junge Frau verspürt hatte, als sie das Fort zum ersten Mal sah. Das Gebäude war ein riesiger, aus solidem Fels gehauener Zylinder und füllte die Lücke zwischen zwei hohen, fast vertikalen Felswänden aus. Aber als sie sich wieder dem Fenster zuwandte, sah sie, dass die Front des Forts nicht so makellos glatt war, wie sie sie in Erinnerung hatte. Ein Stein von anderer Farbe war benutzt worden, um große Risse und Löcher zu füllen. Das mussten Reparaturen sein, die nach der Invasion der Ichani durchgeführt worden waren. Sie schauderte bei der Erinnerung an die Schlacht hier, die alle Magier mit angesehen hatten, weil der Krieger, der die Verstärkung des Forts anführte, Lord Makin, ihnen seine Eindrücke vermittelt hatte, bis er unter den Händen der Eindringlinge gefallen war.

Die Kutsche kam vor dem Turm zum Stehen. Ein rotgewandeter Magier und der Hauptmann der Festungswache eilten ihnen entgegen. Sonea entriegelte und öffnete den

Wagenschlag mit Magie, dann hielt sie inne, um Regin anzuschauen. Die Aufregung in seinen Zügen ließ ihn jünger aussehen – beinahe knabenhaft. Es brachte eine blitzartige Erinnerung an ihn als lächelnden jungen Mann an die Oberfläche, aber sie glaubte nicht ganz, dass die Erinnerung real war. In ihrer Erinnerung an den Regin dieses Alters war sein Lächeln stets voller bösartigem Triumph oder Häme gewesen.

Doch das ist lange her, dachte sie, als sie aus der Kutsche stieg. *Tatsächlich erinnere ich mich nicht daran, dass er in diesem letzten Jahr viel gelächelt hätte. Es sei denn mit erzwungener Höflichkeit oder vielleicht aus Mitgefühl.* Zu ihrer Überraschung war sie traurig. *Er ist ein sehr unglücklicher Mann,* begriff sie.

»Seid mir gegrüßt, Schwarzmagierin Sonea«, sagte der rotgewandete Magier. »Ich bin Wächter Orton. Dies ist Hauptmann Pettur.«

Der Hauptmann verneigte sich. »Willkommen im Fort.«

»Wächter Orton.« Sonea neigte den Kopf. »Hauptmann Pettur. Danke für das herzliche Willkommen.«

»Plant Ihr immer noch, über Nacht zu bleiben?«, fragte Orton.

»Ja.« Der Titel eines Wächters war für den Anführer der Magier geschaffen worden, die jetzt zusammen mit der regulären, nichtmagischen Garde das Fort bewachten. Die Gilde hatte sich Sorgen gemacht, dass kein Magier sich für die Rolle freiwillig melden würde, daher hatten sie dem Amt zusätzliche Vorteile in Gestalt von Einfluss und Wohlstand gegeben. Das wäre nicht notwendig gewesen. Wächter Orton und sein Vorgänger waren beides Männer, die gegen die sachakanischen Eindringlinge gekämpft hatten und entschlossen waren, dafür zu sorgen, dass kein Sachakaner jemals wieder so leicht nach Kyralia kommen konnte.

»Hier entlang«, sagte Orton und deutete auf die offenen Tore am Fuß des Turms.

Sonea verspürte einen Schauder des Wiedererkennens, als sie den Tunnel dahinter sah. Sie traten in das sehr gedämpfte Licht, das in dem Durchgang herrschte. Lampen beleuchteten den Weg und offenbarten weitere Reparaturarbeiten und die Fallen und Barrieren, die hinzugefügt worden waren.

»Wir haben ein Denkmal für jene errichtet, die zu Beginn der Invasion hier gestorben sind«, erklärte Orton und zeigte auf die Mauer vor ihnen, in die eine Liste mit Namen eingelassen war.

Sonea blieb stehen, um die Namen zu lesen. Sie fand Lord Makins Namen, aber die übrigen waren ihr unvertraut. Viele der Opfer waren einfache Gardisten gewesen. Ganz oben auf der Liste standen längere Namen von Männern, deren Haus und Familie genannt wurden – Männer aus der höchsten Klasse, die eine Laufbahn in der Garde angestrebt hatten und denen eine Position von Macht und Respekt sicher gewesen war.

Noch darüber standen die Magier. Die Namen von Familien und Häusern waren vertraut, aber sie war zu jung gewesen und zu neu in der Gilde, um irgendwelche von den Magiern persönlich gekannt zu haben. Bis auf einen.

Ferguns Name erregte ihre Aufmerksamkeit. Sie verspürte eine unbehagliche Mischung aus Abneigung, Mitleid und Schuldgefühlen. Er war ein Opfer des Krieges gewesen. Trotz allem, was er getan hatte, hatte er nicht verdient zu sterben, indem ein sachakanischer Magier alle Energie aus ihm herausriss.

Aber das ändert nichts an der Tatsache, dass er kein guter Mensch war.

Bei diesem Gedanken verebbten die widerstreitenden Gefühle. Sie verstand, dass es möglich war, bekümmert über die Ungerechtigkeit des Todes einer Person zu sein, auch wenn sie diese Person nicht als guten Menschen in Erinnerung hatte.

Und es ist ein Bleibehaus nach ihm benannt worden. Sie wandte sich ab. *Was ihn sicher aus gänzlich anderen Gründen entsetzt hätte, als es mich entsetzt hat.*

Wächter Orton führte sie zu einer dunklen, schmalen Tür. Es folgte eine komplizierte Prozedur, in der er sich selbst, den Hauptmann und ihre Besucher identifizierte, und dann ertönten alle möglichen Geräusche, als ein Schließmechanismus bedient wurde. Als die Tür sich öffnete, sah Sonea zu ihrer Erheiterung, dass sie eine Handspanne dick war und aus Eisen gemacht. Sie kamen in einen Raum, dann durchliefen sie die gleiche Prozedur, um durch eine weitere, ebenso robuste Tür zu gehen. Die Besatzung des Forts ging keine Risiken mehr ein.

Ein schmaler, kurvenreicher Gang führte steil nach oben. Die Enden von Rohren, die aus beiden Seiten ragten, ließen darauf schließen, dass irgendetwas in den Raum geschüttet werden konnte. *Wasser oder etwas weniger Angenehmes?* Körperliche Verteidigungsmaßnahmen würden einen Magier nicht zwangsläufig aufhalten, aber sie konnten Macht verbrauchen oder einen Magier dazu bringen, in seiner Wachsamkeit nachzulassen. Die Flure waren als Labyrinth angelegt, um zu verwirren und die Orientierung zu rauben und fliehenden Bewohnern Zeit zur Flucht zu verschaffen.

Als sie das Ende des Ganges erreicht hatten, hielt Orton inne, um Sonea anzusehen.

»Ich hoffe, Ihr habt Euch nicht darauf verlassen, dass die Sachakaner nichts von Eurem Eintreffen hier bemerken würden.«

Sie sah ihn an, und ein Frösteln überlief sie. »Warum?«

»Wir sind uns sicher, dass die Straße beobachtet wird. Patrouillen haben Spuren und andere Beweise auf der kyralischen Seite der Berge gefunden. Natürlich können wir die sachakanische Seite nur von fern beobachten, aber unsere Wächter haben kleine Gruppen von Männern gesehen, die sich dort bewegt haben.«

»Ichani?«

Orton runzelte die Stirn. »Das nehme ich nicht an. Ichani haben nicht so erstklassige Verpflegung dabei. Wer immer sie sind, sie bemühen sich nicht, ihre Spuren zu verbergen, wenn sie sich auf unsere Seite wagen. Vielleicht weil ihnen gar nicht bewusst ist, dass sie auf unserer Seite waren. Es ist nicht so, als gäbe es eine Linie, wo die Grenze verläuft.«

Es war kein beruhigender Gedanke, falls die Ichani es sich zur Gewohnheit machten, nach Kyralia herüberzukommen. Aber die Ausgestoßenen, die die Berge bewohnten, waren schon immer ein unorganisierter Haufen gewesen, und sie hatten häufiger einander aufgelauert als dem gelegentlichen unglücklichen Reisenden. Die beschämende Tatsache war, die Invasoren, die Kyralia beinahe übernommen hätten, hatten das nur getan, weil einer von ihnen die Willenskraft besessen hatte, eine Handvoll von ihnen zu einen – und um das zu tun, hatte er Jahre gebraucht.

Eine organisierte sachakanische Armee wäre unaufhaltsam gewesen. Wäre es vielleicht noch heute. Und hier war sie, eine der wenigen kyralischen Verteidigungswaffen, und sie war auf dem Weg nach Sachaka, um ihren Sohn zu retten. *Ich muss hoffen, dass Kallen und Lilia Verteidigung genug sind, falls die Sachakaner meine Abwesenheit ausnutzen sollten. Einer ist von Feuel abhängig. Die andere ist eine naive junge Frau.* Plötzlich fühlte sie sich benommen, und ihr war übel.

Es wird Zeit aufzuhören, darüber nachzudenken, ermahnte sie sich.

»Was denkt ihr dann, wer diese Leute sind?«, fragte sie.

»Spione.«

»Des sachakanischen Königs?«

Orton nickte. »Wessen Spione könnten sie sonst sein?«

Ja, in der Tat, wessen Spione sonst.

Mehrere gewundene Flure später erreichten sie ein Esszimmer, das groß genug für zehn Personen war. Es war eingedeckt mit beeindruckend feinem Porzellan. Drei Frauen und zwei Männer warteten darauf, vorgestellt zu werden. Zwei Unterhauptleute und ihre Ehefrauen sowie die Ehefrau eines abwesenden Hauptmanns. Orton lud sie alle ein, sich zu setzen, nahm selbst Platz und bat einen Diener, das Essen zu bringen.

Die Mahlzeit war überraschend gut. Orton erklärte, dass er glaube, gutes Essen wirke Wunder für die Moral der Menschen hier, die immer fern von Imardin leben müssten und von einer möglichen Invasion bedroht waren. Einheimische Farmer und Jäger profitierten ebenfalls von dem Handel. Doch die Mahlzeit war keine gänzlich entspannte. Sie wurden mehrmals von Wachen unterbrochen, die Nachrichten brachten oder Bericht erstatteten. Zuerst lauschte Sonea aufmerksam, weil sie vermutete, dass etwas Wichtiges geschehen sein müsse, aber es wurde offenbar, dass dies schlichte Routine war, die niemals ausgesetzt wurde – nicht einmal während eines Essens mit einer hochrangigen Magierin.

Die anderen Gäste waren daran gewöhnt und hielten in ihrer Unterhaltung kaum inne. Sonea begriff erst, dass sie aufgehört hatte, auf die Berichte zu achten, als Orton ein Gespräch unterbrach, das sie mit Hauptmann Pettur führte.

»Schwarzmagierin Sonea«, sagte er mit ernstem und förmlichem Tonfall.

Als sie sich umdrehte, sah sie, dass seine Augen trotz seines gelassenen Gesichtsausdrucks Sorge verrieten.

»Ja, Wächter Orton?«

»Es ist gerade eine seltsame Botschaft eingetroffen.« Er reichte ihr ein Stück Papier, das auf merkwürdige Weise spitz zulaufend gefaltet war. »Die diensthabenden Wachen, die es erhalten haben, sagten, es sei wie ein Vogel durch die Luft geglitten und zu ihren Füßen gelandet.«

Sie betrachtete die saubere Schrift, und ihr Herz setzte einen Schlag aus, obwohl sie nicht entscheiden konnte, ob der Grund Aufregung oder Furcht war.

Wir raten Schwarzmagierin Sonea, im Fort zu bleiben, bis sicheres Geleit arrangiert werden kann. Anweisungen folgen bald.

Unter der Schrift stand ein Symbol, ein Kreis mit einer hineingekritzelten Spirale. Lorkin hatte es Administrator Osen beschrieben und gesagt, dass es ein Symbol war, das die Verräterinnen benutzten, um sich zu identifizieren. Ein Prickeln der Erregung stieg in ihr auf. Schon bald würde sie persönlich die Menschen kennenlernen, die Lorkin so sehr beeindruckt und Akkarin vor all den Jahren geholfen hatten, der Sklaverei zu entfliehen.

Sonea ließ das Papier mit Magie in der Luft schweben und setzte es in Brand. Die anderen Gäste murmelten überrascht, während es sich schnell in Asche verwandelte. Dann wandte sie sich Orton zu und lächelte. »Ich denke nicht, dass diese Spione noch sehr lange ein Problem sein werden, Wächter Orton.«

Nachdem ich mehrere Nächte auf einem kalten Steinboden gelegen habe, sollte ich eigentlich keine Schwierigkeiten haben, jetzt zu schlafen, da ich ein richtiges Bett habe. Was ist los mit mir?

Lorkin konnte spüren, dass sein Körper verkrampft war. Wie sehr er sich auch dehnte und Atemübungen machte, wie sehr er sich bemühte, sich in dem weichen Bettzeug zu entspannen, er fand keine Ruhe. Wenig hilfreich waren natürlich die Erinnerungen an das Sklavenmädchen, die ihn regelmäßig heimsuchten, sobald sein Geist kurz vor dem Einschlafen auf Wanderschaft ging.

Er wollte nicht an sie denken.

Aber er tat es.

Sie hatte das Wasser so eifrig getrunken, als hätte sie gewusst, was es enthielt. Vielleicht war sie doch eine Verräterin gewesen. Zu Anfang hatte sie sich bemüht, die Wirkung des Giftes zu verbergen. Gewiss bedeutete das, dass sie gewusst hatte, was sie eingenommen hatte. Schließlich hatte sie nicht mehr leise sein können. Wäre nicht der Wächter gewesen, der eingegriffen und sie aus der Zelle gezerrt hatte, hätte Lorkin nachgegeben und sie geheilt. In einem Ausbruch von Frustration und Selbstverachtung hatte Lorkin den Wasserkrug nach dem Mann geworfen, aber der Krug hatte die Gitterstäbe getroffen und war zersprungen.

Anschließend war der Ashaki, der ihn verhört hatte, eingetroffen. Lorkin hatte erwartet, dass er voller Häme sein und offenbaren würde, dass der Tod der Sklavin von Anfang an geplant war, aber er hatte das tote Mädchen stumm untersucht, kein Wort zu Lorkin gesagt und war mit einem besorgten Stirnrunzeln davongegangen.

Am nächsten Morgen hatten Männer, die Lorkin noch nie zuvor gesehen hatte, ihn aus der Zelle geholt und in einen kleinen Innenhof gebracht. Als die Kutsche, in die sie ihn gesetzt hatten, am Gildehaus angelangt war, hatte Lorkin sich gefragt, ob er einen besonders lebhaften Traum hatte.

Es war kein Traum. Der König hatte ihn freigelassen. Es war keine Erklärung dafür abgegeben worden. Keine Entschuldigung für seine Einkerkerung. Nur der Befehl, im Gildehaus zu bleiben.

Warum?

Lorkin rollte sich auf die Seite. Seine Lichtkugel brannte sanft über ihm, und er hatte eine Barriere über die Tür gelegt; beides verbrauchte langsam, was noch von der Magie übrig war, die Tyvara ihm gegeben hatte. Obwohl er jetzt in einem anderen Raum schlief als dem, in dem Riva gestorben war, war die Erinnerung an jemanden, der in der Dunkelheit auf sein Bett gekrochen war, überraschend lebhaft und unangenehm – ungeachtet der Tatsache, dass das Erlebnis selbst zu Beginn recht angenehm gewesen war. Er konnte nicht umhin, sich vorzustellen, dass jemand in der Dunkelheit lauerte oder dass er neben einem Leichnam lag.

Augen, die blicklos zur Decke emporstarren. Wie die Sklavin in dem Gefängnis.

Er schaute zu der leuchtenden Kugel hoch und gab seine Hoffnung auf Schlaf auf.

Dann öffnete er die Augen, und obwohl sich nichts verändert hatte, wusste er, dass Zeit vergangen war. Er war eingeschlafen, nachdem er den Versuch einzuschlafen aufgegeben hatte. Aber warum war er aufgewacht? Er konnte sich an keinen Traum oder Albtraum erinnern.

Ein dumpfer Aufprall aus dem zentralen Raum ließ sein Blut gefrieren, und er erstarrte. Er zwang sich, den Kopf zu drehen, schaute an der Schlafzimmertür vorbei und sah Licht in dem Raum dahinter.

Irgendjemand ist dort drin …

Er ließ die Barriere über der Tür fallen und schuf eine um sich selbst herum, dann erhob er sich und näherte sich vorsichtig dem anderen Raum. Zwei Sklaven befanden sich mitten im Raum. Ein junger Mann lag auf dem Boden, und eine Frau in mittleren Jahren beugte sich über ihn, eine Hand auf seinen Kopf gedrückt, ein Messer in der anderen.

Oh nein. Nicht schon wieder.

Aber dann blinzelte der Mann. Er lebte. *Sie liest seine Gedanken,* begriff Lorkin. Als sie zu ihm aufschaute, erkannte er in ihr eine der Küchensklavinnen. »Lorkin«, sagte sie. Sie nahm die Hände von der Stirn des Mannes und stand auf. »Ich bin Savi. Die Königin lässt Euch grüßen.«

Lorkin nickte. »Wie geht es ihr?«, fragte er automatisch, dann wurde ihm klar, dass er sich zuerst bei der Frau bedanken sollte, da der Mann, den sie niedergerungen hatte, höchstwahrscheinlich beabsichtigt hatte, ihn umzubringen.

»Sie ist tot.« Sie verzog das Gesicht. »Vor zwei Tagen.«

»Oh.« Er dachte an Zaralas schelmische Augen und an ihren Sinn für Humor und verspürte eine Welle der Traurigkeit. »Es tut mir leid, das zu hören. Sie war sehr nett.« Dann kam ihm ein Gedanke. »Sie wurde doch nicht …? Wie ist sie …?«

»Sie hat das natürliche Ende eines langen Lebens erreicht.« Savi richtete sich auf. »Savara wurde an ihrer Stelle gewählt.«

Lorkin nickte abermals, nicht sicher, ob es höflich war, Freude über die Nachricht von einer neuen Königin zum Ausdruck zu bringen, wenn die alte erst vor so kurzer Zeit gestorben war. Die Spionin hatte es ihm auf eine sachliche Weise erzählt, die die Vermutung nahelegte, dass sie keine Kommentare von ihm erwartete. Er war froh zu hören, dass Savara zur neuen Königin gewählt worden war. Nicht nur weil sie ihm viele Male geholfen hatte und Tyvaras Vorgesetzte war, sondern weil sie klug, offen und gerecht war.

Die Spionin drehte sich zu der Haupttür um. Der Grund für ihre Geistesabwesenheit erschien einen Moment später, als Dannyl und eine weitere Sklavin eintraten.

Dannyl betrachtete den Mann auf dem Boden, der zwar wach war und sie alle anstarrte, sich aber nicht bewegte, dann sah er Savi und Lorkin an.

»Was ist passiert?«, fragte er.

Lorkin zuckte die Achseln. »Ich bin mir nicht ganz sicher.« Er wandte sich an Savi.

»Es hat in letzter Zeit einige Neuzugänge bei den Sklaven gegeben, während andere abgezogen wurden, und diese Dinge waren verdächtig«, erklärte sie ihnen. »Dieser hier«, sie deutete auf den Mann auf dem Boden, »ist kein Sklave. Er ist ein Magier von geringem Status. Man hat ihm Land und den Status eines Ashaki angeboten, wenn er sich als Sklave ausgab und half, Lorkin zu entführen.«

»Ihn zu entführen?«, wiederholte Dannyl. »Schon wieder?«

Ein warmer Ausdruck der Erheiterung trat in Savis Augen. »Nicht durch uns. Er hat das Angebot durch einen Freund erhalten. Er glaubt, dass es vom König kam, obwohl er keinen Beweis dafür hat.«

»Natürlich nicht.« Dannyl sah sich im Raum um, und sein Blick konzentrierte sich schließlich auf die Sklavin, die ihn in den Raum gebracht hatte. »Ist sie …?«

»Vertrauenswürdig? Ja«, antwortete die Verräterin.

»Gut.« Dannyl betrachtete die jüngere Frau. »Könntest du Botschafter Tayend wecken und ihn hierherbringen?«

Die Sklavin nickte und eilte davon. Sie hatte sich nicht auf den Boden geworfen oder sich auch nur verbeugt, wurde Lorkin bewusst. Dannyl war zu sehr mit seinen eigenen Gedanken beschäftigt, um es zu bemerken. Er ging zu dem Mann hinüber und starrte auf ihn hinab. »Nicht gefesselt«, murmelte er.

»Ich habe seine Stärke genommen«, erwiderte Savi. »Wollt Ihr, dass ich ihn töte?«

»Nein. Jedenfalls nicht jetzt schon. Wir sollten aber nichts in seiner Hörweite oder vor seinen Augen erörtern.«

Die Frau zuckte die Achseln. Eine Kuppel weißen Lichts

bedeckte das Gesicht des Mannes. »Er wird Euch nicht hören oder sehen. Ich bin übrigens Savi.«

»Danke für dein Eingreifen, Savi«, sagte Dannyl. »Er denkt also, der König stecke dahinter?«

Sie nickte. »Amakira hat wahrscheinlich beabsichtigt, den Verrätern die Schuld an Lorkins Entführung in die Schuhe zu schieben.«

»Woraufhin er Lorkins Gedanken gelesen hätte …«

»Woraufhin er es versucht hätte«, korrigierte ihn die Spionin.

»Sie hätten die Informationen aus ihm herausgefoltert und ihn dann getötet und es so aussehen lassen, als hätten die Verräter es getan.«

Ein Schauer überlief Lorkin. Bilder der gefolterten Sklavin blitzten vor seinem inneren Auge auf. *Ich bin mir nicht sicher, ob ich so lange durchhalten würde wie sie.*

Eine Bewegung an der Tür erregte die Aufmerksamkeit aller Anwesenden im Raum. Tayend trat ein, und die junge Sklavin folgte ihm. Er sah nacheinander den am Boden liegenden Mann, Savi, Lorkin und Dannyl an und hörte schweigend zu, während man ihm alles erzählte, was besprochen worden war.

»Was jetzt zählt, ist die Frage, was der König tun wird, wenn er begreift, dass sein Plan gescheitert ist«, sagte er. »Wir haben keinen Beweis dafür, dass er dies arrangiert hat. Wenn wir es andeuteten, wäre das eine Beleidigung. Er könnte auch beschließen, Lorkin einfach zu seinem eigenen Schutz aus dem Gildehaus zu entfernen.« Er sah Lorkin an. »Irgendwohin, wo niemand ihn finden wird.«

Lorkin zuckte zusammen. »Können wir so tun, als sei nichts geschehen?«

Dannyl und Tayend tauschten einen Blick.

»Könnten wir«, erwiderte Tayend, »wäre dieser Mann

hier nicht. Wir können ihn nicht töten. Er gilt wohl als Eigentum des Königs.«

Dannyl betrachtete den Mann mit schmalen Augen. »Nun, wenn wir alle so tun, als sei er einfach ein Sklave … wir könnten sagen, dass wir ihn dabei ertappt haben, wie er Magie benutzte, und verlangen, dass er entfernt wird. Wir müssten warten, bis er seine Stärke wiedererlangt hat, oder sie werden sich fragen, wie es einer von uns geschafft hat, ihm seine Macht zu nehmen.«

»Wir können ihn nicht wegschicken. Er weiß, dass Savi eine Verräterin ist«, protestierte Lorkin. »Wenn er das dem König erzählt, wird sie in Gefahr sein.«

Dannyl sah Savi an. »Könnt Ihr fortgehen?«

Sie schüttelte den Kopf. »Dieses Haus wird streng bewacht, Tag und Nacht. Essen und andere Vorräte werden hierhergebracht. Die Sklaven, die versucht haben, das Haus wegen anderer Dinge zu verlassen, sind aufgehalten worden.« Sie blickte auf den Spion hinab. »Der König könnte seine Anwesenheit hier immer noch als Grund benutzen, Lorkin an einen sicheren Ort bringen zu lassen. Ich vermute, es gibt hier weitere Sklaven, die Amakiras Spione sind.«

Sie tauschten stumme, besorgte Blicke. Dann seufzte Dannyl und sah Lorkin an.

»Wir müssen dich aus Sachaka wegbringen.«

»Ich kann dir nur zustimmen«, murmelte Tayend. Er sah Savi an. »Ich nehme an, diese Einschränkung der Bewegungsfreiheit unserer Sklaven bedeutet, dass Eure Leute das nicht arrangieren können?«

»Wenn wir es könnten, hätten wir es bereits getan.«

Dannyl schüttelte den Kopf. »Ich wünschte, ich hätte davon gewusst. Ich erwarte nicht, alles zu wissen, aber je mehr ich weiß, desto einfacher ist es, Entscheidungen zu treffen.«

»Wenn ich es Euch erzählt hätte, hätte ich offenbart, wer ich bin«, bemerkte Savi.

Dannyl wandte sich zu der Verräterin um. »Nun, Ihr habt es jetzt getan, und das könnte zu unserem Vorteil sein. Könntet Ihr die Gedanken aller Sklaven hier lesen? Herausfinden, welche von ihnen Amakiras Spione sind – und ob irgendwelche von ihnen Magier sind?«

Sie nickte langsam. »Ja«, sagte sie, jedoch mit Widerstreben.

Lorkin runzelte die Stirn. *Aber das würde allen Sklaven verraten, wer sie ist. Doch wie sonst sollen wir herausfinden, welche Sklaven Spione oder mögliche Entführer sind?* Dann fröstelte es ihn, als ihm etwas anderes einfiel.

Sie war nicht die einzige Person im Gildehaus, die Gedanken lesen konnte.

Aber wenn er offenbarte, dass er es konnte, würde er viel, viel mehr offenbaren. *Irgendwann muss ich es tun, und ich lasse nicht zu, dass meinetwegen eine weitere Frau gefoltert und getötet wird.*

»Ich werde es tun«, erklärte er.

Dannyl und Tayend starrten ihn an.

»Du kannst…?« Tayends Augenbrauen zuckten in die Höhe. »Oh!«

Lorkin sah, wie Dannyl die Stirn runzelte, und wappnete sich gegen die Missbilligung des Mannes, aber dieser schüttelte nur den Kopf.

»Zieh keine voreiligen Schlüsse, Tayend«, mahnte er. »Sonea hat gelernt, Gedanken zu lesen, bevor sie schwarze Magie erlernt hat.«

Tayend wirkte erleichtert. »Wirklich? Ich dachte, dass nur Schwarzmagier in der Lage wären, die Gedanken einer Person zu lesen, die damit nicht einverstanden ist.«

Dannyls Lippen verzogen sich zu einem grimmigen

Lächeln. »Wir lassen die Menschen in diesem Glauben. Wie schwarze Magie ist es eine Fähigkeit, die zu leicht missbraucht werden könnte.«

Tayend drehte sich um, um Lorkin zu betrachten, und sein Blick war scharf und nachdenklich. *Er fragt sich, was ich sonst noch gelernt habe. Sollte ich ihm jetzt die Wahrheit sagen? Es könnte verdächtig wirken, wenn ich es zu lange verberge.*

»Eine weitere Information, die du mir nicht gegeben hast, damit ich sie nicht offenbaren kann, wenn ich verhört werde?«, fragte Dannyl.

Lorkin nickte. *Er hat recht. Ich kann es ihm noch nicht sagen.*

»Nun …« Dannyl wandte sich an Savi. »Ich werde alle Ausgänge des Hauses blockieren, um sicherzustellen, dass niemand versucht, es zu verlassen. In der Zwischenzeit weckt den obersten Sklaven und schickt ihn ins Herrenzimmer, wo Lorkin ihm befehlen wird, alle Sklaven zu ihm zu bringen, um ihre Gedanken zu lesen.« Er betrachtete den gescheiterten Entführer. »Wir sollten ihn irgendwo einsperren, wo man ihn nicht sieht.« Er seufzte. »Dies kann kaum als ›Plan‹ bezeichnet werden, aber es wird uns Zeit verschaffen, um uns etwas Besseres einfallen zu lassen.«

13 Unerwartete Hilfe

»Ich bin ein wenig … neu in diesem Metier«, erklärte Lorkin mit entschuldigender Miene, als Dannyl sich neben ihn setzte. »Es könnte eine Weile dauern.«

Dannyl zuckte die Achseln. »Überstürze es nicht. Ich habe jede Menge Stoff zum Nachdenken. Wie die Frage, wie wir dich aus diesem Schlamassel befreien können.«

»Lasst uns hoffen, dass wir Zeit genug für beide Aufgaben haben.« Lorkin rief einen der Sklaven herbei. Der Mann warf sich zu Boden. Lorkin befahl dem Sklaven, sich vor ihm hinzuknien, dann legte er dem Mann beide Hände an den Kopf und schloss die Augen.

Dannyl betrachtete die übrigen wartenden Sklaven. Abgesehen von einigen überrascht hochgezogenen Augenbrauen verrieten sie durch nichts, welche von ihnen möglicherweise Spione des Königs waren. Er sah zu Tayend hinüber, der auf der anderen Seite von Lorkin saß. Der Elyner schaute Dannyl in die Augen und nickte, vielleicht zum Zeichen, dass er die Sklaven ebenfalls beobachtete.

Savi, die Verräterin, hatte ihm versichert, dass unter den Sklaven weitere Spione der Verräter sein würden und dass sie helfen würden, sollte ein falscher Sklave auf seine Enttarnung mit einem Angriff reagieren. Es wäre jedoch besser, wenn sie nicht gezwungen würden, ihre Identität zu offenbaren. Was den gescheiterten Entführer anging, war er in einen steinernen Lagerraum unter der Küche gesperrt worden, und Savi und Merria bewachten ihn.

Also. Zeit zum Nachdenken, überlegte Dannyl. *Falls der König dies tatsächlich arrangiert hat, dann wird er wissen, dass sein Plan gescheitert ist, wenn sein Entführer nicht mit Lorkin auftaucht. Er weiß vielleicht bereits, dass der Plan gescheitert ist, wenn der Mann Lorkin mittlerweile hätte abliefern sollen. Also, was wird er tun?*

Er kann nichts tun, es sei denn, wir lassen durchblicken, dass etwas geschehen ist, es sei denn, er hatte einen weiteren Sklaven platziert, der sich davonstehlen und »Hilfe« holen sollte. Also, was, wenn er es getan hat? Wenn wir behaupten, Lorkin habe die Gedanken des Entführers gelesen und die Wahrheit entdeckt, wird der König darauf bestehen, dass wir den Mann ausliefern, damit er ihn überprüfen kann. Der Mann wird irgendeine Art von Unfall erleiden, und wenn Amakira behauptet, der Mann sei dazu überlistet worden zu denken, dass er für den König arbeite, wird niemand in der Lage sein, das Gegenteil zu beweisen. Er wird dann die versuchte Entführung als Vorwand benutzen, um Lorkin wegzubringen.

Wenn wir so tun, als sei nichts geschehen, wird der König wissen, dass wir lügen. Der Entführer kann etwas anderes beweisen. Dannyl wollte den Mann nicht töten. Nicht nur weil er lieber niemanden ermorden wollte, sondern aus einem gänzlich anderen Grund: Wenn Beweise dafür gefunden würden, dass ein Kyralier einen Sachakaner getötet hatte – insbesondere einen freien Sachakaner –, würde es den bereits wackeligen Frieden zwischen ihren Ländern noch weiter schwächen. *Und ich würde im Gefängnis des Palastes enden, weil ich Eigentum des Königs zerstört habe.*

Was konnte er sonst mit dem Mann machen? Ihn wegschmuggeln? Da das Haus so genau beobachtet wurde, dass nicht einmal eine Verräterin glaubte, sich hinausschleichen zu können, bezweifelte er, dass sie Erfolg haben würden. *Wenn wir ihn töten, werden wir den Leichnam völlig zerstören oder sicherstellen müssen, dass jemand anders die Schuld dafür bekommt.* Er schüttelte den Kopf. *Ich kann nicht glauben, dass ich darüber nachdenke.*

Ein leises Hämmern lenkte seine Aufmerksamkeit wieder auf seine Umgebung. Lorkin hatte den ersten Sklaven auf die andere Seite des Raumes geschickt. Er sah Dannyl an.

»Ich glaube, es klopft jemand an die Vordertür.«

Da alle Sklaven im Herrenzimmer versammelt waren, war niemand draußen, um jemanden zu begrüßen. »Nun, das hat ja nicht lange gedauert«, murmelte Dannyl.

»Es ist noch nicht zu spät für gesellschaftliche Besuche«, sagte Tayend. »Jedenfalls nach sachakanischen Maßstäben.«

Dannyl seufzte und stand auf. »Ich werde nachsehen, wer es ist.«

Lorkin wirkte nicht beruhigt. »Soll ich … das Herrenzimmer räumen?«

»Ja, aber …« *Wohin sollten sie die Sklaven bringen?*

»Bringt sie in meine Räume«, erbot sich Tayend. »Ihr könnt dort weiter ihre Gedanken lesen.«

Dannyl betrachtete den einzigen Sklaven, dessen Gedanken bereits gelesen worden waren. »Ist er vertrauenswürdig?«

Lorkin zuckte die Achseln. »Er ist kein Spion, wenn es das ist, was Ihr meint.«

»Das reicht mir.« Auf ein Zeichen von Dannyl eilte der Sklave zu ihm und warf sich auf den Boden. »Warte, bis alle außer mir den Raum verlassen haben, dann bring unseren Besucher hierher«, befahl Dannyl.

Nach überraschend kurzer Zeit war Dannyl allein im Herrenzimmer. Er holte tief Luft, stieß den Atem langsam aus und machte sich auf eine Gruppe sachakanischer Magier gefasst, die aus dem Flur kamen. Es drangen jedoch nur wenige Schritte an seine Ohren, und dann erschien ein einzelner Mann und blieb zögernd auf der Türschwelle stehen.

»Achati!« Der Name rutschte Dannyl heraus. »Ashaki Achati«, fügte er schnell hinzu, wie die Höflichkeit es gebot.

Achati hatte eine steile Falte zwischen den Brauen. Er schaute Dannyl forschend ins Gesicht, als er herbeigeeilt kam. *Er wirkt ängstlich,* dachte Dannyl. *Tatsächlich ringt er die Hände.*

»Botschafter. Dannyl.« Achati blieb zwei Schritte entfernt stehen und sah Dannyl abermals forschend an. »Ich muss Euch vor einer Verschwörung warnen. Ich erwarte nicht, dass Ihr mir glauben werdet, aber ich musste es zumindest versuchen. Der König hat einen Spion unter Euren Sklaven. Es ist wahrscheinlich ein Mann, da wir nur wenige weibliche Magier haben und man ihnen nicht vertraut. Er wird irgendwann im Laufe der nächsten Tage versuchen, Lorkin zu entführen. Ihr müsst Wachen aufstellen und den Zugang der Sklaven zu Lorkin einschränken. Und vielleicht könntet Ihr, um den Spion zu enttarnen, diese Verhörfähigkeiten einsetzen, die Ihr gezeigt habt, als wir nach Lorkin gesucht haben.«

Dannyl sah Achati mit einer Mischung aus Erheiterung und Argwohn an. *Was führt er im Schilde? Warum uns warnen, wenn es bereits geschehen ist? Will er uns mit einem Trick dazu bringen, ihm zu vertrauen? Hat der König ihn geschickt, um festzustellen, ob sein Entführer schon gehandelt hat? Hmm. Ich schätze, ich werde mitspielen und feststellen müssen, wohin das führt.*

»Wenn wir diese Entführung vereiteln, was sollen wir dann tun?«, fragte er. »Den Spion töten?«

Achati schüttelte den Kopf. »Nein, damit würdet Ihr königlichen Besitz zerstören.«

»Nur wenn der Spion ein Sklave *ist* und der König zugibt, dass der Mann ihm gehört.«

»Oh, er wird gar nichts zugeben. Er wird behaupten, nichts von der Verschwörung zu wissen, und er wird sagen, die Verräter hätten den Mann bestochen. Wenn der Mann als Magier enttarnt wird und feststeht, dass er kein Sklave ist, wird man Euch des Mordes anklagen.«

»Ungeachtet der Tatsache, dass ich dies nicht wusste?« Dannyl schüttelte den Kopf. »Also stellt er mir eine Falle.«

Achati zuckte die Achseln. »Nicht direkt, aber wenn Ihr töricht genug wärt, den Mann zu töten, würde das dem König die perfekte Ausrede liefern, Euch nach Kyralia zurückzuschicken.«

»Was ist denn das Ziel des Königs? Ah. Es geht darum, einen guten Grund zu finden, um zu behaupten, Lorkin sei hier nicht sicher, so dass man ihn wegbringen kann.«

Achati verzog den Mund zu einem grimmigen, aber anerkennenden Lächeln. »Ich wusste, dass Ihr die Gefahr erkennen würdet.«

»Also, was machen wir jetzt? Wir werden nicht so tun können, als sei nichts geschehen. Der Spion wird den König über das Scheitern seiner Mission informieren. Er wird es wieder versuchen, oder der König wird einen anderen Spion schicken, der Lorkin entführen soll. Es könnten bereits andere hier sein, für den Fall, dass der erste Versuch scheitert.«

Achati schnitt eine Grimasse. »Wenn Lorkin nach Kyralia zurückgeschmuggelt werden kann, solltet Ihr es veranlassen.«

Dem Befehl des Königs zuwiderhandeln? Das ist nicht das, was ich erwartet habe. »Wie?«

Achati kniff sich mit zwei Fingern in die Unterlippe und runzelte die Stirn. »Wenn es irgendwelche Verräter unter den Sklaven gibt, können sie es vielleicht arrangieren.«

»Während das Haus so genau beobachtet wird? Ich bezweifle es. Ist das alles eine Verschwörung, um einige Verräter zu fangen?«

Achati öffnete den Mund, um zu antworten, aber eine andere Stimme kam ihm zuvor.

»Nun, nun. Ashaki Achati. Was führt Euch zu dieser späten Stunde ins Gildehaus?«

Als Dannyl und Achati sich umdrehten, sahen sie Tayend hereinschlendern. Der Elyner verzog entschuldigend die Lippen, als er sich Achati näherte. Dann blickte er Dannyl an. »Merria hilft aus«, fügte er leise hinzu und beruhigte damit Dannyl, dass Lorkin mit den Sklaven nicht allein war.

Achati nickte. »Man hat mich geschickt, um einen weiteren Versuch zu unternehmen, Lorkin dazu zu überreden, morgen zu sprechen, aber ...« Er wiederholte seine Warnung den Entführer betreffend. »Das ist der wahre Grund für meinen Besuch.«

»Ihr denkt, Dannyl sollte die Sklaven verhören?«

»Ja, um herauszufinden, welcher von ihnen der Spion ist.«

»Wäre das nicht gefährlich? Ihr sagtet, dieser Spion sei ein Magier? Wie stark ist er? Ist er ein Höherer Magier?«

»Das weiß ich nicht«, gestand Achati. »Wahrscheinlich. Er hat Befehl, niemanden zu töten. Er ...« Sein Blick wanderte zu der Tür, durch die Tayend eingetreten war. Dannyl folgte seinem Blick und war überrascht, als Lorkin hereinkam.

Der junge Mann sah Dannyl kurz in die Augen, dann schaute er wieder weg. Seine Augen waren sehr dunkel und sein Gesicht bleich. Er straffte sich und bedachte Achati mit einem gezwungenen Lächeln.

»Ashaki Achati. Was führt Euch so spät am Abend noch hierher?«, fragte Lorkin, dessen Stimme freundlich, aber angespannt klang. »Seid Ihr gekommen, um mich wieder in das Gefängnis des Palastes zu bringen?«

Ein seltsamer, gequälter Ausdruck glitt über Achatis Züge, dann hellte sich die Miene des Mannes auf. »Nein, nein. Ich versuche, genau das zu verhindern.«

Was war das für ein Gesichtsausdruck?, fragte sich Dannyl. Dann versetzte es ihm einen Stich, als er erkannte, was er da gesehen hatte: Mitgefühl und Kummer. Seine jüngsten Zweifel Achati betreffend wurden ein wenig schwächer.

»Achati hat uns gewarnt, dass ein Spion unter den Sklaven in Kürze versuchen wird, Euch zu entführen«, sagte Tayend.

Lorkins Augen weiteten sich, und er schaute von Tayend zu Dannyl. »Wirklich?«

»Ja«, bestätigte Dannyl. »Morgen Nacht oder in einer darauf folgenden Nacht.«

Dannyl war erleichtert zu sehen, dass Lorkins Augen schmal wurden, während er die Konsequenzen überdachte. Er sah wieder Achati an.

»Warum helft Ihr uns?«, fragte er unumwunden.

»Ich …« Achati seufzte, senkte den Blick und hob dann den Kopf, um abwechselnd Tayend, Lorkin und Dannyl anzusehen. »Es gefällt mir nicht, wie der König Euch behandelt. Sachaka mag Kyralia als Verbündeten nicht benötigen, aber es benötigt auch keinen weiteren Feind. Wir haben vor einigen Monaten etwas erfahren, das bei uns zu Meinungsverschiedenheiten geführt hat. Die …« Achati hielt inne, runzelte die Stirn und schüttelte dann den Kopf. »Ich sehe keine Möglichkeit, es zu erklären, ohne es Euch zu sagen:

Unser Spion unter den Duna hat offenbart, dass die Verräter vorgeschlagen haben, dass die Duna sich mit ihnen zusammentun, um Sachaka zu übernehmen.«

Ein Frösteln überlief Dannyl. *Ich frage mich …*

»Unh?«, fragte er.

Achati lächelte. »Ich werde Euch kaum verraten, wer unsere Spione sind, Dannyl.«

»Nein«, stimmte Dannyl ihm zu. »Aber Unhs Name hat bei seinen Leuten einige interessante Reaktionen entfacht, als ich ihn erwähnt habe. Wenn er es ist, dann vermute ich, dass sie wissen, dass er ein Spion ist.«

»Die Duna haben die Anfrage der Verräter abgelehnt. Viele der Ashaki sind zu dem Schluss gekommen, dass die Verräter die Duna nicht ansprechen würden, wenn sie sie nicht brauchten, und sie sind zuversichtlich, dass die Verräter eine Konfrontation mit uns nicht gewinnen würden.«

War das der Grund, warum die Verräter die steinernen Höhlen der Duna zerstört hatten? War es eine Strafe dafür, dass sie sich geweigert haben zu helfen?, ging es Dannyl durch den Kopf.

»Der König stimmt dem zu«, fuhr Achati fort. »Er glaubt nicht, dass es Grund gibt, die Gilde zu fürchten. Er sagt, Ihr seid eine Gilde von nur zwei Magiern. Es ist wichtiger, Sachaka von der Bedrohung durch die Verräter zu befreien, bevor sie stark genug werden, um uns zu besiegen, als es zu vermeiden, Kyralia und die Verbündeten Länder vor den Kopf zu stoßen. Einzig die Stimmen der Ashaki, die den Handel und den Frieden mit den Verbündeten Ländern nicht verlieren wollen – Männer wie ich selbst –, hindern ihn daran, Lorkin die Informationen mit Gewalt zu entlocken.«

Achatis Worten folgte angespanntes Schweigen. Lorkin starrte zu Boden. Der junge Magier seufzte und sah Achati dann mit schmalen Augen an.

»Ihr wärt nicht hierhergekommen, wenn Ihr nicht bereit wärt, gegen die Befehle und Wünsche Eures Königs zu verstoßen«, stellte er fest. »Wie weit seid Ihr bereit zu gehen?«

Der Sachakaner erwiderte Lorkins Blick. Er wirkte unsicher. »Ich weiß es nicht«, gestand er. »Es ist etwas ganz anderes, meinen König an einer Torheit zu hindern oder ihn rundheraus zu verraten. Was habt Ihr im Sinn?«

Lorkin öffnete den Mund zu einer Erwiderung, kam aber nicht dazu zu sprechen.

»Bringt den Spion weg«, warf Tayend ein. »Lasst ihn verschwinden.«

Dannyl runzelte die Stirn. Obwohl es eine Prüfung für Achatis Vertrauenswürdigkeit war, war es keine gute. Wenn Achati den Spion stattdessen zum König brachte, würde der König immer noch behaupten, dass Lorkin im Gildehaus nicht sicher war – und er würde herausfinden, dass Savi eine Verräterin war.

»Nein«, sagte Lorkin. »Nehmt mich mit.«

Dannyl blinzelte überrascht. *Vielleicht hat er nicht begriffen, dass das Ganze ein Trick sein könnte, um uns dazu zu bringen, Achati zu vertrauen.* Tayend schüttelte den Kopf und legte Lorkin eine Hand auf den Arm, aber bevor irgendjemand sprechen konnte, hob Lorkin die Hände, um ihren Protesten zuvorzukommen.

»Ich bin nicht dumm. Ich weiß, dass es ein Risiko ist.« Er sah Achati fest an. »Er könnte mich dem König ausliefern, aber nach der Anzahl von Sklaven hier, die keine Sklaven sind – und ich meine nicht, dass sie Verräter sind –, werde ich ohnehin bald wieder im Palast landen.«

Diesmal ließ der Schauer, der Dannyl überlief, seinen ganzen Körper kalt werden. *Wie viele Spione genau gibt es hier? Wie viele von ihnen sind Magier?*

»Ihr braucht mich nur aus dem Gildehaus zu schmuggeln

und mich in Eure Villa zu bringen«, sagte Lorkin zu Achati. »Den Rest werden die Verräterinnen veranlassen. Sie werden sicherstellen, dass der König nichts von Eurer Rolle bei meiner Flucht erfährt. Als Gegenleistung und nicht bevor ich weiß, dass ich sicher und frei bin…«, Lorkin seufzte, dann verhärteten sich seine Züge, »…werde ich die Frage beantworten, die den König am meisten interessiert. Ich werde Euch verraten, wo die Heimat der Verräter ist.«

Achati starrte Lorkin an, und seine Überraschung verwandelte sich in Nachdenklichkeit und dann in Anerkennung. Er nickte. »Das kann ich tun. Es wird nicht leicht sein, Euch ungesehen in die Kutsche zu bringen, aber…«

»Lorkin«, unterbrach Dannyl. »Du brauchst das Vertrauen der Verräter nicht zu…«

»Lass ihn gehen«, sagte Tayend. Er sah Dannyl in die Augen, und sein Blick war scharf und entschlossen. Dann nickte er. Ein Stich des Ärgers durchzuckte Dannyl, doch die Regung legte sich schnell wieder.

Tayend würde nichts tun, was Lorkins Leben unnötig gefährdet. Er muss denken, dass es funktionieren wird. Oder dass es die einzige Chance ist, die Lorkin hat. Was bedeutete, dass Tayend dachte, dass Achati die Wahrheit sagte. *Wie seltsam, dass es Tayend ist, der Achati jetzt vertraut, wo ich mir seiner nicht länger sicher bin.*

Dannyl konnte glauben, dass Achati das Tun des Königs nicht guthieß, aber es würde eine Menge dazugehören, um ihn davon zu überzeugen, dass der Mann bereit war, gegen die Befehle seines Herrschers zu verstoßen und zu riskieren, dass seine Taten entdeckt und als Verrat betrachtet werden würden. Er würde nicht nur das Vertrauen des Königs verlieren, sondern seine Position, seinen Ruf und seinen Wohlstand. Und möglicherweise sein Leben.

Aber Dannyl fiel keine Alternative ein, daher beobachtete er nur schweigend, wie Achati und Lorkin ihre Übereinkunft mit Gelübden besiegelten. Als sie fertig waren, strahlte Tayend sie alle an.

»Perfekt! Jetzt müssen wir nur noch herausfinden, wie wir Lorkin in Achatis Kutsche bekommen, ohne dass unsere lästigen Beobachter etwas bemerken.«

Lilia leerte ihre Tasse Raka und seufzte vor Erleichterung. Während der letzten Tage hatte sie sich etwas angeschlagen gefühlt. Die langen Nächte unter der Erde und die frühen morgendlichen Unterrichtsstunden bei Kallen begannen ihren Tribut zu fordern.

Bei dem Gedanken daran, Kallen an diesem Morgen wieder gegenüberzutreten, unterdrückte sie ein Stöhnen. Anyi hatte ihr von dem Keller erzählt, den sie, Cery und Gol unter der Gilde entdeckt hatten, und sie hatte ihr auch von dem Gespräch berichtet, das sie belauscht hatten. Den Beschreibungen nach vermutete sie, dass es sich bei den beiden Magiern um Lady Vinara und den Heiler handelte, der dafür zuständig war, Heilkräuter anzubauen.

Die Neuigkeit, dass sie Feuel anbauen wollten, hatte sie zu Anfang schockiert, aber es ergab einen Sinn. Sie stimmte Cerys Theorie nicht zu, dass die Gilde Feuel anbauen wollte, um Skellin aus dem Geschäft zu drängen – oder um zumindest zu verhindern, dass er der einzige Lieferant der Drogen an Magier war. Es war viel wahrscheinlicher, dass die Gilde Feuel anbauen wollte, um ein Heilmittel gegen die Sucht zu finden und außerdem das Potenzial der Pflanze als Heilmittel gegen andere Krankheiten zu erkunden.

Aber die Neuigkeit, dass die Gilde Feuel-Samen suchte, weckte anderen Argwohn, und aus diesem Grund freute sie sich nicht auf die Begegnung mit Kallen. Ein Teil von ihr wollte ihn mit dem konfrontieren, was sie erfahren hatte.

Ist das der Grund, warum er Cery nicht helfen will, Skellin eine Falle zu stellen? Haben er und die anderen Magier, die nach Feuel süchtig sind, Angst, Skellin zu entfernen, weil sie befürchten, dass sie auf dem Trockenen sitzen könnten?

Cery hatte ihr gesagt, dass sie ihr Wissen für sich behalten solle, es sei denn, sie hätte einen guten Grund, es preiszugeben. Sie würde Kallen gegenüber so tun müssen, als wüsste sie nichts, und irgendwie würde sie sich benehmen müssen, als hätte sie nicht den Verdacht, dass er selbstsüchtige Motive dafür hatte, ihren Freunden nicht helfen zu wollen.

»Ihr seid heute ja so nachdenklich«, bemerkte Jonna. Sie trat an den Tisch und beugte sich vor, um die leeren Schalen vom Frühstück abzuräumen. Während sie das tat, fing Lilia einen seltsamen, aber angenehmen Duft auf.

»Trägst du Parfüm, Jonna?«, fragte sie.

Jonna zögerte und wirkte ein wenig schuldbewusst. »Ja.«

»Was ist los?« Lilia runzelte die Stirn. »Du trägst normalerweise kein Parfüm. Ist es Dienern verboten?«

»Oh, niemand würde viel Theater deswegen machen.« Jonna wedelte mit der Hand. »Aber… Sonea mag diesen Duft nicht. Er war einmal ihr Duft, aber nachdem sie herausfand, woraus das Parfüm gemacht war, hat sie mir gesagt, ich solle es wegwerfen. Ich mag das Parfüm, und… nun, man kann der Pflanze nicht vorwerfen, was sie ist. Ich benutze das Parfüm natürlich nicht, wenn sie in der Nähe ist.«

»Was der Grund ist, warum es mir bisher nie aufgefallen ist.« Lilia nickte. »Es ist wunderbar. Woraus ist es gemacht?«

Wieder blickte Jonna schuldbewusst drein. »Aus Feuel-Blüten.«

Überrascht schnupperte Lilia und versuchte, eine Verbindung zwischen dem Geruch und dem Gestank von Feuel-Rauch zu finden. »Es ist schwer zu glauben, dass der Duft von derselben Pflanze stammt.« Dann kam ihr ein anderer Gedanke. »Woher bekommen die Parfümmacher denn die Feuel-Blüten?«

Jonna zuckte die Achseln. »Ich nehme an, von den Leuten, die Feuel als Droge anbauen.«

Lilia dachte an ihre Lektionen in der Heilkunst, die sich um die Quellen der Heilmittel der Gilde drehten, und überlegte, was sie über Pflanzen wusste. Blüten enthielten für gewöhnlich die Samen einer Pflanze. Die Gilde wollte Feuel-Samen. Nach dem, was Anyi gesagt hatte, waren die Pflanzen, die die Gilde angebaut hatte, kein Feuel. Man hatte sie überlistet. Cery dachte nicht, dass irgendein Feuel-Anbauer es wagen würde, Samen an die Gilde zu verkaufen – obwohl es ihnen nicht widerstrebte, die Gilde zu betrügen und etwas Profit zu machen, indem sie ihr falschen Samen verkauften. Wenn Skellin herausfand, dass sie irgendjemandem Feuel-Samen verkauft hatten, würden sie nicht mehr lange leben.

Cery dachte nicht, dass Feuel überhaupt in Kyralia angebaut wurde. Er vermutete, dass es anderenorts kultiviert, geerntet und getrocknet wurde, bevor man es nach Imardin transportierte. Galt das Gleiche für das Parfüm? Die meisten Parfümhersteller kamen aus Elyne. Brauchten sie frische Pflanzen, oder würden getrocknete für die Herstellung von Parfüm genügen?

Lilia stand auf. »Ich sollte besser gehen. Ich will nicht zu spät kommen und Kallen nervös machen.«

Jonna lächelte. »Ich sehe Euch heute Abend.«

Auf dem Weg zur Arena dachte Lilia über alles nach, was sie wusste, und wie sie Antworten auf ihre Fragen bekommen könnte, ohne allzu viel von ihrem Wissen zu offenbaren. In kurzen Augenblicken der Ruhe während Kallens Unterrichtsstunde wog sie die Risiken und Vorteile ab. *Je eher die Gilde an Feuel-Samen herankommt, desto eher wird Kallen Cery helfen. Ich muss nur herausfinden, wie ich Kallen sagen kann, dass ich weiß, dass die Gilde versucht, Feuel anzubauen, ohne dabei preiszugeben, wie ich zu diesem Wissen gekommen bin …*

Als Kallen den Unterricht für beendet erklärte, ging sie nicht sofort zur Universität zurück. Er zeigte bereits wieder diese distanzierte, geistesabwesende Art, den unsteten Blick, der erkennen ließ, dass er die Droge benötigte. Als er sah, dass sie nicht wegging, runzelte er die Stirn, und seine Lippen wurden schmal.

»Ihr könnt jetzt gehen«, wiederholte er.

»Ich weiß, aber ich dachte, Ihr würdet gern etwas wissen: Auf der Straße geht das Gerücht, dass die Gilde versucht haben soll, Feuel-Samen zu kaufen. Ist das wahr?«

Er blickte sie direkt an. Seine Pupillen weiteten sich. *Das hat deine Aufmerksamkeit erregt,* dachte sie.

»Ihr solltet nicht alles glauben, was Ihr von Euren Freunden hört«, erwiderte er.

»Aber es ist wahr, oder?« Sie sah ihn mit schmalen Augen an. »Ist das der Grund, warum Ihr Cery nicht helfen wollt? Aus Angst, der Vorrat würde ausgehen, wenn der Lieferant gefangen wird?«

Kallens Augen blitzten vor Zorn, und er presste die Zähne aufeinander. »Ihr habt keine Ahnung, welches Glück Ihr habt«, sagte er.

Sie blinzelte überrascht, dann verspürte sie ein Aufblitzen von Ärger. »Glück? *Ich?* Meine beste Freundin hat mich dazu überredet, schwarze Magie zu erlernen, um mir die Schuld an der Ermordung ihres Vaters in die Schuhe zu schieben, und dann hat sie versucht, mich zu töten. Die einzigen Menschen, denen an mir liegt, sind weit entfernt oder könnten jetzt jeden Tag sterben.«

Seine Augen weiteten sich, dann wurde seine Miene weicher. »Ich entschuldige mich. Ich meinte nur …« Er wandte den Blick ab und verzog das Gesicht, als hätte er Schmerzen. »Ihr habt Glück, dass Ihr es vermieden habt, von Feuel gefangen zu werden. Es gibt viele, viele Magier, die wünschten, sie hätten Eure Widerstandskraft.«

Wie du selbst, dachte sie. Aber sie stellte fest, dass sie den Abscheu, den sie ihm gegenüber empfand, nicht aufrechterhalten konnte. Sein Ruf als ein Mann von unfehlbarer Integrität war entscheidend für seine Rolle als Schwarzmagier. Es musste demütigend sein, seine Willenskraft an eine reine Lustdroge zu verlieren, und es musste sein Selbstbewusstsein erschüttert haben. Die Tatsache, dass er ein Schwarzmagier war, musste die anderen Magier, die von seiner Sucht wussten, nervös machen. Und es war beängstigend, darüber nachzudenken, was geschehen könnte, wenn gewöhnliche Magier in größerer Zahl so zu Geiseln Skellins wurden.

»Wie viele?«, fragte sie, außerstande, die Sorge aus ihrer Stimme herauszuhalten.

Er runzelte die Stirn. »Das kann ich Euch nicht sagen. Aber … wir tun etwas, um ihnen zu helfen.«

»Indem Ihr versucht, die Droge anzubauen?«

»Indem wir zumindest die Kontrolle über den Nachschub an uns bringen. Indem wir ein Heilmittel finden oder wenn möglich eine weniger verheerende Droge züchten.« Kallen seufzte. »Ihr habt zum Teil recht. Wir würden unsere Chancen, Samen an uns zu bringen, verringern, wenn Skellin getötet wird. Wir können nicht riskieren zu versuchen, ihn zu fangen. Noch nicht.« Er sah ihr fest in die Augen, und eine grimmige Entschlossenheit trat in seinen Blick. »Ich verspreche, sobald wir haben, was wir brauchen, werden wir Skellin finden und aus dem Weg schaffen. Das mag einschließen, dass wir das Angebot Eures Freundes annehmen werden, wenn er immer noch bereit ist, das Risiko einzugehen.«

Lilia nickte. Sie dachte über das nach, was er ihr gesagt hatte. Es machte Sinn, und sie konnte keinen Hinweis darauf erkennen, dass er log. Es hatte keinen Vorteil, wenn sie ihre Idee länger zurückhielt.

»Habt Ihr gewusst, dass in der Stadt ein neues Parfüm verkauft wird, das man aus Feuel-Blüten herstellt?«

Er zog die Brauen hoch, und der Funke des Interesses, den sie erwartet hatte, blitzte in seinen Augen auf. »Nein.«

»Sie müssen irgendwie an die Blüten herankommen.« Sie lächelte. »Vielleicht sollte die Gilde der Sache nachgehen. Wie dem auch sei, ich sollte mich jetzt auf den Weg zu meiner nächsten Unterrichtsstunde machen.«

»Ja. Verspätet Euch nicht …«, sagte er geistesabwesend.

Sie setzte sich in Bewegung. Als sie sich noch einmal umdrehte, sah sie, dass sein Blick wie immer in die Ferne gerichtet war, aber diesmal zeigte sein Gesicht einen Ausdruck verblüffter Erkenntnis.

Es war beinahe unerträglich stickig und heiß im Wagen, und Lorkin konnte nicht mehr zählen, wie oft er sich an die Nase hatte greifen müssen, um nicht zu niesen. Wie die anderen Sklaven im Wagen war er bedeckt mit einem grauen Pulver, das dazu bestimmt war, Läuse zu töten. Aus irgendeinem Grund hatte man ihm das Haar rasiert. Seine Knöchel waren zusammengekettet und mit einem Metallring in der Mitte des Wagenbodens verbunden.

Sein Rücken juckte und brannte, wo er ausgepeitscht worden war, und er musste dem ständigen Drang widerstehen, die Striemen zu heilen. Es hatte für die Bestrafung keinen anderen Grund gegeben als den, dass der Fahrer seine Überlegenheit demonstrieren wollte, nachdem Ashaki Achatis Sklavenmeister ihn gewarnt hatte, dass »der da Ärger macht«. Er widerstand der Versuchung, voller Entsetzen seine Mitreisenden zu betrachten, und er bemühte sich, den Zorn zu verbergen, mit dem ihr Schicksal ihn erfüllte. Sie waren der Bodensatz der städtischen Sklaven, zu alt, zu krank, zu hässlich oder ungehorsam, um für ihre früheren Besitzer von Nutzen zu sein. Soweit sie wussten, wurden sie zur Arbeit in einer Mine im Süden der Stahlgürtelberge abtransportiert.

Das Feilschen war schnell gegangen, und es waren nur wenige Fragen gestellt worden, um den Verkauf zu beschleunigen. Anscheinend glaubten einige Sachakaner, dass ein Sklave, der in einem Haushalt geboren wurde, dort auch sein Gnadenbrot erhalten sollte, wenn er sein Leben lang fleißig für seinen Herrn gearbeitet hatte oder in dessen Dienst zum Krüppel geworden war. Manchmal folgten sie dem Minenwagen und beschimpften Besitzer, die ihre Sklaven verkauften. Keiner dieser Leute hatte den Karren heute verfolgt. Er war ohne Aufmerksamkeit zu erregen durch die Außenbezirke der Stadt gefahren.

Jetzt rollte er langsam hinaus aufs Land. Lorkin schloss die Augen und dachte zurück an seine Flucht aus dem Gildehaus.

Tayend hatte die Lösung dafür gefunden, Lorkin aus dem Haus zu bekommen, ohne dass die Beobachter etwas bemerkten. Sie wussten, dass es wahrscheinlich war, dass die Beobachter gezählt hatten, wie viele Sklaven Achati mitgebracht hatte, daher war er zu der Kutsche hinausgegangen und hatte einem Sklaven mitgeteilt, dass er ihn an das Gildehaus verleihen wolle, um über Lorkin zu wachen, in Wirklichkeit aber, um die Magier dort auszuspionieren.

Sobald der Sklave mit Dank akzeptiert und zu den Übrigen geschickt worden war, hatte Lorkin Achatis Kleidung übergestreift und, wo ihm das Fleisch des Ashaki fehlte, mit Lumpen unterfüttert. Achati hatte das Gewand eines Sklaven angelegt. Es wäre erheiternd gewesen zu beobachten, wie Tayend dem würdevollen Ashaki erklärt hatte, wie er auf die typische gebeugte Art der Sklaven zu gehen hatte, wenn sie sich nicht alle solche Sorgen gemacht hätten, dass ihr Plan scheitern könnte.

Wie immer war der Innenhof des Gildehauses von einer einzigen Lampe erhellt gewesen, und sie hatten beide das Gesicht davon abgewandt gehalten. Auf Tayends Vorschlag hin hielten sie ihr Benehmen simpel: Lorkin ging aus dem Haus und stieg in die Kutsche, Achati war hinter ihm hergeeilt und auf die Ladefläche der Kutsche geklettert. Sie hatten das Gildehaus ohne jede Störung verlassen. Den ganzen Weg bis zu Achatis Haus hatte Lorkin steif in der Kutsche gesessen und darauf gewartet, dass jemand sie anhielt, aber das geschah nicht. Sobald die Kutsche das Tor von Achatis Villa passiert hatte, war der Ashaki in die Kutsche gestiegen, und sie hatten hastig die Kleidung getauscht.

Lorkins Retter hatte ihm gesagt, dass er bleiben solle, wo er war, dann war er gegangen, um ein leises Gespräch mit einem Mann zu führen, von dem Lorkin später erfuhr, dass er der Sklavenmeister des Hauses war. Achati war zurückgekehrt, um ihm seinen Plan zu erklären. Einmal mehr würde Lorkin als Sklave getarnt werden, nur dass er diesmal bereit sein musste, eine härtere Behandlung zu ertragen – und hoffen, dass unter Achatis ausschließlich männlichen Sklaven Verräter waren.

Ich muss außerdem hoffen, dass sie mich gesehen und erkannt und herausgefunden haben, dass ich in diesem Karren bin, und dass es ihnen möglich ist, anderen Verrätern eine entsprechende Botschaft zukommen zu lassen. Und natürlich, dass die Verräter in der Lage sind, den Karren zu verfolgen, aufzuhalten und mich zu befreien, ohne meine oder ihre Identität preiszugeben.

Während er darüber nachdachte, kam es ihm vor, als sei es ein verrückter Plan, der auf zu viele verschiedene Weisen misslingen konnte.

Was ist das Schlimmste, was passieren könnte? Ich könnte die ganze Strecke bis zu der Mine reisen müssen. Die Stahlgürtelberge verlaufen entlang der Grenze zwischen Sachaka und Kyralia. Wie schwer wäre es, mich mit Magie zu befreien und den Rest des Weges nach Kyralia zu reisen?

Wie schwer es war, hing davon ab, ob sachakanische Magier die Mine leiteten. Oder ob Ichani in den Bergen lauerten.

Ich sollte den Wagen verlassen, bevor ich dort ankomme, wenn keine sachakanischen Magier in der Nähe sind. Wenn ich nur wüsste, wie Sachaka dort unten in der südlichen Ecke aussieht. Erstreckt sich das Ödland bis zum Meer? Wandern die Ichani so weit durchs Land?

Der Wagen fuhr langsamer. Lorkin öffnete die Augen, und als er sich umschaute, sah er auf den Gesichtern der anderen Sklaven Furcht und Hoffnung. Er hörte, wie einem Mann der Magen knurrte. Vielleicht würde man ihnen jetzt Essen und Wasser geben.

Der Wagen hielt an, und Lorkin hörte draußen Stimmen.

»Der Brunnen wird wahrscheinlich einstürzen. Ich will keinen von meinen gefährden. Sie sind gesund und nützlich«, erklärte jemand mit hochmütiger Stimme.

Der Fahrer antwortete in einem leisen, schmeichelnden Tonfall. Lorkin konnte keine Worte verstehen.

»Nennt den Preis«, befahl der Hochmütige.

Eine Pause, dann bewegte sich der Wagen. Einen Moment später klapperte das Schloss, und die Türen wurden geöffnet. Helles Licht flutete herein und blendete Lorkin.

»Der da wird genügen.«

»Er bedeutet Ärger.«

»Dann werdet Ihr froh darüber sein, ihn loszuwerden. Falls er überlebt und Ärger macht, werde ich ihn Euch zurückschicken. Hier.«

Das Klimpern von Münzen folgte. Lorkins Augen hatten sich langsam an das Licht gewöhnt. Er konnte einen Ashaki neben dem Fahrer stehen sehen, der sich vorbeugte, um die Ketten eines der Sklaven aufzuschließen.

Lorkins Herz blieb stehen, als ihm bewusst wurde, dass diese Ketten seine eigenen waren.

Für einen wilden Moment erwog er, sich mit Magie aus dem Wagen freizusprengen, aber mit einiger Anstrengung widerstand er der Versuchung. *Wo immer du endest, es wird dort Verräter geben,* sagte er sich. *Sie werden dich finden. Sie werden dich befreien.*

Was immer dieser Ashaki ihm für eine Arbeit zugedacht hatte, es klang gefährlich, aber zumindest konnte Lorkin Magie benutzen, um sich zu schützen. *Zumindest wird keiner der anderen Sklaven sein Leben dafür riskieren müssen.*

»Komm mit«, sagte der Fahrer, packte Lorkins Bein und zog daran. Lorkin hievte sich hoch und kletterte über die Beine anderer Sklaven zwischen ihm und den offenen Türen. Er musste zu Boden springen, und die Ketten verhinderten, dass er das Gleichgewicht wahrte. Er fiel mit dem Gesicht voran in den Dreck.

Nun, zumindest erspart mir das die Demütigung, mich vor meinem neuen Besitzer auf den Boden werfen zu müssen.

»Bleib, wo du bist«, sagte die hochmütige Stimme.

Der Mann wartete, bis der Wagen weggefahren war, bevor er wieder sprach. Mittlerweile hatte Lorkin sich hinreichend verstohlen umgeschaut, um festzustellen, dass neben ihm und dem Ashaki zwei stämmige Sklaven standen.

»Steh auf. Folge mir.«

Lorkin gehorchte. Die Ketten klirrten und verkürzten seine Schritte, während er dem Ashaki und seinen beiden Sklaven durch ein kleines Tor in einen Innenhof folgte. Ein anderer Sklave wartete dort mit einem großen Hammer.

»Runter damit!«, befahl der Ashaki.

Der Sklave zeigte auf eine Werkbank. Lorkin setzte sich und positionierte gehorsam die Beinfesseln so, wie der Mann es wollte. Nach einigen nervenaufreibenden, aber akkuraten Schlägen fielen die Ketten von Lorkins Knöcheln.

Der Achati verfolgte das Ganze mit gelangweilter Miene. Dann bedeutete er Lorkin, ihm zu folgen, und führte ihn in das Gebäude. Feuchte, frisch parfümierte Luft umgab sie, als sie ein Badehaus betraten. Der Ashaki deutete auf einen Stapel Kleider auf einem hölzernen Sitz.

»Säubere dich, und zieh diese Kleider an. Beeil dich. Wir haben nicht viel Zeit.«

Lorkin schaute hinter sich und sah, dass die beiden stämmigen Sklaven ihnen nicht in das Gebäude gefolgt waren. Der Ashaki lächelte, und aller Hochmut war erloschen. Dann verließ er den Raum.

Irgendetwas stimmt hier nicht.

Lorkin ging zu dem Sitzplatz hinüber und nahm das oberste Kleidungsstück vom Stapel. Ihm wurde plötzlich sehr viel leichter ums Herz, und er grinste.

Was er vor sich hatte, war die schlichte, bequeme Kleidung eines Verräters.

14 Eine weitere Planänderung

Gute Reise«, wünschte ihnen Wächter Orton, als die Kutsche auf sachakanischem Gebiet ihre Fahrt fortsetzte. Hier, auf der Nordseite, war das Fort mit einer Reihe kleiner Fenster versehen, einige helle Lichtquadrate, einige dunkel und fast unsichtbar. Sonea blickte zu dem Gebäude zurück, bis es von der Dunkelheit verschlungen wurde.

Dann löschte sie die kleine Lichtkugel, die sie in der Kutsche hatte schweben lassen. Die Dunkelheit fühlte sich passend an, um über Geheimnisse zu sprechen, und doch zögerte Sonea. »Es ist eine Erleichterung zu hören, dass Lorkin aus der Stadt geflohen ist«, stellte Regin fest.

»Ja«, erwiderte Sonea und nutzte die Gelegenheit, das Unvermeidliche noch eine Weile hinauszuzögern. »Dannyl wird ebenfalls froh darüber sein. Ich weiß nicht, wie genau er es arrangiert hat, aber er musste dafür gewiss ein großes Risiko eingehen. Obwohl… wir müssen darauf vertrauen, dass die Nachricht tatsächlich von den Verrätern kommt und dass sie wahr ist.«

»Denkt Ihr, es könnte eine Lüge sein?«

Sonea schüttelte den Kopf. »Nicht, wenn die Nachricht

von den Verrätern gekommen ist. Ich werde allerdings den Gedanken nicht los, dass es sich auch um eine kunstvolle List König Amakiras handeln könnte. In dem Fall muss Lorkin ebenfalls gründlich getäuscht worden sein, denn ich habe nicht den geringsten Verdacht bei ihm wahrgenommen, als wir uns mit Hilfe des Blutrings unterhalten haben.« Sie runzelte die Stirn. *Tatsächlich habe ich nichts von seinen Gedanken und Gefühlen wahrgenommen. Das ist seltsam. Der Ring hätte mir ermöglichen sollen, das zu tun. Es ist, als ob ... aah, natürlich.* Lorkins Gedanken waren irgendwie geschützt worden. Möglicherweise auf die gleiche Art, wie Nakis Ring ihre Gedanken geschützt hat. Hatte er einen ähnlichen Edelstein getragen? *Stammte Nakis Ring ursprünglich von den Verräterinnen? Wenn ja, wie ist er nach Kyralia gelangt? Sie sagt, er sei in weiblicher Linie in ihrer Familie weitergereicht worden. War eine dieser Frauen eine Verräterin?*

»Er hat den Ring jetzt?«

Sie richtete ihre Gedanken wieder auf das Gespräch. »Ja.«

»So habt Ihr also gewusst, dass die Nachrichten von den Verrätern kamen«, sagte Regin, wobei er mehr mit sich selbst sprach als mit ihr.

Sie sah ihn an, oder vielmehr betrachtete sie das, was sie in der Dunkelheit von ihm sehen konnte. Sie hatten einige Stunden Zeit, bevor sie die Kutsche verlassen mussten. Sonea dachte über ihr Zögern nach, Regin zu verraten, was ihre Aufgabe in Sachaka war. Die Verräterinnen hatten ihr zugesagt, dass der Pass sicher sei, obwohl sie empfohlen hatten, dass sie bei Nacht und so unauffällig wie möglich reisen sollte. Sobald sie es Regin erzählte, würde er Fragen haben. Wenn sie es ihm nicht erzählte, bis es Zeit wurde, aus der Kutsche zu steigen, würde sie vielleicht nicht genug Zeit haben, seine Fragen zu beantworten, bevor sie gezwungen sein würden, Stillschweigen zu bewahren. *Ja, ich denke, es muss jetzt geschehen.*

»Lord Regin«, begann sie, und sie sah in der fast völligen Dunkelheit der Nacht, wie er ihr schnell den Kopf zuwandte. »Die Befreiung Lorkins ist nicht unsere einzige Aufgabe. Es gibt da noch etwas.«

Er zögerte und sagte dann: »Das habe ich mir schon gedacht. Also. Was ist das für eine andere Aufgabe?«

»Wir sollen uns mit den Verrätern treffen. Sie wollen über die Möglichkeit eines Bündnisses und die Möglichkeit von Handel zwischen unseren Völkern sprechen.«

Über dem Geklapper der Kutsche hörte sie ihn ausatmen. »Ah.«

»Der Fahrer wird in ein oder zwei Stunden anhalten. Wir werden aussteigen und von dort aus zu Fuß weitergehen, von der Straße aus in nördlicher Richtung. Die Verräter haben mir Anweisungen gegeben, wohin wir uns wenden sollen. In einigen Tagen werden sie sich mit uns treffen, und Lorkin wird bei ihnen sein.«

»Ihr habt bis zum letzten Augenblick gewartet, um mir das zu sagen.«

»Ja, und ich hätte noch länger gewartet, wenn das möglich gewesen wäre. Ihr durftet es nicht früher erfahren, für den Fall, dass König Amakiras Männer uns aufgelauert und Eure Gedanken gelesen hätten.«

»Und Eure Gedanken?«

»Sind geschützt.«

Sie wartete darauf, dass er fragte, wieso, aber die Frage kam nicht. Er sagte überhaupt nichts. Die Stille im Wagen fühlte sich ein wenig vorwurfsvoll an.

»Es ist nicht so, dass wir – die Gilde – Euch die Information nicht hätten anvertrauen wollen«, begann sie. »Wir …«

»Ich weiß«, unterbrach er sie. »Es spielt keine Rolle.« Er

seufzte. »Nun, eines spielt durchaus eine Rolle. Vertraut *Ihr* mir?«

Sie hielt inne, nicht sicher, wie sie den Tonfall in seiner Stimme deuten sollte. Er war nicht anklagend, aber bestimmt. Wenn sie eine Antwort vermied, würde das zu einer unnötigen Anspannung zwischen ihnen führen.

»Ja«, erklärte sie und spürte, dass ihre Worte die Wahrheit waren. Gleichzeitig wurde ihr bewusst, dass er sie ein wenig in die Enge getrieben hatte, und es war nur gerecht, wenn sie ihrerseits das Gleiche tat. »Vertraut Ihr mir?«

Wieder hörte sie ihn ausatmen, aber langsamer diesmal.

»Nicht ganz«, gestand er. »Nicht weil ich Euch nicht für vertrauenswürdig halte, aber … ich weiß, dass Ihr mich nicht mögt.«

Soneas Herz setzte einen Schlag aus. »Das ist nicht wahr«, versicherte sie ihm schnell, bevor alte Erinnerungen aufsteigen konnten. »Ich habe Euch nicht immer gemocht. Ihr wisst, warum. Wir müssen das nicht noch einmal besprechen. Das gehört der Vergangenheit an.«

Er schwieg für kurze Zeit. »Ich entschuldige mich. Ich hätte es nicht wieder zur Sprache bringen sollen. Manchmal fällt es mir schwer zu glauben, dass Ihr mir verziehen habt oder mich sogar mögen könntet.«

»Nun … ich habe Euch verziehen. Und ich mag Euch. Ihr seid … ein guter Mensch.«

»Ihr habt mich zu diesem Menschen gemacht.« Sein Tonfall war jetzt wärmer. »An jenem Tag, während der Invasion.«

Sonea hielt den Atem an, als eine Welle der Traurigkeit über ihr zusammenschlug. *Und ein anderer guter Mensch ist an diesem Tag gestorben.* Plötzlich konnte sie nicht sprechen, und Grauen stieg in ihr auf – nicht zum ersten Mal – angesichts der Erinnerungen, von denen sie wusste, dass sie zurückkehren würden, wenn sie in der Dunkelheit über den nackten Fels der Berge stieg. *Aber mit einem anderen Begleiter. Einem anderen Mann.*

»Stimmt etwas nicht?«

Sie blinzelte überrascht. Wie kam es, dass er überhaupt wusste, dass sie aufgewühlt war? Dann wurde ihr klar, dass die Felswand auf der einen Seite der Kutsche fort war und das schwache Licht einer Mondsichel in den Wagen fiel. Sie holte tief Luft und stieß den Atem langsam wieder aus, während sie all ihre Selbstbeherrschung sammelte.

»Wir haben uns beide an jenem Tag verändert. Ihr zum Besseren, ich zum Schlechteren.«

»Nur ein Narr würde das von Euch denken«, erwiderte er, weil er sie missverstand. »Ihr habt uns und die Gilde gerettet. Ich habe Euch seither immer bewundert.«

Sie sah ihn an, aber sein Gesicht lag größtenteils im Schatten verborgen. Wie konnte er die Verbitterung und Selbstverachtung verstehen, die nach Akkarins Tod gekommen waren? *Ganz gleich, wie sehr mein Verstand weiß, dass es nicht meine Schuld war, mein Herz hat es nie ganz geglaubt.*

Das Mondlicht erreichte sein Gesicht und offenbarte einen Ausdruck, den sie bisher nur selten gesehen hatte. In seiner Stimme hatte der Anflug eines Lächelns gelegen, wurde ihr jetzt klar. Was hatte er gesagt? *»Ich habe Euch seither immer bewundert.«*

Sie wandte den Blick ab. All sein Konkurrenzdenken und sein Hass auf sie und das, was sie repräsentierte, hatten sich in etwas verwandelt, das beinahe das vollkommene Gegenteil war. *Und genauso unverdient. Aber es wäre unfreundlich und undankbar, das zu sagen. Ich ziehe Bewunderung jederzeit Misstrauen und Verachtung vor.*

Bewunderung und Freundschaft waren sehr unterschiedlich. So unterschiedlich wie Freundschaft und Liebe. *Ich habe Novizen gekannt, die einander hassten und die nach dem Abschluss Freunde wurden. Das ist mit uns nicht passiert. Ich habe außerdem Menschen gesehen, die einander hassten und die Freundschaft als Zwischenstufe einfach übersprangen und sich ineinander verliebten.* Ihr Herz verkrampfte sich. *Moment … gewiss nicht. Nein, er meint nicht* diese *Art von Bewunderung.*

Als sie ihn wieder ansah, hatte sie keine Chance, seine Miene zu deuten. Regins Aufmerksamkeit hatte sich auf etwas außerhalb der Kutsche gerichtet. Er bewegte sich über seinen Sitz und beugte sich vor.

»Das ist also das Ödland«, sagte er mit gedämpfter Stimme.

Sie spähte aus dem Fenster. Das schwache Mondlicht streifte die Ränder der Landschaft unter ihnen, die Spitzen vieler Dünen, die unheimliche Muster schufen.

»Ja«, erklärte sie. »Es reicht bis zum Horizont.«

»So weit. Wie haben wir es gemacht?«, fragte Regin sich. »Wo ist das Wissen geblieben?«

»Botschafter Dannyl hat einige interessante Unterlagen ausgegraben, soweit ich von Osen weiß.«

»Irgendwelche Ideen, wie man das Land wiederherstellen kann?«

Sie schüttelte den Kopf. »Wenn ein Magier es jemals schafft, dies wieder zu fruchtbarem Land zu machen, wird das der größte Akt des Heilens sein, den irgendjemand jemals bewerkstelligt hat.«

Regin schaute noch ein wenig länger nach draußen und lehnte sich dann wieder auf seinem Sitz zurück. »Einige Stunden, sagt Ihr?«

»Ja. Der Fahrer weiß, nach welchen Landmarken er Ausschau halten muss. Er wird uns absetzen und dann mit der Post und den Vorräten nach Arvice und zum Gildehaus weiterfahren. Ich habe ihm gesagt, dass wir jetzt, da Lorkin frei ist, nicht nach Sachaka zu fahren brauchen, aber wir wollten die Sonne über dem Ödland aufgehen sehen und zu Fuß zurück zum Fort gehen.«

»Mutiger Mann, ohne Magier zu reisen«, bemerkte Regin. »Ich nehme an, keiner von uns wäre sicher, wenn der sachakanische König beschließen würde, uns anzugreifen. Oder die Ichani. Oder die Verräter.«

»Nein, aber wir müssen hoffen, dass die Verräter auf unserer Seite stehen. Sie haben uns versichert, dass sie die Ichani und die Spione des Königs von uns fernhalten werden.«

»Wirklich? Ich freue mich darauf, sie kennenzulernen.«

Sie nickte. *Ich auch. Nicht nur, weil ich endlich Lorkin wiedersehen werde und dafür sorgen kann, dass er sicher nach Hause gelangt, sondern auch, weil ich diese Menschen kennenlernen will, die ihn so sehr beeindruckt haben, dass er sich bereit erklärt hat, in ihre geheime Stadt zu gehen, obwohl er wusste, dass er sie vielleicht nie wieder verlassen würde.*

Nachdem Anyi und Lilia fort waren, war das einzige Geräusch in dem unterirdischen Raum das von Atemzügen. Gol saß auf einer der Matratzen, die er gemacht hatte, mit dem Rücken zur Wand. Cery blieb auf einem der gestohlenen Stühle sitzen. Er dachte über das nach, was Lilia ihm über Kallen und den Grund der Gilde erzählt hatte, nach Feuel-Samen zu suchen.

»Er sagte, er würde Skellin loswerden, wenn sie erst die Saatkörner hätten, und dass sie dann vielleicht deine Hilfe annehmen würden, wenn du immer noch bereit wärst, sie zu geben«, hatte sie ihm mitgeteilt.

»Können wir ihnen trauen?«, fragte Cery laut.

Gol stieß ein Brummen aus. »Ich hätte *dich* das fragen sollen. Du bist der Experte, wenn es um die Gilde geht. Was denkst du?«

Cery holte tief Luft und seufzte. »Sie werden sich zuerst um sich selbst und die Häuser kümmern und erst danach um ihre Vorstellung von ›dem kyralischen Volk‹.«

»Was Diebe und Verbrecher nicht einschließt.«

»Nicht, wenn diese Diebe ihnen nicht im Geheimen geholfen haben …«

»Sie werden sich verpflichtet fühlen, uns zu helfen.« Der Leibwächter sah Cery an. »Obwohl wir ihnen jetzt nicht helfen und Sonea fort ist. Weil wir ihnen in der Vergangenheit geholfen haben.«

»Ich hoffe es.« Cery seufzte erneut. »Je eher Sonea zurückkommt, desto besser«, murmelte er. »Es gefällt mir nicht, Kallen vertrauen zu müssen, wenn er so süchtig nach Feuel ist, wie Lilia sagt.«

»Hmm.« Gol blickte nachdenklich drein. »Wenn er uns an Skellin verkaufen wollte, hätte er deinem Plan zugestimmt und bereits ein Treffen arrangiert, und Skellin würde dann an seiner Stelle kommen.«

»Das ist wahr. Trotzdem, ich wäre lieber hier, wo wir verschwinden können, wenn es sein muss, als in einem Zimmer in der Gilde festzustecken.«

Gol nickte. »Zumindest können wir ein Auge auf diesen Keller halten, so dass wir es erfahren, wenn sie Feuel-Samen haben. Wir sollten warten, bis die Pflanzen die gleiche Größe haben wie die, die wir gesehen haben – groß genug für die Magier, um zu erkennen, ob es Feuel ist.«

»Weißt du denn, wie Feuel-Pflanzen aussehen?«

Gol runzelte die Stirn und schüttelte den Kopf. »Anyi weiß es vielleicht. Hat ihr Freund es nicht geraucht?«

»Oder ihre Freundin. Sie hat es nie gesagt.«

Das Gesicht des Leibwächters verdüsterte sich in dem fahlen Licht, und er wandte den Blick ab. *Errötet er?* Cery konnte sich ein Lächeln nicht verkneifen.

»Sie könnten auf andere Weise versuchen, Skellin zu finden, bevor sie unseren Plan in Erwägung ziehen.« Gol trommelte mit den Fingern auf die Kanten des Stuhls. »Falls es ihnen widerstrebt, mit einem Dieb zusammenzuarbeiten.«

»Falls sie nicht gern mit einem Dieb zusammenarbeiten, bezweifle ich, dass es ihnen widerstreben würde, einen Dieb als Köder zu benutzen«, stellte Cery fest.

Gol lachte leise. »Stimmt.«

»Wenn sie unseren Plan tatsächlich ausprobieren wollen ...« Cery dachte nach. »Ich schätze, wir sollten dafür sorgen, dass wir für sie bereit sind. Wir sollten eine Falle vorbereitet haben.«

»Es wird verschwendete Mühe sein, wenn sie sich dafür entscheiden, nicht mit uns zusammenzuarbeiten.«

»Was sollen wir sonst tun?« Cery seufzte. »Wir sind direkt unter der Gilde. Gewiss ist das für uns von Vorteil. Ich wünschte ... ich wünschte, es gäbe eine Möglichkeit, Skellin dazu zu bringen, ihnen direkt in die Arme zu laufen, ob die Gilde es will oder nicht.«

»Eine Falle, die ebenso ihnen gilt wie Skellin.«

»Eine Falle, die ihre Aufmerksamkeit erregen wird, wenn – und nur wenn – Skellin kommt, um zu schnüffeln.«

Die Augen des Leibwächters leuchteten auf. »Ich weiß genau das Richtige. Es wird mit Sicherheit die Aufmerksamkeit der Magier erregen.« Er blickte nachdenklich drein. »Ich werde in die Stadt gehen müssen, um Vorräte zu beschaffen. Und wir müssen die Falle irgendwo aufstellen, wo die Tunnel stark genug sind, damit wir uns nicht versehentlich selbst begraben. Was ist hier der stabilste Bereich?«

»Ich denke, ich kenne genau die richtige Stelle.« Cery griff nach einer Lampe. »Komm mit.«

Gol, der ohne ein Ächzen aufstand, folgte Cery aus dem Raum. *Schön zu sehen, dass seine Verletzungen so gut verheilt sind,* dachte Cery. *Mit ihm und Anyi fühle ich mich doppelt so alt, wie ich bin. Wenn ich jemals mein früheres Leben zurückbekomme, werde ich einige ergraute alte Männer um mich versammeln, damit ich mich jünger fühle.*

Schon bald erreichten sie die Gruppe von Räumen, wo Cery Lilia und Anyi bei ihrem trauten Zusammensein überrascht hatte. Gol nahm ihm die Lampe ab und betrat den ersten Raum, dann hob er die Lampe, um die stabilen Ziegelsteinmauern und die gewölbte Decke zu beleuchten.

»Dieser Raum ist in viel besserem Zustand als der, in dem wir leben«, bemerkte der Leibwächter. »Warum sind wir nicht hier hingegangen?«

»Anyi hat die Räume erst vor kurzem entdeckt.« Und dieser Raum hatte etwas, das Cery beunruhigte. Er ließ sein Herz eine Spur zu schnell schlagen. Als Gol die Lampe sinken ließ, fing ein staubiger, zerbrochener Teller das Licht auf. Cery hob eins der Stücke auf. Die Glasur wies ein Symbol der Gilde auf. Er schauderte, als Erinnerungen heraufwehten wie Rauch. *Ist dies der Raum, in dem Fergun mich vor all den Jahren eingesperrt hat? Ich habe nicht viel davon zu sehen bekommen. Ich saß tagelang im Dunkeln.*

»Dieser hier ist den Gebäuden der Gilde näher. Ein kürzerer Weg, wenn wir fliehen müssen, und auch für Lilia, wenn sie uns besucht. Lass uns unsere Sachen hierherbringen«, sagte Gol.

Seufzend drängte Cery die Erinnerungen und sein Unbehagen beiseite und nickte. »Ja, aber lass uns einen anderen Raum wählen. Dies ist der erste, den jemand betritt. Wir brauchen ein wenig mehr Vorwarnung, wenn jemand kommt.«

Als der letzte der Sklaven, die das Essen aufgetischt hatten, das Herrenzimmer verließ, sah Tayend Dannyl an.

»Was wirst du jetzt mit unserem unerwünschten Gast machen, da Lorkin sicher aus dem Haus ist?«

Dannyl betrachtete seine Mahlzeit und seufzte, als sein Appetit schwand. Er zog Magie in sich hinein und umgab sich selbst, Merria und Tayend mit einem Schild, um zu verhindern, dass jemand ihr Gespräch belauschte.

»Was schlägst du vor?«, erwiderte er.

Ein ganzer Tag war seit der gescheiterten Entführung vergangen. Savi sorgte dafür, dass dem Spion regelmäßig seine Macht entzogen wurde. Da sie die oberste Küchensklavin war, fand keiner der anderen Sklaven es merkwürdig, dass sie die Einzige war, der es gestattet war, eine der Vorratskammern der Küche zu betreten.

»Ich kann nur zwei Alternativen erkennen: Entweder er stirbt, oder Savi geht.«

Dannyls Appetit verschwand endgültig. »Da Letzteres nicht möglich ist, bleibt uns nur eine einzige Alternative.«

Merria runzelte die Stirn. »Aber ob der König so tut, als sei sein Spion ein Sklave, oder zugibt, dass er keiner ist, ihr werdet das Gesetz brechen.«

Tayend nickte. »Besser, für die Zerstörung königlichen Besitzes angeklagt zu werden als wegen Mordes. Vielleicht könntest du es wie einen Unfall aussehen lassen.«

Warum muss ich derjenige sein, der es tut?, dachte Dannyl. *Weil ich die ranghöchste Person im Haus bin.* Dann regte sich eine verräterische Hoffnung in ihm. *Steht Tayend im Rang über mir, weil er Botschafter eines Landes ist und nicht nur Botschafter der Gilde?*

»Wenn Savi den Mann mit schwarzer Magie tötet, wird klar sein, dass keiner von uns es getan hat«, schlug Merria vor.

»Aber es wird auch klar sein, dass hier irgendwo ein Verräter ist«, bemerkte Tayend.

»Sie kann eine Gedankenlesung blockieren, nicht wahr?«

»Wenn der König weiß, dass kein Sklave das Haus betreten oder verlassen hat, und wenn er entschlossen ist herauszufinden, wer der Verräter ist, könnte er sie foltern lassen.«

»Oder er könnte sie alle töten lassen«, fügte Tayend hinzu.

Ein Sklave erschien. Dannyl begriff, dass es Tav war, der Türsklave. Der Mann warf sich zu Boden.

»Passt auf, was ihr sagt«, warnte Dannyl seine beiden Gefährten, dann ließ er den Schild fallen. »Was gibt es, Tav?«

»Da ist jemand an der Tür«, stieß der Mann hervor.

»Geh und finde heraus, wer es ist.«

Der Sklave eilte davon. Im Herrenzimmer war es still, während sie auf seine Rückkehr warteten. Die schnellen, weichen Schritte, die lauter wurden, kündigten die Rückkehr des Sklaven an.

»Eine Nachricht«, sagte er.

»Bring sie her«, befahl Dannyl, bevor der Mann sich erneut niederwerfen konnte. Der Sklave kam schnell herbeigetappt, eine Schriftrolle in beiden Händen. Dannyl nahm sie in Empfang und bedeutete dem Sklaven, sich zurückzuziehen.

Er entrollte die Nachricht. Tayend und Merria beugten sich von beiden Seiten vor, um sie zu lesen.

»Ein Ruf in den Palast«, murmelte Merria.

»›Unverzüglich‹«, las Tayend.

Dannyl ließ die Schriftrolle sich wieder zusammenrollen. »Was immer wir tun, wir müssen es jetzt tun. Kai!«

Sein persönlicher Sklave erschien im Flur.

»Hol Savi.« Als der Mann verschwunden war, sprach Dannyl leise weiter: »Es ist nur vernünftig, sie zu fragen, was wir ihrer Meinung nach tun sollen.«

Sie warteten nicht lange. Die Frau trat ein und warf sich

so schnell und ungehemmt auf den Boden wie jeder gewöhnliche Sklave.

»Ist die Mahlzeit nicht nach Eurem Geschmack, Herr?«, fragte sie.

Dannyl schaute auf den Teller in seinen Händen; das Essen war kaum angerührt. Er seufzte und zog erneut die Barriere des Schweigens hoch.

»Ich werde in den Palast gerufen«, berichtete er ihr. »Wir müssen eine Entscheidung über das Schicksal des Spions des Königs fällen. Was wollt Ihr, dass wir tun?«

Sie verzog das Gesicht. »Nun ... diesmal wird ein Kleidertausch definitiv nicht funktionieren.«

Tayend richtete sich abrupt auf. »Ah!«

Alle wandten sich ihm zu. »Was?«, fragte Dannyl.

Der Elyner hob die Hand. »Warte. Gib mir einen Moment Zeit. Ich habe eine Idee ...« Er schloss die Augen, und seine Lippen bewegten sich, dann nickte er. Er sah sie nacheinander an, zuletzt Savi. »Sagt mir, ob dies funktionieren wird: Könntet Ihr damit durchkommen, einer der Kutschensklaven zu sein, obwohl das nicht Eure gewohnte Arbeit ist und Ihr eine Frau seid?«

Sie runzelte die Stirn. »Wenn es bei Ashaki Achati funktioniert hat, funktioniert es vielleicht auch bei mir.«

»Gibt es einen sicheren Ort auf dem Weg zum Palast, an dem Dannyl Euch absetzen könnte?«

Ihre Augen leuchteten auf. »Ja.«

Tayend sah Dannyl an. »Ich denke, dies ist unsere beste Möglichkeit. Wenn wir Savi in Sicherheit bringen können, besteht keine Notwendigkeit, den Entführer zu töten.«

Dannyl nickte erleichtert, bis ihm wieder einfiel, dass ein lebender Entführer auch viel mehr offenbaren würde als die Tatsache, dass Savi eine Verräterin war. *Aber der König wird nicht öffentlich zugeben, dass der Mann sein Spion war. Was sehr,*

sehr ärgerlich sein wird nach allem, was wir durchgemacht haben. Es sei denn ...

»Wir werden ihn mitnehmen«, beschloss er.

Merrias Augen weiteten sich, aber Tayend kicherte nur. »Du wirst dem König alles erzählen.«

»Nur nicht, wie Lorkin entkommen ist.«

»Dann begleite ich dich. Das muss ich sehen.«

»Tayend ...«

»Nein, Dannyl. Ich *muss* das sehen. Mein König wäre *äußerst* enttäuscht, wenn ich es nicht täte.«

Dagegen konnte Dannyl nichts einwenden. *Es wird besser sein, wenn es außer mir, Osen und dem sachakanischen Hof noch andere Zeugen gibt.* Er ließ die Barriere des Schweigens fallen. »Merria, geht mit Savi, und holt den Spion. Kai!« Der Mann huschte in den Raum. »Lass die Kutsche vor dem Haus vorfahren.«

Als Savi und Merria davoneilten und Kai verschwand, stellte Dannyl den Schild wieder her.

Tayend rieb sich die Hände. Dann hielt er inne, und sein Grinsen verblasste. »Ich hoffe, Achatis Beteiligung wird nicht entdeckt werden.« Tayend sprach mit leiser Stimme, trotz der Barriere des Schweigens. »Mir ist gestern Nacht ein Gedanke gekommen ... Was ist, wenn der König Achati befiehlt, einen seiner Blutringe zu tragen? Sie erlauben dem Schöpfer des Rings, die Gedanken des Trägers zu lesen, richtig? Ich bin mir sicher, dass Achati während der Reise nach Duna mit dem König in Verbindung gestanden hat. Ich bezweifle, dass der König den Blutring eines anderen tragen und das Risiko eingehen würde, dass dieser andere seine Gedanken liest, also muss Achati einen von seinen getragen haben. Wird Achati sich jetzt weigern, einen Ring zu tragen?«

»Ich weiß es nicht.« Dannyl schüttelte den Kopf. »Achati wusste, was er tat.«

»Nun … ich hoffe, er hat sich nicht für uns geopfert. Er hat sich als ein besserer Mann erwiesen, als ich erwartet hatte. Ich mag ihn.«

Dannyl sah Tayend voller Überraschung und Dankbarkeit an, während Schritte Savis Rückkehr ankündigten. Sie schob den Spion, der gefesselt und geknebelt war, vor sich her. Der Mann taumelte, als sei er erschöpft. Zweifellos, dachte Dannyl, hatte sie wieder seine Macht genommen.

In grimmigem Schweigen marschierten sie gemeinsam zum Vordereingang des Hauses. Die Kutsche wartete noch nicht auf sie, aber dann öffneten sich die Stalltüren, und die Pferde mit den Wagen kamen heraus. Dannyl befahl Savi, hinten neben dem anderen Kutschensklaven aufzusteigen, dann hievte er den Spion in den Wagen. Er stieg hinter ihm ein, und Tayend folgte ihnen.

»Viel Glück«, sagte Merria leise, dann schloss sie die Tür.

Auf Dannyls Befehl verließ die Kutsche das Gildehaus. Er sprach nicht, und auch Tayend bewahrte Stillschweigen. Sie konnten vor dem Spion nicht über ihre Pläne sprechen, und es war kaum eine Situation für belangloses Geplänkel. Der Spion kauerte Tayend und Dannyl gegenüber, und sein ängstlicher Blick flackerte zwischen den beiden hin und her, was beunruhigend war. Als der Fahrer plötzlich einen Ruf ausstieß, zuckten alle zusammen.

Die Kutsche wurde langsamer. Dannyl öffnete das Fenster und beugte sich hinaus.

»Was ist passiert?«

»Die Sklavin, Herr. Sie ist heruntergesprungen und weggerannt.«

Dannyl hielt inne und schaute hinter sich, aber Savi war bereits verschwunden.

»Wir können nicht stehen bleiben«, sagte er zu dem Kutscher. »Fahr weiter zum Palast.«

Vielleicht war es die Erwähnung des Palastes, aber der Entführer hatte aufgehört, sie anzustarren. Erleichtert verbrachte Dannyl den Rest der Fahrt damit, über seinen Plan nachzudenken, ihn zu verfeinern und sich Mut zu machen. Als sie ankamen, zerrte er den Mann hinter sich her. Er überließ es Tayend, ihnen nachzueilen, während er den Spion in den Palast führte.

Die Wachen beobachteten sie, hielten sie aber nicht auf. Sobald Dannyl in der Halle war, sah er zu seiner Freude, dass der König eine große Audienz von Ashaki arrangiert hatte, die die Begegnung beobachten sollten, darunter einige, die, wie Merria erfahren hatte, nicht mit Lorkins Behandlung einverstanden waren. *Perfekt.* Achati stand in der Nähe des Throns und wirkte zu Dannyls Erleichterung unbesorgt.

Der Monarch zog die Augenbrauen hoch, als Dannyl den Spion auf den Boden drückte. Dannyl kniete dem Protokoll folgend nieder, und Tayend, der an seine Seite geeilt war, verneigte sich.

»Erhebt Euch, Botschafter Dannyl.« Der König sah den Spion an. »Was ist das?«

»Ich gebe nur zurück, wovon man mir gesagt hat, es sei Euer Spion, Euer Majestät«, erwiderte Dannyl, während er sich aufrichtete.

Der König sah ihn scharf an. »*Mein* Spion.«

»Ja, Euer Majestät. Gestern Nacht hat dieser Mann versucht, meinen ehemaligen Assistenten zu entführen, Lord Lorkin. Eine Verräterin hat es verhindert. Sie hat außerdem seine Gedanken gelesen und erfahren, dass der Mann in Euren Diensten steht.« Dannyl sah die Ashaki an, die erheitert wirkten, aber nicht schockiert. »Ich bitte darum, dass jemand hier seine Gedanken liest, um es zu bestätigen.«

Köpfe wurden hin und her gedreht. Blicke wurden getauscht. Einige Worte wurden gemurmelt. Der König ignorierte alle und fuhr fort, Dannyl zu betrachten.

»Also gut. Ashaki Rokaro, würdet Ihr Botschafter Dannyls Bitte erfüllen und uns mitteilen, ob diese Anklagen der Wahrheit entsprechen?«

Es kam kein Protest, und ein Mann mit grauen Strähnen im Haar trat vor. Alle beobachteten, wie die Gedanken des Spions gelesen wurden. Der Ashaki schien eine gründliche und bedächtige Gedankenlesung vorzunehmen, da die Prozedur länger dauerte, als Dannyl es bisher je erlebt hatte. Als der Ashaki den Spion losließ, sackte der Mann wieder zu Boden und streckte die Hände nach dem König aus wie ein Sklave, der um Vergebung flehte.

»Nun, Ashaki Rokaro?«, fragte der König.

Der Ashaki schaute erst den Spion an, dann Dannyl, dann die versammelten Ashaki.

»Es ist wahr«, erklärte er.

Dannyl verspürte einen Anflug von Überraschung. Er hatte erwartet, dass der Ashaki es leugnen oder sagen würde, der Mann glaube es, habe aber keinen Beweis dafür, dass seine Befehle vom König gekommen waren. Als Dannyl den König anblickte, sah er keine Sorge oder Schuldgefühle, und ihm wurde flau im Magen.

»Ihr sagt, eine Verräterin habe Euch geholfen«, bemerkte der König.

Dannyl zögerte, und ein warnender Schauder überlief ihn. »Wir konnten kaum ablehnen.«

»Wo ist sie jetzt?«

»Ich weiß es nicht. Nicht im Gildehaus.«

»Und Lorkin?«

»Weg.«

»Wohin?«

»Ich weiß es nicht. Zusammen mit den Verrätern, vermute ich.«

»Sie scheinen heutzutage seine bevorzugten Begleiter zu sein.« Er drehte sich um und lächelte Achati mit offenkundiger Anerkennung an. »Aber zumindest haben wir bekommen, was wir alle begehrt haben: Freiheit für Lorkin im Austausch für Informationen.«

Informationen? Plötzlich erinnerte sich Dannyl wieder an das Versprechen, das Lorkin Achati gegeben hatte.

Dannyl hatte nicht geglaubt, dass Lorkin zu seinem Versprechen stehen würde. Er hatte vermutet, dass Lorkin irgendeine Art von Betrug im Sinn hatte. Aber was, wenn er Achati tatsächlich mitgeteilt hatte, wo das Sanktuarium lag? Was, wenn Achati Lorkin dem König übergeben hatte, statt ihm zu helfen zu fliehen? Logen die Verräter, was seine Rettung betraf, um sich an Lorkin dafür zu rächen, dass er ihr Zuhause preisgegeben hatte? Oder wussten sie noch nicht, was Lorkin getan hatte?

Der König sah den Spion an. »Ich schätze, ich sollte Euch danken, dass Ihr meinen Spion zurückgegeben habt, obwohl er sich den Titel kaum verdient hat.« Der König wandte sich Dannyl und Tayend zu. »Ihr dürft in das Gildehaus zurückkehren, Botschafter.«

15 Im Ödland

Die Nachtluft war überraschend kalt, wenn man bedachte, wie heiß es tagsüber im Ödland war. Lorkin zog an den Zügeln und hielt das robuste kleine Reittier, das er ritt, einmal mehr davon ab zu versuchen, das Pferd an der Spitze einzuholen. Die Stute warf protestierend den Kopf hoch, und er hörte das Wasser in den Fässern schwappen, die an ihr festgebunden waren.

Sie waren seit der Abenddämmerung am vergangenen Tag unterwegs. Der falsche Ashaki der Verräter hatte Lorkin in seiner Kutsche an den Rand des Ödlands gebracht und ihn mit zwei Sklaven von einem nahen Besitz allein gelassen. Die Sklaven hatten Lorkin erklärt, dass sie ihn nur bis zu den Hügeln bringen könnten, wo eine Gruppe von Verrätern sie treffen würde. Obwohl sie ein zusätzliches Pferd hatten, das half, Wasser und Proviant zu tragen, konnten sie nicht genug Vorräte mitnehmen, um bis in die Berge und wieder zurück zu gelangen, ohne Verdacht zu erregen.

Lorkin schaute über seine Schulter nach Osten und sah, dass der Himmel bereits heller wurde. Er hatte seit mehr als einem Tag nicht geschlafen, und während der vergangenen beiden Nächte hatte er sich auf dem engen Sitz der Kutsche zusammenrollen müssen. Obwohl er die Erschöpfung mit heilender Magie lindern konnte, waren die ständigen Reisen und die Angst vor Entdeckung überaus anstrengend. Einfach für eine Weile still zu sitzen wäre ihm hochwillkommen gewesen, aber er bezweifelte, dass er in absehbarer Zeit in den Genuss dieses Luxus kommen würde.

Die Hoffnung, dass Tyvara unter den Verrätern sein würde, die auf ihn warteten, schenkte ihm jedes Mal neue Energie, wenn er an sie dachte, was er tat, wann immer er vor Erschöpfung im Sattel in sich zusammensackte. Er dachte an ihr warmes Lächeln, den Klang ihrer Stimme, die Berührung ihrer nackten Haut. *Bald,* sagte er sich.

Er würde sehr enttäuscht sein, wenn sie nicht unter den Verrätern war, aber nicht überrascht. Man hatte Tyvara für drei Jahre verboten, die Stadt zu verlassen, als Strafe dafür, dass sie Riva getötet hatte. *Aber zumindest ist sie dort in Sicherheit, und wenn sie nicht bei ihnen ist, wird mich der Gedanke an sie aufrechterhalten, bis ich sie tatsächlich wiedersehe,* ging es ihm durch den Kopf.

Das Geräusch klappernder Zähne lenkte seine Aufmerksamkeit wieder auf sein Reittier. Er sah, dass die Stute dem Tier an der Spitze nahe genug gekommen war, um einen weiteren Biss zu versuchen, und hastig zog er an den Zügeln. *Verrücktes, gehässiges kleines Tier,* dachte er und murmelte einen Fluch. *Ich bin froh, dass sie das nicht bei Menschen versucht.*

Während sie gehorsam langsamer wurde, folgte das Pferd an der Spitze ihrem Beispiel. Lorkin öffnete den Mund, um den Sklaven zu warnen, dann schloss er ihn wieder, als der Mann ihm bedeutete zu schweigen. Sie hielten an. Selbst Lorkins Reittier blieb stehen und stellte die Ohren auf.

Lorkin konnte nichts hören, aber einer der Sklaven glitt

von seinem Pferd und lief zu einer nahen Düne. Nachdem er sich für kurze Zeit hingehockt hatte, eine dunkle Gestalt vor dem Hintergrund des helleren Sandes, kam er zu ihnen zurückgeeilt.

»Eine Gruppe von acht Personen«, murmelte er.

Der andere Sklave nickte, dann wandte er sich an Lorkin. »Wahrscheinlich Verräter. Ichani reisen allein und mit nur wenigen Sklaven.«

Lorkin nickte. Sein Herz raste. Er machte Anstalten abzusitzen, aber der Sklave runzelte die Stirn und schüttelte den Kopf. »Bleibt im Sattel. Nur für den Fall, dass wir uns irren.«

Der andere Sklave stieg wieder auf sein Pferd. Sie bewegten sich in den langen, niedrigen Schatten einer Düne hinein, die sie nur halb verbarg.

Was, wenn es ein Ichani ist? Die nächtliche Kühle durchdrang Lorkins Kleidung. *Was, wenn es mehr als einer ist? Wir können fliehen, aber würden wir weit kommen? Könnte ich ihre Versuche, uns festzuhalten, mit Magie lange genug behindern, um zu entkommen? Ich bezweifle, dass noch viel von Tyvaras Magie übrig ist, und selbst wenn ich alles hätte, könnte ich nicht mehrere Ichani besiegen.*

Gestalten erschienen im Tal zwischen den Dünen vor ihnen. Das Leuchten des Himmels war wärmer geworden und tauchte die Neuankömmlinge jetzt in einen goldenen Schein. Obwohl alle Hosen und Kittel trugen, war es leicht, Frauen von Männern zu unterscheiden. Alle trugen einen Gürtel über ihrem Wams, und an jedem Gürtel war eine Scheide befestigt. Im Gegensatz zu den Klingen der Ashaki waren die Griffe der Messer schmucklos, und die Scheiden waren gerade, nicht gebogen. Als Lorkin die Gestalt an der Spitze erkannte, stieß er einen Seufzer der Erleichterung aus.

Savara.

Sie kam auf sie zu, ohne Hast, aber entschieden. Lorkin schaute an ihr vorbei und suchte nach dem Gesicht, nach dem er sich am meisten sehnte, und sein Puls beschleunigte sich, noch während er sich gegen eine mögliche Enttäuschung wappnete. Als sein Blick ihren fand, dachte er, er müsse sich irren. Dann lächelte sie, und sein Herz machte einen Satz, und eine tiefe Sehnsucht, sie in die Arme zu nehmen und ihren Körper an seinem zu spüren, stieg in ihm auf. Er saß ab, ebenso wie die Sklaven, zwang sich aber, still stehen zu bleiben und sich der neuen Königin der Verräter zu stellen.

»Gal. Tika. Genau dort, wo ihr sein solltet«, sagte Savara und lächelte, als sie die Sklaven erreichte. Dann wandte sie sich an Lorkin. »Es ist schön, Euch wiederzusehen, Lord Lorkin. Wir haben uns Sorgen gemacht, dass wir vielleicht in den Palast würden einbrechen müssen, um Euch zu holen. Das haben wir seit Jahrhunderten nicht mehr tun müssen.«

Er legte eine Hand aufs Herz und wartete. Sie lächelte traurig, dann nickte sie.

»Ich freue mich auch, Euch zu sehen, Euer Majestät«, erwiderte er. Immer noch unsicher, was das Protokoll der Verräter vorsah, wenn eine Monarchin gestorben war, beschloss er, es im Zweifelsfall bei schlichten Worten zu belassen. »Ich war sehr bekümmert, als ich vom Dahinscheiden Königin Zaralas hörte, aber ich habe mich gefreut, von Eurer Wahl zu hören.«

Sie senkte den Blick. »Man wird sich an sie erinnern.« Sie presste die Lippen aufeinander, dann drehte sie sich zu den Sklaven um. Während sie sich bei ihnen bedankte, sah Lorkin wieder zu Tyvara hinüber und sog ihren Anblick in sich auf, wobei er einer Welle der Ungeduld widerstand. *Es fühlt sich an, als hätte ich sie seit Monaten nicht mehr gesehen.*

Die Sklaven stiegen wieder auf ihre Pferde, einer von ihnen nahm die Zügel von Lorkins Reittier, und die beiden machten sich in östlicher Richtung auf den Weg. Sie verschwanden um eine Düne, auf eine orangefarbene Sonne zu, die von der bevorstehenden Hitze des kommenden Tages kündete.

»Jetzt müssen wir so schnell reisen wie nur möglich«, sagte Savara und führte ihn auf die anderen zu. »Eure Mutter erwartet uns in den Bergen.«

Er verspürte einen Stich der Furcht und des Eifers, vergaß jedoch beides, als Tyvara vortrat, um ihn zu begrüßen. Sie lächelte breit.

»Ich bin so froh, dass der König dich hat gehen lassen. Savara sagte, der König würde es nicht wagen, dir etwas anzutun, aber das hat mich nicht daran gehindert, mir Sorgen zu machen.« Sie ergriff seine Hände. Dann trat sie dicht vor ihn hin und küsste ihn schnell, wich jedoch zurück, als er versuchte, sie fester an sich zu ziehen; ihr Blick flackerte zu den anderen, und sie sah ihn warnend an, mit einem Ausdruck, der deutlich sagte: »Nicht jetzt.« Er verspürte Enttäuschung, schob die Regung jedoch beiseite. Sie war hier. Das war für den Moment genug.

»Ich bin nicht der Einzige, der freigelassen wurde«, bemerkte er.

Sie zuckte die Achseln. »Ich habe wichtigere Dinge zu tun, als mich um die Abwasserkanäle zu kümmern. Und ich bin mir sicher, dass ich meine Strafe absitzen muss, sobald wir fertig sind.«

Die Gruppe drehte um und bewegte sich in die Richtung, aus der sie gekommen war. Jemand reichte Lorkin ein Bündel und murmelte, dass er darin eine Wasserflasche finden werde. Er schulterte das Bündel und blickte Tyvara an. Sie beobachtete ihn stirnrunzelnd.

»Was ist los?«

Sie senkte die Stimme. »War es schlimm im Gefängnis des Königs?«

Bei dieser Frage krampfte sich sein Magen zusammen. Plötzlich war die Unbeschwertheit in seinem Herzen erloschen, und die Erschöpfung kehrte zurück. Er wandte den Blick ab.

»Spaß hat es nicht gemacht«, antwortete er achselzuckend. *Sollte ich ihr von dem Sklavenmädchen erzählen? Was wird sie von mir denken, wenn sie erfährt, dass ich dem Mädchen geholfen habe zu sterben? Vielleicht, wenn das Mädchen keine Verräterin gewesen ist … nein, ich denke nicht, dass das einen großen Unterschied machen würde. Trotzdem, Tyvara muss als Spionin einige schwierige Entscheidungen getroffen haben.* Er holte tief Luft. »Du musst als Sklavin Schlimmeres durchgemacht haben.«

Sie erwiderte nichts. Er zwang sich, sie anzuschauen. Sie begegnete widerstrebend seinem Blick, dann sah sie zu Boden.

»Wäre das ein Problem für dich, wenn es so wäre?«, fragte sie.

Es war eine seltsame Art, ihre Antwort zu formulieren, aber als ihm die Bedeutung ihrer Worte klar wurde, verspürte er gleichzeitig Entsetzen und Zuneigung.

»Nein«, sagte er. »Ich bin … ich weiß, was … was dazu notwendig ist, wenn man sich als Sklave ausgibt. Es ist nicht so, als hättest du eine Wahl gehabt.«

»Aber ich hatte eine Wahl – ob ich eine Spionin sein wollte oder nicht.«

»Zum Wohl deines Volkes. Und um anderen zu helfen.« *Dass ich dem Sklavenmädchen geholfen habe zu sterben, war dagegen nichts Nobles.* Und doch hatte er sich nicht dafür entschieden, in diese Situation gebracht zu werden.

»Genug geredet«, sagte Savara und blickte sich nach Lorkin und Tyvara um. »Die Ichani waren weit entfernt, als wir das letzte Mal nachgesehen haben, aber sie können unberechenbar sein. Wir sollten schweigend weiterreisen.«

Tyvara runzelte die Stirn und biss sich auf die Lippe. Während sie weiterritten, schaute sie ihn von Zeit zu Zeit an. Offensichtlich wollte sie ihm etwas sagen. Frustriert von der Notwendigkeit zu schweigen, konzentrierte er sich, bis er ihre geistige Präsenz spürte. Er stellte sich vor, ihre Gedanken wie ein Summen am Rand seiner Sinne hören zu können, nicht laut oder klar genug, um verständlich zu sein.

Schließlich konnte er es nicht länger ertragen. Er bewegte sich näher an sie heran und griff nach ihrer Hand.

– Was ist los? Was macht dir zu schaffen?

Sie wirkte überrascht, dann lächelte sie und drückte seine Hand.

– Du weißt, wo wir hingehen?

– In die Berge. Um meine Mutter zu treffen. Ich nehme an, um über Handel oder ein Bündnis zu sprechen.

– Ja.

Sie sah ihn fragend an, und er hörte schwach ein paar Worte, die zu senden sie vielleicht nicht beabsichtigt hatte.

Was wird er dann tun?

Er runzelte die Stirn. Er zögerte es hinaus, sich die gleiche Frage zu stellen. Was *würde* er tun, sobald die Verhandlungen vorüber waren? Würde er mit seiner Mutter nach Kyralia zurückkehren? Bei Tyvara in Sachaka bleiben? Die Antwort war noch wichtiger, wenn es mit den Verhandlungen nicht gelang, irgendeine Art von Übereinkunft zwischen den Verbündeten Ländern und den Verrätern zu erzielen.

Die Gilde würde wollen, dass er nach Hause kam. Seine Mutter würde wollen, dass er nach Hause kam. Aber das könnte bedeuten, dass er Tyvara nie wiedersehen würde.

Was will er?, kam Tyvaras schlecht verborgener Gedanke.

– *Ich will mit dir zusammen sein,* antwortete er ihr.

Sie blinzelte überrascht und starrte ihn an. Er spürte Verwirrung und ein wenig Verlegenheit. Ihr Griff lockerte sich, als wollte sie sich zurückziehen. Dann wurde er wieder fester.

– *Wird die Gilde dir erlauben, bei uns zu bleiben?*

– *Es wird ihnen nicht gefallen, aber sie werden es akzeptieren müssen.*

Sie nickte, schaute weg und entzog ihm die Hand. Er konzentrierte sich auf sie und versuchte, ihre Miene zu deuten, und wieder hörte er ganz am Rande seiner Sinne Worte.

Er wird seine Meinung ändern, sobald er erfährt, dass wir im Begriff stehen, in den Krieg zu ziehen.

Lorkin spürte, wie seine Muskeln vor Schreck erstarrten. Er schüttelte den Kopf. Er musste es sich eingebildet haben. Es war nicht möglich, die Gedanken eines anderen zu hören, ohne ihn zu berühren. Es sei denn, diese Person hätte den Gedanken absichtlich geschickt. Als er sich umschaute, sah er, dass keiner der anderen Verräter erschrocken wirkte oder ihn beobachtete, wie es der Fall gewesen wäre, wenn sie gewusst hätten, dass Tyvara ihm ihre Pläne offenbart hatte.

Nein, ich muss es mir eingebildet haben. Er hatte im Sanktuarium Hinweise darauf bemerkt, dass die Verräter vielleicht planten, die Ashaki anzugreifen. Sein Geist deutete lediglich auf unerwartete Weise an, dass ein Krieg ihm seine Entscheidung erheblich erschweren würde. Tyvara musste sich fragen, ob er es vermeiden wollte, in einen Krieg verwickelt zu werden. Natürlich würde er das. Menschen starben in Kriegen. Tyvara könnte sterben. Es sei denn … könnte ich einen Grund finden, sie mit mir nach Kyralia zu nehmen? Vielleicht könnte ich Savara davon überzeugen, dass die Verbündeten Länder einen Verräter-Botschafter brauchen. Aber würde Tyvara gehen? Ich bezweifle es.

Also musste er jetzt überlegen, ob er bei Tyvara bleiben oder nach Kyralia gehen würde, um seine Kenntnisse der Herstellung von Steinen weiterzugeben, wie er seiner Mutter beibringen sollte, dass er schwarze Magie erlernt hatte, ob er Tyvara von der vergifteten Sklavin erzählen sollte und was er tun würde, wenn die Verräterinnen in den Krieg zogen. Glücklicherweise musste er noch stundenlang durch das Ödland zu den Bergen trotten. Jede Menge Zeit zum Nachdenken.

Obwohl der Frühling noch jung war, öffneten sich an den Bäumen innerhalb der Gärten der Gilde bereits Knospen, und der Duft deutete das Kommen wärmerer Tage an. Lilia atmete ihn ein und genoss einen kurzen Augenblick des Friedens und sommerlichen Versprechens. Sie lebte und war nicht im Gefängnis, die Gilde akzeptierte sie, und Cery, Gol und Anyi waren immer noch sicher und unentdeckt.

Natürlich konnte der Augenblick nicht lange währen. Ihre Freunde waren nicht vollkommen sicher, die Akzeptanz der Gilde an Bedingungen geknüpft, die ihr für den Rest ihres Lebens Einschränkungen auferlegten, und sie war auf dem Weg zu einer weiteren Lektion bei Schwarzmagier Kallen. Aber ihre Stimmung verdüsterte sich früher als gewöhnlich, als sie ein Trio von Novizen draußen vor dem Novizenquartier stehen sah; die drei beobachteten sie. Einer von ihnen war Bokkin.

Sie bedachte die drei mit dem flüchtigsten aller Blicke, aber obwohl sie auf den Pfad vor sich schaute, beobachtete sie aus dem Augenwinkel ihre Schatten. Obendrein zog sie einen schwachen Schild gegen jedwede Streiche hoch.

Nichts geschah, obwohl sie so sehr auf Ärger gefasst war, dass sie zuerst gar nicht bemerkte, dass keine anderen

Novizen mit Kallen an der Arena warteten. Er zeigte immer das gleiche leicht geistesabwesende Stirnrunzeln, doch jetzt war es tiefer als gewöhnlich. Und sein Blick war eine Spur wachsamer.

»Schwarzmagier Kallen«, begrüßte sie ihn und verbeugte sich, als sie ihn erreichte.

»Lady Lilia«, erwiderte Kallen. »Die heutige Lektion wird in der Universität abgehalten werden.«

Ihr Herz setzte einen Schlag aus, und sie musste den Drang zu jubeln unterdrücken.

»Also … kein Kampftraining heute?«

»Nein.«

Er bedeutete ihr, dass sie neben ihm hergehen sollte, und sie schlugen den Weg zur Universität ein. Bokkin war, wie sie voller Erleichterung sah, verschwunden. Sie zog in Erwägung, Kallen zu fragen, was sie lernen würde, aber die Erfahrung hatte ihr gezeigt, dass sie, wenn er nicht freiwillig Informationen beisteuerte, wahrscheinlich keine nützlichen Antworten bekommen würde. Sobald sie in der Universität waren, hörte sie ihn tief durchatmen und dann seufzen. Mit einem verstohlenen Blick bemerkte sie, dass sein Mund zu einer dünnen Linie verzogen war.

Er ist über irgendetwas gar nicht glücklich, dachte sie. *Nun, jedenfalls ist er noch unglücklicher als gewöhnlich.*

Er führte sie durch die inneren Gänge des Gebäudes und in einen der kleinen Räume, die für private Unterrichtsstunden reserviert waren. Nachdem er ihr ein Zeichen gegeben hatte, dass sie sich auf einen der beiden Stühle setzen sollte, nahm er auf dem anderen Platz und schaute sie über den einzigen Tisch im Raum hinweg an.

»Die Gilde ist zu dem Schluss gekommen, dass es Zeit für Euch wird zu lernen, wie man schwarze Magie benutzt.«

Ein Stich der Furcht und des schlechten Gewissens durchzuckte sie, aber die Regung wich schnell Erheiterung. »Aber ich weiß bereits, wie man schwarze Magie benutzt.«

»Ihr wisst, wie sie benutzt wird«, korrigierte er sie. »Abgesehen von Eurem einzigen Experiment habt Ihr sie bisher nicht bewusst und vorsätzlich benutzt, und Ihr brauchtet nie Macht zu lagern. Es gibt auch andere Aufgaben, die ein Schwarzmagier erfüllen muss und bei denen es nicht um den Erwerb von Magie geht.«

»Wie zum Beispiel?«

»Das Lesen von Gedanken. Die Herstellung von Blutringen.«

Lilias Herzschlag beschleunigte sich. Sie hatte angenommen, dass sie beide Fähigkeiten erst erlernen würde, wenn sie ihren Abschluss gemacht und ihre offizielle Rolle als Schwarzmagierin übernommen hatte.

»Warum jetzt?«

Kallen zog die Brauen noch tiefer herab. »Während Sonea abwesend ist, wäre es vielen von uns lieber, man würde Euch lehren, schwarze Magie zu benutzen, als dass wir nur einen voll ausgebildeten Schwarzmagier in Imardin haben.«

Kein Wunder, dass er mürrisch ist. Die Andeutung, die dahintersteht, ist die, dass er überwacht werden muss. Dass man ihm nicht trauen kann. Ein leichtes Triumphgefühl stieg in ihr auf, weil er dem gleichen Argwohn und Misstrauen ausgesetzt war wie sie. *Obwohl die Leute mir misstrauen, weil ich eine Regel gebrochen habe, als ich schwarze Magie erlernt habe, obwohl ich dachte, ich könnte keinen Erfolg haben. Aber ich nehme an, sie misstrauen Kallen, weil er ein Feuel-Süchtiger ist.* Ihr Triumph verblasste. An seine Stelle trat Mitgefühl. *Und er hat wahrscheinlich auch nicht damit gerechnet, dass das passieren würde.*

Sie nickte. »Also … was zuerst?«

Er richtete sich auf und nahm etwas aus seiner Robe.

Licht spiegelte sich auf der polierten Oberfläche eines kleinen, schmalen Messers. Kallen hob die andere Hand, so dass der Ärmel zurückfiel, dann legte er den Arm auf den Tisch. Er sah sie an.

»Ich werde mich schneiden. Legt die Hand auf die Wunde, und versucht, Euch daran zu erinnern, was Ihr damals mit… Nehmt genug, um zu spüren, dass Eure eigene Kraft größer geworden ist.«

… mit Naki getan habt. Sie drängte die Erinnerung an eine Bibliothek und die Worte beiseite, die sie dazu verführt hatten, das Verbotene zu erlernen. *»Ich würde alles für dich tun.«* Kallen strich mit der Klinge über die Rückseite seines Arms. Sie legte gehorsam die Hand über die flache Schnittwunde und schloss die Augen.

Der Trick bestand darin zu sehen, dass meine eigene Magie von der Barriere meiner Haut zurückgehalten wird, rief sie sich ins Gedächtnis. Die Erinnerung stellte sich langsam ein, doch dann wurde das Gefühl von Magie innerhalb ihres Körpers plötzlich sehr deutlich. Sie hielt inne, um ein wenig darüber zu staunen, wurde dann aber durch eine Andersartigkeit in der Nähe abgelenkt. Sie konzentrierte sich auf ihre Hand, nahm Kallens Anwesenheit wahr und sah die Bresche in seiner Verteidigung.

Sie zögerte. Es erschien ihr anmaßend, Magie von Kallen zu nehmen, den sie während des größten Teils ihres Lebens halb gefürchtet hatte und der einer der Höheren Magier war. Aber er hatte sie dazu aufgefordert, daher nahm sie ihre Willenskraft zusammen und sog.

Magie flutete in ihren Körper. Sofort verlangsamte sie den Sog. Er würde es spüren können, vermutete sie, und wissen, wenn sie es übertrieb. Er hatte gesagt, sie solle Magie nehmen, bis sie spüren konnte, dass sie ihre eigene Stärke mehrte. Als sie sich konzentrierte, wurde ihr bewusst, dass sie bereits eine größere Stärke in sich spürte. Sie brachte den Strom magischer Macht zum Erliegen, öffnete die Augen und zog die Hand zurück.

Kallen sah sie eindringlich an. »Nehmt mehr.«

Diesmal war sie sich der Bresche in seiner Barriere sofort bewusst, und sie stellte fest, dass sie sich der Grenzen ihrer eigenen Magie dazu nicht bewusst zu sein brauchte. Sie vergaß, die Augen zu schließen, und begriff, dass es gar nicht nötig war. Kallens Gesicht war seltsam schlaff geworden, bemerkte sie. Er sah traurig und müde aus.

Als sie aufhörte, trat wieder ein Ausdruck in seine Züge. Er sah sie an, und diesmal nickte er.

»Gut. Ich kann spüren, dass Ihr jetzt Magie lagert.« Seine Lippen verzogen sich in grimmiger Anerkennung. »Wann immer wir mehr Magie in uns tragen, als wir von Natur aus besitzen, entweicht ein wenig davon unserer Barriere. Konzentriert Euch auf die natürliche Grenze Eurer Haut, bis Ihr dieses Leck spürt, dann sendet ein wenig Magie aus, um Eure Barriere zu verstärken.«

Diesmal schloss sie die Augen. Sie zog ihre Aufmerksamkeit nach innen und bemerkte, dass sie spüren konnte, dass ihre Macht sich verstärkt hatte. Sie konzentrierte sich auf die Barriere ihrer Haut, die die Grenze ihrer Kontrolle darstellte. Und tatsächlich, Magie sickerte durch sie hindurch, an manchen Stellen mehr als an anderen.

Sie setzte ihre Willenskraft ein, zapfte ein wenig von ihrer Magie an und sandte ein stetiges Rinnsal davon aus, um die Barriere zu verhärten. Sofort war das Leck gestopft.

Als sie die Augen öffnete, nickte Kallen.

»Ich kann es nicht länger spüren.« Er lächelte beinahe. »Es ist jetzt auch möglich, dass ein dritter Magier Euer Nehmen von Magie spüren kann. Dies ist ein ähnliches Problem, das aber an der Wunde in Erscheinung tritt. Ihr müsst Eure Barriere ein wenig ausdehnen, damit sie die des, äh, Spenders von Magie überlappt.«

Seinen Anweisungen folgend gelang es Lilia, diese Lektion nach wenigen Versuchen zu bewältigen. Danach ließ Kallen sie versuchen, Magie so langsam zu nehmen, dass sie es kaum bemerkte, dann so schnell sie konnte. Er konnte bei der ersten Übung stockend mit ihr sprechen, hatte aber während der zweiten offensichtlich Mühe, sich aufrecht zu halten.

»Ihr solltet auch die schwächende Wirkung kennenlernen, die das Geben von Magie für den Spender hat. Schwarzmagierin Sonea ist während des Kampfes mit den Ichani geschnitten worden, weil sie nicht um die Schwächung durch schwarze Magie wusste. Es ist etwas, das Ihr gewiss nicht wieder erleben wollt, sobald Ihr es einmal gespürt habt.« Er machte eine Handbewegung. »Aber das kann bis zu einer anderen Lektion warten.«

»Ich erinnere mich an etwas in der Art, von damals, als Naki es an mir ausprobiert hat«, sagte Lilia. »Sie meinte, es hätte nicht funktioniert, aber ich denke, sie hat gelogen.«

Kallens Miene verdüsterte sich, aber dann verzog er mitfühlend die Lippen. »In Beschreibungen des Rituals Höherer Magie zwischen Magiern und Novizen alter Zeiten knieten die Novizen vor ihren Meistern nieder. Sie müssen in der Lage gewesen sein, sich aufrecht zu halten. Vielleicht sind die Novizen immun gegen die schwächende Wirkung geworden.«

»Oder die Meister wussten, wie man Macht nimmt, ohne ihr Gegenüber zu schwächen.«

Er nickte. »Wenn Ihr dazu bereit seid, könnten wir experimentieren. Es gibt vieles an schwarzer Magie, was wir nicht verstehen, und ich fürchte, dass unsere Gegenstücke in Sachaka das gegen uns benutzen könnten.«

Lilia unterdrückte einen Schauder des Widerstrebens. Obwohl Experimente in schwarzer Magie mit Kallen nicht nach Spaß klangen, musste sie ihm zustimmen, dass die Gilde darauf bedacht sein sollte, ihre Wissenslücken nach bestem Vermögen zu füllen.

Kallen strich mit der Hand über die Schnittwunde, die sich jetzt zu einer rosigen Linie geschlossen hatte. »Natürlich werdet Ihr auf diese Weise nur Magie von Nichtmagiern oder von einem feindlichen Magier nehmen. Eine normale Übertragung von Macht lässt sich bewältigen, ohne die Haut aufzuschneiden. Der schwächende Effekt ist außerdem ein weiterer Vorteil in der Schlacht. Ich kann mir nicht viele Situationen vorstellen, in denen es Sinn ergibt, jemandem mit Gewalt seine Magie zu nehmen, ohne ihn gleichzeitig zu schwächen.«

»Vielleicht … wenn Ihr Macht von einem alten Magier nehmen müsstet, der im Sterben liegt, der aber aus irgendeinem Grund – vielleicht weil er bewusstlos ist oder senil – Euch seine Macht nicht mehr willentlich anbieten kann.«

Kallen verzog das Gesicht. »Ja. Es wäre freundlicher, wenn er die Schwächung nicht erleben müsste.«

Sie betrachtete das Messer. »Was macht man, wenn man kein Messer hat? Könnte man Magie benutzen, um den Schnitt zu verursachen?«

Er schüttelte den Kopf. »Selbst wenn ein Magier zu schwach ist, um sich mit einem Schild zu schützen, hat er doch noch genug Kraft, um die natürliche Barriere seiner Haut aufrechtzuerhalten. Diese Barriere ist nichts anderes als ein Schild gegen fremden Willen und muss aufgebrochen werden.«

»Wenn man Magie wie einen Dorn formte und gegen einen Gegner schleuderte, so dass dessen Haut durchstoßen würde – könnte das vielleicht funktionieren?«

Er zog die Augenbrauen hoch. »Vielleicht. Ich schätze, wenn ein Hieb oder Schuss heftig genug ist…« Er runzelte die Stirn. »Es wäre schwierig zu prüfen. Das Opfer müsste bereit sein, verletzt zu werden, vielleicht ziemlich schwer… Andererseits, wenn man sich zunächst einiges Geschick aneignet, einen kurzen, heftigen Angriff zu führen, der nur eine kleine Verletzung hervorruft, wäre das auch nicht schlimmer als ein kleiner Schnitt. Es ist eine interessante Idee. Wir sollten ihr nachgehen.«

Sie nickte, bevor die Vorstellung, ihm zu erlauben, sie zu stechen, ihre Befriedigung, auf eine Idee gekommen zu sein, die für ihn ganz neu war, wieder zunichtemachte.

»Nun… das wird für heute genügen«, sagte er. »Morgen werde ich Eure Ausbildung im Gedankenlesen beginnen. Wir werden einen Freiwilligen benötigen, an dem Ihr üben könnt. Sobald Ihr diese Fähigkeit erworben habt, werde ich Euch lehren, einen Blutstein zu machen.«

Einen Blutstein! Lilia verkniff sich ein Lächeln; sie wollte nicht zu erpicht erscheinen, mehr über etwas zu lernen, was einst verbotene Magie gewesen war. Sie erhob sich, als Kallen aufstand, und folgte ihm zur Tür.

»Soll ich Euch hier treffen?«, fragte sie.

Er nickte und deutete auf den Flur. »Ja. Dann bis morgen.«

Sie verneigte sich und machte sich auf den Weg zu den äußeren Räumen der Universität und zu ihrer nächsten Unterrichtsstunde, außerstande, ein Gefühl der Erregung zu unterdrücken.

Zum ersten Mal fühlt sich die Kenntnis von schwarzer Magie nicht wie eine… eine Strafe an – oder eine Krankheit. Die Gilde will, *dass ich sie erlerne. Und es ist tatsächlich* interessant.

Während die Morgensonne höher stieg und heller wurde, begannen die Farben des Ödlands zu verblassen. Sonea schlang die Hände um ihre Knie und erinnerte sich sehnsüchtig daran, dass sie früher einmal in der Lage gewesen war, die Knie ganz anzuziehen. Es war lange her, seit sie so biegsam gewesen war. Das Leben als Magierin – und das Tragen schwerer Roben – verlangte im Allgemeinen eine würdevollere Position, wenn man sich hinsetzte. Es waren kleine Verluste wie dieser, die ihr sagten, dass sie älter wurde.

Regin stand auf und ging zu ihren Reisebündeln, die ein wenig leerer aussahen als noch vor zwei Tagen, als sie am Abend am Treffpunkt der Verräter eingetroffen waren.

Ich habe die Anweisungen streng befolgt, sagte sie sich. *Sie haben absolut Sinn ergeben. Regin stimmt mir zu. Wir müssen dort sein, wo wir sein sollten.*

Und doch waren noch keine Verräter erschienen.

Sie schaute nach rechts, wo das Gebirge im Südwesten aufragte. Als sie und Akkarin zwanzig Jahre zuvor Sachaka betreten hatten, waren sie in diese Richtung gereist. Über die Hänge der Berge ohne Vorräte, ohne Heimat und gejagt von Ichani. Diesmal reisten sie und Regin nach Nordwesten, immer noch durch die raue Berglandschaft, aber mit reichlich Nahrungsvorräten; sie brauchten sich nicht um Ichani zu sorgen und hatten zu Hause eine Gilde, die darauf wartete, sie willkommen zu heißen.

Erstaunlich, welchen Unterschied einige grundlegende Dinge machen und der Umstand, dass man nicht um sein Leben zu fürchten braucht.

Trotzdem war das Ödland rau. Unter ihnen gingen die felsigen Hänge in Dünen über, die sich endlos bis zum Horizont hinzogen. An ihrem ersten Tag hier hatten sie beobachtet, wie im Norden ein Sandsturm über das Land getobt und alles in seinem Weg unkenntlich gemacht hatte. Sie hatten befürchtet, dass sie dem Sturm würden trotzen müssen, aber er war erstorben, als er auf die nördlichen Berge getroffen war. Sonea wandte sich nach links und betrachtete die Gipfel, die sich in gestaffelten Ketten bis in die Ferne erstreckten und die blasser wurden, je weiter sie weg waren.

Irgendwo hinter ihnen liegt das Sanktuarium, die Heimat der Verräterinnen. Nach allem, was Lorkin sagt, waren sie viel freundlichere Gefängniswärter als König Amakira.

Nicht dass irgendjemand ihr beschrieben hätte, wie Lorkins Gefangenschaft im Palast ausgesehen hatte. Sie war beinahe froh, dass sie nicht in der Lage gewesen war, durch ihren Blutstein seine Gedanken zu lesen. Sie schwankte zwischen dem Wunsch, alles zu wissen, und dem Gedanken, dass es vielleicht besser war, wenn sie es nie erfuhr. Wenn er gelitten hatte, war sie sich nicht sicher, was sie fühlen oder tun würde, aber sie war sich sicher, dass es nichts Gutes sein würde.

Er ist jetzt frei. Frei und lebendig. Ich muss aufpassen, dass nichts, was ich tue, daran etwas ändert.

»Sonea.«

Sie riss den Blick von der Aussicht los und drehte sich zu Regin um. »Ja?«

Er deutete auf die Taschen. »Sollen wir das Essen weiter rationieren?«

Sie nickte. Er fragte mehr als nur das, das wusste sie. Er fragte, ob sie hierbleiben oder aufgeben und bald in die Festung zurückkehren sollten. *Wir könnten jagen, um uns mit Nahrung zu versorgen, wie Akkarin und ich es getan haben.* Erinnerungen an eine Mahlzeit stiegen in ihr auf, gekocht und gegessen in einem kleinen, verborgenen Tal. Sie lächelte, als sie daran dachte, was an diesem Ort sonst noch passiert war.

»Zumindest haben wir jede Menge Wasser«, fuhr Regin fort und wandte sich um, um die Quelle zu betrachten. »Und es ist jetzt sauber.«

Sie folgte seinem Blick. Das Wasserrinnsal sickerte durch einen Riss in dem felsigen Boden und sammelte sich in einem kleinen, glatten Teich, bevor es in einen winzigen Bach überfloss. Das Wasser hatte offensichtlich Tiere angelockt. Als sie angekommen waren, hatten sie Vogelkot wegwaschen müssen. Der Bach war nicht lang und wurde von einer Felsspalte in dem steinigen Boden verschluckt.

Wenn wir uns verstecken, werden vielleicht Vögel kommen, um zu trinken. Wir könnten sie fangen und essen.

Sie stand auf, ging zu dem Teich hinüber und betrachtete ihn. Offensichtlich hatte das Ödland ein wenig Wasser, aber selbst hier, direkt an der Quelle, war kein Leben. Sie hockte sich daneben und tauchte die Hand in den Teich. Dann konzentrierte sie sich und suchte nach der Energie, die von den allgegenwärtigen, winzigen Lebensformen darin kam.

Nichts.

Sie runzelte die Stirn. Als sie angekommen waren, hatte sie überprüft, ob das Wasser gefahrlos zu trinken war. Trotz des Vogelkots war das Wasser rein gewesen. Was … seltsam war.

Vielleicht ist kurz vor unserer Ankunft ein Verräter vorbeigekommen und hat alle Energie herausgezogen. Je kleiner und einfacher ein Lebewesen war, desto schwächer war seine natürliche Barriere gegen magisches Eindringen. Selbst Bäumen konnte man Magie abziehen, ohne ihre Borke zu zerschneiden, obwohl die Magie langsam kam und es nie so viel war wie bei einem Tier oder einer Person.

Das Töten der kleinen Lebensformen macht das existierende Wasser trinkbar, aber das Süßwasser sollte schnell zusätzliche winzige Lebensformen anziehen. Sie streckte die Hand nach dem Rinnsal aus, das den Teich speiste. Dann schöpfte sie etwas Wasser und konzentrierte sich abermals.

Dort. Wie winzige Nadelstiche aus Licht.

Sie ließ das gesammelte Wasser in den Teich fallen. Es konnte nur eine Erklärung geben. Irgendetwas tötete alles Leben, sobald es in den Teich gelangte.

Ihr Magen krampfte sich in jäher Furcht zusammen. War der Teich vergiftet? Sie hatten seit einigen Tagen davon getrunken. Was konnte kleine Lebensformen sofort töten, sich aber nicht auf Menschen auswirken?

Das Becken war glatt. Es konnte von der Zeit geformt worden sein, von Menschen oder von Magie. Als sie wieder in das Wasser griff, strich sie mit der Hand langsam über die Oberfläche des Steins. Sie erwartete nicht, etwas zu spüren. Wenn man Gift innerhalb eines Körpers aufspüren musste, suchte man nach dessen Wirkung – das Gift selbst war kaum wahrnehmbar. Ihre Finger trafen auf einen Höcker in der Oberfläche. Sie erkundete ihn mit den Fingerspitzen, dann sandte sie ihren Geist aus.

Etwas zupfte an ihren Sinnen. Sie zog ein wenig Magie in sich hinein und ließ sie aus ihren Fingern sickern. Sie wurde sofort abgesaugt.

Ihr Blut wurde kalt.

Sie richtete sich auf und starrte den kleinen Höcker in der ansonsten glatten Oberfläche der Senke an. *Es ist nicht Teil des Felsens. Wenn es tut, was ich denke, ist es dort angebracht worden, um das Wasser zu reinigen. Aber wenn es tut, was ich denke …*

»Regin.«

Sie spürte die Kühle seines Schattens auf ihrem Rücken.

»Ja?«

»Könntet Ihr mir ein Messer geben oder etwas anderes zum Meißeln?«

»Warum benutzt Ihr keine Magie? Oh ... natürlich. Ihr wollt sie nicht verbrauchen.«

Er ging zu den Bündeln. Während er beschäftigt war, zog sie Magie in sich hinein und benutzte sie, um das Wasserrinnsal von dem Teich wegzuleiten. Dann leerte sie den Teich mit einer kurzen Kraftanstrengung. Die Oberfläche begann sofort zu trocknen, und als Regin zurückkam, war der Höcker als ein dunklerer Fleck im Stein zu sehen.

Er hielt ihr einen silbernen Stift hin.

»Ist das alles, was wir haben?«

»Ich fürchte, ja. Niemand erwartet von Magiern, dass sie Messer brauchen.«

Sonea seufzte und nahm den Stift entgegen. »Hoffen wir, dass dies funktioniert.«

Sie begann rings um den Höcker eine Furche zu graben. Zu ihrer Erleichterung war, was immer den Höcker an seinem Platz hielt, weicher als Stein – eher wie Wachs. Schon bald hatte sie die Furche ausreichend vertieft.

»Darf ich fragen, was Ihr tut?«

»Ja.«

Der Höcker bewegte sich, und Sonea versuchte vergeblich, ihn herauszuziehen. Mit zusammengebissenen Zähnen machte sie sich wieder daran, wächserne Klumpen aus dem Teich zu graben.

»Also. Was *tut* Ihr?«

»Ich grabe dieses *Ding* aus.«

»Das kann ich sehen.« Er klang eher erheitert als verärgert. »Warum?«

Der Stift war nicht schmal genug, um unter den harten Höcker zu passen. Sonea schob stattdessen die Fingerspitzen darunter und zog mit aller Kraft. »Es ist ... seltsam ... Ah!« Der Höcker – jetzt ein Stein – löste sich. Sie hielt ihn ins Licht und schabte die Wachsreste von der Oberfläche.

Regin beugte sich vor, um den Stein zu betrachten. »Ist es ein Kristall?«

Sie nickte. Glatte, flache Stellen reflektierten das Sonnenlicht. »Ein natürlicher. Obwohl ich damit nur meine, dass er ungeschliffen ist.«

»Und ansonsten unnatürlich?« Regin schaute auf das Loch hinab, aus dem der Stein gekommen war. »Was für eine Art Edelstein ist es?«

»Edelstein!«, rief Sonea aus. Sie sog den Atem ein, blickte zu Regin auf und rappelte sich dann hoch. »Höchstwahrscheinlich einer der magischen Edelsteine der Verräter. Ich bezweifle, dass die Duna so weit nach Süden gekommen sind, und wenn die Ichani von diesen Steinen wüssten, hätten sie sie vor zwanzig Jahren gegen uns eingesetzt.« Sie dachte darüber nach, wie der Stein ihre Magie abgesaugt hatte, und ihr Blut wurde wieder kalt. Sie sah Regin an und hielt die Worte zurück. Konnte sie ihm von ihrem Verdacht erzählen? Was, wenn jemand seine Gedanken las? Was, wenn er es jemandem erzählte? Was, wenn …?

Wenn – falls – die Verräter eintrafen, würde sie ihre Entdeckung unter allen möglichen Aspekten durchdacht haben müssen. Sie brauchte es Regin vielleicht nicht zu erzählen, brauchte ihn nicht nach seiner Meinung zu fragen, aber sie *wollte* es tun.

Regin sah sie verwundert und besorgt an.

Sie holte tief Luft. »Ich nehme an, es ist ein schwarzmagischer Edelstein«, sagte sie und sprach leise, für den Fall, dass irgendjemand sie beobachtete und belauschte.

Er sog scharf den Atem ein und starrte sie entsetzt an. Dann schaute er auf den Stein hinab, und seine Augen wurden schmal.

»Also, *das* ist der Grund, warum sich das Ödland nie erholt hat.«

Sie schauderte trotz der wachsenden Hitze und sah sich um. *Es ergibt einen Sinn. Wenn sie einen solchen Stein machen können, können sie Hunderte machen. Tausende. Verstreut über das Land müssen sie langsam, aber unbarmherzig das Leben aus dem Land saugen. Die Erde wird zu unfruchtbar für Pflanzen. Größere Lebewesen wie Tiere verhungern oder gehen weg.*

Was bedeutete, dass die Verräter bewusst dafür gesorgt hatten, dass das Ödland ein Ödland geblieben war.

Über Jahrhunderte hinweg.

»All die Zeit hat man gedacht, die Gilde habe dies geschaffen, um Sachaka schwach zu halten. Stattdessen waren es die Verräter.«

Regin runzelte die Stirn. »Nun … da können wir uns nicht sicher sein. Sie haben den Stein vielleicht einfach hier hingelegt, um das Wasser sauber zu halten.«

Sie schaute zu ihm auf. »Ich schätze, ich könnte hier noch mehr Steine finden …«

Sein Blick wurde schärfer. »Versucht es.«

Sie reichte ihm den Stein, den er zaghaft entgegennahm, entfernte sich einige Schritte und schaute auf den leicht abfallenden Boden. Dann schloss sie die Augen und dehnte die natürliche Barriere um ihre Haut herum aus, bis sie eine Kugel war. Wo sie sich mit dem Fels unter ihren Füßen überlappte, schwächte sie die Grenzen der Magie. Dann begann sie langsam vorwärtszugehen.

Sie hatte nur etwa fünfzig Schritte getan, als sie einen ganz schwachen *Sog* verspürte. Es war eine eigentümliche Wahrnehmung – das Gefühl völliger Widerstandslosigkeit in einem Meer von Dingen, die ihren Sinnen einen wenn auch sehr geringen Widerstand entgegensetzten. Sie blieb stehen, drehte sich um und schaffte es, nachdem sie das Gefühl dafür ein paar Mal verloren hatte, die Stelle, von der der Sog kam, auf einige Schritte einzugrenzen.

Es war ein mit Steinen gefüllter Spalt zwischen zwei Felsplatten. Regin gesellte sich zu ihr, während sie in dem Spalt herumstocherte. Sie dehnte ihre Barriere in dem Spalt aus, aber bevor sie weit gekommen war, stieß Regin ein kleines Krähen des Triumphs aus und hielt etwas hoch.

Einen weiteren dunklen, glänzenden Kristall. Sie nahm ihm den Stein ab und prüfte ihn. Die Magie, die sie aussandte, wurde von ihm sofort absorbiert.

»Zweimal ist Zufall«, sagte Regin. »Dreimal ist …«

Nickend ging sie in eine andere Richtung. Diesmal fand sie mühelos einen Stein, vergraben in einer mit Sand gefüllten Senke. *Alle in geschützten Positionen, wo sich Wasser sammeln oder durchfließen kann. Nischen und Ritzen, wo das Leben Wurzeln schlagen könnte.* Sie kehrten zum Treffpunkt zurück. Der Teich hatte sich inzwischen wieder gefüllt. Sie tauchte die Hand ins Wasser und fand die Bestätigung, dass es jetzt voller winziger Fünkchen Energie war.

Sie schaute zu Regin auf. »Osen muss davon erfahren.«

Er lächelte schief. »Oh, das muss er ganz eindeutig.«

Und Lorkin, dachte sie. *Obwohl er es vielleicht bereits weiß. Ah. Wenn er es nicht wissen soll, gefährde ich vielleicht sein Leben, wenn ich es ihm erzähle. Es ist möglicherweise auch nicht klug, die Verräterinnen wissen zu lassen, dass wir ihr schmutziges kleines Geheimnis entdeckt haben.*

Trotzdem, sobald die Gilde Bescheid wusste, würden die Verräter nichts mehr gewinnen, wenn sie sie und Regin töteten. Sie nahm Osens Ring aus ihrer Tasche, setzte sich, lehnte sich an einen Felsbrocken und streifte den Ring über ihren Finger.

– Osen.

– Sonea!

– Habt Ihr einen Moment Zeit? Ihr werdet nicht glauben, was ich gerade entdeckt habe.

Zweiter Teil

16 Pläne und Verhandlungen

Cery seufzte. »Lass uns das noch einmal durchgehen.«

»Wir sorgen dafür, dass Skellin erfährt, dass wir unter der Gilde leben«, sagte Gol. »Und nicht von Magiern beschützt werden.«

»Selbst wenn er weiß, dass die Gilde keine Ahnung davon hat, dass wir hier unten sind, wird er den Verdacht haben, dass Lilia es weiß«, fuhr Anyi fort. »Wir müssen Skellin davon überzeugen, dass Lilia nicht immer bei uns ist, und ihn dann ihren Tagesplan ermitteln lassen, so dass er wissen wird, wann sie uns nicht beschützt.«

»Er wird zuerst andere schicken, um zu überprüfen, ob es wahr ist, oder um mich zu fangen«, wiederholte Cery. »Also müssen wir die Dinge so einrichten, dass nur ein Magier zu uns durchkommen kann. Wie eine magische Barriere, die Lilia geschaffen hat.«

»Aber wird ihn das nicht zu der Vermutung bringen, dass Lilia hier unten ist?«, fragte Anyi.

»Er ist ein Magier«, antwortete Cery. »Er weiß, dass ein Magier eine Barriere errichten und dann irgendwo anders hingehen kann.«

»Trotzdem, es könnte ihn davon abhalten weiterzugehen«, bemerkte Anyi.

»Wir errichten die Barriere nahe genug, dass er uns hören oder Licht vor sich sehen kann, so dass er denkt, er müsse nur noch ein kleines Stück weitergehen, um uns zu finden.«

»Er oder Lorandra«, sagte Gol. »Wenn er Lorandra schickt, lassen wir die Falle trotzdem zuschnappen. Zumindest wird die Gilde einen von ihnen fangen, und sie könnten sie als Köder für eine weitere Falle benutzen.«

»Ja, falls sie sie nicht wieder entkommen lassen.« Cery lächelte schief.

»Sobald er die Barriere durchbricht, wird er schnell handeln wollen«, sprach Anyi weiter, »denn Lilia wird wissen, dass ihre Barriere durchbrochen wurde. Wenn er nahe genug ist, um uns zu sehen oder zu hören, werden wir nicht viel Vorwarnung haben.«

»Wir könnten eine Lampe hinter der nächsten Ecke aufstellen, so dass es aussieht, als seien wir ganz in der Nähe, obwohl wir in Wirklichkeit weiter weg sind«, schlug Gol vor. »Und einige weitere Lampen, damit es so aussieht, als hätten wir sie zu unserer eigenen Verwendung dort aufgestellt.«

»Was bedeutet, dass wir zusätzliche Lampen und Öl beschaffen müssen. Zusätzliche Dinge, die Lilia herbeibringen muss.« Anyi seufzte.

»Was ist, wenn Skellin andere mitbringt?«, fragte Gol.

Cery dachte nach. »Solange sie zusammenbleiben, spielen sie keine Rolle.«

Gol runzelte die Stirn. »Aber werden sie das tun? Wenn ich Skellin wäre, würde ich sie vorausschicken, um nach Fallen Ausschau zu halten, sobald ich an der Barriere vorbeigekommen wäre.«

»Lasst sie uns finden.« Cery zuckte die Achseln. »Sie werden entweder zurückgehen, um Skellin Bescheid zu geben, oder sie werden darauf warten, dass er sie einholt und ihnen Befehle erteilt.«

»Und dann, wenn er das tut, lassen wir unsere Falle zuschnappen«, sagte Gol.

Cery nickte. Er und Gol hatten Anyi nichts von ihren Plänen erzählt, Skellin ohne Hilfe von Magie der Gilde preiszugeben. Cery war sich nicht ganz sicher, ob er verstand, was der Leibwächter beschrieben hatte. Es war eine Methode, die in Minen benutzt wurde und die einen Einsturz bewirken konnte, der groß genug war, um ein Loch in den Gärten der Gilde zu öffnen. Gol war zuversichtlich, dass es funktionieren würde. Skellin und seine Männer würden entweder begraben oder den Magiern ausgeliefert sein, die zufällig gerade in der Nähe waren.

Es bestand jedoch eine beträchtliche Gefahr, dass Cery, Gol und Anyi ebenfalls begraben werden würden. Cery hatte Anyi gesagt, dass sie, falls Skellin sie drei fand, bevor die Gilde auf die Falle reagierte, loslaufen und Lilia holen solle. Es hatte ihr widerstrebt, sich darauf einzulassen, bis er betont hatte, dass sie nichts gewinnen würden, wenn sie blieb. Zumindest würde es, wenn sie fortging, eine Chance geben, dass Lilia rechtzeitig kam, um Skellin aufzuhalten.

»Ich bezweifle, dass die Gilde Skellin kampflos fangen wird«, sagte Cery. »Ich würde lieber nicht bei lebendigem Leib begraben werden. Wir sollten Lilia auch bitten, die Räume zu stärken.«

Anyi nickte. »Sie hat im Moment reichlich Magie. Kallen hat sie gelehrt, wie man schwarze Magie benutzt, um mehr Macht zu nehmen und zu lagern.«

Cery sah sie an und runzelte die Stirn. »Das hat er getan? Das ist … beunruhigend.«

»Warum?« Anyi zuckte die Achseln. »Die Gilde soll angeblich zwei schwarze Magier haben, damit einer den anderen aufhalten kann … Oh, ich verstehe.« Ihre Augen weiteten sich, und sie sah Cery an. »Du denkst nicht … aber Kallen ist derjenige, der sie unterrichtet. Er würde es nicht tun, wenn er etwas vorhätte.«

»Wer sonst kann sie unterrichten?«, fragte Cery. »Sonea ist in Sachaka.«

»Wenn Kallen plant, seine Macht zu missbrauchen, dann könnte er versuchen, es ihr nicht richtig beizubringen«, sagte Gol.

»Hmm.« Anyi zog die Brauen zusammen. »Nun, wir alle wissen, warum er unzuverlässig werden könnte. Ich habe nie gedacht, dass ich es einmal sagen würde, aber ich werde glücklicher sein, wenn ich weiß, dass die Gilde Feuel anbaut.«

Cery nickte zustimmend, dann hob er die Lampe und stand auf. »Jetzt, da wir unseren Plan festgelegt haben, müssen wir sicherstellen, dass er hier unten funktionieren wird.«

»Wir sollten sicherstellen, dass wir ein oder zwei Fluchtrouten haben für den Fall, dass es schiefgeht«, fügte Gol hinzu. »Vielleicht sollten wir einige Fallen stellen, für den Fall, dass wir verfolgt werden.«

»Wir müssen uns im Kämpfen üben«, ergänzte Anyi. Sie sah Cery an. »Wir alle.«

Cery seufzte. Sie hatte recht, aber sein Körper schmerzte bei dem bloßen Gedanken daran. »Wenn wir dies geregelt haben«, sagte er. »Es hat keinen Sinn zu versuchen, mit Messern gegen Magie zu kämpfen.«

Sie gab ein Schnauben von sich. »Aber es wird ziemlich demütigend sein, wenn wir nicht mit Skellins Schlägern fertigwerden.«

Gol sah Cery an und wandte sich dann an Anyi. »Ich

schätze, ich bin bereit für ein wenig Übung«, sagte er. »Wenn wir es langsam angehen lassen.«

Anyi warf ihm einen nachdenklichen Blick zu, dann nickte sie. »Also schön. Später.«

»Lasst uns für den Moment noch einen Blick auf die Gänge hier in der Nähe werfen. Anyi, überprüfe die Fluchtrouten und sorge dafür, dass Skellin sich uns nicht von hinten nähern kann. Gol und ich werden entscheiden, wohin Lilias Barriere kommen soll.«

Dannyl runzelte die Stirn, als sich ein Schatten in die Tür seines Büros schob. Er blickte auf und erwartete, dass ein Sklave gekommen war, um zu fragen, ob er etwas zu essen oder zu trinken haben wolle, oder um die Ankunft eines Besuchers anzukündigen. Stattdessen war es Merria.

»Lady Merria«, sagte er. »Was ist los?«

Sie schüttelte den Kopf. »Nichts. Dumm, nicht wahr?« Sie verzog den Mund zu einem schiefen Lächeln. »Lorkin ist in Sicherheit, und alles ist wieder normal. Ich sollte dankbar dafür sein, aber ich bin nur gelangweilt.«

»Die Situation ist nicht normal«, erwiderte Dannyl. »Wir sollten uns mit Besuchern oder Einladungen beschäftigen. Selbst Tayend wird jetzt ignoriert.«

Merria senkte den Blick. »Tatsächlich habe ich gestern eine Einladung bekommen, meine Freundinnen zu besuchen«, gestand sie.

Dannyl zwang sich zu einem Lächeln. »Das ist ein gutes Zeichen.« *Jetzt muss nur noch Tayend hier hereinkommen und uns sagen, dass er zu einem Abendessen oder zu einer Feier aufbricht, und Achati wird der einzige Ashaki sein, der mich nicht wie einen Ausgestoßenen behandelt, und alles* wird *wieder normal sein.* Aber er vermutete, dass zwischen ihm und Achati nichts jemals wieder so sein würde wie früher.

Merria schaute auf seinen Schreibtisch herab. »Habt Ihr Eure Notizen beendet?«

Er folgte ihrem Blick zu dem Stapel Papiere und nickte. »Ja. Die Sklaven waren endlich in der Lage, gestern mehr Tinte zu kaufen.«

»Das ist gut, nicht wahr?« Sie hielt inne. »Was stimmt nicht?«

Er sah auf, dann wurde ihm bewusst, dass er die Stirn gerunzelt hatte. »Äh … nun, ich habe zwei Exemplare angefertigt, damit ich eines an die Gilde schicken kann, aber ich habe noch keinen sicheren Weg gefunden, um die Kopie dort hinbringen zu lassen.«

Sie gab einen mitfühlenden Laut von sich. »Ich würde sie keinem gewöhnlichen Kurier anvertrauen. Wie schickt Ihr normalerweise Nachrichten an die Gilde?«

»Mit Osens Blutring.«

»Ihr schickt niemals etwas anderes?«

Dannyl schüttelte den Kopf. »Es gibt einige Händler, die ein paar Mal im Jahr zwischen Sachaka und Elyne oder Kyralia hin und her reisen, und sie transportieren Dinge für uns. Aber nichts Wichtiges. Nur Luxusgüter. Gewürze. Raka.«

Sie runzelte die Stirn, während sie angestrengt über das Problem nachdachte. »Also … müsst Ihr das ganze Ding kodieren und noch einmal abschreiben und dann jede Menge Kopien über verschiedene Kuriere an Osen schicken, um sicherzustellen, dass er zumindest eine von ihnen bekommt. Dann gebt Ihr Osen den Code über seinen Blutring durch.«

Er sah sie voller Bewunderung an. *Solch eine simple Lösung. Warum bin ich nicht darauf gekommen?* Nun, er hatte bereits eine Art Code benutzt, um sensiblere Informationen zu verbergen.

»Natürlich wird uns das nicht helfen, wenn Ihr die Kopie schnell zu Osen schicken müsst«, fügte sie hinzu.

»Langsam ist besser als gar nicht.« Er trommelte mit den Fingern auf den Tisch. »Also, wen werde ich als Kurier auswählen?«, überlegte er laut, eher um dem Gedanken Ausdruck zu verleihen, als weil er Merria danach fragen wollte.

»Ich denke, meine Freundinnen kennen vielleicht einige Händler, die nach Osten reisen.«

»Könntet Ihr sie für mich fragen?«

Sie nickte. »Das mache ich. Aber … glaubt Ihr, dass die Möglichkeit besteht, dass die Ashaki die Verräter bald angreifen? Oder dass die Verräter die Ashaki angreifen?«

Dannyl blinzelte angesichts des plötzlichen Themenwechsels. »Warum? Habt Ihr Gerüchte gehört?«

»Nichts Konkretes. Aber meine Freundinnen diskutieren oft über die Möglichkeit, und König Amakira war so entschlossen, Informationen aus Lorkin herauszuholen.«

Dannyl gefror das Blut in den Adern. *Und Lorkin könnte ihm diese Informationen gegeben haben.* »Ich weiß es nicht.«

»Es wäre eine Ironie, wenn die Verräter tatsächlich angriffen und die Ashaki besiegten. Alle Bemühungen des Königs und Lorkins Weigerung zu sprechen werden umsonst gewesen sein, denn es wird keine Rolle mehr spielen, ob der Standort des Sanktuariums offenbart wurde.«

Dannyl schüttelte den Kopf. »Sie werden nicht angreifen. Es wäre ein zu großes Risiko. Was, wenn sie scheiterten? Sie würden alles verlieren.«

Merria nickte. »Ihr habt natürlich recht. Wie dem auch sei, ich schätze, Ihr werdet jetzt weitere Kopien von Euren Notizen anfertigen. Lasst es mich wissen, wenn Ihr Hilfe braucht. Ich werde morgen eine Kopie zu meinen Freundinnen bringen, wenn Ihr sie bereit habt.«

»Danke.«

Als sie den Raum verlassen hatte, gingen Dannyl ihre Worte noch einmal durch den Sinn: *»... wird es keine Rolle mehr spielen, ob der Standort des Sanktuariums offenbart wurde.«* War das der Grund, warum Lorkin nachgegeben und dem König gesagt hatte, was er wissen wollte? *Aber das würde bedeuten ...*

Schaudernd zog Dannyl die beiden Notizbücher mit seinen Forschungsergebnissen hervor und dazu ein leeres und begann eine weitere Kopie anzufertigen.

Regin bemerkte die Verräter als Erster. Von ihrem Ausguckspunkt beobachteten er und Sonea, wie die kleine Gruppe zwischen den Dünen und felsigen Hügeln hindurchging und ihre Schatten länger wurden, während die Nachmittagssonne sank. Der kühle Schatten der Berge wuchs in die Höhe, und nachdem sie ihn erreicht hatten und sich die Abenddämmerung übers Land gelegt hatte, wurde es langsam schwieriger, die Gestalten auszumachen. Schon bald waren kleine Lichtpunkte zu sehen, dicht am Boden und immer näher. Als schließlich Geräusche das Erscheinen der Fremden ankündigten, ließ Sonea Osen wissen, dass sie gleich ankommen würden, dann stand sie auf und machte sich bereit, sie zu begrüßen.

Die erste Person war eine Frau, die sich mit der würdevollen Haltung einer Anführerin bewegte, was sie größer erscheinen ließ, obwohl sie ungefähr so groß war wie Sonea. Ihre Gesichtszüge waren so sachakanisch, dass Sonea für einen kurzen Moment das Blut in den Adern gefror. Sie hatte die gleiche breite Stirn, die hohen Wangenknochen und die schrägen Augen wie die Ichani, die Kyralia überfallen hatten. Aber jene Männer und die einzige Frau unter ihnen waren schwerer gebaut gewesen. Die Verräter waren kleiner und anmutiger.

Wenn sie richtig vermutet hatte, war die erste Frau Savara, die Königin. Die Frau war nicht anders gekleidet als der Rest der Gruppe. Alle zwölf hatten ein Bündel bei sich und trugen schlichte Kleidung. *Acht Frauen und vier Männer.* Soneas Blick glitt zu dem größten der Männer, und ihr Herz machte einen Satz. *Lorkin!*

Er lächelte, als sie ihn sah. Sie widerstand dem Drang, loszulaufen und ihn zu umarmen, weil sie sich Sorgen machte, dass jede Bewegung in Richtung der Verräter sie dazu bringen könnte, abwehrend zu reagieren. Und Lorkin würde es vielleicht nicht schätzen, wenn sie sich vor diesen Menschen übermäßig zärtlich zeigte.

Also zügelte sie sich und begnügte sich damit, ihn genau anzusehen. *Er wirkt gesund, wenn auch müde.* Die Art, wie er die Frau an seiner Seite betrachtete und dann wieder zu Sonea hinüberschaute, machte klar, dass dies Tyvara war, die Verräterin, die ihm das Leben gerettet hatte. Die Frau, für die er bereit gewesen war, sich im Sanktuarium einsperren zu lassen.

Sie ist sehr attraktiv, dachte Sonea. Die junge Frau erwiderte Soneas Blick mit Neugier und einem Anflug von Berechnung. *Zweifellos schätzt sie mich genauso ab wie ich sie.* Das war jedoch nicht alles, was Sonea in ihrem Benehmen wahrnahm. Es war nicht direkt Selbstbewusstsein. Mehr eine grimmige Entschlossenheit. *Dieses Mädchen hat viel mehr gesehen als jede Kyralierin in ihrem Alter. Ich würde wetten, dass sie auch mehr erlebt hat … Natürlich, sie hat sich als Sklavin ausgegeben, als sie Lorkin gerettet hat, und das bedeutet gewiss, dass sie eine Menge Schmerz und Demütigung erdulden musste.*

Sonea wandte den Blick von Tyvara ab und sah wieder die Anführerin an, die ihr Tempo verlangsamte, als sie die letzten Schritte auf Sonea und Regin zumachte. Als sie stehen blieb, folgten die anderen hinter ihr ihrem Beispiel.

»Schwarzmagierin Sonea?«, fragte sie und lächelte Sonea an.

Sonea nickte. »Ja.«

»Ich bin Savara, Königin der Verräterinnen.« Sie drehte sich um, um die übrigen Mitglieder ihrer Gruppe vorzustellen. Keiner hatte einen Titel. *Nun, Lorkin hat gesagt, dass sie alle gleich behandeln – zumindest dem oberflächlichen Anschein nach.* »Euren Sohn brauche ich Euch natürlich nicht vorzustellen«, kam Savara schließlich zum Ende. »Es ist mir ein Vergnügen, Euch und Euren Sohn wiederzuvereinen und Euch endlich kennenzulernen.«

»Das Vergnügen ist ganz meinerseits, Euer Majestät«, erwiderte Sonea. Dann deutete sie auf Regin. »Dies ist Lord Regin, mein Assistent.«

Regin neigte den Kopf. »Es ist mir eine Ehre, Euch kennenzulernen, Königin Savara, Euch und Eure Leute.« Er legte eine Hand aufs Herz. Savaras Augenbrauen zuckten in die Höhe, dann neigte sie anmutig den Kopf.

»Wir wollen uns setzen.« Sie deutete auf den flachen Boden neben der Quelle. »Wir sind einen weiten Weg gegangen und brauchen Ruhe, um zu essen und zu trinken.«

Sie drehte sich um und nickte den anderen zu, von denen einige an ihr vorbei auf die Quelle zugingen. Sonea dankte im Stillen Regin, der daran gedacht hatte, den Edelstein in den Teich zurückzulegen. Osen hatte vorgeschlagen, dass sie das Wissen um die Edelsteine für sich behalten sollte, es sei denn, es ließe sich ein Vorteil daraus gewinnen.

Die Gruppe begann, Bündel abzulegen. Sie bildeten einen Kreis und ließen eine Lücke für Sonea und Regin. Lorkin setzte sich neben Sonea, und Tyvara nahm auf seiner anderen Seite Platz. Irgendjemand schuf eine kleine Lichtkugel und ließ sie in der Mitte leuchten, direkt über dem Boden. Essen wurde gebracht und in die Mitte gestellt. Es bestand aus schlichter Reisekost: hartem, flachem Brot, getrocknetem Fleisch, Obst und Nüssen.

Sonea nahm die Reste ihrer eigenen Vorräte heraus – Pachi-Früchte, Getreide und getrocknete Bohnen, die man in Wasser kochen konnte, Gewürze, Sumi und harte Süßigkeiten – und bot sie an. Sie wurden ohne ausgesprochenen Dank entgegengenommen, aber mit anerkennendem Nicken und Lächeln. Sie beobachtete fasziniert, wie einer der Männer eine Metallscheibe mit einem Edelstein in der Mitte auf einen flachen Felsen legte, den Stein berührte und dann einen breiten Topf voller Wasser darauf stellte. Schon bald kochte das Wasser, und er gab das Getreide und die Bohnen hinein. *Offensichtlich ist es Männern nicht verboten, Magie zu benutzen. Das bedeutet, dass ihr Gesetz dagegen, dass Männer Magie erlernen, nicht so restriktiv ist, wie es auf den ersten Blick scheint, obwohl sie es trotzdem den Frauen überlassen, die Steine herzustellen. Ich frage mich, ob sie eine Erlaubnis brauchen, sie zu benutzen.*

Einer der Verräter untersuchte erstaunt den Beutel mit Sumi-Blättern.

»Sie sind für ein heißes Getränk«, erklärte Sonea. »Ich werde es später zubereiten.«

»Wie Raka?«, fragte einer von ihnen.

Sonea schüttelte den Kopf. »Die gleiche Idee, eine andere Pflanze.« Die Vorräte, die man ihnen im Fort mitgegeben hatte, hatten keinen Raka beinhaltet.

»Wir haben Raka.«

Sonea richtete sich auf. »Tatsächlich?«

Savara lachte leise. »Es ist ein gutes Getränk als Begleitung zu einem Gespräch. Oder zu einer Verhandlung.«

Das Essen wurde herumgereicht, und jeder nahm sich eine Portion. Sonea fügte den Bohnen und dem Getreide Gewürze hinzu, als sie fertig waren. Die Verräter hatten eine besondere Vorliebe für die Süßigkeiten. Savara bereitete eine Kanne Raka zu, und überraschend kleine Tassen wurden herumgereicht, damit sie sie füllte. Soneas eigener Becher kehrte kaum halb voll zu ihr zurück, aber als sie daran nippte, begriff sie, warum das so war. Der Raka war so stark, dass er wie Sirup war, und nach wenigen Schlucken hatte sie das Gefühl, als summten ihre Ohren.

Jeder der Verräter, der seine Tasse bekam, stand auf und ging davon, bis nur noch Savara übrig blieb. Es war jetzt vollends Nacht, und mehr Lichtkugeln erschienen, während diejenigen, die gegangen waren, sich in einer Entfernung von einigen Schritten in kleineren Gruppen versammelten. Savara kam näher, so dass sie einen kleineren Kreis bildeten.

»Wir sind später eingetroffen, als wir gehofft hatten, und Ihr müsst begierig darauf sein, nach Kyralia zurückzukehren, also lasst uns ohne Verzögerung beginnen.« Sie sah Lorkin an. »Es war der Wunsch unserer verstorbenen Königin, Zarala, dass Lorkin heute die Verhandlungen führt. Seid Ihr damit einverstanden?«

Sonea blickte ihren Sohn an, der den Eindruck machte, als halte er ein Grinsen zurück. »Ja, Euer Majestät. Ich habe den Blutring von Lord Osen dabei, dem Administrator der Gilde. Habt Ihr etwas dagegen, wenn ich ihn trage?«

»Nein.« Savara sah Lorkin an. »Beginnt, Lord Lorkin.«

Sonea streifte Osens Ring über.

– Osen?

– Sonea.

– Wir werden jetzt mit den Verhandlungen beginnen.

Lorkin holte tief Luft. »Königin Zarala hat mich gebeten, ein Treffen zwischen den Verrätern und den Verbündeten Ländern zu arrangieren, um ein Bündnis auszuhandeln.«

Sonea nickte. »Über welche Art von Bündnis reden wir?

Ist es der Wunsch der Verräterinnen, sich den Verbündeten Ländern anzuschließen? Das verlangt eine Anerkennung der vereinbarten Kernregeln, die für alle gelten, mit einigen Besonderheiten für jedes Land.«

»Was sind das für Kernregeln?«, hakte Savara nach.

»Kein Angriff auf andere Länder des Bündnisses. Befolgung einer Reihe von Gesetzen zum Handels- und Strafrecht sowie zur Magie. Militärische Unterstützung zur Verteidigung der Verbündeten Länder. Ein Verbot der Sklaverei.«

»Dem ersten und letzten Punkt stimmen wir von ganzem Herzen zu.« Savaras Lippen wurden schmal. »Was ist mit den Gesetzen, von denen Ihr sprecht?«

Sonea listete sie mit Osens Hilfe auf. Savara hörte zu und nickte von Zeit zu Zeit. Als Sonea fertig war, verschränkte die Königin die Finger.

»Einige dieser Gesetze sind unseren eigenen ähnlich, andere nicht. Es ist Eure Kontrolle von Magiern, gegen die meine Leute vielleicht Einwände hätten. Vor allem Eure Einschränkungen, was das Wissen um und die Benutzung von Höherer Magie betrifft…«

»Ihr habt Einschränkungen, mit denen wir ebenfalls nicht einverstanden sind. Ich glaube, Magie wird nur weiblichen Verrätern beigebracht, es sei denn, der Mann ist ein natürlicher Magier.«

»Ja, aber auf dem Geschlecht beruhende Einschränkungen sind in den Verbündeten Ländern bereits akzeptiert. Das Volk der Lonmar unterrichtet nur Männer in Magie. Wenn das Bündnis ihre Traditionen berücksichtigt, könnte es nicht auch unsere berücksichtigen?«

»Wahrscheinlich. Schwarze Magie dagegen ist eine schwierigere Frage.«

Savara lächelte und deutete auf Sonea. »Und doch hat die Gilde Schwarzmagier.«

»Nur so viele, wie unserer Meinung nach für unsere Verteidigung notwendig sind.«

Der Gesichtsausdruck der Königin wurde ernst. »Denkt Ihr wirklich, drei sind genug?«

Sonea hielt dem Blick der anderen Frau stand. Dies war nicht die Zeit, um Zweifel einzugestehen.

»Ja.«

Savara zog die Augenbrauen hoch. »Ich hoffe, dass es niemals zu einer Situation kommt, die dies auf die Probe stellt. Meine Leute wären nicht glücklich darüber, ihre Sicherheit in die Hände einiger weniger zu legen. Wir werden keinem Bündnis zustimmen, das von uns verlangt aufzuhören, unsere Töchter in Höherer Magie zu unterrichten.«

»Das haben wir erwartet.« Sonea lächelte, während der Blick der Königin sich schärfte. »Wir sind bereit, im Fall der Verräter eine Ausnahme zu machen, unter bestimmten Bedingungen.«

»Was sind das für Bedingungen?«

»Ihr habt keine Einwände gegen unser Gesetz erhoben, dass alle Magier von der Gilde ausgebildet werden«, erklärte Sonea.

»Nein.« Savara wirkte erheitert. »Es wäre eine Chance, die abzulehnen töricht von uns wäre.«

»Die Bedingung ist folgende: Eure Magier dürfen schwarze Magie erst erlernen, nachdem sie ihren Abschluss gemacht haben, und die Unterweisung in schwarzer Magie muss durch die Verräter erfolgen, in Sachaka.«

Eine kleine Linie erschien zwischen Savaras Brauen. Dann nickte sie langsam. »Das könnte akzeptabel sein.«

»Natürlich wird König Amakira, wenn er von einer Übereinkunft zwischen uns erfährt, uns beiden Probleme machen. Er wird versuchen, Eure Novizen daran zu hindern, uns zu erreichen.«

Savara machte eine wegwerfende Handbewegung. »Oh, das wird kein Problem sein.«

»Sobald sie in Kyralia sind, wird es schwerer sein zu verbergen, was geschieht. Wir könnten sie als Elyner ausgeben.«

»Das wird nicht notwendig sein.«

– *Sie scheint mir in dieser Hinsicht ein wenig zu selbstgewiss zu sein,* bemerkte Osen.

– *In der Tat.*

»Vielleicht glaubt Ihr, dass König Amakira keine Gefahr für Euch ist, weil er nicht weiß, wo das Sanktuarium liegt, aber wenn Ihr wollt, dass die jungen Frauen, die Ihr uns zur Ausbildung schickt, sicher sind, solltet Ihr Euch besser daran erinnern, dass er durchaus weiß, wo Imardin liegt«, warnte Sonea.

Savara lächelte. »Es wird keine Notwendigkeit für Heimlichtuerei geben. Bis wir bereit sind, Magierinnen zur Gilde zu schicken – falls wir uns dafür entscheiden –, werden König Amakira und die Ashaki kein Problem mehr darstellen.«

Sonea hörte, wie Regin nach Luft schnappte. Sie starrte die Königin an. Ein Schauder überlief sie, gefolgt von einem Stich der Furcht.

– *Sie haben die Absicht, die Ashaki anzugreifen!,* rief Osen aus.

Savara beugte sich vor. »Ihr sagtet, ein Bündnis schlösse militärische Unterstützung zur *Verteidigung* der Verbündeten Länder ein. Ich schätze, dass offensive militärische Unterstützung eine andere Frage ist. Trotzdem, Ihr seid alte Feinde des sachakanischen Reiches. Daher lade ich die Verbündeten Länder ein, sich uns anzuschließen bei dem Versuch, Sachaka von den Ashaki und der Sklaverei zu befreien. Ihr werdet vielleicht nicht in der Lage sein, viele

Kämpfer anzubieten, da so wenige von Euch Höhere Magie erlernen, aber Eure Stärke und Eure Fähigkeiten als Heiler wären von unschätzbarem Wert.« Sie lehnte sich wieder zurück. »Werdet Ihr uns helfen?«

17 Ein Eingeständnis

Lorkin beobachtete seine Mutter genau. Obwohl ihr Blick noch immer auf Savara ruhte, schien sie eher durch die Königin hindurchzusehen. Er betrachtete den Ring an ihrem Finger. Sie unterhielt sich mit Osen. Er bemerkte einen weiteren Ring, den er zuvor nicht gesehen hatte. Auch dieser Ring war mit einem Edelstein versehen, aber die Fassung war dekorativ und deutete an, dass es bloßer Schmuck war.

»Wir brauchen Zeit, um darüber zu diskutieren«, sagte sie. »Es sind eine Menge Monarchen zu kontaktieren.«

Savara nickte. »Ihr habt Zeit bis morgen Nacht. Ich würde Euch länger geben, aber meine Leute sind verletzbar, wenn sie außerhalb des Sanktuariums sind. Ich weiß, ich benehme mich, als könnten wir nicht verlieren, aber es hat keinen Sinn, eine zukünftige Beziehung aufgrund der gegenwärtigen Situation zu erörtern.«

»Besteht irgendeine Chance auf eine künftige Beziehung, wenn Ihr verliert?«

Die Miene der Königin wurde grimmig. »Vielleicht eine kleine. Wenn wir verlieren, finden die Ashaki wahrscheinlich heraus, wo sich das Sanktuarium befindet. Ohne das Sanktuarium haben wir keine Grundlage für unsere Ernährung, kein Dach über dem Kopf und vorübergehend keine Höhlen, in denen wir Edelsteine züchten können. Wir werden mehr mit unserem Leben und unserer Erholung beschäftigt sein als mit einer Allianz mit den Verbündeten Ländern.«

Sonea runzelte die Stirn. »Damit würden die Höhlen in die Hände der Ashaki fallen. Könnten sie beginnen, ihre eigenen Steine zu züchten?«

»Sie könnten es mit der Zeit allein herausfinden. Es ist wahrscheinlicher, dass sie eine gefangene Verräterin zwingen würden, sie zu unterrichten, obwohl sie von einer einzigen oder selbst von einer Handvoll Verräterinnen nicht all unser Wissen bekommen könnten. Wir haben es vermieden, einzelnen Steinmacherinnen beizubringen, wie man jede Art von Stein herstellt, und stattdessen das Wissen auf viele Personen verteilt. Wie gefährlich die Ashaki werden würden, hängt davon ab, welche Verräterinnen sie einfangen.«

Als die beiden Frauen in nachdenkliches Schweigen verfielen, räusperte sich Lorkin.

»Ganz gleich, ob die Verräterinnen gewinnen oder verlieren, ein Austausch von Wissen zwischen ihnen und der Gilde wäre auf jeden Fall von Vorteil.«

Savara wandte sich mit entschuldigender Miene zu ihm um. »Aber dieser Austausch wurde bereits vorgenommen.«

»Ja und nein.« Lorkin zuckte die Achseln. »Wie bei der Herstellung von Steinen ist die Kenntnis der magischen Heilkunst zu umfassend, um bei einer kurzen Gedankenlesung übermittelt zu werden. Obwohl Ihr mit der Zeit mehr herausfinden werdet, werdet Ihr auf dem Weg Fehler begehen. Wie beim Steinemachen können Fehler gefährlich sein. Es wäre besser, von jenen ausgebildet zu werden, die bereits in der Kunst bewandert sind.«

Seine Mutter runzelte die Stirn. »Sie kennen bereits die Heilkunst?«, fragte sie ihn.

Savara seufzte. »Ja. Eine von uns hat unser Gesetz missachtet und das Wissen aus Lorkins Geist gestohlen. Sie ist bestraft worden, und um Lorkin zu entschädigen, hat Königin Zarala verfügt, dass man ihn die Herstellung von Steinen lehrt.«

Lorkin beobachtete seine Mutter genau. Eine Reihe von Gefühlen glitt über ihre Züge: Schock, Wut und Dankbarkeit. Sie warf ihm einen nachdenklichen Blick zu. Er konzentrierte sich auf ihre Gegenwart und fragte sich, ob er wieder spontane Gedanken auffangen konnte. Ein schwaches, fernes Gefühl von Stolz berührte seine Sinne, aber es konnte Einbildung sein. Zumindest war es nicht Missbilligung oder Enttäuschung. *Noch nicht. Sie weiß nicht, was zur Herstellung von Steinen notwendig ist.*

»Also …«, sagte Sonea. »Eine von Eurem Volk kennt bereits die Grundlagen der magischen Heilkunst, und einer von meinem hat ungefähr im gleichen Maße Kenntnis von der Herstellung von Steinen. Aber wie Lorkin sagt, kommt das keiner vollen Ausbildung durch einen Lehrer mit vielen Jahren Erfahrung gleich. Wir haben immer noch etwas, das sich zu tauschen lohnt.«

»Nun ja …«, unterbrach Lorkin sie zögernd. Sie drehte sich zu ihm um, und ihre Gesichtszüge waren ruhig. »Sie sind nicht von gleichem Wert.«

Savara zog leicht die Augenbrauen hoch. »Welche Kenntnis ist von größerem Wert?«

»Die der Heilkunst«, erwiderte Lorkin.

»Warum?«

»Ihr braucht nicht mehr als Kenntnisse und Magie, um ein Heiler zu sein«, entgegnete Lorkin. »Magier, die Steine herstellen, brauchen entsprechende Höhlen.«

»Was genau sind sie?«, fragte seine Mutter.

»Höhlen, in denen sich auf natürliche Weise kristalline Steine bilden. Magische Edelsteine werden ausgebildet, während sie wachsen. Ich habe noch nie von solchen Höhlen in den Verbündeten Ländern gehört.« Er breitete die Hände aus. »Nicht dass ich nach ihnen gesucht hätte. Es könnte sein, dass wir sie finden werden, wenn wir suchen. Aber bevor wir nicht unsere eigenen Höhlen haben, können wir das Wissen um die Herstellung von Steinen nicht anwenden.«

»Alchemisten würden vielleicht eine andere Möglichkeit finden, sie herzustellen«, warf Regin ein. »Sie machen bereits einige Arten von Kristallen. Vielleicht kann die Magie zur Steinherstellung auf diese Kristalle angewandt werden.«

In Savaras Augen leuchtete Interesse auf. »Ach wirklich?« Dann verzog sie die Lippen zu einem schiefen Lächeln. »Ah, aber es gibt noch einen Haken. Ihr werdet Eure Regeln bezüglich der Höheren Magie lockern müssen, da sie für die Herstellung von Steinen benötigt wird. Eure gegenwärtigen Schwarzmagier werden vielleicht auch nicht für die Aufgabe geeignet sein. Sie verlangt ein Maß an Konzentration und Geduld, zu dem nicht jeder fähig ist. Und auf jeden Fall würde es Eure Verteidigung ernsthaft schwächen, wenn Ihr Euch daneben noch dem Steinemachen widmen würdet. Ihr würdet auch nur in der Lage sein, eine Handvoll Steine im Jahr zu machen.«

Lorkin hielt den Atem an, als seine Mutter ihn anstarrte. Schuldgefühle und Furcht stiegen in ihm auf, aber er zwang sich, ihr in die Augen zu sehen. Ihr Blick flackerte zurück zu Savara, dann wurde ihr Gesicht reglos, und sie verbarg ihre Gefühle hinter einer falschen Gelassenheit.

»Ich verstehe«, sagte sie. »Das macht den Austausch für uns ein wenig … teurer als für Euch.«

Lord Regin hatte sich ebenfalls Lorkin zugewendet und blickte ihn unverwandt an. Seine Augen wurden schmal, doch seine Miene war eher nachdenklich als missbilligend.

»Dann könnten wir vielleicht Kenntnisse der Heilkunst gegen Steine tauschen«, schlug Savara vor. »Eure Heiler könnten für uns arbeiten, und die Gilde würde als Bezahlung Steine erhalten.«

Lorkin streckte seine Sinne aus und versuchte einmal mehr, die Gedanken seiner Mutter aufzufangen. Was er hörte, schien jedoch untypisch zu sein. Er musste es sich einbilden. Obwohl ... es war auch seltsam, dass er sich einbilden sollte, dass seine Mutter eine solche Aneinanderreihung von Flüchen erdachte.

»Sie werden sicher sein«, antwortete Savara auf eine Frage, die er nicht mitbekommen hatte, während er abgelenkt gewesen war. »Die Person, die Lorkin angegriffen hat, hat das aus dem Begehren heraus getan, meinem Volk Heilkunst zu geben – ein Begehren, das viele von uns teilen. Aber nur wenige würden illegale Methoden benutzen, um es zu erwerben. Die Einstellung von Heilern, um mit uns zusammenzuarbeiten, ist eine weitere Möglichkeit, das zu tun. Hat Lorkin Euch von dem Versprechen erzählt, das Lord Akkarin gegeben hat?«

»Ja. Akkarin selbst hat mir nie davon erzählt.«

»Von der damaligen Übereinkunft ist nie viel ans Licht gekommen. Königin Zarala hat auch ein Versprechen gegeben, das sie nicht erfüllen konnte, obwohl sie ihr Leben lang darauf hingearbeitet hat, es zu versuchen.«

Lorkin sah Savara an; er erinnerte sich daran, dass die ehemalige Königin ein solches Versprechen angedeutet hatte.

»Was hat sie versprochen?«, fragte seine Mutter.

Savaras Gesichtsausdruck war ernst, als sie antwortete: »Zu tun, was die Gilde sieben Jahrhunderte zuvor nicht vermochte: die Ashaki zu vernichten und die Sklaverei in Sachaka zu beenden.«

Als Tayend das Herrenzimmer betrat, runzelte Dannyl die Stirn. »Achati wird vielleicht mit mir allein sprechen wollen.«

»Sein Pech. Ob es dir gefällt oder nicht, die Taten des Königs haben eine Wirkung auf die Beziehungen Sachakas zu allen Verbündeten Ländern«, sagte der Elyner. *»Botschafter«,* fügte er hinzu, um klarzumachen, dass er dies für etwas hielt, das zu tun er das Recht hatte.

Dannyl seufzte. »Natürlich.« Aber sein Widerstand war größtenteils Gewohnheit. In Wahrheit war er dankbar für Tayends Gesellschaft. Die Tatsache, dass sie eine gemeinsame Sache hatten und zusammenarbeiteten, und Tayends Anerkennung Achatis hatten etwas verändert. Sie lagen nicht länger im Zwist miteinander. Der Groll über ihre Trennung war erloschen, oder zumindest gehörte er der Vergangenheit an.

Tayends Anwesenheit würde außerdem dafür sorgen, dass das Treffen einen förmlichen Charakter hatte, was es vielleicht leichter machen würde, seine persönlichen Gefühle gegenüber Achati zu ignorieren. *Wie das Gefühl, verraten worden zu sein.*

Doch wir wissen, dass Achati Lorkin aus Arvice fortgebracht hat, rief er sich ins Gedächtnis.

»Lorkin ist bei Sonea«, murmelte Dannyl. »Ich stand gerade im Gespräch mit Osen, als Kai Achatis Ankunft vermeldet hat.«

Tayend zog die Augenbrauen hoch. »Gute Neuigkeiten.«

Als sie ein Geräusch aus dem Flur hörten, drehten sie sich zu dem Besucher um. Tav, der Türsklave, erschien als Erster und warf sich zu Boden. Achati kam hinter ihm herein. Er lächelte.

»Willkommen Ashaki Achati«, begrüßte ihn Dannyl. »Wie immer scheint Ihr immun gegen die Ungnade zu sein, in die ihr Sachakaner fallt, wenn ihr mit dem Gildehaus zu tun habt.«

Achati breitete die Hände aus. »Ein Vorteil meiner Position, Botschafter Dannyl.« Er nickte Tayend zu. »Botschafter Tayend. Es ist schön, das Gildehaus unter erfreulicheren Umständen als beim letzten Mal zu besuchen.«

»Wenn Ihr meint, in Gesellschaft der Spione des Königs, dann sage ich, die Umstände sind wahrscheinlich ganz ähnlich.«

Achati nickte mitfühlend. »Der König hat weitaus weniger Skrupel in solchen Dingen, als Ihr erwartet habt.«

»Es wäre gutes Benehmen, zumindest so *zu tun*, als würde man andere nicht ausspionieren. Selbst wenn es offensichtlich ist, dass man es tut.«

Achati schüttelte den Kopf. »Wirklich? Kyralier haben so seltsame Vorstellungen, wenn es um Manieren geht. Aber das ist nicht der Grund, weshalb ich mit Euch reden wollte.«

Dannyl verschränkte die Arme vor der Brust. »Und welcher Grund wäre das?«

»Ich bin gekommen, um zu erklären, warum ich dem König von meinem Anteil an Lorkins Flucht erzählt habe.«

»Ich denke, das haben wir erraten«, sagte Tayend. »Ihr habt eine Möglichkeit gesehen, Informationen von Lorkin zu bekommen.«

Achati nickte. »Eine Möglichkeit, die keine Entführung, Einkerkerung oder Schlimmeres erforderlich machte. Ich bin jedoch das Risiko eingegangen, dass er nicht Wort halten würde. Der König fand es verwegen, ließ sich aber zu guter Letzt überreden, dass es die beste Vorgehensweise sei.« Er kam einige Schritte näher. »Ihr versteht doch, dass alles, was ich tue und was gegen die Wünsche des Königs verstößt, am Ende entdeckt werden würde.«

Dannyl nickte. »Beim nächsten Mal, wenn Ihr seinen Blutring tragt.«

»Ja. Initiative ist ein heikles Thema für einen König. Wann endet die Initiative, und wann beginnt der Ungehorsam? Es besteht immer die Gefahr, dass das Wissen um das, was der König braucht, als vorschnelle Annahme dessen gedeutet wird, was der König will.«

»Hat der König bekommen, was er wollte?«

Achati zog die Schultern hoch. »Nein. Er hat bekommen, was er brauchte. Nicht alles, was Lorkin wusste, aber genug.«

»Lorkin hat die Verräter verraten?« Tayend schüttelte ungläubig den Kopf.

»Ich vermute, dass er nicht dachte, dass er es tat.« Achatis Lächeln war dünn. »Er dachte, er hätte uns überlistet, aber er hat uns viel mehr offenbart, als ihm bewusst war.«

»Was hat er gesagt?« Dannyl erwartete keine Antwort von dem Ashaki. Wenn die Information so wichtig war, dass der König Lorkin hatte gehen lassen …

»Er hat uns gesagt, wo das Zuhause der Verräterinnen ist, genau wie er es versprochen hatte.«

Tayend kniff die Augen zusammen. »Er hat etwas Vages gesagt wie ›in den Bergen‹?«

»Nein. Er sagte: ›Sachaka.‹«

Achati sah erwartungsvoll zu, wie Tayend sich mit einem Stirnrunzeln zu Dannyl umdrehte. Dannyl erwiderte den Blick des Elyners; er hatte verstanden.

»Er hat offenbart, dass die Verräter das ganze Land als ihr rechtmäßiges Zuhause betrachten«, erklärte er. »Was bedeutet, sie haben nicht die Absicht, im Verborgenen zu bleiben.« Er wandte sich zu Achati um. »Ihre Hoffnung besteht darin, eines Tages über Sachaka zu herrschen.«

»Ah«, sagte Tayend. »Aber das wird vielleicht noch Jahre dauern. Und vielleicht werden sie nicht gewinnen.«

»Sie werden nicht gewinnen«, entgegnete Achati mit fester Stimme. »Es können nicht ebenso viele von ihnen in den Bergen leben, wie es von uns in den Tiefländern Sachakas gibt. Wir sind die bei weitem größere Streitmacht. Was der Grund ist, warum sie sich gewöhnlich in unsere Angelegenheiten einmischen, indem sie spionieren und politische Morde begehen.« Seine Miene wurde ernst. »Und das ist der Grund, warum wir unsere eigenen Spione überall haben, auch im Gildehaus – obwohl wir vor Lorkins Entführung nicht viele Spione hier hatten, weil wir nicht gedacht haben, dass die Verräter sich für Kyralia interessieren könnten.«

Dannyl reagierte auf das offene Eingeständnis von Spionen im Gildehaus mit einem Stirnrunzeln.

»Sie sind zu Eurer Sicherheit hier«, beteuerte Achati. »Lorkin war natürlich eine andere Angelegenheit, aber das ist jetzt vorüber. Der König wünscht Euch nichts Böses. Er will gute Beziehungen zwischen den Verbündeten Ländern und Sachaka. Genau wie ich, da ich Eure Gesellschaft schätze.« Er schaute von Dannyl zu Tayend, um anzudeuten, dass er sie beide meinte. »Ich betrachte Euch als meine Freunde.«

Tayend musterte Dannyl. Er zog leicht die Augenbrauen hoch, dann ließ er sie wieder sinken und lächelte. Ein schelmischer Ausdruck lag in seinen Augen. Er wandte sich wieder Achati zu.

»Nun denn«, sagte er. »Würdet Ihr gern auf ein Getränk bleiben? Ich habe keine Ahnung, wie es Dannyl geht, aber ich würde gern mehr darüber wissen, wie Ihr einen Aufstand der Verräter vereiteln wollt.«

Überrascht konnte Dannyl nur nicken zum Zeichen, dass

er die Idee guthieß. Was führte Tayend im Schilde? Sammelte er Informationen, oder beabsichtigte er, nach Löchern in Achatis Geschichte zu suchen oder seine Freundschaftsbeteuerungen auf die Probe zu stellen?

Obwohl Dannyl wusste, dass er das Gleiche tun sollte, musste er zugeben, dass er nicht mit dem Herzen dabei war. *Es war einfacher, als ich Achati nicht zu vertrauen brauchte.* Obwohl er zugeben musste, dass er ihn umso mehr dafür bewunderte, dass er geschickt alle Beteiligten – Lorkin, Dannyl, Tayend und den sachakanischen König – zu einer Lösung geführt hatte, die alle zufriedenstellte, wenn auch nicht alle erfreute.

Architektur war ein Fach, das alle Novizen belegen mussten, obwohl die meisten nur eine grundlegende Ausbildung erhielten. Lilia hatte immer gedacht, dass es lediglich ein hochtrabender Name für etwas sei, das im Wesentlichen eine untergeordnete Aufgabe für einen Magier war. Nur wenige Magier entwarfen Gebäude, und seit der Invasion der Ichani waren Gebäude, deren Standfestigkeit auf Magie beruhte, nicht mehr besonders beliebt. Die meisten Magier benutzten, was sie in den Architekturkursen lernten, um Gebäude zu reparieren oder die Errichtung von neuen Gebäuden zu beschleunigen. Beide Arten von Arbeit erforderten ein Verständnis für nichtmagische Bautechniken.

Lilia war bereit zu wetten, dass viel Zeit vergangen war, seit irgendein Magier an geheimen, unterirdischen Räumen gearbeitet hatte. Die Mauern, die sie für Cery hatte stärken sollen, waren aus Backsteinen, nicht aus Naturstein. Selbst mit Mörtel gebunden ließ sich mit ihnen nicht die Festigkeit einer Natursteinmauer erzielen. Sie hatten auch nicht dieselben Eigenschaften, was Magie betraf. Aus Naturstein sickerte Magie sehr langsam heraus, während sie aus Backstein im Handumdrehen wieder verschwand. Ihr würde nichts anderes übrig bleiben, als eine Barriere um die Backsteine zu schaffen, um dem Abfluss von Magie Einhalt zu gebieten.

Sie zog Magie in sich hinein, schuf eine Kuppel aus Macht und dehnte sie aus, bis sie die Wände traf, und formte sie dann genau passend. Sie öffnete Löcher für die ursprüngliche Tür und für das neuere Loch, das sie zum Nachbarraum auftat.

»Wie den Schild, der den Gang blockiert, werde ich dies permanent aufrechterhalten müssen«, sagte sie. »Es wird nicht allzu schwierig sein, wenn ich in der Nähe bleibe. Die Magie ist stark genug, um einen Einsturz zu verhindern, aber sie wird einem magischen Angriff nicht standhalten. Wenn von oben Druck auf die Mauer ausgeübt wird oder jemand sie von unten angreift, sollte ich es spüren können.« Sie seufzte und schüttelte den Kopf. »Nur gut, dass Kallen mir beigebracht hat, wie man Macht in sich hineinzieht, und ich diese nicht für Kampfübungen verausgabt habe. Dies wird einiges von meiner Stärke kosten.«

Cery nickte. »Danke. Noch einmal.«

Seine Dankesbekundungen führten nur dazu, dass ihr Magen sich vor Angst zusammenkrampfte.

»Ihr macht Euch offensichtlich Sorgen, dass Skellin seinen Weg hier hereinfinden könnte, bevor die Gilde bereit ist zu helfen.«

»Ja. Wenn Skellin uns findet, bevor wir bereit sind, die Falle zuschnappen zu lassen, und er nicht das Risiko eingehen will, dass Ihr oder andere Magier in der Nähe seid, könnte er einfach das Dach über unseren Köpfen einstürzen lassen und sich davonstehlen.«

Sie stellte sich Anyi vor, die unter Ziegeln und Schmutz erstickte, und sie schauderte. Es würde nicht leicht sein zu schlafen in dem Wissen, dass ihre Freunde sterben könnten, wenn sie einen Angriff auf die Barriere nicht spürte.

»Wenn ich das Gefühl habe, dass mit den Barrieren etwas passiert, werde ich so schnell wie möglich kommen«, versprach sie.

Cery nickte. »Wenn es andere Anzeichen dafür gibt, dass jemand in die Gänge eingedrungen ist, wird Anyi in dein Zimmer kommen, um dich zu holen. Oder sie wird Jonna darum bitten. Wie oft ist Jonna dort?«

»Ein paar Mal am Tag. Sollte ich sie bitten, häufiger zu kommen?«

»Das könnte eine gute Idee sein.«

Lilia nickte. »Gibt es sonst noch etwas?«

»Das ist alles.« Cery sah Gol und Anyi an, die beide nickten.

»Dann sollte ich jetzt besser gehen«, meinte Lilia. »Ich muss noch lernen.«

»Ich werde dich bis zum Zimmer begleiten«, erklärte Anyi.

»Lenk sie nicht zu lange ab«, sagte Cery zu seiner Tochter. Seine Mundwinkel zuckten leicht in die Höhe.

Anyi verdrehte die Augen, als sie sich abwandte. Sie gab Lilia ein Zeichen und ging voran auf das Magierquartier zu.

»Manchmal wünschte ich, er wüsste nicht über uns Bescheid«, murmelte sie.

»Aber es ist schön, dass es ihm nichts ausmacht«, rief Lilia ihr ins Gedächtnis.

»Ja.« Anyi zuckte die Achseln und lächelte widerstrebend.

»Also, warum willst du, dass ich heute Abend früher fortgehe?«

Anyi schaute hinter sich. »Ich werde es dir verraten, wenn wir angekommen sind.«

Wie immer war der Aufstieg durch den engen Schacht hinter Soneas Gästezimmer unbequem. Lilia ging als Erste hinauf, dann hob sie mit Magie den jetzt leeren Behälter an, in dem sie das Essen transportierte. Anyi kam nach dem Behälter nach oben. Sie klopften ihre Kleider ab.

»Mein armer alter Mantel«, sagte Anyi, während sie die Kratzer im Leder untersuchte.

Lilia blickte an sich hinab. »Ich sollte mich besser umziehen.« Sie machte einen Schritt auf ihr Zimmer zu.

Von der Tür erklang ein Klopfen. Die beiden Mädchen tauschten entsetzte Blicke.

»Es ist nicht Jonna«, murmelte Lilia. »Sie klopft nicht so an.«

»Zieh deine Roben über«, forderte Anyi sie auf. »Ich werde den Besucher aufhalten.«

Lilia eilte in ihr Zimmer und schlüpfte in ihre Roben. Je schneller sie sich anzukleiden versuchte, desto mehr schien sie sich zu verheddern. Sie konnte Stimmen aus dem Gästezimmer hören, aber Anyi klang nicht alarmiert.

Endlich war sie angezogen. Als sie die Tür öffnete, schaute sie hinaus und seufzte vor Erleichterung.

»Lord Rothen«, sagte sie und verbeugte sich vor dem alten Magier.

Ein seltsamer, unbehaglicher Ausdruck glitt über Anyis Züge, als sie begriff, dass sie die Geste des Respekts vergessen hatte, und sie machte schnell eine unbeholfene Verbeugung.

Lord Rothen wirkte erheitert. »Ich bin vorbeigekommen, um zu sehen, wie es Euch geht, Lilia«, begann er. »Ich bin auch an anderen Abenden hier gewesen, aber ihr wart nicht da.«

»Oh. Tut mir leid.« Lilia breitete die Hände aus.

»Ich habe so eine Ahnung, wo Ihr gewesen seid, aber Ihr

könnt darauf vertrauen, dass ich Euer Geheimnis für mich behalten werde. Sonea hat mir von Cerys Besuchen erzählt.« Er lächelte Anyi an, dann drehte er sich wieder um, und seine Miene wurde ernst. »Also, wie geht es Euch?«

»Ähm …« Lilia deutete auf einen Stuhl. »Warum nehmt Ihr nicht Platz? Kann ich Euch etwas Sumi anbieten?«

»Ja, danke.« Als er sich setzte, ließ Anyi sich auf einem der anderen Stühle nieder.

»Mir geht es … gut«, antwortete Lilia, während sie mit Magie das Gerät zum Brauen von Sumi anhob und auf den Tisch stellte. Dann holte sie Raka-Pulver, setzte sich und machte das Gebräu. »Ihr wisst, dass Cery sich versteckt?«

Rothen nickte. »Kallen hat es uns gesagt.«

Uns, dachte Lilia. *Ich nehme an, damit sind die übrigen Höheren Magier gemeint.*

»Nun … ich mache mir Sorgen um ihn.« Sie reichte Rothen eine dampfende Tasse. »Und um Anyi.« *Und um Gol, aber von Gol weiß er vielleicht nicht einmal etwas.*

»Das ist verständlich.« Rothen runzelte die Stirn. Er sah Anyi an. »Ist er in Sicherheit?«

Anyi zuckte die Achseln. »Für den Moment, aber wie lange wir unbemerkt bleiben können …« Sie schüttelte den Kopf. »Sie könnten uns heute Nacht finden, oder sie könnten uns niemals finden.«

Lilia reichte ihr eine Tasse Raka, verzog wegen des starken Geruchs das Gesicht und schenkte Rothen etwas Sumi ein.

»Nun, wenn wir irgendetwas tun können, um euch zu helfen, weiter versteckt zu bleiben, lasst es mich wissen«, sagte Rothen.

Anyi zögerte, dann nickte sie. »Danke.«

Der alte Magier nippte an seinem Sumi und wandte sich wieder an Lilia. »Was machen Eure Studien?«

Jetzt war es an ihr zu zaudern. Sollte sie aufrichtig sein oder versuchen, das Unausweichliche hinauszuzögern?

Rothen lachte leise. »Sieht so aus, als wäre Euch bewusst, wie wenig Ihr mit den anderen Schritt haltet. Ich bin außerdem hier, um Euch mitzuteilen, dass wir beschlossen haben, dass Ihr für den Moment einige Kurse auslassen könnt. Ihr werdet mehr Zeit haben, sie zu beenden – wahrscheinlich werdet Ihr ein halbes Jahr später Euren Abschluss machen. Kallens Lektionen kommen zu Eurer normalen Arbeit hinzu, und Ihr musstet den Stoff von den Monaten Eurer Abwesenheit aufholen. Es ist besser, dass Ihr gut lernt, als dass Ihr in der vorgeschriebenen Zeit lernt.«

Zuerst empfand Lilia nur Erleichterung. *Aber ich werde ein halbes Jahr länger für meinen Abschluss brauchen.* Diese Erkenntnis war enttäuschend und machte sie plötzlich müde. Trotzdem, weniger Studien bedeutete mehr Zeit mit Anyi. Sie nickte langsam. »Ich danke Euch.«

Rothen lächelte. »Denkt daran, Ihr könnt jederzeit mit mir sprechen, selbst wenn Sonea hier ist. Ich werde tun, was immer ich kann, um Euch zu helfen.«

Sie nickte. »Vielen Dank, Lord Rothen.«

Sie verstummten, und jeder nippte an seinem heißen Getränk. Lilia fragte, ob Rothen etwas von Sonea gehört habe. Er erzählte ihr, dass Sonea und Lorkin wieder vereint waren. *Nun, das ist gut. Sie wird bald nach Hause kommen.*

Als sie ausgetrunken hatten, stand Rothen auf und entschuldigte sich. Lilia erhob sich, um ihn hinauszubegleiten. Nachdem er gegangen war, wandte Lilia sich Anyi zu, die den Kopf in die Hände gestützt hatte.

»Was ist los?«

Anyi seufzte. Dunkle Ringe lagen unter ihren Augen, als sie aufblickte. »Könntest du Kallen fragen, ob die Gilde Cery hier verstecken wird? Wir haben immer angenommen, dass sie es tun würden, es aber vermieden, weil … nun, einfach aus Stolz. Es ist verrückt. Ich sollte versuchen, Cery dazu zu überreden, hier heraufzukommen.«

»Ich kann ihn morgen fragen – es sei denn, du willst, dass ich es heute Nacht tue.«

Anyi schüttelte den Kopf. »Morgen ist in Ordnung. Es wird einige Zeit brauchen, um Cery dazu zu überreden.«

»Was befürchtest du? Dass Skellin kommt, bevor die Gilde bereit ist zu helfen?«

Anyi runzelte die Stirn. »Dass Cery eine Dummheit begeht. Diese Falle, die er stellt … ich bin mir nicht sicher, ob er vorhat, auf Kallen zu warten, oder nicht.«

»Jetzt, da Kallen mich lehrt, mich zu stärken, denkt er doch nicht etwa, dass ich stark genug sei, um allein gegen Skellin zu kämpfen, oder?«

»Nein, das hat er erst heute Abend erfahren. Die Vorbereitungen hat er schon vorher in Gang gesetzt.«

Ein Stich des Mitgefühls durchzuckte Lilia. Wenn Anyi, die es frustrierte, unter der Erde festzusitzen, sich Sorgen machte, dass ihr Vater ungeduldig wurde, dann mussten die Dinge dort unten ziemlich übel stehen.

Sie zog Anyi in ihre Arme. »Ich werde mit ihm reden. Ich werde die Gilde davon überzeugen. Du überredest Cery. Und wenn einer von ihnen oder beide nicht vernünftig sein wollen, dann werden wir eben eine Möglichkeit finden müssen, sie zu überlisten.«

18 Entscheidungen

Der Nachthimmel war klar und der Mond hell. Cery stieß einen Seufzer der Erleichterung aus. Obwohl das Mondlicht die Wahrscheinlichkeit vergrößerte, dass jemand sie sah, wurde es dadurch auch einfacher für sie, sich im Wald zu orientieren. Weder er noch Gol oder Anyi waren es gewohnt, sich zwischen Bäumen und Pflanzen zu bewegen.

Obwohl Lilia sie mit den meisten Dingen versorgen konnte, die sie brauchten – dank Jonna –, konnte sie einige Sachen nicht beschaffen. Sie waren bereits zwei Mal auf den Bauernhof zurückgekehrt, um weitere Stühle zu holen, außerdem Sackleinen und Stroh, um Matratzen zu machen. Heute Nacht waren sie auf andere praktische Dinge aus.

»Einen Eimer oder Zuber und weitere Säcke. Sonst nichts?«, fragte Anyi.

»Nein«, antwortete Cery. »Such nicht nach weiteren Dingen, die du mitnehmen kannst, nur weil du gerade dort bist.«

»Natürlich nicht.«

Als sie in den Wald schlüpfte und verschwand, drehte Cery sich zu Gol um. »Sei vorsichtig. Versuch nichts anderes zu tun.«

Gol nickte. Cery beobachtete, wie sein Freund in die andere Richtung davonstolperte, dann zuckte er zusammen, als das Knacken eines Zweiges durch den Wald hallte. *Wenn Anyi ihn hört … nun, er kann ihr die Geschichte auftischen, die ich ihr erzählen werde, wenn sie zurückkommt und feststellt, dass er nicht mehr da ist: dass er nach der besten Möglichkeit sucht, Verfolger abzuschütteln, falls wir auf diese Weise entkommen müssen.*

Cery zog sich in das Loch zurück, griff nach seiner Lampe und ging wieder den Tunnel hinunter. Anyi hatte darauf bestanden, dass nur einer von ihnen das Risiko auf sich nehmen musste, sich auf den Bauernhof zu schleichen. Er hatte ihr zugestimmt, aber nur weil er sich einen Überblick über die Experimente der Gilde mit Feuel verschaffen wollte.

Es sei denn, sie haben sie an einen anderen Ort gebracht, nachdem Lilia ihnen gesagt hat, dass sie davon weiß.

Er fand die überhängenden Wurzeln und schob sie beiseite. Als er den Tunnel betrat, bemühte er sich um Geräuschlosigkeit, während er sich der geheimen Kellertür näherte. Alles wirkte genauso, wie sie es zurückgelassen hatten. Er bückte sich zu dem Guckloch und sah bloß Dunkelheit. Für einen Moment konnte er die Vorstellung nicht abschütteln, dass ein dunkles Tuch das Guckloch bedeckte und es nur so aussehen ließ, als sei der Raum unbeleuchtet. Er presste das Ohr an die Tür und lauschte eine Zeitlang. Alles war still.

Er blendete seine Lampe ab, bis nur ein kleiner Lichtstrahl nach draußen drang. Langsam drückte er die Tür auf. Modrige Luft begrüßte ihn, und das Geräusch, das er verursachte, hallte in dem Raum wider. Er öffnete die Blende der Lampe ein wenig und stellte fest, dass sich niemand sonst in dem Raum befand. Dieselben Tische standen an denselben Stellen wie zuvor. Cery trat ein und ging zu ihnen hinüber.

Sie waren bedeckt mit kleinen Behältern. Weniger als halb so viele wie zuvor, bemerkte er. Ein Stapel zerbrochener Töpfe und Erde waren zu einem Haufen auf einer Seite zusammengekehrt worden. Einige der Töpfe sahen verbrannt aus. Als er genauer hinschaute, bemerkte er, dass die Töpfe auf dem Tisch auf einer Seite versengt waren – genau wie der Tisch selbst. Er runzelte die Stirn und trat näher. Die Töpfe enthielten nur Dreck.

Oder sind sie …? Er beugte sich weiter vor. Winzige Setzlinge ragten aus der Erde.

Cery lächelte. *Wachst schnell, kleine Pflanzen,* dachte er. Dann schüttelte er den Kopf. *Ich hätte nie gedacht, dass ich das einmal über Feuel denken würde.*

Nachdem er zu dem geheimen Eingang zurückgekehrt war, trat er wieder in den Flur und schloss die Tür hinter sich. Er ging durch das Hauptnetzwerk der Flure, aber statt in den Raum zurückzukehren, in dem sie jetzt lebten, überzeugte er sich davon, dass Lilias Schild noch immer den Gang blockierte, der zur Straße der Diebe führte.

Als er in ihr neues Quartier zurückkam, war genug Zeit verstrichen, dass Anyi bereits hätte zurück sein können. Aber sie war nicht da. Er setzte sich hin, um auf sie zu warten. Schon bald stieg Angst in ihm auf. Es war schwierig, hier das Verstreichen der Zeit zu messen. Zu leicht, sich vorzustellen, dass Stunden vergangen waren. Zu leicht, sich vorzustellen, dass seiner Tochter etwas zugestoßen war.

Wenn sie ertappt wird, werden es wahrscheinlich Diener des Bauernhofs oder Magier sein. Keiner von ihnen wird ihr etwas antun.

Eine alte Erinnerung an eine viel jüngere Sonea stieg in ihm auf; sie stand auf einem Stadtplatz und starrte auf den verbrannten Körper eines jungen Mannes hinab. Magier konnten Fehler machen.

Sie haben nur so gehandelt, weil sie dachten, sie würden angegriffen. Anyi ist eine einzelne junge Frau, und im Gegensatz zu Sonea verfügt sie nicht über Magie.

Dennoch schlug sein Herz zu schnell und bereitete ihm Schmerzen.

Anyi ist klug, sagte er sich. *Sie wird sich nicht schnappen lassen.*

Aber wenn es doch geschah, würde sie nicht offenbaren wollen, dass er hier war. Sie würden sie aus der Gilde werfen. In die Stadt. Wo Skellin wartete.

Hör auf damit, befahl er sich und rieb sich die Brust. *Es hat keinen Sinn, sich um etwas zu sorgen, bevor …*

Von irgendwo außerhalb des Raums erklang ein Geräusch. Das Blut gefror ihm in den Adern. Er hielt den Atem an und lauschte. Nichts mehr. Dann, gerade als er glaubte, sich das Geräusch nur eingebildet zu haben, erreichte ihn ein ganz schwaches Wispern. Er stand auf, davon überzeugt, dass sich jemand dem Raum näherte, der sich große Mühe gab, nicht entdeckt zu werden. War Gol geschnappt worden, sobald er in der Stadt aufgetaucht war? Hatte Skellin ihm mit Folter bereits Cerys Aufenthaltsort entlockt?

Er sah sich um. *Wir sind noch nicht einmal dazu gekommen, die Falle aufzubauen. Was soll ich tun?* Er drehte sich zu dem Loch um, das in den nächsten Raum führte. Ihr Fluchtweg.

Dann hallte ein fünfmaliges Klopfen durch den Flur. *Das Signal!* Er stieß einen Seufzer der Erleichterung aus, ließ sich wieder auf den Stuhl fallen und vergaß beinahe, zur Antwort auf eine Kiste zu klopfen. Schritte kamen näher, und Licht erhellte die Flurwand; es bewegte sich auf eine Art und Weise, die auf Anyi schließen ließ. Sie spähte um die Tür herum und grinste, dann kam sie mit zwei Eimern herein.

»Wo ist Gol?«, fragte sie, als sie sie abstellte.

»Auf Erkundung im Wald, für den Fall, dass wir auf diesem Weg entkommen müssen. Was ist das?« Er schaute in die Eimer, in denen mehr als nur Sackleinen war.

»Früchte. Schien mir eine Verschwendung zu sein, nicht einige von ihnen mitzunehmen, nachdem sie schon mal gepflückt worden waren.«

»Ich habe dir gesagt, du sollst nichts anderes nehmen.«

»Ja, hm, du weißt ja, wie gehorsam ich bin. Und wie hungrig.«

Er schaute zu ihr auf und kniff die Augen zusammen. »Du hast gesagt, du magst kein Obst.«

Sie wandte den Blick ab. »Ich habe gesagt, dass ich die *meisten* Früchte nicht mag.« Sie setzte sich und gähnte.

»Lügnerin.«

»Soll ich das Obst zurückbringen?«

Er schnaubte. »Sieh zu, dass du etwas Schlaf bekommst.«

»Aber Gol ist noch nicht zurückgekehrt.«

»Das wird auch noch eine Weile dauern. Es ist spät, und je eher du schläfst, umso eher kann *ich* ebenfalls schlafen.«

»Oh, na schön.«

Sie ging zu der Matratze und legte sich hin. Schon bald schlief sie, und Cery blieb nichts anderes übrig, als zu warten und ganz von neuem anzufangen, sich Sorgen zu machen.

Sei vorsichtig, Gol, mein alter Freund. Nicht nur um unseretwillen. Ich kenne dich zu lange, um dich heute Nacht zu verlieren.

Als Tyvara ging, um herauszufinden, was Savara wollte, sah Lorkin seine Mutter nicken.

»Sie ist klug, diese junge Frau. Ich würde wetten, dass sie nicht damit gerechnet hat, dass du in ihr Leben treten würdest.«

Lorkin grinste. »Sie hat tatsächlich eine Menge Widerstand geleistet. Für eine Weile dachte ich, ich hätte es mir nur eingebildet, dass sie mein Interesse erwidert.«

»Jetzt bist du dir sicher?«

»Ja.« Er verspürte ein Echo des Zweifels. »Größtenteils.«

Sie kicherte, dann wurde ihre Miene ernst. »Also. Schwarze Magie.«

Lorkin wandte den Blick ab, doch einen Moment später zwang er sich, seiner Mutter erneut in die Augen zu sehen. Wie zuvor war ihre Miene undeutbar. Obwohl ihre Augen etwas verrieten. Es war allerdings keine Missbilligung.

Traurigkeit, wurde ihm bewusst. Aus irgendeinem Grund verstärkte das seine Gewissensbisse noch.

»Nur damit ich die Herstellung von Steinen erlernen konnte, Mutter«, sagte er. Sie zog die Augenbrauen hoch. »Damit die *Gilde* die Herstellung von Steinen erlernen konnte«, korrigierte er sich.

»Ich dachte, du hättest dich freiwillig als Dannyls Assistent gemeldet, weil du eine *Alternative* zu schwarzer Magie finden wolltest.«

Lorkin seufzte. »Ja, das ist richtig. Ich hatte gehofft, dass die Steine der Verräter die Alternative sein würden.«

»Ist es wirklich unmöglich, sie ohne schwarze Magie zu machen?«

»Nicht unmöglich, aber … es ist wie der Versuch, ein Haus mit einer Augenbinde zu bauen. Die Art, wie höhere Magie deine Wahrnehmung und deine Kontrolle über Magie verändert, macht die Ausbildung der Steine einfacher und akkurater.«

»Höhere Magie?« Sie lächelte und wandte den Blick ab. »Ich habe festgestellt, dass es der Ausdruck ist, den Menschen benutzen, die schwarze Magie schätzen.«

»Und schwarze Magie ist der Ausdruck, den Menschen benutzen, die höhere Magie nicht billigen.« Lorkin zuckte die Achseln. »Ob diese Missbilligung nun gerechtfertigt ist oder nicht.«

»Ist sie gerechtfertigt?«

Er dachte an Evar, dem man aus Rache alle Energie abgezogen hatte. An sich selbst, wie er als Kalias Gefangener in einem Zustand der Schwäche gehalten worden war. Aber Kalias Anhänger hätten eine andere Möglichkeit gefunden, Evar zu bestrafen, wenn sie keine schwarze Magie gehabt hätten, und sie hätten andere Wege gefunden, um ihn selbst weiter gefangen zu halten.

»Ja und nein. Jede Magie kann missbraucht werden. Jede Macht kann missbraucht werden. Die Verräter sind der Beweis dafür, dass eine Kultur, die sich der Höheren Magie bedient, sich nicht zwangsläufig in Sachaka verwandelt – das heißt, die Art von Sachaka, für die die Ashaki stehen.«

Seine Mutter nickte. »Geradeso wie Kallen und ich Beweis dafür sind, dass nicht jeder Magier den Verstand verliert oder versucht, die Gilde zu übernehmen, sobald er schwarze Magie erlernt hat.«

»Ich hätte gedacht, dass mein Vater der Beweis dafür war.«

Sie zuckte die Achseln. »Er war nicht das beste Beispiel, da er sehr wohl schwarze Magie benutzt hat, um sich die Position des Hohen Lords zu verschaffen.«

»Ja. Er hat sich als ein Mann von *vielen* Geheimnissen entpuppt.«

Sie stieß ein bitteres Lachen aus. »Jede Menge Geheimnisse. Nach dem, was du entdeckt hast, frage ich mich … frage ich mich, was er sonst noch verborgen gehalten hat.«

»Also …« Er holte tief Luft. »Wird die Gilde mich jetzt akzeptieren, da ich schwarze Magie kenne?«

Sie schürzte die Lippen. »Wahrscheinlich. Die Herstellung von Steinen ist eine neue Art von Magie mit großem Potenzial, und sie wollen sie.«

»Selbst wenn dazu schwarze Magie vonnöten ist?«

»Ja, obwohl das wahrscheinlich bedeuten wird, dass man nur wenigen gestatten wird, es zu lernen. Mir selbst. Kallen. Lilia. Dir.«

»Lilia? Oh – die Novizin, die schwarze Magie aus einem Buch erlernt hat. Also, *das* war unerwartet.«

»Ja. Ich habe die Vermutung, dass sie ein besonderes Talent dafür besitzt, und andere könnten vielleicht nicht so mühelos aus einer Beschreibung lernen. Obwohl das vielleicht zu viel gehofft wäre ...«

»War es ein weiteres Betrugsmanöver meines Vaters? Hat er gehofft, die Gefahr für die Gilde zu verringern, indem er uns glauben machte, schwarze Magie könne nicht aus einem Buch gelernt werden, damit niemand es versuchte?«

»Das denke ich nicht.« Sie runzelte die Stirn. »Es gibt noch eine andere Möglichkeit. Zarala könnte ihm gesagt haben, dass man schwarze Magie nur von Geist zu Geist vermitteln könne, um die Gefahr zu verringern, dass die Gilde schwarze Magie annimmt. Er ...«

Sie richtete sich auf, und ihre Augen weiteten sich. Da Lorkin vermutete, dass Osen sich mit ihr in Verbindung gesetzt hatte, wartete er ab. Der Ruf eines fernen Vogels lenkte seine Aufmerksamkeit auf seine Umgebung, und ihm wurde bewusst, dass die Sonne sich dem Horizont entgegenneigte. Ihm war plötzlich klar, dass sie nur eine kleine Gruppe von Menschen waren – isoliert, entblößt und unbedeutend.

Aber das sind wir nicht. Wir sind Magier. Zwei von uns haben viel Macht bei unseren Völkern. Es werden in Kürze wichtige Entscheidungen getroffen. Historische Entscheidungen.

Seine Mutter seufzte. Sie sah ihn an, dann schaute sie zu Regin hinüber. Als hätte er ihren Blick gespürt, sah Regin auf. Sie winkte, und er erhob sich und entfernte sich von den beiden Verräterinnen, mit denen er gesprochen hatte.

»Ich habe eine Antwort«, erklärte sie, als er sie erreichte. Als sie Anstalten machte aufzustehen, streckte Regin die Hand aus, und zu Lorkins Überraschung ergriff sie sie und ließ sich von ihm aufhelfen. »Könntest du gehen und es der Königin mitteilen, Lorkin?«

Er tat wie geheißen und entdeckte Savara in einem ruhigen Gespräch mit Tyvara. Die beiden Frauen wirkten ein wenig verärgert über die Störung, bis Lorkin ihnen mitteilte, dass Schwarzmagierin Sonea eine Antwort von der Gilde erhalten hatte.

Savara erhob sich und klopfte ihre Kleider ab, während seine Mutter zu ihr herüberkam. Sie setzten sich in einen kleinen Kreis, wie sie auch in der Nacht zuvor gesessen hatten.

»Eure Einladung ist unter den Anführern der Verbündeten Länder diskutiert worden, Euer Majestät«, begann seine Mutter. »Zuerst muss ich Euch unseren Dank übermitteln. Wir fühlen uns geehrt, dass Ihr uns eingeladen habt, uns Eurem Kampf anzuschließen. Was wir jedoch ausrichten können, ist wenig, wenn man es gegen die möglichen Konsequenzen unserer Teilnahme abwägt, solltet Ihr unterliegen. Wie Ihr bereits festgestellt habt, haben wir einer Armee wie der Euren zu dieser Zeit wenig zu bieten. Einige in den Verbündeten Ländern glauben, dass wir eher ein Hindernis als eine Hilfe sein würden.« Sie verzog den Mund zu einem schiefen Lächeln, und Savara reagierte mit ähnlicher Erheiterung. »Andere sind nicht so pessimistisch und weisen darauf hin, dass wir in der Vergangenheit mehr als einmal bewiesen haben, dass wir stärker und einfallsreicher waren, als es den Anschein hatte. Bedauerlicherweise sind die Vertreter des ersten Standpunkts zahlreicher als die Übrigen, und die Entscheidung, die getroffen wurde, ist die, dass wir uns Eurem Kampf gegen König Amakira nicht anschließen können.«

Lorkins Schultern sackten herab. Als er sich umschaute, sah er angewiderte Gesichter bei den Verräterinnen. Aber sie waren nicht überrascht.

»Alle haben Unterstützung für Euer Ziel bekundet, die Sklaverei in Sachaka zu beenden«, fuhr sie fort. »Wenn Ihr Eure Pläne verzögert, haben wir vielleicht Zeit, zu einem nützlicheren Verbündeten in einem solchen Unternehmen zu werden. Wenn Ihr es nicht tut, wünschen wir Euch jeden erdenklichen Erfolg und hoffen, in der Zukunft Handelsbande zu knüpfen, wenn auch noch keine Allianz. In der Zwischenzeit – falls das Angebot noch gilt – sind wir bereit, unsere Dienste als Heiler im Gegenzug für magische Edelsteine anzubieten, und ich habe Anweisungen, die Einzelheiten eines solchen Bündnisses jetzt auszuhandeln, falls es Euch gelegen ist.«

Savara nickte. »Übermittelt bitte meinen Dank für die Erwägung unserer Einladung«, sagte sie. »Da wir nicht darauf warten müssen, dass Streitmächte der Verbündeten Länder sich uns anschließen, werden wir unsere Pläne nicht hinauszögern. Wir brechen morgen früh auf. Es ist jedoch immer noch unser Wunsch, Heilung gegen Steine zu tauschen.« Sie hielt inne und runzelte die Stirn. »Wie lange werden Eure Heiler brauchen, um Arvice zu erreichen? Wartet – bevor Ihr diese Frage beantwortet …« Sie drehte sich zu Lorkin um. »Würdet Ihr Tyvara bitten, etwas Raka zu bringen?«

Lorkin nickte, stand auf und eilte zu Tyvara hinüber, die allein dasaß und das Treffen beobachtete.

»Savara bittet um Raka«, erklärte er ihr. »Hättest du gern etwas Hilfe?«

Sie starrte forschend zu ihm hoch und rührte sich nicht.

»Was ist los?«, fragte er mit gesenkter Stimme.

»Was wirst du tun? Wohin wirst du gehen?«

Er schaute zu seiner Mutter hinüber und dann wieder

zu Tyvara. »Ich … weiß es nicht.« Seine Mutter würde von ihm erwarten, dass er nach Kyralia zurückkehrte, obwohl er schwarze Magie erlernt hatte. Er wollte zurückkehren – wollte in der Lage sein zurückzukehren –, aber Sachaka zu verlassen würde bedeuten, Tyvara zu verlassen. *Und die Verräter. Ich will sehen, wie sie gewinnen. Wenn ich jetzt fortginge, wäre das so, als bräche ich mitten in einer Geschichte auf, die jemand erzählt.*

Nur dass es nicht so gefährlich war, Geschichten zu hören, wie sich an einem Krieg zu beteiligen. Wenn er bei den Verrätern blieb, würde er in die Kämpfe hineingezogen werden. Die Ashaki würden ihn als eine weitere Zielscheibe ansehen. Sie würden nicht zögern, ihn zu töten, weil er ein Gildemagier war.

Die Gilde würde auch nicht wollen, dass er sich an den Kämpfen in Sachaka beteiligte. Die Verbündeten Länder waren vor direkten Konflikten mit König Amakira zurückgeschreckt aus Angst, dass die Verräter unterliegen könnten und der König Rache suchen würde. Ein Gildemagier unter den Verrätern würde es so aussehen lassen, als unterstütze die Gilde die Verräter.

Aber sie werden Heiler schicken. Wird das etwas verändern?

Nun, sie wurden lediglich wegen ihrer Dienste eingestellt und würden nicht an den Kämpfen teilnehmen. Sie würden wahrscheinlich dafür sorgen, dass sie nach der Schlacht ankamen. Sie würden vorher nicht von Nutzen sein und auch nicht währenddessen, und es erlaubte ihnen, sich nach Kyralia zurückzuziehen, in aller Eile, falls notwendig, wenn sich eine Niederlage der Verräter abzeichnete.

Vielleicht konnte er sich freiwillig melden, sich ihnen anzuschließen. Er war kein Heiler, aber er konnte heilen, und er konnte ein Vermittler zwischen Heilern und Verrätern sein. *Das bedeutet immer noch, dass ich in der Schlacht nicht dabei wäre. Wo Tyvara sein wird.* Er wusste, dass sie auf keinen Fall ihr Volk verlassen und mit ihm nach Kyralia gehen würde. Und dass er alles tun würde, um dafür zu sorgen, dass sie überlebte. Er würde sogar mit den Verrätern kämpfen.

Aber wenn er mit den Verrätern kämpfte, konnte er das nicht als Gildemagier tun.

Er musterte sie. »Was willst *du*?«

Sie sah ihn durchdringend an. »Ich will dich«, erwiderte sie. »Aber nicht, wenn du nicht glücklich sein wirst. Und nicht, wenn du nicht sicher sein wirst…«

Er lächelte. *Was genau das ist, was ich für sie will. Aber wir können nicht beide glücklich und sicher sein.*

Was die Entscheidung leicht machte.

»Ich werde nicht glücklich sein, wenn ich nicht wenigstens *versuche*, dafür zu sorgen, dass du glücklich und sicher bist«, sagte er. »Also schätze ich, dass ich mit dir kommen und dafür sorgen muss, dass du dich nicht umbringen lässt.«

Ihre Augen weiteten sich. »Aber… die Gilde… Welchen Sinn hat es, dass du gelernt hast Steine herzustellen, wenn…«

»Lord Lorkin«, rief Savara. »Wir haben Durst.«

Er beugte sich vor und küsste Tyvara. »Mach dir keine Sorgen wegen der Gilde. Sie werden schon eine Lösung finden.«

Sie nickte. »Ich werde den Raka holen. Geh du zurück.«

Er wandte sich ab und eilte zurück zur Königin und seiner Mutter. Sein Herz raste, aber er war sich nicht sicher, ob aus Panik und Entsetzen oder aus Glück und Erregung. *Wahrscheinlich ist es eine Mischung all dieser Gefühle. Bin ich wirklich bereit, der Gilde den Rücken zu kehren und mich den Verrätern anzuschließen? Bin ich verrückt genug, mein Leben in der Schlacht zu riskieren?*

Als er sich setzte, sah er zurück zu Tyvara. Sie erwiderte seinen Blick, und ihre Miene wechselte von Freude zu Sorge und wieder zurück. Er lächelte, und sie verzog zur Antwort die Lippen.

Ja. Ja, das bin ich.

Als die Kutsche des Gildehauses durch die Tore von Achatis Villa rollte, huschten die Sklaven davon. Sie alle verschwanden – bis auf den Türsklaven, der sich Dannyl vor die Füße warf. Dannyl schaute sich um und erinnerte sich daran, dass unter den Sklaven, die er gesehen hatte, keine Frau gewesen war. Lag das daran, dass Achati einfach männliche Sklaven bevorzugte, wie er auch männliche Geliebte bevorzugte, oder hoffte er, dass es die Chance verringern würde, dass die Verräterinnen irgendwelche Spione in seinen Haushalt brachten?

»Führe mich zu Ashaki Achati«, befahl Dannyl.

Der Sklave sprang mit der ganzen Behändigkeit der Jugend auf die Füße und geleitete Dannyl durch die schmucklose, polierte Holztür in die Kühle des Flures dahinter. Achatis Einladung war an diesem Morgen gekommen. Dannyl hatte sich bis zum Mittag mit der Frage gequält, ob er die Einladung annehmen oder ablehnen solle, dann hatte er sich schließlich mit Tayend beraten.

»Natürlich solltest du gehen«, hatte Tayend gesagt und dabei kaum von seinem Schreibtisch aufgeblickt. »Ein Botschafter muss gute Beziehungen aufrechterhalten, und Achati ist der Einzige hier, der noch bereit ist, irgendwelche Beziehungen zu uns zu unterhalten.«

Also war Dannyl nun hier und ging den Flur entlang zum Herrenzimmer. Sein Herz schlug ein wenig zu schnell, und sein Magen regte sich auf eine ärgerliche und beunruhigende Weise. Als er das Ende des Flurs erreichte, holte er tief Luft und stieß den Atem langsam wieder aus, bevor er ein höfliches Lächeln aufsetzte, als er den Mann sah, der auf ihn wartete.

»Botschafter Dannyl.« Achati trat vor und ergriff Dannyls Arm in der kyralischen Art einer Begrüßung.

»Ashaki Achati«, entgegnete Dannyl.

»Ich freue mich ja so, dass Ihr meine Einladung angenommen habt«, sagte Achati mit einem breiten Lächeln. »Kommt und nehmt Platz. Ich habe den Küchensklaven befohlen, heute Abend ihr Bestes zu geben. Hier – ich habe sogar kyralischen Wein.«

Er winkte Dannyl zu den Hockern hinüber und hob eine Flasche hoch, so dass sein Gast das Etikett lesen konnte.

»Dunkler Anuren«, rief Dannyl beeindruckt aus. »Wie seid ihr daran gekommen?«

»Ich habe meine Quellen.« Achati deutete auf die Hocker. »Bitte, setzt Euch.«

Es schien, als habe Achati vor, sich zu benehmen, als wäre seit Dannyls letztem Besuch nichts vorgefallen. Nur machte das die Situation für Dannyl noch unbehaglicher. Gewiss sollte der Ashaki in irgendeiner Weise zugeben, dass der König ihnen übel mitgespielt hatte. So zu tun, als sei nichts geschehen, würde ihre Freundschaft nicht heilen.

Dann, gerade als Dannyl langsam ärgerlich wurde, überraschte ihn Achati.

»Ich erwarte nicht, dass Ihr mir verzeiht«, sagte er, während er ein zweites Glas Wein einschenkte.

Dannyl hielt inne. »Ich bin mir nicht sicher, was ich darauf sagen soll«, antwortete er aufrichtig.

»Dann sagt gar nichts. Ihr braucht nicht zu lügen, um diplomatisch zu sein.«

»Wenn Ihr nicht erwartet, dass ich Euch verzeihe, nehme ich an, Ihr werdet Euch auch nicht entschuldigen.«

Achati lächelte. »Nein. Und Ihr werdet mir nicht dafür danken, dass ich Lorkin aus Arvice herausgebracht habe.«

»Ich sollte Euch dafür danken, dass Ihr ihn nicht dem König ausgeliefert habt«, bemerkte Dannyl.

»Ich hätte niemals einem Befehl zugestimmt, der so etwas von mir verlangt hätte.«

»Zugestimmt?« Dannyls Magen krampfte sich zusammen. »Der König hat Euch ausgeschickt, uns vor dem Entführer zu warnen, nicht wahr? Ihr seid nicht aus Sorge um uns gekommen.«

»Ja, er wusste es – und nein, ich *bin* aus Sorge um Euch alle gekommen.« Achati zuckte die Achseln. »Ich habe den König dazu überredet, mir zu erlauben, Euch zu warnen – in der Hoffnung, dass Lorkin mir vertrauen würde. Ich habe nicht erwartet, dass ich viele Informationen aus ihm herausholen konnte, nicht nach dem, was er im Gefängnis getan hatte, aber ich habe eine Chance gesehen, dass wir *einige* Informationen bekommen könnten, und das war besser als gar nichts.«

Dannyl runzelte die Stirn. Was hatte Lorkin im Gefängnis getan?

Achati lachte leise. »Lorkin ist erheblich zäher, als er aussieht. Er hat sich als unerwartet skrupellos erwiesen. Umso mehr, weil er nicht wissen konnte, dass er mit seinem Tun den König dazu zwingen würde, ihn freizulassen.« Sein Lächeln verblasste. »Alle, die ich befragt habe, hatten eine andere Meinung, was die Quelle des Giftes betraf. Der König gibt es nicht zu. Die Verräterinnen werden es offensichtlich auch nicht tun. Wenn es jemand anders war als der König, wird er kaum offenbaren, dass er gegen königlichen Befehl gehandelt hat – oder dass es auf königlichen Befehl hin geschah. Was immer die Quelle war, es war klar, dass jemand versucht hatte, einen Gildemagier zu töten, und das hat zu viele Ashaki aufgebracht.«

Jemand hatte versucht, Lorkin zu töten? Mit Gift? Dannyl hoffte nur, dass er seinen Schock gut verbarg. »Also hat der König Lorkin gehen lassen. Nur um zu versuchen, ihn wieder einzufangen. Um ihn an einen Ort zu bringen, wo er vor dem Giftmischer sicher war?«

»Ja.«

»Dann … kann es nicht der König gewesen sein, der versucht hat, Lorkin zu vergiften.«

»Ich glaube es nicht, weil er mir erlaubt hat, Lorkin bei der Flucht zu helfen.«

»Warum hat er das getan?«

»Er hat zugestimmt, dass er, wenn ich Lorkin dazu bewegen konnte, mir irgendetwas über die Verräter zu erzählen, mich tun lassen würde, was immer ich für richtig hielt.« Achati grinste beinahe.

»Es klingt wie eine Wette. Ich nehme nicht an, dass er die Art König ist, die gern Wetten verliert.«

»Er steht zu seinen Abmachungen.«

»Was hattet Ihr zu verlieren?«

Achati wirkte selbstgefällig und machte eine knappe Handbewegung. »Mein Haus.«

»Wirklich?« Dannyl sah sich um. »Besitzt Ihr noch anderes Land?«

»Nein.«

Also ein hoher Einsatz. Aber so war es immer, in der Politik und im Krieg. Dannyl verspürte vertraute Gefühle – Dankbarkeit, Zuneigung und Bewunderung – und widerstand ihnen. Er dachte an Tayends Warnungen und war überrascht, dass die gleichen Gefühle an die Oberfläche stiegen. Er widerstand auch diesen. *Tayend ist … ein Freund. Wenn Achati nicht wäre, würden wir vielleicht wieder mehr als das sein …*

Der Ashaki betrachtete anerkennend den Wein. Dannyl

konnte nicht umhin zu denken, dass er sich nicht mehr von Tayend hätte unterscheiden können. Wenn auch nicht so schwer gebaut wie der durchschnittliche Sachakaner, war Achati dunkelhäutig und breit, während Tayend leicht und schlank war. *Wie kann ich mich zu solchen Gegensätzen hingezogen fühlen? Ah, aber sie sind beide klug und scharfsichtig. Ich schätze, ich mag kluge Männer. Aber ich frage mich, was er in mir sieht.*

Als Achati Dannyls Blick wahrnahm, wandte er sich um, um ihm in die Augen zu sehen. Seine Miene wurde grüblerisch. »Erinnert Ihr Euch an diesen Augenblick während unserer Reise nach Duna? Als Tayend uns gestört hat?«

Erinnerungen und gemischte Gefühle überschlugen sich in Dannyls Kopf. Begehren, Verlegenheit, Angst und Wut.

»Wie könnte ich das vergessen? Dieser kleine Störenfried …«, murmelte er.

Achati lachte. »Ich bin mir sicher, dass seine Absichten gut waren. Aber ich habe doch das Gefühl, dass solche Augenblicke, solche Chancen rarer für uns werden. Würden wir immer noch Freunde sein, wenn wir abermals eine schwierige Zeit durchmachen würden, wie wir das vor kurzem getan haben, oder wären da zu viel Misstrauen und Argwohn? Ich wünschte …« Er seufzte. »Ich weiß, es ist egoistisch. Ich würde mich freuen, wenn wir mehr als Freunde wären, zumindest für eine Zeit, bevor die Umstände uns das Gefühl geben, dass wir uns wie Feinde benehmen müssen.«

Dannyl holte tief Luft. Sein Herz schlug wieder zu schnell, und da war ein seltsames, aber vertrautes Flattern in seinem Magen. *Genauso habe ich empfunden, als ich in Sachaka angekommen bin,* durchzuckte es ihn. Nur dass diesmal etwas Berauschendes daran war. Was würde geschehen, wenn er es akzeptierte? Sich mit Freuden darauf einließ?

Es gibt nur eine Möglichkeit, es herauszufinden.

»Nun, jetzt ist Tayend nicht hier.«

Achati hielt den Atem an. Ein Ausdruck flackerte über seine Züge, bevor sorgfältiges Interesse ihn ersetzte.

Hoffnung.

Dannyl verstand in diesem Moment, dass Achati trotz all seiner Macht und seines Wohlstands allein war. Er bezweifelte, dass er jemals diese Einsamkeit ausnutzen könnte, selbst wenn er es wollte. Es war keine Schwäche, es war Teil des Lebens, das Achati für sich geschaffen hatte.

»Obwohl ich es ihm durchaus zutrauen würde, dass er gerade in diesem Moment auf dem Weg hierher ist«, fügte Dannyl hinzu.

Achati lachte. »Gewiss könnte uns so ein Pech nicht zweimal widerfahren?«

»Das klingt nach einer Theorie, die es wert ist, überprüft zu werden. Die Frage ist, wie genau müssen wir die Umstände nachstellen?«

»Oh, ich denke, wir haben alle wesentlichen Zutaten.« Als Achati aufstand, folgte Dannyl seinem Beispiel. »Und wenn ich mich irre, können wir uns zumindest darauf verlassen, dass die Sklaven ihm den Zutritt verwehren.« Er hielt inne, um zu Dannyl aufzuschauen. »Ah. Seht Euch an.«

Dannyl blinzelte. »Was?«

Er hob die Hand, um Dannyls Kinn zu berühren. »So groß und … ganz gradlinige Eleganz. Es ist nur gut, dass ihr Kyralier für gewöhnlich keine höhere Magie erlernt. Ihr wärt viel zu einschüchternd.«

Dannyl stieß ein schnelles Lachen aus. »Ihr Sachakaner seid es, die einschüchternd sind«, protestierte er. »Mit der schwarzen Magie und …«

Achati brachte ihn mit einem Kopfschütteln und einem Finger auf seinen Lippen zum Schweigen, und die Hand an

Dannyls Kinn glitt hinter seinen Hals und zog ihn zu einem Kuss herunter.

Dann war sein Mund an Dannyls Ohr. »Tu das nicht, oder du wirst dich selbst daran erinnern, dass wir ein brutales Volk sind. Erlaube mir, dir zu zeigen, dass wir nicht alle grausam und herzlos sind.« Er trat lächelnd zurück und führte Dannyl aus dem Herrenzimmer.

19 Eine Übereinkunft

Bevor die Sonne auch nur über den Horizont gelugt hatte, machten die Verräterinnen sich bereit zum Aufbruch. Sie trafen keine Vorbereitungen, vorher zu essen, bemerkte Sonea. *Wenn sie fort sind, werden wir unsere letzten Vorräte essen und uns dann auf den Heimweg machen,* beschloss sie. Obwohl ungewiss war, ob dieses »wir« zwei oder drei Personen umfassen würde.

Sie blickte zu Lorkin hinüber, der während der beiden letzten Nächte bei Tyvara geschlafen hatte. Sie hatte ihm während der Verhandlungen genau zugehört. Er hatte viele Male als »wir« von den Verräterinnen gesprochen und von den Verbündeten Ländern und der Gilde als »sie«. Sonea schauderte, als ein Gefühl der Furcht sie beschlich.

Er hatte sich verändert. Aber nicht vollkommen. Er war immer noch Lorkin. Doch er war reifer geworden. Das überraschte sie nicht. Er hatte in dem halben Jahr, seit er die Gilde verlassen hatte, eine Menge durchgemacht. Und die Bürde schwarzer Magie geschultert.

Ich sollte entsetzt sein, aber alles, was ich empfinde, ist Traurigkeit. Er hat keine Ahnung, was er auf sich genommen hat. Dass es ihn immer als vertrauensunwürdig kennzeichnen wird, selbst wenn sie akzeptieren, dass es seine Entscheidung war und der unumgängliche Preis für die Herstellung von Steinen.

»Sie« waren die Gilde und andere Kyralier. Sonea glaubte nicht, dass sie ihn zurückweisen würden. Wie könnten sie das auch tun, jetzt, da sie Lilia akzeptiert hatten? *Aber mit jedem Magier, der schwarze Magie erlernt, scheinen wir etwas zu verlieren. Vielleicht unsere Unschuld. Vielleicht die Vorsicht.*

Lorkin, der seinen Wasservorrat aufgefüllt hatte, kehrte zurück. Sie dachte an die Edelsteine in ihrer Tasche, die sie bisher den Verrätern gegenüber nicht erwähnt hatte. Tyvara schaute lächelnd zu Lorkin auf, als er ihr die Flasche gab. Es war ihre, nicht seine. Ein Stich des Bedauerns durchzuckte Sonea, dass sie keine Zeit hatte, die junge Frau besser kennenzulernen. Angesichts der Art, wie Tyvara Lorkin ansah, überlief Sonea ein weiterer Schauder, und sie runzelte die Stirn.

Für ein Paar, das so offensichtlich verliebt ist, benehmen sie sich nicht, als würden sie sich in Kürze trennen.

Als hätte er ihren Blick gespürt, drehte Lorkin sich um und sah Sonea in die Augen. Sein Lächeln verblasste, dann schaute er wieder zu Tyvara hinüber und nickte. Ihre Miene wurde ernst. Mitfühlend. Sie nickte und beobachtete, wie Lorkin zu Sonea ging.

»Mutter«, sagte er. »Können wir unter vier Augen reden?«

»Natürlich.« Sonea stand auf und sah sich um, dann wählte sie willkürlich eine Richtung aus und setzte sich in Bewegung. Er folgte ihr stumm. Nach ungefähr zwanzig Schritten blieb sie stehen und schuf eine Barriere um sie herum, die keinen Laut nach außen dringen lassen würde, und wartete darauf, dass er zu sprechen begann.

Lorkin konnte ihrem Blick plötzlich nicht mehr standhalten. »Ich… äh… wir…«

Sie seufzte und fragte dann: »Kommst du mit mir zurück?«

Er straffte die Schultern und hob den Kopf. »Nein.«

Sie starrte ihn an und kämpfte gegen eine aufsteigende Panik. *Ich könnte es ihm befehlen. Ich könnte mich mit Osen in Verbindung setzen und ihn dazu bringen, den Befehl zu erteilen.* Aber sie vermutete, dass sie Lorkin damit bloß dazu treiben würde, etwas noch Törichteres zu tun.

»Es geht nicht um Tyvara«, sagte er. »Nun, nicht *nur* um Tyvara.« Ein intensiver Ausdruck trat in seine Augen. Sie las in ihnen Aufregung und Hoffnung. »Ich denke, dass die Verräter siegen werden. Wenn sie sagen, dass sie der Sklaverei ein Ende machen werden … ich denke, sie werden auch das tun. Sie planen es seit Jahren. Seit Jahrhunderten.«

»Also … wenn sie siegen, werden sie besser sein als die Ashaki?«

»Ja«, erwiderte er entschieden.

»Und wenn sie unterliegen?«

Seine Miene wurde grimmig. Sie konnte in seinem Gesicht plötzlich erkennen, wie er in zehn Jahren aussehen würde. *Falls er die nächsten paar Wochen überlebt. Nein, denk nicht darüber nach.*

»Manche Dinge sind es wert, dass man sein Leben für sie riskiert«, sagte er. »Wenn du gesehen hättest, was die Ashaki tun – wenn du es erlebt hättest –, würdest du die Welt auch von ihnen befreien wollen.«

Bei dem Zorn und dem Entsetzen in seiner Stimme durchzuckte sie ein stechender Schmerz. *Was haben sie ihm angetan?* Sie wollte es wissen, wollte den Schuldigen finden und ihm *wehtun.*

»Der Gilde wird das nicht gefallen, aber ich bin mir sicher, das weißt du«, erklärte sie.

Er nickte. »Sag ihnen, dass sie mich offiziell verbannen

sollen. Auf diese Weise kann man sie nicht für meine Taten verantwortlich machen, falls wir verlieren.«

Ihr wurde flau. *Ich sollte froh darüber sein, dass er alles durchdacht hat, aber ich kann nicht. Wenn ich nur seine Stelle einnehmen könnte… Aber auch das würde ihn kaum daran hindern, in diesen Krieg zu ziehen.*

Und plötzlich wusste sie, was sie als Nächstes tun würde. Wenn er nicht nach Hause gehen würde, würde sie es auch nicht tun. Sie würde ihm folgen. Sie würde alles in ihrer Macht Stehende tun, um ihn zu beschützen.

»Du betrachtest dich jetzt also als einen Verräter.« Sie nickte. »Dann gibt es etwas, das du wissen musst.« Sie griff in ihre Tasche, zog einen der Edelsteine heraus und hielt ihn Lorkin hin.

Er nahm ihn entgegen und untersuchte ihn eingehend. Einen Moment später weiteten sich seine Augen.

»Ich hatte den Verdacht, dass es möglich ist«, hauchte er.

Während er den Stein fasziniert betrachtete, verspürte Sonea eine bittersüße Freude und Stolz. Hier war er, ihr Sohn, und er verstand eine Magie, die kein Gildemagier je zuvor erkundet hatte. *Und er liebte es.*

»Woher hast du das?«, fragte er.

Sie deutete auf ihre Umgebung. »Aus der Erde und dem Sand. Es ist auch ein Stein in der Quelle, um sie sauber zu halten. Ich habe den Verdacht, dass sie überall im Ödland verteilt sind. Du kannst sie wahrnehmen, wenn du weißt, wonach du suchen musst und wenn du ein Schwarzmagier bist.«

Lorkin öffnete den Mund, und er drehte sich um, um das trockene, leblose Land zu betrachten. »Willst du damit sagen…?«

»Ja. Das Ödland hätte sich vor Jahrhunderten erholen sollen, aber wegen der Verräter hat es das nicht getan.«

Sie berührte ihn am Arm. »Bist du dir sicher, dass du die Gilde verlassen willst, um dich diesen Leuten anzuschließen? Einem so skrupellosen Volk? Du kannst ihnen immer noch helfen, die Ashaki zu stürzen, ohne deine Loyalität zu wechseln.«

Er blickte auf den Edelstein hinab und runzelte die Stirn. Dann schloss er die Finger um den Stein und nickte. »Ich bin mir sicher. Sie sind nicht vollkommen, aber sie *sind* besser als die Ashaki.« Er legte ihr die Hände auf die Schultern. »Ich liebe dich, Mutter. Ich habe nicht die Absicht, in diesem Krieg zu sterben. Ich *werde* zur Gilde zurückkehren. Königin Zarala hat mir das Wissen um die Herstellung von Steinen gegeben, damit ich es weiterreichen kann, und ich werde das tun, falls die Gilde es will. Du wirst mich wiedersehen.«

Dann zog er sie an sich. Sie hielt ihn fest, und es kostete sie ihre ganze Willenskraft, keinen Widerstand zu leisten, als er sich von ihr löste. Er lächelte knapp, drehte sich um und kehrte zu den Verrätern zurück.

Sonea blinzelte gegen Tränen an, seufzte und folgte ihm.

Als Lilia aus dem Magierquartier ins helle Sonnenlicht trat, blinzelte sie und schlug den Weg zur Universität ein. Es waren zu dieser morgendlichen Stunde mehr Novizen unterwegs als gewöhnlich, bemerkte sie. Die meisten schienen sich am Eingang der Universität aufzuhalten. Als sie sich ihnen näherte und in den Schatten des Gebäudes trat, begriff sie, dass sie alle sie ansahen.

Ein Schauer überlief sie, und sie verlangsamte ihre Schritte.

Sie erkannte einige von ihnen; es waren Freunde von Bokkin. Zwei traten beiseite. Zuerst nahm sie an, dass sie es taten, um sie durchzulassen, aber ein vertrauter Schläger füllte die Lücke. Er grinste sie an, als sie sich der Treppe näherte.

»Was hast du hier zu suchen, Lilia?«, fragte er. »Der Ausguck liegt in dieser Richtung.« Er zeigte den Hügel hinauf.

Einige der Novizen kicherten. Sie kamen näher. Lilia würde sich durch sie hindurchzwängen oder um sie herumgehen müssen.

»Wir werden dich nicht hineinlassen«, erklärte Bokkin.

Lilia verkniff sich ein Lächeln. *Idiot. Es ist so offensichtlich, was sie tun, er hätte es nicht laut auszusprechen brauchen. Und jetzt können sie nicht mehr so tun, als hätten sie nichts falsch gemacht.*

Sie ging die ersten Stufen hinauf und blieb stehen.

»Seid ihr euch sicher?«, fragte sie und sah einem Novizen nach dem anderen in die Augen. »Schwarzmagier Kallen ist dort drin und wartet darauf, mich alle möglichen Geheimnisse zu lehren, die die schwarze Magie betreffen. Er wird vielleicht nicht allzu glücklich darüber sein, wenn ihr mich daran hindert, rechtzeitig zu seinem Unterricht zu erscheinen.«

Einige der Novizen runzelten die Stirn und tauschten zweifelnde Blicke.

»Kallen kann dich auch nur dazu bringen, so zu tun, als kämpftest du mit schwarzer Magie«, stellte Bokkin fest. »Mehr lernst du doch nicht. Du hast noch nicht einmal deinen Abschluss gemacht.«

»Ich habe gehört, dass du deinen Abschluss auch nicht mehr machen wirst«, fügte eines der Mädchen in Bokkins Nähe hinzu. »Es heißt, sie würden es dir nicht erlauben. Du wirst für immer eine Novizin sein.«

Lilia zuckte die Achseln. »Ich werde nächstes Jahr meinen Abschluss machen. Ich habe mehr zu lernen als der durchschnittliche Novize.« Um sicherzustellen, dass die Andeutung ankam, griff sie in ihre Robe und zog das kleine, schmale Messer hervor, das sie auf Kallens Empfehlung hin gekauft hatte. Sie hatte sich gefragt, warum er darauf bestanden hatte, dass sie eines brauche würde, obwohl sie doch schwarze Magie gar nicht *benutzen* sollte, und sie hatte den Verdacht, dass er nur ihren Kauf begutachten wollte. Er hatte ihr gesagt, dass sie etwas Schlichtes kaufen solle, das jedoch von guter Qualität war. Etwas Kultivierteres als ein Küchenmesser, aber nichts so geschmacklos Protziges wie die Messer, die die Sachakaner trugen. Sie hatte sich mit einigen Messerherstellern getroffen und ein elegantes, schlankes Messer mit einer Klinge ausgewählt, die sich nahtlos in einen Griff aus Ebenholz und Silber klappen ließ.

Sie unterdrückte ein Lachen, als mehrere der Novizen nach Luft schnappten. Aber sie konnte nicht einfach dastehen und mit einem Messer wedeln. Wenn ein Magier sie sah, würde sie genauso großen Ärger bekommen wie die anderen Novizen. Vielleicht mehr. In ihrer Tasche, unter den Büchern und Studiennotizen, war eine Pachi-Frucht. Jonna hatte sie dort hineingelegt, als klar gewesen war, dass Lilia keine Zeit haben würde, ihre Morgenmahlzeit zu beenden.

Lilia nahm die Frucht heraus, begann Scheiben von ihr abzuschneiden und aß sie.

»Kallen wird kommen und herausfinden, was mich aufhält«, erklärte sie kauend. »Ich würde nicht wollen …«

»Was geht hier vor?«, fragte eine neue Stimme. Lilia schaute auf und sah den Kopf eines Magiers hinter den Novizen erscheinen. »Sucht euch einen anderen Platz, um euch zu versammeln, und hört auf, die Türen zu blockieren.«

Sofort stoben die Novizen auseinander, und die, die dem Magier am nächsten waren, machten eine hastige Verbeugung. Bokkin war der Einzige, der enttäuscht wirkte, bemerkte Lilia. Die Übrigen wirkten erleichtert. Er grinste sie höhnisch an, als sie an ihm vorbei die Treppe hinaufging. Der Magier war ein Mann, an den sie sich aus ihrem zweiten Jahr erinnerte, ein Alchemist mittleren Alters.

»Guten Morgen, Lord Jotin«, sagte sie und verneigte sich.

»Lady Lilia.« Er nickte, dann schaute er sich um, um sich davon zu überzeugen, dass die Novizen nicht zurückkehren würden, bevor er wieder in den Flur verschwand. Lilia aß weiter von der Pachi-Frucht, während sie sich auf den Weg zu dem Raum machte, in dem Kallen seinen Unterricht abhielt, und sie ließ alle Gedanken an Bokkin hinter sich. An irgendeinem Punkt würde sie Kallen Anyis Frage stellen, und sie musste darüber nachdenken, wie sie das am besten machen sollte. Sie hielt inne, um das Messer abzuwischen und ihre Gedanken zu sammeln, bevor sie durch die Tür in den Raum trat.

»Guten Morgen, Lady Lilia«, begrüßte Kallen sie, und seine Lippen verzogen sich zu einem schwachen Lächeln.

»Schwarzmagier Kallen.« Sie verbeugte sich und nahm Platz, dann öffnete sie den Mund, um zu sprechen, brach jedoch ab, als sie die Gegenstände auf dem Tisch bemerkte. Eine Keramikschale stand neben einigen Glasröhren, wie die Alchemisten sie benutzten, wenn sie Glasgefäße von besonderer Form schaffen wollten.

»Heute werde ich Euch lehren, wie man Blutsteine macht«, sagte Kallen.

Erregung durchzuckte sie. Dies war ein Teil der schwarzen Magie, den die meisten als akzeptabel und sicher erachteten. Kallen griff nach einem Glasröhrchen und bedeutete ihr, seinem Beispiel zu folgen.

»Den Prozess kann man am leichtesten von Geist zu Geist übermitteln. Der ehemalige Hohe Lord hat es entdeckt, indem er einen alten Blutring untersucht hat. Ich habe diesen Ring ebenfalls gesehen und untersucht, und ich muss sagen, ich bin froh, dass ich das Rätsel nicht selbst lösen musste. Zuerst schmelzt Ihr etwas Glas und lasst es sich in der Luft drehen, damit es rund bleibt.«

Sie beschloss, Anyis Frage aufzuschieben, und befolgte seine Anweisungen. Als sie beide sich drehende Kugeln aus geschmolzenem Glas in der Luft hielten, wies er sie an, seine Hand zu nehmen und sich auf seine Gedanken zu konzentrieren. Sie beobachtete, wie er seine Magie formte und dem Glas seinen Willen aufdrückte; irgendwie veränderte er die Struktur des Glases, dann ließ er es sich abkühlen. Anschließend beobachtete er ihren Versuch, das Gleiche mit ihrem Glas zu tun.

Sie wiederholten dies einige Male, schmolzen und formten das Glas, bis er das Gefühl hatte, dass sie es hinreichend beherrschte, um zu versuchen, dem Glas Blut hinzuzufügen. Zu ihrer Überraschung bewirkte dies nicht mehr, als dem Glas eine bestimmte Identität zu verleihen.

»Der Blutstein funktioniert nur, wenn jemand ihn berührt«, erklärte er ihr. »Versteht Ihr den Unterschied in seiner Funktion in Bezug auf den Schöpfer des Steins und auf denjenigen, der den Ring berührt?«

»Der Schöpfer des Ringes kann sehen, was der Träger sieht, selbst wenn dieser es nicht will. Der Träger kann nicht sehen, was der Schöpfer des Ringes sieht, aber er kann Gedankenrede empfangen, ohne dass irgendjemand sonst die Gedanken hören kann.«

»Ja, aber der Edelstein übermittelt nicht nur, was der Träger sieht, sondern auch, was er denkt und fühlt. Es sei denn, der Träger hat einen Stein, der das verhindert.«

Sie blinzelte überrascht. Das war neu. »Was sind das für Steine?«

»Etwas, das die Verräter machen. Etwas, das wir vielleicht bald haben werden. Anstelle von Glas bestehen diese

Steine aus Kristallen, die während des Wachstums dazu ausgebildet werden, eine magische Aufgabe zu erfüllen. Ein Blockadestein verhindert, dass man die Gedanken des Trägers lesen kann, und erlaubt ihm, die Gedanken zu projizieren, die er einem Gedankenleser zeigen will.«

Ein kalter Schauer überlief Lilia. »Nakis Ring.«

Er wirkte überrascht, dann trat ein entschuldigender Ausdruck in seine Züge. »Es tut mir leid. Ich habe vergessen, dass Ihr bereits mit einem Blockadestein zu tun hattet.«

Sie schüttelte den Kopf. »Macht Euch deswegen keine Gedanken. Was können diese Steine sonst noch tun?«

»Alles, was ein Magier tun kann.«

»Sogar ein Schwarzmagier.«

»Insofern, als sie Macht in sich hineinziehen und speichern können? Ja – aber das müsst Ihr für den Moment noch für Euch behalten.«

Lilia stieß einen leisen Pfiff aus. »Sagt mir, dass wir uns mit diesen Verrätern anfreunden. Sie klingen nicht nach Leuten, die wir jemals zu Feinden haben sollten.«

Kallen runzelte die Stirn. »Wir arbeiten darauf hin und hoffen, die Kenntnisse der Herstellung von Steinen gegen etwas anderes eintauschen zu können.« Er machte eine wegwerfende Handbewegung. »Ich werde Euch ein andermal mehr darüber erzählen. Wichtig ist, dass die Herstellung von Steinen schwarze Magie erfordert.«

Prickelnde Erregung durchlief sie. »Ich werde lernen, diese Steine zu machen?« Das würde bedeuten, dass sie einer der ersten Gildemagier sein würde, die in der Lage wären, diese neue Magie zu benutzen.

»Vielleicht.«

»Werde ich nach Sachaka reisen müssen?«

»Nein.« Aber die Art, wie er innehielt, und sein nachdenklicher Blick weckten in ihr die Vermutung, dass diese Antwort nicht die ganze Wahrheit war. Er schüttelte den Kopf. »Nun, das ist für heute Morgen alles. Habt Ihr irgendwelche Fragen?«

Ihr Herz setzte einen Schlag aus, als sie sich an Anyis Frage erinnerte. »Ja. Würde die Gilde Cery und seinen beiden Leibwächtern erlauben hierzubleiben?«

Kallen zog die Augenbrauen herunter. »Ist seine Situation schlimmer geworden?«, fragte er.

»Möglicherweise. Dürfen sie bleiben?«

»Ich werde die Zustimmung der Höheren Magier einholen müssen, aber es ist wahrscheinlich, dass sie sie gewähren werden. Wann würde er hierherkommen?«

»Bald.« Dann begriff sie, dass das alles bedeuten konnte, und drückte sich genauer aus. »In einigen Tagen.«

Er nickte. »Ich werde es Euch wissen lassen, sobald ich kann.« Er lächelte dünn. »Wir haben es geschafft, einige Samen von einem Parfümhersteller zu bekommen, was wir Euch verdanken. Die Pflanzen sind noch nicht groß genug, um zu bestätigen, dass es sich um Feuel handelt, aber es wird nicht lange dauern. Wenn Cery bereit ist, uns zu helfen, Skellin zu fangen, werden wir das vielleicht bald tun können.«

Sie nickte. Da war wieder dieses »bald«.

»Er wird überaus bereitwillig sein«, erwiderte sie. »Da bin ich mir sicher.«

Als Anyi und Lilia in die Dunkelheit verschwanden, um in die Magierquartiere und zu Soneas Räumen zurückzukehren, sah Gol Cery an und zog die Augenbrauen hoch.

»Ja«, antwortete Cery mit bewusst leiser Stimme. »Erzähl mir, was du herausgefunden hast.«

Gol beugte sich vor. »Alles hat sich geändert. Der Rest der

Diebe … nun, sie nennen sich nicht länger so. Sie nennen sich ›Prinzen‹. Skellin nennen sie ›König‹.«

»Natürlich.« Cery verdrehte die Augen. »König der Unterwelt. Was denken die Leute auf der Straße?«

»Dass sie alle größenwahnsinnig geworden sind. Aber niemand spricht es laut aus. Die Menschen haben Angst. Sie wissen, dass Skellin ein wilder Magier ist und seine Mutter die Jägerin der Diebe. Beide haben Menschen, die nicht tun wollten, was sie befohlen haben, üble Dinge angetan.« Gol verzog das Gesicht. »Die gute Sache ist, dass ihn jetzt alle hassen.«

»Was denken sie von mir?«

Gol zuckte die Achseln. »Sie denken, du seist tot.«

»Und wenn sie wüssten, dass ich mich verstecke?«

»Ich habe es angedeutet, und einige Leute meinten, sie hofften, dass es so sei. Sie hoffen, dass du eine Möglichkeit findest, Skellin loszuwerden.«

»Niemand hat gedacht, dass ich meine Arbeiter im Stich gelassen habe?«

»Niemand hat es mir gegenüber ausgesprochen. Die interessante Sache ist die: In einem Bolhaus haben die Leute, mit denen ich geredet habe, darüber gestritten, ob du dich bei der Gilde versteckst oder nicht. Derjenige, der es bezweifelte, meinte, es könnte nicht so sein, weil die Gilde mit Skellin zusammenarbeite.«

Cery runzelte die Stirn. »Das könnte bloß ein Gerücht sein.«

»Eins, das helfen würde, dafür zu sorgen, dass die Menschen sich weiter vor Skellin fürchten.«

»Wenn sie wüssten, dass es nicht wahr ist, würden sie sich nicht zu sehr fürchten.«

Gol schüttelte den Kopf. »Sie hätten immer noch zu große Angst, um etwas zu unternehmen.«

»Was ist mit dem Lieferanten?«

»Saski ist immer noch da. Bietet nach wie vor sein Minenfeuer feil. Er hat versucht, ein neues Werkzeug zu verkaufen, mit dem das Feuer benutzt werden kann. Eine Art Blasrohr, vor dem die Leute mich gewarnt haben. Es explodiert ebenso oft, wie es funktioniert. Sein beliebtestes Produkt sind kleine Päckchen, die die Leute ins Feuer werfen, um einen Knall und einen Blitz zu erzeugen. Die Leute haben die Knaller gemocht, aber sie sehen nicht viele andere Verwendungszwecke für das Minenfeuer, solange Magier dieselben Effekte hervorrufen können.«

»Sie sehen nicht, dass es gewöhnlichen Menschen erlauben würde, Dinge zu tun, die Magier tun können?«

»Nicht die Art von Dingen, die sie tun wollen, wie heilen oder schweben oder Dinge aus der Ferne bewegen. Wer muss schon hier in der Stadt Dinge explodieren lassen? Und Saski hat mit all seinen Warnungen, wie gefährlich und unberechenbar es ist, die Kunden verschreckt. Magie klingt erheblich sicherer.«

Cery nickte. »Allerdings. Es ist nicht nur so, dass Minenfeuer explodieren könnte, wenn wir es nicht wollen, sondern dass es vielleicht *nicht* explodiert, wenn es notwendig ist. Bist du dir sicher, dass diese Falle funktionieren wird?«

»Größtenteils. Als ich mich seinerzeit mit Saski angefreundet habe, hat er oft beschrieben, dass Minenfeuer hoch oben im Norden in den Minen benutzt wurde. Wir werden die gleiche Methode anwenden.«

»Wie werden wir es kaufen? Könnten wir ein Straßenkind dazu bringen, diese Knaller für uns zu beschaffen?«

Gol nickte. »Das wäre klug. Saski scheint mir nicht der Typ zu sein, der davonläuft und uns an Skellin verkauft, aber wer weiß? Es wäre eine Versuchung. Er kann nicht viel Geld verdienen.«

»Aber Skellin muss herausfinden, wo wir sind.«

»Nicht über Saski. Dann würde Skellin wissen, dass wir Minenfeuer gekauft haben, und er würde sich fragen, was wir hier unten treiben. Er müsste nicht lange nachdenken, um dahinterzukommen, dass wir ihm eine Falle stellen.«

»Stimmt.« Cery schaute sich im Raum um. »Nun, du wirst die Dinge hier einrichten müssen, ohne dass Anyi Verdacht schöpft, dass etwas Merkwürdiges vor sich geht.«

»Sobald ich die Rohre erst in den Mauern habe, werden sie nicht mehr allzu auffällig sein, vor allem, wenn wir sie durch die Löcher und Hohlräume im Mörtel führen.«

»Aber du wirst es tun müssen, während sie nicht hier ist.«

»Du willst nicht warten, bis sie sicher sind, dass es sich bei den Pflanzen um Feuel handelt? Sobald wir die Falle gestellt haben, besteht immer die Gefahr, dass sie losgeht, bevor wir so weit sind.«

Cery schüttelte den Kopf. »Nicht nach dem, was Lilia darüber gesagt hat, dass die Höheren Magier bereit seien, uns in der Zwischenzeit in der Gilde leben zu lassen. Anyi war zu versessen darauf, es zu tun. Zu bereitwillig, mit mir darüber zu streiten.« Er schüttelte erneut den Kopf. »Irgendetwas sagt mir, dass sie langsam die Geduld verliert. Oder dass sie etwas weiß, das wir nicht wissen.«

»Wie zum Beispiel, ob die Pflanzen Feuel sind?«

»Vielleicht.«

Gol zuckte die Achseln. »Aber sie hat recht. Wir brauchen nicht das Risiko einzugehen, Lilia in Schwierigkeiten zu bringen, weil sie uns hier versteckt.«

»Aber wenn die Gerüchte, die du gehört hast, zutreffend sind und jemand in der Gilde mit Skellin zusammenarbeitet, könnten wir auf diese Weise direkt in seine Arme rennen. Der Betreffende wird sicherstellen, dass die Gilde nicht mit uns zusammenarbeitet, um Skellin zu fangen, oder er wird sicherstellen, dass etwas schiefgeht und wir getötet werden. Anderenfalls könnten wir sein schmutziges kleines Geheimnis enthüllen.«

Gol schaute zur Decke empor. »Nun, wenn Anyi recht hat und wir uns unter den Gärten zwischen der Universität und den Magierquartieren befinden, wird unsere Falle Skellin der Gilde definitiv offenbaren.«

Cery lächelte. »Ja. Aber lass uns dafür sorgen, dass sie uns dabei nicht alle umbringt.«

20 Erste Feindberührung

Von hoch oben überflutete die Sonne das Ödland mit Hitze und Helligkeit, die von der ausgedörrten Erde mit gleicher Heftigkeit wieder zurückgeworfen wurden. Im Zangengriff von Himmel und Erde trottete Lorkin zusammen mit den Verräterinnen durch die Wüste und versuchte, sich nicht vorzustellen, einem Ashaki in der Schlacht gegenüberzustehen.

Stattdessen dachte er an den Edelstein in seiner Tasche. Er hatte in der vergangenen Nacht, nachdem alle schliefen oder auf Wachposten waren, versucht festzustellen, ob er andere Steine spüren konnte, die in der Nähe vergraben waren, aber seine gedankliche Suche hatte nichts zutage gefördert. Doch das war kein Beweis dafür, dass seine Mutter sich irrte. Sie hatte gesagt, er würde sie nur finden, weil er schwarze Magie besitze, und seine Methode des Suchens hatte nichts Schwarzmagisches gehabt.

Ich hätte sie bitten sollen, es zu erklären. Aber er hatte nur einen letzten Augenblick mit ihr gehabt, am Morgen des vergangenen Tages, und er hatte die Gelegenheit genutzt, um sie nach einem anderen magischen Rätsel zu fragen. Ihr

Blick war schärfer geworden, als er sich erkundigt hatte, ob sie von Magiern gehört habe, die in der Lage waren, spontane Gedanken anderer zu lesen, ohne sie dabei zu berühren.

»Dein Vater konnte es angeblich«, hatte sie ihm erzählt. »Ich habe immer vermutet, dass er dem Gerücht Nahrung gegeben hat, um die Angst oder die Ehrfurcht am Leben zu erhalten, mit der die Menschen ihn betrachteten – und wenn es zu Fragen nach anderen Fähigkeiten kam, die er nicht besitzen sollte, konnte er auf dieses Gerücht als ein Beispiel dafür hinweisen, wie töricht die Dinge waren, die wir Menschen von ihm glaubten.«

»Es war vielleicht keine Lüge«, hatte Lorkin erwidert.

Ihre Überraschung hatte sich wie immer in nachdenkliche Berechnung verwandelt. Was sie als Nächstes gesagt hatte, hatte er nicht erwartet. »Besser, du behältst das für dich«, hatte sie ihm geraten. »Es wird nur dazu führen, dass sich selbst jene, die dir am nächsten stehen, in deiner Nähe unbehaglich fühlen. Sei vorsichtig, dass du nicht mehr über andere erfährst, als du wirklich wissen willst.«

Sie hat nicht unrecht. Er konnte sich viele Situationen vorstellen, in denen es vielleicht peinlich sein würde, spontan die Gedanken eines anderen zu empfangen. Glücklicherweise konnte er lediglich die klarsten Gedanken wahrnehmen, und das nur, wenn er sich mit Macht konzentrierte.

»Lorkin.«

Tyvara war zu ihm zurückgekommen. Savara hatte sie zu sich gerufen, und die beiden Frauen hatten eine ganze Weile geplaudert.

»Ja?«

Sie lächelte. »Erzähl mir mehr über Lord Regin. Ist er besonders wichtig für die Gilde? Was denkst du, warum er zusammen mit deiner Mutter hierhergekommen ist?«

Lorkin runzelte die Stirn. »Er ist nicht wichtig. Nun, er stammt aus einem wichtigen Haus, aber er hat keine Position innerhalb der Gilde.«

»Also ist er nur eine Quelle der Magie für deine Mutter?«

Er versuchte, sich das vorzustellen, und scheiterte letztlich. Aber er hatte sich ausgemalt, dass Regin sich wie ein sachakanischer Quellsklave benahm, obwohl der Mann das nicht zu tun brauchte. *Er muss nur Macht aussenden, und Mutter wird sie nehmen und lagern.* Die beiden würden sich natürlich berühren müssen, aber sie brauchten nicht mehr zu tun, als sich an den Händen zu halten.

»Vielleicht«, erwiderte Lorkin. »Nun … wahrscheinlich.«

»Also, in welcher Beziehung stehen sie zueinander? Sind sie Freunde? Ein Liebespaar?«

»Nein. Tatsächlich haben er und meine Mutter sich als Novizen gehasst. Er hat sie schikaniert, bis sie ihn zu einem Duell herausgefordert hat. Sie hat ihn vernichtend geschlagen, und danach hat er sie in Ruhe gelassen.«

»Ein Duell?« Tyvara zog die Augenbrauen hoch, und ihr Lächeln wurde breiter. »Interessante Sitte.«

Lorkin sah sie mit schmalen Augen an. »Verspottest du die Gebräuche meines Volkes?«

»Ganz und gar nicht.« Sie versuchte, ernst zu wirken.

»Tust du doch«, beschuldigte er sie. Dann grinste er. »Es ist eine törichte Sitte. Soweit ich weiß, hatte zuvor schon Jahre niemand mehr einen Gegner zu einem Duell gefordert, und niemand hat es seither getan.«

»Dann muss es für sie das letzte Mittel gewesen sein.« Tyvara blickte nachdenklich drein. »Also sind sie nach ihrer großen Konfrontation gute Freunde geworden, wie das so oft passiert?«

»Nein. Mutter hat ihm nicht verziehen.« Obwohl Lorkin sich nicht daran erinnern konnte, dass sie es ausgesprochen hatte. Wenn überhaupt, hatte sie immer darauf hingewiesen, wie mutig Regin während der Invasion gewesen war. Widerstrebend.

Tyvara erwiderte nichts darauf, und er drehte sich um und sah, dass sie die Stirn runzelte.

»Warum fragst du?«

Sie blickte auf. »Nun … Savara und ich haben beide gedacht, dass es merkwürdig ist, dass die Gilde zwei Menschen auf eine derartige Mission schickt, die einander auf solch offensichtliche Weise schätzen. Wenn sie gefangen werden, könnte man den einen mit dem anderen erpressen.«

»Meine Mutter und Regin?« Lorkin schüttelte den Kopf. »Unmöglich. Du bist auf der falschen Fährte.«

Sie zuckte die Achseln. »Vielleicht hast du recht. Oder vielleicht hat die scheinbare Unmöglichkeit des Ganzen dazu geführt, dass die Gilde nicht begriffen hat, was für eine schlechte Wahl Regin ist. Vielleicht begreifen Sonea und Regin es auch selbst nicht.«

Lorkin schüttelte den Kopf und seufzte.

»Was?«

»Die mächtigsten Frauen in Sachaka, und was tun sie? Verschwenden ihre Zeit mit Tratsch und Kuppelei. Au!« Er rieb sich den Arm, wo sie ihn geschlagen hatte.

»Männer tratschen noch viel mehr«, erklärte sie. »Und es ist keine Zeitverschwendung, wenn es politische und kriegerische Konsequenzen hat.«

»Hat es die?«

»Es wird sie haben.« Sie hob den Kopf und kniff die Augen zusammen. »Ah.«

Er drehte sich um und schaute nach vorn. Sie hatten jetzt hinter Savara und den anderen Verräterinnen den Grat einer Düne erreicht. Vor ihnen lagen eine flache Ebene, die mit spärlicher Vegetation bedeckt war, und einen Marsch von einigen Stunden entfernt ein paar Gebäude.

»Du kannst immer noch deine Meinung ändern«, sagte sie zu ihm. »Niemand wird dich daran hindern, wenn du nach Kyralia zurückkehren willst. Auf dem Pass sind keine Ichani, die du fürchten müsstest.«

Bin ich wirklich mutig genug – töricht genug –, mich einem Volk anzuschließen, mit dem ich keine Blutsbande habe? Wage ich es, Krieg gegen die legendären Schwarzmagier zu führen, die mein Volk seit Jahrhunderten fürchtet?

Er sah Tyvara an und lächelte. »Wo du hingehst, gehe ich auch hin.«

Sie betrachtete ihn und schüttelte den Kopf. »Wann immer ich mich bei dem Gedanken ertappe, dass ich jemanden wie dich gar nicht verdiene, Lorkin, rufe ich mir ins Gedächtnis, dass du, wenn du bereit bist, mit mir zu kommen, vielleicht ein klein wenig verrückt bist.«

»Du denkst, meine Mutter und Lord Regin seien ineinander verliebt. Es ist nicht *meine* Vernunft, die hier in Frage steht.«

Sie grinste und wandte den Blick ab. »Wir werden sehen.«

Während sie schweigend ihren Weg fortsetzten, gingen ihm ihre Worte noch einmal durch den Sinn – und sein Lächeln verblasste. Würde sie ihn auch für so gut halten, wenn sie wüsste, was er mit dem Sklavenmädchen gemacht hatte? Er hatte es ihr noch nicht erzählt. Bisher hatte es keinen Grund dafür gegeben. *Nein, das ist nicht ganz wahr. Es hat durchaus Gelegenheiten gegeben. Ich habe jedes Mal gedacht, dass es den Augenblick verderben oder die Stimmung trüben würde. Aber ich sollte es nicht länger hinausschieben. Die Verräterinnen werden vielleicht wissen müssen, was mit dem Mädchen passiert ist.* Falls *sie eine Verräterin war.*

Aber was, wenn sie keine war? Er hatte Angst zu entdecken, dass das Mädchen nicht gewusst hatte, dass das Wasser vergiftet war. Es war viel einfacher, mit seiner Entscheidung zu leben, wenn er glauben konnte, dass sie absichtlich den Tod gewählt hatte.

Falls es sich so anfühlt, jemanden getötet zu haben, der es so wollte, wie wird es sich erst anfühlen, wenn der Krieg beginnt und ich Menschen töte, die es nicht *wollen?* Vielleicht würde es nicht so schwierig sein, wenn er daran dachte, dass sie andere Menschen versklavt, gefoltert und getötet hatten.

Er betrachtete die Verräter. Ihre Mienen waren grimmig und entschlossen. Die Gespräche waren bis auf ein leises Murmeln hier und da verstummt. Inzwischen hatten sie die Ebene erreicht und gingen auf die Gebäude in der Ferne zu. Die ersten Menschen, auf die sie trafen, waren zwei Sklaven, die eine kleine Reber-Herde bewachten. Beides Jungen, die herbeigeeilt kamen, um sich vor Savara auf den Boden zu werfen. Sie ließ sie aufstehen und sagte ihnen, dass sie sich nie wieder vor einem anderen Mann oder einer anderen Frau niederwerfen sollten.

»Ist es Zeit?«, fragte einer von ihnen und sah eifrig zu ihr auf.

»Ja«, antwortete sie, dann deutete sie mit dem Kopf auf die Gebäude. »Ihr wisst, was zu tun ist?«

»Wir sollen außer Reichweite bleiben«, erwiderte er. »Uns von der Stadt entfernen. Aber viel weiter als hierher kommen wir nicht.«

»Nein. Haltet euch einfach von dem Haus fern, bis wir fertig sind.«

Er runzelte die Stirn. »Wenn ich zurückgehe, kann ich den anderen sagen, dass sie das Haus verlassen sollen.«

»Das wäre sehr mutig. Du darfst aber nicht zulassen, dass die Ashaki Verdacht schöpfen, dass wir auf dem Weg sind.«

»Das werden wir nicht. Wir haben das alle seit Jahren geplant.«

»Dann geh.«

Während der Junge zu den Gebäuden hinüberlief, richtete Savara sich auf und gab den Verrätern ein Zeichen. Sie gingen weiter und beschleunigten ihre Schritte. Ein Prickeln der Erregung und der Furcht überlief Lorkin. Einige dieser äußeren Anwesen wurden von Sklavenmeistern geleitet, die das Vertrauen ihrer Herren genossen, daher würden sie vielleicht gar keinem Ashaki begegnen. Oder die Ashaki konnten außer Haus sein, um Besuche zu machen oder Geschäften nachzugehen. Aber der Junge hätte es Savara gesagt, wenn es so gewesen wäre.

Es besteht nur eine geringe Chance, dass wir nicht auf dem Weg zu unserem ersten Kampf sind.

Allzu bald waren sie nur noch wenige hundert Schritt von den Gebäuden entfernt; dann traten sie durch ein Tor in der niedrigen Mauer, die sie umgab. Während die Verräter sich verteilten, in Zweier- und Dreiergruppen, um sich den Gebäuden von verschiedenen Seiten zu nähern, tauchten Sklaven auf. Sie beeilten sich, einige rannten, vorbei an den Eindringlingen und der niedrigen Mauer und hinaus auf die Ebene, wo sie sich in alle Richtungen zerstreuten.

Sie verteilen sich; auf diese Weise müssen die Ashaki, wenn sie Magie benutzen, um sie zurückzuholen, mehr Magie einsetzen und mehr Zeit opfern, um sie alle einzusammeln. Einige könnten trotzdem entkommen.

Tyvara nahm Lorkin an der Hand und zog ihn zu einem Gebäude hinüber, das nach einem Stall aussah.

»Bleib bei mir.« Sie zupfte an ihrer Weste. »Ich habe jede Menge Steine bei mir, aber wir sollen es vermeiden, sie zu benutzen, bis die große Schlacht beginnt. Unsere eigene Macht kann ersetzt werden, aber die meisten Steine sind nur zur einmaligen Benutzung geschaffen.« Sie sah ihn an. »Ich werde dafür sorgen, dass du für die Entscheidungsschlacht deine eigenen Steine bekommst.«

Sobald sie im Stall waren, sah er, dass die Boxen mit Bänken möbliert waren, auf denen Decken lagen. Mit Erschrecken begriff er, dass dies der Ort war, wo die Sklaven lebten. Mehrere versteckten sich jetzt dort, und sie wirkten verwirrt. Tyvara schickte sie hinaus und sagte ihnen, dass sie weglaufen und in einigen Stunden zurückkommen sollten. Eine hochschwangere Frau wich in ihre Box zurück und schüttelte den Kopf. »Komm«, sagte Tyvara, streckte die Hand aus und lächelte. »Wir werden dich beschützen. Es wird nicht lange dauern.«

»Was geht hier vor?«, erklang eine Stimme.

Als sie sich umdrehten, sahen sie einen Sklaven aus einem anderen Gebäude treten; er hatte ein rotes Tuch um die Stirn gebunden. Nach dem Rauch zu schließen, der aus einem Schornstein aufstieg, befanden sich in diesem Bau die Küche und vielleicht noch weitere Wohnräume. Lorkin krampfte sich der Magen zusammen, als er sah, dass der Mann eine kurze Peitsche in der Hand hielt.

Von irgendwo hinter dem Gebäude, aus dem der Mann gekommen war, ertönte ein Knall. Sie alle zuckten zusammen und schauten auf; Bruchstücke von etwas, das vielleicht Dachziegel waren, flogen durch die Luft.

Der Mann drehte sich wieder um und starrte Lorkin und Tyvara an. Seine Augen weiteten sich. »Ist es Zeit?«, fragte er.

»Ja«, antwortete Tyvara.

Er grinste und warf die Peitsche auf einen Haufen Feuerholz. »Endlich.« Dann wandte er sich von ihnen ab und ging von den Gebäuden weg.

Lorkin betrachtete Savara in der Erwartung, dass sie ihn aufhalten würde, aber sie lächelte nur.

»Wo immer wir das konnten, haben wir die Sklavenmeister wissen lassen, dass wir, wenn sie nicht unnötig grausam waren, erwägen würden, ihnen einige der Güter ihrer Ashaki zu geben, wenn wir die Macht übernehmen.«

Weitere Sklaven huschten aus den Gebäuden, und einige wirkten verängstigt. Tyvara drehte sich noch einmal nach der schwangeren Frau um, dann wandte sie sich wieder an Lorkin. »Wir werden hierbleiben und Wache halten für den Fall, dass der Ashaki ihnen folgt.«

Lorkin tat wie geheißen, aber die nächste Person, die herauskam, war eine Verräterin, Adiya. Die Frau sah sich um, bemerkte Lorkin und Tyvara und eilte auf sie zu.

»Es ist vollbracht«, sagte sie.

Tyvara nickte und schaute über ihre Schulter zu der schwangeren Sklavin hinüber. »Du bist jetzt frei. Unsere Arbeit hier ist getan. Schon bald werden die anderen zurückkommen und sich dir anschließen. Sie werden dich beschützen.«

Die Frau starrte sie an und sagte nichts, aber sie wirkte jetzt etwas weniger verängstigt. Tyvara ging auf das Herrenhaus zu, aus dem Adiya gekommen war. Lorkin folgte ihr hinein und durch die übliche Folge von Fluren bis in einen Raum, der früher das Herrenzimmer gewesen sein musste. Das Dach war weggesprengt, und die Mauern neigten sich nach außen oder lagen in Trümmern.

Ein Sachakaner mittleren Alters lag in sich zusammengesunken auf dem Boden, und Blut sickerte aus einer flachen Schnittwunde an seinem Arm.

Tot? Ja. Lorkin betrachtete die Leiche und dachte an den Ashaki, bei dem er und Dannyl gewohnt hatten, als sie nach Sachaka gekommen waren. Der Mann war freundlich und großzügig gewesen. Vielleicht war auch dies ein guter Mann gewesen. Vielleicht hatte er die Sklaven nur deshalb gehalten, weil mächtige Sachakaner wie er das schon immer getan hatten. Vielleicht hätte er sich ergeben, wenn man ihm die Chance gelassen hätte. Gewiss verdiente er es nicht, so zu sterben?

Es ließ sich unmöglich sagen. Die Verräter konnten nicht alle Ashaki einkerkern und vor Gericht stellen, um zu entscheiden, ob der Tod eine angemessene Strafe war. Ihre Einkerkerung hätte die Verräter viel Zeit und Energie gekostet.

Die Verräter führen Krieg gegen eine Lebensart, nicht gegen einzelne Personen, aber alle Personen werden den Preis bezahlen. Er hatte jedoch den Verdacht, dass viele der Ashaki sich weigern würden, ihren Lebensstil zu ändern, selbst wenn man ihnen eine Wahl ließe.

Er blickte sich um und sah, dass Tyvara durch den Raum zu einer der eingestürzten Wände gegangen war. Er folgte ihr, und sie halfen einander über einen Haufen Schutt in einen Innenhof. Dort stand eine kostbar gewandete Frau und funkelte Savara an. Ihr Gesicht war tränenüberströmt.

»Die Ehefrau des Ashaki«, murmelte Tyvara. »Wir hoffen, dass es nicht notwendig sein wird, die Frauen und Kinder zu töten.«

»Sie werden dir nicht gehorchen«, sagte die Königin zu der Frau. »Du solltest dich besser daran gewöhnen. Meine Leute werden tun, was sie können, um dich zu schützen, aber sie werden dich nicht Tag und Nacht bewachen. Der Rest liegt bei dir.«

Zwei Verräterinnen standen hinter der Königin. Als Savara sich abwandte, traten sie neben sie. Tyvara und Lorkin gesellten sich ebenfalls zu ihr.

»Wir sind hier fertig«, erklärte die Königin. »Zeit, alle zusammenzutrommeln und weiterzuziehen.« Sie schaute über ihre Schulter zu dem zerstörten Gebäude hinüber, und ihre Miene war grimmig. »Es wäre zu viel gehofft, dass alle Güter uns so wenige Probleme bereiten werden.«

Weitere Verräter trafen ein. Als das letzte Paar erschien, eilte eine der Frauen auf die Königin zu.

»Ich habe gerade gehört, dass Chivas Gruppe gegen vier Ashaki kämpfen musste – einen Vater und seine drei Söhne. Vinyi wurde getötet.«

Savara hielt inne, um die Frau entsetzt anzusehen. »Bereits ein Verlust.« Sie seufzte und ging zu den Haupttoren des Innenhofs hinüber. Als sie sie erreichte, blieb sie abrupt stehen.

Eine Gruppe von ungefähr zwanzig Sklaven – *Exsklaven,* korrigierte sich Lorkin – wartete draußen. Als sie Savara bemerkten, eilten sie herbei und blieben einige Schritte entfernt stehen. Nach der ehrfürchtigen Art, wie sie die Königin der Verräterinnen ansahen, erwartete Lorkin, dass sie sich vor ihr zu Boden werfen würden. Keiner tat es, obwohl einige den Eindruck erweckten, als müssten sie sich große Mühe geben, der Gewohnheit zu widerstehen; sie beugten sich vor und richteten sich dann abrupt wieder auf.

Niemand sprach. Die vorn stehenden ehemaligen Sklaven schauten einander an, dann streckte ein Mann der Königin die Handgelenke hin.

»Wir möchten Euch etwas geben … Wollt Ihr Macht von uns nehmen?«

Savara sog schnell die Luft ein. »Das ist noch nicht nötig, aber …«

»Nehmt sie«, murmelte Tyvara. »Dann werden sie das Gefühl haben, einen Anteil an dem Kampf für ihre Freiheit gehabt zu haben.«

Die Königin lächelte. »Es wäre mir eine Ehre.« Sie blickte auf das Messer an ihrem Gürtel hinab. »Aber nicht damit. Dies ist für unsere Feinde bestimmt.«

Einer der ehemaligen Sklaven trat vor. »Dann benutzt dies hier.«

In der Hand hielt er ein kleines Messer, das offensichtlich für eine häusliche Arbeit wie das Schneidern oder das Schnitzen von Holz bestimmt war. Savara nahm es und tastete die Klinge ab, um ihre Schärfe zu überprüfen. Dann nickte sie und gab es zurück. Der Mann wirkte verwirrt.

»Du musst den Schnitt machen«, sagte sie. »Ich werde nicht absichtlich meinem eigenen Volk schaden.«

Er strich mit der Klinge über seinen Daumen, dann hielt er ihr die Hand hin. Savara berührte die Schnittwunde sachte, schloss die Augen und neigte den Kopf. Der Mann schloss ebenfalls die Augen.

Eine kurze Zeit verstrich. Als Savara die Hand zurückzog, schaute sie zu den übrigen ehemaligen Sklaven auf. »Wir können nicht lange bleiben. Ich kann nicht von euch allen Macht nehmen.«

»Dann werden wir sie Euren Kriegern geben«, erklärte der erste Sprecher. Die Übrigen nickten und richteten ihre Aufmerksamkeit auf die anderen Verräter. Lorkin bemerkte, dass die Verräterinnen ihre eigenen Messer verteilten, da die Sklaven nicht genug eigene hatten. Als eine Frau Lorkin die Handgelenke hinhielt, blinzelte er überrascht.

»Ähm … Tyvara?«

Sie kicherte. »Du bist jetzt einer von uns«, sagte sie. »Besser, du gewöhnst dich daran.«

»Oh, das ist nicht das Problem.« Er legte die Hand an seinen Gürtel, an dem keine Scheide hing. »Ich habe kein Messer.«

Sie sah ihn an und lächelte. »Dann schätze ich, dass wir dir besser bei der ersten Gelegenheit eins besorgen. Für den Moment«, sie betrachtete den Mann, der mit ausgestreckter Hand vor ihr stand, »werden wir uns eins teilen müssen.«

Die Sonne schwebte über den Bergen, als Sonea und Regin sich dem ersten Landgut eines Ashaki näherten. Goldfarbenes Licht verlieh den Mauern die Farbe von altem Pergament. Im Gegensatz dazu war das Loch im Dach ominös schwarz.

Auf dem Gut wimmelte es von Menschen.

»Sklaven«, murmelte Regin. »Plünderer?«

Sonea schüttelte den Kopf. Sie konnte eine Reihe von Männern sehen, die Schutt aus dem Gebäude schleppten. »Aufräumarbeiten.«

Regin runzelte die Stirn. »Gewiss wären sie doch weggelaufen, als die Verräter angegriffen haben – und weggeblieben, jetzt, da sie frei sind?«

»Sie müssen irgendwo leben, und hier gibt es Proviant und ein Quartier. Ich frage mich: Wenn die Verräter siegen, werden sie die Güter übernehmen oder sie den Sklaven geben?«

»Hmm«, war Regins einzige Antwort. »Sie haben uns gesehen.«

Und tatsächlich, eine Gruppe von etwa einem Dutzend Sklaven war durch die Tore getreten und kam auf sie zu. Sonea malte sich aus, wie sie und Regin aussehen mussten. Ihre Roben kennzeichneten sie deutlich als kyralische Magier. Als Kyralier waren sie hier vielleicht nicht willkommen, aber sie bezweifelte, dass selbst jüngst befreite Sklaven es wagen würden, sie anzugreifen.

»Was wollt Ihr tun?«, fragte Regin.

Sonea blieb stehen. »Uns mit ihnen bekannt machen. Es ist besser, jetzt zu erfahren, wie wir aufgenommen werden, als später, wenn wir weiter von der Grenze entfernt sein werden.«

Ungefähr zwanzig Schritte entfernt kam die Gruppe zum Stehen.

»Wer seid Ihr? Warum seid Ihr hier?«, rief ein Mann.

»Ich bin Schwarzmagierin Sonea, und dies ist Lord Regin von der Magiergilde in Kyralia. Wir sind hier als Repräsentanten der Verbündeten Länder.«

»Wer hat Euch hierher eingeladen?«, fragte der Mann weiter.

»Wir haben uns vor zwei Tagen und drei Nächten mit Königin Savara getroffen.«

»Warum folgt Ihr ihr dann mit einem Abstand von einigen Tagen?«

»Um nicht in die Kämpfe verwickelt zu werden.«

Die Sklaven begannen darüber zu diskutieren. Osen hatte zugestimmt, dass Sonea und Regin den Verrätern nach Arvice folgten; sie sollten einen sicheren Abstand zu den Kämpfen wahren, damit die Gilde die Fortschritte der Verräter beobachten konnte. Osen hatte vorgeschlagen, dass Sonea den Vorwand benutzen sollte, dass sie sich davon überzeugte, ob der Weg für die Heiler der Gilde sicher war – aber nur wenn sie es tun musste. Je weniger Menschen von dem Handel wussten, umso geringer war die Chance, dass der sachakanische König davon erfuhr. Wenn die Verräter besiegt wurden, aber genug von ihnen überlebten und immer noch bereit waren, ihre Steine gegen Wissen zu tauschen, würde es leichter sein, die Heiler zu ihnen zu bringen, wenn der König nichts davon wusste.

Der Sklave, der gesprochen hatte, trat vor, und die anderen eilten hinter ihm her. Regin straffte sich und verschränkte die Arme vor der Brust, aber der Mann ignorierte ihn. Der Sklave an der Spitze blieb einige Schritte vor Sonea stehen und sah sie eindringlich und mit schmalen Augen an.

»Wir werden überprüfen müssen, ob das die Wahrheit ist.«

Sie nickte. »Natürlich.« Innerlich fluchte sie. Wenn sie es tatsächlich schafften, sich mit Savara in Verbindung zu setzen, würde die Königin erfahren, dass Sonea und Regin ihr folgten. Sie würde vielleicht versuchen, sie aufzuhalten.

Der Mann richtete sich auf. »In der Zwischenzeit müsst Ihr hierbleiben. Es wird bald Nacht sein, und wir Sachakaner sind stolz auf unsere Gastfreundschaft.«

Sie neigte den Kopf. »Es wäre uns eine Ehre. Bei wem werden wir unterkommen?«

Der Mann hielt inne und senkte den Blick; sein Selbstbewusstsein löste sich in Luft auf, als er plötzlich begriff, dass er sich unnötig feindselig gezeigt hatte. »Ich bin Farchi«, sagte er. Dann drehte er sich um, um die anderen vorzustellen. Zu viele Namen, um sie sich zu merken, befand Sonea. Sie prägte sich die Namen der Kühnsten ein und den Namen der einzigen Frau in der Gruppe.

Mit einer anmutigen Bewegung lud Farchi sie und Regin ein, ihn zu dem Gut zu begleiten. Während sie ihm folgten, überlegte Sonea, dass sie geradeso gut herausfinden konnte, was hier geschehen war.

»Wenn es nicht unhöflich von mir ist zu fragen, rührt der Schaden hier von einem Angriff der Verräterinnen?«

Farchi nickte. »Die Königin und ihre Krieger haben den Ashaki getötet und seine Sklaven befreit.«

»Was werdet Ihr jetzt tun?«

»Versuchen, die Dinge allein in Gang zu halten, mithilfe der Verräterinnen.«

»Also werden die Verräterinnen dieses Gut nicht beschlagnahmen?«

»Einige Güter werden sie sich nehmen. Die meisten werden an ehemalige Sklaven gehen. Einige werden aufgeteilt.«

»Und der Rest der ehemaligen Sklaven?«

»Sie werden für ihre Arbeit bezahlt werden. Und es wird

ihnen freistehen zu leben, wo sie wollen, zu heiraten, wen sie wollen, und ihre Kinder zu behalten.«

Sie lächelte. »Ich hoffe von ganzem Herzen, dass Ihr das schafft.«

Farchi reckte das Kinn und straffte sich. »Das werden wir. Die Verräterinnen sind Sachakaner. Sie werden nicht aufgeben, wie die Gilde es getan hat.«

Sie musterte ihn eingehend. »Woher weißt du, was die Gilde getan hat? Unsere Aufzeichnungen dokumentieren keine Entscheidung der Gilde oder Kyralias, den Versuch aufzugeben, die Sklaverei in Sachaka abzuschaffen.«

Er runzelte die Stirn. »Es ist das, was … alle sagen.«

»Die Leute sagen auch, dass die Gilde das Ödland geschaffen habe, um Sachaka zu schwächen, aber historische Unterlagen, die hier in Sachaka gefunden wurden, deuten darauf hin, dass es die Tat eines einzelnen Wahnsinnigen war und dass viele Gildemagier gestorben sind, als sie versuchten, ihn aufzuhalten.«

Und wir wissen jetzt, dass die Verräter dafür verantwortlich sind, dass das Ödland sich niemals erholt hat. Sie widerstand der Versuchung, ihm das zu erzählen. Die Verräter waren schließlich die Retter der ehemaligen Sklaven. *Aber eines Tages wird die Wahrheit herauskommen. Ich frage mich, was die ehemaligen Sklaven dann von den Verrätern halten werden.*

»War dieser Wahnsinnige Kyralier oder Sachakaner?«

»Kyralier.«

»Also ist es trotzdem Eure Schuld.«

Sonea seufzte. »Ja, ob es vorsätzlich geschehen ist oder versehentlich, es ist trotzdem die Schuld eines Kyraliers. Geradeso wie es die Schuld aller Sachakaner ist, dass Ichani Kyralia angegriffen und viele Menschen meines Volkes ermordet haben.« Sie begegnete seinem Blick und hielt ihm stand, und er schaute hastig weg. »Wenn ich Euch nicht für die Verbrechen verantwortlich mache, die die Ichani vor zwanzig Jahren begangen haben, könnt Ihr dann versuchen, mir die Tat eines Wahnsinnigen vor sechshundert Jahren zu verzeihen?«

Farchi warf ihr einen langen, prüfenden Blick zu, dann nickte er. »Das ist gerecht.«

Sie lächelte und folgte ihm durch die Tore in eine Szenerie der Zerstörung, der Hoffnung, der Trauer und neu gefundener Freiheit.

Als Cery neben Gol trat, atmete er tief saubere Waldluft ein.

»Riecht nach Frühling.«

»Ja«, stimmte Gol ihm zu. »Es ist jetzt nachts auch warm.«

»Wärmer«, korrigierte ihn Cery. »So dass einem die Augenlider nicht länger festfrieren.«

Gol lachte leise. »Wir werden um den Bauernhof herumgehen müssen, um zu dem Teil der Mauer zu kommen, der dem Treffpunkt am nächsten liegt.«

»Dann geh voran.«

Da der größte Teil des Unterholzes in den nächtlichen Schatten des Waldes verborgen lag, war es unmöglich, sich leise zu bewegen. Die unterirdischen Gänge waren selbst in vollkommener Dunkelheit leichter zu passieren. Als sie die Mauer erreichten, die das Gelände der Gilde von der Stadt trennte, war Cery sicher, dass sie mit all den zerbrochenen Zweigen, raschelnden Blättern und unterdrückten Flüchen irgendjemandes Aufmerksamkeit erregt haben mussten. Sie warteten eine Weile, um sicherzugehen, dass niemand kam, um nachzusehen, aber kein Magier, Diener oder Wachposten trat aus der Dunkelheit. Als sie beruhigt waren, erklommen sie mithilfe eines nahen Baums die Mauer. Von der Mauerkrone aus konnte Cery über das östliche Ende des Nordviertels schauen. Häuser waren dort direkt an die große Mauer gebaut worden, ihre Gärten abgetrennt durch niedrigere Mauern, die jeweils ein Kamm aus Mörtel mit darin eingelassenen Glasscherben krönte, damit niemand sie ohne weiteres übersteigen konnte. Das Haus unter ihnen hatte einen adretten kleinen Garten.

Gol schlang das Ende einer Strickleiter um den Ast, mit dessen Hilfe sie auf die Mauer geklettert waren, und verknotete es. Das Seil hatten sie zusammen mit anderen Dingen auf dem Bauernhof gestohlen, und Gol hatte kurze Zweige, die sie im Wald gefunden hatten, als Sprossen benutzt. Er kletterte als Erster in den Innenhof hinunter, und das Seil knarrte. Cery folgte ihm. Sie gingen um die Gartenbeete herum, hielten inne, um die Angeln des Seitentors zu ölen, und schlüpften dann in die Schatten der dahinterliegenden Straße.

Es vermittelte ein Gefühl von Freiheit, durch die Straßen der Stadt zu gehen. Während sie langsam das Viertel durchquerten, schwankte Cery zwischen Aufregung und Sorge angesichts des Risikos, das sie eingingen. Zumindest war Anyi sicher mit Lilia in der Gilde. Er hatte ihr nichts von seinen Plänen für den Abend erzählt, da er wusste, dass sie ihn entweder aufhalten oder darauf bestehen würde, mitzukommen. Selbst wenn er sie dazu überredet hätte, in der Gilde zu bleiben, hätte sie wissen wollen, warum er in die Stadt ging, und ihm fiel kein hinreichend guter Grund ein.

Abgesehen von der Wahrheit. Aber ich bezweifle, dass sie selbst diesen Grund als gut genug erachtet hätte, dachte er. *Sie will, dass ich in der Gilde bleibe und es den Magiern überlasse, Skellin zu fangen.* Sie vertraute der Gilde zu sehr. *Und ich tue das nicht?* Er schüttelte den Kopf. *Nicht, solange Sonea fort und Kallen für die Suche nach Skellin verantwortlich ist.*

Er hatte die Gilde jedoch nicht vollends aufgegeben. Sie

würde nicht eher ruhen, bis sie den wilden Magier gefunden und unschädlich gemacht hatte. Aber sie würde dafür länger brauchen, als er bereit war zu warten.

Um sie zum Handeln zu zwingen, brauche ich Minenfeuer, um das zu kaufen, brauche ich Geld, und meine einzigen flüssigen Mittel, die Skellin noch nicht entdeckt hat, befinden sich im Besitz von Treuhändern.

Treuhändern, die nicht glaubten, dass Cery noch lebte, und die sich geweigert hatten, Gol die Gelder zu übergeben.

Das Risiko einer Falle war natürlich groß. Er und Gol hatten vor, heute Nacht denjenigen Treuhänder zu treffen, bei dem sie Verrat für am wenigsten wahrscheinlich hielten. Sein Name war Perin. Gol hatte drei verschiedene Straßenkinder als Führer angeheuert, und jedes der Kinder sollte Perin auf einem umständlichen Weg durch drei Viertel der Stadt bringen. Die letzten Anweisungen waren niedergeschrieben worden, so dass nicht einmal die Straßenkinder sehen würden, wohin Perin ging. Der Treffpunkt war nicht mehr als hundert Schritte von der Mauer entfernt, so dass Cery und Gol, wenn sie fliehen mussten, eine gute Chance hatten, das Gelände der Gilde zu erreichen.

Als sie an eine Kreuzung kamen, blieben sie stehen und sahen sich um. Hier waren die Hauseingänge leicht einsehbar und die Straßenlaternen hell, daher würde ein Hinterhalt schwer zu bewerkstelligen sein. Ein Mann stand auf der gegenüberliegenden Seite und beobachtete sie. Obwohl Cery das Gesicht des Mannes nicht vollständig sehen konnte, war das, was er erblickte, vertraut.

»Perin«, murmelte Gol.

Cery nickte. Er überquerte die Straße und näherte sich dem Mann. Perin musterte ihn eindringlich, und seine Augen weiteten sich, als er Cery erkannte.

»Nun, nun. Du lebst und atmest.«

»In der Tat«, erwiderte Cery und blieb einige Schritte entfernt stehen.

»Hier.« Perin hielt ihm ein eingewickeltes Päckchen hin. »Schick einen Boten, wenn du den Rest willst.«

»Danke. Ich stehe in deiner Schuld.«

Der Treuhänder verzog das Gesicht. »Nein, tust du nicht. Ich habe mein Honorar und die Befriedigung zu wissen, dass der Bastard, der sich selbst König nennt, nicht alle erwischt hat.« Er streckte die Hand aus. Cery zögerte, dann trat er näher vor den Mann hin, so dass dieser kurz seinen Arm umfassen konnte, und er selbst tat das Gleiche. »Ich wünsche dir Glück und Gesundheit«, sagte Perin, während er den Blick über Cerys Gesicht wandern ließ. »Sieht so aus, als könntest du es gebrauchen.«

Dann trat der Mann zurück, lächelte müde und wandte sich um. Cery hörte Gol hinter sich leise näher kommen.

Meinte er Glück oder Gesundheit? Oder beides? Sehe ich so alt und müde aus, wie ich mich in letzter Zeit fühle?

Er spürte eine Berührung am Ellbogen. Kopfschüttelnd drehte er sich um und folgte Gol zurück zu dem Haus an der Mauer, durch das Tor und die Strickleiter hinauf. Es war schwerer hinaufzuklettern als hinunter, aber als sie durch den Wald gingen, hob sich seine Stimmung. Ihr Weg war das Risiko wert gewesen. Gol hatte Geld, um Minenfeuer zu kaufen. Sie waren ihrem Vorhaben, Skellin in die Falle zu locken, näher gekommen.

Und es war schön zu wissen, dass jemand, und sei es auch nur ein Treuhänder, sich freute, dass Cery noch am Leben war.

21 Eindringling

Dannyl setzte sich an seinen Schreibtisch und nahm Osens Blutring aus der Tasche. *Oh, wie sehr ich mir wünschte, ich könnte dies noch ein Weilchen länger aufschieben.* Aber das konnte er nicht. Osen erwartete von Dannyl, dass er sich alle zwei oder drei Tage bei ihm meldete. Wenn Dannyl es nicht tat, würde er verärgert oder besorgt sein.

Trotzdem zögerte Dannyl. *Ich konnte nie erkennen, wie viel von meinen Gedanken Osen lesen kann. Ich habe immer angenommen, dass er meine Vorlieben kennt und gar nicht mehr darüber wissen will – und dass er bereits Einwände erhoben hätte, wenn sie dächten, dass ich Achati zu nahe komme.* Und dass Osen nur die Gedanken lesen konnte, die Dannyl aktiv *dachte,* während er den Ring trug, nicht seine Erinnerungen.

Dann sollte es genügen zu vermeiden, an seine Nacht mit Achati zu denken, während er mit Osen in Verbindung stand. Natürlich war das Thema, um das eine Person sich die meisten Sorgen machte, genau dasjenige, zu dem ihre Gedanken am ehesten abschweifen würden. Das zu vermeiden war aber eine Fähigkeit, die Dannyl als Novize sorgfältig kultiviert hatte.

Er schloss die Augen und machte einige Übungen zur Beruhigung seines Geistes. Als er das Gefühl hatte, die Kontrolle über seine Gedanken zu haben, streifte er den Ring über. Sofort erklang Osens Gedankenstimme.

– Dannyl. Gut. Ich habe wichtige Neuigkeiten für Euch. Sonea hat sich vor einigen Nächten mit den Verrätern getroffen. Ihre Königin, Savara, hat ihre Absicht enthüllt, Amakira und die Ashaki zu stürzen und alle Sklaven zu befreien.

Er hätte sich nicht darum zu sorgen brauchen, wie viel Osen in seinem Geist sehen würde. Der Administrator würde von dieser Neuigkeit gründlich abgelenkt sein. Dannyls Herz setzte einen Schlag aus, als Osen ihm von der abgelehnten Einladung der Verbündeten Länder, sich den Verräterinnen anzuschließen, erzählte und von dem Abkommen, das sie stattdessen getroffen hatten.

– Lorkin hat sich den Verräterinnen angeschlossen. Sonea und Regin reisen nach Arvice und folgen ihnen.

– Die Verräter sind unterwegs?!

– Ja. Sie haben gestern die ersten Güter angegriffen. Ich weiß nicht, wie lange sie brauchen werden, um nach Arvice zu gelangen, falls sie überhaupt so weit kommen.

– Denkt Ihr, dass sie siegen werden? Wenn Lorkin bei ihnen war, glaubte er gewiss an einen Sieg. Aber wenn Lorkins Loyalität jetzt den Verräterinnen gehörte, könnte er sich auch dafür entschieden haben, ihnen zu helfen, weil ihre Chancen *nicht* gut waren …

– Unmöglich zu sagen. Sonea glaubt, dass sie dies schon seit sehr langer Zeit planen. Sie wurden nicht dazu gezwungen, die Konfrontation mit den Ashaki zu suchen. Sonea denkt nicht, dass sie alles, was sie haben, aufs Spiel setzen würden, wenn sie nicht glaubten, dass sie gewinnen können.

Und doch dachte Achati nicht, dass sie eine Chance hatten. Das Gesicht des Mannes entstand vor Dannyls innerem

Auge, und ein Stich der Furcht durchzuckte ihn, bevor er die Regung beiseiteschob.

– Es tut mir leid, Dannyl. Ich weiß, Ihr betrachtet Achati als einen Freund, aber Ihr dürft ihn nicht warnen. Es würde Amakira auf die Tatsache aufmerksam machen, dass wir noch vor ihm davon gewusst haben. Tut nichts, was Argwohn erwecken würde.

– Ich verstehe. Was sollen wir tun?

– Bleibt, wo Ihr seid. Bleibt zusammen – und das schließt Tayend ein. Haltet Euch außer Sicht. Die Verräterinnen werden Euch nichts tun. Die Ashaki sollten Euch ebenfalls in Frieden lassen, falls sie nicht den Verdacht haben, dass wir mit den Verräterinnen gemeinsame Sache machen. Stellt sicher, dass Merria und Tayend alles verstehen, was ich Euch gesagt habe.

– Das werde ich. Irgendwelche Nachrichten für sie?

– Nein. Sonea und Regin werden sich Euch anschließen, wenn sie in Arvice eintreffen, aber ich bezweifle, dass sie Euch erreichen werden, bevor der Konflikt vorüber ist.

– Wir werden bleiben, wo wir sind. Zumindest werden sie wissen, wo wir zu finden sind.

– Ja. Von jetzt an erstattet Ihr mir einmal am Tag Bericht oder sobald Ihr etwas Neues erfahrt. Gebt auf Euch acht, Dannyl. Setzt Euch mit mir in Verbindung, falls irgendetwas passiert.

Dannyl streifte den Ring vom Finger und starrte ihn erneut an. *Sachaka liegt im Bürgerkrieg,* dachte er. *Eine Armee ist unterwegs hierher. Eine Armee von Schwarzmagierinnen. Die zweifellos auf eine Armee von König Amakiras Schwarzmagiern treffen wird – ein Konflikt von einer Art, wie unsere Länder sie seit über sechs Jahrhunderten nicht mehr erlebt haben.*

Er steckte den Ring ein, stand auf und stolzierte aus dem Raum; Sklaven zerstreuten sich vor ihm. Er hatte nur etwa zwanzig Schritte den Flur entlang gemacht, als eine Frauenstimme erklang.

»Botschafter!«

Er drehte sich um und sah Merria herbeieilen.

»Ich habe gestern Abend etwas gehört, das Ihr interessant finden werdet«, erklärte sie.

»Sollte Tayend es ebenfalls erfahren?«

Sie nickte.

Er machte ihr ein Zeichen und hörte, wie sie hinter ihm herlief. Sie passierten das Herrenzimmer, traten in den Flur dahinter und erreichten schon bald die Tür zu Tayends Räumen. Die Sklavin, die aufmerksam hinter der Haupttür wartete, warf sich zu Boden.

»Ist Tay… Botschafter Tayend da?«, fragte Dannyl.

Sie nickte.

»Richte ihm aus, dass wir hier sind, um ihn zu sehen.«

Sie rappelte sich hoch und verschwand in einem der Räume. Einen Moment später waren ein leises Stöhnen und ein Fluch zu hören.

»Hinaus!«

Die Sklavin kam wieder herausgeschossen und eilte zu Dannyl und Merria zurück.

»Nicht«, sagte Dannyl, als sie Anstalten machte, sich erneut zu Boden zu werfen.

»Der Botschafter kleidet sich gerade an«, berichtete sie, ging dann zu einer Wand und blieb mit dem Rücken daran gelehnt stehen.

Osen sagte, die Verräterinnen würden die Sklaven befreien, überlegte Dannyl. *Wenn sie Erfolg haben, wohin werden die Sklaven dann gehen?* Vielleicht würden sie als bezahlte Dienstboten bleiben. Er hoffte es. Es wäre eine Erleichterung, wenn sie aufhörten, so unterwürfig zu sein. *Obwohl ich vielleicht anders denken werde, sollten sie anfangen, uns herumzukommandieren, wie einige kyralische Diener es tun.* Er blinzelte, als ihm ein anderer Gedanke kam. *Wenn die Verräterinnen siegen, die Sklaverei beenden und sich den Verbündeten Ländern anschließen, könnten dann einige dieser ehemaligen Sklaven eines Tages Magier werden?*

Er dachte daran, wie sehr Fergun sich angestrengt hatte, um zu verhindern, dass Sonea in die Gilde aufgenommen wurde. Wenn er das Gefühl gehabt hatte, dass Sonea es nicht verdiente, eine Magierin zu werden, was hätte er dann von sachakanischen Sklaven gehalten?

Der Gedanke stimmte Dannyl seltsam fröhlich, aber die Stimmung zerstreute sich, als Tayend erschien; er sah zerzaust aus in seiner hastig übergestreiften, kunstvollen Kleidung.

»Botschafter. Lady Merria«, begrüßte Tayend sie und machte ein Zeichen. Er führte sie zu den Hockern, die in der Mitte des zentralen Raums aufgestellt waren, dann nahm er auf einem besonders großen Kissen Platz und rieb sich die Augen.

»Ist es spät geworden gestern Nacht?«, fragte Dannyl.

Tayend verzog das Gesicht. »Spät und feucht, wenn auch nicht besonders fröhlich. Meine sachakanischen Freunde waren besonders fest entschlossen, ihre Sorgen zu ertränken.« Er drehte sich zu dem Sklavenmädchen um. »Bring etwas Wasser und Brot.«

Sobald sie gegangen war, zog Dannyl Magie in sich hinein und umgab sie mit einer schalldichten Barriere. Dann beugte er sich zu Tayend vor. »Sie haben allen Grund dazu.«

Der Elyner machte große Augen und richtete sich auf. »Tatsächlich?«

Während Dannyl ihnen von Osens Neuigkeiten berichtete, begannen sowohl Tayend als auch Merria zu nicken.

»Das erklärt es«, stellte Merria fest. »Gestern Nacht haben meine Freundinnen mir erzählt, dass die Sklavinnen, die im Verdacht stehen, Verräterinnen zu sein, gefoltert und getötet werden.« Sie hielt inne und runzelte die Stirn. »Nun, das erklärt noch etwas anderes. Meine Freundinnen haben Vorkehrungen getroffen, um für den Sommer auf ein Landgut zu reisen, und sie haben mich eingeladen mitzukommen. Ich habe gesagt, ich könne hier nicht weggehen. Ich müsse bei Euch bleiben.« Sie nickte Dannyl zu. »Und sie sagten, Ihr und Tayend könntet ebenfalls mitkommen, falls es nötig wird.«

»›*Falls es nötig wird*‹?«, wiederholte Tayend. »Hmm.«

»Sie sind wahrscheinlich bereits fortgegangen. Ich nehme an, ich könnte herausfinden, wo sie sind.« Merria wirkte besorgt.

Dannyl schüttelte den Kopf. »Wir können nicht mit ihnen gehen.«

»Aber sollten wir hierbleiben?«, fragte Tayend und sah Dannyl an. »In Kriegen werden Fehler gemacht. Menschen können getötet werden, weil sie am falschen Ort sind. Oder durch fehlgeleitete Magie, die nicht ihr beabsichtigtes Ziel trifft.« Er schürzte die Lippen. »Ich nehme nicht an, dass wir und Achati auf eine weitere Forschungsreise gehen können.«

Bei dem Vorschlag durchzuckte ihn ein Stich der Dankbarkeit und der Furcht. *Obwohl er Achati mag, bezweifle ich, dass er ihn eingeschlossen hätte, wenn ich nicht wäre.* »Wenn wir das vorschlagen, wird er den Verdacht haben, dass wir von der geplanten Invasion der Verräter gewusst haben«, erwiderte Dannyl.

»Es sei denn, er weiß es nicht. Wir könnten ihn aus dem Gefahrenbereich schaffen. Aber er würde es uns niemals verzeihen, wenn wir ihn davon abhielten, seine Pflicht zu tun«, fügte Tayend hinzu und wandte den Blick ab.

Tayend hatte recht. Achatis Loyalität gehörte seinem König und seinem Volk. *Er wird Sachaka niemals verlassen. Nicht für mich.* Das hatte er immer gewusst.

»Was werden die Verräterinnen mit den freien Frauen und ihren Kindern machen?«, fragte Merria.

Sie tauschten grimmige Blicke.

»Ich denke nicht, dass sie irgendjemanden töten, der kein Magier ist«, sagte Tayend langsam.

»Es könnte davon abhängen, wie gut sie ihre Sklaven behandelt haben«, fügte Dannyl hinzu.

Merria zuckte die Achseln. »Obwohl sie behaupten, sie würden die Verräterinnen nicht mögen, scheinen meine Freundinnen eine Verbindung zu ihnen zu haben. Gewiss bedeutet das, dass es ihnen gut gehen wird.« Sie sah Dannyl an. »Es ist Euer Freund, um den ich mir Sorgen mache.«

Die Rückkehr des Sklavenmädchens ersparte ihm eine Antwort. Als Dannyl aufstand, um zu gehen, tat Merria das Gleiche.

»Bleibst du noch eine Weile, Dannyl?«, fragte Tayend. Der Elyner wartete, bis Merria und das Sklavenmädchen gegangen waren, bevor er sprach. »Du machst dir Sorgen. Das kann ich spüren. Aber denk daran, die Verräterinnen könnten auch verlieren.«

»Lorkin ist bei ihnen.«

Tayend verzog das Gesicht. »Ah. Ja. Es gibt keinen guten Ausgang dieser Geschichte, nicht wahr?«

Dannyl schüttelte den Kopf. »Wie immer es ausgeht, wir können nur hoffen, dass die Menschen, an denen uns etwas liegt, überleben und entkommen.« Er drehte sich um und ging zur Tür.

»Er bedeutet dir wirklich etwas, nicht wahr?«

Dannyl blieb stehen und drehte sich um. Tayend war aufgestanden. Er seufzte.

»Ich bin nicht verliebt, Tayend.«

»Nein?« Tayend kam herbei und legte Dannyl eine Hand auf die Schulter. »Bist du dir sicher?«

»Ja. Ich habe nie geglaubt, dass es halten würde. Ich habe nur … ich habe erwartet, dass es, wenn es endet, aus banaleren politischen Gründen geschehen würde.«

»Du hast Angst um ihn.«

»So wie ich um jeden Freund Angst hätte.«

Tayend zog ungläubig die Augenbrauen hoch. »Ihr zwei seid mehr als nur Freunde, Dannyl.«

»Du und ich, wir sind mehr als nur Freunde, Tayend. Wir waren zu lange zusammen, um etwas anderes zu behaupten. In dieser Situation hätte ich auch um dich Angst.«

Tayend lächelte und drückte Dannyls Schulter. »Und ich um dich. Der einzige Unterschied ist der, dass ich dich ohne einen zweiten Gedanken zurücknehmen würde. Du würdest das nicht tun.« Er drehte sich um und ging zurück zu den Hockern.

Dannyl, dem der Atem stockte, schaute Tayend an. Als der Elyner seinen Blick erwiderte, riss Dannyl sich los und verließ den Raum. Erst als er seine eigenen Quartiere erreichte, erholte er sich von seiner Überraschung, und seine Gedanken begannen um das zu kreisen, was er erfahren hatte und was er befürchtete.

Lilia trat durch die Tür in die inneren Gänge der Universität und machte einige Schritte, bevor sie die Novizen vor sich sah. Sie gingen nicht aus dem Weg, als sie sich ihnen näherte. Stattdessen drehten sie sich zu ihr um und blockierten alle drei den Weg.

Lilia verlangsamte ihre Schritte. Hinter sich hörte sie das Geräusch der Tür, die erneut geöffnet wurde, dann ein triumphierendes »Ha«. Als sie sich umdrehte, sah sie Bokkin und zwei weitere Novizen näher kommen, und alle drei grinsten.

»Lilia«, rief Bokkin. »Genau die Person, nach der wir gesucht haben, nicht wahr?« Er schaute zu seinen Gefolgsleuten zurück, und sie nickten.

Sie schüttelte den Kopf. *Ich kann nicht glauben, wie dumm sie sind. Denken sie denn gar nicht an die Zukunft? Denken sie, ich werde mich nicht an all das erinnern, wenn ich meinen Abschluss habe?* Aber das lag für diese Novizen in weiter Zukunft. Sie wussten, dass es ihr niemals gestattet sein würde, schwarze Magie zu benutzen, es sei denn unter außergewöhnlichen Umständen, und sie konnten sich nicht vorstellen, dass sie sich auf andere Weise rächen könnte.

»Weißt du, was ich gehört habe, Lilia?«, fragte Bokkin. »Ich habe jemanden sagen hören, dass sich seit Jahren keine Novizen mehr gegen jemanden wie dich verbündet haben. Jemanden, der seinen Platz nicht kennt. Das letzte Mal war es wirklich effektiv, habe ich gehört.«

Sie meinen Sonea, durchzuckte es sie. »Effektiv?«, wiederholte sie. »Sie hat ihren Rivalen in einem Duell geschlagen und wurde eine Höhere Magierin. Wenn das effektiv ist, sollte ich alle Novizen ermuntern, sich gegen mich zu verbünden.«

Angesichts der Überraschung in den Zügen der anderen Novizen musste sie sich ein Lachen verkneifen.

Bokkin runzelte die Stirn. »*Davor.* Bevor es …«

Die Tür hinter ihm wurde geöffnet, und ein schwarz gewandeter Magier trat hindurch. Eine Woge der Erleichterung schlug über Lilia zusammen, aber sie setzte schnell wieder eine unbeteiligte Miene auf und hoffte, dass ihre Gefühle den anderen entgangen waren. Schließlich waren sie zu beschäftigt damit, Kallen anzustarren.

Kallen ließ seinen Blick von einem zum anderen schweifen, und die Falte zwischen seinen Brauen vertiefte sich. Die Novizen verneigten sich. Seine Augen wurden schmal.

»Lady Lilia«, sagte er. »Wir brauchen nur *einen* Freiwilligen.« Er betrachtete die Gesichter. »Welcher von Euch hätte gern die Ehre?« Bokkins Anhänger drehten sich um und sahen ihn stirnrunzelnd an. Kallen folgte ihrem Blick und nickte. »Ihr werdet genügen, Lord Bokkin. Folgt mir.«

Die Novizen drückten sich an die Wand, als er vorbeiging. Da Lilia nicht mit Bokkin hinter Kallen hertrotten wollte, drehte sie sich um und ging voran zu dem kleinen Raum, den Kallen für ihre Ausbildung benutzte. Als sie die Tür erreichte, wandte sie sich wieder um und erwartete zu sehen, dass Bokkin geflohen war.

Aber der Junge war ihnen gehorsam gefolgt. Er war blass und runzelte die Stirn. *Er macht sich Sorgen,* dachte sie und unterdrückte ein Lächeln. *Das täte ich auch. Was um alles in der Welt will Kallen von ihm?*

Kallen öffnete die Tür und führte Bokkin hindurch. Lilia folgte ihnen. Kallen deutete auf einen Stuhl. Bokkin setzte sich, den Blick gesenkt.

»Danke, dass Ihr Euch freiwillig gemeldet habt«, sagte Kallen und setzte sich auf den anderen Stuhl. »Lilia hat Euch erklärt, dass es nicht schmerzhaft sein wird?«

»Nnn…«, begann Bokkin, dessen Augen sich jetzt weiteten.

»Noch nicht«, warf Lilia ein. »Ich hatte keine Zeit, viel zu erklären.«

Kallen musterte sie. Obwohl eine Falte der Missbilligung zwischen seinen Brauen stand, fing sie in seinem Blick noch ein Glitzern von etwas anderem auf. *Was führt er im Schilde?*

Er wandte sich wieder dem jungen Mann zu. »Tatsächlich kann die Person, wenn es richtig gemacht wird, überhaupt nicht spüren, dass ihre Gedanken gelesen werden.« Bokkins Augen wurden sehr groß, aber Kallen schien es nicht zu bemerken. »Nun, ich bin ein wenig zu spät gekommen und will Euer Erscheinen in Eurem ersten Kurs nicht verzögern, daher sollten wir am besten anfangen.« Er gab Lilia ein Zeichen. »Tretet hinter ihn.«

Sie war dankbar, dass er ihr einen Grund gegeben hatte, aus Bokkins Blickfeld zu verschwinden, da sie bezweifelte, dass sie einem Lächeln noch sehr lange würde widerstehen können. Während sie gehorchte, versuchte Bokkin, sich umzudrehen, um sie anzusehen.

»Das war nicht … ich habe nicht …«

Kallen beugte sich vor und bedachte Bokkin mit einem herausfordernden Blick. »Ihr habt Eure Meinung geändert, wie? Ich schätze, wir können immer noch bekanntgeben, dass wir jemand anderen brauchen.«

Bokkin erstarrte. Lilia konnte sich vorstellen, wie er die verschiedenen Möglichkeiten abwog. Als Feigling zu gelten oder zuzulassen, dass einer der gefürchteten Schwarzmagier und Lilia seine Gedanken lasen. Zu ihrer Erheiterung blieb Bokkin, wo er war.

»Ihr werdet Euch nicht meine Erinnerungen ansehen?«, fragte er.

Kallen schüttelte den Kopf. »Natürlich nicht.«

Bokkin nickte. »Na gut.«

Kallen stand auf und nickte Lilia zu. »Ich werde mich mit Eurem Geist verbinden; Ihr verbindet Euch mit seinem.«

Mit einem tiefen Atemzug legte Lilia die Hände an Bokkins Kopf und begann, als sie spürte, wie Kallen die Hände an ihre Schläfen drückte, eine simple Übung, um ihren Geist zu konzentrieren.

– *Lilia,* sprach Kallen.

– *Kallen.*

Alles, was sie wahrnahm, waren seine Anwesenheit und seine Gedankenstimme. In anderen Lektionen, die eine Unterweisung von Geist zu Geist erforderten, hatte er es ihr ausgeredet, sich ihren Geist als einen Raum vorzustellen.

Manchmal machte es die Lektionen schwieriger, aber es bedeutete auch, dass sie sich die Konzepte der schwarzen Magie eher intuitiv als bewusst aneignen konnte. Dadurch fühlte sich die Benutzung von Magie an wie das Bewegen eines Arms oder eines Beins – ebenso sehr reflexartig wie willentlich.

– Bokkin wird uns melden, wenn Ihr seine Erinnerungen durchsucht, aber ich bezweifle, dass er viel Kontrolle über seinen Geist hat. Er wird uns wahrscheinlich ohnehin zeigen, was er uns nicht sehen lassen will. Wenn Ihr wachsam bleibt, könnt Ihr gewiss etwas finden, das Ihr benutzen könnt, um ihn daran zu hindern, Euch weiter zu schikanieren.

Lilia konnte ihren Schreck nicht vor ihm verbergen.

– Aber … wir sollten diese Erinnerungen ignorieren!

– Ja. Aber die Gilde erlaubt durchaus eine gewisse Beugung der Regeln in außergewöhnlichen Fällen. Wir haben erfahren, dass es besser ist, dies zu tun und zu verhindern, dass Novizen schikaniert werden, als es zu ignorieren und das Risiko einzugehen, dass diese Novizen später Regeln und Gesetze brechen.

– Wegen Sonea?

– Und wegen Konflikten, die ihren Ursprung in der Öffnung der Gilde für Vertreter der unteren Klassen haben.

– Ich bin mir nicht sicher, ob ich mich dazu überwinden könnte, etwas sehr Privates zu benutzen …

– Ihr werdet es vielleicht nicht zu tun brauchen. Die Drohung, dass Ihr es tun könntet, wird möglicherweise genügen, um ihn abzuschrecken.

– Ich hoffe es.

– Jetzt konzentriert Euch auf Bokkins Geist. Spürt seinen instinktiven Widerstand gegen eine Gedankenlesung.

Sie tat wie geheißen und spürte ein Aufwallen von Triumph von Bokkin, als sie scheiterte.

– Jetzt schaut zu …

Kallens Gegenwart dehnte sich aus und wurde schwächer, wie ein Lichtstrahl, der durch ein Fenster fiel. Bokkins Geist spürte keine konzentrierte Anstrengung, in ihn einzudringen, und kämpfte daher auch nicht dagegen an. Einen Moment später schärfte sich Kallens Gegenwart wieder.

– *Jetzt Ihr. Befreit Euren Geist von allem außer dieser einen Absicht: in seinen Geist zu wehen wie Rauch.*

Rauch oder Licht, es schien durchaus einfach zu sein, aber Lilia brauchte einige Versuche, bevor Bokkins Geist sie nicht länger wahrnahm. Er musste gespürt haben, dass sich etwas in ihrem Benehmen verändert hatte, denn als es ihr tatsächlich gelang, in seinen Geist einzudringen, machte er sich Sorgen, dass sie Erfolg haben könnte.

Es ist nicht richtig, dachte er. *Sie hat ein Gesetz gebrochen. Sie sollte diese Dinge nicht lernen dürfen.*

Eine Erinnerung stieg auf. Ein Gesicht. Lilia wusste instinktiv, dass es Bokkins Vater war. »*Irgendjemand wird immer stärker sein als du – wenn du es zulässt. Du musst dich um diese Leute kümmern, solange sie noch schwach sind. Verhindere, dass sie stark werden.*« Bokkin riss sich zusammen und zwang sich aufzuhören, sich daran zu erinnern, aber nicht, bevor Lilia drei schnelle Blitze von emotionsgeladenen Bildern auffing. Liebe und Kränkung. Prügel. Zorn. Trauer.

Da verstand sie, dass Bokkin dies grimmig und restlos glaubte und es für den besten, weisesten Rat hielt, den sein Vater ihm je gegeben hatte. Schließlich hatte sein Vater es bewiesen, indem er seinen eigenen Sohn so lange geprügelt hatte, bis er ihm gehorchte und ihn fürchtete. Dann war sein Vater von einem Mann getötet worden, von dem er zugegeben hatte, dass er hätte härter zu ihm sein sollen.

Das ist es, was er versucht, mit mir zu machen, begriff sie. *Er denkt an die Zukunft. Ich werde stärker sein als er, also versucht er, mich jetzt zu schwächen.* Sie schauderte bei dem Gedanken an die Art Magier, die er werden würde. *Bis dahin wird er stärker sein als die meisten anderen Menschen. Nur andere Magier werden eine Bedrohung für ihn darstellen. Magier wie ich.*

– *Lilia?* Kallen sprach.

Sie zog sich aus Bokkins Geist zurück.

– *Ja?*

– *Ihr habt Eure Sache gut gemacht. Das reicht für den Moment.*

Sie spürte, wie er die Hände von ihrem Kopf nahm, daher öffnete sie die Augen und ließ Bokkin los. Kallen ging zu dem Stuhl hinüber und setzte sich. Die Tür hinter ihm wurde geöffnet.

»Ihr könnt jetzt gehen, Lord Bokkin. Danke für Eure Hilfe. Sagt den anderen, dass sie morgen früh hier sein sollen, zur gleichen Zeit.«

»Ja, Schwarzmagier Kallen.« Bokkin verneigte sich und eilte aus dem Raum.

Die Tür schloss sich hinter ihm. Lilia lehnte sich an die Rückenlehne ihres Stuhls und zögerte den Moment hinaus, da sie sich setzen musste. Sie wollte nicht einmal die Restwärme von Bokkins Körper auf diesem Stuhl spüren.

»Was habt Ihr erfahren?«, fragte Kallen.

Lilia verzog das Gesicht. »Dass er jeden, der vielleicht stärker werden könnte als er, als Bedrohung erachtet, so dass er einen Weg finden muss, diese Person zu beherrschen, bevor sie ihn beherrscht.« Dann wurde ihr klar, dass Kallen wahrscheinlich nach der Gedankenlesung fragte. »Was das Gegenteil davon ist, wie das Gedankenlesen funktioniert. Man hat keinen Erfolg, wenn man versucht, den anderen zu beherrschen.«

Kallen nickte. »Ja.« Er schüttelte den Kopf. »Magier wie Bokkin sind der Grund, warum wir die Gedankenlesung auf diesem Niveau nicht allen Magiern beibringen.«

»Moment … Ihr meint, *jeder* könne lernen, das zu tun?«

»Bedauerlicherweise ja. Der Hohe Lord Akkarin war der erste Gildemagier, der gelernt hat, die Gedanken einer widerstrebenden Person zu lesen, so dass immer angenommen wurde, es sei eine Fähigkeit, die schwarze Magie erforderlich mache. Er hat Schwarzmagierin Sonea offenbart, dass dies nicht wahr ist, indem er sie lehrte, Gedanken zu lesen, bevor er ihr beibrachte, wie man Magie nimmt und lagert. Sonea hat sich bereit erklärt, diese Tatsache für sich zu behalten. Ihr müsst das Gleiche tun.«

»Oh. Auf jeden Fall.« Bei dem Gedanken daran, was Bokkin mit solchem Wissen machen könnte, überlief Lilia ein Schauder.

»Ihr habt eine frische und interessante Herangehensweise an die Dinge, Lilia«, bemerkte Kallen. »Wie zum Beispiel Eure Idee, einen scharfen magischen Stoß als Ersatz für ein Messer zu benutzen, wenn man schwarze Magie übt. Das ist genial. Ich habe es Lady Vinara beschrieben, und wir haben Möglichkeiten erörtert, wie wir damit experimentieren könnten.«

Unter seinem Lob wurde ihr Gesicht warm, und sie senkte den Blick. »Nun … ich hoffe, es funktioniert.«

»Selbst wenn es nicht funktioniert, lohnt es einen Versuch. Nun, das ist alles für heute. Ihr solltet besser in Euren ersten Kurs gehen.«

Als die Tür sich abermals öffnete, verbeugte sich Lilia und murmelte seinen Namen. Sie ging zu ihrer ersten Unterrichtsstunde des Tages und fühlte sich abwechselnd aufgemuntert und besorgt. *Ich lerne so viel von Kallen, und er scheint mich jetzt mehr zu mögen, da es bei unseren Lektionen nicht nur um Kriegskunsttraining geht.*

Doch obwohl sie jetzt wusste, warum Bokkin ihr das Leben schwermachte, hatte sie keine Ahnung, wie sie ihn davon abhalten sollte. *Er wird immer gegen mich arbeiten.*

Allerdings werde ich immer stärker sein als er, und er ist zu dumm, um mir auf andere Weise jemals gefährlich zu werden, daher könnte es wohl schlimmer sein.

Aber sie würde ihn ständig im Auge behalten müssen, und das würde sehr, sehr lästig sein.

Sobald Anyis Schritte nicht mehr zu hören waren, stand Gol auf und holte sein Werkzeug unter seiner Matratze hervor. Während er sich wieder an die Arbeit machte, untersuchte Cery die Löcher, die sein Freund zuvor in einen Teil der Wand gebohrt hatte; jedes Loch durchdrang Mörtel und die Erde dahinter. Anyi hatte sie nicht bemerkt. Die Ziegel waren an manchen Stellen rau und rissig, und Gol hatte Positionen gewählt, wo das Lampenlicht schwere Schatten warf.

Er musste sich vorbeugen, um das Ende der Rohre zu sehen, die Gol in jedes Loch geschoben hatte. Aus jedem von ihnen ragte eine kleine Zunge aus ölgetränktem Papier hervor.

»Wie viel mehr willst du noch machen?«, fragte Cery.

Gol war zur gegenüberliegenden Wand gegangen. »Das hängt davon ab, wie schnell du denkst, dass wir sie entzünden können. Die erste Ladung darf nicht losgehen, solange wir noch nicht alle anderen angezündet haben. Wenn ich fünf in jede Wand stecke und wir uns jeder um eine Wand kümmern, werden wir sie vielleicht alle entzünden können. Bring mir ein Rohr, ja?«

Cery ging zu der Obstkiste, die Lilia ihnen in der Nacht zuvor gebracht hatte, leerte sie und nahm das Sackleinen vom Boden der Schachtel. Er hatte darunter Minenfeuer gelagert und sich auf Anyis Abneigung gegen Obst verlassen, die sie daran hindern würde, das Minenfeuer zu entdecken.

Als er Gol das erste Rohr brachte, bemerkte er, dass ein

feiner Strom Staub aus einer Papierfalte an einem Ende sickerte.

»Es ist zerbrochen. Ist das schlimm?«

Gol drehte sich um, und seine Augen weiteten sich. »Halt es so, dass das Loch oben ist«, sagte er angespannt.

Cery tat wie geheißen, und das Rieseln versiegte. »Ist das nicht gefährlich?«

»Doch, durchaus.« Gols Miene war ernst. »Wenn man zu viel davon in der Luft hat, könnte eine Kerze oder eine Lampe es losgehen lassen.« Er schaute auf das Rohr hinab, dann kippte er ein wenig Pulver auf seine Hand, bevor er es in die Wand stopfte. »Ich werde es dir zeigen. Stell eine Kerze ungefähr zwanzig Schritte entfernt in den Tunnel.«

Nicht mehr als eine Prise von dem Staub lag auf Gols Hand. Cery griff nach einer brennenden Kerze, brachte sie aus dem Raum und stellte sie im Flur auf den Boden. Gol winkte ihn heran, dann scheuchte er Cery hinter sich. »Du hältst dir besser die Ohren zu.«

Cery befolgte Gols Rat.

»Pass auf.« Er sammelte das Pulver zwischen zwei Fingern, eilte vorwärts und warf es in die Kerze. Ein Lichtblitz blendete Cery, und gleichzeitig hallte ein Geräusch, als schlüge eine sehr große Hand auf einen Tisch, durch den Flur. Staub und Dreck sickerten aus den Wänden in der Nähe der Kerze, die plötzlich viel kürzer war und in einer Pfütze von geschmolzenem Wachs stand.

Cery nahm die Hände von den Ohren. *Das, nur von einer Prise. Und wir haben in diesen Rohren* viel *mehr.*

»Bist du dir sicher, dass du so viele Rohre in die Wand legen willst?«

Gol zuckte die Achseln. »Irgendwohin muss ich sie ja legen. Es ist sicherer, wenn sie in der Wand sind, als in dem Raum mit uns.«

Natürlich. Selbst wenn wir es in der Früchtekiste lassen, könnte es losgehen, wenn der Rest losgeht. Besser, es brät das Innere einer Wand als uns. »Wie lange dauert es, bis die Zündstreifen abgebrannt sind?«

»Bis du bis zwanzig gezählt hast.« Gol holte die Kerze, gab sie Cery und ging zurück in den Raum. »Wenn wir nicht genug Zeit haben, kommen wir vielleicht damit aus, nur eine auf jeder Seite zu entzünden. Wenn sie losgeht, sollte sie die anderen mitreißen.«

»Also zünden wir jeder eine an, dann rennen wir weg.«

Gol runzelte die Stirn. »Ist das schon Anyi, die zurückkommt?«

Cery lauschte. Als er das schwache Geräusch von Schritten hörte, eilte er zu der Obstkiste und legte wieder das Sackleinen und Früchte über die Rohre, während Gol seine Bohrlöcher verbarg. Nur für den Fall, dass es nicht Anyi war, hielten sie ihre Kerzen fest. Einen Moment später hallte ein leiser Pfiff durch den Flur, und sie entspannten sich.

Cery pfiff zurück, und kurz darauf kam Anyi mit ihrer Lampe hereingeeilt. Er begriff, dass er angenommen hatte, dass sie noch weiter weg war, weil ihre Schritte so schwach gewesen waren. Als sie sie sah, stieß sie den Atem aus.

»In der Nähe von Lilias Barriere ist eine Wand eingestürzt. Oder sie wurde zerstört. Was immer der Grund ist, es gibt jetzt einen anderen Weg hierher, der ihre Barriere umgeht.«

Cerys Herz setzte einen Schlag aus. »Irgendwelche Spuren?«

Sie zog die Schultern hoch. »Ich konnte es nicht sehen. Ich habe die Lampe abgeblendet, damit sie das Licht nicht bemerken und direkt hierherkommen würden. Aber ich habe nichts gehört.«

Cery sah Gol an. Sein Leibwächter erwiderte seinen Blick, und sein Gesicht war voller Sorge.

»Ich denke, du solltest Lilia holen«, sagte Gol.

»Sie wird im Unterricht sein. Ich kann nicht einfach …«

»Geh in Soneas Zimmer«, unterbrach Cery sie entschieden. »Sag Jonna, sie soll Lilia holen.«

»Ihr solltet mitkommen. Euch in Soneas Zimmer verstecken.«

»Wenn wir irgendetwas hören, werden wir dir folgen«, erwiderte Cery. »Jetzt *geh*.«

Sie hielt inne, biss sich auf die Lippen, dann eilte sie davon. Gol wartete nicht einmal ab, bis ihre Schritte verklungen waren. Er sprang auf den Bohrmeißel zu und attackierte die Wand förmlich damit. Cery kippte die Früchte aus der Kiste und trug sie zu seinem Freund hinüber. Vier weitere Rohre mit Minenfeuer lagen darin. Gols Worte gingen ihm noch einmal durch den Sinn, während er die Ohren spitzte, in Erwartung irgendeines Geräuschs in den Korridoren.

Er war sich nicht sicher, ob sein Herz vor Erwartung oder Angst raste. Kam Skellin näher? Würden sie endlich Gelegenheit haben, ihre Falle zuschnappen zu lassen? Würde es ein großes Loch in den Gärten schaffen und den wilden Magier der Gilde ausliefern, wie sie es geplant hatten? Oder würde Skellin von der Explosion so überrascht sein, dass er ihr nichts mehr entgegensetzen konnte und starb?

Was immer geschieht, zumindest ist Anyi aus dem Weg. Ich habe nicht die Absicht, zusammen mit Skellin zu sterben, aber je weniger von uns dabei sind, desto geringer ist die Chance, dass einer von uns verletzt wird.

22 Ein alter Feind

Lorkin, der blinzelnd den dunklen Fleck auf der Straße vor sich musterte, konnte nicht viel mehr ausmachen als den Eindruck von Bewegungen. *Sieht so aus wie eine Gruppe von Menschen zu Pferd.* Er blickte Savara an. Die Königin konzentrierte sich ebenfalls auf die Straße, konnte also die Reiter nicht übersehen haben. Dennoch wirkte sie nicht besorgt.

Er drehte sich zu Tyvara um, die neben ihm ritt, bemerkte, dass sie ihr Gewicht im Sattel verlagerte und das Gesicht verzog. Als sie sah, dass er es beobachtet hatte, lächelte sie. »Es sind nur ein paar Stunden, und ich bin bereits wund.«

Ehemalige Sklaven hatten ihnen auf einem Gut, das sie an diesem Morgen befreit hatten, Pferde gegeben. »Befreien« bedeutete lediglich, hineinzumarschieren und die Besitzer, die Ashaki, hinzurichten und vielleicht weitere anwesende Magier. Häufig hatten die Männer, was den unmittelbar bevorstehenden Angriff betraf, nicht mehr Warnung als das plötzliche Verschwinden ihrer Sklaven. Obwohl sie alle kämpften, hatten die meisten offensichtlich nicht die Gewohnheit, ihren magischen Vorrat gut aufgefüllt zu halten. *Warum sollten sie auch? Sie sind keine Ichani, die ständig von anderen Schwarzmagiern bedroht werden. Sie bevorraten sich wahrscheinlich nur dann mit Macht, wenn sie sie zu einem speziellen Zweck benötigen.* Dadurch kam es ihm weniger wie eine Kriegshandlung vor, sie zu töten, sondern eher wie Mord.

Es fühlt sich so an, als würden wir in die Häuser dieser Menschen einbrechen und Ehemänner, Söhne und Väter töten, statt einen Krieg zu führen. Wenn wir ihnen auf dem Schlachtfeld gegenüberständen, würden wir trotzdem Ehemänner, Söhne und Väter töten, aber es würde gerechtfertigt erscheinen. Doch die Verräterinnen waren keine triumphierenden Sieger, die lässig oder rachsüchtig die Familien abschlachteten, plünderten und folterten. Wären sie es gewesen, hätte Lorkin seine Entscheidung vielleicht bereut, sich ihnen anzuschließen. Stattdessen waren sie barmherzig und effizient.

Aber auch gnadenlos.

Er dachte an den Edelstein, den seine Mutter ihm gegeben hatte.

Er rief sich ins Gedächtnis, dass sein Vater Zarala das Versprechen abgenommen hatte, der Sklaverei ein Ende zu machen. Sein Vater hatte gewollt, dass dies geschah. Wann immer Lorkin zweifelte oder den Mut verlor, betrachtete er die jüngst befreiten Sklaven und sagte sich, dass alles einem guten Zweck diente.

Er hatte erwartet, dass die Verräterinnen auf besser vorbereitete Ashaki treffen würden, sobald die Invasion begann, aber es war klar, dass jeder von dem Angriff überrascht war. Vielleicht waren die Ashaki, die sie zuvor getötet hatten, zu sehr mit ihrer eigenen Verteidigung beschäftigt gewesen, um anderen eine Warnung zu senden. Vielleicht verließen sie sich auf Sklaven, um Nachrichten zu übermitteln, aber die Sklaven, die die Verräterinnen unterstützten, stellten sicher, dass diejenigen, die ihren Herren treu waren, nicht fortgehen konnten, um andere zu warnen.

Irgendwann würde eine Warnung durchkommen, das wusste Lorkin. *Irgendein Ashaki wird auf magische Weise seine Standesgenossen warnen – entweder durch einen Ruf an alle oder durch einen Blutring.* Selbst wenn Savaras Gruppe es schaffte, jeden zu töten, bevor er die Chance dazu bekam, würden andere Gruppen vielleicht nicht so erfolgreich sein. Sobald die Nachricht den Verräterinnen vorauseilte, würde nichts verhindern, dass sie sich in der Stadt ausbreitete. Wenn sie das tat, würden die Verräterinnen nicht ein oder zwei Magier auf jedem Gut antreffen, sondern eine ganze Armee von ihnen. Und deshalb hatte sein Herzschlag sich beim Anblick des Schattens auf der Straße erheblich beschleunigt.

Er konzentrierte sich auf Tyvaras Geist und spürte vor allem eifrige Erwartung, daneben nur einen kleinen Stich der Sorge. *Es sind keine weiteren Verräter gestorben,* fing er auf. *Aber es wird nicht lange dauern …* Sie bemerkte, dass er sie stirnrunzelnd ansah, und lächelte.

»Keine Sorge. Es ist nur eine andere Gruppe. Auf dem Weg zur Stadt werden die Gruppen sich treffen und zusammenschließen.«

Erleichtert wandte er sich um, um zu beobachten, wie die anderen Verräter näher kamen. Schatten wurden zu Gestalten auf Pferden. Reiter wurden zu Frauen und Männern. Gesichter wurden erkennbar. Er hörte Tyvara in dem Augenblick fluchen, als er begriff, dass ein bestimmtes Gesicht ihm vertraut war.

»Was tut *sie* hier?«, murmelte er.

Tyvara seufzte. »Kalias Bestrafung ist für die Dauer der Invasion ausgesetzt worden«, berichtete sie ihm. »Genau wie meine. Es wäre bedauerlich, wenn wir verlieren würden, weil uns die Macht von zwei Magierinnen gefehlt hat.«

Er beobachtete, wie Kalia Savaras Gruppe betrachtete, dann wurde ihre Miene säuerlich, als sie ihn und Tyvara entdeckte.

»Wir stehen alle auf derselben Seite«, sagte Tyvara. »Aber ich wünschte doch, Kalia wäre einer Gruppe zugeteilt worden, die das gegenüberliegende Ende der Stadt angreift«, fügte sie mit leiserer Stimme hinzu.

Savara drehte sich um, um sie beide anzusehen. »Ich werde ein Auge auf sie halten. Und ein Ohr.« Sie schaute zu der näher kommenden Gruppe hinüber und drängte ihr Pferd vorwärts, um ihnen entgegenzureiten. Zu Lorkins Erleichterung war die Frau, die auf sie zukam, nicht Kalia. Es war Sprecherin Halana, die Anführerin der Steinmacher.

»Zumindest führt sie die Gruppe nicht an«, sagte er.

Tyvara kicherte. »*So* dumm sind wir nun auch wieder nicht.«

Halana legte kurz eine Hand aufs Herz, dann ergriff sie die Zügel wieder, um ihr Pferd neben dem von Savara innehalten zu lassen.

»Irgendwelche Neuigkeiten?«, fragte Savara.

»Wir haben Vilanya und Sarva verloren«, erwiderte Halana. »Sie wurden in einen Hinterhalt gelockt.«

»Also sind die Ashaki gewarnt.«

»Höchstwahrscheinlich. Irgendwelche Probleme?«

»Einige Sklaven, die ein wenig zu eifrig werden«, antwortete Savara. Sie seufzte. »Die Sklaven auf einem Besitz haben eine ganze Familie und den obersten Sklaven getötet, der einer unserer Verbündeten war. Ich habe ihnen gesagt, dass dies nicht unsere Absicht sei, aber ich denke nicht, dass sie zugehört haben.«

Halana nickte. »Es wird mehr Probleme dieser Art geben. Ich habe angedeutet, dass wir uns selbst um die Familien kümmern wollen, später.«

»Das könnte funktionieren, solange sie die Rolle des Gefängniswärters nicht allzu begeistert annehmen.« Savara sah sich um. »Lasst uns weitermachen.«

Die beiden Gruppen vermischten sich zu einer. Lorkin bemerkte, dass Kalia sich so positionierte, dass Savara und Halana zwischen ihr und Tyvara waren. Die beiden Anführerinnen diskutierten darüber, was sie tun würden, wenn befreite Sklaven nicht in der Lage waren, die Verräter mit Nahrung zu versorgen. Es war nicht viel Zeit vergangen, als Savara plötzlich so laut sprach, dass alle sie hören konnten.

»Was ist das für ein Problem, über das ihr sprecht, Kalia?«

Lorkin blickte zu der Frau hinüber, die in seine Richtung schaute, dann sah er wieder die Königin an. Sie straffte sich.

»Wir haben einen Nichtverräter unter uns. Ich habe Cyria lediglich geraten, vorsichtig zu sein.«

»Cyria braucht hier vor niemandem auf der Hut zu sein. Wir sind alle Verräter.«

»Lorkin ist Kyralier.«

»Der Geburt nach. Jetzt ist er ein Verräter. Unter uns sind ehemalige Sklaven und Frauen, die vormals Ehefrauen und Schwestern der Ashaki waren. Alle haben sich dafür entschieden, sich uns anzuschließen. Alle werden gebraucht.«

»Aber er ist ein Gildemagier und ein *Mann*.«

Savara lächelte. »Wenn mein Treffen mit seiner Mutter seinen Zweck erfüllt hätte, würden wir zusammen mit vielen hundert Gildemagiern nach Arvice marschieren, und eine große Anzahl dieser Magier wären Männer gewesen. Würde dir so viel männliche Gesellschaft Angst machen, Kalia?«

»Natürlich nicht! Obwohl ich ihnen nicht so leicht vertrauen würde, wie Ihr es vielleicht tut.« Kalia warf Savara einen Seitenblick zu. »Also … die Gilde wird nicht gegen die Ashaki in den Krieg ziehen. Und er ist immer noch hier? Seid Ihr Euch *sicher*, dass er kein Spion ist?«

»Ich bin mir sicher.«

»Erwartet Ihr wirklich …?« Kalia verstummte, als einer der Verräter im hinteren Teil der Gruppe Savaras Namen rief. Alle drehten sich um und sahen, dass der Mann auf die Straße zeigte. Mehrere hundert Schritte hinter ihnen wogte eine Staubwolke hinter einem Reiter, der auf sie zugaloppierte.

»Genug«, befahl Savara. »Und schützt euch mit eurem Schild.«

Es dauerte nicht lange, bis der Reiter sie erreichte; das Pferd verlangsamte zum Schritt, und seine Flanken hoben und senkten sich und waren dunkel von Schweiß. Der Reiter war ein junger Mann in feiner Kleidung, aber sein Körperbau und seine Gesichtsfarbe legten die Vermutung nahe, dass es sich um einen ehemaligen Sklaven handelte.

»Königin Savara«, sagte er und legte sich eine Hand aufs Herz. »Ich bin hierhergeschickt worden, um Euch zu warnen, dass Euch zwei Kyralier folgen.« Er hielt inne, um nachzudenken. »Schwarzmagierin Sonea und Asha… Lord Regin. Wir haben versucht, sie auf dem Besitz festzuhalten, aber sie haben unserem Befehl, dort zu bleiben, zuwidergehandelt und sich mit Hilfe von Magie einen Weg erzwungen.«

Lorkin unterdrückte einen Seufzer. Er hätte es sich denken sollen. *Wenn ich Tyvara nicht ohne mich in den Krieg ziehen lassen konnte, warum sollte ich erwarten, dass meine Mutter nicht das Gleiche tun würde?*

»Wurde irgendjemand verletzt?«

Der Mann schüttelte den Kopf.

Kalia murmelte etwas. Savara starrte die Frau mit schmalen Augen an. Dann drehte sie sich zu Lorkin um und zog fragend die Augenbrauen hoch.

Er zuckte die Achseln. »Ich weiß es nicht. Sie hat nicht gesagt, dass sie vorhatte, mir zu folgen – uns.«

»Spion«, sagte Kalia.

Die Königin runzelte die Stirn. »Genug, Kalia.« Sie betrachtete die Gruppe, und ihr Blick fiel auf zwei Verräter, einen männlichen und einen weiblichen. »Saral und Temi. Reitet Schwarzmagierin Sonea entgegen und bittet sie, ihr Verhalten zu erklären.« Sie griff in einen Beutel an ihrer Taille und nahm einen Ring heraus. Als sie ihn der Frau zuwarf, reflektierte ein gelber Splitter das Sonnenlicht. »Benutzt dies, um mir mitzuteilen, was sie sagen.«

Die beiden nickten, verzogen in offensichtlichem Ärger über die Aufgabe das Gesicht und ritten dann mit dem Boten davon. Savara setzte ihr Pferd in Bewegung und schaute auf die Straße, die vor ihnen lag. In grimmigem Schweigen setzten die beiden Gruppen ihren Weg zum nächsten Gut fort, zum nächsten Kampf.

Lilia holte tief Luft und stieß den Atem seufzend wieder aus, als sie zu schreiben begann und versuchte, ihren Notizen über die Heilungsdemonstration vom Morgen einen Sinn abzuringen. Obwohl die Anzahl der Fächer, die sie studierte, verringert worden war und man ihren Abschluss hinausgezögert hatte, fiel es ihr in Zeiten wie diesen immer noch schwer, sich zu konzentrieren.

Es war einfacher, die nötige Begeisterung aufzubringen, als ich noch dachte, dass ich das Heilen vielleicht als Disziplin wählen würde. Jetzt, da ich überhaupt keine Disziplin wählen kann, welchen Sinn hat es da? Sie würde eine Schwarzmagierin sein, und es war wichtiger, dass sie bereit war zu kämpfen, als zu heilen. *Nicht dass mich die Kriegskunstlektionen plötzlich in Begeisterung versetzen würden. Aber diese neuen Lektionen mit Kallen* waren *interessant. Vielleicht weil es viel gibt, was wir über schwarze Magie noch lernen können. Es ist nicht so, als hätte die Gilde sie seit Jahrhunderten studiert und wüsste alles darüber.*

Die Heilung an diesem Morgen hatte einem Mann gegolten, der während eines Übungskampfes mit dem Schwert versehentlich verletzt worden war. Das hölzerne Übungsschwert hatte das gehärtete Leder der Rüstung durchstoßen, war aber nicht tief eingedrungen. Dergleichen kam selten vor. Ein Hieb mit dem Holzschwert glitt für gewöhnlich von der Lederrüstung ab, und Stiche wurden nicht mit voller Kraft gesetzt. Aber der jetzt Verletzte war auf seinen bereits sehr wütenden Übungsgegner zugesprungen, der mehr Kraft eingesetzt hatte, als ihm bewusst gewesen war.

Ein schneller, energischer Stich, dachte sie. *Das ist der Grund, warum ich Magie benutzen will statt eines Messers, um die natürliche Barriere der Haut aufzuschlitzen, bevor ich schwarze Magie benutze, um Macht zu nehmen.* Etwas erregte ihre Aufmerksamkeit, und als sie aufblickte, stellte sie fest, dass die Lehrerin sie beobachtete. Sie begriff, dass sie ins Leere gestarrt hatte und ihre Notizen vergessen waren. *Und ich habe darüber nachgedacht, wie ich jemanden mit schwarzer Magie töten kann.*

Andere drehten sich zu ihr um, aber sie ignorierte sie. Als sie an diesem Morgen die Universität betreten hatte und später dann die Speisehalle, waren die Blicke und das Getuschel der anderen Novizen beinahe genauso schlimm gewesen wie damals, als sie das erste Mal an die Universität zurückgekehrt war. Höchstwahrscheinlich hatte Bokkin etwas über ihre Lektion bei Kallen gesagt. Natürlich nicht die Wahrheit. Bokkin würde nicht zugeben wollen, dass er sich in eine Situation gebracht hatte, in der man seine Gedanken lesen konnte, daher hatte er wahrscheinlich etwas erfunden. Sie wünschte, Kallen hätte vor den anderen Novizen gesagt, was er von Bokkin wollte. Dann würden sie wissen, dass sie Bokkins Gedanken gelesen hatte, und wenn sie etwas über ihn offenbarte, konnte er nicht leugnen, dass es wahr war.

Nicht dass ich den Leuten erzählen würde, was ich in seinem Geist gesehen habe, dachte sie. *Es kommt mir einfach falsch vor.* Obwohl Bokkin nicht überlistet oder gedrängt worden war und er jederzeit hätte gehen können. *Er könnte etwas anderes behaupten. Er kann Kallen oder mir nichts zur Last legen, weil er von einem Magier seine Gedanken lesen lassen müsste, um es zu bestätigen. Trotzdem, er könnte andeuten, dass etwas anderes geschehen sei.*

Sie dachte über seine Strategie – sein Bedürfnis – nach, andere zu schwächen, bevor sie stärker wurden als er. Wenn es ihm nicht gefiel, wenn jemand stärker war als er, dann würde er niemals glücklich sein. Er war umringt von stärkeren Magiern, und da seine magische Stärke durchschnittlich war, würde das immer so sein.

Vielleicht wird er irgendwo anders hingehen, sobald er seinen Abschluss hat. Irgendwohin, wo alle anderen schwächer sind. Sie schauderte. Was würde er tun, um dafür zu sorgen, dass er der Stärkste war und andere das auch wussten? *Irgendjemand muss ihn im Auge behalten.* Vielleicht würde es Kallen tun oder die anderen Höheren Magier. Oder sie. Eines Tages würde sie eine Höhere Magierin sein. Sie könnte am Ende sogar diejenige sein, die Bokkin beobachten musste.

»Lady Lilia.«

Ihr Herz machte einen Satz, als sie begriff, dass sie wieder ins Leere gestarrt hatte. Die Lehrerin sah sie jedoch nicht missbilligend an. Sie zeigte auf die Tür. Als Lilia dem Blick der Frau folgte, entdeckte sie ein vertrautes Gesicht, und wieder durchzuckte sie ein Stich.

Jonna. Die Dienerin winkte ihr zu.

Lilia erhob sich von ihrem Platz, verbeugte sich vor der

Lehrerin und schlüpfte dann zwischen die Schreibpulte und aus dem Raum hinaus.

»Was ist los?«, fragte sie, während Jonna sich im Flur umsah.

»Anyi war in Soneas Räumen«, berichtete sie. »Sie sagte, es sei vielleicht ein Eindringling … Ihr wisst schon, wo.«

Lilia stockte der Atem. »Wie lange ist das her?«

»Sie hatte einige Zeit gewartet, aber ich bin mir nicht sicher, wie lange. Ich habe eine Weile gebraucht, um herauszufinden, in welchem Klassenzimmer Ihr seid.«

»Ich sollte mich beeilen …« Lilia machte einen Schritt den Flur hinunter, dann hielt sie inne. »Ich sollte in die andere Richtung gehen. So werde ich schneller sein. Könntest du zurückkehren und ihr Bescheid geben?«

Jonna schüttelte den Kopf. »Sie ist bereits zurückgegangen.« Die Dienerin runzelte die Stirn. »Wenn Ihr die Richtung meint, die ich vermute … Ich werde mitkommen und dafür sorgen, dass niemand sieht, dass Ihr diesen Weg benutzt.«

»Danke, Jonna.« Lilia lief auf einen Seitenflur zu und führte Jonna tiefer in die Universität hinein. Als sie die versteckte Tür erreichten, ging Jonna zum nächsten Seitengang und spähte in die Dunkelheit.

Sie nickte. »Alles klar. Seid vorsichtig«, flüsterte sie.

»Natürlich«, erwiderte Lilia. Dann zog sie den Hebel, der die Tür öffnete, und trat in die Dunkelheit dahinter.

»Es ist ein unglaublicher Gedanke, dass all diese Menschen Sklaven waren«, sagte Regin.

»Ja«, pflichtete Sonea ihm bei.

Sie hatten soeben einen langen, niedrigen Hügel erklommen. Vor ihnen erstreckte sich die Straße in einer fast geraden Linie, und es wimmelte von Menschen und Wagen;

sogar elegante Kutschen waren gelegentlich zu sehen. Zuerst hatte Sonea sich gefragt, welchen Grund die ehemaligen Sklaven haben mochten umherzustreifen – abgesehen davon, dass sie ihre neugefundene Freiheit nutzen wollten, um hinzugehen, wo immer sie hingehen wollten. Gewiss ergab es Sinn, die Anwesen zu übernehmen, auf denen sie gearbeitet hatten, so dass sie Nahrung und ein Dach über dem Kopf haben würden.

Dann hatten sie das Wiedersehen zwischen zwei Frauen beobachtet, einer älteren und einer jüngeren, und begriffen, dass sie Mutter und Tochter waren. Eine junge Frau stieß einen Freudenschrei aus, als ein Mann ihr einen Säugling reichte. Zwei junge Männer eilten einander entgegen und riefen: »Bruder!« Paare aller Altersklassen umarmten sich und redeten miteinander.

Ihre Herren haben ihnen wohl verboten zu heiraten, dachte sie. *Sie haben sie gezüchtet wie Haustiere, aber sie konnten sie nicht daran hindern, die Bande von Liebe und Familie zu verspüren, trotz der Sklaverei, die es hier seit über tausend Jahren gibt.*

»Ich habe immer geglaubt, dass Sklaverei unrecht sei, und ich war stolz darauf, dass Kyralia ihr ein Ende gemacht hat, sobald wir frei waren, dies zu tun«, sagte Regin. »Aber das ist vor Jahrhunderten geschehen. Wir Kyralier haben es niemals wirklich begriffen, weil wir es nie selbst gesehen haben.«

Sonea nickte. Sie betrachtete Regin und verspürte eine unerwartete Zuneigung. *Falls die Verräter verlieren, dann hatte ich zumindest Gelegenheit, das Mitgefühl und die Demut in ihm zu sehen.*

»Vielleicht ist das der Grund, warum wir es nicht geschafft haben, der Sklaverei ein Ende zu machen«, fuhr er fort, »als wir Sachaka erobert haben. Es war zu lange her, seit wir selbst darunter gelitten hatten.«

Sonea schüttelte den Kopf. »Aber es waren nur einige Jahrhunderte vergangen, seit Kyralia und Elyne ihre Unabhängigkeit wiedererlangt und die Sklaverei beendet hatten.«

»Zeit genug für jene, die wussten, wie es war, an Altersschwäche zu sterben, und für deren Nachfahren, das ganze Konzept nur noch als blasse, abstrakte Idee zu empfinden.«

»Und doch haben wir immer noch eine Abneigung dagegen, die seit siebenhundert Jahren von Generation zu Generation weitergegeben wird.«

»Nur weil es etwas ist, das wir mit Sachaka in Verbindung bringen.«

Sonea lachte leise. »Ah, ja. Weil die Sklaverei sie hassenswert gemacht hat, was uns das Gefühl gegeben hat, moralisch überlegen zu sein. Unterschätzt niemals die Freude, Fehler bei anderen zu finden.«

Regin sah sie stirnrunzelnd an. »Ihr denkt doch nicht, dass Sklaverei …«

»Natürlich nicht. Ich wünschte nur, wir hätten sie abgeschafft, als wir die Chance dazu hatten.« Sie deutete auf die Menschen vor ihnen. »Und dass die Verbündeten Länder die Einladung der Verräterinnen akzeptiert hätten.«

»Ihr würdet wollen, dass wir in den Krieg ziehen, obwohl die meisten von uns zu schwach sind, um etwas auszurichten?«

»Ja. Aber auf unsere eigene Weise.«

Regin sah sie an, dann weiteten sich seine Augen. »Indem die Gilde Euch und Kallen all unsere Macht gegeben hätte.«

»Die ich bereits genommen habe. Wir hätten nur Vorbereitungen treffen und nach Kallen schicken müssen.«

»Oder Lilia?« Regin runzelte die Stirn. »Nein … sie ist zu jung.«

»Nicht viel jünger, als ich es war, als ich in meinem ersten Krieg gekämpft habe, aber ja, ich würde ihr das nicht wünschen, und wir sollten nicht riskieren, alle Magier mit Kenntnissen der schwarzen Magie zu verlieren.«

Regin lächelte. »Obwohl es den Anschein hat, als könne man schwarze Magie doch aus einem Buch lernen.«

»Ja.« Sonea seufzte. »Ich nehme an, die Gilde wird ihren Kampf gegen schwarze Magie bald verlieren. Wenn die Verräterinnen siegen, wird es noch schwerer sein…« Sie hielt inne, als sie ein Paar entdeckte, das auf sie zuritt. Sie trugen Verrätergewänder und kamen ihr bekannt vor. Die beiden musterten sie und Regin. »Diese zwei sehen aus, als wollten sie mit uns sprechen.«

Regin blinzelte ins helle Sonnenlicht. »Und sie wirken auch nicht überrascht, uns zu sehen. Ich nehme an, irgendjemand hat ihnen erzählt, dass wir nicht nach Hause zurückgekehrt sind.«

Sie beobachteten, wie die beiden näher kamen. *Ein Mann und eine Frau,* bemerkte Sonea. *Ist sie die Magierin und er eine Quelle der Macht?,* ging es ihr durch den Kopf. *Oder haben die Verräterinnen ihre Männer in der Benutzung von Magie ausgebildet, damit sie kämpfen konnten?* Einige Schritte entfernt wendeten die beiden ihre Pferde, um Sonea den Weg zu versperren.

»Schwarzmagierin Sonea«, sagte die Frau. »Lord Regin. Ich bin Saral, und das ist Temi. Königin Savara fragt, warum Ihr nicht nach Hause zurückgekehrt seid.«

Sonea hielt inne, als würde sie über ihre Antwort nachdenken. Sie hatte die Frage erwartet, wollte aber nicht, dass ihre Antwort allzu einstudiert klang.

»Die Gilde ist verpflichtet, dafür zu sorgen, dass ihre Mitglieder sicher sind, wenn sie sich in anderen Ländern aufhalten«, erklärte sie. »Ich bin hier, um sicherzustellen, dass unseren Heilern keine Gefahr drohen wird.«

Die Augen der Frau wurden ausdruckslos, dann konzentrierte sie sich wieder auf Sonea. »Wir werden dafür sorgen, dass keinem Gildemagier, der Sachaka bereist, etwas zustößt.«

»Also habt Ihr die Zeit, die Straßen abzusichern, und Ihr habt Leute, denen es freisteht, als Wachen und Eskorten zu dienen, während Ihr gleichzeitig gegen die Ashaki kämpft? Mir wäre es lieber, Ihr würdet Eure Kraft in das Erreichen Eures Ziels investieren.« Sonea trat vor, bis sie zu Saral aufschaute, und sie sprach die Frau an, von der sie wusste, dass sie sie durch den Ring an Sarals Finger beobachtete. »Nicht zuletzt deshalb, weil Ihr meinen Sohn bei Euch habt«, fügte sie entschlossen hinzu. »Erwartet Ihr wirklich von mir, dass ich heimkehre? Ich bin eine einzelne Magierin und stelle keine Bedrohung für Euch oder Euer Volk dar, Königin Savara.« Sie lächelte. »Ob Ihr Lorkin bei Euch habt oder nicht.«

Saral reckte das Kinn vor, dann flackerte ihr Blick erneut, und sie runzelte die Stirn. Ihr Gesicht wurde lang, und sie schaute auf Sonea herab.

»Ihr dürft nach Arvice weiterreisen«, sagte sie. »Unter der Bedingung, dass Ihr die Stadt nicht vor uns betretet und Euch nicht auf die Seite der Ashaki schlagt. Ich kann für Eure Sicherheit nicht garantieren, wenn Ihr uns in den Weg kommt, und wenn Ihr oder Euer Liebhaber die Schlacht gegen uns beeinflusst, wird man Euch beide töten.«

Sonea neigte den Kopf. »Ich gebe Euch mein Wort, dass wir diese Bedingungen einhalten werden.«

Sarals Lippen wurden schmal, und ihre Schultern sackten herab. »Temi und ich werden Euch eskortieren«, erklärte sie. Temi, der neben ihr war, gab einen leisen Laut des Protests von sich.

Sonea nickte abermals. »Danke. Um Peinlichkeiten zu

vermeiden, sollte ich darauf hinweisen, dass Ihr Euch in einem Punkt irrt.«

»Was?« Sarals Augen wurden schmal.

»Lord Regin ist nicht mein Liebhaber.«

Die Frau zog ungläubig die Augenbrauen hoch. Sie erwiderte nichts, sondern wendete stattdessen ihr Pferd, so dass sie in die Richtung schaute, aus der sie gekommen war. Temi folgte ihrem Beispiel und grinste, als er eine Position auf Soneas anderer Seite einnahm. Regin trat neben Sonea und sah ihr kurz in die Augen.

»Verräter tratschen genauso gern wie alle anderen auch«, murmelte er lächelnd.

Sonea zuckte die Achseln und setzte sich in Bewegung. Solcher Klatsch konnte gefährlich sein. Ein Feind, der sie für ein Liebespaar hielt, würde vielleicht versuchen, Regin etwas anzutun, um sie zu erpressen. Aber, wie sie durch Saral Savara gegenüber angedeutet hatte, wenn die Verräterinnen sie erpressen wollten, hatten sie bereits Lorkin. *Trotzdem … Regin wäre eine bessere Zielscheibe, falls Tyvara etwas an Lorkin liegt und Savara etwas an Tyvaras Gefühlen liegt.*

Sie sah Regin an, und er begegnete ihrem Blick. Wenn er sich Sorgen machte, hielt er es gut verborgen. Er hob fragend die Augenbrauen, dann verzog sich sein Mund zu einem kleinen, heimlichen Lächeln. Sie schaute weg. *Jeder, der ihn beobachtet, würde denken, dass wir tatsächlich ein Paar sind.* Sie dachte an die Tage zurück, die sie seit ihrem Aufbruch aus Imardin miteinander verbracht hatten. Es war eine Erleichterung gewesen, festzustellen, dass sie miteinander auskamen. Dass ihr seine Gesellschaft nichts ausmachte und ihm ihre auch nichts auszumachen schien. Aber was war es, das andere sahen und das sie auf die Idee brachte, dass da mehr im Spiel war? *Ich tue nichts,* überlegte sie. *Ist es dann Regin? Gewiss …*

Sie schüttelte den Kopf. *Nein. Er ist nicht in mich verliebt. Mach dich nicht lächerlich.*

Aber was, wenn er doch in sie verliebt war? Sie überlegte. Versuchte, sich an alles zu erinnern, was er gesagt hatte. Versuchte, sich daran zu erinnern, wie er mit ihr gesprochen, wie er sich in ihrer Gesellschaft benommen, wie er sie *angesehen* hatte. Sie erinnerte sich daran, dass sie begonnen hatte, sich zuvor dieselbe Frage zu stellen, in der Kutsche, nachdem sie das Fort verlassen hatten. Was hatte er gesagt, das ihre Gedanken in diese Richtung gelenkt hatte? Dass er sie schon seit Jahren bewundere.

Hat er versucht, mir mehr zu sagen? Sie schüttelte abermals den Kopf. *Kommt es mir jetzt nur so vor, nachdem ich darüber nachgedacht habe?*

Sie konnte ihn nicht fragen, weil die Verräter sie hören würden. Aber wenn sich eine Gelegenheit bot, unter vier Augen mit Regin zu sprechen … Bei dem Gedanken daran schnürte sich ihr die Kehle zu. *Das kann ich nicht. Was, wenn ich mich irre? Es wäre peinlich für uns beide. Oder wäre es schlimmer, wenn ich recht hätte? Zumindest bin ich mir sicher, dass ich nicht in ihn verliebt bin.*

Ein Gewirr widersprüchlicher Gefühle und Gedanken folgte. Es kostete sie ihre gesamte Selbstbeherrschung, ihre Schritte regelmäßig und ihr Gesicht ruhig zu halten. Dann, so schnell er aufgekommen war, endete der Konflikt, und sie war überrascht und entsetzt.

Also. Ich bin in ihn verliebt. Nein, ich könnte *es sein. Das ist etwas anderes. Das Potenzial ist da, aber es ist nicht so. Noch nicht,* ging es ihr durch den Kopf. Aber sie würde Regin nichts davon sagen. Und wenn er Gefühle für sie andeutete, würde sie ihn entmutigen müssen. Es war nicht so, als hätte sie ihm nicht verziehen. Er war zu einem so viel besseren Menschen geworden, als es der Novize gewesen war, den sie gehasst hatte. Es war nicht so, dass sie nicht über Akkarin hinweggekommen war – nun, vielleicht nicht genug, um einen anderen Mann zu lieben. Es war nicht einmal das Problem, dass es Regin verletzbar machte, sollte jemand versuchen, sie zu erpressen. Es lag daran, dass …

Ein Stich des Ärgers durchzuckte sie. Woran lag es, dass die einzigen Männer, die ein romantisches Interesse an ihr zeigten, kein Recht dazu hatten? Nicht, dass sie einen konkreten Beweis für Regins Interesse gehabt hätte. Was nur gut war, denn obwohl Regin sich von seiner Frau getrennt hatte, war er vor dem Gesetz noch immer verheiratet.

23 Das Ultimatum

Dannyl ging in seinen Räumen auf und ab.

Es muss doch irgendeine Möglichkeit geben, wie ich Achati warnen kann, ohne zu offenbaren, woher wir wissen, dass die Verräterinnen kommen. Es würden noch einige Tage bis zu ihrer Ankunft vergehen, und sie mussten sich benehmen, als sei nichts Ungewöhnliches im Gange, daher hatte Tayend das Gildehaus verlassen, um einen Kaufmann, einen Ashaki, zu treffen, und Merria machte einen Nachmittagsbesuch auf dem Markt, zusammen mit einer Freundin, die die Stadt noch nicht verlassen hatte. Auf diese Weise war Dannyl allein zurückgeblieben, um über sein Dilemma nachzugrübeln. *Ich könnte so tun, als hätte mir einer der Sklaven verraten, dass die Verräterinnen kommen. Oder als hätte man mir eine Nachricht geschickt. Aber was, wenn das dazu führt, dass die Ashaki weitere Sklaven foltern?*

Eine Bewegung in der Tür erregte seine Aufmerksamkeit. Als er sich umdrehte, sah er Kai, der sich zu Boden warf.

»Ashaki Achati ist hier, um Euch zu sprechen.«

Er ist hier! Dannyl wurde leichter ums Herz, dann machte sich erneut Mutlosigkeit in ihm breit. *Und ich habe noch im-*

mer keine Lösung. Er schüttelte den Kopf. *Nun, es ist erst ein halber Tag vergangen. Selbst wenn mir etwas eingefallen wäre, hätte ich es zuvor mit Tayend besprechen müssen, daher würde ich mich ohnehin so benehmen müssen, als wüsste ich von nichts.*

»Lass etwas zu essen und Wein bringen.«

Der Sklave erhob sich und eilte davon. Dannyl trat in den Flur und machte sich auf den Weg zum Herrenzimmer. Eine Woge der Zuneigung stieg in ihm auf, als Achati sich umdrehte und ihn anlächelte.

»Botschafter Dannyl.«

»Ashaki Achati.« Dannyl neigte den Kopf. »Es ist eine Freude, Euch wiederzusehen.«

Das Lächeln des Sachakaners verschwand. »Ah, ich hoffe, es wird immer eine Freude sein.« Er seufzte. »Ich habe Neuigkeiten.«

»Gute oder schlechte?« Dannyl führte den Mann zu einem Hocker und nahm auf seinem gewohnten Stuhl Platz.

Achati dachte nach. »Es sind keine guten Neuigkeiten. Auch keine übermäßig schlechten. Wahrscheinlich vorteilhaft.«

»Jetzt drückt Ihr Euch aber mysteriös aus.«

»Ich beantworte lediglich die Frage.« Um Achatis Augenwinkel erschienen feine Fältchen, dann wurde er wieder ernst. Zwei Sklaven kamen mit dem Wein und dem Essen. Achati wartete, bis sie gegangen waren, bevor er wieder sprach.

»Die Verräter haben sich aus den Bergen gewagt und begonnen, überall im Land unsere Güter anzugreifen«, berichtete er mit leiser Stimme. »Sie haben jeden Magier getötet, auf den sie getroffen sind, und nähern sich jetzt Arvice. Es scheint, als hätten sie die Absicht, ganz Sachaka in ihre Gewalt zu bringen.«

Eine Welle der Erleichterung durchflutete Dannyl, und er hoffte, dass er diese Regung gut verbergen konnte. *Er weiß Bescheid! Ich brauche ihn nicht zu warnen. Aber ich kann nicht zugeben, dass wir es bereits wussten.* Er trank einen Schluck Wein und dachte darüber nach, wie er reagieren sollte. *Nicht mit Überraschung. Er hat die Möglichkeit einer Verräterrebellion schon früher erwähnt.*

»Ihr habt damit gerechnet, dass dies geschehen könnte«, sagte er, »aber bezweifelt, dass sie stark genug wären, um eine Gefahr darzustellen.«

»Ich bezweifle es noch immer.« Achati zuckte die Achseln. »Deshalb ist dies zwar keine gute Neuigkeit, aber vielleicht trotzdem vorteilhaft. Es ist unwahrscheinlich, dass die Verräterinnen überleben, also werden wir sie endlich los sein. Bedauerlicherweise werden wir dabei viele gute Männer verlieren. Der König will ihnen keine Streitkräfte entgegenschicken. Sie greifen aus allen Richtungen an, daher würde es unsere Reihen ausdünnen, wenn wir versuchten, es mit ihnen allen aufzunehmen. Er hat Nachrichten ausgeschickt und den Ashaki und ihren Familien befohlen, sich in die Stadt zurückzuziehen.«

»Werden sie ihm gehorchen?«

Achati nickte. »Die meisten werden gehorchen, aber ob sie es schnell genug tun werden, ist eine andere Frage. Und es gibt einen Nachteil, den wir nicht vorhergesehen haben.« Er hielt inne, um sich im Raum umzuschauen. »Sklaven haben die Gelegenheit genutzt, um zu rebellieren. Die meisten, indem sie von den Gütern fliehen, kurz bevor die Verräter eintreffen, aber einige haben ihre Besitzer angegriffen.«

»Und Erfolg gehabt?«

»Nur in wenigen Fällen – mit Gift. Was einer der Gründe ist, warum ich Euch dies erzähle. Seid vorsichtig im Umgang mit Euren Sklaven, Botschafter Dannyl.«

Dannyl betrachtete das Weinglas in Achatis Hand. Der Mann hatte bisher noch nicht einmal daran genippt. Hatte er Angst vor den Sklaven hier? Die Sklaven des Gildehauses gehörten dem König, aber das hatte die Verräterinnen nicht daran gehindert, Spione einzuschleusen. Dannyl hatte nur wenig von dem Wein getrunken und das Essen nicht angerührt. Er sandte seinen Geist hinein, fand aber keine Anzeichen dafür, dass das Essen oder der Wein verdorben waren.

»Ich sollte in der Lage sein, die Wirkung von Gift mit heilender Magie aufzuheben«, sagte er zu Achati.

Achati lachte und hob das Glas an die Lippen. »Eine nützliche Fähigkeit.«

Dannyl nickte. »Haben Botschafter Tayend, Lady Merria und ich etwas von den Verrätern zu befürchten?«

Achati schüttelte den Kopf. »Ich sehe keinen Grund, warum sie Euch angreifen sollten, solange Ihr ihnen nicht in die Quere kommt. Wenn die Dinge sich durch irgendein Missgeschick zum Schlechteren wenden und die Verräterinnen die Stadt erreichen …« Er hielt inne und seufzte, und seine Schultern sackten herab. »Ich gestehe, dass ich befürchte, dass Euch von meinen Leuten mehr Gefahr drohen würde als von ihnen. Der König hat Euch so behandelt, als würdet Ihr mit den Verräterinnen zusammenarbeiten. Wenn die Rebellen großen Schaden anrichten, könnten einige Ashaki hierherkommen, um nach Vergeltung zu suchen. Oder sie könnten – wenn die Schlacht einen schlimmen Verlauf nimmt – danach trachten, ihren Vorrat an Macht aufzufüllen.«

Dannyl starrte Achati an. Wenn der Mann zugab, dass seine Leute dies tun könnten … musste eine reale Gefahr bestehen.

»Was sollen wir tun?«

Achati hielt Dannyls Blick stand. »Im Hafen liegt ein

Schiff mit Namen *Die Kala.* Der Kapitän hat Anweisung, Euch, Botschafter Tayend und Lady Merria an Bord zu nehmen, falls Ihr darum ersucht. Er wird Euch nach Kyralia zurückbringen.«

Aber Osen hat uns befohlen zu bleiben … ah, ich kann ihm das nicht sagen, ohne zu offenbaren, dass wir bereits von dem Angriff wussten. Trotzdem, Osen wird vielleicht seine Meinung ändern, sobald ich ihm berichte, was Achati befürchtet.

»Danke. Ich werde die Gilde fragen müssen, was sie von uns erwartet. Würdet Ihr …?« Dannyl hielt inne und fragte sich, was Osen von dem Vorschlag halten würde. *Wenn es bedeutete, dass wir sicher wären, würde er zustimmen.* »Würdet Ihr mit uns kommen?«

Die Augen des Sachakaners weiteten sich ein wenig. Er lächelte und berührte Dannyls Arm in einer Geste der Zuneigung. »Mein Platz ist hier, bei meinem König und meinem Volk.« Er wedelte mit der anderen Hand, in der er das Weinglas hielt. »Und es ist ohnehin sehr unwahrscheinlich, dass die Verräterinnen die Stadt erreichen werden. Das Schiff ist nur eine Vorsichtsmaßnahme.« Er drückte sanft Dannyls Arm, dann ließ er ihn los. »Und ein hervorragender Vorwand, um Euch zu besuchen.«

»Ich weiß die Warnung zu schätzen. Und den Besuch.« Dannyl stellte sein Weinglas beiseite. »Aber Ihr habt Tayend verpasst. Und Merria.«

»Ein Jammer. Ich werde vielleicht bis zum Ende dieser kleinen Krise keine Zeit mehr erübrigen können, um Euch erneut zu besuchen.«

Dannyls Herz verkrampfte sich. *Wenn er sich in Bezug auf die Verräterinnen irrt, könnte es sein, dass wir das letzte Mal zusammen sind.*

»Aber ich habe das Haus den Abend über ganz für mich allein. Könnt Ihr lange bleiben?«

Achati zog die Augenbrauen hoch und lächelte. »Vielleicht für ein oder zwei Stunden.«

Die Schatten des Kerzenlichts zitterten an den Wänden. Obwohl dies am Flackern der Flammen zu liegen schien, wusste Cery, dass ein Teil der Bewegung auf das Zittern seiner Hand zurückging. Er spürte, wie heißes Wachs über seine Knöchel tropfte, und senkte den Blick. Obwohl es sich anfühlte, als hätten sie seit einer Stunde so dagestanden, war die Kerze nicht sichtlich kürzer geworden.

Er schaute zu Gol hinüber, der ebenfalls eine Kerze bereithielt. Cery runzelte die Stirn, als Gol von einem Fuß auf den anderen trat und die Flamme einem Ölpapierstreifen gefährlich nahe kam. Er konnte Gols schnellen Atem hören. Sein eigener Atem erschien ihm zu laut. Er versuchte, tiefer und leiser zu atmen, versuchte, sein rasendes Herz zu zwingen, langsamer zu schlagen, besorgt, dass eins der beiden Geräusche näher kommende Schritte verbergen würde.

Skellin – falls es Skellin ist – wird uns hören und wissen, dass wir auf ihn warten. Es gibt für uns nur einen möglichen Grund hierzubleiben, obwohl wir wissen, dass er kommt: dass wir ihm eine Falle gestellt haben. Ich würde das begreifen. Er gewiss ebenfalls.

Mehrere Arten, wie sein Plan scheitern konnte, gingen ihm durch den Kopf. Er wusste, dass die Falle nicht perfekt war. Das Minenfeuer könnte losgehen, bevor er und Gol eine Chance hatten, sich weit genug zu entfernen. Es könnte zu spät losgehen, um Skellin Schaden zuzufügen. Obwohl sie hofften, dass es ihn töten würde, bestand ihr Ziel darin, ein Loch in die Gärten über ihnen zu sprengen und den wilden Magier so der Gilde auszuliefern. Aber was war, wenn es sich nicht so fügte? Was, wenn es kein Loch gab und Skellin überlebte?

Was, wenn Skellin nicht persönlich kam, um sich Cerys anzunehmen? Was, wenn Cery und Gol ein Loch in die Gärten und möglicherweise sich selbst in die Luft sprengten, nur um Skellins Lakaien der Gilde auszuliefern?

Gol sah zu Cery hinüber und schüttelte den Kopf. In seinen Augen stand eine Frage. Wie lange würden sie so dastehen, bevor sie zu dem Schluss kamen, dass Anyi sich geirrt hatte und kein Eindringling in den Gängen war? Cery betrachtete seine Kerze. Sollten sie sich stattdessen abwechseln? Sollten sie …?

Von irgendwo weiter unten im Flur kam ein scharfes Geräusch, als jemand nach Luft schnappte. Cery sah Gol an, dann folgte er dem überraschten Blick seines Leibwächters zur Tür.

Jemand stand dort. *Nein,* begriff Cery. *Jemand* schwebte *dort.* Jemand, der ihm nur allzu vertraut war.

»Hier hast du also die ganze Zeit gesteckt«, sagte Skellin. Dann stieß er einen Pfiff aus. Aus einem entfernten Teil in den Tunneln kam eine durchdringende Antwort.

Cery streckte die Hand aus und hörte ein Zischeln, als das Ölpapier Feuer fing. Er sah einen Funken in Gols Richtung stieben, dann drehte er sich um und rannte auf die Tür zum Nebenzimmer zu.

Und krachte gegen die Wand.

Nein, nicht gegen die Wand. Gegen eine Barriere aus Magie. Cery fluchte, als er begriff, dass Gol auf das gleiche unsichtbare Hindernis getroffen war. Licht erfüllte den Raum – das unverkennbare Funkeln einer magischen Lichtkugel. Sein Freund sah ihn an, und seine Miene war grimmig und ängstlich. Cery schaute Gol in die Augen und verzog das Gesicht. *Das war es also. Wir hätten vielleicht noch Zeit gehabt zu fliehen, wenn wir Skellin hätten näher kommen hören …* Aber Skellin war geschwebt, um zu verhindern, dass man seine Schritte hören konnte. Als Cery sich zu seinem Feind umdrehte, sah er, dass die Flamme auf dem Ölpapier, das Gol entzündet hatte, in dem Loch verschwand. Er schloss die Augen und hielt den Atem an. *Zumindest ist Anyi entkommen.*

»Nun, nun. Nicht nötig, Euch schon gegen den tödlichen Schlag zu wappnen. Es wäre doch unhöflich von mir, Euch zu töten, ohne zuvor ein wenig zu plaudern. Hmm. Kein besonders großartiges Versteck.«

Cery öffnete die Augen und sah, dass der Magierdieb, dessen Schuhe jetzt den Boden berührten, auf ihn zukam. Zwei Männer traten hinter ihm in die Tür. Sie waren jung und muskulös. Skellin schaute sich im Raum um, dann sah er über Cerys Schulter ins Nebenzimmer. »Nicht so hübsch wie dein altes Versteck, soweit meine Mutter mir erzählt, obwohl es vielleicht der Geschmack deiner Frau war, was Dekoration betrifft, und du seit ihrem Tod in die Gewohnheiten deines Namensvetters zurückgefallen bist.«

Meine Frau ... das Versteck ... Kalter Schock und dann Hass schossen durch Cerys Adern. *Lorandra* hat *meine Familie ermordet. Aber warum hätte sie das tun sollen, wo Skellin und ich damals noch keine Feinde waren?*

»Obwohl du vielleicht froh warst, sie los zu sein. Du solltest so zornig werden, dass du ein Bündnis mit mir eingehst, damit ich den Jäger der Diebe für dich gefunden hätte«, sagte Skellin.

Cery starrte Skellin an. *Er hat meine Familie getötet, damit ich den Wunsch entwickle, mich mit ihm zusammenzutun. Nachdem er den Jäger der Diebe »gefunden« hatte – ihn oder irgendeinen armen Lückenbüßer –, hätte ich in seiner Schuld gestanden.* Er schaute zu der anderen Wand hinüber und suchte nach der Flamme, die er in Brand gesteckt hatte. Er sah keinen Lichtfunken. Auch er war in der Wand verschwunden. Schon bald würde er Skellin in die Luft sprengen ...

Gol fluchte und senkte den Kopf. »Tut mir leid, Cery«, murmelte er. »Es hätte inzwischen losgehen müssen.«

Cery fluchte ebenfalls, als ihm klar wurde, dass die Falle versagt hatte. Gol hatte ihm gezeigt, dass Minenfeuer funktionierte. Warum tat es das jetzt nicht?

»Worüber plaudert ihr?« Skellin kam näher und kniff seine seltsamen Augen zusammen. Er beugte sich zu Cery vor, und sein Mund verzog sich zu einem freudlosen Lächeln. »Es fehlt jemand hier, nicht wahr? Wo ist deine Tochter, Ceryni?«

Cerys begann das Herz in der Brust zusammenzuschrumpfen, aber er zwang sich zu einem Lachen. »Erwartest du wirklich von mir, dass ich dir das verrate?«

Skellin zuckte die Achseln, dann straffte er sich und sah sich um. »Nein. Aber meine Quellen in der Gilde sagen mir, dass sie hier unten bei dir ist. Ich frage mich, wo sie sein könnte.«

»In Sicherheit vor dir«, erwiderte Cery. *Quellen in der Gilde? Also entsprechen die Gerüchte der Wahrheit. Aber woher wissen sie, dass Anyi hier ist?*

»Ach ja?« Skellin musste die Barriere entfernt haben, da er sich an Cery vorbei ins Nebenzimmer bewegte. Seine Lichtkugel schwebte vor ihm her. »Wer schläft denn in dem dritten Bett?«

»Jemand, den du nicht kennenlernen möchtest.«

Skellin gab keine Antwort. Er blickte zu dem Gang, der zu den Magierquartieren führte. Obwohl er das Gesicht abwandte, erkannte Cery an der Haltung seiner Schultern, dass er auf etwas lauschte.

Anyi und Lilia? Eine Woge der Hoffnung schlug über Cery zusammen, gefolgt von Furcht. *Ich hoffe, Lilia ist bereit für das, was sie hier erwartet, und ich hoffe, dass Anyi klug genug ist, aus dem Weg zu bleiben.*

Skellin machte einen Schritt auf die Tür zu, dann noch einen. Cery spürte, dass Gol sich geduckt hatte. Er wandte den Blick ab und sah, dass sein Leibwächter eine immer noch brennende Kerze aufgehoben hatte. Skellins zwei Gefolgsleute waren jedoch in den Raum getreten. Sie würden Gol daran hindern können, an eines der Minenfeuerrohre in der Wand heranzukommen.

Ein Lachen lenkte Cerys Aufmerksamkeit wieder auf Skellin. Der wilde Magier war in den Tunnel getreten. Er streckte eine Hand nach etwas aus, das Cery nicht sehen konnte. Eine allzu vertraute Stimme fluchte. Anyi erschien und wehrte sich, während eine unsichtbare Kraft sie in Skellins Arme trieb.

Bei ihrem Anblick tat Cerys Herz einen Satz und krampfte sich zusammen wie ein Tier, das zu fliehen versucht – und es tat *weh.* Er ballte die Fäuste gegen den Schmerz und machte einen Schritt nach vorn, aber etwas hielt seine Beine fest. Auch Gol kam taumelnd zum Stehen.

Wo ist Lilia? Als Skellin die Hand ausstreckte, um Anyi zu packen, hörte sie auf, Widerstand zu leisten, und sprang vorwärts. *Gewiss ist Anyi nicht ohne Lilia zurückgekehrt.* Aber die Hand, mit der sie Skellin treffen wollte, verdrehte sich, als sie auf seinen Leib traf, und Anyi fluchte vor Schmerz. Skellin ergriff sie am Handgelenk und drückte ihr das Messer aus den Fingern. *Aber wenn sie Lilia nicht finden konnte, dann …*

Der Dieb sah grinsend zu ihm auf. »Sicher vor mir, was? Sieht so aus, als hättest du es einmal mehr nicht geschafft, deine Familie zu beschützen, Ceryni.«

Cery knirschte mit den Zähnen. *Hatte Anyi Lilia zumindest eine Nachricht geschickt? War Lilia auf dem Weg?* Cery wollte Anyi fragen, aber der Schmerz in seiner Brust machte ihm das Atmen schwer, und er wollte Skellin nicht vorwarnen, dass Lilia kam. *Wir müssen ihn aufhalten. Lilia Zeit verschaffen …*

Anyi wehrte sich noch immer, aber sie konnte nichts tun, um Skellin zu verletzen oder aus dem Gleichgewicht zu bringen. Cery schwankte, als eine Welle des Schwindels ihn traf, und der Raum verdunkelte sich. Als seine Sicht sich wieder klärte, sah er, dass Skellin Anyi an eine Wand gestoßen hatte. Sie blieb dort, festgehalten von Magie. Skellin pfiff, und die Männer drängten an Cery vorbei.

»Durchsucht und fesselt sie.«

Anyi biss die Zähne zusammen, als die Männer ihr den Mantel auszogen und sie nach Waffen abtasteten. Cery schlang schmerzende Arme um seine Brust und schnappte nach Luft, um zu sprechen.

»Du willst mich, nicht sie«, brachte er heraus.

Skellin lachte. »Ich will euch alle drei. Aber ihr müsst in der richtigen Reihenfolge sterben. Und …« Skellin schaute nach oben, als könnte er die Magier über ihnen sehen. »Nicht hier.« Dann wanderte sein Blick von Cery zu Gol. Er rümpfte die Nase und schüttelte den Kopf. »Du bist die Mühe nicht wert.« Seine Augen wurden schmal, und Cery hörte ein übelkeiterregendes Knacken. Gol schrie vor Qual und Überraschung auf und fiel zu Boden.

Nein! Ich muss ihn daran hindern, Gol zu töten. Ich muss ihn aufhalten! Cery versuchte, an dem Feuer in seiner Brust vorbeizudenken. Eine Möglichkeit zu finden, um Skellin noch eine Weile aufzuhalten. Er öffnete den Mund, um zu sprechen, konnte aber nur keuchend nach Luft schnappen. Eine weitere Woge der Schwärze verzehrte ihn, und seine Knie wurden weich. Er hatte den Verdacht, dass einzig Skellins Magie ihn aufrecht hielt. *Was hat er mit mir gemacht?*

»Warte einen Moment«, hörte er Skellin sagen. »Irgendetwas stimmt nicht mit ihm.«

Cery spürte eine wachsende Angst, als ihm bewusst wurde, dass Skellin recht hatte. *Es ist nicht Gol. Ich bin es. Mein Körper … mein Herz …* Obwohl seine Augen offen waren, trübte noch immer Dunkelheit seine Sicht. Ein bitterer Triumph stieg in ihm auf. *Zumindest hat Skellin nicht die Befriedigung bekommen, mich zu töten. Aber … Anyi …*

Die Kraft, die Cery hielt, schmolz dahin, und er landete auf dem harten Boden. Was immer Skellin als Nächstes sagte, er sagte es aus solcher Entfernung, dass Cery es nicht hören konnte. Dann, nach einer längeren Zeit des Schweigens, spürte er kühle Hände auf seinem Gesicht, und er hörte Gol aus weiter, weiter Ferne sprechen.

»Keine Sorge. Er wird Anyi nicht töten. Er will einen Handel schließen. Lilia wird sie zurückholen. Falls Anyi ihn nicht vorher tötet. Diese zwei werden immer aufeinander aufpassen. Das weißt du. Mach dir keine Sorgen. Es wird alles gut werden. Anyi wird es gut gehen. Wir werden dafür sorgen.«

Lilia eilte den Gang hinunter und ließ eine winzige Lichtkugel vor sich her schweben.

Sollte ich sie löschen? Der Eindringling könnte das Licht sehen und wissen, dass ich komme. Aber wenn ich das tue, werde ich in der Dunkelheit meinen Weg ertasten müssen. Es wird mich langsamer machen. Was ist wichtiger? Schnelligkeit oder Heimlichkeit?

Ihre Schritte klangen laut in dem engen Raum. Sie würden sie ohnehin verraten. Sie beschloss, das Licht brennen zu lassen.

Abgesehen von ihren eigenen Schritten hörte sie keine anderen Geräusche. Der geheime Eingang zu den Fluren, den Anyi freigeräumt hatte, befand sich auf der anderen Seite der Universität, also musste Lilia um die Fundamente des Gebäudes herumgehen. Glücklicherweise waren die Gänge hier kein Labyrinth. Sie waren gerade und zweigten in rechten Winkeln ab, bis sie von der Universität wegführten, unter die Gärten. Lilias Herz hämmerte, als sie die erste gewölbte Wand erreichte.

Ich denke nicht, dass ich je im Leben solche Angst hatte, ging es ihr durch den Kopf. *Ich denke, genau jetzt würde ich es sogar in Erwägung ziehen, ein wenig Feuel zu nehmen, falls mir jemand welches anböte.*

Der Eindringling könnte harmlos sein – ein Novize oder Dienstbote, der sich an Orte wagte, wo er nicht hingehörte. Anyi irrte sich vielleicht, und es gab überhaupt keinen Eindringling. Oder es könnten Skellins Leute sein, die gekommen waren, um zu schnüffeln oder um nach Cery zu suchen. In diesem Fall musste sie hoffen, dass Gol, Cery und Anyi in der Lage waren, sich zu verstecken, bis sie dort ankam.

Aber wenn es Skellin oder Lorandra war. Oder Skellin *und* Lorandra …

Ich muss hoffen, dass ich genug zusätzliche Macht von Kallen bekommen habe, um notfalls gegen beide zu kämpfen …

Sie hatte viele Male darüber nachgedacht. Es war unwahrscheinlich, dass Skellin oder Lorandra viel Ausbildung im Kämpfen genossen hatten. Lorandra mochte etwas gelernt haben, bevor sie ihr Heimatland verlassen hatte, aber sie und Skellin hatten hier keine Ausbildung gehabt. Bestenfalls konnten sie miteinander trainiert haben.

Sie war jetzt nicht mehr weit von der Zuflucht ihrer Freunde entfernt, verlangsamte das Tempo und starrte in die Dunkelheit vor ihr.

Sollte ich pfeifen, um sie zu warnen, dass ich es bin? Es wird Skellin warnen, wenn er bereits dort ist. Aber wenn das der Fall ist, würde ich dann nicht Licht sehen und Stimmen hören können?

Sie ließ mehr Magie in ihren Schild fließen und bewegte sich zentimeterweise vorwärts. Ein schwaches Geräusch erreichte sie. Eine leise, murmelnde Stimme. Die Tür war dunkel, aber als sie näher kam, bemerkte sie ein schwaches, flackerndes Licht. Sie erreichte es kurze Zeit später, spähte durch die Öffnung und sah eine einzige Kerze brennen und eine gebeugte Gestalt, die auf dem Boden saß. Gleichzeitig hörte sie einen erstickten Laut.

Etwas an diesem Laut krampfte ihr den Magen zusammen.

Der Mann hob den Kopf, und die Schatten, die sein Gesicht verbargen, wichen vor ihrer Lichtkugel zurück. Gols Wangen glänzten.

»Lilia«, sagte er.

Sie machte das Licht heller und sah, was neben ihm war.

»Oh nein.« Sie eilte vorwärts und kniete sich auf den Boden. Cerys Gesicht war bleich, seine Augen geschlossen. Sie konnte kein Anzeichen einer Verletzung erkennen. Als sie die Hand auf seine Stirn legte, sandte sie ihre Sinne aus – und wich sofort zurück. »Oh nein.«

»Es ist zu spät, nicht wahr?«, fragte Gol mit gepresster Stimme.

Ihr Herz schnürte sich zusammen, dann sah sie sich im Raum um. *Wo ist Anyi?*

»Ja. Was ist passiert?«

»Ich weiß es nicht. Skellin hat nichts mit ihm gemacht. Wollte ihn wegbringen. Aber … er ist einfach zusammengebrochen.«

Widerstrebend streckte sie die Hand aus, berührte Cerys Körper und zwang sich, ihn erneut zu untersuchen. Sie hatte ihre heilenden Kräfte noch nie zuvor bei einem Toten eingesetzt. Der Mangel an Persönlichkeit, die geistige Stille, der Mangel einer natürlichen Barriere, die den Willen eines anderen abstieß, all das war schockierend für sie. Aber wenn Skellin dies getan hatte …

Nein. Der Schaden war klar, sobald sie ihn gefunden hatte. Cerys Herz hatte versagt. Nicht dass Skellin es nicht indirekt verursacht hätte, indem er Cery gezwungen hatte, hier zu leben und ständig um seine Sicherheit zu bangen. Und um Anyis Sicherheit.

Anyi. Sie zog ihre Sinne zurück, öffnete die Augen und sah Gol an. Er war nach vorn gesackt und atmete schnell. Sein Gesicht war verzerrt vor Schmerz, aber sie verstand plötzlich, dass es nicht nur der Schmerz der Trauer war.

»Was ist … bist du verletzt?« Sie griff nach seinem Arm, dann zuckte sie zusammen, als ihre Sinne sich einer Flut der Qual öffneten. Sie kam aus einem unteren Bereich seines Körpers. Aus seinen Beinen. Sie ließ seinen Arm los und packte ihn an den Schultern. »Leg dich hin.«

Er tat wie geheißen und sog scharf den Atem ein, während er sich bewegte. Sobald er flach auf dem Boden lag, hielt sie ihr Licht über seine Beine.

»Nicht«, sagte er. »Geht. Findet … sie. Findet … Anyi.«

Sie erstarrte. Von irgendwo tief in ihr stieg ein schreckliches Grauen auf. *»Wo ist sie?«*

»Skellin … hat sie mitgenommen.«

»Wann?« Ihre Gedanken rasten. Sie stand auf. Cery war noch nicht lange tot. Skellin konnte immer noch in den Gängen sein. Wenn sie jetzt aufbrach, würde sie ihn vielleicht fangen. Anyi retten. »Aber warum hat er sie mitgenommen? Warum hat er sie nicht getötet?«

»Ihr.« Gol keuchte, schnappte nach Luft und hielt sie an. »Will Euch. Wird … eine Nachricht schicken. Wo … Ihr Euch treffen sollt.«

Sie malte sich aus, wie sie Skellin einholte. Wie sie gegen Skellin kämpfte. Sie schüttelte den Kopf. *Er wird nicht gegen mich kämpfen. Er wird einfach ein Messer an Anyis Kehle drücken. Oder etwas mit Magie tun. Er wird sie benutzen, um zu fliehen. Und mich mitzunehmen. Und mich dazu zu bringen, ihn schwarze Magie zu lehren.*

Würde es anders laufen, wenn sie auf seine Nachricht wartete? Vielleicht würde er Anyi in der Zwischenzeit foltern.

Nein. Er wird ihr nichts zuleide tun. Nicht, wenn er will, dass ich ihn unterrichte.

Er könnte ihr unbeabsichtigt wehtun, wenn sie jetzt hinter ihm her eilte.

Wenn sie auf die Nachricht wartete, auf das Treffen wartete, würde sie Zeit haben, sich zu überlegen, wie sie Anyi retten konnte, ohne Skellin schwarze Magie zu lehren. Zeit, sich zu stärken. *Zeit zu entscheiden, wie ich Anyi sagen werde, dass ihr Vater tot ist.*

Sie weiß es vielleicht bereits. Oh Anyi. Es tut mir leid, dass ich nicht schneller hergekommen bin.

Es kostete mehr Willenskraft als alles, was sie bisher getan hatte, nicht hinter ihr herzulaufen. Sie zwang sich, neben Gol niederzuknien, ignorierte seine Proteste und machte sich daran, seine gebrochenen Knochen zu heilen. Und hoffte verzweifelt, dass sie die richtige Entscheidung getroffen hatte.

24 Gefährliche Gedanken

Der Himmel war überzogen mit orangefarbenen und schwarzen Streifen, als Saral und Temi von der Hauptstraße abzweigten und sich auf ein weiteres Gut zubewegten. Sonea und Regin folgten ihnen. Jede Nacht, seit die Verrätereskorte sie begleitete, hatten sie auf befreiten Gütern verbracht. Am zweiten Morgen hatte man ihnen auf Sarals Bitte hin Pferde gegeben, obwohl sie seither nicht mit großer Geschwindigkeit geritten waren.

Es überrascht mich, dass wir Saravas Gruppe noch nicht eingeholt haben. Es muss Zeit kosten, die Ashaki zu töten. Aber vielleicht ist das der Grund, warum wir so langsam vorankommen. Sie will nicht, dass wir sie einholen – oder Arvice vor ihr erreichen.

Sie reisten größtenteils schweigend. Saral und Temi waren offensichtlich nicht glücklich über ihre Rolle als Eskorte für zwei lästige Ausländer, aber keiner der beiden beklagte sich. Sie suchten allerdings auch kein Gespräch. Die frisch befreiten Sklaven auf den Gütern dagegen waren euphorisch und unendlich redselig, und sie stellten Saral und Temi Fragen und nahmen an, dass Sonea und Regin in den

Augen der Verräter willkommene Besucher waren. Als die vier Pferde sich jetzt den Mauern des Guts näherten, kamen ehemalige Sklaven heraus, um sie zu begrüßen.

»Willkommen, Verräter!«, riefen sie. »Werdet Ihr hierbleiben?« Sie kamen regelrecht herangestürmt, aber als sie Sonea und Regin sahen, verlangsamten die Männer und Frauen an der Spitze das Tempo.

»Ich bin Saral, und dies ist Temi«, erklärte Saral. »Das hier sind Schwarzmagierin Sonea und Lord Regin von der Magiergilde Kyralias. Wir eskortieren sie.«

Einer der Sklaven trat vor. »Ich bin Veli, erwählter Anführer dieses Guts.« Er sah zu Sonea auf. »Willkommen in Sachaka.«

»Vielen Dank, Veli«, erwiderte Sonea und neigte respektvoll den Kopf.

Veli richtete seine Aufmerksamkeit wieder auf Saral. »Werdet Ihr bleiben? Königin Savara und ihre Gruppe waren gestern Nacht unsere Gäste.«

»Ja, wir werden bleiben, und wir wüssten gern alles, was Ihr uns an Neuem über Eure früheren Gäste erzählen könnt.«

Saral sah Sonea an und schien beinahe zu lächeln. Sonea neigte dankbar den Kopf. Auf jedem Gut, wo die Königin haltgemacht hatte, hatte Sonea sich nach Lorkin erkundigt.

Die ehemaligen Sklaven führten sie auf das Anwesen, wo sie aus dem Sattel stiegen. Die Pferde wurden weggebracht. Eine Frau in mittleren Jahren und ihre beiden Töchter kamen näher und hießen sie willkommen.

»Tiatia ist die Ehefrau des ehemaligen Besitzers«, erklärte Veli. »Sie hat Königin Savara in ihrem Heim willkommen geheißen, als sie ankam.«

»Und ihr Mann?«

»Ist im Osten. Er ist ein guter Mann, und wir wollten nicht, dass er starb. Wir wussten, dass eine Chance bestand, dass er gezwungen sein würde, zusammen mit den anderen Ashaki zu kämpfen, oder dass wir keine Chance haben würden, zu seiner Verteidigung zu sprechen, also haben wir veranlasst, dass er außer Landes ist.«

»Was hat die Königin davon gehalten?«

»Sie sagte, sie sei beeindruckt von unserer Loyalität. Aber es war nicht simple Loyalität.«

Saral runzelte die Stirn. »Nein? Was war es dann?«

»Freundschaft.« Als Saral ihn eingehend musterte, wandte er den Blick ab. Aber dann hob er den Kopf und starrte sie an. »Er ist ein guter Mann«, verteidigte er sich. »Wenn Ihr einen Beweis dafür wollt, werft einen Blick auf unsere Sklavenquartiere. Sie sind sauber und warm. Er hat Männern und Frauen erlaubt, einander zu wählen und zusammenzuleben und ihre Kinder zu behalten. Er hat von uns nur dann verlangt, dass wir uns niederwerfen, wenn Besucher hier waren.«

Saral zog die Augenbrauen hoch. »Bemerkenswert. Was wird jetzt mit ihm geschehen?«

»Seine Schiffssklaven werden ihm in einigen Tagen alles erzählen und ihn warnen, dass er vielleicht um Erlaubnis bitten muss, bevor er zurückkehren darf. Denkt Ihr, man wird es ihm erlauben?«

Die beiden Verräter tauschten einen Blick. Temi zuckte die Achseln. »Vielleicht. Er wird kein Land haben. Er wird gleichberechtigt mit Euch leben müssen.«

»Es wird ihm eine Ehre sein, das zu tun«, erklärte Tiatia.

Saral sah die Frau an, dann Veli und nickte. »Königin Savara hat gesagt, dass es Situationen wie diese geben würde und dass wir wissen müssten, wann es gilt, Vorsicht mit Mitgefühl zu paaren.«

»Kommt herein«, sagte Veli lächelnd. »Es werden bereits Zimmer und eine Mahlzeit für Euch vorbereitet.«

Wie bei allen vorangegangenen Gütern führte eine überraschend bescheidene Haupttür in einen Flur und zu einem größeren Raum, der in jedem Haus unterschiedlich genutzt wurde: manchmal als Lagerraum, manchmal als Schlafquartier, manchmal als Versammlungsort.

»Setzt Euch«, lud Veli sie ein. »Es wird eine Weile dauern, bis das Essen fertig ist.«

Sonea wählte zwei Hocker für sich selbst und Regin aus. *Das Sitzen auf Kissen ist etwas für jüngere Leute als mich,* ging es ihr durch den Kopf. Veli, Saral und Temi hielten es genauso wie sie.

»Während wir warten, darf ich etwas Raka für Euch zubereiten?«, fragte Tiatia.

Saral sah Veli an, die Augenbrauen fragend hochgezogen. Er nickte. »Ja, das wäre schön«, erwiderte Saral.

Tiatia lächelte und setzte sich mit ihren Töchtern auf Kissen in die Mitte des Raums. Unter einem Hocker standen ein Raka-Topf und ein Behälter mit dem Pulver. Als weitere ehemalige Sklaven mit Wasser und Tassen kamen, machte sie sich an die Arbeit. Während Saral und Veli über die Zukunft des Guts sprachen und darüber, was dort angebaut wurde, schaute Sonea Tiatia zu, erheitert, an einem so unvertrauten Ort ein so vertrautes Ritual der Vorbereitung zu sehen. Zu ihrer Überraschung begann Dampf aus der Tülle des Topfes zu wehen.

»Ihr seid Magierin?«, fragte Sonea Tiatia.

Alle Gespräche verstummten abrupt. Sonea schaute sich um. Veli biss sich auf die Unterlippe und sah Saral stirnrunzelnd an; dann blickten die beiden überrascht zu Tiatia hinüber. Soneas Magen krampfte sich zusammen, als sie begriff, dass Veli dies hatte geheim halten wollen und dass sie die Frau in ihren Augen vielleicht verdammt hatte, indem sie das Geheimnis enthüllte.

»Ja«, sagte Tiatia mit leiser Stimme. »Mein Mann hat es mich gelehrt.«

Saral stieß einen angehaltenen Atemzug aus. »*Jetzt* bin ich bereit zu denken, dass Euer Ehemann vielleicht wirklich all das ist, von dem Ihr behauptet, er sei es«, stellte sie fest.

»Warum glaubt Ihr uns erst jetzt?«, fragte Veli. Zwischen seinen Brauen stand eine steile Falte.

»Weil eine gute Behandlung von Sklaven die Macht des Ashaki über andere niemals bedroht hat. Aber die Unterweisung seiner Frau in Magie könnte das tun.«

Es sei denn, er hat ihr keine Höhere Magie beigebracht, überlegte Sonea. Sie wusste, dass die Sachakaner auf Magier herabblickten, die keine Höhere Magie kannten. Wenn Tiatias Ehemann sie ihr nicht beigebracht hatte, würde sie im Status wie in der Macht immer noch unter ihm stehen.

So wie es Regin tun würde, für einen Sachakaner, sollten er und ich …

Sie schob den Gedanken beiseite und nahm plötzlich Regin wahr, der neben ihr saß. Es war seltsam und beunruhigend, dass ein einzelner verirrter Gedanke ihr Bewusstsein für seine Anwesenheit so veränderte, dass ihr nicht nur bewusst war, wo er sich befand, sondern sie seine *körperliche* Nähe geradezu spürte. Sie bemerkte plötzlich seine Atmung und stellte sich vor, auch seine Wärme spüren zu können.

»Im Namen all der Menschen hier«, begann Veli, und sein förmlicher Tonfall lenkte ihre Aufmerksamkeit ab. »Ich biete Euch unsere Stärke an. Wir haben heute Morgen Königin Savara und ihrer Gruppe Stärke gegeben. Wir werden wieder genug angesammelt haben, um morgen das Gleiche für Euch zu tun.« Er sah direkt Saral an.

Die Verräterin lächelte und senkte den Blick. »Ihr seid sehr großzügig.«

Veli zuckte die Achseln. »Wir wollen, dass Ihr siegt.«

Saral nickte. »Genau wie ich. Temi ist stark, aber es könnte sein, dass ich mich in die Schlacht stürzen werde, und das zu einer Zeit, da zusätzliche Stärke ausschlaggebend sein könnte. Ich akzeptiere Euer Angebot mit Dankbarkeit.«

Aus dem Augenwinkel sah Sonea, wie Regin sich umdrehte, um sie anzuschauen. Jeden Morgen, wenn sie ihren Ritt für den Tag begonnen hatten, hatte er ihren Arm berührt und ihr Macht gesandt. Da Saral und Temi in Hörweite waren, würde sie keine Einwände erheben können.

Nicht dass ich es tun sollte. Es ist der Grund, warum ich ihn mitgenommen habe. Wenn er nicht so entschlossen wäre, es zu tun, würde ich mich nicht dazu überwinden können, darum zu bitten. Erst recht nicht jetzt.

Auch an dem Zeitpunkt, den er wählte, gab es nichts auszusetzen. Vormittage waren eine bessere Zeit für die Überführung von Macht als Abende, seit sie sich ihren Verräterführern angeschlossen hatten. Nachdem er ihr seine Macht gegeben hatte, war er verletzbar. Wenn sie mit den Verrätern ritten, war es unwahrscheinlich, dass Sonea von ihm getrennt wurde, und Saral war wahrscheinlich verpflichtet, sie zu beschützen. Falls jemand versuchte, ihn anzugreifen, würde es höchstwahrscheinlich während ihres Aufenthalts auf einem der Güter geschehen. Vielleicht ein Sklave, der es, wie der erste, dem sie begegnet waren, der Gilde verübelte, dass sie sie nach dem sachakanischen Krieg nicht befreit hatten. Vielleicht die Ehefrau, die Mutter oder die Tochter eines Ashaki, die dachte, dass die Gilde gemeinsame Sache mit den Verrätern gemacht hatte. Am Abend war Regins Macht zum größten Teil wiederhergestellt, und er war besser in der Lage, sich zu schützen.

»Also, erzählt uns von Königin Savaras Gruppe.« Saral blickte zu Sonea. »Erzählt uns zuerst, wie es dem blassen jungen Mann ergangen ist, Lorkin?«

Veli zuckte die Achseln. »Es ging ihm gut.« Er sah Sonea an und runzelte die Stirn. »Ist er Kyralier?«

»Ja.« Saral nickte. »Er ist Schwarzmagierin Soneas Sohn.«

Der ehemalige Sklave schaute Sonea überrascht an. »Ein Kyralier, der mit den Verrätern kämpft?«

»Er ist jetzt ein Verräter. Er hat sich uns angeschlossen.« Saral lächelte. »Was ist mit dem Rest? Wie viele Personen waren in der Gruppe der Königin?«

»Zweiunddreißig«, antwortete er.

»Gut. Eine andere Gruppe ist zu ihnen gestoßen. Es ist gut zu wissen, dass alles nach Plan läuft, mehr oder weniger. Irgendwelche Neuigkeiten über Verluste?«

Veli nickte. Während er Namen auflistete, versuchte Sonea, die plötzliche, panische Beschleunigung ihres Herzschlags zu ignorieren. *Es ist hart genug, in einem Satz die Worte »Lorkin« und »kämpfen« zu hören, aber es ist schlimmer, dann darüber nachzudenken, dass selbst Verräterinnen, die für diese Schlacht ausgebildet waren, starben. Sei vorsichtig, Lorkin. Bitte, lass nicht zu, dass ich auch dich überlebe.*

Lorkin, der zur Decke emporstarrte, fluchte leise. Er konnte wieder einmal nicht einschlafen.

Das Gebäude, in dem sie sich befanden, hatte für ein Landgut eine durchschnittliche Größe, aber zwei weitere Gruppen hatten sich der von Savara angeschlossen, und es gab einfach nicht genug Betten für alle. Die meisten Verräter schliefen jetzt jede Nacht auf dem Boden. Weder Unbehagen noch die Atemgeräusche hätten ihn daran hindern sollen, Schlaf zu finden. Er war nach einem langen Tag auf Reisen sehr müde.

Es liegt daran, dass ich so vielen Geistern so nah bin, sagte er sich. Aber das war nicht die ganze Wahrheit. Er konnte gelegentlich Gedanken auffangen, aber nur, wenn er sich konzentrierte. Nein, es war das, woran er immer denken musste, sobald er seinen Gedanken freien Lauf ließ.

Wenn ich nicht an das Sklavenmädchen denke, dem ich das vergiftete Wasser gegeben habe, und mich frage, ob sie eine Verräterin war, mache ich mir Sorgen darum, dass Tyvara im Kampf getötet werden könnte. Oder ich. Oder Mutter, die in die Kämpfe verwickelt würde – warum konnte sie nicht einfach nach Hause gehen!

Und dann war da Kalia.

Zumindest hatte die Frau aufgehört, ständig »Spion« zu murmeln. Oder sie hatte aufgehört, es zu tun, wenn er sie hören konnte. Sie warf ihm und Tyvara noch immer hasserfüllte Blicke zu, aber das störte ihn nicht. Es war die Art, wie sie Savara ansah, die ihm Sorgen machte.

Niemals mit offenem Abscheu, dachte er. *Es ist die Art, wie sie ganz demütig und gehorsam wird, wann immer Savara in ihre Richtung schaut, und dann kneift sie die Augen zusammen und lächelt, wann immer Savaras Aufmerksamkeit abgelenkt ist. Es ist das Gefühl von Erwartung, das ich spüre, jedes Mal, wenn ich mich auf ihren Geist konzentriere.*

Bisher hatte er keine deutlichen Gedanken von ihr aufgefangen. Kalia schien in ihrem Denken genauso verschlagen zu sein, wie sie von ihrer ganzen Persönlichkeit her war. Sie hielt ihren Geist still, und ihre hauptsächlichen Gedanken waren kurz und meistens Kritik an anderen. Er konnte nicht mehr zählen, wie oft er das Wort »Idiot!« in ihrem Geist aufgefangen hatte.

Was erwartet sie? Hofft sie, dass Savara scheitern oder getötet wird, oder schmiedet sie tatsächlich Ränke, um dafür zu sorgen, dass das eine oder andere geschieht?

Kalia schlief auf der anderen Seite des Raums. Obwohl er wusste, dass er wahrscheinlich nicht mehr Erfolg damit haben würde, ihre Gedanken zu lesen, als zuvor, beruhigte er seine Atmung und konzentrierte sich. Alles, um seinen Geist von weniger angenehmen Erinnerungen abzulenken. Langsam richtete er seine Sinne nach außen. Von den meisten der Verräterinnen spürte er kaum mehr als ihre Präsenz. Obwohl einige noch wach waren, waren ihre Gedanken zu leise, um sie zu hören.

Dann hörte er eine vertraute Gedankenstimme, und eine Woge der Kälte lief durch seinen Körper. Es war dieselbe Gedankenstimme, die Monate zuvor im Sanktuarium in seinem eigenen Geist gesprochen hatte, dieselbe Präsenz, die Informationen gesucht hatte, die er nicht geben wollte.

… sie werden ihr die Schuld geben. All die Toten. Ich werde dafür sorgen, dass sie es tun … kann Savara nicht regieren lassen … besser, wenn sie in der Schlacht stirbt … das arrangieren … aber wie? Wenn sie schwach ist … Sprecherinnen werden scheitern. Tyvara ist zu jung … töricht, sie auszuwählen … niemand wird ihr folgen … besser, wenn sie ebenfalls stirbt … aber wie?

Lorkin bemerkte, dass er den Atem angehalten hatte, und zwang sich, langsam und leise die Luft auszustoßen. *Ich habe mich geirrt. Jetzt, da sie ihre Gedanken nicht mehr unterbewusst verbirgt, sind sie laut und deutlich. Sie werden von Bosheit und Häme verstärkt. Sie wird dafür sorgen, dass Savara in der bevorstehenden Schlacht stirbt. Und Tyvara auch, wenn es nach ihr geht.*

Wusste Savara davon? Gewiss sah sie, dass Kalia jede Situation ausnutzen würde, die ihre Position schwächen oder sie töten würde. Aber Savara hatte keine Ahnung, wie weit Kalia zu gehen bereit war.

Wenn ich es ihr sage, werde ich offenbaren, dass ich Gedanken von Menschen lesen kann, die ich nicht berühre. Mutter hat mich davor gewarnt, das zu tun. Er musste zugeben, dass seine Mutter recht hatte. Er wollte nicht, dass jemand erfuhr, dass er seine Gedanken so leicht lesen konnte. Nicht einmal jemand, den er mochte. Selbst wenn jemand verstand, dass seine Fähigkeit sehr begrenzt war, würde er sich trotzdem ständig fragen, welche Gedanken er gerade mitbekam. Dieser Jemand würde sich von ihm fernhalten wollen, für den Fall, dass er etwas Privates oder ein ihm anvertrautes Geheimnis offenbaren könnte.

Würde Tyvara so empfinden? Was würde ich empfinden, wenn Tyvara meine Gedanken lesen könnte? Er sah sie an; sie lag neben ihm, hatte die Augen geschlossen und atmete langsam. *Ich vertraue ihr.* Warum hatte er ihr dann nicht von dem Sklavenmädchen erzählt, das er getötet hatte? *Ich will nicht, dass sie denkt, ich sei dazu in der Lage.*

Aber er hatte es getan. Vielleicht war es an der Zeit, es ihr zu erzählen. *Nein. Immer ein anspruchsvolles Eingeständnis nach dem anderen. Die Warnung vor Kalia ist wichtiger. Und ich muss sie warnen, selbst wenn es bedeutet, dass ich Tyvara meine Fähigkeit offenbare. Wenn Kalias Plan funktioniert, werden sie beide sterben.*

Er streckte die Hand aus, um Tyvara am Arm zu berühren. Sie runzelte die Stirn, hielt die Augen jedoch geschlossen.

– Tyvara.

Ihre Lider öffneten sich flatternd. Als ihr Blick seinem begegnete, stieg eine Welle der Zuneigung in ihm auf. Sie war so schön, selbst in dem schwachen Licht. Sie musste es gespürt haben, da er Überraschung, Freude und dann eine Mischung aus Zuneigung und Begehren erspürte.

– Lorkin? Was ist los? Ihre Gedankenstimme war träge und verschlafen.

– Kalia plant, Savara zu verraten.

Ihre Augen weiteten sich, und sie versteifte sich unter seiner Berührung. Er spürte, wie der Schreck die Zuneigung verdrängte.

– *Woher weißt du das?*

– *Das kann ich dir nur erzählen, wenn du mir versprichst, es niemandem weiterzusagen.*

Sie starrte ihn an.

– *Ich verspreche es, aber nur wenn es mein Volk nicht in Gefahr bringt.*

– *Das wird es nicht.*

Er erklärte es und berichtete ihr, was er belauscht hatte. Tyvaras Augen weiteten sich, während er sprach.

– *Du kannst … wie lange kannst du das schon?*

– *Seit ich im Palastgefängnis war. Mutter sagt, die Leute hätten geglaubt, dass mein Vater es tun konnte. Sie dachte, es sei eine Übertreibung. Dass er einfach ungewöhnlich scharfsichtig war.*

– *Wie oft hast du meine Gedanken aufgefangen?*

– *Nicht oft. Als wir uns wiedergefunden haben, habe ich einige Worte gehört. Das war, als ich begriff, dass ich es mir zuvor nicht eingebildet hatte. Seither … nicht mit Absicht. Nur ein- oder zweimal versehentlich. Ich muss mich sehr konzentrieren, und es scheint mir unhöflich, anderer Menschen Gedanken zu belauschen.*

– *Außer bei Kalia.* Sie klang erheitert.

– *Nein. Ich war mir sicher, dass sie etwas vorhatte. Jetzt weiß ich es mit Bestimmtheit. Savara ist in Gefahr. Du ebenfalls.*

– *Und du. Savaras Vertrauen zu dir trägt eine Menge dazu bei, andere zu überzeugen, dass man dir vertrauen kann.* Sie runzelte die Stirn, als ihr ein anderer Gedanke kam.

– *Was ist los?*

– *Wie kann sich jemand versehentlich sehr konzentrieren?*

Sein Herz setzte einen Schlag aus, und er spürte Argwohn. Stieß er sie jetzt ab? Er suchte nach einer Antwort, die sie zufriedenstellen würde.

– Wenn ich dir besondere Aufmerksamkeit schenke.

Abrupt verschwand die Falte zwischen ihren Brauen, und sie grinste.

– Es könnte einige interessante Vorteile haben, jemanden in der Nähe zu haben, der weiß, wann man etwas will.

Er verdrehte die Augen.

– Wie wäre es, wenn wir aufhörten, an Möglichkeiten zu denken, wie du mich herumkommandieren kannst, und uns überlegen, was wir wegen Kalia unternehmen sollen.

Ihr Lächeln verblasste.

– Wir müssen es Savara sagen.

– Können wir das tun, ohne ihr meine neue Fähigkeit zu offenbaren? Können wir einfach sagen, wir hätten Kalia belauscht?

– Savara belügen? Das kann ich nicht tun. Außerdem wird sie wissen wollen, mit wem Kalia gesprochen hat.

– Nicht belügen, nur für den Moment vermeiden, mehr zu sagen, als wir müssen. Wir werden sagen, sie hätte Selbstgespräche geführt.

– Kalia, die laut über Verrat nachdenkt? So dumm ist sie nicht. Savara wird einen Beweis benötigen, wenn sie sich Kalia vornehmen soll.

– Dann wird sie allen *beweisen müssen, dass ich das tun kann und dass man meinem Wort vertrauen kann. Kalia wird darauf hinweisen, dass ich vor ihnen allen ein Geheimnis hatte, und sie wird sagen, es sei ein Beweis dafür, dass ich ein Spion bin.*

Tyvara stieß einen kleinen Seufzer der Frustration aus. Lorkin ergriff ihre Hand und drückte sie.

– Zumindest wissen wir, dass Kalia etwas im Schilde führt. Wir können sie im Auge behalten. Abwarten, bis sie ihren nächsten Zug macht, und sie dann aufhalten.

– Das wird nicht gut aussehen. Savara wird wütend darüber sein, dass wir sie nicht gewarnt haben. Kalia wird behaupten, wir hätten sie hereingelegt. Nein. Wir müssen Savara einweihen. Ich

sehe keine andere Möglichkeit. Aber ich denke nicht, dass sie es jemand anderem erzählen wird. Das würde die anderen dazu bringen, dir zu misstrauen, und im Moment zu viele Probleme für uns schaffen.

Lorkin dachte an die Warnung seiner Mutter, dann seufzte er.

– *Ich hoffe, du hast recht. Wann willst du es tun?*

– *Jetzt. Es ist unsere beste Chance, sie allein anzutreffen.*

Als Tyvara aufstand, folgte Lorkin ihrem Beispiel. Er widerstand der Versuchung, zu Kalia hinüberzuschauen, als sie sich aus dem Raum schlichen. *Ich hoffe, ich werde dies nicht bedauern.*

Savara war in der Küche; sie saß mit zwei ehemaligen Sklavinnen des Guts an einem langen Holztisch. Sie schickte die Frauen weg und lud ihn und Tyvara ein, ihr gegenüber Platz zu nehmen, dann lauschte sie, während Tyvara erklärte, was Lorkin von Kalia gehört hatte. Savaras Blick war starr auf Lorkin gerichtet, und ihre Augen wurden langsam schmal.

»Also«, sagte sie in einem leisen, aber leicht abgehackten Tonfall, »was habt Ihr uns sonst noch nicht erzählt, Lorkin?«

Lorkin dachte sofort an das Sklavenmädchen. Er zuckte zusammen und bereute es sofort. Er spürte, wie Tyvara von ihm abrückte, und als er sich umdrehte, sah er, dass sie ihn anstarrte.

»Da ist *noch* etwas?«

Er schaute von ihr zu Savara. Einmütig verschränkten beide Frauen die Arme vor der Brust und fixierten ihn mit einem erwartungsvollen Blick. Es wäre komisch gewesen, wenn ihm nicht ein Eingeständnis bevorstünde, vor dem ihm graute.

Er senkte den Blick, holte tief Luft und zwang die Worte heraus. »Als ich im Gefängnis war, haben sie ein Sklavenmädchen gefoltert, um festzustellen, ob mich das zum Sprechen bringen würde. Ich… ich habe ihr Wasser gegeben, von dem ich wusste, dass es vergiftet war. Es hatte die warnenden Hieroglyphen, von denen Ihr gesagt habt, dass ich danach Ausschau halten soll. Ich dachte, sie sei eine Verräterin und wüsste, was sie tat.«

Er hörte Tyvara nach Luft schnappen, konnte sich aber nicht überwinden, sie anzusehen.

»Ihr wollt wissen, ob sie eine Verräterin war«, stellte Savara fest.

Er zwang sich, ihr in die Augen zu blicken. »Ja.«

»Ihr wisst, dass es keinen Unterschied machen wird.«

Er zuckte die Achseln. »Aber ich werde nicht länger darüber nachgrübeln.«

Sie seufzte und schüttelte den Kopf. »Sie war keine Verräterin, soweit ich weiß. Ihr habt eine harte und schreckliche Entscheidung getroffen, und Ihr könnt niemals wissen, ob sie richtig oder falsch war.« Savara beugte sich über den Tisch, ergriff seine Hand und drückte sie.

»Unsere Spione treffen ständig solche Entscheidungen«, erklärte ihm Tyvara. »Wir können dir das kaum vorhalten.«

Savara ließ seine Hand los und lächelte. »Gibt es sonst noch irgendetwas, das Ihr gestehen wollt?«, fragte sie leichthin.

Er dachte an den Stein, den er bei sich trug. *Entweder ich offenbare jetzt, was ich weiß, oder ich konfrontiere sie niemals mit der Wahrheit. Wenn die Verräter später herausfinden, dass ich davon erfahren habe und die Gilde ihr Geheimnis entdeckt hat, werden* sie *wütend sein. Und wo Kalia versucht, sie dazu zu bringen, mir zu misstrauen, und Savara nun einen Grund hat, sich um mich zu sorgen wegen meiner Fähigkeit, so leicht Gedanken zu lesen…*

»Du *suchst* nicht tatsächlich nach Dingen, die du gestehen kannst, oder?«, fragte Tyvara kopfschüttelnd.

»Nicht direkt«, sagte er. Er wandte sich an Savara. »Es wird Dinge geben, die ich Euch nicht erzählen werde. Dinge, die die Gilde betreffen. Ich mag nicht länger ein Gildemagier sein, aber ich will sie mir auch nicht zum Feind machen. Oder Euch.«

Savara nickte. »Ich verstehe.«

»Ich will auch nicht, dass die Verräterinnen wegen etwas Schaden nehmen, das ich Euch nicht erzählt habe.«

»Es freut mich, das zu hören.«

Er griff in seine Tasche und holte den Stein aus dem Ödland hervor. Als er ihn vor Savara auf den Tisch legte, trat Entsetzen in ihre Züge.

»Ah.«

Er sah Tyvara an. Sie wirkte ein wenig verlegen, wie er zu seiner Freude sah.

»Meine Mutter hat ihn mir gegeben«, berichtete er ihnen.

Tyvara fluchte.

»In der Tat«, stimmte Savara zu. »Aber wir hatten großes Glück, dass zuvor niemand dahintergekommen war. Wir hätten uns noch glücklicher geschätzt, wenn das, was unsere Vorgängerinnen getan haben, niemals entdeckt worden wäre.« Sie schaute zu ihm auf. »Ihr versteht, warum sie es getan haben, nicht wahr?«

»Um zu tun, wessen man die Gilde bezichtigt hatte: das Land zu ruinieren, um Sachaka schwach zu halten.«

Sie nickte. »Nicht dauerhaft. Das Land wird sich erholen.«

»Und Ihr bekommt den Ruhm für die Wiederherstellung des Landes.«

Sie griff nach dem Stein. »Jetzt, da die Gilde Bescheid weiß, bezweifle ich, dass wir das tun werden.« Sie stützte die Ellbogen auf den Tisch und bettete das Kinn auf die Hände. »Langfristig gesehen wird es keine Rolle spielen. Wir werden siegen, den Schaden beheben und Verzeihung erlangen, oder wir werden verlieren, und die Ashaki werden es tun, und wir werden für immer gehasst werden. Das Land wird auf die eine oder andere Weise wieder fruchtbar werden.«

»Also, was unternehmen wir wegen Kalia?«, fragte Tyvara. »Können wir sie aus der Reserve locken, damit sie ihren nächsten Schritt tut?«

Savara straffte sich. »Nein. Wenn wir etwas tun, wird sie behaupten, wir hätten sie hereingelegt, indem wir ihre Zweifel ausgenutzt haben. Wir tun gar nichts.«

»Aber …«

Die Königin blickte zu Tyvara auf. »Denkt nicht, dass ich sie ignorieren oder ihr vertrauen werde.« Sie schüttelte den Kopf und seufzte. »Wenn man jemandem eine Chance auf Wiedergutmachung anbietet, kann man ihn nicht dazu zwingen, die Chance zu ergreifen.«

»Und Lorkins Fähigkeit?«

»Erzählt auch davon niemandem. Die Verräter sind tolerant, aber das würde ihr Vertrauen auf eine zu harte Probe stellen.« Sie stand auf. »Halana sagt mir immer, ich brauche Wachen. Ich wähle Euch zwei aus. Ihr werdet zu jeder Zeit ganz in meiner Nähe bleiben müssen, selbst in der Nähe schlafen, aber zumindest könnt Ihr ein Auge auf Kalia halten, wenn meine Aufmerksamkeit abgelenkt ist.«

Tyvara lächelte. »Ihr wisst, dass ich die Erste wäre, die sich dafür anbietet. Und Ihr wisst, dass wir außerdem angenehme Gesellschaft sein werden.«

»Ja.« Savara seufzte, dann schaute sie Lorkin an und kniff die Augen zusammen. »Aber Ihr werdet nicht meine Gedanken lesen.«

Er schüttelte den Kopf. »Das würde mir nicht einmal im Traum einfallen.«

Als weitere Seiten aus der Bindung der alten Aufzeichnungen brachen, seufzte Dannyl. Er sollte es wirklich gut sein lassen, aber er brauchte etwas, um die langen leeren Stunden auszufüllen, also las er noch einmal einige der Bücher, die er erworben hatte. Es waren Tage seit Achatis Besuch vergangen. Niemand sonst hatte das Gildehaus besucht. Tayend hatte keine Einladungen mehr erhalten. Merria hatte nichts von ihren Freundinnen gehört.

Ein Gefühl der Erwartung erfüllte das Haus. Sie kamen bei den Mahlzeiten zusammen und unterhielten sich anschließend lange Stunden, bevor sie getrennter Wege gingen, sobald sie feststellten, dass sie sich einmal zu oft um alte Sorgen und Spekulationen im Kreis gedreht hatten. Dannyl beriet sich jetzt zweimal am Tag mit Osen. Der Administrator berichtete ihm über Soneas und Regins Fortschritte und einige Angelegenheiten der Gilde, die wichtiger erschienen wären, hätte Dannyl nicht in einer Stadt festgesessen, der bald ein Bürgerkrieg drohte.

»Botschafter Dannyl.«

Dannyl blickte von dem Buch auf und sah Kai in der Tür seines Büros stehen.

»Kai«, erwiderte Dannyl. »Was kann ich für dich tun?«

Der Sklave lächelte, und Dannyl verspürte eine seltsame Verwirrung. Es war, als sei Kai zu einem Fremden geworden. Er begriff, dass er Kai nie zuvor hatte lächeln sehen. Und dann kam ihm noch ein Gedanke.

Kai hatte sich nicht zu Boden geworfen. Er hatte Dannyl beim Namen angesprochen.

»Ihr Kyralier seid seltsam«, bemerkte Kai jetzt. »Aber es ist eine gute Art von Seltsamkeit.«

Dannyls Gedanken rasten. Was bedeutete das? *Du weißt, was es bedeutet.*

»Sie sind hier, nicht wahr? Die Verräterinnen.«

Kai schüttelte den Kopf. »Noch nicht. Morgen. Wir haben beschlossen, jetzt fortzugehen. Die Ashaki wissen Bescheid. Sie töten Sklaven.«

Dannyl runzelte die Stirn. »Aber gewiss bist du hier sicherer. Wir werden dir nichts zuleide tun.«

»Ich weiß.« Kai lächelte abermals. »Doch Ihr könnt andere nicht daran hindern. Sie werden auf der Suche nach Macht herkommen. Oder auf der Suche nach Rache. Oder beidem. Ihr solltet ebenfalls gehen.«

»Unserem Befehl nach sollten wir bleiben.« Dannyl drängte eine aufsteigende Furcht beiseite.

»Dann wünsche ich Euch viel Glück.«

»Und ich dir.« Dannyl zwang sich, dem Sklaven in die Augen zu sehen. »Und ich entschuldige mich im Namen der Magier, die hier gewohnt haben, falls wir etwas getan haben … äh, wem mache ich etwas vor?« Er breitete die Hände aus. »Diese ganze Sache von Sklaven und Herren war falsch. Und beunruhigend leicht, sich daran zu gewöhnen.«

»Wir haben es so gemacht.« Kai zuckte die Achseln. »Es war das, wofür wir ausgebildet wurden. Aber nicht mehr.«

»Nein.« Dannyl lächelte. »Ich hoffe, die Verräterinnen werden Erfolg haben.«

»Ich hoffe, dass Ihr sicher und am Leben bleiben werdet.« Der Sklave machte einen Schritt zurück, dann zögerte er. »Habt Ihr jemals die Teile des Hauses erkundet, die die Sklaven bewohnt haben?«

»Nicht zur Gänze«, gab Dannyl zu.

»Tut es«, riet ihm Kai. »Mehr als nur die Küche, wenn Ihr Hunger bekommt. Es gibt Orte, wo Ihr Euch verstecken könnt, und andere Ausgänge. Sie könnten Euch retten.«

Dannyl nickte. »Das werde ich tun. Danke.«

Kai grinste. Dann trat er von der Tür zurück und verließ mit durchgedrückten Schultern den Raum.

Dannyl starrte noch lange auf die leere Tür, dann senkte er den Blick auf seine Füße. *Es hat keinen Sinn, Zeit oder Kais Rat zu verschwenden. Er hat nicht gesagt,* wann *die Verräterinnen morgen eintreffen werden. Es könnte gleich in aller Frühe passieren. Oder die Ashaki könnten über Nacht angreifen. Ich kann nicht umhin zu denken, dass wir tatsächlich in Gefahr sind, wenn sowohl Achati als auch die Sklaven das vermuten. Am besten, wir machen Pläne, wie wir von hier wegkommen, wenn es sein muss.*

Er verließ seine Räume und begab sich auf die Suche nach Tayend und Merria.

25 Vor der Schlacht

Als Lilia sich der Tür zu Soneas Räumen näherte, beschleunigte sie ihre Schritte. Die Tage, seit Skellin Anyi entführt hatte, waren unerträglich lang gewesen. Es war hart, so zu tun, als sei nichts geschehen. Hart, sich so zu benehmen, als spielten ihre Lektionen noch eine Rolle. Noch härter, sich genug zu konzentrieren, um irgendetwas zu lernen. Am härtesten von allem war es, in Kallens Nähe zu sein, wenn sie nicht umhinkonnte zu denken, dass Cery, wenn Kallen Skellin gefunden hätte, wie er es hatte tun sollen, noch am Leben wäre und Anyi in Sicherheit.

An der Tür angekommen griff sie eifrig nach der Klinke. Sobald sie in ihrem Zimmer war, konnte sie aufhören, den Schein zu wahren. Schon jetzt spürte sie das Prickeln von Tränen kommen. Jeden Tag hatte sie sich, sobald die Notwendigkeit, ihre Gefühle zu verbergen, nicht länger bestand, auf ihrem Bett zusammengerollt und geweint.

Es ist alles meine Schuld. Wenn ich früher gekommen wäre, hätte ich Cery vielleicht retten können. Ich hätte Skellin daran hindern können, Anyi mitzunehmen.

Gol und Jonna behaupteten etwas anderes. Gol hatte die

Minenfeuerfalle erklärt, die er und Cery eingerichtet hatten. Sobald sie seine Knochen geheilt hatte, und trotz ihrer Warnung, dass er sie noch nicht belasten solle, war er aufgestanden und zu den Wänden auf beiden Seiten gegangen, um Pulverrohre aus Löchern zu ziehen und zu fluchen.

»Warum hat es nicht funktioniert?«, hat er gesagt, wieder und wieder, erinnerte sie sich. *Dann hat er mich gebeten, meine Lichtkugel näher heranzubringen. Hat mir gezeigt, dass das Papier nasse Flecken hatte. Feuchtigkeit war in die Mauern eingedrungen und hatte die Fallen ruiniert. Nicht alle, aber er und Cery hatten nur zwei von ihnen angezündet, und sie hatten sich zwei von den nassen ausgesucht.*

Lilia vermutete, dass Cerys Herz schon seit langem schwach gewesen war. Es hätte jeden Moment stehen bleiben können. Wenn sie da gewesen wäre, um zu helfen, als es geschah, hätte er überlebt. Sie hatte Gol das gesagt und gehofft, dass er sich dann etwas weniger schuldig fühlen würde.

Jonna hatte lamentiert, dass sie Lilia nicht schnell genug gefunden hatte. Sie hatte erzählt, dass ein Magier sie aufgehalten hatte, besorgt, weil sie so erregt gewirkt hatte. Als sie ihm gesagt hatte, dass sie nach Lilia suche, hatte er sie in das falsche Klassenzimmer geschickt. Es war leicht, so einen Fehler zu machen. Lilias Stundenplan hatte sich in letzter Zeit häufig geändert. Er hatte wahrscheinlich eine Vermutung angestellt, in der Hoffnung, helfen zu können.

Lilia drehte den Griff, öffnete die Tür und trat hindurch. Als sie Rothen im Raum stehen sah, blinzelte sie die drohenden Tränen weg und schluckte hörbar.

»Lord Rothen«, sagte sie und verneigte sich. Gol saß auf einem der Stühle; Jonna stand hinter ihm. Sie und Jonna hatten Cerys Leibwächter, verkleidet als Dienstbote, in Soneas Räume hinaufgeschmuggelt, in der Nacht nach Skellins Angriff.

Jonna hatte Lilia dazu überredet, Rothen alles zu erzählen. *»Ihr braucht einen Magier als Verbündeten«*, hatte sie gesagt. *»Rothen kann man ein Geheimnis anvertrauen. Er hat im Laufe der Jahre viele Geheimnisse Soneas gehütet.«* Zu Lilias Erleichterung war Rothen genauso diskret und hilfreich gewesen, wie Jonna es versprochen hatte. Er hatte Kallen ins Vertrauen ziehen wollen, bis Gol Skellins Behauptung wiederholte, er habe Quellen in der Gilde.

Als Lilia die Tür schloss, verzog Rothen den Mund zu einem mitfühlenden Lächeln. »Lady Lilia.« Er sah Jonna an, dann schaute er auf den Tisch. Als Lilia seinem Blick folgte, machte ihr Herz einen Satz. Ein Stück Papier lag dort, und darauf war ihr Name gekritzelt.

»Ist es …?«

»Von Skellin?« Rothen verzog das Gesicht. »Wahrscheinlich. Wir haben es nicht geöffnet. Wir haben vermutet, dass Ihr es als Erste lesen wollt. Setzt Euch hin, bevor Ihr es tut.«

Sie ließ sich auf einen Stuhl gleiten, und Jonna und Rothen setzten sich ebenfalls. Mit zitternden Händen griff sie nach der Nachricht und drehte sie um. Das Siegel war, bemerkte sie, eine schlichte Krone, die über einem Messer schwebte. *König der Diebe.* Abscheu und Zorn gaben ihr Halt. Sie brach das Siegel auf und faltete das Papier auseinander. Ihr Blick wanderte über die Worte. Als ihre Bedeutung klar wurde, legte Lilia den Zettel wieder auf den Tisch.

»Es ist eine Adresse«, berichtete sie. »Da steht ›morgen‹ und eine Uhrzeit. Und er sagt, ich soll es niemandem erzählen und allein kommen.«

»Keine Überraschungen«, murmelte Gol.

»Wo ist die Adresse?«, fragte Jonna.

»Auf der Nordseite.« *Cerys altes Territorium. Er reibt es uns unter die Nase.* Sie sah Rothen an. »Ich muss gehen. Ich muss versuchen, Anyi zu retten.«

Er nickte. Seine Zustimmung brachte seltsame Wut mit sich.

»Solltet Ihr mir nicht sagen, dass ich es nicht tun kann?«, fragte sie. »Ihr wisst, was er will. Es ist schlimm genug, dass wir einen wilden Magier haben, der über die Unterwelt herrscht. Ein wilder schwarzer Magier wird noch viel schlimmer sein.«

»Es ist vielleicht nicht das, was er will. Er könnte bereits ein Buch über schwarze Magie gefunden und es selbst gelernt haben, obwohl das unwahrscheinlich ist. Falls es weitere Bücher gibt, werden sie gut versteckt sein.« Rothen seufzte. »Trotzdem, wir Höheren Magier haben darüber nachgedacht, was wir tun sollen, falls er doch schwarze Magie erlernt.« Er lächelte verkniffen. »Es wird nicht bedeuten, dass wir ihn nicht einfangen können, es wird nur ein wenig dramatischer abgehen, wenn wir es tun.«

»Aber bevor Ihr es tut, werden noch viel mehr Menschen sterben. Und wir wissen nicht einmal, ob Anyi noch lebt.« Ihre Kehle schnürte sich zu, und sie musste wieder gegen Tränen ankämpfen.

»Er wird sie nicht getötet haben«, versicherte Gol ihr. »Er weiß, dass Ihr verlangen werdet, sie zu sehen, bevor Ihr ihm irgendetwas beibringt.«

Lilia atmete einige Male tief durch, um sich zu fassen. »Selbst wenn sie noch lebt, woher weiß ich, ob er sie gehen lassen wird, nachdem ich ihn unterrichtet habe?«

»Ihr müsst sicherstellen, dass sie fliehen kann, bevor Ihr ihm irgendetwas beibringt«, sagte Rothen.

»Es wäre einfacher, wenn ich einen weiteren Magier mitnehmen könnte.«

»Das wird er Euch niemals erlauben«, warf Jonna ein. »Ihr könnt nicht einmal einen als Diener verkleideten Magier mitnehmen. Er hat gesagt, Ihr müsst allein sein.«

Rothen nickte. »Wenn er hier Quellen hat, würde eine Verkleidung vielleicht ohnehin nicht funktionieren.« Er seufzte. »Wären diese Quellen nicht, würde ich vorschlagen, dass wir zu den Höheren Magiern gehen. Sie könnten Kallen einen Blutring machen lassen, damit wir Lilia mit seiner Hilfe im Auge behalten können. Wenn die Begegnung einen schlimmen Verlauf nimmt, werden wir nahe genug sein, um zu helfen.«

Lilia schaute überrascht zu ihm auf. *Ein Blutring! Warum ist mir das nicht eingefallen?* »Ich kann selbst Blutringe machen. Kallen hat es mir beigebracht.«

Seine Augen weiteten sich. »Wirklich? Nun, dann …« Er richtete sich auf und rieb sich die Hände. »Wir könnten den Ansatz eines Plans haben.«

Gol wandte den Blick ab. »Bittet mich nicht zu helfen. Der letzte Plan, den ich gemacht habe, war nicht sehr gut.«

»Du hast getan, was du mit den wenigen Mitteln, die dir zur Verfügung standen, tun konntest«, entgegnete Rothen. »Es war beeindruckend kühn. Ich hatte noch nie zuvor von Minenfeuer gehört. Faszinierendes Zeug. Wenn deine Falle funktioniert hätte, hättest du uns Skellin sozusagen frei Haus geliefert.« Er lächelte kurz. »Ich würde deinen Rat zu schätzen wissen, Gol. Du kennst die Unterwelt und die Stadt besser als wir.«

Gol runzelte die Stirn. »Nun … diese Idee, einen Blutstein zu benutzen … Wenn ich richtig verstehe, wie sie arbeiten, wird uns das nur dann etwas nutzen, wenn Ihr die Orte aussuchen könnt, die Ihr durch den Blutring zu sehen bekommt«, bemerkte Gol. »Was ist, wenn Ihr nicht wisst, wo sie sind? Was, wenn man Euch die Augen verbindet?«

»Beides wäre ein Problem.« Rothen trommelte mit den Fingern auf den Stuhl, eine nachdenkliche Falte zwischen den Brauen.

»Weiß Skellin, was ein Blutring ist?«, fragte Jonna. »Er könnte ihn bemerken und sie dazu zwingen, ihn abzulegen.«

Lilia schüttelte den Kopf. »Ich soll keinen Blutring tragen, der aus dem Blut einer dritten Person gemacht ist – ich soll nur Ringe mit Soneas und Kallens Blut tragen.«

Rothen nickte. »Natürlich. Wer immer das Blut beigesteuert hat, wäre in der Lage, Eure Gedanken zu lesen, und dann könnte er etwas über schwarze Magie erfahren. Also muss Gol einen Ring tragen, der aus Eurem Blut gemacht ist.«

Lilia wandte sich an Gol. »Und du musst ihn zerstören, falls irgendjemand versucht, ihn in die Hände zu bekommen.«

»Anderenfalls könnte der Ring gegen Lilia benutzt werden.« Rothen schüttelte den Kopf. »Wenn es nur eine andere Möglichkeit gäbe, Euch zu folgen. Es ist nicht so, als würden wir häufig Magier suchen …« Er holte schnell Luft, und seine Augenbrauen zuckten in die Höhe. »Ah! Natürlich! Sonea! Wir haben Sonea gefunden, bevor sie der Gilde beitrat, indem wir gespürt haben, wenn sie Magie benutzte.« Er sah Lilia an. »Ihr werdet nur Magie zu benutzen brauchen, ohne es zu verbergen. Das Verbergen der Benutzung von Magie war eine Eurer frühesten Lektionen.«

Sie nickte. Jedes Jahr, wenn neue Novizen der Gilde beitraten, spürte sie, wie einige von ihnen Magie übten, bevor sie gelernt hatten, diese Magie zu verbergen. »Aber wird Skellin das nicht ebenfalls spüren?«

»Nur wenn er versucht, es zu tun. Wenn Ihr etwas Geringes, aber Beständiges tut, zum Beispiel einen Schild aufrechterhalten, wird das vielleicht die Chance verringern, dass er es bemerkt.«

»Also verfolgt Ihr meine Spur mittels Magie«, sagte Lilia,

»während Gol meinen Blutring trägt, weil er eher herausfinden kann, wo ich bin.«

»Sobald Ihr Lilia bei Skellin entdeckt habt – seid Ihr stark genug, um gegen ihn zu kämpfen, falls etwas schiefgeht?«, fragte Jonna Rothen.

»Gegen Skellin *und* Lorandra«, fügte Gol hinzu.

Rothen runzelte die Stirn und schüttelte den Kopf. »Ich bezweifle es. Aber zusammen sind Lilia und ich vielleicht stark genug. Wir können es nicht riskieren, einen anderen Magier hinzuzuziehen, für den Fall, dass die betreffende Person Skellins Quelle ist. Ich wünschte, Dannyl wäre hier«, fügte er leise hinzu.

»Ich kann so stark sein, wie ich muss«, erklärte Lilia, fing Rothens Blick auf und hielt ihn fest.

Er verzog das Gesicht. »Es wäre besser, wenn Ihr es vermeiden würdet, das Gesetz gegen die Verwendung von schwarzer Magie ohne Erlaubnis zu brechen. Aber … vielleicht können wir es ein wenig verbiegen. Ich gebe Euch als Höherer Magier die Erlaubnis, aber das erfüllt das Gesetz nicht zur Gänze, da einem solchen Tun alle Höheren Magier zustimmen sollen.«

Lilia schaute zu Boden. *Falls irgendetwas schiefgeht und die Gilde nicht damit einverstanden ist, dass er das Recht gebeugt hat, wird er seine Position verlieren.* »Seid Ihr Euch sicher?«

»Ja. Euch zu erlauben, zu diesem Treffen zu gehen, obwohl die Möglichkeit besteht, dass Ihr gezwungen werdet, einem Dieb und wilden Magier schwarze Magie beizubringen, ist viel schlimmer, als Euch zu erlauben, Euch zu stärken, indem Ihr Freiwillige benutzt. Und ich kann Euch heute Abend meine Stärke geben.«

»Und meine«, sagte Jonna.

»Meine ebenfalls«, fügte Gol hinzu.

Rothen nickte. »Ich werde meine Stärke über Nacht wiedergewinnen.«

»Wir auch?«, fragte Jonna.

»Ja.«

»Dann nehmt auch morgen von mir Kraft«, meinte Jonna. »Es ist nicht so, als würde ich sie brauchen. Vielleicht wird Lilia, wenn wir ihr genug Magie geben, in der Lage sein, Skellin hierher zurückzuschleifen.«

»Konzentrieren wir uns darauf, Anyi zurückzubekommen«, sagte Rothen.

»Natürlich«, pflichtete Jonna ihm bei. »Aber wenn eine Chance besteht, gleichzeitig Skellin zu fangen, lasst es uns tun. Es wird langsam Zeit, dass der König der Unterwelt zum Bewohner des Ausgucks wird.«

Der Abendhimmel verdunkelte sich langsam. Es waren keine Wolken da, die die Sonne in farbenprächtige Schattierungen tauchen konnte. Lorkin, der vom Dach nach unten schaute, fragte sich, wie dies dieselbe Stadt sein konnte, die er vor so langer Zeit mit Dannyl zum ersten Mal betreten hatte, aufgeregt über die Aussicht, Assistent des Gildebotschafters in Sachaka zu sein. *Es fühlt sich an, als sei es Jahre her, aber seit unserer Ankunft ist nicht einmal ein ganzes Jahr verstrichen.*

Obwohl die Mauern und Gebäude sich nicht verändert hatten, seit Lorkin Arvice in dem Sklavenwagen verlassen hatte, hatte die Bevölkerung sich durchaus verändert. Zuvor waren Sklaven durch die Straßen geeilt und hatten sich von Kutschen, in denen ihre Herren saßen, ferngehalten. Jetzt wimmelte es auf den Straßen von Menschen, als ehemalige Sklaven aus dem Stadtzentrum flohen, die meisten zu Fuß und einige in gestohlenen Kutschen und Wagen.

Eine kleine Gruppe hatte gewartet, als Savara und ihre

Mitstreiter vor der Schlacht in dem Herrenhaus ankamen, das sie als Treffpunkt ausgewählt hatten. Nachdem sie die Stärke genommen hatten, die die ehemaligen Sklaven ihnen anboten, hatte Savara sie weggeschickt und ihre Truppe – jetzt über sechzig Verräterinnen – in zwei Gruppen eingeteilt: Eine sollte beobachten und Wache halten, die andere eine Mahlzeit und Unterkunft organisieren. Während die Arrangements getroffen wurden, ging Savara aufs Dach hinauf.

»Warum versuchen die Ashaki nicht, sie daran zu hindern, die Stadt zu verlassen?«, überlegte Lorkin laut.

»Der Sklave eines anderen Mannes ist das Problem eines anderen Mannes«, zitierte Savara. »Sie sind wahrscheinlich zu beschäftigt mit dem Versuch, ihre eigenen Sklaven an der Flucht zu hindern, um sich um die Sklaven anderer Leute zu sorgen.«

»Auf den meisten Gütern sind die Sklaven ständig gekommen und gegangen«, erklärte Tyvara ihm. »Wie sonst konnten sie Essen und andere Waren auf das Gut bringen? Alles, was sie dort festgehalten hat, war die Tatsache, dass sie nirgendwohin fliehen konnten. Ein entflohener Sklave wurde irgendwann eingefangen und zu seinem Herrn zurückgeschickt.«

»Wenn ein Ashaki es nicht schafft, alle Sklaven zusammenzutreiben und an einem Ort einzukerkern, kann er sie nicht daran hindern wegzukommen.« Savaras Augen wurden schmal, als sie über die Dächer blickte. »Und viele der Ashaki sind nicht zu Hause, sondern kämpfen gegen uns.«

Lorkin folgte ihrem Blick. Wie viele dieser Herrenhäuser bargen Ashaki, die sich auf die Schlacht gegen sie vorbereiteten? Wie viele Häuser standen leer? Bisher hatten Savaras Leute nur gegen kleine Gruppen von Ashaki gekämpft. Er hatte sich darüber gewundert, aber Berichte über Nachrichtensteine hatten von einer größeren, besser organisierten Armee von Ashaki westlich der Stadt gesprochen. Nachdem diese Armee eine ihrer Gruppen überrascht und besiegt hatte, hatte Savara den Verräterinnen in diesem Gebiet befohlen, jede Begegnung zu vermeiden und sich Gruppen im Norden und Süden anzuschließen.

König Amakira musste erwarten, dass die Verräter sich zusammenschließen würden, um eine einzige Armee zu bilden, sobald sie die Stadt erreichten. Savara hatte angedeutet, dass sie das irgendwann tun würden, aber für den Moment teilten die Verräter sich in kleinere Gruppen und nutzten die Tatsache aus, dass sie den größten Teil der Bevölkerung Sachakas auf ihrer Seite hatten. Während die Ashaki draußen waren, um auf sie Jagd zu machen, hielten die Verräter sich bedeckt und wurden stärker durch die Sklaven der Ashaki, die sich ihren Herren widersetzten und sich ihnen anschlossen.

Obwohl Lorkin darin einen Vorteil sah, bereitete es ihm auch Sorgen, dass die Spaltung der Verräterinnen in Gruppen sie verletzbar machte. Die Armee des Königs konnte leicht einen der kleineren Trupps der Verräterinnen besiegen. Sie würde durch den Kampf geschwächt werden, mit der Zeit ihre Stärke jedoch zurückgewinnen, während die Verräter … wenn sie erst einmal tot waren, blieben sie tot. *Aber wenn die Ashaki sich auf Sklaven stützen, um die Macht wieder aufzufüllen, die sie verbrauchen, werden sie ein Problem haben. Die Sklaven sind größtenteils davongelaufen.*

Trotzdem, es wäre besser, wenn keine der kleineren Gruppen von Verräterinnen es allein mit der Armee des Königs zu tun bekam, schon damit ihm kein Verräter lebend in die Hände fiel. Er würde mit Folter Informationen aus ihnen herauspressen, von Savaras Plänen erfahren, von der Gefahr, die ihnen durch die magischen Edelsteine drohte … er würde selbst solche Edelsteine *besitzen.*

»Die Stadt wird bis morgen verlassen sein«, murmelte Savara. »Bis auf die Ashaki. Diejenigen, die von Westen zurückkehren, werden sich jenen anschließen, die noch hier sind, und dann werden wir sehen, ob unsere Strategie und unsere Vorbereitungen und unsere Verluste mit der Freiheit belohnt werden, für die wir eintreten.« Sie seufzte und schaute auf.

Lorkin folgte ihrem Blick. Sterne waren am Himmel erschienen, und Kälte hatte sich in die Luft gestohlen. Er stutzte, als das Firmament sich zu wellen schien, als ob es eine Spiegelung im Wasser wäre.

Dann krachte etwas gegen seine rechte Seite, und er stieß mit Tyvara zusammen.

Sie fielen beide auf das Dach. Tyvara hockte sich hin, und er tat das Gleiche, wenn auch unbeholfener als sie. Schmerz durchzuckte seinen rechten Arm. *Gebrochen,* dachte er. Instinktiv sandte er heilende Macht in den Arm, um den Schmerz zu betäuben, aber er widerstand der Versuchung, den Knochen zu flicken. Er würde seine Kraft vielleicht für wichtigere Dinge brauchen. Wie die Vermeidung eines tödlichen Angriffs.

Wenn ich nicht durch einen Schild geschützt gewesen wäre, als der Angriff erfolgte, wäre ich bereits tot, dachte er und stellte seinen Schild wieder her. Obwohl seine Barriere durchdrungen worden war, hatte sie den größten Teil des Angriffs abgefangen.

Savara stand aufrecht da, den Kopf hoch erhoben, und starrte etwas zu seiner Rechten an. Die Luft kräuselte sich, als Savara einen weiteren Angriff erwiderte. Tyvara befand sich zwischen ihm und dem unsichtbaren Angreifer. Sie legte Savara eine Hand auf den Arm, zweifellos, um Macht zu geben, falls diese benötigt wurde. Lorkin ging näher heran und blickte Tyvara über die Schulter.

Vier Ashaki standen auf einem nahen Dach. Als sie mit Feuerstößen angriffen, wurden ihre Gesichter in rotes Licht getaucht. Keiner schien wesentlich älter zu sein als Lorkin. *Zu ungeduldig, um darauf zu warten, dass die Älteren sich ihnen anschließen?*

Unten hatten ehemalige Sklaven den Kampf bemerkt. Einige rannten davon, andere waren geblieben, um zuzuschauen. Lorkin begriff, dass sein Herz hämmerte. Bei all den Konfrontationen zwischen Savaras Gruppe und Ashaki war er Teil einer größeren Gruppe gewesen. Jetzt standen sie drei gegen vier. Er versuchte, nicht an all die Macht zu denken, die zwischen diesem Dach und dem nächsten tobte, doch es gelang ihm nicht. Seine Knie fühlten sich weich an. Er legte eine Hand auf Savaras andere Schulter und redete sich dabei ein, dass er es nicht vor allem tat, um Halt zu suchen. Eine Erinnerung an seine Kriegskunstlektionen blitzte in seinen Gedanken auf. *Es ist normal, während eines Kampfes Angst zu haben. Was zählt, ist, dass man seiner Ausbildung folgt.*

Aber ich bin nie dazu ausgebildet worden, im Kampf schwarze Magie zu benutzen.

Von unten kam ein Schrei, dann schoss ein Lichtblitz von der Straße zwischen den Gebäuden empor. Die Wachen der Verräterinnen hatten den Kampf bemerkt und griffen nun ebenfalls an. Die Ashaki schauten hinunter, und als sie begriffen, dass sie jetzt in der Minderzahl waren, zogen sie sich zurück. Drei verschwanden durch eine Luke, aber der letzte, gezwungen, sich ohne Hilfe zu verteidigen, stockte. Ein Angriff von Savara schleuderte ihn von der Luke weg und dann über den gegenüberliegenden Rand des Daches.

Plötzlich war die Luft wieder still. Savara, Tyvara und Lorkin standen wie erstarrt da und beobachteten stumm. Von unten kamen gedämpfte Rufe, Türenschlagen und gelegentlich ein Donnern. Ein flackerndes Licht zog Lorkins

Blick zu einem Fenster des Hauses, in dem die Ashaki verschwunden waren. Das Gebäude stand in Flammen.

Abrupt drehte Savara sich um und führte sie zurück zu der Luke hinter ihnen. Als Tyvara die Strickleiter zu dem Treppenhaus unter ihnen erreichte, packte sie seinen Arm – glücklicherweise den, der nicht gebrochen war – und zog ihn hinter sich her.

»Du zuerst«, sagte er. »Gib mir einen Moment, mich mit meinem anderen Arm zu beschäftigen.«

Ihre Augen weiteten sich. »Du bist verletzt?«

»Nicht mehr lange.«

»Dann werde ich bleiben und dich beschützen, bis …«

»Sei nicht dumm. Die Ashaki sind weg, und es wird nicht lange dauern, mich zu heilen. Irgendjemand muss Savara beschützen.«

Sie blickte von ihm zur Luke, dann seufzte sie und begann hinunterzuklettern. »Lass dir nicht zu lange Zeit«, knurrte sie.

Als sie verschwunden war, stärkte er seinen Schild, ließ die Beine durch die Luke baumeln und konzentrierte sich auf das Heilen. Er musste nur dafür sorgen, dass der Knochen und das Gewebe weit genug wiederhergestellt waren, damit er die Leiter hinunterklettern konnte. Schon bald trat er von der letzten schwingenden Sprosse, verriegelte die Luke über sich und eilte die Treppe hinunter hinter Tyvara und der Königin her.

Unten angekommen trat er durch eine Tür in den Flur dahinter, nur um festzustellen, dass er jetzt Teil des Herrenzimmers war. Die Wand, die ihn vordem abgetrennt hatte, war nur noch Schutt. Die Verräterinnen hatten einen Kreis um ihre Königin gebildet. Als Lorkin näher trat, sah er, dass Savara sich über drei Leichen beugte. Ihre Miene war grimmig. Zwei der Toten waren Ashaki, aber die dritte Leiche …

Lorkin stockte der Atem, als er die Frau erkannte: Sprecherin Halana.

Der Raum schien sich für einen Moment zu drehen. Er erinnerte sich daran, wie Halana um Freiwillige für die erste Wache gebeten hatte. Erinnerte sich auch daran, dass sie ihn die Herstellung von Steinen gelehrt hatte – er erinnerte sich an ihre Ermutigung, ihr Verständnis des Opfers, das er brachte, um schwarze Magie zu lernen. Das gewaltige Wissen und die große Begabung, die sie gehabt hatte, waren jetzt verloren …

Tyvara trat neben ihn und beugte sich vor. »Sie und einige andere waren dabei, mit magischen Steinen eine Barriere und eine Warneinrichtung um das Haus zu legen«, murmelte sie. »Die anderen haben sie aus den Augen verloren, gerade als die Ashaki angriffen. Sie hat drei von ihnen getötet, bevor sie sie überwältigten …«

»Wir müssen weiter«, erklärte Savara. »Wenn wir tatsächlich einen von ihnen haben entkommen lassen, teilt er vielleicht in eben diesem Augenblick den anderen Ashaki mit, wie groß unsere Gruppe ist. Sie könnten mit einer größeren Streitmacht zurückkommen. Wenn wir Glück haben, können wir uns einen neuen Standort suchen, ohne dabei verfolgt zu werden. Es kann sein, dass wir heute Nacht überhaupt nicht mehr zur Ruhe kommen werden. Es zählt jetzt, dass wir eine direkte Konfrontation mit den Ashaki vermeiden, bis wir uns den anderen Gruppen angeschlossen haben.« Sie schaute auf und ließ den Blick über ihre Mitstreiter wandern. »Packt und nehmt mit, was an Proviant leicht zu tragen und schnell zu verzehren ist.«

Die Verräterinnen zerstreuten sich. Tyvara ergriff Lorkins Hand und zog ihn weg zu dem Raum, den sie mit Savara hatten teilen wollen. Da sie keine Chance gehabt hatten auszupacken, brauchten sie ihre Bündel jetzt nur noch zu schultern. Tyvara griff nach Savaras Bündel, und sie kehrten ins Herrenzimmer zurück.

»… sollen wir mit ihrer Leiche machen?«, fragte eine Verräterin.

»Lasst sie hier. Wenn wir siegen, werden wir zurückkommen und sie holen«, erwiderte Savara. Sie nahm ihr Bündel und schulterte es, aber als sie sich abwandte, bemerkte Lorkin ein Glitzern von Feuchtigkeit in ihren Augen.

Die Verräterinnen kehrten jetzt eine nach der anderen zurück. Eine Frau trat aus dem Nebengang in der Nähe von Lorkin, und als er sich umdrehte, verdüsterte sich sein Herz. Kalia starrte ihn ausdruckslos an, dann machte sie einen großen Bogen um ihn.

Was … seltsam ist. Ich hatte zumindest einen wütenden Blick erwartet. Er schaute mit schmalen Augen auf ihren Rücken und konzentrierte sich.

Er fing keine Gedanken auf, nur ein vernichtendes Schuldgefühl.

»Es ist ihre Schuld«, stieß er hervor.

Niemand blickte auf. Sie hatten ihn nicht gehört. Im Raum war es zu laut. Als er sich umdrehte, sah er, dass Tyvara ihn anstarrte. Da ergriff jemand seinen Arm. Er schaute auf und stellte fest, dass Savara hinter ihnen stand, und ihre andere Hand lag auf Tyvaras Arm.

– *Sag nichts,* sandte sie. *Jetzt ist nicht der richtige Zeitpunkt.*

Lorkin schluckte einen Protest hinunter, nickte und folgte der Verräterkönigin hinaus auf die Straße.

Als Saral und Temi vor dem Tor stehen blieben und es mit Magie aufdrückten, stieß Sonea einen Seufzer der Erleichterung aus. Die Sonne war schon vor Stunden untergegangen, und sie hatte begonnen, sich zu fragen, ob die Eskorte beabsichtigte, die Nacht hindurch zu reisen. Die Verräter lenkten ihre Reittiere durch den Eingang. Während Sonea und Regin ihnen folgten, ließ Temi sich von seinem Pferd gleiten und ging hinüber, um die Tore wieder zu schließen. Bevor er sich zurückzog, schaute er die Straße entlang.

Saral saß ab und reichte Temi die Zügel ihres Pferdes, dann bedeutete sie Sonea und Regin, dass sie das Gleiche tun sollten.

»Wir müssen das Haus überprüfen«, sagte sie mit leiser Stimme. »Sieht so aus, als seien die Sklaven fort, aber es besteht immer die Möglichkeit, dass einige, die ihrem Herrn treu ergeben sind, geblieben sind. Obwohl der Ashaki sich höchstwahrscheinlich der Armee des Königs angeschlossen hat, könnte auch er zurückgeblieben sein, oder er könnte zurückgekehrt sein, um etwas zu holen, oder vielleicht hat er einen Freund geschickt, der über sein Haus wacht. Bleibt hier.«

Sonea nickte. »Braucht Ihr Hilfe?«

»Nein.«

Saral straffte sich und sah Temi an, dann stolzierte sie zu einer nahen Tür. Sie war unverschlossen, und Saral verschwand im Innern. Sonea blickte sich um. Es war vernünftig, bei Temi zu bleiben. Wenn sie angegriffen wurden, wäre es einfacher, alle unter einem einzigen Schild zu beschützen. Aber als sie auf ihn zuging, sah sie, dass er einen kleinen Gegenstand hochhielt. Sie spürte eine schwache Vibration in der Luft und begriff, dass er und die Pferde bereits in einem Schild waren. Der Gegenstand musste ein magischer Edelstein sein.

Also liegt es jetzt bei uns, uns mit einem Schild zu schützen. Warum Macht, die in einem Kampf gebraucht werden könnte, an zwei ungeladene Fremdländer verschwenden? Nun, ich nehme an, sie stehen kurz davor, in die Schlacht zu ziehen, und wir können auf uns selbst aufpassen. Seufzend ging sie auf den Schatten einer nahen Mauer zu. Im Schutz der Dunkelheit streckte sie ihre Barriere um Regin herum aus. Er sah sie an und rückte näher, sagte jedoch nichts.

Eine lange Wartezeit folgte. Temi schwieg, aber seine Furcht war unübersehbar. Die Pferde waren still und ließen müde die Köpfe hängen. Sie waren den ganzen Tag mit nur wenigen Pausen geritten. *Länger und schneller, als wir zuvor gereist sind. Ich frage mich … sind wir jetzt in der Stadt?* Die niedrigen Mauern und Häuser inmitten von Feldern hatten hohen Mauern Platz gemacht und Gebäuden, die recht nahe an der Straße standen. Die meisten Häuser waren einstöckig, aber gelegentlich hatte eins – wie auf dem Land – einen kleinen Turm, der aus dem Dach ragte. Sie hatte nicht sehen können, ob Felder dahinter verborgen oder wie groß die Grundstücke waren. Selbst jetzt konnte sie nur den Innenhof überblicken, in dem sie standen. Auf der anderen Seite der Gebäude könnte es ausgedehnte Felder geben oder ein weiteres Herrenhaus.

Es hört sich nicht wie eine Stadt an. Es ist zu still.

Regin verlagerte das Gewicht von einem Bein aufs andere, und seine Schulter streifte ihre und hinterließ einen Eindruck von Wärme. Sie spürte, wie ein Schock sie durchlief, der nicht völlig unangenehm war.

Lass das, sagte sie sich.

Zu ihrer Linken wurde eine Tür geöffnet, und Soneas Herz setzte einen Schlag aus. Dann erschien eine Lichtkugel, und sie sah zu ihrer Erleichterung, dass es Saral war, die zurückkehrte.

»Verlassen«, berichtete sie ihnen. »Die Ställe sind dort drüben.« Temi nickte und führte die Pferde in die Richtung, in die sie gedeutet hatte. Saral sah Sonea an. »Kommt herein.«

Sie betraten das Herrenhaus durch die Tür, die Saral zuerst benutzt hatte. Wie in so vielen sachakanischen Häusern führte ein kurzer Flur zu einem größeren Raum. Weitere Flure gingen zu beiden Seiten zu Zimmerfluchten ab, einem Badehaus, der Küche und anderen Arbeitsräumen.

»Wenn Ihr die später benutzt«, sagte Saral und deutete auf die Bäder, »haltet Euch nicht zu lange auf. Falls Tovira doch zurückkehren sollte, wollt Ihr dort nicht überrascht werden.«

»Nein«, stimmte Sonea zu. »Es wäre ziemlich peinlich, gegen einen Ashaki zu kämpfen, während man nackt ist.«

Aus dem Augenwinkel sah sie, wie Regin eine Hand auf den Mund legte. Saral zögerte, dann wandte sie den Blick ab. »Und das Bad hat nur einen einzigen Eingang«, sagte sie.

Sonea konnte nicht erkennen, ob die Frau lächelte, und sie konnte keine Erheiterung in ihrer Stimme hören. *Die Schlacht steht zu dicht bevor, um ein Gefühl für Humor zu bewahren.* Als Nächstes gingen sie in die Küche, wo Saral sich etwas zu essen nahm und Sonea und Regin aufforderte, das Gleiche zu tun.

»Ihr macht Euch keine Sorgen, dass die Sklaven das Essen vergiftet haben könnten, in der Hoffnung, die Ashaki zu schwächen?«

Saral schüttelte den Kopf. »Wenn sie es getan hätten, hätten sie eine Warnung hinterlassen. Eine Glyphe, die unsere Spione benutzen. Also, ich gehe jetzt in den Turm hinauf. Ihr könnt hierbleiben, wenn Ihr wollt.«

»Ich werde Euch begleiten«, erklärte Sonea entschieden. »Ich will sehen, wo wir sind.«

Saral machte den Eindruck, als würde sie Einwände erheben wollen, doch dann schüttelte sie den Kopf. »Also schön, folgt mir.«

Der Weg zum Turm führte durch Räume, bei denen es

sich um die Zimmerflucht des Ashaki gehandelt haben musste. Sonea bemerkte Frauenkleidung neben der eines Mannes.

»Ich frage mich, wo seine Frau ist.«

»Höchstwahrscheinlich hat er sie irgendwohin geschickt, wo es sicherer ist«, erwiderte Saral. »Wir befinden uns in den Außenbezirken. Ein zentralerer Ort wäre leichter zu verteidigen.«

Die Außenbezirke, überlegte Sonea. *Also haben wir die Stadt erreicht.*

Oben auf einer Wendeltreppe befand sich ein kleiner, runder Raum.

»Bleibt am Rand der Fenster, damit niemand Eure Umrisse sehen kann«, instruierte Saral sie. Sie trat von links an ein Fenster und spähte hindurch. Sonea schaute von der anderen Seite nach draußen. Dächer breiteten sich vor ihr aus. Irgendwo mehrere hundert Schritt links von ihnen brannte ein Gebäude. Eine größere Anzahl von zweistöckigen Gebäuden ragte direkt vor ihnen auf, und dahinter waren noch höhere Kuppeln zu erkennen.

»Willkommen in Arvice«, sagte Saral. »Savara hat uns den Befehl übermittelt, dass wir hierbleiben sollen, bis sie uns ruft. Es sei denn, wir würden gezwungen fortzugehen. Was sind Eure Befehle?«

Nichts so Konkretes, dachte Sonea. *Aber da sie schon die Höflichkeit hatte zu fragen …* »Ich werde mich erkundigen.«

Sie griff in die Tasche ihrer Robe, zog Osens Ring heraus und streifte ihn auf ihren Finger.

– Osen?

– Sonea.

– Wir sind in der Stadt eingetroffen und verstecken uns auf einem leeren Besitz, der einem Ashaki Tovira gehört. Der Ashaki ist nicht hier; wahrscheinlich hat er sich der Armee des Königs an-

geschlossen. Unsere Verrätereskorte sagt, wir müssten hier warten, bis Königin Savara uns ruft.

– Zweifellos wollen sie sicherstellen, dass Ihr Euch nicht einmischt.

– Was sollen wir tun?

– Was sie sagt.

– Ich werde nicht in der Lage sein, die Kämpfe von hier aus zu beobachten. Was bedeutete, dass sie nicht sehen würde, was Lorkin widerfuhr, und dass sie ihm nicht würde helfen können.

– Hmm. Wenn Ihr und Dannyl beide meine Blutringe tragt, seid Ihr vielleicht in der Lage zu sehen, was er mir übermittelt. Obwohl ich ihm gesagt habe, dass er im Gildehaus bleiben soll. Vielleicht sollte ich ihn bitten, einen Aussichtspunkt zu finden, von dem aus er die Schlacht beobachten kann.

– Solange er damit kein Risiko eingeht.

– Es gibt immer ein Risiko, wenn man einer magischen Schlacht so nahe ist. Die Gilde muss wissen, wie es ausgeht. Unsere freiwilligen Heiler sind heute Morgen aufgebrochen. Wir wollen nicht, dass sie in eine gefährliche Situation geraten.

– Seid Ihr sicher, dass Ihr wollt, dass wir hierbleiben?

– Ja. Als eine Figur von größerer Autorität als Dannyl und als Schwarzmagierin werden beide Seiten Euch wahrscheinlich als Bedrohung ansehen. Wäre Lorkin nicht, hätten wir Euch nach Hause beordert.

– Ah. Nun. Ich bin dankbar dafür, dass Ihr es nicht getan habt.

– Diejenigen von uns, die dafür sind, dass Ihr in Sachaka bleibt, haben argumentiert, dass Ihr, wenn der Krieg vorüber ist, Lorkin vielleicht überreden könnt zurückzukehren oder zumindest dafür zu sorgen, dass die Verräter ihre Seite des Handels einhalten.

– Dann lasst uns hoffen, dass sie nicht all ihre Steine in der Schlacht verbrauchen. Ich muss Schluss machen. Saral wartet auf meine Antwort.

– *Passt auf Euch auf, Sonea.*

– *Das werde ich.* Sonea streifte den Ring ab und steckte ihn in die Tasche.

»Wir sollen für den Moment hierbleiben«, erklärte sie Saral.

Die Frau nickte, dann ging sie nach unten in die Küche. Temi war eingetroffen und unterhielt sich mit Regin. Wenn man die beiden Männer zusammen sah, waren ihre Unterschiede offenkundiger. Regin war größer, Temi war hagerer. Aber Temi war nicht viel dunkler als Regin. Der Hautton des Verräters war heller als der eines durchschnittlichen Sachakaners, und Regin war während der Reise braun geworden. *Es steht ihm.* Sie verstummten, als Sonea und Saral den Raum betraten. Als Temi sich erbot, während der ersten Nachthälfte die Wache zu übernehmen, schlug Regin ihm vor, ihm Gesellschaft zu leisten.

»Nein«, lehnte Saral ab. »Ich werde die erste Wache übernehmen. Allein.«

Regin zuckte die Achseln. »In Ordnung. Wo sollen wir schlafen?«

»In der zweiten Zimmerflucht. Falls Tovira mitten in der Nacht zurückkommt, wird er wahrscheinlich direkt in sein Schlafzimmer gehen.«

Regin nickte, dann sah er Sonea an und ging zur Tür. Sie folgte ihm, erheitert, dass er die Führung übernommen hatte, obwohl er in den meisten Fällen, seit die Verräter zu ihnen gestoßen waren, auf Soneas Entscheidung gewartet hatte.

In drei der Räume, die sie sahen, standen Betten. Sonea wählte willkürlich einen aus und setzte sich aufs Bett. Als sie sich umschaute, bemerke sie kleinere Versionen von Ashaki-Kleidung, die an einem Haken hingen. Eine juwelenbesetzte Jacke überlappte schlichte Hosen …

»Was hat Osen gesagt?«

Als sie aufblickte, sah sie Regin in der Tür stehen.

»Woher habt Ihr gewusst, dass ich mich mit ihm in Verbindung gesetzt habe?«

Er zuckte mit den Schultern. »Das war leicht zu erraten.«

»Saral sagte, wir müssten hierbleiben, bis Savara uns ruft, dann hat sie gefragt, ob das in Ordnung sei. Osen hat zustimmt. Sie wollen sicher sein, dass wir uns nicht einmischen.«

»Wenn Lorkin in Schwierigkeiten wäre, würdet Ihr Euch einmischen.«

Sie bemerkte, dass er wissend lächelte. »Nur um ihn zu retten.«

»Das wäre trotzdem eine Einmischung. Nicht dass ich es nicht verstehen würde.«

»Osen denkt, dass ich, wenn Dannyl und ich beide seine Blutringe tragen, den Kampf vielleicht durch Dannyl mit ansehen kann.«

Regin wirkte nachdenklich. »Das wäre eine gute Möglichkeit, die Einschränkungen der Verräterinnen zu umgehen.« Er runzelte die Stirn. »Wenn die Verräterinnen kämpfen, werden wir es wissen, weil Saral fortgehen wird, um ihnen zu helfen. Werdet Ihr ihr folgen?«

Sonea wandte den Blick ab. »Vielleicht. Wahrscheinlich. Aber Ihr solltet hierbleiben.«

»Ich gehe, wohin auch immer Ihr geht.«

Ihr Herz verkrampfte sich. *Das würde unter weniger gefährlichen Umständen so romantisch klingen.* »Nein, Ihr würdet Euch ohne Grund in Gefahr bringen.«

»Ihr werdet eine größere Zielscheibe sein als ich«, entgegnete er. »Wobei mir etwas einfällt…« Er ging zum Bett und setzte sich. »Ihr solltet meine Macht nehmen.«

In dem Bewusstsein, wie nah er war, drehte Sonea sich zu

ihm um. »Was ist, wenn Tovira heute Nacht zurückkommt? Ihr werdet nicht einmal in der Lage sein, Euch durch einen Schild zu schützen.«

»Ich bezweifle ohnehin, dass ich mich lange halten würde …« Er hielt die Hände hoch.

Sie betrachtete sie widerstrebend. *Zu intim,* dachte sie. *Was ist, wenn er etwas spürt? Es war nicht wahrscheinlich, als wir unterwegs waren. Wir haben uns nur so lange berührt, wie es notwendig war. Andere haben uns beobachtet.*

»Ihr müsst Eure Furcht vor Eurer schwarzen Magie wirklich überwinden«, erklärte er ihr.

»Ich habe keine Angst«, entgegnete sie. Nicht ganz eine Lüge. *Aber auch nicht direkt die Wahrheit.*

»Wenn Ihr meine Macht nehmt, verspreche ich, dass ich nicht mit Euch in die Stadt gehen werde«, bot er an.

Sie sah ihm in die Augen. Er schaute sie an, sein Blick fest und seine Miene ernst. Ein Stich der Erheiterung durchzuckte sie.

»Ihr werdet nicht in die Stadt gehen, weil ich es Euch verboten habe«, stellte sie fest.

Er zuckte die Achseln. »Wir haben also ein Abkommen?«

Seufzend ergriff sie seine Hände und versuchte zu ignorieren, wie warm sie waren. Sie schloss die Augen, nahm die Macht, die aus ihm herausfloss, und speicherte sie.

26 Anfänge und Enden

Dannyl blickte zur Decke empor, blinzelte und stützte sich dann auf die Ellbogen. *Was …? Irgendetwas hat mich geweckt.* Er runzelte die Stirn. *Jemand hat meinen Namen gerufen? Oder habe ich geträumt?* Er schuf eine Lichtkugel und spähte aus seiner Schlafzimmertür in den Hauptraum.

War es Tayend? Oder Merria? Ist jemand ins Gildehaus eingebrochen, wie Achati und Kai mich gewarnt haben?

– Dannyl.

Bei dem geistigen Ruf zuckte er zusammen. *Osen!* Er seufzte, erleichtert darüber, dass die Quelle der Störung in seinem Geist war, nicht im Gildehaus. Dann schmolz die Erleichterung dahin. Osen hatte offen nach ihm gerufen, was jeder andere Magier hören konnte. Das würde er nicht tun, es sei denn, er hatte etwas Wichtiges zu sagen oder zu fragen. Dannyl stand auf, tastete in den Taschen seiner Roben, fand Osens Ring und streifte ihn über.

– Osen. Tut mir leid. Ich habe geschlafen.

– Dann entschuldige ich mich dafür, dass ich Euch geweckt habe. Ihr hattet Euch nicht zur vereinbarten Zeit bei mir gemeldet.

Dannyl hielt inne. Er war sich nicht ganz sicher, wie spät es war. Ohne Sklaven, die ihn weckten, und ohne Fenster in den Gemächern konnte es Mitternacht oder Mittag sein.

– *Wie spät ist es?*

– *Eine Stunde bevor hier die ersten Kurse beginnen.*

Da die Sonne in Sachaka immer ein wenig früher aufging, war es mitten am Vormittag. War die Schlacht bereits geschlagen? Oder hatte sie noch nicht begonnen? Dannyl war erstaunt, dass er überhaupt hatte schlafen können. Aber andererseits waren er, Tayend und Merria lange aufgeblieben und hatten einiges von dem Weinvorrat des Gildehauses getrunken, um ihre Angst zu lindern, weil sie in einer Stadt im Krieg festsaßen und die Möglichkeit bestand, dass man sie aus Rache tötete oder um ihrer magischen Stärke willen.

– *Ich habe gestern Nacht mit Sonea gesprochen,* fuhr Osen fort. *Sie und Regin halten sich in einem Haus am Rand der Stadt auf. Die Verräterinnen haben ihnen befohlen, dort zu bleiben, bis man sie ruft – was höchstwahrscheinlich passieren wird, wenn die Schlacht vorüber ist.*

Das Wissen, dass Sonea nah war, war beruhigend, obwohl Dannyl sich nicht sicher war, warum. Vielleicht konnte sie zu seiner Rettung eilen, sollte das Gildehaus angegriffen werden.

– *Bedauerlicherweise bedeutet das, dass sie nicht sehen wird, wie es Lorkin ergeht, oder wissen wird, wer als Sieger aus der Schlacht hervorgeht. Ich habe über die Warnung nachgedacht, die Achati und Euer ehemaliger Sklave Euch zukommen ließen, dass das Gildehaus zur Zielscheibe werden könnte. Könnt Ihr irgendwo anders hingehen?*

– *Irgendwohin, wo wir die Kämpfe beobachten könnten?*

– *Wenn sich das arrangieren lässt, ohne Eure Sicherheit und die von Merria und Tayend zu gefährden.*

Dannyl dachte nach. Das Schiff, das Achati für sie aufgetrieben hatte, würde ein sicherer Ort sein, aber einer der Gründe dafür war der, dass der Hafen vom voraussichtlichen Schlachtfeld weit entfernt war – also kein guter Aussichtspunkt. Wo würde die Schlacht aller Voraussicht nach stattfinden? *Am und im Palast, zu guter Letzt. Und von Achatis Haus hat man einen Blick auf die Parade, die Prachtstraße, die geradewegs zum Palast führt. Wenn wir aufs Dach stiegen, könnten wir vielleicht …*

– *Könnt Ihr sicher dort hinkommen?*, fragte Osen.

Ein Frösteln überlief Dannyl bei der Erinnerung daran, dass seine Gedanken wegen des Blutrings für den Administrator offenlagen.

– *Entschuldigung. Es fällt mir schwer, meine Ungeduld zu bezähmen. Merin will Neuigkeiten, und ich hatte gehofft, dass Ihr oder Sonea inzwischen kontaktiert worden wärt*, sandte Osen.

Dannyl lächelte mitfühlend. Wenn der kyralische König direkten Druck auf den Administrator ausübte, bedeutete das, dass ihm die sachakanische Situation solche Angst machte, dass er sich nicht mit den Berichten des Hohen Lords Balkan begnügen wollte.

– *Ich vermute, dass der Weg zu Achatis Haus der gefährliche Teil sein wird, aber wir werden feststellen, ob es sich machen lässt*, sandte Dannyl zurück.

– *Geht keine unnötigen Risiken ein. Oh, und Sonea wird einen meiner Blutringe tragen. Wir hoffen, dass sie ebenfalls in der Lage sein wird zu sehen, was Ihr seht.*

– *Und dass sie herkommt, um mich zu retten, falls etwas schiefgeht?*

– *Das würde ein weniger übles politisches Chaos anrichten als die andere Möglichkeit, nämlich dass sie Lorkin retten muss. Hmm. Es könnte eine Möglichkeit sein, die Verräterinnen dazu zu bewegen, ihr zu erlauben, die Stadt zu betreten. Es wird für sie schwerer zu rechtfertigen sein, Sonea davon abzuhalten, dem Gildebotschafter zu Hilfe zu eilen als ihrem Sohn.*

Dannyls Herz setzte einen Schlag aus.

– Ihr wollt, dass ich mich in Schwierigkeiten bringe, damit sie einen Vorwand hat, um die Stadt zu betreten?

– Nein. Aber vielleicht könnten wir so tun, als hättet Ihr Schwierigkeiten … Nein. Nur wenn es unbedingt sein muss. Geht mit den anderen zuerst in Achatis Haus, dann werden wir weitere Ideen erwägen.

– In Ordnung.

– Viel Glück, Dannyl.

– Danke, Osen.

Dannyl streifte den Ring ab und zog schnell frische Roben an. Er hielt inne, um noch einmal den Raum zu betrachten. War da noch irgendetwas, das er mitnehmen sollte? *Meine Notizen? Nein. Sie werden hier sicherer sein als bei mir. Falls ich getötet werde, wird man dieses Haus vielleicht plündern, aber niemand wird Notizbücher wollen. Später könnte jemand unsere Besitztümer sorgfältiger durchsehen. Hoffentlich ein Gildemagier, der ihren Wert erkennen wird. Vielleicht Achati … falls er überlebt.*

Dannyl schob diesen Gedanken beiseite, drehte sich um und verließ seine Räume, um Merria und Tayend Bescheid zu geben.

Lorkin saß im Schneidersitz da, mit dem Rücken zur Wand. Das Herrenzimmer des Besitzes, auf dem sich die Verräter versammelt hatten, war überfüllt, aber sie achteten darauf, einen schmalen Pfad von Flur zu Flur freizuhalten, damit Boten sich schnell und ohne zu stolpern bewegen konnten.

Dies war das dritte Haus, in das Savaras Gruppe während der Nacht gegangen war. Das zweite war ein weiteres verlassenes Herrenhaus gewesen; dann, gegen Morgen, waren sie durch die stillen Straßen der Stadt zu diesem Haus geschlichen, das leichter zu verteidigen war. Hier wollten sie sich vor der letzten Konfrontation mit den Ashaki versammeln. Lorkin hatte nicht geschlafen und bezweifelte, dass irgendjemand sonst geschlafen hatte. *Nicht, dass ich dazu in der Lage gewesen wäre, wenn ich es gewollt hätte. Außerdem hätte es kein Zimmer gegeben, in dem ich mich hätte niederlegen können.* Eine Verräterin betrat den Raum und schaute zu Lorkin hinüber. Als er sich umdrehte, sah er, wer es war, und sein Herzschlag beschleunigte sich, als er Tyvara erkannte. Sie lächelte und kam auf ihn zu. Es war kein Platz für sie, um sich neben ihn zu setzen, daher stand er auf. Sie reichte ihm eine Weste.

»Die ist für dich«, sagte sie und hob die Stimme, damit er sie in dem Lärm, der im Raum herrschte, verstehen konnte.

Sein Magen vollführte einen kleinen Purzelbaum, als er die Weste in seinen Händen spürte. Alle Verräter trugen diese Westen. Sie waren bedeckt mit kleinen Taschen, in denen in Holz, in Stein oder kostbares Metall gefasste Edelsteine steckten. Er hatte angenommen, dass er ohne Steine kämpfen würde, da er keine Ausbildung darin hatte, wie man sie in der Schlacht benutzte.

»Sie ist einfacher zu benutzen, wenn du sie anziehst«, erklärte Tyvara.

»Gib mir einen Moment Zeit«, erwiderte er. Er schlüpfte in die Weste und stellte fest, dass sie ein wenig eng um die Arme war.

»Ich dachte mir, dass sie etwas zu klein sein würde«, sagte Tyvara und versuchte erfolglos, die Schnallen und Riemen an der vorderen Seite zu schließen. »Aber es ist die Einzige, die wir erübrigen konnten.«

»Nun, es kommt mehr auf das an, was darin steckt«, entgegnete er.

»Die Steine sind so arrangiert, dass man sie benutzen kann, ohne den Blick vom Feind abzuwenden. Aber du bist ja nicht vertraut mit ihrer Anordnung.« Sie seufzte und sah mit ernster Miene zu ihm auf. »Vergiss nur eins nicht: Die linke Seite ist für Verteidigungssteine, die rechte für Angriffssteine. Die stärkeren sind innen, die schwächeren außen. Sorge dafür, dass du die Weste, wenn du sie ausziehst, nicht mit aufgeknöpften Taschen nach unten hältst, denn wenn die Steine einmal herausgefallen sind, wirst du sie nicht mehr unterscheiden können.«

Lorkin wiederholte, was sie gesagt hatte. Er hatte die Verräter bis zu diesem Punkt nicht während des Kampfes Steine benutzen sehen. Er vermutete, dass sie sie für die Hauptschlacht aufhoben oder dass die Steine in einer größeren Konfrontation nützlicher waren. Die einzigen Steine, die er bisher im Gebrauch gesehen hatte, waren solche zur Verteidigung, wie die Barrieresteine, die Halana mit ihrem Trupp gerade ausgelegt hatte, als sie in den Hinterhalt geraten war.

»Die größeren Taschen enthalten die wichtigsten Steine für Schilde und Angriffsschläge«, erklärte Tyvara und klopfte auf eine Reihe größerer Taschen an der Taille. »Die Schildsteine sind alle stark genug, um einige Angriffe abzuwehren, aber wie viele oder wie mächtige, hängt von den Grenzen eines jeden Steins ab. Sei immer darauf gefasst, dass ihre Kraft sich erschöpfen kann, und bereit, jederzeit selbst einen Schild zu erschaffen.«

Sie öffnete die Klappe einer Tasche und zog einen der Steine heraus. Die Fassung war wie ein kurzer Löffel, in dem der Edelstein lag. »Du musst ihn so halten.« Sie nahm den Griff zwischen zwei Finger und drehte die konkave Seite nach außen. »Drück deinen Finger in die Rückseite des Steins, um ihn zu aktivieren, und halte die Vorderseite von dir weg, sonst richtest du den Schild oder den Angriff gegen dich selbst.«

»Das wäre peinlich«, bemerkte er.

Ein amüsiertes Glitzern trat in ihre Augen. »Und potenziell tödlich. Was peinlich für mich wäre. Ich würde für immer dafür bekannt sein, dass ich mir einen sehr dummen Mann ausgesucht habe.«

Er lachte leise. »Was ist mit den anderen Steinen?«

»Es wird schwieriger sein, sich daran zu erinnern. Schildsteine haben Steinfassungen, Angriffssteine hölzerne. Bei den übrigen wird Bronze, Kupfer, Gold und Silber benutzt, mit verschiedenen Texturen am Griff, so dass man sie taktil voneinander unterscheiden kann.« Sie nahm die Steine einen nach dem anderen heraus und beschrieb, was sie zu tun vermochten. Einer war für das Ausblenden von Geräuschen da, ein anderer würde einen ohrenbetäubenden Laut erzeugen. Einige gaben Licht ab, zur Beleuchtung oder zum Senden von Signalen. Einer sandte für kurze Zeit einen stetigen Feuerstrahl aus, um etwas zu schneiden oder auszubrennen. Ein anderes Paar war dazu gedacht, nach einer Verzögerung zu explodieren, obwohl sie ihn warnte, dass die Explosion sich ereignen mochte, wenn man erst bis zehn, oder auch, wenn man schon bis hundert gezählt hatte.

Dann zog sie eine Handvoll Ringe aus ihren Taschen.

»Die meisten der Westensteine sind nur zur einmaligen Benutzung gedacht. Diese Ringe hier können mehrfach benutzt werden, wirf sie also nicht weg, wenn sie entleert sind. Die kleinsten dienen der Kommunikation«, sagte sie und streifte zwei Ringe, in deren Fassungen Edelsteine funkelten, auf seinen Finger. »Sie aktivieren sich nicht, bis du sie in die Fassung hineindrückst, gegen deine Haut. Der Ring an deiner linken Hand ist mit dem Ring verbunden, den ich trage, der zweite hätte dich mit Halana verbunden, aber deren Ringe wird jetzt Savara tragen. Benutze ihren Ring nur in den dringendsten Fällen. Du könntest sie in einem ungünstigen Augenblick ablenken. Diese dunkelroten sind Angriffsringe und die blassblauen Schildringe.« Sie drückte sie auf seine Zeige- und Mittelfinger, dann hielt sie ihm die letzten zwei hin. »Die hier sind neu für uns, und wir haben nicht viele davon. Der durchsichtige … tatsächlich hast du Halana auf die Idee gebracht. Wir hatten uns nie die Mühe gemacht, Steine mit dem *einzigen* Zweck zu erschaffen, Magie zu lagern und später als reine Magie wieder abzugeben.«

»Ein Lagerstein!«

»Ja. Wir haben ungefähr zwanzig davon. In ihnen lagert lediglich die Macht von drei durchschnittlichen Magiern. Halana wollte es nicht riskieren, mehr hinzuzufügen, und unsere Magierinnen haben den größten Teil der Macht des Sanktuariums bereits direkt genommen – so ist ihnen die Magie besser zugänglich, als wenn sie erst nach einem Ring greifen müssten. Wenn wir diese Lagersteine jedoch in Friedenszeiten auffüllen würden, könnten sie sehr nützlich sein.«

Er nahm den Ring und streifte ihn auf den letzten freien Finger seiner Hand.

»Und der andere?«

»Der purpurne …« Sie grinste. »Das ist ein Heilstein.«

»*Kalia* hat ihn gemacht?«

»Nein. Eine Steinmacherin hat ihre Gedanken gelesen, an Freiwilligen geprüft, was sie erfahren hat, und dann hat sie einige Steine gemacht. Sie sagt, die Steine seien instruiert worden, den Körper bei jeder Bewegung zu unterstützen, die er selbst zu wirken versucht.«

Lorkin griff nach dem Ring und untersuchte ihn. »Klug. Wenn es funktioniert, wird es auf diese Weise keine Rolle spielen, welche Art von Verletzung geheilt werden muss. Der Träger braucht lediglich zu wissen, wie er magische Macht benutzen muss, um beispielsweise Knochen in den richtigen Position zu halten, so dass sie nicht schief zusammenwachsen. Der Stein wird aber auch nicht mehr bewirken können als das, was der Körper von allein in Angriff nimmt, also keine Schmerzen lindern und keine Müdigkeit vertreiben. Wie viele Steine hat sie gemacht?«

»Fünf. Warte … Müdigkeit vertreiben?« Tyvara runzelte die Stirn. »Du kannst verhindern, dass du müde wirst?«

»Äh … ja. Ich habe das nicht erwähnt, als ich im Sanktuarium war, damit die Leute nicht noch … nun, noch ärgerlicher auf mich waren.«

»Braucht man dazu viel Magie?«

»Nein.«

»Könntest du meine Erschöpfung lindern oder die von Savara?«

»Ja.«

Sie wedelte mit der Hand, als er versuchte, ihr den Ring zurückzugeben. Er betrachtete ihre Hände. Sie trug noch keinen ihrer Ringe. »Hast du auch einen?«

»Nein.«

»Dann nimm ihn. Ich brauche ihn nicht. Ich kann all diese Dinge ohnehin tun.«

»Savara meinte, dass du das sagen würdest, aber sie hat darauf bestanden, dass ich dir trotzdem einen anbiete.«

»Ich weiß das Angebot zu schätzen, aber sie würde mir einen größeren Gefallen tun, wenn du ihn tragen dürftest.«

»Warum sollte ich einen brauchen, wenn ich dich habe?« Sie nahm den Ring entgegen und lächelte. »Sie will dich sprechen.«

Sie ergriff seine Hand und führte ihn durch den Raum und in einen Flur. Savara war in den Zimmern des Hausherrn, umringt von Menschen, die in Gruppen miteinander redeten oder kamen und gingen. Lorkin schaute sich um und erkannte alle Sprecherinnen – bis auf Halana natürlich. Als Savara ihn sah, gebot sie der Frau, mit der sie gerade sprach, Stillschweigen und kam auf ihn zu.

»Lorkin«, begrüßte sie ihn. Sie musterte seine Weste und suchte seinen Blick. »Alles bereit für den Kampf?«

Er klopfte auf seine Brust. »Ja, dank Euch und der Person, die diese Weste für mich gemacht hat.«

Tyvara streckte den purpurnen Ring aus. Die Königin lächelte und nickte. »Gib ihn Sprecherin Lanna.«

Als Tyvara davonging, trat Savara ein wenig näher, und plötzlich verstummten alle Geräusche, als eine Barriere sie umgab. Ihre Züge verhärteten sich.

»Hat sie irgendetwas verraten?«

In der Annahme, dass sie von Kalia sprach, runzelte Lorkin die Stirn. »Nein. Alles, was ich spüre, sind Schuldgefühle. Ich habe sie mehrmals dabei ertappt, wie sie dachte, dass sie eine Närrin ist.«

»Nicht einmal eine Andeutung, dass sie irgendetwas plant?«

Er schüttelte den Kopf. »Aber ich würde an Eurer Stelle weiter auf der Hut sein.«

Sie verzog die Lippen zu einem grimmigen Lächeln. »Ja. Sie wird weit weg von mir sein und genau beobachtet werden.« Sie seufzte. »Ich nehme an, was immer sie getan hat, ist nach hinten losgegangen und hat Halana das Leben gekostet, und sie will es nicht riskieren, den gleichen Fehler noch einmal zu machen.«

»Ich hoffe es, obwohl es so unmöglich sein wird zu beweisen, was sie getan hat. Es sei denn, Ihr wollt von mir, dass ich offenbare, was ich tun kann?«

»Nicht, solange ich ihre einzige Zielscheibe bin.« Sie

senkte den Blick und stieß ein bitteres Lachen aus. »Du könntest jedoch feststellen, dass es deine Lebensaufgabe wird, ein Auge auf sie zu halten, bis sie stirbt. Falls wir diese Schlacht gewinnen.«

Er zuckte mit den Schultern. »Ich würde es ohnehin tun«, gab er zu. »Wenn nicht um Eurer Sicherheit willen, dann um meiner und Tyvaras willen. Und …«

Die Königin hob die Hand, um ihn zum Schweigen zu bringen. Die Geräusche im Raum kehrten abrupt zurück, als sich Tyvara wieder zu ihnen gesellte.

»Lorkin hat mir gerade erzählt, dass er Müdigkeit kurieren kann«, erklärte sie Savara. »Es würde Euch einen Vorteil verschaffen, wenn Ihr mit frischem Geist in den Kampf gehen würdet.«

Die Königin zog die Augenbrauen hoch. »Das ist richtig.«

»Ist das weise?«, erklang eine andere Stimme. Als Lorkin sich umdrehte, sah er Sprecherin Lanna näher kommen. Sie blickte entschuldigend drein, wirkte aber auch entschlossen. »Könnt Ihr es Euch so wenige Stunden vor der letzten Schlacht leisten, derart viel Vertrauen in jemanden zu setzen, der nicht als Verräter geboren wurde?«

Als Tyvara sich umdrehte, um die Frau anzufunkeln, legte Lorkin ihr eine Hand auf den Arm. »Es ist eine angemessene Frage.«

Savara nickte. »Das stimmt. Und vollkommen unnötig. Nachdem Halana von Kalia alles über Heilung gelernt hatte, was sie lernen konnte, haben sie und ich experimentiert.« Ein gequälter Ausdruck glitt über ihre Züge. »Sie hat vor einigen Tagen herausgefunden, wie man Erschöpfung heilt.« Savara straffte sich und wandte sich zu Lorkin um. »Aber wenn sie es nicht getan hätte, würde ich dein Angebot annehmen. Der Vorteil lohnt sich, und es stehen tüchtige Leute bereit, meinen Platz einzunehmen, sollte sich mein

Vertrauen in dich als eine schlechte Entscheidung erweisen.« Ihr Blick wanderte zu etwas hinter ihm. »Und hier ist noch ein Bote.«

Als Lorkin sich umdrehte, sah er einen müde wirkenden Mann hinter sich stehen. Ein Stich durchzuckte ihn, als er den Mann erkannte.

»Evar!«, rief er.

Der Mann grinste. »Lorkin. Ich hatte gehofft, dass ich dir ein letztes Mal über den Weg laufen würde.« Er wandte sich wieder zur Königin um und legte eine Hand aufs Herz. »Die Ashaki sammeln sich auf der Parade, Euer Majestät, und scheinen bereit zu sein vorzurücken.«

Savaras Augen weiteten sich ein wenig. »Es ist Zeit.« Sie schaute sich im Raum um. »Versammelt alle draußen vor den Toren. Ich werde einige Worte sagen, und dann … dann werden wir uns endlich direkt unserem Feind stellen.«

Lilia folgte bereits ihrem sechsten Führer. Sie zwängten sich aus einer verstopften Gasse hinter mehreren kleinen Läden heraus und in die aufgeräumtere Gasse zwischen zwei großen Gebäuden. Die schmalen Durchgänge lagen im Schatten, und Lilia versuchte, nicht zusammenzuzucken, als sie die Blicke einiger Männer bemerkte, die an den Wänden lehnten. Sie trug fadenscheinige Dienstbotenkleidung und sah wahrscheinlich genauso müde, nervös und verletzbar aus, wie sie sich fühlte.

Die endlose Wanderung hatte bereits vor Sonnenaufgang begonnen. Die Führer hatten sie durch die ganze Stadt geleitet, durch sämtliche Hauptbezirke. Zuerst waren nur wenige Menschen unterwegs gewesen, dann lediglich Diener und solche Mitarbeiter von Geschäften und Handwerksbetrieben, die früh zur Arbeit erscheinen mussten. Langsam hatten sich die Straßen der Stadt dann gefüllt.

Obwohl nur wenige Stunden verstrichen waren, kam es ihr weitaus länger vor. Lilia sehnte das Ende des Marsches herbei. Sie wollte die Begegnung mit Skellin hinter sich bringen. Und doch graute ihr davor.

Sie hatte den größten Teil der Nacht wach gelegen und sich jede mögliche Art ausgemalt, wie die Dinge schiefgehen könnten. Die wenigen Male, da sie eingeschlafen war, war sie aus Träumen wieder aufgeschreckt, in denen Anyi nach ihr rief, aber ihre Antworten nicht hören konnte. Bei der Erinnerung an die Träume überlief sie ein Schauer, daher dachte sie an das Gespräch mit Rothen, Gol und Jonna von der vergangenen Nacht.

»Sonea hat einmal mit heilender Macht einen Ichani getötet«, hatte Rothen ihr erzählt. *»Er hatte sie innerhalb seines Schildes gefangen und hielt sie für ungefährlich; er hatte nicht gewusst, dass heilende Magie die natürliche Barriere des Körpers überwinden kann. Sie hat sein Herz zum Stillstand gebracht. Es wäre besser, wenn Ihr Skellin nicht töten würdet, selbst wenn es bedeutet, dass Ihr ihn entkommen lasst, damit wir eine Chance haben, ihn zu fangen und herauszufinden, wer seine Verbündeten und Quellen sind. Aber wenn Ihr keine andere Wahl habt …«*

Um mit heilender Magie zu töten, würde Lilia Skellins Haut berühren und Zeit haben müssen, ihren Geist in seinen Körper zu senden. Wenn er bemerkte, was sie tat, würde es nur einer kleinen Anstrengung bedürfen, sie hinauszustoßen. Der Ichani hatte nichts über heilende Magie gewusst, aber das traf auf Skellin nicht zu. Er würde ohnehin argwöhnisch bei jedem Versuch sein, den sie unternahm, um ihn zu berühren, für den Fall, dass es ein Versuch war, schwarze Magie zu benutzen.

Nein. Mein Plan ist besser. Nicht viel besser allerdings, und ich muss darüber hinwegsehen, dass ich keine Ahnung habe, ob es funktionieren wird.

Ihr eigener Schild hätte ihr den Spott eines jeden Novizen im ersten Jahr eingetragen, aber nicht wegen seines Mangels an Stärke. Sie hatte eine Weile gebraucht, um herauszufinden, wie sie aufhören konnte, ihre Magie restlos zu verbergen, damit Rothen sie spüren und orten konnte. Der Magier befand sich irgendwo im Zentrum der Stadt. Er hatte vermutet, dass Skellins Männer begreifen würden, dass er Lilia aufspüren konnte, wenn er dabei entdeckt wurde, wie er ihr folgte. Deshalb wartete er mit Gol ab, bis sie ihn wissen lassen würde, dass das Treffen mit Skellin unmittelbar bevorstand. Sobald sie das tat, würde er so nahe kommen, wie er das konnte, ohne Aufmerksamkeit zu erregen, so dass er sie, falls etwas schiefging, hoffentlich rechtzeitig erreichte, um ihr zu helfen.

Sie konnte Gols Geist am Rand ihres eigenen spüren. Die Ablenkung war weniger stark, als sie befürchtet hatte. Er und Rothen befanden sich in einem stillen Raum eines Hauses, das einem Freund von Rothen gehörte. Es war ein recht hübsches Haus, nach den Eindrücken zu urteilen, die sie von Gol auffing. Da sein Geist dem ihren ständig geöffnet war, war es leicht zu vergessen, dass er seinerseits nicht in ihren Geist sehen konnte und sie bewusst mit ihm sprechen musste, um ihm etwas mitzuteilen.

Lilia trat aus der Gasse und hielt inne, als ihr ein Strom frischer Luft entgegenschlug. Sie schaute sich um, und ihr Magen krampfte sich vor Angst zusammen. Sie waren am Hafen angekommen.

Der Führer bemerkte, dass sie stehen geblieben war, und machte eine ungeduldige Geste. Lilia holte tief Luft und folgte ihm zu einem langen Pier. Sie gingen um die Stapel mit Waren und um die Schauerleute herum. Schiffe wiegten sich sanft zu beiden Seiten. Als der Führer den Pier entlangging, formulierte sie im Geiste eine Frage.

– Gol! Was ist, wenn er mir sagt, dass ich auf ein Schiff gehen soll?

Es folgte eine Pause, bevor Gol antwortete.

– Rothen sagt, er wolle darüber nachdenken.

Nachdem sie an vier Schiffen vorbeigegangen waren, blieb der Führer vor einer Planke stehen, die auf eins der Schiffe führte, und deutete darauf. Sie betrachtete das Schiff. Die Mannschaft starrte erwartungsvoll auf sie herab.

– Sie sehen so aus, als seien sie bereit loszusegeln. Was soll ich tun?

– Geht an Bord. Ihr habt vielleicht nur eine Chance, Anyi zu retten, erwiderte Gol.

Was besser war als gar keine Chance. Sie holte tief Luft, stieß den Atem aus und ging dann über die Planke. Niemand sprach sie an. Sobald sie an Deck war, wandte die Mannschaft sich ab und machte sich an die Arbeit.

– Wie wird Rothen mir folgen? Hat die Gilde ein Schiff? Wird er in der Lage sein, es zu benutzen, ohne den Höheren Magiern zu verraten, was ich tue?

Sie schritt das Deck ab und musterte die Gesichter der Seeleute. Skellin war nicht dabei. Ebenso wenig Lorandra. Ebenso wenig Anyi. Die Mannschaft musste sie zu Skellin bringen – aber wie weit entfernt war er? Gewiss nicht in einem anderen Land. Es würde Wochen dauern, dorthin zu gelangen.

Sie stellte sich vor, wie sie sich fühlen würde, wenn sie ein auf sich gestelltes, junges Dienstmädchen gewesen wäre, das umringt war von diesen harten Männern. Ihre Mienen waren jedoch nicht lüstern, sondern kalt. Sie mieden ihren Blick. Niemand beachtete sie, es sei, um einen Bogen um sie zu machen, wenn sie im Weg stand.

Was häufig geschah. Auf dem Deck dieses Schiffes war nicht viel Platz. Es war nicht sonderlich groß und schien zum Transport von Fracht bestimmt zu sein. Sie sah der Mannschaft zu und suchte sich einen Platz, wo sie niemandem im Weg war. Von dort beobachtete sie, wie das Schiff sich vom Pier entfernte, den Hafen hinter sich ließ und aufs Meer zusteuerte.

Das Deck begann sich unter ihr zu wiegen, und sie musste sich festhalten. Viele weitere Schiffe waren ebenfalls zur Mündung des Tarali unterwegs oder kamen ihnen entgegen, aber als ihr Boot sich weiter vom Land entfernte, blieben auch die meisten anderen Boote zurück. Nur eines nicht, dessen Segel zusammengerollt waren. Der Mann, der auf ihrem Schiff die Befehle gab – es musste wohl der Kapitän sein –, deutete auf dieses Schiff.

Sie betrachtete die winzigen Gestalten auf dem anderen Schiff. Als sie näher kamen, wurden die Einzelheiten deutlicher. Unter den Menschen an Bord befand sich ein Trio, das gemeinsam an der Reling stand. Schon bald konnte sie erkennen, dass es ein Mann und zwei Frauen waren. Sie erkannte Anyi als Erstes. Wie hätte es auch anders sein können? *Ich würde sie an ihrem Schatten erkennen. An ihrer Präsenz.* Ihr Herz krampfte sich zusammen. *Ich darf die Sache nicht vermasseln. Sonst wird sie sterben. Vielleicht sollte ich von meinem Plan ablassen und tun, was immer Skellin befiehlt. Aber wird er sie wirklich gehen lassen, wenn ich gehorche? Wird er sie behalten und mich zwingen zu bleiben und ihm alles beizubringen, was ich über Magie weiß?*

Sie wappnete sich und betrachtete die beiden anderen Personen. Die Boote waren sich jetzt nah genug, dass sie in der zweiten Frau Lorandra erkannte. Dann musste der Mann ihr Sohn sein.

Dies ist also Skellin. Er war hochgewachsen wie ein Lanz, aber dunkelhäutig wie ein Lonmar. *Da jedoch beide Völker für ihr Ehrgefühl und ihre strengen Moralvorstellungen bekannt sind, bezweifle ich, dass ihnen der Vergleich gefallen würde. Trotzdem, er ist wahrscheinlich nicht das beste Beispiel seines eigenen Volkes … Es hat einen Außenseiter gebraucht, jemanden, der bereit war, unsere Regeln und Gesetze zu brechen, um uns unsere Schwächen aufzuzeigen. Was könnten wir über uns selbst gelernt haben, wenn die ersten Menschen aus Igra, die uns besucht hatten, anständig und gesetzestreu gewesen wären?*

Das Schiff verlangsamte seine Fahrt und drehte bei, so dass die Boote jetzt nebeneinander trieben. Lilia konnte Aktivitäten um sich herum hören – der Anker wurde herabgelassen und die Segel eingerollt, vermutete sie –, aber sie konnte den Blick nicht von dem Trio auf dem anderen Schiff losreißen. Es war nur zwanzig oder dreißig Schritt von ihr entfernt.

– *Rothen sagt, du sollst tun, was immer du tun musst, um Anyi sicher wegzubringen,* sandte Gol.

Lilia nickte, dann hoffte sie, dass Skellin, falls er die Bewegung wahrgenommen hatte, es für eine Geste des Wiedererkennens hielt. Der wilde Magier winkte.

»Kommt und gesellt Euch zu uns, Lilia«, rief er.

Sie schätzte den Abstand zwischen den Schiffen ab und wandte sich dann der Mannschaft zu. Die Seeleute beobachteten sie, machten aber keine Anstalten, ein Boot zu Wasser zu lassen. Wie sollte sie auf das andere Schiff gelangen?

– *Kannst du schweben?*, fragte Gol.

– *Ja, aber es wird etwas von meiner Magie verbrauchen.*

Was wahrscheinlich Skellins Absicht war. Trotzdem, das Schweben über diese kleine Distanz hinweg würde nicht allzu viel Magie verbrauchen, wenn sie sich beeilte.

Sie zog Macht in sich hinein, schuf eine kleine Scheibe der Kraft unter ihren Füßen und schwebte empor. Skellin, Lorandra und Anyi traten von der Reling weg, um ihr Platz zu machen. Lorandra hielt Anyi am Arm fest. Sobald ihre

Füße auf dem Deck waren, schaute Lilia auf und sah, dass die Frau Anyi ein Messer an die Kehle hielt. Ihr Magen krampfte sich zusammen, und ein kalter Schauer überlief sie. Anyi stand steif da, breitbeinig wegen des Schaukelns des Schiffes, und als sie Lilia ansah, waren ihre Augen voller Bedauern, Zorn und Furcht.

»Lady Lilia«, begrüßte Skellin sie. »Ich bin ja so froh, dass Ihr meine Einladung angenommen habt.«

Sie zwang sich, seinem Blick standzuhalten, ohne zusammenzuzucken. *Du magst denken, dass du der König der Unterwelt bist,* dachte sie. *Aber ich bin eine Schwarzmagierin, Verteidigerin der Gilde.* Der Stolz, den sie empfand, war überraschend und vielleicht ein wenig unangemessen, aber das scherte sie nicht, solange er ihr das Selbstbewusstsein schenkte, ihm die Stirn zu bieten.

Im Gegensatz zu seiner Mutter hatte er keinen unvertrauten Akzent. Er hielt inne, als warte er auf eine Antwort, und als sie nichts sagte, lächelte er. »Nun, Ihr seid seit einigen Stunden auf den Beinen, und frühes Aufstehen gefällt nicht jedem. Vielleicht sollten wir zur Sache kommen. Ich habe einen Vorschlag für Euch. Einen Handel. Lehrt mich schwarze Magie, und ich werde diese entzückende junge Frau in Eure Obhut geben. Ich glaube, Ihr kennt sie?«

Als er auf Anyi zeigte, drehte sich das Messer an der Kehle des Mädchens in Lorandras Hand und spiegelte einen Sonnenstrahl in Lilias Augen.

Lilia ignorierte es. »Lasst sie jetzt gehen.«

Skellin schüttelte den Kopf und lachte.

»Woher weiß ich, dass Ihr sie nicht töten werdet«, fuhr Lilia fort, »sobald ich Euch gegeben habe, was Ihr wollt?«

»Woher weiß ich, dass Ihr mich nicht töten werdet, sobald ich sie gehen lasse? Ihr seid schließlich eine Schwarzmagierin.«

»Und Ihr seid ein mörderischer wilder Magier und Dieb.«

Er zog die Augenbrauen hoch. »Nun, nun. Wann habt Ihr mich jemals jemanden töten sehen?«

Sie öffnete den Mund, um zu antworten, dann schloss sie ihn wieder. Sie hatte ihn nie bei einem Mord beobachtet. Nicht einmal Cery hatte das. Anyis Vater war gestorben, als sein Herz versagt hatte, obwohl das wahrscheinlich von der Anspannung verursacht worden war, dass Skellin Jagd auf ihn gemacht hatte. Lorandra war die Jägerin der Diebe gewesen. Aber so handhabten die Diebe es, nicht wahr? Sie machten sich die Hände nicht schmutzig. Sie hatten andere, die das für sie taten.

Sie verschränkte die Arme vor der Brust. »Bringen wir es hinter uns.«

Er grinste. »Meine Güte, ist das nicht etwas ungeduldig?« Er machte ein paar Schritte auf sie zu, dann blieb er stehen. »Aber zuerst müsst Ihr Eure Kleider ausziehen.«

Sie starrte ihn an. »*Was?*« Das Wort platzte förmlich aus ihr heraus.

Sein Lächeln verschwand. »Ich habe meine Hausaufgaben gemacht, Lady Lilia«, sagte er mit leiser Stimme. »Ich weiß, dass schwarze Magie erforderlich macht, dass die Haut einen Schnitt bekommt. Ich brauche die Versicherung, dass Ihr keine scharfen Gegenstände bei Euch tragt. Ihr könnt sicher sein, dass ich das nicht tue, da ich es nicht riskieren will, dass Ihr meine eigene Klinge gegen mich wendet. Ich könnte einen Mann aus der Mannschaft bitten, Euch zu überprüfen, aber Ihr könntet ihn töten, und es wäre Euch wahrscheinlich lieber, nicht begrapscht zu werden. Ihr braucht Euch nur bis zu dem Punkt zu entkleiden, an dem klar ist, dass Ihr keine Waffen bei Euch tragt.«

Schwer schluckend zog sie die abgetragene alte Robe und die Hosen aus. Dann funkelte sie Skellin an und forderte ihn dazu heraus, darauf zu bestehen, dass sie die schlichten Untergewänder ablegte, die die Frauen der Gilde unter ihren Roben trugen. Von den Mannschaften der Schiffe kamen leise Pfiffe, aber sie verstummten, als Skellin sich mit strenger Miene umsah.

»Tretet die Kleider weg und dreht Euch um«, befahl er. Seufzend gehorchte sie. »Nun, für den Anfang werdet Ihr mich lehren, wie man Gedanken liest.«

Lilia erstarrte, dann fluchte sie im Stillen. Wenn sie erklärte, dass die Abmachung lediglich vorsah, dass sie ihm schwarze Magie beibrachte, würde er sie auslachen. Sie war nicht in der Position zu argumentieren.

»Ihr benötigt jemanden zum Üben«, erklärte sie ihm.

»Ihr werdet dafür genügen«, kam die Antwort, die sie erwartet hatte.

Sie verspürte unerwartete Bewunderung. *Oh, er ist nicht dumm. Er hat alles durchdacht. Weitaus besser, als ich es getan habe. Es ist mir nie in den Sinn gekommen, dass er dies verlangen könnte. Wenn ich es tue, wird er alles sehen. Mein Plan wird niemals funktionieren.*

»Ich habe noch nie zuvor versucht, es auf diese Weise jemandem beizubringen.« Es war nicht schwer, unsicher und aufrichtig zu klingen. Sie *hatte* noch nie jemanden das Gedankenlesen gelehrt.

»Dann wisst Ihr nicht, dass es nicht funktionieren wird.« Er machte einen Schritt auf sie zu, dann noch einen. *Es wird Zeit, mich zu entscheiden. Gib ihm alles, was er will, versuche, ihn mit Heilung zu töten, oder versuche, den Plan auszuführen.* Sie zuckte zusammen, als er die Hände ausstreckte, zwang sich aber, still zu stehen. Als sie über seine Schulter schaute, sah sie in Anyis verängstigte, wütende Augen und hoffte, dass sie nicht so unsicher wirkte, wie sie sich fühlte.

Es muss funktionieren …

27 Alte Kämpfe, neue Waffen

Ganz in Schwarz gekleidet zu sein hatte seinen Vorteil gehabt, als Sonea in den frühen Morgenstunden aus dem Herrenhaus geschlüpft war, aber jetzt, da die Sonne hoch am Himmel stand, war sie vor dem Hintergrund der bleichen Mauern der sachakanischen Hauptstadt allzu deutlich zu sehen.

Zumindest bin ich dem Stadtzentrum näher.

Als die Morgendämmerung gekommen war, hatte Sonea ein anderes Herrenhaus mit einem Turm ausgewählt, um sich darin zu verstecken. Die Nebentür, durch die sie gegangen war, war nicht verschlossen gewesen, aber sie hatte festgestellt, dass das Gebäude nicht gänzlich verlassen war, denn von irgendwo im Innern waren Stimmen zu hören gewesen. Als sie versucht hatte, das Haus zu verlassen, hatte eine schnelle Überprüfung des Gebiets um das Haus herum eine Gruppe von Männern offenbart, die durch die Straße eilten, daher war sie so lautlos sie konnte wieder durch das Haus geschlichen. Sie hatte die Treppe gefunden und war zum Turm emporgestiegen, wobei sie sich gesagt hatte, dass sie, wenn sie jemanden heraufkommen hörte, aus einem der Turmfenster klettern und über das Dach entkommen konnte.

Stunden waren verstrichen, und die einzigen Geräusche, die sie gehört hatte, waren fern und gedämpft gewesen. Die Fenster des Turms standen offen, vielleicht um die kühle Morgenbrise hereinzulassen. Von der Straße unten hörte sie Schritte und weitere Stimmen, aber im Wesentlichen war es still in der Stadt.

Von den Fenstern hatte man einen Blick auf die andere Straßenseite und auf ein Meer von Dächern. *Es ist verführerisch hinauszuschlüpfen und einen besseren Aussichtspunkt zu suchen. Aber das Risiko, gesehen zu werden, ist es nicht wert. Ich weiß nicht, wo sie kämpfen werden.* Sobald der Kampf begann, sollte es Geräusche und Lichter geben, die ihr verrieten, wo sich das Schlachtfeld befand. *Dann werde ich näher herangehen können. Vielleicht werde ich über die Dächer steigen, wie Cery und ich es früher getan haben, damals, als wir noch Kinder in den Hüttenvierteln waren …*

»Die Aussicht ist hier auch nicht besser«, erklang eine Stimme hinter ihr.

Sie zuckte zusammen und wirbelte herum. Regin stand oben an der Treppe, die Arme vor der Brust verschränkt. Der Verlegenheit darüber, gefunden worden zu sein, folgte eine selbstsüchtige Erleichterung, dass er hier war, und schließlich ein Aufblitzen von Sorge und Verärgerung.

»Regin!«, zischte sie. »Was tut Ihr hier?«

Er zuckte die Achseln und ließ die Arme sinken. »Ich bin Euch natürlich gefolgt, obwohl ich während der letzten Stunden unten festgesessen und mich vor den Leuten dort versteckt habe. Sie sind übrigens gerade gegangen.«

»Ihr habt mir gesagt, Ihr würdet nicht mit mir kommen. Wir hatten eine Abmachung.«

»Ich habe gelogen.« Er zuckte abermals die Achseln und

ging weiter die Treppe hinauf. »Ich wusste, dass Ihr meine Macht nicht nehmen würdet, wenn ich mich nicht bereitgefunden hätte zurückzubleiben. Außerdem habt Ihr ebenfalls gelogen. Ihr habt gesagt, dass Ihr bleiben würdet, wo Ihr wart.«

»Das ist etwas anderes. Ich sollte darauf vertrauen können, dass ein anderer Gildemagier sein Wort hält. Und sie sind gegangen, ohne uns Bescheid zu geben.«

»Ich denke, die Gilde würde es mehr missbilligen, dass Ihr das Risiko eingeht, Euch die Verräter zum Feind zu machen, als dass ich Euch ignoriere. Ich versuche nur, Euch zu beschützen.«

Sie stemmte die Hände in die Hüften. »Das könnt Ihr nicht. Wenn wir angegriffen werden, werde ich *Euch* beschützen müssen. Ihr seid lediglich eine weitere Person, um die ich mir Sorgen machen muss. Ihr könntet mit Eurem Verhalten dazu beitragen, dass wir beide getötet werden.«

Er lächelte. Ihre brutale Aufrichtigkeit machte ihm nichts aus, und sie ertappte sich bei der Frage, ob sie sich zu ihm hingezogen fühlte, weil er nicht im Mindesten von ihr eingeschüchtert war. »Der Schutz zweier Personen wird nicht mehr Macht verlangen als der Schutz von einer.« Sein Blick wanderte zum Fenster, und sie konnte nicht umhin, in die gleiche Richtung zu schauen. »Hat Dannyl seinen Beobachtungsposten schon erreicht?«

Sonea griff nach Osens Ring in ihrer Tasche. »Ich weiß es nicht.«

»Ihr habt Euch noch nicht mit Osen in Verbindung gesetzt?«

»Ich habe es vorhin getan. Es geschah nichts. Ich wollte den Ring nicht anbehalten, für den Fall, dass jemand die Treppe heraufkam und ich zu abgelenkt wäre, um es zu bemerken.«

»Darüber braucht Ihr Euch jetzt keine Gedanken mehr zu machen. Ich kann Wache halten.« Er lachte leise. »Seht Ihr? Ihr braucht mich doch.«

Sie verkniff sich eine Erwiderung und schloss die Finger um den Ring. Sie zog ihn heraus, streifte ihn über und suchte den Geist von Osen und Dannyl.

Dannyl spähte um die Ecke des Gebäudes, suchte die Straße ab und sah zu seiner Erleichterung, dass sie verlassen war. Er gab Tayend und Merria ein Zeichen, dann trat er hinaus und eilte voran. Ihre Schritte und ihre Atmung verrieten ihm, dass sie dicht hinter ihm waren.

Bisher waren die einzigen Menschen, die sie in der Stadt gesehen hatten, Sklaven und der für einen Sklaven zu gut gekleidete Fahrer einer Kutsche gewesen. Alle hatten sich eilig vom Stadtzentrum entfernt, während Dannyl und seine Begleiter darauf zugingen.

Bedauerlicherweise machte das, was Ashakis Heim anziehend machte, es auch gefährlich: seine Nähe zu der breiten Parade, der Prachtstraße, die zum Palast führte. Wenn sie nahe genug herankamen, um die Kämpfe zu beobachten, bedeutete das auch, dass sie eben den Menschen nahe waren, von denen er sich fernhalten wollte.

Aber es sollte alles in Ordnung sein, sobald wir dort ankommen. Sobald wir im Haus sind und außer Sicht.

Er war sich der prestigeträchtigen Lage von Achatis Haus stets bewusst gewesen, hatte aber nie irgendwelche Räume betreten, die zur Parade hin lagen. Herrenzimmer und private Räume waren im Allgemeinen zentral und hatten keine Fenster. Sachakaner bevorzugten Privatsphäre und hielten sich von der Hitze der Sommersonne lieber fern; das war ihnen wichtiger als eine gute Aussicht.

Er erreichte eine größere Durchgangsstraße – eine, die zur

Parade führte. Achatis Haus lag an der Ecke. Nachdem er sich davon überzeugt hatte, dass die Straße verlassen war, führte er die anderen um die Ecke herum. Er hielt sich dicht an der Mauer und versuchte, sich leise und schnell zu bewegen. Trotzdem hallte das Klopfen seiner Stiefel und der Merrias in der Straße wider.

Tayends Schuhe machten kaum ein Geräusch, bemerkte er. Wie um das wieder auszugleichen, klimperten und klirrten die Knöpfe und Schließen seiner kunstvollen Höflingsgewandung bei jedem Schritt. Das Geräusch wäre normalerweise nicht wahrnehmbar, aber in der unheimlichen Stille klang es wie … Er runzelte die Stirn, während er versuchte, einen Vergleich zu finden. *Wie das Klappern von Besteck, mit dem jemand unsanft umgeht.*

Eine Tür auf der anderen Seite der Straße wurde geöffnet, und Dannyl erstarrte. Er hörte, dass Merria stehen blieb, und aus dem Augenwinkel sah er, wie Tayend sich nach einem Versteck umschaute, aber es war zu spät. Ein Mann tauchte auf, hob den Blick und hielt inne, als er sie bemerkte.

Ein Ashaki. Dannyls Herz hämmerte. Der Mann starrte sie an, dann richtete er sich auf und kam auf sie zu.

»Weglaufen?«, fragte Merria leise.

Dannyl schüttelte den Kopf. Wenn sie wegrannten, würden sie nur schuldig wirken. Wenn sie Furcht zeigten, würde das klarmachen, dass sie einen Grund dazu hatten. Kriegskunstlektionen aus lang vergangenen Zeiten kamen ihm in den Sinn. *Du kannst nicht sagen, wie stark ein anderer Magier ist, noch kann er deine Stärke beurteilen. Eine selbstbewusste Ausstrahlung wird deinem Gegner Grund geben, daran zu zweifeln, dass er stärker ist als du, selbst wenn aller Anschein für das Gegenteil spricht.* Er folgte dem Beispiel des anderen Mannes, drückte den Rücken durch und ging auf ihn zu.

Der Mann war ungefähr sechzig, schätzte Dannyl. Sein Haar war mit grauen Strähnen durchzogen.

»Seid Ihr die Botschafter aus dem Gildehaus?«, fragte der Mann energisch. Er war angespannt, bemerkte Dannyl. *In Eile. Vielleicht kann ich das zu meinem Vorteil nutzen.*

»Ja«, bestätigte Dannyl langsam und förmlich. »Ich bin Gildebotschafter Dannyl.« Er deutete auf Tayend. »Dies ist Tayend, der elynische Botschafter. Und dies …« Er drehte sich zu Merria um.

Der Mann fiel ihm ins Wort. »Warum seid Ihr nicht im Gildehaus? Ihr wisst doch, was bevorsteht? Ihr lauft vielleicht geradewegs in eine magische Schlacht hinein.«

»Ich bin über die Situation im Bilde«, erklärte Dannyl. »Ich versichere Euch, wir haben nicht die Absicht …«

»Warum seid Ihr dann hier?«

»Man hat uns eine sichere Alternative zum Gildehaus angeboten.« So viel entsprach der Wahrheit. Achati hatte ihm gesagt, dass ein Schiff wartete.

Der Mann runzelte die Stirn. »Hier? So dicht beim Palast? Wie kann es hier sicherer sein?«

Danny zuckte die Achseln. »Die Verräterinnen werden wohl kaum so weit kommen.«

Dies hatte den erwünschten Effekt. Der Mann reckte das Kinn vor. »Ja. Natürlich. Nun denn. Es ist nicht weit bis zum Palast, und ich gehe ebenfalls dorthin. Ich werde Euch begleiten.«

Oh-oh. Auf keinen Fall wollte Dannyl in Reichweite der Ashaki sein, wenn das Blatt sich gegen sie wendete und sie verzweifelt zusätzliche Macht benötigten. Er zog entschuldigend den Kopf ein.

»Ich fürchte, wir gehen nicht zum Palast. Unser beider Herrscher brennen darauf, jeden Eindruck zu vermeiden, dass die Gilde sich einmischt.« Dann, in dem Wissen, dass der Mann sie nicht gehen lassen würde, ohne ihr Ziel zu kennen, vor allem, nachdem sie die Möglichkeit einer Einmischung erwähnt hatten, fügte er hinzu: »Wir sind auf dem Weg zu Ashaki Achatis Haus.«

Der Mann zog die Augenbrauen hoch, dann nickte er. »Ich werde Euch bis dorthin begleiten.«

Er ging davon, seine Schritte lang und schnell. Dannyl folgte ihm – ebenso wie Merria und Tayend, wie ihm das Klappern ihrer Schritte und das Klirren seiner Knöpfe verrieten. Die Versuchung, sich umzudrehen und Tayend in die Augen zu schauen, war stark, aber er widerstand ihr. Eine selbstbewusste Haltung bedeutete auch, dass er den Eindruck erwecken musste, hier das Sagen zu haben.

Als er über die Schulter des Ashaki blickte, sah er eine Bewegung. Eine Menschenmenge, die groß genug war, um die breite Straße zu versperren, hatte sich versammelt und füllte wahrscheinlich die gesamte Parade aus. Männer in Hosen und kurzen Mänteln standen da und beobachteten etwas innerhalb der Parade, das Dannyl nicht sehen konnte. Kostbare Steine glitzerten im Sonnenlicht. *Ashaki. Viele Ashaki. Jeden Augenblick wird einer aufschauen, uns sehen und die Aufmerksamkeit der anderen auf uns lenken. Was wird dann geschehen?* Er konnte nicht umhin, sich eine Horde von Männern vorzustellen, die auf ihn zukamen, bereit, Macht von den drei Fremdländern zu ernten.

Aber niemand kam. Als ihr selbsternannter Begleiter sich der Tür von Achatis Haus näherte, begann die Menge sich zu bewegen. Das Heer der Ashaki brach auf. Dannyl hoffte, dass dies ihren Begleiter dazu bewegen würde, sie sich selbst zu überlassen, aber der Mann runzelte nur die Stirn und trat vor die Tür. Er klopfte an.

Ein lange Stille folgte. Der Ashaki klopfte erneut. Während die Zeit sich in die Länge zog, schlug Dannyls Herz immer schneller. Achati würde beim König sein. Die Sklaven waren wahrscheinlich gegangen. Was würde ihr Begleiter tun, wenn klar war, dass niemand die Tür öffnen würde? Der Mann klopfte ein drittes Mal, wartete, seufzte und drehte sich schließlich zu Dannyl um.

Dann, als er gerade den Mund öffnete, um zu sprechen, schwang die Tür nach innen auf. Ein Sklave spähte heraus.

»Botschafter Dannyl.«

Tayend stieß den angehaltenen Atem aus, und Merria seufzte. Der Ashaki drehte sich zu dem Sklaven um, dann sah er Dannyl an und schaute am Ende zur Parade hinüber. Dannyl, der seinem Blick folgte, sah, dass die letzten Ashaki hinter dem gegenüberliegenden Gebäude verschwanden.

»Danke, Ashaki …«

Der Mann nannte seinen Namen nicht. Er machte einen Schritt rückwärts. »Haltet Euch außer Sicht«, riet er ihnen, dann drehte er sich um und lief davon.

Dannyl sah Tayend und Merria an. Ihre Augen waren groß, als sie seinen Blick erwiderten. »Lasst uns hineingehen.«

Der Sklave protestierte nicht, als sie durch die Tür traten. Sobald sie alle im Herrenzimmer waren, warf er sich auf den Boden. Dannyl, der eine Bewegung wahrnahm, sah einen anderen Sklaven auf dem Boden in der Nähe eines weiteren Flurs. Er schaute von einem zum anderen und runzelte die Stirn. Warum waren diese beiden noch hier?

»Steht auf«, befahl er. Die beiden gehorchten. »Wie lauten eure Namen?«

»Lak.«

»Vata.«

»Warum seid ihr nicht mit den übrigen Sklaven fortgegangen?«

Lak sah Vata an. »Er wird uns vielleicht brauchen«, sagte er.

»Er« musste Achati sein. Dannyl verspürte Bewunderung für ihre Loyalität.

»Von welchem Ort aus kann man die Parade am besten einsehen?«, fragte Tayend.

Vata blickte auf. »Vom Dach aus.«

Tayend zog die Augenbrauen hoch und sah Dannyl an. »Nun?«

Dannyl nickte. »Bringt uns dort hinauf.«

Verräter füllten die Straße vor den Toren des Herrenhauses. Lorkin und Tyvara hatten den Weg hinaus durch einen Sklaveneingang zu einer Nebenstraße gefunden und eilten zur Vorderseite des Gebäudes, wo die Verräter sich versammelten. Als Lorkin sich umschaute, bemerkte er, dass die eine Hälfte der Kämpfer Frauen waren, die andere Männer. Magier und Quellen. Alle trugen Westen wie er. *Für die meisten der Männer werden die Steine ihre einzige Quelle von Magie sein,* begriff er. *Nichtmagier, die an der Schlacht teilnehmen. Das muss etwas noch nie Dagewesenes sein.*

Kurz bevor die Menge anschwoll, um den Raum zwischen den Häusern zu füllen, erblickte Lorkin die Straße, die zum Stadtzentrum führte. Er bildete es sich vielleicht nur ein, aber in der Ferne schien die Straße von einem Schatten blockiert zu werden. Und dieser Schatten schien sich zu bewegen.

Man verlangte Ruhe, und Lorkin begriff, dass von irgendwo im Zentrum eine vertraute Stimme kam.

»… alle beschützen. Wir müssen alle zusammenbleiben. Unsere Stärke liegt in unserer Einheit und Entschlossenheit. Wir sind geeint. Die Ashaki sind es nicht. Wir haben uns Jahrhunderte vorbereitet. Die Ashaki haben das nicht. Wir haben die Unterstützung der Sklaven. Die Ashaki haben sie nicht. *Und wir haben Steine.*«

Größer als die meisten Verräter blickte Lorkin über ihre Köpfe in die Richtung, aus der die Stimme kam, und sah Savara höher als die Menge stehen, sichtbar für alle.

»Kannst du sie sehen? Wir müssen zu ihr«, flüsterte Tyvara ihm ins Ohr.

»Sie ist drüben bei den Toren.«

Sie ergriff seine Hand und zog ihn um die Menge herum zu der Wand des Herrenhauses. Savaras Stimme wurde lauter, als sie sich näherten, und sie war voller Selbstbewusstsein und Leidenschaft.

»Spart die Steine nicht auf. Dies ist es, wofür sie geschaffen wurden. Werkzeuge, um Bande zu brechen, um unsere Zukunft zu erschaffen, um alle gleich zu machen. Um Sachaka Freiheit zu bringen.«

»Freiheit!«, riefen die Verräter.

Der unerwartete Aufschrei jagte Lorkin einen leichten Schrecken ein. Als der Ruf ein zweites Mal erklang, war er bereit dafür, und diesmal beschleunigte sich sein Puls, weil ihn die Begeisterung ansteckte. Sobald sie die Wand erreicht hatten, schlängelte sich Tyvara durch die Menschen, die mit verzückter Miene ihre Königin anschauten. Schließlich brachen sie durch die Menge und fanden die Königin auf einem Karren stehend vor, umringt von den Sprecherinnen, gerade als ihre Ansprache endete.

»Heute bringen wir Sachakaner zusammen, geeint in Freiheit!«, beendete sie ihre Rede.

»Freiheit!«, riefen erneut alle. Die Worte wurden zu einem Gesang, als Savara von dem Karren herunterstieg und vorwärtsschritt. Die Menge teilte sich, um sie durchzulassen. Die Sprecherinnen eilten hinter ihr her, und Tyvara machte förmlich einen Satz vorwärts und zerrte Lorkin mit sich, so dass sie sich zu den Sprecherinnen gesellten, bevor die Masse der Verräter sich ihnen anschloss.

Sie erreichten Savara gerade, als die Königin aus der Menge heraustrat. Die Sprecherinnen rückten seitlich etwas ab, bis sie eine Linie quer über die Straße bildeten. Chaos mündete in Ordnung, als die Verräter sich in Marsch setzten, um den Sprecherinnen zu folgen, die ihre Gruppen anführten. Tyvara schaute sich um, dann blickte sie über die Schulter.

»Ich kann Kalia nicht sehen«, zischte sie. »Du?«

»Nein.« Lorkin schüttelte den Kopf, während er nach der Frau Ausschau hielt.

»Oh, sie ist zurückgeblieben«, erklang eine Stimme zu seiner Linken. Als er sich umdrehte, sah er, dass Chari, die Frau, die ihnen geholfen hatte, ins Sanktuarium zu fliehen, neben ihm erschienen war. »Sie bereitet sich darauf vor, die Verletzten zu behandeln.«

»Nun, das ist ein Grund weniger zur Sorge«, murmelte Tyvara. »Jetzt müssen wir nur mit *denen* fertig werden.«

Lorkin folgte ihrem Blick und schaute an der Schulter der Königin vorbei, um festzustellen, dass er es sich nicht eingebildet hatte: Die Straße vor ihnen wurde von einer weiteren Menschenmenge versperrt, die schnell näher kam. Sonnenlicht glitzerte auf juwelenbesetzten Jacken.

All diese Edelsteine, dachte Lorkin. *Haben die Ashaki der fernen Vergangenheit ihre Kleidung mit magischen Steinen geschmückt? Hat die Tradition überlebt, obwohl das Wissen um die Herstellung von Steinen verloren gegangen ist?*

Obwohl sie sich nur im Schritttempo bewegten, schienen die beiden Armeen aufeinander zuzueilen. Lorkins Herz raste. *Das ist es. Entweder werde ich am Ende dieser Schlacht leben oder nicht. Verflucht – ich wollte mich mit Mutter in Verbindung setzten.* Überall um ihn herum griffen Verräter nach den ersten Steinen in ihren Westen. *Zu spät jetzt.* Lorkin holte tief Luft und tat es ihnen gleich. Er nahm einen Schild –

und einen Angriffsstein. Als Tyvara an die rechte Seite der Königin trat, bezog er einen Platz auf der linken Seite.

Der Abstand zwischen den beiden Heeren schrumpfte von einigen hundert Schritt auf weniger als achtzig. Die Königin hob einen Stein, bereit zum Angriff. Die Sprecherinnen taten das Gleiche. Als Lorkin zum Feind hinüberschaute, sah er die entschlossenen Gesichter der Ashaki. Sah die finsteren Blicke des Hasses und das erwartungsvolle Grinsen. Er sah den König, und sein Blut gefror ihm in den Adern. Der alte Mann betrachtete die Eindringlinge in seiner Stadt mit einem hochmütigen Blick.

Auf irgendein Signal hin, das Lorkin nicht bemerkte, griffen beide Seiten an. Er konnte nicht erkennen, wer den Anfang machte. Im einen Moment war der Raum zwischen den Armeen geladen vor Erwartung, im nächsten zischelte er vor Magie. Er drückte automatisch den Schildstein und spürte, wie er aktiv wurde und der Schild gegen den von Savara und den der Sprecherin links von ihm prallte, bevor er zwischen beiden seinen festen Platz fand. Savara griff an, aber Tyvara hielt ihren Angriffsstein lediglich bereit, wie sie es ihn zu tun instruiert hatte. Sie würden sich später in die Schlacht stürzen; für den Moment war es ihre Aufgabe, die Königin zu beschützen.

Beide Seiten waren zum Stillstand gekommen. Lorkin kämpfte gegen den Drang, vor den gefährlichen Schlägen zurückzuweichen. *Sie haben nicht einmal versucht, das Wort aneinander zu richten,* begriff er. *Nicht einmal, um ihren Gegner zu beleidigen.* Den Geschichtsbüchern zufolge forderte ein Heerführer den Feind stets zur Kapitulation auf. Doch nicht diesmal.

Es ist nicht so, dass die Verräter und die Ashaki glauben, die andere Seite würde niemals akzeptieren. Es liegt daran, dass sie keine Kapitulation anbieten. Jede Seite beabsichtigt, die andere auszulöschen. Jeden letzten Verräter oder Ashaki zu töten. Er schauderte. *Selbst die Ichani haben der Gilde das Angebot gemacht, nachzugeben und einen Kampf zu vermeiden.*

Nicht anzugreifen bedeutete, dass er die Gelegenheit hatte zuzuschauen. Die Ashaki standen reglos da, während die Verräter in ständiger Bewegung waren. Er brannte darauf, die von den Verrätern entwickelte und eingeübte Kampftaktik in Aktion zu erleben. Die Königin und die Sprecherinnen blieben vorn, und er und Tyvara verharrten als die Beschützer der Königin. Die übrigen Verräter formten Kolonnen hinter den Sprecherinnen. Wenn sie die Front erreichten, traten sie jeweils neben eine Sprecherin. Wenn sie sich links neben ihre Sprecherin stellten, ließen sie die Kraft eines Steins in den Schild der vorderen Reihe fließen; traten sie rechts neben sie, benutzten sie einen Angriffsstein. Wenn ihr Stein erschöpft war, zogen sie sich wieder ans Ende ihrer Kolonne zurück.

Dies sorgte dafür, dass die Verräter erst die meisten Steine verbrauchten, bevor ihre Magierinnen begannen, ihren eigenen Vorrat an Macht zu benutzen. Es war viel einfacher, schnell auf abrupte und unerwartete Attacken mit persönlicher Magie zu reagieren als mit Steinen, daher hielt man sie in Reserve.

Von hinten kamen Warnrufe. Lorkin drehte sich um. Etwas geschah auf der rechten Seite der Verräterarmee.

»Was geht dort vor?«, fragte Savara. Verräter in den Kolonnen auf der rechten Seite riefen einander etwas zu. Diejenigen, die am nächsten waren, drehten sich um, um Tyvara zu berichten, was sie hörten. Lorkin fing Bruchstücke ihrer Worte auf.

»Angriff von rechts«, wiederholte Tyvara. »Sieben Ashaki. Alle erledigt.«

Lorkin sah, wie Savara vor Erleichterung und Befriedigung lächelte, und verspürte ein kleines Aufwallen von Triumph.

Die Ashaki sind Narren, wenn sie denken, wir seien auf diese Art von Angriff nicht vorbereitet.

»Lorkin«, zischte Tyvara.

Als er sich umdrehte, sah er, dass sie besorgt die Stirn runzelte. Sie machte eine ruckartige Kopfbewegung und schaute zu der Verräterarmee zurück, während sie gleichzeitig mit den Lippen ein Wort formte. Sein Blut gefror.

Kalia.

Er fuhr herum und betrachtete die Gesichter in den Kolonnen hinter ihr, aber von der Frau sah er keine Spur. *Vielleicht hat Tyvara jemanden erblickt, der Kalia ein wenig ähnlich sah. Nein, sie macht nicht im Mindesten den Eindruck, als zweifle sie. Also, wo ist Kalia?*

Nicht hinter Tyvara. Er drehte sich um, um die Verräter hinter sich selbst abzusuchen, und sein Herz wurde zu Eis. Kalia war nur wenige Schritte entfernt und schlüpfte in die nächste Kolonne, wo ein Verräter abgelenkt war und seine Weste befingerte. Lorkin stieß ihren Namen hervor, zog Magie in sich hinein und zog einen Schild hinter sich selbst, Savara und Tyvara hoch. Der Schild stieß gegen einen anderen, und Lorkin begriff, dass Tyvara bereits das Gleiche getan hatte.

»Kalia?«, sagte Savara, ihre Stimme voller Überraschung. Sie drehte sich zu der Frau um. Verräter rissen erstaunt die Augen auf, als ihre Anführerin ihre Aufmerksamkeit vom Feind abwandte. Angriffe prallten gegen ihren Schild, aber sie wirkte unbesorgt, als sie Kalia entgegentrat. »Was tust du hier?«

Kalia betrachtete all die Gesichter, die sie beobachteten, und erbleichte. »Ich bin gekommen, um zu helfen.«

»Ich habe dir einen Befehl gegeben«, rief Savara ihr ins

Gedächtnis, und in ihrer Stimme lag ein Unterton von Ärger und erzwungener Geduld.

Kalia stutzte. Die Schlacht tobte weiter. Die Luft vor Savara vibrierte, als ein weiterer Angriff ihren Schild traf; die Ashaki hofften, dass ihre Ablenkung ein Zeichen von Schwäche war. Die Verräter, die sich in den Kampf stürzten, taten dies ohne Zögern, während jene, die sich zurückzogen, dies eine Spur langsamer erledigten und Kalia und die Königin interessiert beäugten.

»Aber Ihr braucht jeden …«, begann Kalia.

»Was ich brauche, sind Leute, die meine Befehle befolgen.« Savaras Ton und Miene waren jetzt kalt. »Wie willst du unser Vertrauen zurückgewinnen, wenn du nicht tust, was man dir sagt?« Sie wandte sich ab. »Geh zurück und bleib dort.«

Während Kalia sich zurückzog, beugte Savara sich zu Lorkin vor.

»Was denkt sie?«

Er konzentrierte sich. Wie zuvor fing er einige Worte auf, und Kalia verströmte Enttäuschung. Aber es war nicht die Verärgerung oder Wut wegen eines gescheiterten Plans. Kalias Gefühl von Versagen war durchsetzt mit Furcht und Scham. Sie war immer noch voller Abneigung, aber nicht von mörderischen Absichten erfüllt.

»Ich glaube nicht, dass sie irgendetwas vorhat«, sagte er.

Savara nickte. »Beschirmt mich.«

»Das tue ich bereits«, hörte er Tyvara leise sagen. »Irgendjemand sollte zurückgehen und sie im Auge behalten.«

Savara schüttelte den Kopf. »Nein. Wir sind es, die sie hasst. Sie wird anderen Verrätern nicht vorsätzlich schaden.« Ihr Blick war starr auf die Ashaki gerichtet. Sie machte einen Schritt nach vorn. Einen Moment später folgten die Sprecherinnen ihrem Beispiel. Als er sich umschaute, sah

Lorkin, dass einige der Ashaki sich rückwärts bewegten. Eine Welle der Erregung durchlief die Verräter.

Savara lachte leise. »Entweder werden sie schwächer und verlieren ihre Zuversicht, oder sie wollen uns in eine Falle locken.«

»Was tun wir jetzt?«, fragte Tyvara.

»Feststellen, um welche von beiden Möglichkeiten es sich handelt«, antwortete die Königin. »Es wird Zeit, dass ihr eure Angriffssteine benutzt. Wenn wir eine Falle entdecken und ihr erst dann angreift, werden sie wissen, dass wir die Falle bemerkt haben. Ich würde sie lieber so lange wie möglich im Unklaren darüber lassen, ob wir es bemerkt haben.«

Lächelnd machte sie einen großen Schritt vorwärts.

28 Sieg und Niederlage

Als Skellin mit den Fingern Lilias Stirn berührte, konnte sie nicht umhin zurückzuzucken. Er streckte abermals die Hände nach ihr aus, und sein Blick bohrte sich in ihre Augen.

»Wenn ich denke, dass Ihr die Dinge hinauszögert oder mir Schmerz verursacht, wird meine Mutter Eurer Freundin die Ohren und die Nase abschneiden«, knurrte er.

Mit rasendem Herzen senkte Lilia den Blick. *Und sobald ich gehorche, wird er mehr wollen. Er wird sie weiter bedrohen, bis ich ihn alles gelehrt habe. Und dann wird er uns beide töten. Ich kann mich geradeso gut an meinen Plan halten. Wenn ich versage, bringen wir den Schmerz und den Tod zumindest schneller hinter uns. Aber ich werde mich beeilen müssen. Ich darf ihm keine Zeit geben zu reagieren.*

Sie umfasste seine Handgelenke, als wollte sie ihn aufhalten, dann erlaubte sie ihm, die Hände an ihre Schläfen zu pressen. Sie holte tief Luft, schloss die Augen und sammelte genug Macht, um einen starken Schild zu durchdringen. Dann sandte sie die geballte Kraft in einem konzentrierten, beinahe punktförmigen Stoß durch ihre rechte Hand.

Sie spürte, wie sich die Barriere unter ihren Fingern angesichts dieses heftigen, unerwarteten Angriffs teilte. *Es hat funktioniert!* Überrascht begann sie, Macht in sich hineinzuziehen, wobei sie sich auf die lähmende Wirkung der Kraftentnahme verließ, um ihn daran zu hindern, zu kämpfen oder zu sprechen. Da er mit dem Rücken zu Lorandra stand, würde sie es hoffentlich nicht bemerken.

Der Griff, mit dem er ihren Kopf festhielt, löste sich, als die schwächende Wirkung von schwarzer Magie sich durchsetzte, aber Lilia hielt seine Hände auf ihren Schläfen fest. Dann öffnete sie die Augen und sandte Magie aus, um zu verhindern, dass er zu Boden sank. Er starrte sie an, seine Pupillen groß vor Zorn und Furcht.

Ja. Fürchte mich, dachte sie. *Diesmal hast du dein Opfer unterschätzt. Zu erpicht darauf zu bekommen, was du willst.*

Aber sie durfte ihn auch nicht unterschätzen. Oder seine Mutter. Im Moment war Lorandra eine größere Gefahr als Skellin. Sie würde irgendwann bemerken, dass etwas nicht stimmte, und sie hielt immer noch das Messer an Anyis Kehle. Lilia verspürte einen Stich des Zweifels und zog langsamer Macht in sich hinein. Sie wusste nicht, wann sie Skellin völlig erschöpft haben würde, und sie musste sich entscheiden, was sie tun würde, sobald es so weit war.

Ich muss Anyi beschützen, bevor Lorandra begreift, dass ich Skellin leersauge. Sie drehte leicht den Kopf, so dass sie Anyi sehen konnte, und streckte ihre Sinne und ihre Magie aus. Irgendwie musste sie eine Barriere zwischen das Messer und Anyis Haut legen, ohne dass jemand es bemerkte. Sie musste sich darauf konzentrieren, Macht in sich hineinzuziehen und sie gleichzeitig zu benutzen, was eine Herausforderung darstellte. *Kallen hätte mich lehren sollen, dies zu tun …*

Ihre Magie traf auf Widerstand.

Eine Barriere! Lorandras Barriere. Es kann nur ihre sein. Skellin kann seine Macht nicht benutzen.

Sofort wusste sie, dass sie einen Fehler gemacht hatte. Lorandra runzelte die Stirn. *Sie weiß, dass ich nichts mit Magie tun sollte. Skellin würde mich daran hindern.* Voller Entsetzen beobachtete sie, wie Lorandras Augen sich weiteten, als sie verstand, dann wurden sie schmal vor Wut.

Lilia zog Macht in sich hinein und sandte sie in Lorandras Richtung, noch während die Frau die Hand bewegte. Hellrotes Blut sprudelte aus Anyis Hals.

Nein! Lilia ließ Skellin fallen. Als Lorandras Barriere zersprang, fing sie Anyi auf und drückte dem Mädchen eine Hand auf die Kehle. Blut quoll zwischen ihren Fingern hervor. Sie hüllte sich selbst und Anyi in einen Schild, ließ ihre Freundin aufs Deck sinken und sandte ihren Geist in deren Körper. *Schließe dich!*, befahl sie den zerrissenen Venen, die Anyis Blut transportierten. Heilende Macht quoll aus ihr heraus und fügte Fleisch zusammen. Die Venen heilten, die Muskeln wuchsen wieder zusammen. Hoffnung durchzuckte Lilia, aber während Haut mit Haut verschmolz, lockerte sie ihren Griff um Anyis Kehle. *War ich schnell genug? Hat sie zu viel Blut verloren?*

Anyi lag still da und starrte zu den Segeln und dem Himmel über ihnen empor. Ihr Gesicht war bleich. Ihre Lippen blau. *Aber sie lebt. Ihr Herz schlägt. Sie atmet noch. Sie lebt, aber …*

Irgendwo in der Nähe erklang ein schriller Schrei. Erschrocken drehte Lilia sich um und sah, dass Lorandra sich aufrichtete. Skellin lag zu ihren Füßen. Auch er starrte gen Himmel. Lorandra wandte sich zu Lilia um. Bei dem Zorn, der die Züge der Frau verzerrte, stärkte Lilia instinktiv ihren Schild, aber es kam kein Angriff.

Stattdessen kräuselte sich die Luft vor Lorandra. Lilia

spürte Hitze und fing einen Eindruck von Haut und Stoff auf, die sich schwärzten. Flammen loderten auf und zeichneten Lorandras Umrisse nach. Die Frau kreischte, taumelte rückwärts und stürzte über die Reling.

Benommen von dem Bild, das noch immer in ihrem Geist brannte, konnte Lilia sich für einen Moment nicht bewegen. Dann begriff sie, dass die Seeleute um sie herum durcheinanderriefen, und Gegenstände prasselten von oben auf sie herab. Segel. Seile. Ein Holzbalken prallte von ihrem Schild ab. Etwas zerstörte die Takelage des Schiffes. Wahrscheinlich das gleiche Etwas, das Lorandra getroffen hatte. Lilia richtete sich auf und reckte den Hals, während sie sich umschaute. Dann erblickte sie ein anderes Schiff, an dessen Ruder eine purpurn gewandete Gestalt stand, das sich ihnen näherte.

»Lilia?«

Sie holte Luft und schaute auf Anyi hinab. Die Augen des Mädchens waren offen. Lilias Herz tat einen Satz vor Freude und Erleichterung.

»Du lebst! Du lebst.« Lilia legte sich neben Anyi und zog sie dicht an sich. »Wie fühlst du dich?«

»Schrecklich. Aber nicht so schlimm, wie sich diese Hexe fühlt – falls sie noch lebt.«

»Du hast es gesehen?«

»Ja. Ich dachte, ich träume.« Anyis Lippen waren noch immer bläulich verfärbt. Sie runzelte die Stirn. »Ist Skellin tot?«

Lilia blickte zu dem Dieb hinüber, der noch immer dort lag, wo er niedergesunken war. »Es sieht so aus, aber er könnte auch einfach erschöpft sein. So oder so, er kann uns nichts antun.«

»Tu mir einen Gefallen und sieh nach.«

Als Lilia sich umschaute, stellte sie fest, dass die Matrosen einen großen Bogen um sie machten. Widerstrebend stand Lilia auf und ging zu Skellin hinüber. Sein Gesicht war in einer Miene des Schmerzes und der Überraschung erstarrt. Er atmete nicht. Als sie ihn berührte, spürte sie keine Energie in ihm. *Mausetot. Aber ich hatte ihm noch nicht alle Macht genommen, als Lorandra Anyi die Kehle aufgeschlitzt hat.* Bei der Erinnerung daran, wie sie Macht in sich hineingezogen hatte, um Lorandras Schild zu durchbrechen, begriff sie, woher sie die Magie gehabt hatte. Sie hatte Lorandra mit Skellins Macht besiegt.

Lilia schaute über das Geländer. Sie hatte erwartet, Lorandras Leiche in der Nähe treiben zu sehen, aber es war keine Spur von ihr zu entdecken. Sie kehrte zu Anyi zurück und setzte sich. »Ja. Er ist tot. Die Gilde wird nicht glücklich darüber sein.«

Anyi gab einen unfeinen Laut von sich.

»Nicht wegen des Feuels«, sagte Lilia. »Sie wollten herausfinden, wer seine Verbündeten sind, vor allem diejenigen in der Gilde.«

»Mach dir keine Sorgen.« Anyi runzelte die Stirn. »Vater wird herausfinden, wer sie sind.«

Lilia stockte der Atem. *Sie weiß es nicht …*

Anyis Augen weiteten sich. »Er … er hat nicht nur so getan?«

Lilia biss sich auf die Unterlippe und schüttelte den Kopf.

Ein gequälter Ausdruck glitt über Anyis Züge. Sie fluchte. Aber als Lilia sich vorbeugte, um sie zu umarmen, schüttelte Anyi den Kopf, und ihre Miene verhärtete sich. »Dafür ist später noch Zeit. Wir haben noch immer eine Menge zu tun, und wir können nicht zulassen … Vater hat dafür gesorgt, dass das, was man seiner Familie angetan hat, ihn stärker gemacht hat, nicht schwächer. Ich muss ebenfalls stark sein.« Anyi richtete sich halb auf, aber ihr

Gesicht wurde noch bleicher, und sie sank wieder auf die Planken.

»Ruh dich aus«, sagte Lilia zu ihr. »Du hast eine Menge Blut verloren, und dein Körper braucht Zeit, neues zu bilden.«

»Wie lange wird das dauern?«

Lilia zuckte die Achseln. »Ich bin mir nicht sicher. Ein paar Tage vielleicht.« Sie lächelte traurig über Anyis ungeduldige Grimasse. *Ich fürchte, dass ihr Herz viel länger brauchen wird, um zu heilen, als ihr Körper.* »Du brauchst Essen und Wasser. Rothen wird jeden Moment hier sein.« Sie verrenkte den Hals, um festzustellen, dass das andere Boot gerade längsseits kam.

Anyi nickte. Lilia schaute sich um und entdeckte die zerlumpte Kleidung, die sie getragen hatte. »Ich sollte mich anziehen.«

»Ja. Warum hat Skellin eigentlich verlangt, dass du dich bis auf die Unterwäsche ausziehst?« Anyi hob eine Augenbraue. »Nicht dass ich mich beschweren würde.«

»Er wollte sich nur davon überzeugen, dass ich kein Messer bei mir hatte.«

»Klingt seltsam, ein Magier, der sich den Kopf über Messer zerbricht, während Menschen, die Messer bei sich tragen, im Allgemeinen Magie fürchten, aber ich schätze, schwarze Magie stellt die Dinge ein wenig auf den Kopf.«

»Nicht mehr.« Als Anyi die Stirn runzelte, schüttelte Lilia den Kopf. »Ich werde es später erklären.«

– Osen? Die Schlacht hat begonnen. Ich kann Lärm und Blitze in einer Entfernung von mehreren Straßen ausmachen.

– Könnt Ihr die Kämpfe beobachten?

– Nein. Was ist mit Dannyl?

– Er hat sich mit mir in Verbindung gesetzt, um mir mitzu-

teilen, dass sie Achatis Haus erreicht haben, aber seither habe ich nichts mehr von ihm gehört. Das Haus liegt an der Parade, daher werden sie die Schlacht nur sehen, wenn die Ashaki sich zurückziehen müssen.

– Wollt Ihr, dass ich versuche, näher heranzukommen?

– Nein. Bleibt, wo Ihr seid. Behaltet den Ring an. Dannyl wird seinen sicher bald überstreifen, und ich vermute, dass es ein wenig … überwältigend sein wird, wenn Ihr beide Ringe tragt, obwohl Nakis Ring zum Blockieren einer Gedankenlesung mich vor Euren Gedanken zu schützen scheint.

Sonea schaute auf den Ring an ihrem Finger hinab. Sie hatte Osen nichts davon erzählt, dass sie sich aus dem Haus gestohlen hatte, in das die Wachen der Verräter sie geschickt hatten, mit der Aufforderung, dort zu bleiben. Wenn alles gut ging, würde sie das nicht tun müssen.

Die Verräter machen sich nur Sorgen, dass wir uns einmischen werden. Solange ich das nicht tue, denke ich, werden sie es mir verzeihen, dass ich wissen will, was mit meinem Sohn geschieht.

Das Problem war, sie war Lorkin nicht näher gekommen, als sie es zuvor gewesen war. Sie würde sich darauf verlassen müssen, dass Dannyl ihr zeigte, was geschah. Und er würde nicht in der Lage dazu sein, falls die Ashaki nicht zurückwichen. Wenn sie es nicht taten, würde es bedeuten, dass sie gewannen.

Nicht zum ersten Mal an diesem Morgen stieg Angst in ihr auf wie eine alles überwältigende Welle. Sie holte tief Luft, drängte die Furcht beiseite und wog ihre Möglichkeiten ab. Könnte sie ein wenig näher herangehen, ohne Regin oder die künftige Beziehung zwischen den Verbündeten Ländern und Sachaka zu gefährden?

Auch vom Dach von Achatis Haus aus sah Dannyl hauptsächlich andere Dächer. Er konnte nur vermuten, wo genau die Schlacht tobte. Das Rumoren und Krachen von magischen Schlägen hallte durch die Straßen. Rauch wogte von einem Gebäude gen Himmel, das mindestens tausend Schritt entfernt war, und magische Blitze erhellten ständig die Unterseite der Wolken.

»Denkt Ihr, dass Achatis Sklaven davonkommen werden, falls die Verräter siegen?«, fragte Merria. »Oder wird man sie töten, weil sie ihm treu waren?«

»Ich fürchte, Letzteres ist wahrscheinlicher«, erwiderte Tayend.

»Könnten wir sie beschützen?«

»Das werdet Ihr die Gilde fragen müssen. Dannyl?«

»Bald«, erwiderte Dannyl, ohne den Blick von den fernen Zeichen der Schlacht abzuwenden. »Osen wird bei König Merin und den Höheren Magiern sein. Ich will ihn nicht wieder ablenken, bis es etwas zu berichten gibt.«

Aber das war nicht der einzige Grund, warum Dannyl zögerte. Sobald er Osens Blutring überstreifte, würde er alle Gedanken an Achati beiseitedrängen müssen, und er war sich nicht sicher, wie lange er das aufrechterhalten konnte. *Vor allem, wenn Merria und Tayend so reden, als würden die Verräter siegen.*

»Sie kommen näher«, sagte Merria.

Nein, dachte Dannyl und betrachtete die Rauchwolke. Das *ist nicht näher. Achati ist sicher.* Aber war Lorkin auch sicher? Ein Stich der Furcht durchzuckte ihn, gefolgt von Verbitterung. *Wie Tayend sagte, ganz gleich, in welche Richtung sich dies entwickelt, es wird etwas Schlechtes daraus erwachsen.*

»Ich denke, du hast recht«, erwiderte Tayend. »Die Blitze haben die Unterseite der Rauchsäule schon früher erhellt. Jetzt erhellen sie *diese* Seite davon.«

Dannyl wurde flau im Magen, als er sah, dass Tayend recht hatte. *Vielleicht werden die Ashaki ihre Kräfte sammeln und wieder an Boden gewinnen. Vielleicht wird den Verräterinnen die Magie ausgehen.*

Seine Gefährten schwiegen lange Zeit, als nichts anderes geschah, das auf eine Veränderung der Lage hindeutete. Dann verschwand ein Gebäude auf halbem Weg zwischen der Parade und der fernen Rauchwolke plötzlich. Das Krachen und Donnern folgte einen Herzschlag später, und im nächsten Moment stieg Staub auf. Merria keuchte. Tayend murmelte einen Fluch.

»Vielleicht ist dies nicht der sicherste Ort für uns«, sagte Tayend mit dünner Stimme. »Falls sie so weit kommen.«

»Uns wird nichts zustoßen«, entgegnete Merria, doch das Zittern in ihrer Stimme strafte ihre Worte Lügen. »Wir werden einfach wegschweben.«

»Ich schätze, dann sollte ich mich wohl dicht bei Euch halten.«

»Wir sollten alle zusammenbleiben«, stimmte Merria ihm zu.

Als die beiden links und rechts neben ihn traten, schaute Dannyl sie an, erheitert, dass sie sich auf der Suche nach Schutz an ihn wandten. Es ergab Sinn, dass Tayend so handelte. Aber Merria sollte Vertrauen in das Wissen haben, dass sie sich selbst schützen konnte.

Dannyl blickte zu der Stelle, wo das eingestürzte Gebäude gestanden hatte. *Im Gegensatz zu mir ist es das Letzte, was Merria will, in den Kampf verwickelt zu werden. Aber ich … ich wünschte, ich hätte irgendeinen Vorwand, um Achati zu helfen. Und sei es auch nur, um mich davon zu überzeugen, dass er überlebt, sollten die Ashaki verlieren …*

»Da sind sie!«, rief Merria aus.

Dannyls Herz stockte, als er Menschen aus einer nahen Nebenstraße laufen sah. Alles Männer, alles Ashaki, einige bedeckt mit Staub. Sie blieben stehen, als sie die Parade erreichten, formten eine Reihe, dann zwei, dann drei über die Straße, als weitere Ashaki auftauchten, um sich ihnen anzuschließen. Er schätzte, dass es über hundert waren.

»Ist das König Amakira?«, fragte Tayend.

Dannyl kniff die Augen zusammen. Ein älterer Mann stand in der Mitte, aber viele andere grauhaarige Ashaki waren in der Reihe, und es war unmöglich zu erkennen, welcher der König war. Aus Straßen zu beiden Seiten quollen weitere Ashaki. Vielleicht hatten sie versucht, in den Rücken der Verräterinnen zu gelangen und sie von hinten anzugreifen. Was immer sie getan hatten, hatte ihren Feind jedoch nicht ausreichend geschwächt. Die Front der Verräterinnen kam in Sicht. Ihre Angriffe trieben die Ashaki zurück. Männer an einem Ende der Reihe stolperten nach hinten und fielen. Sie standen nicht wieder auf.

Die Ashaki in der Reihe griffen einmütig an, und die Verräterinnen schlugen zurück. Sofort taten sich in der Abwehrmauer der Ashaki Lücken auf. Die Reihe wurde dünner, als Männer in die Lücken traten, um die Gefallenen zu ersetzen. Auf einen fernen Ruf hin begannen die Verteidiger sich hastig zurückzuziehen; sie griffen nicht länger an, sondern konzentrierten alle ihre Bemühungen darauf, sich mit Schilden zu schützen.

Sie verlieren. Sie haben verloren. Es sei denn, sie hätten im Palast etwas vorbereitet …

»Dannyl«, sagte Merria.

»Was?«, fragte er, und im nächsten Moment durchzuckten ihn Gewissensbisse wegen der Schärfe seines Tons.

»Osens Ring?«

Dannyl fluchte, dann entschuldigte er sich, während er den Blutring aus seiner Robe fischte. Er holte tief Luft und streifte ihn auf seinen Finger.

– Dannyl?

– Ja, Osen. Ich bin es. Der Konflikt befindet sich jetzt in Sichtweite. Die Ashaki haben eine Reihe am Eingang der Parade gebildet, aber nun befinden sie sich auf dem Rückzug.

– Sonea, könnt Ihr etwas sehen?

– Ja, kam Soneas Antwort. Ihre Gedankenstimme war klar, aber er konnte nichts von ihrer Präsenz oder ihren Gedanken spüren. Unten waren die zurückweichenden Ashaki fünfzig Schritte von Achatis Haus entfernt und kamen näher. Schon bald würde Dannyl mehr sehen können als ihre Hinterköpfe. Sehen können, ob Achati noch unter ihnen war. Ein magischer Schlag katapultierte zwei von ihnen in den Mann dahinter. Dannyl erhaschte einen Blick auf zerquetschte, blutverschmierte Gesichter.

– Die Ashaki verlieren, bemerkte Osen.

– Sie haben vielleicht eine weitere Streitmacht im Palast postiert, erwiderte Dannyl.

– Könnt Ihr Lorkin sehen?, fragte Sonea.

Dannyl riss den Blick von den Ashaki los und schaute zu den Verrätern hinüber. Er schnappte nach Luft. Hunderte von ihnen marschierten über die Parade. Sie gingen in Kolonnen, und ihre wohlgeordnete Formation war ein verräterischer Kontrast zu der Menge der zurückweichenden Ashaki. Während er das Geschehen beobachtete, traten einige der Verräter an der Spitze zur Seite und machten jenen hinter ihnen Platz.

Er hatte angenommen, dass es einfach sein würde, Lorkin als den einen Mann unter vielen Frauen auszumachen, aber es schien genauso viele männliche Magier unter den Verrätern zu geben wie weibliche, und sie waren alle gleich gekleidet. Männlich oder weiblich, sie griffen in die Taschen ihrer Westen, dann streckten sie aus, was immer sie daraus hervorgeholt hatten. Er fing ein Glitzern von Licht auf, dann noch eins und begriff, was sie taten.

Steine. Sie benutzen Steine.

Dann fand sein Blick ein vertrautes Gesicht, und Erleichterung durchströmte ihn. Lorkin stand in der Mitte der Reihe der Verräter, hinter und einen Schritt neben einer kleineren, älteren Frau. *Tyvara? Nein. Keine der persönlichen Sklavinnen im Gildehaus war so alt gewesen wie diese Frau.* Also, wer war sie?

– *Die Königin,* sandte Sonea.

Als er die ältere Frau wieder anschaute, bemerkte Dannyl ihre Position in der Mitte und die Entschlossenheit in ihren Zügen. *Königin Savara,* dachte er. *Die, sofern die Ashaki nicht im letzten Moment das Blatt wenden können, die Frau sein wird, vor der ich bald das Knie beugen und mit der ich verhandeln werde.*

Die Ashaki … hatten jetzt die Höhe von Achatis Haus erreicht. Es waren nicht mehr viele. Dannyl wappnete sich gegen das Schlimmste, als er nach unten blickte und nach einem vertrauten Gesicht suchte. Ein Mann wandte den Kopf, um zu ihm emporzuschauen, und alle Furcht und Zuneigung, die er vor Osen verbergen wollte, wallten in ihm auf und lähmten ihn. Achati lächelte, als hätte er die ganze Zeit über gewusst, dass Dannyl ihn vom Dach seines Hauses beobachten würde, dann richtete er seine Aufmerksamkeit wieder auf die Verräter.

Dannyl war zu keiner Bewegung mehr fähig. Sein Herz hämmerte, während die Ashaki weiter zum Palast zurückwichen. *Er darf nicht sterben.* König Amakira wurde von Achati und einem seiner anderen Ratgeber flankiert. Weitere Ashaki fielen. *Er wird nicht sterben,* sagte er sich. *Es wird alles in Ordnung sein mit ihm, wenn sie zum Palast zurückkommen.*

»Oh«, sagte Merria. »Seht.«

Dannyl riss den Blick los und sah, dass sie zu dem prächtigen Palastgebäude hinüberdeutete. Menschen strömten aus dem Eingang. Zuerst stiegen Hoffnung und Triumph in ihm auf, und er dachte, dass es weitere Ashaki seien, dann stieß Tayend einen leisen Pfiff aus, wie er es immer tat, wenn er beeindruckt war, und zur gleichen Zeit begriff Dannyl, dass es nicht die glitzernde Gewandung der Ashaki war, die er sah.

»Die Verräter haben den Palast bereits übernommen.« Tayend seufzte. »Und die Ashaki haben es nicht einmal bemerkt.«

Dannyl senkte den Blick, und ihm wurde übel, während er auf Zeichen dafür wartete, dass den Ashaki die Wahrheit dämmerte. *Wenn sie es begreifen, werden sie kapitulieren. Sie haben keine andere Wahl.* Die Ashaki scharten sich um den König. Nicht mehr als zwanzig jetzt. Einige schauten zum Palast hinüber. Diejenigen, die hinten standen, riefen eine Warnung. Dannyl sah, wie der König sich umdrehte und dann innehielt. Sah Amakiras Lippen sich bewegen, sah Achatis Nicken. Der König und der andere Ratgeber zogen sich weiter zurück, aber Achati blieb stehen. Die Angriffe der Verräter intensivierten sich plötzlich, vielleicht beim Anblick des Anführers ihrer Feinde, der außer Sicht verschwand.

Achati taumelte.

Dann machte er einen unmöglichen Sprung rückwärts, krümmte sich in der Luft zusammen und krachte zu Boden.

Dannyls Herzschlag setzte aus. Ungläubig betrachtete er die verzerrte, schlaffe Gestalt seines Freundes.

Aber … warum? Warum hat er sich nicht mit dem König zurückgezogen? Warum sich opfern, wenn er es nicht tun musste? Der König muss gewusst haben, dass die Schlacht verloren ist. Er hätte kapitulieren sollen. Ich hätte etwas tun sollen. Wenn ich gewusst hätte, dass er das tun würde, hätte ich etwas unternommen …

Hände hielten seine Arme fest. Als er hinabschaute, sah er, dass sowohl Merria als auch Tayend ihn gepackt hatten. Er blickte sie überrascht an. Dann begriff er, dass er dem Rand des Daches sehr nah war.

»Es tut mir leid«, sagte Tayend.

Als er Tayend in die Augen schaute, sah er dort Verständnis und Mitgefühl. Merria hatte gleichzeitig etwas gesagt, und Dannyl brauchte einen Moment, um zu begreifen, was es war.

»Was soll ich nicht?«, fragte er.

Sie sah ihn eindringlich an. »Versuchen, sie zu retten.«

Dannyl trat vom Rand des Daches zurück und schüttelte sie ab. »Für einen Moment dachte ich, Ihr hättet euch Sorgen um *mich* gemacht«, erklärte er verbittert. Angesichts des Verdrusses in seinem Ton zuckte er zusammen. Dann erfüllten ihn Zorn und noch etwas anderes. Etwas, das ihn zu überwältigen drohte. Plötzlich musste er weg von ihnen. Weg von den Bildern unter ihm. Er machte einige Schritte auf die Luke zu, durch die sie geklettert waren, um aufs Dach zu gelangen.

»Wartet.« Merria eilte zu ihm und griff nach seiner Hand. Er zog sich zurück und spürte, wie etwas von seinem Finger glitt. *Osens Ring.* Er hatte ihn vollkommen vergessen. *Alles, was ich gesehen und gefühlt habe, hat er ebenfalls gesehen …* Aber es kümmerte ihn nicht. Achati war tot. *Tot. Und ich habe danebengestanden und zugesehen und nichts getan.*

Tayend kam herbei und legte Dannyl sachte eine Hand auf die Schulter. Die Geste war gleichzeitig unwillkommen und doch beruhigend.

»Lass uns hineingehen und warten«, schlug er vor. Merria kann hier weitermachen.«

Der Groll verblasste. Tayend verstand. Er folgte seinem Freund hinunter in Achatis Haus, durch Korridore und in das Herrenzimmer. Dort hielten sie inne, blickten sich im Raum um und sahen dann einander an. In Tayends Augen glänzten Tränen. Er kam herbei und legte die Arme um Dannyl.

»Ich dachte, du hättest ihn nicht gemocht«, flüsterte Dannyl.

»Ich habe ihn gemocht. Nur nicht so sehr wie du.«

Nein. Nicht so sehr wie ich. Dannyl senkte den Kopf und ließ die Tränen kommen. Als das Schlimmste vorüber war, war er überrascht festzustellen, dass er gleichzeitig Dankbarkeit und Zuneigung empfinden konnte und Trauer und Entsetzen. *Ich habe solches Glück, dass Tayend hier bei mir ist. Er hat mich immer besser verstanden als irgendjemand sonst. Selbst wenn wir niemals wieder mehr sein werden als Freunde, hoffe ich, dass wir dies immer haben werden.*

Mit Tayend an seiner Seite würde er Achati nicht allein betrauern. Mit Tayend in der Nähe würde er in der Lage sein, sich den Menschen zu stellen, die Achati getötet hatten. Mit Tayend hatte er jemanden, der sich daran erinnern würde, was für ein großartiger Mann Achati gewesen war.

Und jetzt, da ich gesehen habe, wie skrupellos die Verräter sein können, muss ich tun, was ich kann, um sicherzustellen, dass sie nicht beschließen, die Verbündeten Länder ebenfalls zu »befreien«.

Ohne den Blick von den Ashaki abzuwenden, tastete Lorkin die Taschen seiner Weste ab, für den Fall, dass er irgendwelche Angriffs- oder Schildsteine übersehen hatte, fand jedoch keine. Die roten und blauen Ringe waren erschöpft, daher hatte er seinen eigenen Vorrat an Macht benutzt. Er wollte die Macht im Lagerstein erst verwenden, wenn es unbedingt sein musste.

Er vermutete, dass es nicht notwendig werden würde. Die Verräter, die aus dem Palast gekommen waren, stießen jetzt zur Hauptarmee und kreisten die verbliebenen Ashaki ein. Nur ungefähr ein Dutzend waren noch übrig, und sie umringten und beschützten den König.

Er war sich nicht sicher, wie viel Zeit seit Beginn der Schlacht vergangen war. Einige Stunden vielleicht? Nach dem Winkel und der Länge seines Schattens zu urteilen, schätzte er, dass es Nachmittag war, aber der Rauch von den brennenden Häusern gab dem Sonnenlicht einen trügerisch goldenen Schein, der vermuten ließ, dass der Tag älter war, als es tatsächlich der Fall war.

Die Schlacht war überraschend unkompliziert gewesen, mit nur wenigen Verlusten auf Seiten der Verräter. Etwa zwanzig waren bei einem Nebenangriff umgekommen. Während die Verräter auf der rechten Seite sich erfolgreich verteidigt hatten, waren jene auf der linken überrascht worden, als das Gebäude neben ihnen explodiert war und Ashaki sie überraschend angegriffen hatten.

Die Ashaki waren von Beginn an stetig auf dem Rückzug gewesen, und die Verräter waren stetig aufs Stadtzentrum vorgerückt. Die Ashaki begannen zu fallen, und als sie auf die Parade getrieben wurden, hatte sich ihre Zahl bereits auf ein Drittel ihrer ursprünglichen Stärke vermindert.

Keine magische Schlacht, über die er je gelesen hatte, ähnelte dieser. *Die Grundlagen magischen Kämpfens haben sich verändert. Edelsteine haben es zu etwas vollkommen Neuem gemacht. Die Gilde weiß, dass sie Edelsteine zur Verteidigung braucht, aber sie hat keine Ahnung, wie dringend sie sie braucht. Wenn sie sich nicht anpasst, wird sie ihre Bedeutung verlieren.*

Trotzdem, die Schlacht war noch nicht vorüber. Er war sich nur allzu sehr darüber im Klaren, dass er nicht der einzige Verräter war, dem die Steine ausgegangen waren. Ihre Methode des Kämpfens sorgte dafür, dass – Überraschungsangriffe einmal ausgenommen – alle geschützt waren, bis die gesamte Armee sich erschöpft hatte. Einzig Savara wusste, wie stark die Armee jetzt war, durch ihre Kommunikation mit den anderen Sprecherinnen, die Berichte von jedem Verräter bekamen, wenn er oder sie die vorderste Kampfreihe verließ. *Wir könnten bei unseren letzten Steinen angekommen sein oder immer noch vor Macht bersten,* ging es Lorkin durch den Kopf. *Savara hat keine Anzeichen von Sorge gezeigt, aber andererseits ist sie sehr gut darin, gelassen und zuversichtlich zu wirken.*

Er sah sie abermals an. Sie nahm die Szene mit schmalen Augen in sich auf. Dann straffte sie sich, hob einen Arm, die Handfläche nach außen gedreht – das Signal aufzuhören.

Sofort brachen die Angriffe der Verräter auf die Ashaki ab. Das Summen von Macht in der Luft endete. Das Schlurfen von Füßen verstummte. Was noch zu hören war, klang gedämpft wie durch dicke Teppiche.

Ein Kreis von Verrätern umringte die verbliebenen Ashaki, die die Blicke ihrer Feinde trotzig erwiderten. Lorkin schaute von ihnen zu Savara.

Was wird sie tun? Bisher war der Befehl, alle Ashaki zu töten. Ich habe keinen Ashaki gesehen, der versucht hätte zu kapitulieren. Die wenigen, von denen wir hörten, dass sie Mitgefühl mit den Sklaven hatten und nicht gegen die Verräter kämpfen wollten, haben das Land verlassen.

Der Befehl, alle Ashaki zu töten, hatte den Hintersinn gehabt, ihre Niederlage sicherzustellen. Jetzt, da sie besiegt waren – würden sie verschont werden, wenn sie sich ergaben? Er dachte an die Steine, die das Ödland leblos hielten. Die Verräter konnten skrupellos sein …

Savara machte einen Schritt vorwärts, dann noch einen. Lorkin sah, wie Tyvara sich anspannte. Er drehte den Ring mit dem Lagerstein so, dass er die Finger darum legen konnte, bereit, Macht in sich hineinzuziehen, wenn er sie brauchte. Savara hielt inne.

»König Amakira«, rief sie.

Die Ashaki rührten sich nicht. Lorkin suchte unter ihnen nach dem König. Das Schweigen zog sich in die Länge.

»Ihr seid besiegt«, fuhr Savara fort. »Tretet vor, oder seid Ihr zu feige, Euer Gesicht zu zeigen?«

Jetzt waren leise Stimmen von den Ashaki zu hören, und einen Moment später sah Lorkin eine Bewegung.

»Ihr erwartet von mir, dass ich mich *ergebe*?«

Lorkin schauderte, als er die Stimme hörte. Eine Erinnerung an einen alten Mann auf einem Thron stieg in ihm auf, gefolgt von dem Palastgefängnis, dem Sklavenmädchen … Er blinzelte die Erinnerungen weg und konzentrierte sich auf das, was vor ihm passierte. Die Ashaki machten Platz, und der König trat vor.

»Wir ergeben uns keinem Verräter«, sagte er.

Während er sprach, ließ er die Hand zu seinem Gürtel sinken und schloss sie um den Griff eines Messers. Juwelen glitzerten im Sonnenlicht, als er die Klinge zog. Er streckte den Arm aus und deutete auf Savara. Dann ließ er das Messer los. Es schwebte in der Luft. Sein Arm fiel herunter.

Im nächsten Moment, in einer Bewegung, die beinahe zu schnell war, um sie zu verfolgen, drehte sich das Messer um, schoss rückwärts und bohrte sich in seine Brust.

Lorkin schnappte nach Luft und hörte Aufkeuchen überall um sich herum. *Nun, das habe ich nicht erwartet,* dachte er, als der König fiel und von den Ashaki hinter ihm aufgefangen und zu Boden gelegt wurde. *Hat er gerade Selbstmord begangen, oder hat er einen der Ashaki gebeten …?*

Die übrigen Ashaki traten hastig zurück, während helles Licht den Körper des Königs einhüllte. Ein scharfes Krachen, gefolgt von einem Tosen wie ein Feuer, das von einem

Windstoß aufloderte, hallte zwischen den Gebäuden wider. *Die verbliebene Macht des Königs, freigelassen, als seine Kontrolle versagte.* Lorkin schauderte.

Das Licht verschwand, und alles, was übrig blieb, war Asche.

Dann begann die Luft vor Savara zu vibrieren. Lorkin sah, dass die Blicke der verbliebenen Ashaki auf sie gerichtet waren. Als sie begriffen, dass die Männer ihre Königin attackierten, griffen die Verräter an. Lorkin zuckte zusammen bei den dumpfen Geräuschen von zu Boden stürzenden Leibern und dem Brechen von Knochen, als der letzte Ashaki vor dem Ansturm fiel. *Sie haben sich nicht mehr die Mühe gemacht, sich zu beschirmen. Sie haben den Rest ihrer Magie in einem letzten vergeblichen Versuch verbraucht, die Verräterkönigin zu töten und sicherzustellen, dass sie sterben würden.*

Die Angriffe der Verräter endeten so schnell, wie sie begonnen hatten, und eine andere Art von Stille senkte sich herab. Eine Stille, die ebenso voller Erleichterung wie voller Entsetzen war. Savaras Schultern hoben und senkten sich, und sie neigte den Kopf. Sie schaute nicht auf oder sprach, und während sich die Zeit in die Länge dehnte, begannen die Verräter, die Stirn zu runzeln und Blicke zu tauschen. Als Tyvara vortrat, Besorgnis in den Augen, folgte ihr Lorkin, aber er blieb einige Schritte hinter ihr, bereit zu helfen.

Savara sah Tyvara an und schüttelte den Kopf. »Ashaki und Verräterinnen. Wir sind so unterschiedlich. Und doch sind wir gleich. Die Verräter sind nicht mehr. Wir werden bald zerstört haben, wogegen wir rebelliert haben. Wir sollten uns jetzt Sachakaner nennen.«

»Wir sind nicht gleich«, widersprach ihr Tyvara. »Die Ashaki sind nicht mehr.«

Savara sah Lorkin an. »Was denkt Ihr? Sind wir gleich?«

Lorkin schüttelte den Kopf. »Nein. Ja, Ihr seid entschlossen, aber das allein ist nichts Schlechtes. Nur eine stärkere Entschlossenheit, ihre Macht zu beenden, konnte die Entschlossenheit der Ashaki überwinden, an ihrer Macht festzuhalten.«

Savara zog die Augenbrauen hoch. »Eine interessante Beobachtung von einem Kyralier und ehemaligen Gildemagier.«

Er zuckte die Achseln, dann brachte er ein Lächeln zustande. »Aber erzählt mir nicht, Ihr hättet Erfolg gehabt, wo die Gilde versagt hat, bis Ihr es geschafft habt, hier für einige Jahrzehnte an der Macht zu bleiben – und bis Ihr es getan habt, ohne so skrupellos zu werden wie die Ashaki.«

Ein schwaches Lächeln umspielte ihre Lippen, dann straffte sie sich und schaute in die Runde der Verräter. »Die Schlacht ist geschlagen«, rief sie laut. »Jetzt beginnt die harte Arbeit. Ihr wisst, was zu tun ist.«

Lorkin sah erschöpfte Mienen, als der Kreis der Verräter auseinanderbrach. Die Sprecherinnen traten vor, und Savara ging auf sie zu. Die übrigen Verräter teilten sich in Gruppen auf. Lorkin, der eine Gruppe in seiner Nähe belauschte, hörte, wie die Anführerin fragte, wie viele Steine übrig waren. Während sie zählten, bat sie um einen Freiwilligen, der Nachrichten zu den ehemaligen Sklaven brachte und ihnen sagte, dass es sicher war, in die Stadt zurückzukehren.

Er spürte, wie ihm etwas in die Rippen stieß, und als er sich umdrehte, sah er, dass Tyvara mit dem Kopf auf Savara deutete. Die Königin und die Sprecherinnen gingen davon. Er lief neben ihr her, als sie ihnen folgte. *Savara wird noch einige Zeit bewacht werden müssen,* begriff er. Dann schüttelte er den Kopf. *Irgendwie bin ich als königlicher Leibwächter geendet. Das hätte ich nie vorhergesehen.*

»Es gibt viele tote Sklaven im Palast«, sagte Sprecherin Shaya. »Ich kann nicht abschätzen, wie lange es dauern wird, die Leichen wegzuschaffen. Selbst wenn wir sie heute Nacht wegbringen könnten, werden wir erst wissen, dass wir fertig sind, wenn wir alle Räume durchsucht haben.«

»Und die freien Diener?«

Shaya schüttelte den Kopf. »Die meisten haben sich uns widersetzt. Die restlichen sind geflohen.«

»Sie wurden dazu erzogen, loyal zu sein«, bemerkte Savara. »Und im Gegensatz zu den Sklaven hatten sie etwas zu verlieren. Wir hätten sie niemals für uns gewinnen können.« Sie seufzte. »Wir brauchen eine sichere Basis, von der aus wir uns organisieren können. Irgendeinen zentralen Ort. Wie wäre es mit einem dieser Häuser?«

Shaya blickte sich um. »Ich werde Mannschaften hineinschicken, die Nachforschungen anstellen.«

29 Eine neue und beängstigende Freiheit

Trotz der Art, wie die Seeleute umhereilten, schien auf einem Schiff nichts schnell zu gehen, überlegte Lilia. Aber während das Boot auf den Hafen zuglitt, sah sie Anyi an und kam zu dem Schluss, dass es ihr nichts ausmachte. Rothen hatte befohlen, dass Essen und Wasser gebracht wurden, und obwohl Anyi immer noch sehr müde war, hatte sie ein wenig Farbe bekommen und konnte sich aufrecht hinsetzen.

Anyis Gesichtsausdruck war distanziert und gequält, und Lilias Herz tat vor Mitgefühl weh, aber dann schüttelte ihre Freundin den Kopf, und ihre Züge verhärteten sich entschlossen. *Sie hat mehr Selbstbeherrschung, als ich in ihrer Situation jemals gehabt hätte,* dachte Lilia. *Plötzlich kann ich Cery in ihr sehen.* Er hatte die gleiche Angewohnheit gehabt, abgelenkt zu wirken und sich dann jäh zu konzentrieren, wurde ihr bewusst. Sie hatte einfach nicht verstanden, warum.

Er hat wahrscheinlich den Verlust seiner Familie betrauert, wenn er allein war oder mit Gol zusammen. Lilia runzelte die Stirn. *Sein Verlust wird Anyi irgendwann einholen. Ich werde für sie da sein, wenn es so weit ist, selbst wenn ich mich aus der Gilde schleichen muss.*

Sie beobachteten schweigend, wie die letzten Manöver unternommen wurden, um das Schiff anzulegen. Rothen stand neben dem Kapitän und unterhielt sich leise mit ihm. Die beiden Magier, die er am Hafen rekrutiert hatte, wachten über die Mannschaft von Skellins Schiff. Es hatte sie erstaunt zu sehen, dass sie seine Befehle ausführten, ohne Fragen zu stellen. Magier waren im Allgemeinen nicht so fügsam. Aber dann sah sie Respekt in ihren Mienen und erinnerte sich daran, dass Rothen nicht nur ein Höherer Magier war, sondern auch der Vormund und Lehrer von Schwarzmagierin Sonea gewesen war und keine geringe Rolle bei dem Kampf während der Ichani-Invasion gespielt hatte.

Es ist bei Rothen leicht, das zu vergessen. Er schubst Menschen nicht herum oder schaut auf sie herab. Er ist zugänglich. Ich wette, er hält sich nicht für allzu wichtig.

Rothen drehte sich zu ihr um und trat näher. Er lächelte Anyi zu. »Wie fühlst du dich? Bereit zu gehen?«

Anyi nickte, aber als sie aufstand, blickte sie an sich herab und verzog das Gesicht.

»Schwindelig?«, fragte Rothen und streckte die Hand aus, um ihr Halt zu geben.

Anyi schüttelte den Kopf. »Nein. Mir geht es gut.«

Er nickte und ging dann auf die lange Planke zu, die die Mannschaft zwischen das Schiff und den Pier gelegt hatte. Anyi machte einige unsichere Schritte.

»Bist du dir sicher, dass es dir gut geht?«, fragte Lilia mit leiser Stimme.

»Ich sehe furchtbar aus. Ich *fühle* mich furchtbar. Und ich glaube nicht, dass dieser Mantel jemals wieder derselbe sein wird.«

Lilia schauderte. Anyis Kleider waren steif und befleckt von ihrem Blut. Sie hakte ihre Freundin unter. »Ich werde dir einen neuen kaufen.«

»Vielleicht wird es eine gute Sache sein, wenn ich so aussehe. Es könnte dazu führen, dass die Höheren Magier sich schuldig fühlen, dass sie Skellin nicht früher gefangen haben.« Sie seufzte. »Zumindest bist du sauber.«

Lilia schaute an ihren Roben hinab. Rothen hatte sie mitgebracht, damit sie nicht in ihrer zerlumpten Verkleidung in die Gilde zurückkehren musste. *Er hat vorausgesetzt, dass ich zurückkehren würde, aber es hätte alles furchtbar schiefgehen können.* Sie konnte noch immer nicht glauben, dass ihr Trick funktioniert hatte. Als sie zu Skellins Leichnam hinüberblickte, der unter einem alten Stück Sackleinen verborgen lag, schauderte sie. *Ich habe einen Menschen getötet. Mit schwarzer Magie.* Aber sie wollte jetzt nicht darüber nachdenken.

Sie holten Rothen an der Reling ein. »Werden die Höheren Magier uns sofort sprechen wollen, Lord Rothen?«, fragte sie, als sie ihn erreichten.

Er nickte. »Ich fürchte …«

»Was macht *er* hier?«, unterbrach ihn Anyi, ihre Worte ein leises Knurren.

Lilia folgte Anyis Blick, und ihr wurde flau, als sie den schwarzgewandeten Magier auf dem Pier sah.

»Kallen ist – war – zuständig für die Auffindung Skellins«, rief Rothen ihr ins Gedächtnis.

»Und er hat seine Sache wirklich gut gemacht.«

»Werden wir ihm erzählen, was passiert ist?«, fragte Lilia. »Was ist, wenn er Skellins Informant war?«

Rothen kniff die Augen zusammen. »Sag nichts bis zu der Versammlung.« Er lächelte grimmig. »Keine Sorge. Wir werden herausfinden, wer sein Informant war. Wenn es ein

Höherer Magier war – nun, es wäre nicht das erste Mal, dass einer von uns ein abscheuliches Geheimnis hat. Wir werden uns darum kümmern.«

Als sie die Laufplanke hinuntergingen, nickte Lilia Anyi beruhigend zu. »Er klingt zuversichtlich.«

Anyi zuckte die Achseln, dann folgte sie ihr. Als sie den Pier erreichten, trat Kallen auf sie zu. Lilia verneigte sich, aber Anyi blieb aufrecht stehen, ihre Augen dunkel und ihr Kinn steif.

»Lord Rothen. Lady Lilia. Anyi.« Kallen wandte sich an Rothen. »Ihr habt mich gebeten, Euch hier zu treffen?«

»Ja, Schwarzmagier Kallen. Ich werde es näher erklären, wenn wir wieder in der Gilde sind, aber ich kann Euch sagen, dass Skellin tot ist und seine Mutter ebenfalls. Sein Leichnam ist an Bord, falls Ihr ihn untersuchen wollt. Lorandras ist irgendwo im Meer.«

Kallen zog die Augenbrauen hoch. Ohne ein weiteres Wort zu sagen, schritt er die Laufplanke hinauf und ging zu dem Leichnam. Er stand mit dem Rücken zu ihnen, als er sich hinhockte und das Sackleinen hochhob, daher konnte Lilia seinen Gesichtsausdruck nicht sehen. *Ich hätte ihn gern beobachtet,* ging es ihr durch den Kopf. Kallen kehrte auf den Pier zurück. Er blickte Lilia direkt an und lächelte. »Ihr habt einiges zu erklären.« Sein Tonfall war nicht missbilligend, bemerkte sie.

»Nicht, bis wir wieder in der Gilde sind«, erklärte Rothen mit fester Stimme. »Ich habe Vorkehrungen getroffen, dass die Mannschaft eingekerkert wird, bis wir sie befragen können, und der Leichnam soll zur Gilde gebracht werden.«

Kallen nickte und deutete auf das Ende des Piers. »Die Kutsche, die mich hergebracht hat, ist noch hier, falls Ihr sie nehmen wollt.«

Rothen nickte. Sie gingen schweigend zur Kutsche hinüber. Als Lilia sich umschaute, bemerkte sie, dass die Hafenarbeiter innegehalten hatten, um Kallen anzustarren. Sie wirkten neugierig, aber auch nervös. *Doch genauso reagieren Novizen, wenn Sonea vorbeikommt. Beeindruckt, aber auch eingeschüchtert.* Dann kam es ihr in den Sinn, dass die Menschen sie eines Tages genauso betrachten würden, wenn sie ihren Abschluss hatte und schwarze Roben tragen musste. *Ich habe mich immer auf den Tag gefreut, an dem ich keine Novizenroben mehr tragen muss. Jetzt graut mir davor.*

Der Weg zur Gilde war nicht weit, da eine breite Straße vom Hafen direkt zum Viertel der Gilde führte und lediglich um den Palast einen Bogen machte, aber der Weg kam ihr erheblich länger vor. Niemand sprach. Kallens Blick ging zwischen Lilia, Anyi und Rothen hin und her. Meistens sah er Rothen an.

Er wirkt verwirrt. Und besorgt. Ich hätte gedacht, dass er ärgerlicher darüber sein würde, dass wir uns um Skellin gekümmert haben, ohne uns mit ihm abzusprechen. Wann immer er ihr in die Augen sah, wandte sie den Blick ab.

Als sie eintrafen, ging Rothen auf den Universitätseingang zu, während Kallen innehielt, um dem Fahrer Anweisungen zu geben.

»Der Administrator ist im Palast«, rief Kallen ihm nach.

Rothen blieb stehen und drehte sich um. »Der Hohe Lord Balkan?«

»Ebenfalls beim König.«

»Werden sie bald zurückkehren?«

Kallens Schultern hoben und senkten sich. »Das bezweifle ich.«

Rothen blinzelte, dann weiteten seine Augen sich plötzlich. »Ihr wart im Palast, als ich nach Euch geschickt habe, nicht wahr? Es ist so weit, hab ich recht?«

Kallen nickte. »Aber ich wusste, dass Ihr nur nach mir

schicken würdet, wenn es wichtig ist. Kann ich kurz unter vier Augen mit Euch sprechen?«

Rothen ließ Lilia und Anyi an der Treppe stehen und ging wieder zu Kallen hinüber. Lilia sah, dass Anyis Miene voller Argwohn war. Sie schaute zu den Magiern zurück. Obwohl ihre Münder sich bewegten, konnte sie nichts hören. Höchstwahrscheinlich benutzten sie einen Schild, um Geräusche auszublenden. *Sieht so aus, als sei es etwas Wichtiges und etwas, das Rothen erwartet hat.*

»Seid Ihr Euch sicher, dass er es war?«, fragte Rothen, was ihm ein Nicken von Kallen einbrachte. »Nun denn. Bedauerlicherweise muss ich, was ich erfahren habe, zuerst dem Administrator und dem Hohen Lord offenbaren. Wir werden warten müssen, bis sie zurückkommen.«

»Es könnten ein oder zwei Tage vergehen, bevor sie Zeit haben, sich mit Euch zu treffen.«

»Ja, das ist wahrscheinlich. Denkt Ihr, der König wird alle Höheren Magier in den Palast rufen?«

»Nein«, antwortete Kallen. »Er hat nicht gern zu viele Magier um sich. Wollt Ihr, dass ich dem Administrator und dem Hohen Lord sage, dass Ihr Skellin gefunden habt und Euch mit ihnen zu treffen wünscht?«

»Ja, danke.«

Rothen wartete, während Kallen wieder in die Kutsche stieg. Der Fahrer trieb die Pferde an. Sie nahmen Geschwindigkeit auf, als sie sich den Toren näherten.

»Er hat es eilig«, bemerkte Anyi mit leiser Stimme. Sie sah Rothen an. »Was ist so wichtig, dass es den Tod Skellins und die Suche nach seinen Spionen in der Gilde übertrifft?«

Rothens Miene war ernst, als er antwortete. »Etwas *sehr* Wichtiges. Ihr werdet es bald genug herausfinden.«

Anyi wirkte nachdenklich. »Uns droht doch keine weitere Invasion, oder?«

Rothen schüttelte den Kopf. »Nein.«

»Oder wir überfallen jemand anderen?«

»Nein. Genug der Raterei. Ich werde euch beide zu Soneas Räumen bringen, und dann werde ich Gol herholen. Ich habe ihm gesagt, er soll warten…«

»Gol lebt?«, unterbrach ihn Anyi.

Lilia lächelte. »Ja. Er hat uns geholfen, dich zu finden. Er wird sehr glücklich darüber sein, dass wir dich zurückbekommen haben.«

Anyi zuckte zusammen. »Er muss so traurig…« Sie seufzte. »Nun… wir sollten uns waschen.«

Lilia lachte leise. »Zumindest hat die Verzögerung einen Vorteil.«

Oh, Dannyl. Sonea zog Osens Ring vom Finger und wischte sich Tränen aus den Augen. *Jemanden, den man liebt, so zu verlieren…* Es hatte eine Flut von Erinnerungen und Gefühlen zurückgebracht, und sie war dankbar dafür gewesen, dass Nakis Ring beides vor Osen verborgen hatte. Der Administrator war ein wenig schockiert gewesen. Er hatte gewusst, dass Dannyl seinen Ashaki-Freund gern hatte, aber offensichtlich hatte Dannyl es geschafft zu verbergen, *wie* gern er ihn gehabt hatte.

Sie vermutete, dass Osen nicht hatte darüber nachdenken wollen, dass es überhaupt möglich war. *Nicht dass Dannyl einen anderen Mann lieben konnte – er wusste von Tayend –, sondern dass er sich in einen Sachakaner verlieben konnte. Vor allem einen Ashaki. Oder dass ein so mächtiger Sachakaner sich in Dannyl verlieben konnte.*

Ein Stich des Mitgefühls durchzuckte sie, als sie sich an Dannyls Zorn erinnerte. Wenn sie gewusst hätte, dass er vielleicht den Tod eines Geliebten beobachten würde, hätte sie Dannyl nicht vorgeschlagen, sich die Schlacht anzusehen und ihr und Osen das Ergebnis zu übermitteln. *Doch ich denke nicht, dass Dannyl an den Sieg der Verräter geglaubt hat. Er hat sich mehr Sorgen um Lorkin gemacht.*

»Es tut mir leid«, erklang eine vertraute Stimme. »Es tut mir so leid.«

Regin. Sie würde ihm erzählen müssen, was geschehen war. Als sie aufblickte, fing sie einen feuchten Glanz in seinen Augen auf, bevor sie sich an eine warme Brust gedrückt fand und Hände ihren Rücken streichelten.

»Es gab nichts mehr, was Ihr tun konntet«, sagte er. »Er hat einen mutigen Weg gewählt, und ich bewundere ihn dafür.«

Sie spürte, dass sie sich in seinen Armen entspannte, besänftigt von seiner Wärme und Anteilnahme, noch während sie den Fehler begriff, der ihm unterlaufen war. *Er hat Tränen gesehen und dachte, Lorkin sei gestorben. Verflucht. Er denkt tatsächlich, Lorkin sei tot …* Sie musste seinen Irrtum aufdecken, aber ein selbstsüchtiger Teil von ihr wollte diesen Augenblick noch ein kleines Weilchen länger hinauszögern. *Ihm liegt an Lorkin. Und an mir …*

Hör auf damit!, sagte sie sich. *Du wirst am Ende nur wollen, was du nicht haben kannst.*

»Es ist alles in Ordnung. Es geht ihm gut«, platzte sie heraus. Sie zwang sich, ihn wegzustoßen, damit sie ihn ansehen konnte. »Lorkin geht es gut.« Sie hielt seinem Blick stand, um zu zeigen, dass sie nicht log. »Die Verräter haben gewonnen.«

Verstehen dämmerte in seinen Augen herauf. Sein Gesicht rötete sich ein wenig, und er lächelte kläglich. Dann runzelte er die Stirn. »Warum habt Ihr dann …?« Seine Augen weiteten sich. »Dannyl?«

»Es geht ihm ebenfalls gut. Tayend und Merria auch. Es ist nur dass …« Sie schüttelte den Kopf. »Ich werde es später erklären.«

Sie spürte, dass seine Arme sich lockerten. Er begann zurückzutreten. Sie fing seine Hände auf und drückte sie einmal, bevor sie sie losließ.

»Danke.«

Seine Augen glänzten für einen Moment, dann schaute er weg, und seine Miene wurde ernst. »Wie geht es jetzt weiter?«

Sie kehrte zum Fenster zurück. »Osen will, dass wir Dannyl finden. Dann sollen wir der Königin gratulieren, ihr berichten, dass unsere Heiler nicht weit entfernt sind, und feststellen, ob sie uns erlauben wird, einen Gildebotschafter in Arvice zu belassen.«

»Wie werden wir sie finden?«

»Wir gehen in diese Richtung.« Sie streckte die Hand aus. »An irgendeinem Punkt werden wir die Straße erreichen, auf der die Schlacht stattgefunden hat. Ich vermute, dass die Leichen der Ashaki es uns verraten werden. Wenn Dannyls Beobachtungen verlässlich sind, führt die Straße vorn zu der Parade, die ihrerseits zum Palast führt. Wir werden Dannyl in einem Haus auf der Parade finden.« Sie ging auf die Treppe zu.

Regin folgte ihr. »Es wird bald Nacht sein.«

Als sie hinunterstieg, dachte Sonea über den Jubel nach, den sie empfand. *Ich sollte nicht so wohlgelaunt sein.* Aber Lorkin hatte die Schlacht überlebt, und ihre Erleichterung war überwältigend. Vielleicht würde sie jetzt mit ihm über eine Rückkehr nach Hause reden können. Bei diesem Gedanken kehrte die Sorge zurück. *Er wird bei Tyvara bleiben wollen. Wenn er sie so sehr liebt, wie ich Akkarin geliebt habe, wird er ihr überallhin folgen. Ich sollte nicht den Wunsch haben, ihn aufzuhalten.* Aber sie hatte diesen Wunsch. *Und doch will ich, dass er glücklich ist. Ich würde niemals wollen, dass er erleidet, was ich erlitten habe.*

Als sie das Erdgeschoss erreichten, ging Regin voran durchs Haus, wobei er sich lautlos bewegte und nach anderen Bewohnern Ausschau hielt, bevor er in einen Flur oder einen Raum trat. Sie erreichten die Küche und spähten durch den Sklaveneingang auf die Straße dahinter. Sie war verlassen.

Sonea setzte sich in Bewegung, und Regin folgte dicht hinter ihr. Die Stadt war still, und ein leuchtendes Zwielicht senkte sich auf alles herab, während sie auf das Stadtzentrum zugingen. Einmal mehr fühlte Sonea sich unbehaglich in ihren schwarzen Roben, aber sie hoben sich jetzt nicht mehr so scharf gegen die weißen Mauern ab, wie sie das im Morgenlicht getan hatten. Sie hielt einen starken Schild um sie beide herum. Die erste Nebenstraße, in die sie einbogen, war ebenfalls verlassen, aber auf der nächsten Hauptstraße waren ferne Gestalten zu sehen.

»Nun, sie werden uns irgendwann entdecken«, sagte Sonea und trat dann auf die Straße. Regins einzige Antwort war ein leises Lachen.

Niemand kam zu ihnen oder wich vor ihnen zurück. Bei der nächsten Biegung sah Sonea zwei Verräter weiter unten auf der Straße, einen Mann und eine Frau, die Arm in Arm von ihnen weggingen. Nach der Art, wie sie sich aneinanderlehnten, waren sie entweder erschöpft oder hatten bereits zur Feier des Tages ein Gläschen getrunken. Sie zuckte die Achseln und folgte ihnen, Regin an ihrer Seite.

Sie hatten nur etwa zwanzig Schritte getan, als zwei weitere Menschen aus einer Tür traten, nachdem die Verräter sie passiert hatten. Regin blieb stehen, und Sonea hörte ihn nach Luft schnappen, noch während sie selbst erstarrte; sie erkannte den Schnitt der Jacken der Männer und das Glitzern der Messer in ihren Händen.

Ashaki.

»Passt auf!«, rief sie.

Die beiden Verräter schauten über ihre Schultern, sahen die beiden Männer und wirbelten zu ihnen herum. Einer der Ashaki blickte zu Sonea und Regin hinüber, dann machte er eine abschätzige Geste und wandte sich wieder den Verrätern zu. Der andere griff die Frau an, die zusammenzuckte und ihren Gefährten hinter sich schob. Sie begannen beide zurückzuweichen.

»Sie sind schwach«, stellte Regin fest. Sonea wusste, dass er nicht die Ashaki meinte, die zwei kyralische Magier gesehen hatten und nach wie vor unbesorgt wirkten.

Sie müssen noch genug Stärke übrig haben, um zu denken, dass sie uns ignorieren können. Vielleicht nehmen sie an, dass keiner von uns ein Schwarzmagier sein kann, da wir Kyralier sind.

»Werdet Ihr etwas unternehmen?«, fragte Regin. »Denn ich kann nicht einfach zusehen, wie sie diese beiden töten. Nicht, nachdem die Verräter ohnehin gewonnen haben.«

»Ich wünschte, wir könnten etwas tun.« Sie sah ihn an. »Aber das wäre eine Einmischung.«

»Ich bin mir sicher, die Verräter würden Euch verzeihen, wenn Ihr zwei von ihnen retten würdet.«

»Meine Taten werden als Taten der Gilde gewertet werden und der Verbündeten Länder.«

»Gut. Ich würde nicht zu einer Gilde gehören wollen, die in dieser Situation nicht hilft. Außerdem braucht Ihr die Ashaki nicht zu töten. Erschreckt sie einfach.«

Die beiden Ashaki hatten sich getrennt und umkreisten die beiden Verräter. Die Frau schaute zu Sonea und Regin herüber, ihre Augen groß vor Angst.

Regin hat recht. Die Verräter und die Gilde können die Konsequenzen später bedenken. Sie zog Macht in sich hinein und führte zwei Schläge gegen die Ashaki. Als sie trafen, taumelten die Männer, erholten sich aber und drehten sich zu ihr um. Die Verräter nutzten die Gelegenheit, um zu fliehen, und sie rannten zur Ecke der nächsten Hauptstraße hinüber.

Die Ashaki tauschten einen Blick, dann ging einer auf Sonea und Regin zu. Der andere zögerte und folgte ihm.

»Sie wirken nicht verängstigt«, bemerkte Sonea.

Regin lachte leise. »Sie wissen nicht, wer Ihr seid.«

Magische Schläge blitzten auf, und sie stärkte ihren Schild. Die Angriffe waren nicht besonders heftig – wahrscheinlich nur dazu gedacht, sie zu prüfen. Sonea antwortete mit einer Salve von Feuerschlägen, um die Ashaki einzuschüchtern. Sie hielten inne, und Sonea hörte das Murmeln eines Gesprächs, das zu leise war, um es zu verstehen.

Dann tauchten die beiden Verräter an der Ecke wieder auf. Gefolgt von vier weiteren. Ihr unerwarteter Angriff ließ die Ashaki straucheln. Sie drehten sich um und sahen, dass ihre ursprünglichen Opfer die Arme hoben und etwas in ihre Richtung streckten, dann schauten sie zurück zu Sonea und Regin.

In der Falle, dachte Sonea. *Aber dies ist jetzt der Kampf der Verräter.* Sie beobachtete, wie die Verräter die Ashaki erschöpften, bis ihre Schilde versagten, dann zuckten sie zusammen, als sie unter einem letzten Schlag fielen. Regin gab einen leisen Laut der Überraschung von sich, aber als sie ihn ansah, zuckte er die Achseln.

»Sie machen keine Gefangenen, nicht wahr?«

Sie schüttelte den Kopf und dachte an den Selbstmord des sachakanischen Königs. Die Verräter gingen an den toten Ashaki vorbei auf Sonea und Regin zu, und einer der Neuankömmlinge, eine Frau, führte die Gruppe an.

»Ihr seid Schwarzmagierin Sonea?«, fragte die Frau.

»Ja. Dies ist Lord Regin.«

»Ich bin Sprecherin Lanna. Ihr hättet bleiben sollen, wo

wir Euch untergebracht haben.« Sie machte eine herrische Geste. »Kommt mit mir.«

Als die Frau sich umdrehte, blickte Sonea Regin an und sah ein Aufflackern von Verärgerung. Sie schloss sich Sprecherin Lanna an und unterdrückte ein Lächeln, als die anderen Verräter Positionen zu beiden Seiten bezogen und sie flankierten, während sie sie durch das Stadtzentrum geleiteten.

Beim Geräusch sich nähernder Schritte im Flur blickte Tayend zu Dannyl auf. Sie hatten links und rechts von Achatis Sessel im Herrenzimmer gesessen und in der vergangenen Stunde größtenteils geschwiegen, seit sie vom Dach heruntergestiegen waren.

»Verantwortung und Pflicht kehren zurück.« Tayend seufzte. »Bist du bereit, dich den Leuten zu stellen, die ihn getötet haben? Wir könnten stattdessen Achatis Schiff suchen und die lange Route zurück nach Imardin nehmen.«

Dannyl schüttelte den Kopf. »Nein. Das würde unser beider Karriere zerstören. Die Verräter … obwohl ich wünschte, sie hätten ihn verschonen können, kannten sie ihn doch nicht. Sie wussten nicht, dass er es wert war, verschont zu werden. Wie auch? Er war ein Ratgeber des Königs, der alles repräsentierte, was sie hassen. Und …« Er seufzte. »Trotz allem will ich hier in Arvice bleiben. Nicht für immer, aber …«

Vom Eingang des Flurs kam Merria herein.

Sie sah anders aus, und Dannyl brauchte einen Moment, um die Veränderung zu erkennen. *Sie sieht älter aus. Nicht gealtert, aber reifer. Beinahe streng. Sie erinnert mich an Lady Vinara. Hmm. Es bekommt ihr offensichtlich gut, Verantwortung zu tragen.*

Aber es wurde Zeit, wieder das Kommando zu übernehmen.

»Lady Merria«, begrüßte er sie, stand auf und streckte die Hand aus. »Danke für Eure Hilfe.«

Sie zögerte, dann griff sie in ihre Robe und holte den Ring hervor. Als er ihn entgegennahm, warf sie ihm einen abschätzenden Blick zu. Versuchte sie zu ermitteln, ob er in der Lage war, seine Pflichten als Botschafter wieder aufzunehmen? Er musste darüber beinahe lächeln.

»König Amakira ist tot, ebenso wie der Rest der Ashaki«, berichtete sie ihm. »Er hat sich selbst getötet, und die Übrigen haben die Verräter gezwungen, sie zu töten, indem sie ihre Königin angegriffen haben. Sonea und Regin sind auf dem Weg hierher zu Euch. Osen sagt, wir sollen uns zusammentun und eine Audienz bei der Königin erbitten.«

»Was tun die Verräter jetzt?«

»Sie gehen in die Häuser ringsum. Sie haben bereits einen Ashaki, der sich während der Schlacht versteckt hatte, gefunden und getötet.«

Tayend holte schnell Atem. »Achatis Sklaven.«

Dannyls Herz verkrampfte sich. »Sie werden sie töten.«

»Wirklich?«, fragte Merria. »Vielleicht werden sie es doch nicht tun.«

»Wir können das Risiko nicht eingehen. Wir müssen sie warnen.« Tayend machte einige Schritte auf den Flur zu.

Merria runzelte die Stirn. »Wenn sie weg können, werden sie bereits gegangen sein.«

Tayend hielt inne und schaute zu Dannyl hinüber. »Aber wenn nicht …«

»Dann werden wir sie mitnehmen«, sagte Dannyl. »Falls sie sich dazu entscheiden, mit uns zu kommen. Sie sind jetzt freie Männer.«

»Ihr würdet sie als Diener einstellen?«, fragte Merria stirnrunzelnd. »Wenn sie keine andere Wahl haben, ist das nichts anderes als Sklaverei.«

Dannyl schüttelte den Kopf. »Es ist besser als der Tod. Aber ich denke … wir werden ihnen einfach anbieten, sie mitzunehmen. Der Rest liegt bei ihnen.«

»Wir müssen sie zuerst finden«, rief Tayend ihnen ins Gedächtnis. »Wenn sie hier sind, verstecken sie sich. Und wir haben vielleicht nicht viel Zeit.«

»Dann werden wir uns aufteilen«, beschloss Dannyl. »Du gehst mit Merria, damit du Schutz hast. Sie könnten euch angreifen, wenn sie euch nicht sehen können, weil sie euch vielleicht für Verräter halten. Ich werde oben nachschauen, und ihr könnt in diesem Stockwerk bleiben.«

Dannyl ging den Flur entlang zur Treppe. Während er Achatis Haus erkundete, entdeckte er Teile davon, die er noch nie zuvor gesehen hatte. Alle waren in den gleichen gedämpften, erdigen Farben gehalten, die Achati den streng weißen Wänden der sachakanischen Tradition vorgezogen hatte. Dannyl hatte das Gefühl, als sei Achati hier noch überall präsent, und sein Herz schmerzte. Im hinteren Teil des Hauses drückte er eine Tür auf, schaute sich um und schnappte erstaunt nach Luft.

Warum hat er mir das *nicht erzählt?* Dannyl hatte Achatis Bibliothek gesehen. Es war ein bescheidener Raum, und die Bücher und Schriftrollen dort lagerten in fein gearbeiteten Schränken. Der Raum, in dem Dannyl jetzt stand, war um ein Vielfaches größer und gesäumt von Regalen. In der Mitte stand ein großer Tisch, leer bis auf ein Stück Papier, das zusammengefaltet und versiegelt war.

Hinter dem Tisch standen zwei Männer. Achatis Sklaven.

Sie trugen jetzt nicht die gewohnte Sklavengewandung, sondern schlichte Hosen und einen Überrock. Sie senkten den Blick, als Dannyl sie ansah.

»Der Herr hat dies für Euch dagelassen«, sagte einer und deutete auf den Brief.

Dannyl öffnete den Mund zu einer Erwiderung, dann änderte er seine Meinung. *Zuerst muss ich feststellen, was in dem Brief steht.* Er ging zum Tisch hinüber und griff nach dem Brief. Sein Magen krampfte sich zusammen, als er seinen Namen in Achatis eleganter Handschrift darauf geschrieben sah.

Dannyl holte tief Luft, brach das Siegel, öffnete den Brief und begann zu lesen.

Botschafter Dannyl von der Magiergilde Kyralias,

das Problem mit der Sammlung der besten Dinge von irgendetwas besteht darin, dass es auch das Mittelmäßige und Schlechteste geben muss, um es damit zu vergleichen. Ich habe mich bemüht, Letzteres in den meisten Dingen zu vermeiden, aber festgestellt, dass es mir nicht immer gelungen ist, wenn es um meine Familie ging, um meinen König oder meine Bibliothek.
Wenn sie es Euch erlauben sollten, schenke ich Euch meine Bibliothek. Den Rest meiner Habe werden sie gewiss mitnehmen oder zerstören, und ich hoffe nur, dass meine Sklaven ein wenig davon profitieren werden.

Ashaki Achati, ehemaliger Ratgeber des Königs Amakira von Sachaka

Dannyl schloss die Augen, schluckte hörbar, räusperte sich dann und sah zu den Sklaven auf.

»Nun, Lak und Vata, ich habe vielleicht nicht viel Zeit, daher werde ich offen sprechen. Euer Herr ist …« Dannyls Kehle schnürte sich zu.

»Wir wissen es«, sagten sie wie aus einem Mund.

»Die Verräter gehen in die Häuser an der Parade, und ich vermute, dass sie eure Anwesenheit hier als einen Hinweis auf Loyalität eurem Herrn gegenüber werten könnten. Also bieten Botschafter Tayend und ich euch an, mit uns zu kommen.«

»Müssen wir fortgehen?«, fragte Vata mit großen Augen.

»Wahrscheinlich«, erwiderte Dannyl. Er schüttelte den Kopf. »Ich weiß ehrlich nicht, was die Verräter tun werden. Ich habe keine Ahnung, ob es besser ist, dass ihr unsere Gefährten oder Diener werdet – oder ob ihr das überhaupt akzeptabel findet. Aber ich verspreche, dass ich alles in meiner Macht Stehende tun werde, um euch zu beschützen.«

Die beiden Männer sahen einander an, dann nickte Lak. »Der Herr sagte, wir sollten tun, was immer Ihr uns vorschlagt.«

»Dann schlage ich euch vor, mich zu begleiten«, antwortete Dannyl, machte eine knappe Handbewegung und ging zurück zur Bibliothekstür. »Aber nicht auf sklavische Weise«, fügte er hinzu. »Benehmt euch wie die freien Männer, die ihr jetzt seid. Nicht auf die Art, wie die Ashaki freie Männer waren … Ich denke nicht, dass die Verräter das gern sehen würden.«

»Ich bin mir nicht sicher, wie man ein freier Mann ist«, bemerkte Vata mit leiser Stimme.

»Du wirst es herausfinden«, versicherte ihm Dannyl. Er steckte Achatis Brief in seine Tasche und führte die ehemaligen Sklaven des Mannes aus der Bibliothek und in eine neue und beängstigende Freiheit.

30 Die Zukunft verhandeln

Einmal mehr hatte Savara die Haupträume in dem Herrenhaus besetzt, das sie als Stützpunkt auserkoren hatte. Diesmal war das Herrenzimmer der Raum, wo jene warteten, die eine Audienz wollten oder von der Königin gerufen worden waren. Während die Menschen kamen und gingen und über die Fortschritte der Verräter berichteten, die Kontrolle über die Stadt zu erlangen, saßen Lorkin und Tyvara zu ihrer Linken und hielten Wache.

Alle Häuser rund um die Parade waren inzwischen durchsucht worden. Einige Ashaki waren gefunden worden, die sich in den Häusern versteckt hatten, um den Verrätern aufzulauern, und man hatte sich ihrer entledigt. Man hatte auch mehrere freie Frauen und ihre Kinder entdeckt. Ihre Ehemänner, Väter und Söhne waren so zuversichtlich gewesen, dass sie siegen würden, dass sie sich nicht die Mühe gemacht hatten, ihre Familien an einen sicheren Ort zu schicken. Einige der Herrenhäuser waren voller Leichen von Sklaven, die nicht hatten fliehen können, bevor ihre Herren sie wegen ihrer magischen Kraft getötet hatten.

Ein Haus war ausgewählt worden, um die gesunden

und unverletzten Frauen und Kinder zu beherbergen, bis die Verräter entschieden hatten, was sie mit ihnen tun wollten. *Was wahrscheinlich das Gleiche sein wird wie bei den anderen Familien, denen wir begegnet sind,* dachte Lorkin. *Sie werden ihren Platz unter den befreiten Sklaven finden müssen, was wahrscheinlich bedeutet, dass sie zum ersten Mal in ihrem Leben würden arbeiten müssen.*

»Einige Sklaven haben die Familien ihrer früheren Besitzer angegriffen, bevor sie die Stadt verlassen haben«, berichtete Sprecherin Shaiya der Königin. »Einige freie Frauen haben Sklaven angegriffen, nachdem sie von der Niederlage der Ashaki gehört hatten. Wir haben alle Verletzten in ein Herrenhaus auf der anderen Seite der Parade gebracht. Einige Sklaven und eine freie Frau haben außerdem Wehen bekommen. Alle Verräter mit Erfahrung im Heilen sind hingeschickt worden, um sie zu behandeln.«

»Sind es genug?«

Shaiya schüttelte den Kopf. »Wir brauchen mehr. Wann kommen die Kyralier an?«

»In ein oder zwei Tagen.«

»Ich werde hingehen«, erbot sich Lorkin.

»Nein.« Savara drehte sich um, um ihn anzusehen. »Ich brauche Euch für den Moment hier.«

Die Sprecherin senkte den Blick. »Ich weiß, wie Ihr zu Kalia steht, aber …«

Savara runzelte die Stirn und schüttelte den Kopf. »Ich traue ihr nicht.«

»Das braucht Ihr auch nicht. Lasst sie einfach tun, wozu sie ausgebildet ist.«

Lorkin hielt den Atem an, während Savara die Sprecherin betrachtete. Die Königin konnte Kalias Schuld den Verrätern gegenüber nicht offenbaren, ohne auch seine Fähigkeit zu offenbaren, berührungslos Gedanken zu lesen.

Dann sollte ich mich wohl besser gegen die Konsequenzen wappnen.

»Bring sie hierher«, verlangte sie.

Als Shaiya außer Hörweite war, wandte sich Savara an Lorkin.

»Eure Fähigkeit könnte sich für mich als sehr nützlich erweisen, Lorkin. Seid Ihr bereit, sie in den Dienst der Verräter zu stellen?«

Er blinzelte überrascht. »Ich … ich schätze, ja. Wollt Ihr, dass ich sie bei Kalia einsetze? Ich kann nicht versprechen, dass ich in der Lage sein werde, Euch viel zu erzählen.«

Savara lächelte. »Erzählt mir einfach, wenn Ihr sie bei einer Lüge ertappt. Verratet nicht, wie. Erwähnt Eure Fähigkeit niemandem gegenüber, bis ich Euch dazu auffordere.«

Das Geräusch von Shaiyas Schritten kehrte zurück, zusammen mit denen einer anderen Person. Als Kalia eintrat, schaute sie zu Savara auf, dann senkte sie den Blick zu Boden. Sie legte eine Hand aufs Herz.

»Verlass uns, Shaiya.«

Die Sprecherin hielt inne, dann nickte sie und ging. Savara erhob sich und trat langsam vor Kalia hin. Die Frau schaute nicht auf. Ihre Augen waren groß, und ihre Atmung ging schnell. Lorkin konzentrierte sich auf sie, bis er eine vertraute Präsenz spürte und Schuldgefühle.

»Ich weiß, was du getan hast«, eröffnete Savara ihr. Sie sah Lorkin und Tyvara an. »*Wir* wissen, was du getan hast.«

Von Kalia kam eine Welle der Furcht und der Scham.

»Was ich nicht verstehe: warum Halana?«, fuhr Savara fort. »Alle haben sie geliebt. Sie hatte keine Feinde.« Sie schüttelte den Kopf. »Die Erfahrung im Steinemachen und ihr Wissen darüber. Ihr Talent. Selbst wenn du sie gehasst hast, wie konntest du uns das nehmen?«

»Ich habe sie nicht gehasst«, protestierte Kalia. »Ich …« Sie blickte auf und schaute dann schnell wieder zu Boden.

»Du *was?*«

»Ich hatte nicht geplant, dass sie sterben sollte.«

»Nur wir.« Savara ging zu ihrem Stuhl zurück. »Ich habe keinen Beweis dafür, aber ich kann beweisen, dass du etwas mit Halanas Tod zu tun hattest. Wenn du mich davon überzeugen kannst, dass es ein Unfall war, werde ich …« Sie seufzte. »Sosehr ich es hasse, es zu sagen, wir brauchen dich, Kalia. Überzeug mich und kümmer dich um die Verletzten, und ich werde die Angehörigen unseres Volkes zu diesem entscheidenden Zeitpunkt nicht mit Anklagen wegen versuchten Mordes gegen eine aus ihren Reihen ablenken und demoralisieren.«

Kalia schluckte, dann nickte sie. »Als Ihr letzte Nacht auf dem Dach wart«, begann sie, »habe ich gesehen, dass Ihr allein wart mit …« Ihr Blick flackerte zu Lorkin und Tyvara. »Niemand sonst wäre zu Schaden gekommen, wenn man Euch angegriffen hätte. Ich brauchte lediglich Aufmerksamkeit auf Euch zu lenken. Also bin ich aus dem Sklaveneingang hinausgeschlüpft, habe einige Ashaki gefunden und sie zurückgeführt. Sie haben Euch gesehen, aber als ich zu dem Sklaveneingang lief, trat Halana aus einem anderen Eingang. Ich denke, sie hatte Schildsteine anbringen wollen. Sie … hat die Ashaki nicht gesehen. Sie …« Ein Schluchzen entrang sich ihrer Kehle. »Ich habe versucht, sie zu warnen, aber es ging alles so schnell. Ich wollte nicht, dass sie starb.«

Savara blickte Lorkin an. Er schüttelte den Kopf. Alles, was Kalia gesagt hatte, war die Wahrheit. Die Königin drehte sich wieder um, um Kalia anzusehen. Sie machte den Eindruck, als hätte sie einen Bissen von etwas außerordentlich Abscheulichem genommen. Aber es war nicht nur Abscheu über Kalias Taten. *Sie will Kalia bestrafen, aber sie wird es nicht tun. Wenn ich Savara wäre, würde ich sie einsperren lassen und mich ausschicken, die Verletzten zu heilen.* Kalias Fähigkeiten im Heilen waren nicht einzigartig. Dann durchzuckte ihn eine Erkenntnis. *Aber meine Fähigkeiten im Gedankenlesen sind es.*

»Dann schwöre, dass du niemals davon sprechen wirst, mit niemandem, es sei denn auf meinen Befehl hin«, forderte die Königin. »Und schwöre, dass du nie wieder versuchen wirst, mir, Tyvara und Lorkin etwas anzutun.«

Kalia senkte den Kopf. »Ich schwöre es.«

»Geh. Shaiya wird dich zu dem Haus führen, in dem die Verletzten sind.«

Als die Frau davoneilte, rieb Savara ihre Hände an den Knien ab, als wische sie sie sauber.

»Nun, zumindest haben wir von jetzt an etwas, das wir benutzen können, um sie in Schach zu halten.«

Schritte eilten den Flur herunter, aber diesmal betrat Sprecherin Lanna den Raum.

»Seid Ihr schon bereit, die Kyralier zu empfangen?«

Savara holte tief Luft und stieß sie dann langsam wieder aus. »Bin ich es?«, fragte sie sich.

Lanna runzelte die Stirn. »Da ist etwas, das ich Euch vorher sagen sollte.«

»Tatsächlich?«

Die Sprecherin verzog die Lippen zu einem erzwungenen Lächeln. »Als ich Schwarzmagierin Sonea traf, kämpfte sie gerade gegen zwei Ashaki. Tayvla und Call, die beiden, die sie entdeckten, erzählten mir, dass die Ashaki sie zuerst angegriffen hätten. Sonea hat eingegriffen und es ihnen ermöglicht zu entkommen.«

Lorkin drehte sich um, um Savara anzusehen, und war erstaunt, dass sie diese Nachricht mit einem Stirnrunzeln quittierte.

Die Königin schnaubte leise. »Nun, das hat meine Pläne ruiniert.« Sie wandte sich an Lorkin und ließ die Arme sinken. »Eure Mutter hat sich einem Befehl widersetzt, zu bleiben, wo ihre Eskorte sie gelassen hatte. Ich hatte mich darauf gefreut, dieses Thema anzuschneiden, um zu sehen, ob ich etwas wie eine Entschuldigung von ihr bekommen könnte.«

Er zog die Augenbrauen hoch. »Ich bezweifle, dass Ihr Erfolg gehabt hättet.«

»Wie, schlagt Ihr vor, soll ich dann zu Werke gehen, um sie dazu zu bringen, uns einen Gefallen zu tun?«

»Ich bin die letzte Person, die Euch das sagen kann. Sie kennt mich viel zu gut.«

»Aber Ihr seid ihr Sohn. Vielleicht sollte ich das benutzen.«

Lorkin zuckte zusammen. »Nur wenn Ihr Euch besonders mutig fühlt. Ich, äh, rate Euch, mehr über sie in Erfahrung zu bringen, bevor Ihr sie zu sehr unter Druck setzt.«

Savara schürzte die Lippen und betrachtete ihn, dann nickte sie. »Ihr würdet sie und Euer Heimatland eines Tages gern wiedersehen.«

»Irgendwann. Ich würde gern Tyvara mitnehmen, also wäre es schön, wenn Sachaka und die Verbündeten Länder weiter gute Beziehungen pflegten.«

Savara drehte sich zu Lanna um. »Schickt die Kyralier herein. Und den Elyner ebenfalls.«

Lorkins Herz begann ein wenig schneller zu schlagen. *Mutter und Dannyl und alle anderen können keine Zweifel daran haben, wo meine Loyalität jetzt liegt. Ich schätze, ich werde gleich herausfinden, wie sie dazu stehen.*

Seine Mutter führte die anderen in den Raum. Sie reihten sich vor Savara auf, dann knieten sie nieder. Stille folgte, voller Überraschung und einem Hauch Verlegenheit. Lorkin lief ein seltsamer kleiner Schauer über den Rücken. Für Kyralier und Elyner war dies die traditionelle Verbeugung, die sie vor einem Herrscher machten, aber für Verräter war es weitaus mehr, als erwartet wurde.

»Erhebt Euch«, sagte Savara mit gedämpfter Stimme. Als die fünf Fremdländer aufstanden, lächelte sie. »Später wird Euch Lorkin erklären, wie die Verräter einen Anführer begrüßen.« Sie ließ den Blick über die Reihe der Neuankömmlinge wandern. »Ich bin Königin Savara, und dies sind Tyvara und Lorkin. Bitte, stellt Euch selbst vor.«

»Ich bin, wie Ihr von unserer früheren Begegnung wisst, Schwarzmagierin Sonea von der Magiergilde Kyralias«, begann seine Mutter. Dann stellte sie die anderen ihrem Status nach vor, beginnend mit Dannyl.

Dannyl wirkt … nicht nervös, aber so, als versuche er Unbehagen zu verbergen, dachte Lorkin. *Ist er verletzt? Nein, es ist etwas anderes. Vielleicht lediglich das Unbehagen darüber, gerade mit angesehen zu haben, wie diese Leute eine ganze Menge Menschen getötet haben …* Sein Magen zog sich zusammen, als ihm bewusst wurde, dass Dannyl, Tayend und Merria Freundschaften mit der sachakanischen Elite geschlossen hatten. *Wahrscheinlich haben sie gerade mit angesehen, wie ihre Freunde getötet wurden.*

Als seine Mutter Regins Namen nannte, erinnerte Lorkin sich an Tyvaras Andeutungen, dass er mehr war als Soneas Quelle und Assistent. Regins Miene war ernst. Sein Blick wanderte zu Lorkin, und er neigte leicht den Kopf. Lorkin nickte zurück. *Das hat mir nichts verraten,* dachte er.

»Also«, sagte Savara, erhob sich von ihrem Platz und trat vor Dannyl. »Beabsichtigt Ihr, in Sachaka zu bleiben, Botschafter Dannyl? Ich stelle mir vor, dass wir hier einen Repräsentanten der Gilde brauchen, sobald die Heiler eintreffen.«

Lorkin bemerkte, dass seine Mutter leicht die Stirn runzelte. Als höchstrangige Gildemagierin hätte die Frage an sie gerichtet werden sollen. Vielleicht deutete Savara, indem sie die Frage an Dannyl richtete, an, dass sie lieber ihn als Repräsentanten der Gilde sehen würde als Sonea.

»Wenn die Gilde es erlaubt und Ihr zustimmt, Euer Majestät«, antwortete Dannyl.

Savara nickte. »Ihr werdet für den Moment genügen.« Sie trat vor Tayend. »Und Ihr, Botschafter Tayend – werdet Ihr weiterhin Elyne vertreten?«

»Ich habe bereits Anweisungen von meinem König erhalten, um meinen Verbleib in dieser Rolle zu bitten, Euer Majestät«, entgegnete Tayend. »Tatsächlich hat er mir eine kurze Nachricht übermittelt, die ich auswendig lernen und an Euch weitergeben sollte, als Ersatz für ein späteres, längeres Sendschreiben.«

»Ach ja? Dann wiederholt sie.«

Tayend machte eine höfische Verneigung. »König Lerend von Elyne gratuliert Euch zu der erfolgreichen Eroberung Sachakas. Er hofft, dass er eine Gelegenheit haben wird, sich mit Euch zu treffen und die vielen Arten zu diskutieren, wie unsere Länder in beiderseitig vorteilhafte Beziehungen treten können. Möge eine friedliche und gedeihliche Zukunft Eurer harren.«

Savara lächelte. »Übermittelt ihm meine Wertschätzung seiner guten Wünsche, wenn Ihr Euch das nächste Mal mit ihm in Verbindung setzt. Ich freue mich auf dieses längere Sendschreiben. Ich sehe keinen Grund, warum Ihr nicht als Botschafter bleiben solltet.« Sie ging an Merria und Regin vorbei und blieb stehen.

Lorkin beobachtete das Gesicht seiner Mutter, als die Königin sich an sie wandte. Er sah die vertraute Veränderung in ihren Zügen, von dem leicht gequälten, nachdenklichen

Ausdruck, den sie die meiste Zeit zeigte, zu dem stillen, allwissenden Blick, dem er niemals lange hatte standhalten können.

»Schwarzmagierin Sonea«, sagte Savara, und ihr Ton war nicht länger freundlich, aber auch nicht kalt. »Ihr habt meinem Befehl zuwidergehandelt, in dem Haus zu bleiben, in dem Eure Eskorte Euch zurückgelassen hat.«

»In der Tat, Majestät.«

»Ich war nicht erfreut, das zu hören.«

»Das habe ich auch nicht erwartet.«

»Warum habt Ihr mir den Gehorsam verweigert?«

»Die Botschafter Dannyl und Tayend und Lady Merria glaubten, sie seien in Gefahr. Saral und Temi waren gegangen, daher konnte ich weder um Erlaubnis bitten, meinen Gildegenossen zu Hilfe zu kommen, noch darum, dass jemand sie beschützt. Ich habe Eure frühere Bedingung eingehalten, mich nicht mit den Ashaki zu verbünden, und ebenso die Wünsche der Verbündeten Länder respektiert, dass wir uns nicht in die Schlacht einmischen sollten.«

»Und doch habt Ihr Euch eingemischt, zu einem späteren Zeitpunkt.«

Sonea zog die Augenbrauen hoch. »Hätte ich das nicht tun sollen?«

Savara neigte den Kopf ein wenig zur Seite. »Wie betrachten die Verbündeten Länder es?«

»Ich hatte noch nicht die Gelegenheit, sie danach zu fragen. Sie wissen, dass einige Entscheidungen schnell getroffen werden müssen. Die Schlacht war bereits entschieden, und sie wollen sicher sein, dass unseren Heilern hier nichts zustoßen wird.«

»Das wird nicht geschehen.« Savara machte einen Schritt rückwärts und kehrte zu ihrem Platz zurück. »Die Heiler sind jedoch noch einen vollen Tagesritt entfernt. Würdet Ihr und die anderen Gildemagier Euch in der Zwischenzeit um die schlimmsten Verletzungen kümmern?«

Sonea reckte das Kinn vor, und ein Licht trat in ihre Augen, das Lorkin nur allzu gut kannte. Er hielt den Atem an, dann stieß er ihn mit einem leisen Seufzer aus.

»Natürlich«, erwiderte sie.

Savara nickte. »Lorkin wird Euch zu dem Herrenhaus führen, in dem die Kranken und Verletzten untergebracht sind, nachdem ich unter vier Augen mit ihm gesprochen habe. Ihr dürft gehen.«

Lorkin beobachtete, wie seine Mutter und seine früheren Kollegen und Freunde den Raum verließen. Als sie in den Flur verschwanden, drehte Savara sich zu ihm um.

»War es unklug, sie zu bitten, die Verletzten zu heilen?«

Also hatte sie seine Reaktion bemerkt. Er zuckte die Achseln. »Mutter hat die Hospize in Imardin eingerichtet. Gebt ihr diese Aufgabe, und sie kehrt vielleicht nie mehr nach Hause zurück.«

Savara runzelte die Stirn. »Und ich dachte, *Ihr* würdet der Grund sein, warum sie versuchen würde zu bleiben. Ich hatte nicht vor, Euch Eure Aufgabe zu erschweren.«

»Meine Aufgabe?«

»Eure Mutter dazu zu überreden, nach Hause zurückzukehren. Es ist nichts Persönliches, und ich denke nicht schlecht von ihr, aber ich vermute, dass sie jemand ist, den ich nicht gern in der Nähe haben werde.«

»Nein«, stimmte er zu. Er hielt inne, um nachzudenken. »Die beste Möglichkeit, um meine Mutter zur Heimkehr zu bewegen, ist die, dass Dannyl es der Gilde empfiehlt. Er könnte sich vielleicht dazu bereit erklären, wenn ich ihn davon überzeugen kann, dass es eine gute Idee ist oder er mir damit einen Gefallen tut. Aber ich habe den Verdacht, dass allein der Versuch seinen Argwohn in Bezug auf meine Motive wecken wird. Obwohl… es gibt da noch etwas, das wir ihm anbieten können, um zu beweisen, dass unsere Absichten freundlich sind, falls Ihr Euch dazu bereit erklärt.«

Savara beugte sich vor. »Und was ist das?«

Als Lorkin sie aus dem Herrenhaus führte, musterte Sonea ihn kritisch. Er schien dünner geworden zu sein, obwohl es vielleicht nur die Kleidung der Verräter war, die diesen Eindruck vermittelte. Magierroben neigten dazu, eine Menge zu verbergen, die Schultern und die Taille zu betonen, während sie den Rest versteckten. Die eng anliegende Weste der Verräter schmiegte sich um seinen Körper. Der Stoff seines Hemdes und seiner Hose war bäuerlich und ungefärbt. In Kontrast zu seiner bescheidenen Gewandung waren seine Finger über und über mit Ringen bedeckt, was normalerweise den Eindruck von Maßlosigkeit und Wohlstand erweckt hätte, wenn sie nicht vermutet hätte, dass die Steine magischer Natur waren.

Er ging auf die andere Seite der Parade zu. Sein Gang war entspannt und selbstbewusst, bemerkte sie, aber er war auch ständig auf der Hut, und sein Blick wanderte von einem Haus zum anderen. *Er fühlt sich sicher auf seinem Platz unter den Verrätern und hat von der Gilde nichts zu befürchten, es sei denn Missbilligung, aber er weiß, dass die Stadt noch nicht zur Gänze gesichert ist.*

Er schaute zu ihr zurück und verlangsamte das Tempo, bis er neben ihr herging.

»Ich wollte mich vor der Schlacht mit dir in Verbindung setzen«, begann er. »Aber dann ist alles so schnell gegangen. Wir haben im einen Moment Pläne gemacht und sind im nächsten davongeeilt, um uns den Ashaki zu stellen.«

»Was hast du mit meinem Blutring gemacht?«

Er verzog entschuldigend das Gesicht. »Ich habe ihn bei mir. Ich hätte ihn verstecken sollen, aber …«

»Nein, mir wäre es lieber, du hättest ihn bei dir, damit du ihn benutzen kannst, wenn es nötig ist.«

»Nun … ich nehme an, es besteht die Möglichkeit, dass er, wenn man mich getötet hätte, ebenfalls zerstört worden wäre.«

Ein Schauder überlief sie. »Lass uns nicht davon reden, dass du hättest getötet werden können.«

Er grinste. »Das soll mir recht sein.«

»Also, was wirst du als Nächstes tun?«

Lorkins Gesichtsausdruck wurde ernst. »Das hängt von Savara ab. Und von Tyvara. Es ist klar, dass Savara Pläne für Tyvara hat, und da bei den Verrätern alle Verantwortung und Macht bei den Frauen liegt und von ihren Männern erwartet wird, dass sie sich dem unterordnen, werde ich am Ende hingehen, wo immer sie hingeht.«

»Wirst du damit glücklich sein?«

Er grinste. »Größtenteils. Ich liebe Tyvara, Mutter. Ich liebe es, dass es für sie vollkommen natürlich ist, das Sagen zu haben, obwohl es bisweilen frustrierend sein kann. Ich genieße es auch, derjenige zu sein, der das herausfordert.«

Sonea verkniff sich einen Seufzer. »Also kommst du nicht mit nach Hause.«

Er schüttelte den Kopf. »Nicht in absehbarer Zeit, erwarte ich. Savara weiß, dass ich gern in der Lage wäre, dich und die Gilde zu besuchen. Ich würde immer noch gern das rudimentäre Wissen über die Herstellung von Steinen weitergeben, wie es Königin Zaralas Wunsch war. Vielleicht kann die Gilde noch etwas anderes damit anfangen. Vielleicht wird man in den Verbündeten Ländern Höhlen finden, in denen Steine wachsen. Wenn sie tatsächlich existieren, ist der wahrscheinlichste Ort der nördliche Teil der elynischen Berge, wo ...«

Ein Jubelschrei kam von einer Gruppe von Menschen, die die Parade von einer nahen Seitenstraße betraten. Lorkin hielt inne und stellte sich zwischen die Neuankömmlinge und Sonea, dann drehte er sich wieder zu ihr um und lächelte. »Sieht so aus, als würde heute Abend gefeiert werden.«

Sonea schaute an ihm vorbei und sah, dass die Männer und Frauen Möbel trugen. Sie waren nicht in Verrätergewandung gekleidet, daher vermutete sie, dass es befreite Sklaven waren. Als sie sich umblickte, begriff sie, dass sich auf der Straße weitere Gruppen von ehemaligen Sklaven versammelten. Weiter entfernt brannte ein Feuer. Sie hörte Dannyl einen Fluch murmeln, als sie die Möbel auf den Boden warfen und begannen, sie zu zertrümmern. Als zwei der ehemaligen Sklaven zu einem nahen Haus zurückkehrten, rief ein Mann hinter ihnen her.

»Bring etwas Zunder mit!«

»Und den Wein!«

Lorkin ignorierte sie und ging weiter über die Parade.

»Sie werden die Häuser plündern, nicht wahr?«, sagte Dannyl.

»Wahrscheinlich«, erwiderte Merria.

Dannyl seufzte. »Ich hätte die Bibliothek abschließen sollen«, murmelte er.

Das Herrenhaus, zu dem Lorkin sie führte, war größer als die meisten. Zwei Verräter standen an der Tür. Sie starrten die Fremdländer an, erhoben aber keine Einwände, als Lorkin sie hineinführte. Im Inneren des Hauses schlugen ihnen Chaos und Lärm entgegen. Der gewohnte kurze Flur war gesäumt von Menschen, und das Herrenzimmer war noch überfüllter. Einige Leute lagen auf dem Boden, Verletzte, die schlecht oder gar nicht bandagiert waren. Andere beugten sich über sie, offensichtlich nicht verletzt, manchmal vier für jeden Patienten. Verräter eilten von dem Flur auf der einen Seite zu dem auf der anderen und stolperten dabei über Gliedmaßen und alle möglichen Gegenstände, angefangen von Essenskörben bis hin zu Weinflaschen. Eine der Verletzten drückte eine große, goldene Schatulle an sich, obwohl die Wunde in ihrem Bein heftig blutete. Von irgendwo jenseits des Raums kamen gedämpfte Schreie und Rufe.

»Das ist ja das reinste Chaos!«, erklärte Sonea. »Hat hier denn niemand das Sagen?«

Der Lärm im Raum verebbte ein wenig. Gesichter wandten sich zu ihr um. Eine Verräterin, die gerade in den Raum getreten war, blieb stehen und funkelte sie an. Sonea fluchte innerlich. Sie hatte nicht vorgehabt, so laut zu sprechen.

»Wo ist Kalia?«, fragte Lorkin die Verräterin.

»Sie behandelt jemanden«, sagte die Frau.

»Wer untersucht die neuen Patienten?«

Die Frau zuckte die Achseln und sah sich um. »Irgendjemand …«

Lorkin bedeutete ihr, sich in Bewegung zu setzen. »Geht und tut, was immer Ihr getan habt. Ich werde das regeln.«

Die Frau eilte davon. Lorkin schaute auf seine Ringe hinab und drückte auf den Stein in einem von ihnen. Sein Blick ging in die Ferne, und er verharrte lange Sekunden reglos, dann nickte er und straffte sich. Er drehte sich zu Sonea um.

»Savara schickt eine Sprecherin her. Sie wird dafür sorgen, dass alle hier deine Befehle befolgen. Kalia war früher verantwortlich für die Behandlung der Kranken im Sanktuarium, aber sie hat einige Gesetze gebrochen und … nun, sie ist im Moment nicht ganz sie selbst. Sie ist nur hier, weil wir ihre Erfahrung brauchen.« Seine Abneigung war offensichtlich. »Sie versteht ein wenig von magischem Heilen.

Die beste Art, mit ihr fertigzuwerden, denke ich, wird die sein, ihr Patienten zum Behandeln zu geben, ihr aber nicht zu erlauben, Entscheidungen zu treffen.«

Sonea hob ungläubig die Augenbrauen. »Savara überträgt mir das Kommando?«

»Für heute Nacht.« Er verzog das Gesicht. »Es hat eine Menge Überredungskunst gebraucht. Wir dachten, wir könnten uns auf Kalia verlassen, aber …« Er zuckte die Achseln. »Ich kann es dir nicht genauer erklären, aber sie hat eine schlechte Entscheidung getroffen, und es hat ihr Selbstvertrauen zerstört. Sie ist eine gute Heilerin. Hingebungsvoll. Wir können darauf vertrauen, dass sie ihre Sache gut machen wird.« Er trat einen Schritt auf den Eingang zu. »Sprecherin Yvali wird gleich hier sein. Ich muss gehen. Botschafter Dannyl soll mit mir zurückkommen.«

Dannyl zog die Augenbrauen hoch, aber er wirkte nicht besorgt, als er Lorkin hinausfolgte. Sonea sah Merria an, die sich immer noch im Raum umschaute und den Kopf schüttelte.

»Es wird nicht lange dauern, dies zu ordnen«, versicherte Sonea ihr. »Solange die Menschen tun, was wir sagen.«

Merria nickte eifrig. »Ich hatte schon immer den Wunsch, ein Hospiz einzurichten. Nachdem ich die Welt erkundet habe.«

Sonea betrachtete die junge Frau mit neuem Interesse. *Wo hast du die hier versteckt, Vinara?*, dachte sie. Sie hatte oft den Verdacht gehabt, dass das Oberhaupt der Heiler die besten neuen Heiler für sich behielt. *Nicht dass ich es nicht auch tun würde, wenn ich in ihrer Position wäre. Aber es sieht so aus, als hätte sie sich diese hier durch die Finger schlüpfen lassen. Vielleicht eines Tages, nachdem Merria ihre Wanderlust befriedigt hat, wird sie zurückkommen, um mit mir zusammenzuarbeiten.*

Eine Verräterin trat aus den Schatten des überfüllten Eingangskorridors und sah Sonea in die Augen. Sonea richtete sich auf und lächelte. Sie schob alle Pläne für Merrias Zukunft beiseite, trat vor und begann zu erklären, was sie und die Kranken und Verletzten von Arvice brauchten.

Die Freudenfeuer beschränkten sich nicht auf die Parade, entdeckte Dannyl, während er, Tayend, Lorkin und Achatis ehemalige Sklaven zum Gildehaus gingen. Feuer wurden überall in Arvice entzündet, und der Gedanke an all die schönen, kostbaren Dinge, die als Brennholz benutzt wurden, machte ihn ein wenig krank.

Es sind nur Gegenstände, sagte er sich. Aber es machte ihn trotzdem traurig, und er konnte sich nicht einreden, dass nicht zusammen mit dem bloß Schönen kostbares Wissen zerstört wurde. Wie konnten ehemalige Sklaven, von denen die meisten nicht lesen konnten, begreifen, dass sie vielleicht etwas verbrannten, wovon sie und ihre Nachfahren profitieren könnten? Vielleicht würden es die beiden tun, die ihnen folgten. Sie hatten sich schließlich in Achatis Bibliothek versteckt. *Wird Achatis Bibliothek in ebendiesem Moment verbrannt? Wenn nicht, kann ich die Verräter dazu bewegen, sie zu schützen?*

Er betrachtete den jungen Mann, der neben ihm herging. Lorkin würde es verstehen. Er würde vielleicht nicht in der Lage sein, etwas zu tun, aber Dannyl musste zumindest fragen, für den Fall, dass eine Chance bestand, dass Lorkin doch helfen konnte.

Was ihn davon abgehalten hatte, es zu versuchen, war die Erinnerung daran, dass Lorkin an der Seite der Verräter gekämpft hatte. Die Erinnerung an die Ashaki, die ihren Angriffsschlägen zum Opfer gefallen waren. Der Gedanke, dass Lorkin vielleicht derjenige gewesen sein könnte, der Achati getötet hatte.

Aus dem verlegenen Schweigen zwischen ihnen schloss Dannyl, dass Lorkin sich zumindest bewusst darüber war, dass sein Kampf auf der Seite der Verräter seine Beziehung zu Dannyl und der Gilde angespannt hatte. *Aber er kann in meinem Fall nicht wissen, warum. Nur Tayend wusste, dass Achati und ich mehr waren als Freunde.* Und Tayend verriet nichts.

»Habt Ihr irgendwelche Fortschritte mit Eurem Buch gemacht?«, fragte Lorkin.

»Seit einiger Zeit nicht mehr«, antwortete Dannyl.

»Haben die Kopien, die Ihr erstellt habt, die Gilde erreicht?«

»Noch nicht.«

Sie gingen mehrere Minuten weiter, ohne zu sprechen, und wichen einer anderen Gruppe von Feiernden aus. Schließlich umrundeten sie eine Ecke und kamen in Sichtweite der Tore des Gildehauses. Keine Freudenfeuer glücklicherweise, aber in der Folge war die Straße dunkel. Als sie näher kamen, hörte Dannyl Tayend nach Luft schnappen. Gleichzeitig sah er, dass die Tore seltsam in den Angeln hingen. Jemand hatte sie aufgebrochen.

Lorkin griff in seine Weste und zog etwas heraus. Er hielt es zwischen zwei Fingern auf Höhe seiner Brust, während er sich den Toren näherte. Dann bückte er sich, um das verbogene Metall zu untersuchen, und stieß einen leisen Laut aus.

»Nur Magie kann dies bewirkt haben«, murmelte er. Er richtete sich auf und betrachtete stirnrunzelnd das Gebäude dahinter. »Die Tür ist offen.«

Sie standen reglos da, während Lorkin die offene Tür anstarrte. »Ich denke, wir sollten zurückgehen und …«

»Ich werde hineingehen und mich umsehen«, sagte Lak und schritt vorwärts, gefolgt von Vata.

»Wartet, Ihr habt nicht…«, begann Lorkin, aber die ehemaligen Sklaven ignorierten ihn und gingen stumm durch den Hof und in das Gebäude. Lorkin seufzte und sah Dannyl an. »Sie müssen Euch mögen.«

Dannyl begegnete seinem Blick. »Sie waren Achatis Sklaven.«

Lorkin blinzelte, dann trat ein gequälter Ausdruck in seine Züge. »Er hat nicht überlebt, nicht wahr?«

»Natürlich nicht. Er war einer der engsten Berater des Königs.«

»Eine schöne Art, ihm dafür zu danken, dass er mich aus Arvice fortgeschafft hat.« Lorkins Tonfall war voller Bedauern.

»Er hätte Euch genauso leicht dem König ausgeliefert, wenn er gedacht hätte, dass Sachaka davon profitieren würde«, erklärte Tayend.

Dannyl sah Tayend scharf an. Der Elyner starrte zurück. *Er fordert mich heraus, es abzustreiten,* dachte Dannyl kläglich. *Ich kann es nicht. Obwohl ich gern denken würde, dass Achati ein schlechtes Gefühl gehabt hätte, wenn er Lorkin ausgeliefert hätte.*

Lorkin schaute auf den Gegenstand hinab, den er in der Hand hielt, und schüttelte den Kopf. Als Dannyl genauer hinsah, erblickte er Licht, das von etwas in der Mitte reflektiert wurde.

»Es ist nicht richtig, dass sie für uns ein solches Risiko eingehen. Bleibt hier. Außer Sicht.« Er machte einen Schritt auf die Tür zu. Dannyl sah Tayend an, und beide eilten Lorkin nach. Als Lorkin das bemerkte, seufzte er. »Dann bleibt in der Nähe. Unter meinem Schild.«

Als sie das Gebäude betraten, spürte Dannyl die Vibration eines Schildes um sie herum. Im Innern war es dunkel. Lorkin schuf eine Lichtkugel und ließ sie vor ihnen herschweben. Sie traten in ein leeres Herrenzimmer. Lorkin wählte den rechten Flur. *Falls die Eindringlinge auf magische Dinge oder Wertgegenstände aus waren, werden sie in die Gemächer der Person im Haus gegangen sein, die den höchsten Status hatte.* Als sie Dannyls Räume erreichten, trat Lorkin ein. Die Zimmer waren verlassen, aber jemand hatte die Truhen und Schränke durchstöbert und die meisten Dinge hinausgezerrt, so wie es aussah. Sie wandten sich zum Gehen, doch sie trafen auf Lak, der eine Lampe hielt.

»Niemand im Haus«, berichtete der Sklave. »Vata überprüft die Ställe und die Sklavenquartiere. Doch ich denke nicht, dass sich irgendwelche Ashaki hier verstecken würden.«

Lorkin stieß einen Seufzer der Erleichterung aus. Er wandte sich an Tayend. »Wollt Ihr, dass ich mit Euch komme, während Ihr den Blutring holt?«

Tayend schüttelte den Kopf. »Ich bin gleich wieder da.« Er gab Lak ein Zeichen, und die beiden verschwanden in den Flur.

Im Haus war es sehr still. Dannyl untersuchte den Raum. *Nur sehr wenig ist mitgenommen worden. Warum sollte irgendjemand Gilderoben oder alte Bücher wollen? Sollte ich meine Forschungsmaterialien mitnehmen? Wo würde ich sie unterbringen? Es gibt keinen sicheren Ort. Aber vielleicht kann ich diesbezüglich etwas unternehmen.* Er sah Lorkin an, dann griff er in seine Robe, um Achatis Brief herauszuziehen. Lorkin nahm ihn entgegen, faltete ihn auseinander und las. Er zuckte leicht zusammen, dann gab er ihn zurück.

»Werden die Verräter mir erlauben, Achatis Bibliothek zu sichern?«, fragte Dannyl. »Falls sie nicht geplündert wurde?«

Lorkin runzelte die Stirn und spielte mit seinen Ringen, während er nachdachte.

»Savara sagt, dass Ihr Zugang zu ihr haben dürft«, erwiderte Lorkin. »Wenn Ihr sie wissen lasst, wo die Bibliothek ist, wird sie jemanden hinschicken, der sie bewacht.«

Savara sagt? Dannyl betrachtete die Ringe und sah, dass Lorkin einen der Steine berührte. *Interessant.*

Lorkin ließ die Hände wieder sinken. »Könnt Ihr mir im Gegenzug einen Gefallen tun?«

Dannyl zuckte mit den Schultern. »Das hängt von dem Gefallen ab.«

»Bringt meine Mutter dazu, so bald wie möglich nach Hause zurückzukehren«, sagte Lorkin. »Sie wird sich nicht absichtlich einmischen, aber sie wird allein durch ihre Anwesenheit hier Probleme verursachen. Ich rede nicht von mir, sondern von den Verrätern. Sie müssen diejenigen sein, die hier das Kommando übernehmen.«

»Auch über die Heiler der Gilde?«

»Haben sie meiner Mutter das Kommando übertragen?«

»Nein, das haben sie nicht.« Dannyl zuckte die Achseln. »Sie werden ihrem eigenen Anführer Bericht erstatten und dann mir.«

Lorkin wirkte erleichtert. »Dann gibt es also keinen anderen Grund für sie, hier zu sein?«

»Abgesehen davon, dass sie dafür sorgt, dass Ihr, ich und Merria sicher sind … nein. Aber Savara hat ihr das Kommando über das Hospiz übertragen.«

»Es ist nur für die Nacht«, sagte Lorkin. Er massierte sich die Schläfen und seufzte. »Könnt Ihr Osen gegenüber andeuten, dass ihre Anwesenheit hier eine Belastung für die Beziehungen zwischen Sachaka und den Verbündeten Ländern sein wird?«

»Ich kann Eure Sorge übermitteln und die Wünsche der Königin.«

Lorkin schüttelte den Kopf. »Wenn Mutter auch nur den leisesten Hinweis darauf findet, dass es von mir kommt, wird sie umso entschlossener sein zu bleiben. Es muss von Euch kommen, Dannyl. Und … ich bin kein Gildemagier mehr.«

Dannyl hielt inne, um den jungen Magier zu betrachten, den er als Assistenten nach Sachaka mitgenommen hatte. *Er hat wirklich vor, bei den Verrätern zu bleiben. Er hat alles für sie aufgegeben. Und für die Liebe auch, vermute ich. Ich denke nicht, dass ich das hätte tun können. Nicht einmal für Achati. Hätte ich es für Tayend getan, damals, als wir jung waren und einander so ergeben?* Er spürte ein Echo dieses Gefühls. *Ja, ich denke, ich hätte es getan.*

Lorkin schaute wieder auf seine Hände hinab. Er nahm einen der Ringe, streifte ihn vom Finger und hielt ihn Dannyl hin.

»Das ist der Grund, warum Ihr dafür sorgen sollt, dass meine Mutter nach Hause geschickt wird. Das ist der Grund, warum die Verbündeten Länder gute Beziehungen zu Sachaka unterhalten sollten.«

Dannyl nahm den Ring und untersuchte ihn. Die Fassung war silbern und der Stein darin durchsichtig. »Was ist das?«

»Ein Lagerstein.«

Dannyl stockte der Atem. Er erinnerte sich an Achatis Worte: *»Falls es noch einen gibt oder einer erschaffen wird, könnte das für alle Länder schrecklich sein.«*

»Er enthält nur die Macht von wenigen Magiern. Das Problem mit Lagersteinen ist, dass man nicht wissen kann, wie viel Macht sie enthalten können. Zu viel, und sie werden zerspringen und all ihre Macht freisetzen. Es wäre sicherer, mehrere Lagersteine zu haben, die ein wenig Macht in sich haben, als nur ein paar, die eine große Menge enthalten. Aber selbst dann könnte es die Lösung für die Verteidigung der Verbündeten Länder sein, ohne auf schwarze Magie zurückzugreifen.«

»Also haben die Verräter gelogen. Sie wussten, wie man sie macht«, hauchte Dannyl.

»Nein, obwohl sie Steine haben, die ganz ähnlich sind. Ich fürchte, ich … wir … haben sie auf die Idee gebracht, es zu versuchen. Sie haben bisher nur einige wenige gemacht, aber ich kann keinen Grund dafür sehen, warum sie nicht weitere machen oder die Methode verbessern sollten.« Lorkin betrachtete den Ring, dann sah er wieder Dannyl an. »Savara sagte, Ihr könnt ihn behalten.«

Dannyl runzelte die Stirn. »Eine Bestechung?«

»Die erste Bezahlung für die Dienste der Heiler.«

»Wie benutze ich ihn?«

»Berührt ihn. Zieht Macht in Euch hinein, als würdet Ihr sie von einem anderen Magier nehmen. Ihr werdet sie sofort verwenden müssen, da Ihr nicht wisst, wie man Magie lagert. Mit dem Einlagern von Macht in dem Ring ist es das Gleiche. Sendet ihm einfach Macht, als würdet Ihr sie einer anderen Person schicken.«

»Und ich darf nicht zu viel Macht darin lagern.«

»Nein.«

Dannyl ließ die Hand mit dem Ring sinken. Er sah Lorkin an und wog alles ab, was sein ehemaliger Assistent gesagt hatte. Dann nickte er.

»Dies wird die Gilde definitiv dazu bewegen, die Heimkehr Eurer Mutter zu befehlen.«

Lorkin lächelte. »Danke. Obwohl ich sicherstellen werde, dass ich die Chance bekomme, ein wenig Zeit mit ihr zu verbringen, bevor sie aufbricht. Ich vermisse sie tatsächlich. Und meine Freunde. Und Rothen. Ah. Und da ist noch etwas, das ich Euch in Bezug auf Lord Regin fragen wollte. Sind er und …?« Er brach ab und drehte sich zur Tür um. »Botschafter. Habt Ihr ihn gefunden?«

Tayend war mit Lak und Vata in den Raum getreten. Er

hielt einen kleinen Ring hoch, seine Verbindung mit dem elynischen König. »Genau dort, wo ich ihn gelassen habe.«

»Gut«, sagte Lorkin. »Also, wollt Ihr hierbleiben oder mit mir zurückkommen?« Er sah Dannyl an. »Bis wir zurück sind, werden wir wissen, ob Achatis Bibliothek intakt ist. Die beste Möglichkeit zu verhindern, dass sie geplündert wird, bestünde darin, das Gebäude zu besetzen, und ich denke, Savara wird es gutheißen, dass ihre Hauptverbindungen zur Gilde und den Verbündeten Ländern in der Nähe bleiben.«

Dannyl seufzte vor Erleichterung und sah, wie Tayends Augen hoffnungsvoll aufleuchteten. »Ich hole nur ein paar Sachen, dann werden wir Euer Angebot mit Freuden annehmen.«

31 Belohnungen

D*ieser gehetzte Blick ist wieder in Anyis Augen getreten*, bemerkte Lilia, als sie aus ihrem Schlafzimmer kam. Sie kniete sich neben den Stuhl und schlang die Arme um ihre Freundin. Anyi versteifte sich kurz und drehte sich dann um, um Lilia anzusehen.

»Ich weiß, du hast ihn draußen im Wald begraben, aber es ist nicht richtig. Wir müssen ihn zu seiner Familie bringen.«

»Wo liegt sie denn begraben?«

»Ich bin mir nicht sicher. Gol wird es wissen.«

Lilia küsste sie. Als Anyi die Arme um sie legte, klopfte es an der Tür, und beide Mädchen erstarrten. Lilia zog sich zurück und seufzte. Sie stand auf und sandte ein wenig Magie zur Tür, um sie zu öffnen.

»Gol«, sagte Anyi mit offensichtlicher Erleichterung, als der massige Mann zusammen mit Lord Rothen eintrat. »Wie ist es gelaufen?«

Er setzte sich. »Die Dinge werden wirklich schnell wieder so sein, wie sie waren. Die Diebe haben sofort aufgehört, sich ›Prinzen‹ zu nennen, und sie nehmen sich, worüber sie vorher die Kontrolle hatten – und alles andere, was sie zu fassen bekommen. Wenn du Cerys Territorium übernehmen willst, musst du jetzt handeln.«

Anyi runzelte die Stirn. »Werden seine Leute für mich arbeiten?«

Gol nickte. »Diejenigen, die ich gefragt habe, waren sehr interessiert. Sie hätten lieber dich als einen der Nachbarn. Es hilft, dass du Cerys Tochter bist, aber in gewisser Weise wird es das auch härter machen. Cery konnte keine Gefälligkeiten mehr einfordern und schuldete selbst vielen Leuten einen Gefallen, aber er hatte Geld versteckt und genoss Ansehen, weil er dafür bekannt war, seine Versprechen zu halten.«

Lilia beobachtete Anyis Gesicht, und ihr wurde flau im Magen, als die Züge ihrer Freundin sich verhärteten.

»Ich werde es tun.« Sie blickte zu Gol auf. »Aber nur, wenn du mir hilfst.«

Gol lächelte. »Ich hatte gehofft, dass du mich wollen würdest. Nicht, dass ich nicht gern in den Ruhestand treten würde.«

»Ich *schicke* dich in den Ruhestand«, erklärte Anyi. »Du wirst nicht mein Leibwächter sein, du wirst mein Stellvertreter sein. Wie du es für meinen Vater warst. Ich weiß nicht, warum er dich nicht auch so genannt hat.«

»Um mich zu einer geringeren Zielscheibe zu machen«, erwiderte Gol.

»Nun, du kannst nicht länger so tun, als seist du ein Leibwächter. Niemand wird glauben, dass ich einen Leibwächter ausgewählt habe, der doppelt so alt ist wie ich.«

Gol verschränkte die Arme vor der Brust. »Ich würde dich immer noch jederzeit besiegen.«

Anyi stand auf. »Oh, wirklich? Wollen wir doch mal sehen …«

»Ich entschuldige mich für die Unterbrechung«, warf

Rothen ein, »aber darf ich vorschlagen, dass ihr diese Theorie an einem anderen Ort als in Soneas Quartieren erprobt? Und die Höheren Magier werden es nicht gut aufnehmen, wenn wir zu spät kommen, vor allem, nachdem wir darauf bestanden haben, dass diese Versammlung so bald wie möglich stattfindet.«

Anyi sah ihn nachdenklich an, dann richtete sie ihren Blick auf Lilia. Ihre Miene war entschuldigend.

»Es tut mir leid, Lilia, aber wenn ich den Platz meines Vaters einnehmen soll, kann ich nicht zu dieser Versammlung gehen.«

Lilia starrte sie an. »Aber … du musst deine Geschichte erzählen, das ist wichtig.«

»Nein, ist es nicht. Es wird keinen Unterschied machen, ob ich sie erzähle oder du oder Lord Rothen.« Anyis Miene war ernst. »Wir wissen, dass Skellin Verbündete in der Gilde hatte. Wer kann sagen, welcher Dieb diese Verbündeten adoptiert oder geerbt hat? Falls diese Spione nicht wissen, wie ich aussehe, dann sollte es auch so bleiben. Wenn sie es wissen, sollte ich sie nicht daran erinnern.«

Lilias Herz hatte zu rasen begonnen. »Aber … wie wirst du mich besuchen? Ich darf das Gelände nicht verlassen. Sobald die Gilde herausfindet, dass ein Dieb in den Tunneln gelebt hat und dass Skellin dort war, werden sie alle Gänge zuschütten.«

Anyi ging zu Lilia hinüber und umarmte sie. »Wir werden andere Wege finden. Du hast doch nicht gedacht, dass wir hier zusammenleben könnten, oder?«

»Nein, wahrscheinlich nicht.«

»Du wirst bald deinen Abschluss haben. Dann werden sie dich vom Gelände der Gilde lassen. Vielleicht werden sie dir sogar erlauben, in der Stadt zu leben, wie andere Magier es tun. Was immer geschieht, wir werden einander nach wie vor sehen. Niemand kann uns daran hindern, zusammen zu sein.« Anyi löste sich von Lilia, dann wandte sie sich an Gol. »Ich werde in die andere Richtung hinausgehen. *Du* wirst nicht hineinpassen, und die Leute könnten dich beim Hereinkommen gesehen haben, daher solltest du besser mit Rothen gehen. Ich treffe dich dann bei Donia.«

»Bist du dir sicher, dass du diesen Weg nehmen willst?«, fragte Gol.

Anyi nickte. »Ich werde schon zurechtkommen.«

»Halte nur … halte die Lampenflamme bedeckt. Ich weiß nicht, wie viel Minenfeuer verschüttet wurde.«

Anyi nickte, dann sah sie Lilia erwartungsvoll an. Lilia verstand den Fingerzeig, ging zur Tür und führte Rothen und Gol hinaus. Sie schaute zurück und sah Anyi winken, bevor die Tür sich schloss. *Ich hoffe, dass sie sicher ist, wenn sie allein zurück in die Stadt geht.*

Sie machte sich während des ganzen Weges zum Büro des Administrators Sorgen deswegen. Sie nahmen einen Umweg, der sie zuerst vor die Universität führte, wo Rothen dafür sorgte, dass eine Kutsche Gol abholte. Vor Osens Tür stießen sie dann auf Jonna, die dort auf sie wartete. Die Dienerin sah ein wenig blass aus, aber sie lächelte und drückte Lilia die Hand, während Rothen anklopfte.

»Für mich ist das alles nicht neu«, erinnerte Lilia Jonna im Flüsterton.

»Für mich schon«, erwiderte Jonna.

Die Tür schwang nach innen auf, und sie traten in einen Raum voller Höherer Magier.

»Ah, gut«, sagte Osen, als Lilia und Jonna sich verneigten. Er runzelte die Stirn. »Gab es noch mehr Zeugen, die ihre Geschichten erzählen wollen, Lord Rothen?«

»Nein, Administrator«, entgegnete Rothen. »Ihr habt vielleicht den Wunsch, die Mannschaft zu verhören, die ich vor zwei Tagen in Gewahrsam genommen habe, aber für den Moment sollten ich, Lady Lilia und Jonna, Soneas Dienerin, imstande sein, die Ereignisse zu beschreiben, ohne dass es zu unnötigen Wiederholungen kommt.«

»Gut. Wer wird den Anfang machen?«

»Ich denke, Lady Lilia ist am besten geeignet zu erklären, wo alles begonnen hat«, sagte Rothen und drehte sich zu ihr um.

Lilia holte tief Luft. »Seit einiger Zeit hat Anyi – meine Freundin und die Leibwächterin des Diebes Cery – mich auf dem Weg durch unterirdische Gänge in der Gilde besucht…« Als Lilia die Gesichter der Höheren Magier beobachtete, sah sie, wie Blicke schärfer und Kiefer härter wurden, aber während sie von dem Eintreffen Cerys und seines verletzten Leibwächters erzählte, wurden einige Mienen weicher. Kallen runzelte die Stirn, aber sie konnte nicht erkennen, ob aus Missbilligung darüber, dass sie dieses Geheimnis vor ihm gehabt hatte, oder aus Schuldgefühl dafür, dass er nicht in der Lage gewesen war, Skellin rechtzeitig zu finden.

Einige Magier lächelten über die Falle, die Cery geplant hatte, um Skellin direkt in ihre Mitte zu bringen. Aber dann verblassten alle Spuren von Erheiterung, als sie schilderte, wie die Falle versagt hatte; sie berichtete von Cerys Tod und Anyis Entführung, und sie sah zu ihrer Befriedigung Missfallen in allen Gesichtern über Skellins Behauptung, er habe Quellen in der Gilde.

Danach übernahm Rothen und erzählte von ihrem Plan, Anyi auf eigene Faust und ohne die Hilfe oder Zustimmung der Gilde zu retten, aus Furcht, sonst Skellins Quelle zu informieren. Er hörte an dem Punkt auf, an dem Lilia an Bord des Schiffes gegangen war, und sah sie an, damit sie die Geschichte zu Ende brachte.

Es war schwerer als erwartet zu beschreiben, wie sie Skellin und Lorandra besiegt hatte. *Ich habe jemanden mit schwarzer Magie getötet. Und doch war Skellins Tod nicht so abscheulich wie der Lorandras.* Jetzt wie damals erinnerte sie sich an die Schreie der Frau. Was an dem Tag selbst leicht zu vergessen gewesen war, hatte sich in eine Erinnerung verwandelt, die sich weigerte zu verblassen.

Als sie ihren Bericht beendete, kamen die unausweichlichen Fragen.

»Ihr habt das Gelände verlassen und ohne Erlaubnis schwarze Magie benutzt«, sagte Lady Vinara.

Lilia nickte und neigte den Kopf.

»Tatsächlich hat sie das nicht getan«, mischte Rothen sich ein. »Ich habe ihr die Erlaubnis gegeben, beides zu tun.«

»Die Erlaubnis sollte von allen Höheren Magiern ausgesprochen werden oder zumindest vom Hohen Lord«, wandte Osen ein, aber dann lächelte er und breitete die Hände aus. »Es gab jedoch Grund zu dem Verdacht, dass unter uns Korruption herrscht. Vorsicht war in diesem Fall die beste Methode.«

»Wenn Lilia ihre Rolle als Schwarzmagierin in Zukunft ausfüllen soll, sollte sie uns nicht mit bedingungslosem Vertrauen betrachten«, stimmte Kallen zu.

Balkan nickte. »Ich gebe Euch recht. Es ist wichtiger, dass wir herausfinden, wer Skellins Quelle ist.«

»Wir haben einen Hinweis auf ihn: Ein Magier hat dafür gesorgt, dass Jonna aufgehalten wurde, als sie Lilia holen wollte«, stellte Vinara fest. Sie drehte sich zu der Dienerin um. »Wer war es?«

Jonnas Augen weiteten sich, als alle Aufmerksamkeit sich auf sie richtete. Dann flackerte ihr Blick durch den Raum. »Lord Telano.«

Alle drehten sich zum Studienleiter der Heiler um. Er schaute sich im Raum um, dann warf er die Hände hoch.

»Ein Zufall«, protestierte er. »Ich habe versucht, ihr zu helfen, Lady Lilia zu finden, und mich im Raum geirrt. Das beweist nichts.«

»Aber es ist interessant, im Lichte Eures Verhaltens in jüngster Zeit«, sagte Vinara. »Es würde erklären, warum …«

»Wartet«, unterbrach Osen sie. »Lady Lilia. Jonna. Gibt es sonst noch etwas, das Ihr uns gern mitteilen würdet?« Als sie den Kopf schüttelten, nickte er. »Wartet bitte außerhalb des Raums.«

»Lilia sollte bleiben«, sagte Kallen. »Wir brauchen sie vielleicht.«

Lilia sah ihn überrascht an. *Wenn er einer von Skellins Spionen war, würde er mich doch gewiss nicht hier haben wollen.* Osen schaute sich im Raum um, und sie war überrascht zu sehen, dass die meisten Magier nickten. Bis auf Lord Telano. Was hatte Vinara gesagt? *»… im Lichte Eures Verhaltens in letzter Zeit.«* Was hatte er getan?

»Also schön«, sagte Osen. »Bleibt, Lilia.«

Jonna nahm dies als ihr Stichwort, den Raum zu verlassen. Rothen ging zu einem freien Stuhl und setzte sich, so dass Lilia die Einzige war, die noch stand. Alle Aufmerksamkeit richtete sich auf Telano.

»Lord Telano«, begann Vinara. »Wart Ihr Skellins Quelle in der Gilde?«

»Nein«, erwiderte Telano entschieden.

»Wie kommt es dann, dass das Feuel, das die meisten Magier und Novizen erworben haben, zu Euch zurückverfolgt werden kann?«

»Und warum haben meine Assistenten gesehen, dass Ihr Mitglieder der Unterwelt aufgesucht und Päckchen mit zurück in die Gilde gebracht habt?«, hakte Kallen nach.

»Ich rauche gern Feuel«, sagte Telano. »Das tun auch andere. Es gibt kein Gesetz dagegen.«

»Es wird bald eines geben«, warf Vinara leise ein.

»Aber es *gibt* ein Gesetz gegen die Zusammenarbeit mit Verbrechern«, stellte Osen fest.

»Ich habe mit niemandem *zusammengearbeitet.* Ich habe nur zufällig ihre Produkte gekauft. Jede Menge Magier tun dies, häufig unwissentlich.« Telano deutete auf Lilia. »Sie hat wissentlich für einen Dieb gearbeitet. Niemand hinterfragt *das.*«

»Wir werden noch dazu kommen«, versicherte ihm Vinara. »Ihr habt Euch jetzt seit einer ganzen Weile mit diesem Argument verteidigt, Lord Telano, aber es erklärt Eure Versuche nicht, unsere Feuel-Ernte zu zerstören. Für jemanden, der Feuel mag, scheint das … merkwürdig zu sein.«

Er schüttelte den Kopf. »Ich dachte, die Diebe hätten hier irgendwie Fuß gefasst und diese Pflanzung angelegt.«

»Wirklich? Das war aber nicht Eure Entschuldigung, als wir Euch seinerzeit ertappt haben.«

»Ich wusste nicht, wem ich trauen konnte. Ihr hättet mit ihnen unter einer Decke stecken können. Schließlich hat sich herausgestellt, dass es einen Spion in der Gilde *gibt.*«

»Eine simple Gedankenlesung würde Eure Unschuld beweisen«, sagte Lord Peakin.

Es wurde still im Raum. Lilia schaute sich um und sah sowohl Widerstreben als auch Hoffnung. *Sie wollten es schon seit einer Weile tun, haben sich aber um die Konsequenzen gesorgt, falls er unschuldig sein sollte. Er wird es ihnen zumindest verübeln, dass sie ihm misstraut haben.*

Aber was, wenn er schuldig war? Das würde noch schlimmer sein.

»Werdet Ihr …?«, begann Osen.

»Nein«, sagte Telano, und das Wort hallte im Raum wider.

»Euer Mangel an Kooperation ermutigt uns nicht gerade«, bemerkte Osen.

»Dann degradiert mich.« Telanos Tonfall war mürrisch.

»Nein.« Alle Augen richteten sich auf Balkan. Der Hohe Lord hatte die Ellbogen auf die Armlehnen seines Stuhls gelegt, und seine Fingerspitzen berührten sich. »Da Sachaka jetzt unter der Herrschaft der Verräterinnen steht und unsere Aufmerksamkeit andernorts benötigt wird, müssen wir diese Angelegenheit klären. Lest seine Gedanken, Kallen.«

Telanos Augen hatten sich geweitet, aber jetzt glättete sich sein Gesicht wieder. Als Kallen aufstand, erhob er sich langsam auf die Füße.

»Nun, wenn Ihr es unbedingt tun müsst. Zumindest haben wir etwas gemeinsam«, murmelte er.

Lilia holte scharf Luft. »Ich … ich bin mir nicht sicher, ob das eine gute Idee ist«, zwang sie sich zu sagen und senkte den Blick, als die Aufmerksamkeit sich auf sie richtete. »Ich habe selbst gelegentlich den Verdacht gehabt, dass Schwarzmagier Kallen … derjenige sein könnte …«

Dies führte zu einem überraschten und frustrierten Raunen im Raum. »Wir könnten warten, bis Sonea zurückkehrt«, schlug jemand vor.

Lilia blickte auf und zwang sich, in Kallens Augen zu sehen. Er lächelte. »Wie ich sagte, wir brauchen Lilia. Mir zu misstrauen wird bald Teil ihrer Aufgaben sein. Ich schlage vor, dass sie auch meine Gedanken liest, um alle zu beruhigen.«

Lilia starrte ihn an, und Zweifel beschlichen sie. *Falls er unschuldig ist, werde ich mich sehr schlecht fühlen, weil ich angedeutet habe, er könnte Skellins Quelle sein. Aber wenn er es nicht ist … wird er diese Gelegenheit nutzen, um mich insgeheim zu erpressen?*

Osen nickte. Balkan tat das Gleiche. Kallen winkte sie heran. Es ließ sich nicht vermeiden. Falls dies die ganze Zeit über seine Absicht gewesen war, war sie wirklich und wahrhaftig in seine Falle getappt. Mit trockenem Mund trat Lilia auf ihn zu. Er ergriff ihre Hände und hob sie, immer noch lächelnd, an seinen Kopf.

»Ihr erinnert Euch daran, was Ihr tun müsst?«

Sie nickte. Dann schloss sie die Augen.

Es war unmöglich zu sagen, wie viel Zeit verstrichen war, als sie wieder von ihm wegtrat. Sie hatte Gewissensbisse, weil sie ihm misstraut hatte, aber vor allem war sie erleichtert. *Ich kann verstehen, warum die Gilde ihn gewählt hat. Er würde lieber sterben, als die Gilde zu verraten. Er hasst sich dafür, dass er in die Feuel-Falle getappt ist – und ich hatte keine Ahnung, dass das Verlangen so schlimm sein kann. Ich habe Glück, dass es mich nicht ebenso getroffen hat.* Er hatte Bewunderung dafür ausgedrückt, dass sie ihr Leben riskiert hatte, um Anyi zu retten, und sie hatte seine Frustration und Scham darüber gesehen, dass er nicht in der Lage gewesen war, Skellin zu finden. *Er hat aber wirklich alles versucht. Das weiß ich jetzt. Ich kann ihm sein Scheitern verzeihen.*

Er hatte sie auch gewarnt, dass sie, falls Lord Telano schuldig war, sich unbehaglich fühlen würde, wenn sie seine Gedanken las. Lilia drehte sich zu dem Magier um. Der Mann blickte im Raum umher, dann runzelte er die Stirn und stand auf. Er hielt sich sehr steif, als sie die Hände ausstreckte, um seine Schläfen zu berühren.

Es war nicht angenehm. Er versuchte, sie abzublocken. Er versuchte, nur an andere Dinge zu denken – Dinge, die sie vielleicht so schockierten, dass sie ihre Aufmerksamkeit abzog. Er versuchte, ihr Lügen zu zeigen. Aber sie durchschaute alles. Sie sah, wo es begonnen hatte, in den Glühhäusern. Sie sah, dass Feuel-Händler vorgeschlagen hatten, dass er sein Feuel nicht dort zu kaufen brauche, sondern direkt bei ihnen erwerben könne. Sie sah, wie er begonnen hatte, sich zu sorgen, dass die Gilde die Droge missbilligen würde, daher hatte er angefangen, immer mehr Magier zur Benutzung von Feuel zu ermutigen, so dass sie sich einem Verbot widersetzen würden. All seine Gedanken waren durchsetzt von einem wilden Verlangen nach Feuel. Er befürchtete, dass er es jetzt nicht mehr würde kaufen können, da Lilia Skellin getötet hatte. Dafür hasste er sie. Sein einziger Trost war der, dass so viele andere Magier den gleichen Schmerz erleiden würden.

Es war eine Erleichterung, ihren Geist von seinem zu lösen und in den Raum zurückzukehren. Während sie den Höheren Magiern berichtete, was sie erfahren hatte, fragte sie sich, wie es sein konnte, dass das Feuel Telano so etwas antun konnte, einem Mann, der große Integrität besessen haben musste, um ein Höherer Magier zu werden – und ein *Heiler* –, während Kallen nicht korrumpiert worden war, und auch sie war nicht süchtig geworden. *Es wäre einfacher für die Gilde gewesen, Feuel zu ächten, wenn es immer die gleichen Folgen bei den Konsumenten gehabt hätte.*

»Sie lügt«, erklärte Telano. »Warum solltet Ihr ihr mehr glauben als mir? Sie hat bereits zugegeben, dass sie mit einem Dieb zusammengearbeitet hat.«

»Wir haben Euch die Gelegenheit gegeben, eine simple Gedankenlesung zuzulassen«, bemerkte Osen. »Habt Ihr Eure Meinung geändert?«

Telano starrte Osen an, dann straffte er sich. »Nein. Ich werde meine Unschuld auf überzeugendere Art beweisen.«

»Ihr sollt Eure Chance haben, wenn wir eine Anhörung abhalten, um ein Urteil über Euch zu sprechen«, erwiderte Osen. Er wandte sich an Kallen. »Bringt ihn weg.«

Telano runzelte finster die Stirn, als er aus dem Raum geführt wurde. Lilia stand verlegen da, während die Höheren Magier Blicke tauschten.

»Habt Ihr irgendwelche Hinweise auf andere Spione in der Gilde erhalten, Lilia?«, fragte Osen leise.

Sie schüttelte den Kopf.

»Das ist eine Erleichterung.« Er sah die anderen an. »Wir sollten auf Soneas Rückkehr warten, bevor wir diese Anhörung abhalten, aber das Verbot von Feuel ankündigen und unsere Absicht, so bald wie möglich ein Heilmittel zu finden.« Er sah Vinara an. »Ich will, dass Ihr Sonea in die Suche nach einem Heilmittel einbezieht.« Vinara zog die Augenbrauen zusammen und öffnete den Mund, um zu protestieren, aber Osen brachte sie mit erhobener Hand zum Schweigen. »Sie hat das Problem als Erste erkannt, und es wird Zeit, dass man sieht, dass ihr beide zusammenarbeitet. Es ist außerdem die beste Möglichkeit, die mir einfällt, um sie zu beschäftigen, so dass sie sich aus sachakanischen Angelegenheiten heraushält.«

Lilia runzelte die Stirn. *Warum sollten sie …?* Sie sah Vinara in ihre Richtung nicken, dann wandte Osen sich an sie.

»Vielen Dank, Lilia. Wir werden Euch bei der Anhörung als Zeugin benötigen, aber für den Moment könnt Ihr gehen.«

Lilia verneigte sich und wandte sich der Tür zu. Als sie an Rothen vorbeikam, lächelte er und nickte.

Es ist alles vorüber, dachte sie, *soweit es »vorüber« sein kann. Anyi ist so sicher, wie jeder neue Dieb es sein kann, was nicht besonders sicher ist, aber besser als zu der Zeit, als Skellin noch lebte. Ich kann nun meine Studien beenden. Obwohl ich keine Wahl habe, was ich danach tun werde, macht es mir jetzt nicht mehr so viel aus. Solange ich immer noch Anyi treffen kann.*

Doch wie sie das bewerkstelligen sollten, wusste sie nicht. Aber eines wusste sie mit Bestimmtheit: Anyi würde einen Weg finden.

Sonea streifte Osens Ring vom Finger und steckte ihn weg.

»Nun, *das* war interessant.«

Regin wandte sich vom Kutschfenster ab, um sie zu betrachten. »Was gibt es Neues von der Gilde?«

»Der wilde Magier Skellin ist tot. Das Gleiche gilt für seine Mutter, Lorandra. Ich habe noch keine Einzelheiten. Osen sagte, sie könnten warten, bis ich nach Hause komme.«

»Das sind gute Neuigkeiten.«

»Ja, aber es gibt auch schlechte. Lord Telano hat als Skellins Spion gearbeitet und sich als der Hauptversorger für Fäule in der Gilde etabliert. Seine Kräfte sind blockiert worden, und er residiert jetzt im Ausguck.«

Regin zog die Augenbrauen hoch. »*Telano?* Das Oberhaupt der Heilenden Studien?«

»Ja. Ausgerechnet.« Sie schüttelte den Kopf. »Das einzig Gute, das daraus erwächst, ist die Tatsache, dass sie Feuel endlich verboten haben.«

»Was ist mit den Magiern, die danach süchtig sind?«

»Vinara hat es geschafft, an Feuel-Samen heranzukommen, so dass die Gilde die Magier entwöhnen kann. Sie hat auch angefangen, nach einem Heilmittel zu suchen. Osen will, dass ich ihr helfe.« Sonea schaute aus dem Fenster auf das Ödland. »Jetzt verstehe ich, warum er so darauf beharrt hat, dass ich nach Hause komme.«

Regin lächelte. »Ich bin mir sicher, dass das nicht der einzige Grund ist.«

»Warum? Denkt Ihr, es gibt noch einen Grund?«

Er zuckte die Achseln und wandte den Blick ab. »Lilia ist Kallen noch nicht ganz ebenbürtig. Ihr seid die Einzige, die ihn unter Kontrolle halten kann.«

»Ah. Kallen.« Sonea verzog das Gesicht. »Bis Ihr ihn erwähnt habt, habe ich mich auf meine Heimkehr gefreut.«

Regin drehte sich um, so dass sein Ellbogen auf der Kante

der Sitzlehne zu liegen kam. »Ich hatte den Eindruck, dass Ihr das Kommando über die magische Heilkunst in Sachaka übernehmen wolltet. Vielleicht ein Hospital gründen.«

Sonea schüttelte den Kopf. »Nein, eigentlich nicht. Ich würde gern sehen, dass sich die Dinge in Sachaka zum Besseren wenden, aber ich denke nicht, dass sie mich dafür brauchen. Ich will nur … ich will nicht so weit von Lorkin weg sein.« Sie seufzte. »Freut Ihr Euch darauf, Eure Töchter zu sehen?«

Er zuckte die Achseln. »Ja. Aber sie brauchen mich nicht. Tatsächlich freue ich mich überhaupt nicht darauf zurückzukehren.«

»Nein? Ihr wollt hierbleiben?«

»Nicht unbedingt. Aber …« Seine Augen wurden schmal. »Ich bin mir nicht sicher, ob ich Euch schon ganz durchschaut habe.«

Sonea blinzelte. »Mich? Was gibt es da zu durchschauen?«

Regin zog die Augenbrauen hoch. »Oh. Jede Menge.«

Sonea verschränkte die Arme vor der Brust und drehte sich zu ihm um. »Wirklich? Was habt Ihr denn bisher herausgefunden?«

Er lächelte. »Dass Ihr Euch zu mir hingezogen fühlt.«

Sonea starrte ihn an, und plötzlich beschleunigte sich ihr Herzschlag. *Verflucht soll er sein. Wie hat er das herausgefunden?* Sie holte tief Luft, stieß den Atem langsam wieder aus und erwog all die Möglichkeiten, die ihr eingefallen waren, um ihm sanft eine Abfuhr zu erteilen.

»Lord Regin, ich …«

»Ich weiß auch, dass *Ihr* herausgefunden habt, dass ich mich zu Euch hingezogen fühle«, unterbrach Regin sie. »Ihr habt lange dafür gebraucht, obwohl ich annahm, dass Ihr mir zuerst verzeihen musstet, dass ich als Novize ein bösartiger, bigotter Bastard war.«

Es würde nicht leicht werden. *Für keinen von uns,* musste sie sich eingestehen. »Regin, ich fühle mich nicht …«

»Zu mir hingezogen?« Er hob die Augenbrauen. »Also leugnet Ihr es?«

Sie zögerte, dann zwang sie sich, ihm direkt in die Augen zu blicken. »Ja, das tue ich.«

Seine Augen wurden schmal. »Lügnerin.«

Was mache ich falsch? Sie ließ die Arme sinken und versuchte, die Hände in die Hüften zu stemmen, aber das erwies sich als zu schwierig in einer rollenden Kutsche, daher begnügte sie sich damit, ihm mit einem Finger zu drohen.

»Nennt mich nicht Lügnerin, wenn …«

Er lachte. »Ach, Sonea. Wenn ich gewusst hätte, dass es so viel Spaß machen würde, Euch aufzuziehen, hätte ich früher damit angefangen.«

Das panische Gefühl, das in ihr gewachsen war, löste sich ein wenig. *Er macht sich nur über mich lustig. Es ist ihm nicht ernst.* Erleichterung folgte Enttäuschung. *Oh, sei nicht dumm,* ermahnte sie sich. Sie seufzte, richtete sich in dem Sitz auf und lehnte sich an.

»Ihr mögt kein bösartiger, bigotter Bastard mehr sein, aber Ihr seid immer noch genauso manipulativ wie früher, Lord Regin.«

Regin zuckte die Achseln. »Nun, das ist nichts Neues. Ich hoffe, Ihr stimmt mir zu, dass ich es immer für eine gute Sache tue.« Er beugte sich zu ihr vor. »Aber ich würde gern wissen, was Ihr gegen die Idee habt, dass wir beide ein Paar sein könnten.«

Sie hielt inne, bevor sie antwortete. *Zumindest will er vernünftig darüber reden. Vielleicht sollten wir es tun. Die Idee in Worte fassen und aus dem Kopf bekommen.*

»Es wäre … nun, eine Menge Leute hätten etwas dagegen. Ich bin eine Schwarzmagierin. Ihr seid … verheiratet.«

»Ist das alles?« Er schüttelte den Kopf. »Wie *konventionell* von Euch. Sonea, die Frau, die alles verändert hat – die Gilde, die kyralische Gesellschaft, die Art, wie wir zu schwarzer Magie stehen –, macht sich Sorgen wegen *Klatsch*?«

»Natürlich. Ich habe Jahre gebraucht, um das Vertrauen der Menschen zu gewinnen. Ich kann nicht riskieren, es wieder zu verlieren.«

»Ihr werdet das Vertrauen nicht verlieren. Sie wären glücklicher, Euch mit einem anderen Magier verbunden zu sehen.«

Sie wandte den Blick ab. »Das könnt Ihr nicht wissen.«

»Ich kenne Kyralias Tratschtanten besser als Ihr«, entgegnete er. »Ich habe das zweifelhafte Vergnügen, sie persönlich zu kennen.«

Er seufzte. Als sie ihn anschaute, zog sich ihr Herz ein wenig zusammen. Er wirkte enttäuscht. *Vielleicht hat er recht. Nein, er weiß nicht, wie es war in diesen letzten zwanzig Jahren. Die Menschen haben ständig jede meiner Bewegungen beurteilt, jeden Freund und jeden Geliebten, den ich hatte oder hätte haben können.*

Aber als sie einen weiteren verstohlenen Blick riskierte, begriff sie, dass er in einem Punkt recht hatte. Sie fand ihn tatsächlich attraktiv. Sehr sogar. *So verrückt das sein mag.*

»Also«, sagte er leise, »wäre es akzeptabel, wenn ich geschieden würde?«

»Nein!«, protestierte sie, obwohl sie sich nicht sicher war, ob es um seine Frage ging oder darum, dass er seine Werbung fortsetzte.

»Vielleicht sollte ich das umformulieren. Wäre es akzeptabel *für Euch*, wenn ich geschieden würde?« Er beugte sich dichter vor, und sie wandte sich ihm zu. »Wenn niemandes Meinung zählte, würdet Ihr mich dann wollen?«

Er sah ihr direkt in die Augen. Es würde nicht leicht sein, ihn zu belügen. Sie zögerte, dann öffnete sie den Mund, um es zu versuchen.

Aber die Worte kamen nie heraus, weil er sie plötzlich küsste. Während sie vor Überraschung erstarrte, legte er die Arme um sie, zog sie näher an sich, und sie stellte fest, dass sie ihre Bewegungen nicht gut genug koordinieren konnte, um seine Absichten irgendwie zu durchkreuzen. Ihr Körper tat, was er wollte: Er entspannte sich in Regins Wärme.

Es war, das musste sie zugeben, ein sehr guter Kuss. Sie war enttäuscht, als er endete, obwohl sie ein wenig atemlos war. Regin sah sie an, aber nicht mit dem vollen Selbstbewusstsein, das er noch einen Moment zuvor gehabt hatte. *Er wird jetzt damit aufhören, wenn ich es ihm sage.*

Ich will es ihm nicht sagen.

Sie suchte nach irgendeiner anderen Bemerkung.

»Du bist noch nicht geschieden«, rief sie ihm ins Gedächtnis.

Er lächelte. »Oh doch. Der König hat mir meine Scheidung vor meinem Aufbruch gewährt.«

»Was? Das hast du mir nie erzählt!«

»Natürlich nicht. Ich kenne dich zu gut. Du hättest vielleicht meine Absichten erraten und mich um Armeslänge von dir ferngehalten«, entgegnete er. »Nun, noch mehr als gewöhnlich.«

»Du hast das die ganze Zeit über geplant. Du ränkeschmiedender, manipulativer …«

»Immer für eine gute Sache«, unterbrach er sie. Dann küsste er sie abermals.

Als Lorkin in Savaras Räume trat, blickte die Königin von den Papieren auf, die sie gelesen hatte, und lächelte. Lorkin hielt inne und legte eine Hand aufs Herz, aber sie verzog das Gesicht und winkte ihn weiter.

»Lasst das. Es schaut niemand zu. Und Tyvara wartet auf Euch«, sagte sie.

Er ging hinüber zu dem Raum, in dem er und Tyvara geschlafen hatten. Dann klopfte er leise an die Tür, und als er eine schwache Antwort hörte, drückte er sie auf. Tyvara lag auf dem schmalen Bett und las weitere Dokumente, bekleidet nur mit einem kurzen Hemd. Er schloss die Tür, lehnte sich dagegen und hoffte, dass er keinen Grund haben würde, sich allzu bald wieder zu bewegen.

Sie blickte auf, dann verdrehte sie die Augen. »Lass das.«

»Kann ich nicht«, erwiderte er.

»Also schön. Bleib dort. Du wirst dich irgendwann langweilen.«

»Das bezweifle ich.«

Sie versuchte, ihn zu ignorieren, aber er konnte sehen, dass ihre Augen sich hin und her bewegten, ohne dass sich ihr Blick tatsächlich auf die Seite senkte. Schließlich schloss sie das Dokument, seufzte und sah wieder zu ihm auf.

»Ich nehme an, es gibt einen Weg, dich dazu zu bringen aufzuhören, der uns beiden gleichermaßen gefallen würde.«

Er riss in gespielter Unschuld die Augen auf. »Beiden gleichermaßen gefallen?«

»Definitiv. Komm her und lass uns mit deiner neuen Fähigkeit ein wenig experimentieren. Ich vermute, es gibt einige Wege, sie anzuwenden, die uns beiden gleichermaßen gefallen könnten.«

Einige Zeit später fand Lorkin sich auf dem Boden wieder; er lag neben Tyvara mit dem Bettzeug, das als ein nicht gänzlich bequemer Ersatz für eine Matratze diente. Er war zuvor müde gewesen, und jetzt war er noch müder, aber es war eine angenehme Art von Erschöpfung, und er widerstand der Versuchung, sie mit einer magischen Heilung zu vertreiben.

»Wir brauchen wirklich ein größeres Bett«, bemerkte Tyvara.

»Ja.«

»Wie geht es unseren Botschaftern?«

Lorkin widerstand einem Lächeln. Savara hatte begonnen, Dannyl und Tayend als »unsere« Botschafter zu bezeichnen, und zwar an dem Tag, nachdem sie sie kennengelernt hatte. »Es geht ihnen gut. Sie waren in der Bibliothek, glücklich wie Kinder mit neuen Spielzeugen. Ich denke, sie haben gerade etwas für Dannyls Buch gefunden.«

»Sind diese beiden, was ich vermute? Sind sie ein Paar?«

»Sie waren mal eins. Tatsächlich waren sie es für lange Zeit. Bis Dannyl hierherkam. Sie haben sich getrennt, aber ich weiß nicht, warum.«

»Und jetzt?«

Er zuckte die Achseln. »Ich weiß es nicht. Sie scheinen sich wieder nahezustehen. Aber den Eindruck hatte ich auch, kurz bevor Dannyl hierherkam, daher kann ich es bei ihnen vielleicht nicht beurteilen.« Er zog die Brauen zusammen. »Obwohl damals zwischen ihnen eine Anspannung herrschte, die jetzt nicht mehr da ist.«

Sie drehte sich zu ihm um. »Wirst du mich nicht fragen, worüber Savara reden wollte?«

Er rollte sich auf die Seite. »Worüber wollte Savara reden?«

»Wir haben über ihre Pläne für Sachaka geredet.«

»Also, das ist deine Überraschung.«

Tyvara stieß ihm in die Rippen. »Hör zu. Wir denken, dass die Landbesitze sich für den Moment ohne allzu große Unterstützung selbst erhalten werden. Einige müssen wir immer noch befreien. Sie waren zu entlegen für uns, als dass wir uns vor unserer Ankunft in Arvice um sie hätten kümmern können. Aber sobald das erledigt ist, wird die größte Herausforderung die Wiederbelebung des Ödlands sein. Vorher müssen wir jedoch in der Stadt Ordnung schaffen. Sie ist baulich ungeeignet für die Veränderungen, die kommen werden. Es sind fast alles Herrenhäuser, weil die Ashaki größtenteils Selbstversorger waren. Obwohl jedes Herrenhaus viele ehemalige Sklaven beherbergen könnte, werden sie irgendwann ihre eigenen Häuser haben wollen. Wir wollen außerdem Menschen mit gleichen Kenntnissen und Fähigkeiten zusammenbringen, damit sie miteinander arbeiten. Das alles bedeutet, dass jede Menge Gebäude abgerissen und neue errichtet werden müssen.«

»Das wird Jahre dauern.«

Sie nickte. »In der Zwischenzeit müssen wir gute Beziehungen zu den Verbündeten Ländern aufbauen. Savara macht sich Sorgen, dass andere Länder von dem Aufruhr hier hören und versuchen werden, die Situation auszunutzen. Vielleicht nicht durch eine Invasion. Die Steine werden sie hoffentlich davon abhalten. Aber es gibt andere Wege, durch Handel und Politik, um ein neues, genesendes Land zu behindern.«

Lorkin hielt den Atem an. Dies war die Mission, auf die die ehemalige Königin ihn geschickt hatte. Es war das, wofür er sich am besten eignete. Er wusste sowohl, wie die Verräter, als auch, wie die Verbündeten Länder dachten und funktionierten.

»Savara hat beschlossen, mich nach Kyralia zu schicken, um fortzufahren, Handelswege und die Möglichkeit eines Bündnisses zu erkunden.«

Er sah sie an, während Verwirrung von Enttäuschung und dann von Entsetzen abgelöst wurde.

»Du meinst doch nicht …?«

»Doch.« Tyvara lächelte. »Wir gehen nach Kyralia. Du wirst mein Führer und Assistent sein.«

Er seufzte. *Nun, es ist nicht das, was ich erwartet habe, aber ich nehme an, es ist gut genug.*

»Ah, Lorkin.« Sie strich ihm über die Wange. »Du wärst niemals für diese Rolle auserwählt worden. Du bist noch nicht lange genug ein Verräter, um für die Verräter Verhandlungen zu führen.«

»Und ich bin ein Mann.«

Sie nickte. »Auch das.«

»Du begreifst doch, dass kein anderes Land so denkt. Von all den Dingen, von denen ihr glaubt, dass Männer nicht dafür geeignet sind, glauben alle anderen, dass Frauen nicht dafür geeignet wären.«

»Ich weiß. Sie werden sich an uns ebenso gewöhnen müssen wie wir uns an sie.« Dann lachte sie. »Außerdem, wenn ich jemals Königin werden soll, wie Savara es beabsichtigt, dann darf man mich nicht dabei sehen, wie ich einem Mann auf Schritt und Tritt folge. Erst recht nicht einem Kyralier.«

Sein Magen schlug einen Purzelbaum. »Du … du planst, *Königin* zu werden?«

»*Savara* plant das für mich.« Sie zuckte die Achseln. »Ich bin mir nicht sicher, ob ich es werden will. Aber eine Menge kann sich verändern. Wenn es tatsächlich so weit kommt, wird es noch lange nicht passieren, hoffe ich. Ich hoffe, sie wird so lange leben wie Zarala. Königin zu sein bedeutet eine Menge Verantwortung, und es gibt vieles, was ich vorher noch tun will. Wie zum Beispiel Kinder haben.« Sie neigte den Kopf leicht zur Seite. »Klingt das nach einem Leben, das du vielleicht würdest leben wollen?«

Sein Kopf drehte sich von all den Möglichkeiten. *Das ist*

alles einfach ein wenig zu unglaublich. Ich will einfach mit Tyvara zusammen sein. Und … ja, Kinder wären irgendwann wunderbar. Er sah sie an, und sein Herz wurde wieder warm.

»Es klingt wunderschön. Nun, vielleicht bis auf den Teil, dass wir die Verantwortung für ein ganzes Land tragen sollen. Aber ich nehme an, wenn die Verräter die Idee ertragen können, dass ein Kyralier ihr König sein wird … sicher, ich werde mich damit abfinden, wenn es bedeutet, dass ich die Gelegenheit bekomme, mein Leben mit dir zu verbringen.«

Sie verdrehte die Augen. »Du wirst nicht König sein. Wir haben keine Könige.«

»Nicht einmal durch Heirat?«

»Nicht einmal dann. Hattest du wirklich darauf gehofft, König zu werden?«

»Natürlich nicht. Mir fällt nichts Schlimmeres ein.« Er grinste. »Obwohl es doch unfair scheint. Ich wette, der Ehemann der Königin muss trotzdem unglaublich hart arbeiten, ohne jede Hoffnung darauf, jemals in Ruhestand treten zu können; er muss mit aufreizenden Leuten reden und langweiligen Zeremonien und Ereignissen beiwohnen und seiner Frau zuhören, wenn sie sich darüber beklagt, wie hart das Leben ist, während er gleichzeitig nach ihrer Pfeife tanzen muss – und sich um ihre Kinder kümmern, während sie königinnenhafte Dinge tut. Und das alles, ohne jemals dafür gelobt zu werden.« Was wahrscheinlich das war, was die kyralische Königin ertragen musste, begriff er.

Tyvara zuckte die Achseln. »Keiner von ihnen hat sich jemals beklagt.«

Lorkin schnaubte. »Ihr Verräter seid nicht so gleichberechtigt, wie Ihr es behauptet. Aber, wie du sagtest, eine Menge kann sich verändern.«

Sie stieß ihn erneut in die Rippen, heftiger diesmal. »Nicht *so* viel. Jetzt lass uns dieses Bett wieder zusammenbauen und ein wenig schlafen. Morgen wartet eine Menge Arbeit auf uns.«

Epilog

Du hast wieder von Cery geträumt, nicht wahr?«

Sonea blickte zu Regin auf. Er hielt ihr eine dampfende Tasse Raka hin. Sie zog sich auf dem Bett in eine sitzende Position hoch und ergriff die Tasse. Der Duft von gutem sachakanischem Raka erfüllte ihre Sinne, und die letzten Fäden des Traums verloren ihre Macht.

»Ich vermisse ihn.« Sie seufzte und wischte sich über die Augen. Das Wissen, dass sie Cery nie wiedersehen würde, war wie die Entdeckung, dass man etwas Wichtiges aus ihrem Inneren gestohlen hatte. »Obwohl ich ihn vor dem Tod seiner Familie nicht allzu oft gesehen habe. Ich wünschte, ich hätte etwas tun können.« Sie bemerkte, dass er den Mund öffnete, und schüttelte den Kopf. »Nein, du brauchst mich nicht daran zu erinnern. Es war nicht meine Schuld. Die Dinge wären vielleicht nicht anders gelaufen, wenn ich hier gewesen wäre …«

»… und du konntest nicht gleichzeitig an zwei Orten sein«, beendete Regin den Satz. »Zumindest hat die Gilde noch nicht gelernt, wie man das bewerkstelligt.«

»Ich nehme an, die Aufgaben, ein Heilmittel gegen die

Feuel-Sucht und eine Möglichkeit zu finden, Steine zu machen, auch ohne entsprechende Höhlen, sind dringender.« Sie nippte an dem Raka, dann schaute sie zu den Fensterschirmen. »Wie spät ist es? Die Sonne geht gerade erst auf, wie es aussieht. Warum bist du aufgestanden?«

»Es ist eine Nachricht gekommen. Der König hat die Höheren Magier in den Palast gerufen.«

Sie schwang die Beine auf den Boden und stand auf. »Wann?«

»Nicht so bald, dass ich keine Zeit für dies hier hätte.« Er zog sie an sich und küsste sie.

»Hmm.« Sie legte die Arme um ihn, während er begann, sich wieder von ihr zu lösen. »Zeit genug für mehr?«

»Nicht jetzt. Der König hat mir einen Gefallen getan. Ich sollte es ihm nicht damit vergelten, dass du zu spät kommst.« Er schob sie zum Kleiderschrank, dann legte er sich wieder ins Bett.

Sonea kleidete sich schnell an und nahm noch einige Schlucke Raka, bevor sie aus Regins Räumen schlüpfte. Der Einzug bei ihm war ihre Art gewesen, den Gerüchten ein Ende zu machen, dass sie und Regin ein Liebespaar waren. Es war kein Gerücht mehr, wenn es eine offensichtliche Tatsache war. Sie war sich sicher, dass Lilia es genoss, jetzt ihre alten Räume für sich allein zu haben. Anyi besuchte sie ab und zu mit Jonnas Hilfe, verkleidet als Dienerin. Die Gilde hatte endlich das Problem der unterirdischen Tunnel gelöst, indem sie sie hatte zuschütten lassen. Obwohl sie regelmäßig nach Lilia sah und ihre Fortschritte überwachte, geschah dies mehr aus Sorge, dass Lilia sich nicht gänzlich von allem erholt hatte, was ihr widerfahren war.

Schließlich hat sie jemanden mit schwarzer Magie getötet. Damit zu leben ist nicht so einfach, wie die meisten Menschen denken würden, selbst wenn das Opfer eine schlechte Person war.

Weiter unten im Flur öffnete sich eine Tür. Als Sonea Lady Indria erkannte, Lord Telanos Nachfolgerin als Studienleiterin der Heilkunst, wartete sie, damit die Frau sie einholen konnte.

»Irgendeine Ahnung, worum es geht?«, fragte Indria.

»Noch nicht.« Sonea lächelte. »Wie lebt Ihr Euch in Eurer neuen Rolle ein?«

Indria zuckte mit den Schultern. »Es ist sowohl härter als auch einfacher, als ich erwartet habe. Ich habe jahrelang unterrichtet, daher verstehe ich die Klagen und Nöte der Lehrer. Aber es gibt so viele *Dokumente*, mit denen ich früher nichts zu tun hatte.«

Sonea kicherte. »Ja. Der einzige Rat, den ich Euch geben kann, ist der: Ihr solltet Euch den einen oder anderen Assistenten zulegen.«

»Das werde ich.« Als sie aus dem Magierquartier traten, blickte Indria sich um. »Es macht die Sache nicht besser, dass Telano ein solches Chaos hinterlassen hat«, fügte sie mit leiser Stimme hinzu. »Ich schätze, er hatte völlig aufgehört, sich für seine eigentlichen Aufgaben zu interessieren. Seid Ihr bei der Suche nach einem Heilmittel für Feuel weitergekommen?«

Sonea schüttelte den Kopf. »Nein.«

Indria seufzte. »Diese Dinge kosten Zeit. Wie sieht es in den Hospitälern aus?«

»Sie sind voller Süchtiger auf Entzug. Einige reagieren auf magische Heilung, einige nicht. Glücklicherweise sind jene Magier, die resistent sind gegen Feuel, automatisch geheilt, so dass wir es nur mit den etwa vierzig übrigen zu tun haben.«

Sie erörterten das andauernde Feuel-Problem, während sie durch den Garten gingen. Als sie vor der Universität ankamen, sahen sie Osen, Balkan und Kallen neben einer

Kutsche stehen, und eine weitere Kutsche wartete dahinter. Osen schaute auf, entdeckte sie und winkte sie heran.

»Hier ist noch Platz für Euch, Lady Indria«, sagte Osen. »Die Übrigen sind vorausgefahren. Wir werden die andere Kutsche nehmen.«

Als Indria einstieg, ging Osen zu der zweiten Kutsche. Sobald sie alle saßen und die Kutschen sich in Bewegung setzten, sah Sonea Osen an und zog die Augenbrauen hoch. Er begegnete ihrem Blick und schüttelte den Kopf.

»Nein, ich weiß nicht genau, worum es geht, aber der Ratgeber des Königs hat mir versichert, dass es keine Invasion gibt und dass es Lorkin gut geht.«

Sonea lächelte. *Sie haben Angst, dass ich beim geringsten Anzeichen von Problemen zurück nach Sachaka eile. Trotzdem, es ist gut zu wissen, dass dies nichts mit ihm zu tun hat.*

»Habt Ihr schon Dannyls Forschungsnotizen gelesen?«, fragte Kallen den Administrator.

»Etwa die Hälfte.« Osen hob die Augenbrauen. »Die Berichte sind tatsächlich ziemlich faszinierend, vor allem die Geschichten der Duna. Ich freue mich darauf, das ganze Buch zu lesen, sobald er es beendet hat und drucken lässt.«

»Er wird zuerst ein neues Kapitel über den sachakanischen Bürgerkrieg und die magischen Edelsteine schreiben müssen«, warf Kallen ein.

»Und ich habe das Gefühl, dass es danach noch ein weiteres Kapitel geben wird«, fügte Balkan hinzu.

Osen betrachtete den Hohen Lord mit schmalen Augen. »Macht Ihr Euch immer noch Sorgen wegen des Minenfeuers und dieser Vorrichtung in Igra, von der die Spione des Königs berichtet haben?«

»Dem Kugelspeier.« Balkan nickte. »Dargin denkt, diese Vorrichtung habe die igresischen Priester befähigt, all ihre Nachbarländer zu erobern.«

»Wahrscheinlicher ist es, dass die igresischen Magier nicht sehr mächtig oder talentiert sind«, erwiderte Osen. »Ich verstehe nicht, wie eine aus einem Rohr kommende Kugel einem Magier gefährlich werden sollte, solange er sich gut genug durch einen Schild schützt.«

»Ich vermute, es funktioniert ganz so wie Lilias einfallsreiche Idee, mit Magie zuzustoßen, statt ein Messer zu benutzen, wenn man schwarze Magie wirkt. Konzentrierte Kraft und hohe Geschwindigkeit werden fast jeden Schild durchdringen.«

»Der Spion sagte, es bestehe nur eine geringe Chance, dass eine igresische Armee eine Wüstendurchquerung überstehen würde«, rief Kallen ihm ins Gedächtnis. »Und wir wissen, dass sie weder über schwarze Magie noch über magische Edelsteine verfügen.«

Als Balkan den Kopf schüttelte, wandte Osen sich dem Fenster zu und verdrehte die Augen. »Es sind nicht die Igreser, um die ich mir Sorgen mache«, sagte Balkan. »Das Minenfeuer, das der Dieb Cery benutzt hat, war anders als das gewöhnliche …«

»Wir werden dieses Gespräch ein andermal fortsetzen müssen«, erklärte Osen und wandte sich vom Fenster ab. »Wir sind da.«

Die Kutsche rollte aus, und die Tür wurde geöffnet. Osen stieß einen leisen Seufzer der Erleichterung aus, als Balkan ausstieg. Er, Kallen und Sonea folgten. Sie befanden sich in einem kleinen Innenhof innerhalb des Palastes, wo man Magier hinbrachte, wenn der König die Verzögerung einer formellen Begrüßung vermeiden wollte. Die andere Kutsche fuhr gerade ab, und die Magier, die darin gesessen hatten, waren bereits im Innern des Gebäudes verschwunden.

Ein Palastdiener führte sie durch eine Tür und in eine kunstvoll eingerichtete Halle, dann geleitete er sie durch einen Flur zu einem Speisezimmer. Sonea hatte hier einige Male in der Vergangenheit gegessen, zusammen mit anderen Höheren Magiern, manchmal als Gast des Königs, manchmal, um wichtige fremdländische Besucher zu treffen. Heute saßen auf den Stühlen nur die Höheren Magier und vier der nicht magischen Ratgeber des Königs. Rothen lächelte und nickte, als sie ihn am Ende des Tisches entdeckte. Während sie, Osen, Balkan und Kallen die vier freien Stühle belegten, kam ein Mann in den Raum geschritten, und alle erhoben sich.

»Euer Majestät«, begann Osen.

Der König winkte ab. »Nehmt Platz. Ihr habt wichtige Entscheidungen zu treffen, und da ich weiß, wie schnell Magier Entscheidungen treffen, solltet Ihr besser unverzüglich anfangen.« Sonea unterdrückte angesichts seines trockenen Tonfalls ein Lächeln. Er ging ans Ende des Tisches und legte die Hände flach auf die Oberfläche.

»Gestern ist die neue sachakanische Botschafterin eingetroffen. Wie Ihr wisst, ist sie eine Schwarzmagierin – oder, wie sie es nennt, eine *Höhere* Magierin. Wie Ihr ebenfalls wisst, macht der Umstand, dass sie kein Mitglied der Gilde ist, sie zu einer wilden Magierin. Also bedeutet ihre Anwesenheit hier, dass derzeit zwei unserer wichtigsten Gesetze bezüglich Magie gebrochen werden. Folglich schicke ich sie entweder nach Hause, oder wir ändern unsere Gesetze.«

Er hielt inne, um in die Runde zu blicken, und sah jedem Magier nacheinander in die Augen.

»Ich habe nicht die Absicht, sie nach Hause zu schicken, also sollten wir besser unsere Gesetze ändern. Das ist der Grund, warum Ihr hier seid. Ihr habt monatelang über dieses Thema gestritten, und es wird Zeit, dass Ihr zu einer Einigung kommt. Zusammen mit meinen Ratgebern werdet Ihr, bevor dieser Tag zu Ende ist, neue Gesetze verfassen, die es fremdländischen, nicht der Gilde angehörigen Magiern gestatten, hier legal und mit effektiven, einhaltbaren Auflagen zu leben und Handel zu treiben. Diese Auflagen müssen sowohl die Verwendung von schwarzer Magie als auch den Besitz von magischen Edelsteinen regeln. Eure Vorgänger hatten guten Grund, schwarze Magie zu fürchten, aber wir brauchen eine bessere Methode der Kontrolle, als sie zu verbieten. Man hat mich darauf hingewiesen, dass durch die Edelsteine Magie auch in die Hände von Nichtmagiern gelangt, und wir wollen nicht, dass sie von den Igresern hören und beschließen, die Verbündeten Länder ihrer Magier zu entledigen. Obwohl ich denke, dass es unwahrscheinlich ist, dass jemand damit Erfolg haben würde, will ich mich nicht um einen Bürgerkrieg sorgen müssen. Wir brauchen irgendeine Art von Vorschrift zu den magischen Edelsteinen, und sei es nur, um zu verhindern, dass die Diebe sie in die Hände bekommen. Der Aufstieg des wilden Magiers und Diebes Skellin sollte Euch eine Warnung sein: Wir müssen die Magie aus der Unterwelt fernhalten. Ich erwarte außerdem, dass diese Gesetze einiges dazu beitragen, das Verhalten der Gildemagier zu verbessern. Die Korruption, die Feuel in den Rängen der Gilde offenbart hat, macht klar, dass einige Magier nicht immun gegen Laster sind und dagegen, auf Kosten anderer Profite zu suchen. Es wird Zeit, dass ihre Exzesse und Aktivitäten beschnitten werden.« Der König richtete sich auf. »Ihr habt eine Menge zu diskutieren, daher werde ich Euch jetzt allein lassen. Bringt mir bis Mittag eine Zusammenfassung Eurer Fortschritte.« Er hielt inne, um einen letzten Blick in die Runde zu werfen, drehte sich dann um und schritt aus dem Raum.

Alle schwiegen und lauschten auf die verklingenden Schritte des Königs, dann räusperte sich Osen und sah die Ratgeber an.

»Falls es akzeptabel ist, werde ich die Diskussionen leiten.«

Die Ratgeber nickten. Als Osen zu sprechen begann, verspürte Sonea eine unerwartete Traurigkeit. *Und so verändert sich von neuem alles. Genau wie nach der Invasion der Ichani, als wir wussten, dass wir schwarze Magie als unsere einzige Form der Verteidigung akzeptieren und die Gilde wiederaufbauen mussten, indem wir Novizen aus den unteren Klassen aufnahmen. Es gab so viele unvorhersehbare Konsequenzen, wie die Diebe, die miteinander kämpften, und die Stadt, die die Hüttenviertel übernahm. Wir können versuchen, Gesetze zu schaffen, die die Veränderungen kontrollieren, die die magischen Edelsteine und das Bündnis mit Sachaka mit sich bringen, aber sie werden Konsequenzen haben, die wir nicht voraussehen.*

Sie konnten es nur versuchen. Und, was sie betraf, versuchen sicherzustellen, dass Lorkin, wenn er nach Kyralia zurückkehrte, und sei es auch nur für einen Besuch – und das galt auch für die Familie, die er irgendwann haben würde –, sicher und willkommen sein würde.

Danksagung

Diese Fortsetzungstrilogie zu schreiben war harte Arbeit von der erfreulichsten Art. Und deshalb weiß ich die Arbeit so sehr zu schätzen, die von so vielen hinter den Kulissen getan wird, und die Unterstützung durch wunderbare Buchhändler und Leser, die sich auf meine Bücher stürzen, sobald diese das Licht der Welt erblickt haben.

Mein Dank gilt Anne Clarke und dem Team von Orbit; Fran, meiner Agentin, und ihrer wundervollen Assistentin Liz; meinen Probelesern Paul, Donna und Nicole. Ihr alle hattet euren Anteil daran, dieses Buch so gut werden zu lassen, wie es ging.

Ein dickes Extra-Dankeschön geht an Fran für die Koordination und Organisation meiner großen Europatour, und desgleichen an Rose bei Orbit und Berit bei der Verlagsgruppe Random House; an die Mitarbeiter aller Buchläden, die mir Lesungen und Autogrammstunden ermöglicht haben – ich wünschte, ich hätte hier den Platz, euch alle namentlich zu nennen; an meinen großartigen polnischen Verlag, Galeria Książki, der mich in Warschau zwei Tage lang wie eine königliche Hoheit behandelt hat; an das fabelhafte

Festival Imaginales in Frankreich; und an das phantastische Team, das für die deutschen Autorennächte von der Verlagsgruppe Random House zusammengebracht worden ist.

Am meisten aber danke ich meinen Lesern: ein Extra-Dank an alle, die gekommen sind, um mich bei meiner Europatour zu treffen oder in einer Autogrammstunde irgendwo anders auf der Welt. Es ist immer wieder ein wunderbares Erlebnis, mit euch zusammenzukommen. Ich hoffe auch, dass meinen Lesern dieses Wiedereintauchen in die Welt der Gilde der Schwarzmagier ebenso viel Spaß gemacht hat wie mir selbst und dass sie mich bei meinem nächsten phantastischen Ausflug wiederum begleiten werden.

Er sucht Vergeltung, er findet sein Verderben.

784 Seiten. ISBN 978-3-442-26940-2

Will Gremm wächst unter den Ärmsten der Armen auf. Das war allerdings nicht immer so, sondern erst seit sein Vater durch eine Intrige hingerichtet und seine Familie in die Slums verstoßen wurde. Doch Will hat seiner toten Mutter versprochen, bittere Rache zu üben. Verbissen kämpft er sich zurück an die Spitze der Gesellschaft. Der Preis, den seine kleine Schwester für seinen Ergeiz zahlen muss, ist schrecklich. Aber das ist für Will nur ein weiterer Ansporn, Rache für die Familie Gremm zu üben. Er ahnt nicht, dass sein Weg nur Schmerz bereit hält.

Lesen Sie mehr unter: **www.blanvalet.de**